AF272449

Eine Höllentour

*Wenn du wissen willst, wie sich der Tod anfühlt,
erinnere dich an die Zeit vor deiner Geburt!*

Hubs Vater

UWE TELSCHOW

EINE HÖLLENTOUR

Bibliografische Information der Deutschen Nationalbibliothek:
Die Deutsche Nationalbibliothek verzeichnet diese Publikation in der Deutschen Nationalbibliografie; detaillierte bibliografische Daten sind im Internet über dnb.dnb.de abrufbar.

Die automatisierte Analyse des Werkes, um daraus Informationen insbesondere über Muster, Trends und Korrelationen gemäß §44b UrhG („Text und Data Mining«) zu gewinnen, ist untersagt.

© 2024 Uwe Telschow

Buchsatz: BoD
Verlag: BoD – Books on Demand GmbH, In de Tarpen 42, 22848 Norderstedt
Druck: Libri Plureos GmbH, Friedensallee 273, 22763 Hamburg

ISBN: 978-3-7597-8464-3

INHALT

PROLOG

Stulle, an dessen richtigen Namen sich wahrscheinlich nur noch seine Eltern und vielleicht eine Handvoll Leute erinnern konnten, saß mit einem Bier in der Hand in seinem Klappstuhl und starrte auf die Knicklichtpose. Er hatte sie ideal positioniert, genau am Schattenrand, den die Brücke auf die Wasseroberfläche warf. Sein zweiter Köder lag weiter flussabwärts. Roy hatte seine beiden Köder in der Nähe des Brückenpfeilers platziert: dort, wo die leichte Strömung kleine Wirbel verursachte. Die vier Ruten steckten in Halterungen, die sie in das Flussufer geschlagen hatten, und ihre Spitzen, an denen kleine Glöckchen montiert waren, zeigten starr und unbeweglich in den klaren Abendhimmel. Es versprach, eine kalte Nacht zu werden. Bald würde der Vollmond über den Wipfeln der Kiefern stehen und die Gegend in sein geisterhaftes Licht hüllen.

Roy zerbrach einen Ast unter seinem Stiefel. Erschreckend laut wurde der Hall vom Brückenbogen zurückgeworfen.

»Verflucht«, stöhnte Stulle auf, »was treibst du denn da? Da kannste ja gleich die Kettensäge wieder anschmeißen, das macht dann auch keinen Unterschied mehr. Oder glaubst du, die Fische sind auf Krawall aus, weil heute Freitag ist und sie die Sau rauslassen wollen?«

Roy legte in aller Seelenruhe die Astteile ins Feuer, das einen hellen, flackernden Lichtschein in seine Umgebung warf und eine wohlige Wärme verbreitete. Die Kettensäge hatte bereits ganze Arbeit geleistet. Das war das Erste, was sie taten, nachdem sie den *L 200* in Ufernähe geparkt hatten und ihre Klamotten ausgepackt waren. In dem angrenzenden Forst hatten sie sich die abgestorbenen Kiefern rausgesucht; die, die noch standen, so dass der Wind sie trocken halten konnte und so genügend Feuerholz für mehr als drei Tage rangeschafft.

»Jetzt beißen sie sowieso nicht, ist noch zu früh«, erklärte Roy und fütterte weiter das Feuer.

Stulle nahm einen Schluck aus seiner Bierbüchse, ohne den Blick von dem Knicklicht abzuwenden, wischte mit dem Handrücken über seine feuchten Lippen und sagte: »Ach so, du meinst also, wir könnten auch getrost alles wieder einholen und später, wenn es dann richtig losgeht, noch mal anfangen?«

»Klar, wir hätten noch Zeit. Aber wenn wir noch ein, zwei Stunden warten würden, dann wäre es stockfinster, die erste Flasche wäre geschafft und die Gefahr, dass was schiefgeht, hätte erheblich zugenommen. Das weißt du. Und dann hätten wir womöglich wieder so ein Problem, auf das ich gut und gerne verzichten kann. Daher ist es in jedem Fall besser, wenn die Köder draußen sind, solange es hell ist. Gib lieber mal den Klaren rüber«, erwiderte Roy, wobei er seinen Kumpel breit angrinste.

Stulle langte neben seinen Klappstuhl, schraubte den Verschluss von der Flasche, reichte sie Roy und verdrehte dabei die Augen, denn er wusste ganz genau, auf welche Geschichte Roy da anspielte. An jenem Abend hatten sie sich bei Willi irgendwie festgesoffen und als sie hier ankamen, war es bereits tiefschwarze Nacht. Im Schein ihrer Taschenlampen und mit bereits weit fortgeschrittenen Koordinierungsschwierigkeiten fingen sie an, ihre Montagen zu fertigen. Und Scheiße noch mal, bohrte sich da plötzlich ein Angelhaken in sein Fleisch. Anfangs gaben die Rezeptoren kaum eine schmerzhafte Rückmeldung an sein Nervensystem und sie fanden es zum Brüllen komisch, wie der da drinsteckte. Doch allmählich fing ihnen an zu dämmern, dass es nicht im Geringsten witzig war. Sie versuchten alles Mögliche, das Teil da wieder rauszubekommen, was der kleine Widerhaken aber nicht zuließ. Und als Roy dann mangels Alternative das verfluchte Mistding weiter durch sein Fleisch trieb, hinaus auf die andere Seite, sodass er die Spitze mit der Fischzange abknipsen konnte, war sein Schmerzempfinden brutal zurückgekehrt und es lief ihm immer noch kalt den Rücken runter, wenn er nur dran dachte.

»Ist ja schon gut, ich habe verstanden«, maulte er, trank den letzten Schluck Bier und stand auf, um von der Ladefläche des *L 200* neues zu holen.

»Trotzdem, ich glaube, heute wird's was.«

»Da kannst du deinen Arsch drauf wetten. Bei Vollmond beißen sie immer«, bestätigte Roy.

Auf einmal sahen sie das Licht zweier Scheinwerfer zwischen den Stämmen der Bäume auf die Brücke zukommen. Das Betonwerk am Ende des langgezogenen Forstes war schon seit Jahren stillgelegt. Jetzt wurde die Straße fast ausschließlich von Einheimischen befahren, die sie als Abkürzung durch den Wald nutzten. Aber freitagabends saßen die meisten bereits zu Hause oder bei Willi in der Waldschenke und stimmten sich bei Bier und Schnaps auf das Wochenende ein.

Ein Transporter hielt über ihnen auf der Brücke, der Fahrer stieg aus und stützte sich aufs Geländer.

»Hey, Roy One Egg«, brüllte er von oben runter, »ich schwör's euch, hier gibt es keine Nymphen, die mit nur einem Ei im Sack eines Mannes was anfangen können. Packt besser ein und kommt mit zu Willi, ich geb' einen aus.«

Roy schaute nur kurz vom Feuer auf.

»Halt's Maul, Murmel«, rief er zurück, »selbst mit vier Eiern in deinem schrumpeligen Sack könntest du nicht gegen mein Monster-Ei anstinken. Das sollte sich mittlerweile auch bis zu dir rumgesprochen haben. Bestell Willi einen schönen Gruß und lass uns in Ruhe fischen.«

»Pah«, tönte Murmel, »du hast ja keine Ahnung. Ich komme mit dem Wichsen gar nicht hinterher, so viel Saft produzieren meine Klöten.«

Sie mussten grinsen. Murmel hatte die Figur einer Billardkugel, die Gutmütigkeit eines bierbrauenden Mönches und den Verstand eines Zwölfjährigen.

»Und ich dachte immer, die Schwielen an deinen Händen kämen vom Arbeiten«, rief Roy ihm zu, »und jetzt sieh zu, dass du Land gewinnst!«

»Alles klar, Jungs«, kam es unbeschwert zurück, »vielleicht erwischt ihr ja doch noch so eine wunderschöne Nymphe. Wir sehen uns, Petri Heil!«

Dann war er auch schon wieder verschwunden.

Stulle reichte Roy ein Bier, bevor er sich wieder in seinen Stuhl fallen ließ, wobei seine Linke den Klaren von Roy in Empfang nahm. »Was für ein Schwachkopf. Hast du das von Rosi gehört?«, fragte er und fixierte dabei das Knicklicht. Fast meinte er, es hätte sich bewegt. »Da hat dieser Schwachkopf schon mal die Gelegenheit, ein Mädchen kennenzulernen und dann haut der so ein Ding raus, das glaubt man nicht.«

»Rosi? Was für eine Rosi? Du meinst doch nicht etwa die Kleine aus dem Supermarkt?«

»Doch, genau die meine ich, die aus der Gemüseabteilung, die manchmal auch an der Kasse sitzt. Bisschen klein und pummelig, aber eigentlich ganz hübsch und sie hat so ein keckes Lachen.«

Roy riss an dem Clip der Bierbüchse und ließ den Schaum vor sich auf den sandigen Boden tropfen.

»Und was war da?«, fragte er.

»Na ja«, begann Stulle süffisant, »die Geschichte hat eine gewisse Ähnlichkeit mit der von Travis. Nur dass Travis natürlich nicht so dämlich und einfältig wie Murmel war. Travis hatte Stil. Aber es kam letztendlich auf das Gleiche raus.«

»Wer zum Henker ist nun wieder Travis?«

»Na Travis, der *Taxi Driver* aus *Scorseses* Film aus den 70ern, sag bloß, du kennst den nicht?«, Stulle sah ihn erstaunt von der Seite an. »Ach ja, klar«, ging ihm dann ein Licht auf, »ihr aus der Ost-Zone wart ja mehr mit der *Legende von Paul und Paula* beschäftigt, stimmt's?«, fragte er kichernd.

»Deine Scherze waren auch schon mal besser«, erwiderte Roy etwas säuerlich, nahm einen Stock und ordnete die brennenden Holzscheite, bevor er neue dazulegte.

»Na egal, ich erzähl es dir. Travis war ein Vietnamveteran, hatte erhebliche Schlafstörungen und deswegen war Taxifahren ein idealer Job für ihn, zumal er nicht die geringste Scheu hatte, auch nachts in die Slums und üblen Gegenden von New York zu fahren, da, wo sich der Abschaum sammelte.«

»Ah ja, spielte den nicht Robert De Niro?«

»Ja, genau, und Jodie Foster spielte die kleine Nutte Iris. Da war sie noch blutjunge dreizehn Jahre alt und hatte wahrscheinlich noch keinen Schimmer davon, dass sie eigentlich auf Pussys steht. Der Film war ihr Durchbruch.«

»Den hatte ich mir mal aus der Videothek geholt. Kann mich aber kaum noch dran erinnern.«

»Jedenfalls schaute Travis sich am liebsten Pornofilme an, wenn er kein Taxi fuhr und nicht schlafen konnte. Irgendetwas musste er schließlich mit seiner Zeit anfangen.«

»Ja, und?«, fragte Roy dazwischen, »was hat das nun mit Murmel zu tun?«

»Nun warte doch mal ab, sei nicht immer so ungeduldig, bin doch grad dabei, es dir zu erzählen. Also, eines Tages lernte Travis Betsy kennen, so eine hochanständige, engagierte Wahlkampfhelferin, die für den ehrgeizigen Politiker Montgomery arbeitete und Travis schaffte es tatsächlich, sie zu einem Kinobesuch zu überreden. Und jetzt kommt es. Wie gesagt, am liebsten sah Travis Pornofilme, dachte sich nichts weiter dabei. Dachte eher, dass jeder gerne Pornofilme sieht, auch Betsy. Doch die war natürlich völlig schockiert, stürmte angewidert aus dem Kino und wollte nichts mehr von ihm wissen. Und als es Travis dann klar wurde, dass man beim ersten Date mit einem netten Mädchen nicht in einen Porno geht, war es zu spät. Vielleicht war sie ja auch nur ein wenig verklemmt. Wer weiß? Aber ich sage dir, im Gegensatz zu Rosi war Betsy es nicht wert. Sie konnte Travis bei Weitem nicht das Wasser reichen. Und willst du auch wissen, warum?«

»Nee, eigentlich nicht. Erzähl lieber mal, was da mit Rosi gelaufen ist.«

»Mann, was bist du doch für ein Ignorant«, sagte Stulle, stand auf, ging ein paar Schritte weiter und ließ seinen Strahl ins Wasser plätschern. Er hatte den Film mindestens dreißigmal gesehen und hielt ihn für ein Meisterwerk.

»Du solltest dir den *Taxi Driver* bei Gelegenheit noch mal ansehen«, rief er über die Schulter, »ist echt ein geiler Film.«

»Ja, ja, mach ich.«

Stulle war immer noch beim Pissen, als das kleine Glöckchen an Roys Rutenspitze Alarm schlug.

»Scheiße Mann, da ist einer dran«, rief Roy, sprang auf und griff im nächsten Augenblick nach der Angel. Er brachte die Leine auf Spannung und setzte den Anhieb, doch nichts bewegte sich.

»Hol den Köcher!«, rief Roy.

In aller Eile verstaute Stulle seinen Schwanz und machte sich auf die Suche.

»Was ist?«, fragte er kurz darauf und starrte mit dem Köcher in der Hand aufs Wasser.

»Das muss ein Aal sein, der hält sich irgendwo fest.«

Ohne die Spannung der Sehne zu verlieren, lief Roy am Ufer entlang, dem Fisch entgegen, dabei zuppelte er immer wieder mit der Rutenspitze. Dann gab der Widerstand nach und Roy kurbelte schnell ein, zog den Aal einfach über das flache Ufer an Land.

»Boah, was für ein fettes Ding«, stieß Stulle anerkennend hervor und ließ den Köcher fallen.

Der Aal wand sich hin und her, verhedderte sich mit der Angel-schnur und sah nicht so aus, als wollte er sich geschlagen geben.

»Ich hasse diese Viecher«, bemerkte Roy und zog ihn weiter vom Wasser weg.

»Ich auch, aber geräuchert sind sie einfach zu lecker. Der hat doch mindestens seine sechzig Zentimeter«, sagte Stulle und war insgeheim froh darüber, dass der Aal sich Roys Köder geschnappt hatte und dass der sich jetzt um dieses Mördervieh kümmern musste.

Roy wusste, dass Aale sich nicht leicht töten ließen. Und weil sie extrem glitschig waren, bekam man sie auch kaum zu packen. Er klappte sein Messer auf, wartete den richtigen Moment ab und packte dann den Aal mit einem schnellen und festen Griff hinterm Kopf. Sofort wickelte sich der Fisch um seinen Unterarm wie eine Schlange und verteilte seinen Schleim. Roy kappte die Angelschnur und stach kurz hinter dem Kopf des Aales zu, dort wo er das Herz vermutete. Er rammte das Messer bis zum Anschlag quer durch den sich windenden Muskel und nagelte ihn am Boden fest. Der Aal blutete, er hatte das Herz getroffen, aber der Fisch schien davon völlig unbeeindruckt, er zappelte weiter und befreite allmählich die Klinge aus dem Erdreich.

»Diese Viecher sind so zäh wie nur irgendwas. Das glaubt man nicht. Der müsste doch schon längst tot sein«, wunderte sich Stulle und betrachtete das Schauspiel in aller Seelenruhe von oben herab.

»Das ist er ja auch«, antwortete Roy, griff nach dem Messer und dem Aal und nagelte ihn an einem Holzscheit, »der glaubt es nur noch nicht.«

»In jedem Fall muss er begossen werden«, strahlte Stulle und griff nach dem Klaren, »das hat er sich verdient.«

Die erste Flasche war leer und die zweite in Griffnähe, als sie sich wieder in ihre Stühle fallen ließen.

»Was war denn nun mit Murmel und Rosi?«, wollte Roy wissen, als er im Schein des Feuers seine Angel neu präparierte. »Wie hat er denn das Ding versaut?«

»Ach ja, Murmel, dieser bemitleidenswerte Tropf. Er ist ja ein liebenswerter Kerl und nur deswegen hat sich Rosi auch auf ein Treffen mit ihm eingelassen. Aber dieser Dummbatz hatte anscheinend, ähnlich wie Travis, nicht den geringsten Schimmer davon, wie ein erstes Date mit einem netten und anständigen Mädchen, das weit davon entfernt ist, eine Schlampe zu sein, laufen sollte. Sie befanden sich noch im zarten Zustand des Sich-Kennenlernens, als er sie ohne jeglichen Funken von Anstand einfach fragte, ob sie denn auch so auf Analverkehr abfahren würde wie er. Stell dir das mal vor!«

Roy schaute von seiner Montage auf.

»Was hat er sie gefragt? Das ist nicht dein Ernst, oder?«

»Doch, doch, ich sag es dir.«

»Der ist ja noch dämlicher, als ich dachte. Das kann er doch nicht bringen. Jedenfalls nicht bei der Kleinen und schon gar nicht beim ersten Date.«

Stulle fing an zu kichern.

»Das Schärfste kommt ja noch«, gluckste er vor sich hin, »weißt du, was Rosi daraufhin zu ihm meinte?«

»Na, was? Sag schon!«, drängelte Roy.

»Sie meinte wohl nur ganz cool zu ihm: ›Ach, deswegen rutschst du hier die ganze Zeit so unruhig auf deinem Hintern rum, dir tut immer noch dein verdammtes Arschloch weh.‹ Dann war sie aufgestanden und hatte ihn einfach sitzen lassen.«

Roy brüllte los vor Lachen.

»Das ist ja der Hammer«, krächzte er, »das hätte ich ihr gar nicht zugetraut.«

»Ich schwöre es dir«, prustete Stulle, »was für ein Vollpfosten!«

Sie hatten Mühe, sich wieder einzukriegen, als sie aus der Ferne plötzlich ein aufheulendes Motorengeräusch hörten, das auf die Brücke zuhielt. Es kam aus der Richtung des ehemaligen Betonwerks, nicht aus Willis. Es schien aber keine ruhige Fahrt zu sein, der Fahrer hatte allem Anschein nach Mühe, das Fahrzeug in der Spur zu halten, die Lichter tanzten nur so hin und her. Mal schien die Karre fast stehen zu bleiben, dann beschleunigte sie wieder.

»Was ist das denn für ein volltrunkener Idiot?«, fragte Stulle, immer noch grinsend, und blickte auf die näherkommenden Scheinwerferlichter.

Roy hatte seine neue Montage fertig, sein Bier in der Hand, stand auf und schaute ebenfalls in die Richtung.

»Keine Ahnung«, sagte er, »da scheinen ja etliche Drinks zu viel im Spiel zu sein.«

Das Auto war kaum noch hundert Meter entfernt, als es plötzlich beschleunigte und auf die Brücke zu geschlingert kam.

»Gottverdammte Scheiße, was treiben die denn da?«

Kurz vor der Brücke kam die Karre vollends ins Schleudern, krachte durch das Brückengeländer und drohte in den Fluss zu stürzen. Wie in einem Hollywoodfilm balancierte es auf der Brückenkante.

»Verdammt«, brachte Stulle hervor und schmiss beim Aufspringen seinen Klappstuhl um.

Ungläubig starrten sie nach oben. Der Innenraum des Wagens war gefüllt mit dichtem Nebel, in dem sie ein paar wild gestikulierende Gestalten erkennen konnten, die offensichtlich einen ziemlichen Tumult veranstalteten.

»Warum um alles in der Welt steigt da zum Teufel noch mal keiner aus?«, fragte Stulle – mehr sich selbst.

Das Auto kam immer mehr ins Schwanken und allmählich kippte es nach vorn, löste sich von der Brückenkante, vollzog kurz den freien Fall und stieß im nächsten Augenblick mit der Schnauze voran ins Wasser. Die Knicklichter fingen an, wie wild zu tanzen, die Scheinwerfer erloschen und die Karre sank überraschend schnell und unaufhaltsam auf den Grund des ruhig dahinfließenden Flusses.

DIE TAGE
NACH
ALGECIRAS

HUB

1

In einem Straßencafé am Praza da Quintana de Mortos – in der Nähe der riesigen, romanischen Kathedrale von Santiago de Compostela – erwischte er gerade noch einen freien Tisch in der hintersten Reihe. Zwei Frauen hatten ihn zwar zuerst entdeckt, kamen aber mit ihren sperrigen Rucksäcken nicht schnell genug durch die engen, voll besetzten Reihen. Er ließ sich auf den Stuhl fallen, zuckte mit den Schultern, als die beiden sichtlich erschöpften Frauen kurz nach ihm den Tisch erreichten, und schenkte ihnen ein Lächeln des Bedauerns. Während die Resolutere der beiden – stämmig, in kurzen Hosen und derben Wanderstiefeln – ihn noch eine Weile beschimpfte, ließ die andere – zierlich, mit roten Haaren und hochrotem Kopf –, resignierend ihren zentnerschweren Rucksack fallen, schleifte ihn zu einem kleinen Mäuerchen und hockte sich drauf. Sie war kurz vorm Heulen. Die Kellnerin hatte die Unruhe mitbekommen und schaute auf, was Hub nutzte, um seine Bestellung aufzugeben. Espresso plus Brandy, beides doppelt, por favor.

Hier war mehr los, als er dachte. Tausende auf ihrem langen Weg Staub fressende Pilger waren endlich angekommen und lagen sich wie ein Volk in den Armen, bevölkerten sämtliche Gassen, Restaurants und Cafés rund um die Kathedrale und waren dem Himmel ach so nah. Es nervte gewaltig und er war sich keineswegs mehr sicher, ob es wirklich eine gute Idee war, hier in diesen Schmelztiegel aus überschäumender Glückseligkeit einzutauchen. Dabei hoffte er doch nur auf ein wenig Abwechslung, etwas Aufmunterung auf seinem Weg hinaus aus dem Jammertal.

Als die Kellnerin die Getränke vor ihm abstellte, schob er seine Sonnenbrille auf die Glatze und fragte, ob hier immer so viel los sei.

Sie hob die Augenbrauen und sah ihn aus großen, dunklen Augen freundlich an.

»Viel los? Da kommen Sie am besten noch mal im Spätsommer oder Herbst wieder. Dann ist hier richtig was los.«

Einen Moment lang sah sie ihn noch amüsiert an, bevor sie sich umdrehte und mit einem dezenten Hüftschwung wieder davonmachte.

»Ja, natürlich sind wir alle in Sünde geboren, aber wir sind auch voller Liebe. Gott hat ihn mir gezeigt, den Weg der Liebe«, hörte er hinter sich am Nachbartisch einen Typen säuseln.

Hub drehte sich der Magen um und am liebsten hätte er dem Arsch mal ein paar Takte zu diesem Thema erzählt. Aber Scheiße noch mal, was hätte er ihm schon sagen können? Er war nun weiß Gott kein Experte auf diesem Gebiet; wusste nur, dass Liebe das Allerletzte war, auf das man sich einlassen sollte; es sei denn, man war scharf darauf, seinen Verstand einzubüßen. Er hatte immer nur ein müdes Lächeln für die Leute übriggehabt, wenn sie sich mit verheulten Augen und am Boden zerstört, in die dunkelste Ecke ihrer Bude verkrochen und ernsthaft anfingen, sich mit Suizid zu beschäftigten. Wenn die Schmetterlinge in ihren Bäuchen sich in gefräßige Raupen zurückverwandelten und drohten, sie auszuhöhlen. Mit so etwas hatte Hub nach seiner ersten, gallig bitteren Liebeserfahrung nichts mehr am Hut gehabt. Seither hatte er sämtliche Untiefen menschlicher Gefühlsturbulenzen geradezu meisterlich umschifft und peinlich genau darauf geachtet, dass seine liebesabsorbierenden Schutzschilde nicht löchrig wurden. Und jetzt schlich er selbst durch die Gegend wie ein trübsinniger Grubenarbeiter nach einer Zwölf-Stunden-Schicht.

Die Rothaarige auf ihrem Rucksack schien völlig aufgelöst, hielt sich die Hände vors Gesicht und schluchzte, dass ihr ganzer Körper bebte. Die Derbe hockte unterdessen vor ihr, sprach auf sie ein, war zärtlich und versuchte ihr die Hände vom Gesicht zu nehmen; wollte, dass sie noch einmal rüber sah zu diesem blöden Penner, der es doch gar nicht wert war, dass sie die Nerven verlor. Dabei schaute sie wütend, mit zusammengekniffenen Augen in seine Richtung und reckte beide Mittelfinger in die Luft.

Dann sollen sie doch mit ihrem Arsch zu Hause bleiben, wenn sie für solche Strapazen nicht gemacht sind, dachte er bei sich und stürzte den Brandy runter, *oder glaubten die etwa, die Götter würden sie verschonen? Ha!*

Das war das Einzige, was ihn noch einigermaßen bei der Stange hielt. Die Götter trieben ihr launisches Spiel nun mal mit jedem; da war keiner vor gefeit, da war er nicht der Einzige, dem sie unverhofft eins reinwürgten. Wobei er den Verdacht hatte, dass sie es mit ihm besonders gut meinten. Er brauchte sich nur daran zu erinnern, was für ein perfides Spiel sie in Gang setzten, als sie ihm in Algeciras Julie über den Weg laufen ließen. Die Affäre, die daraus entstand, hatte genug Potenzial, um die Welt aus den Angeln zu heben, war aber Gott sei Dank von so kurzer Dauer gewesen, dass nichts ins Wanken kam. Sie hielt gerade mal drei Tage, dann war Julie auch schon wieder abgereist – zusammen mit ihrem Mann – und alles löste sich in Wohlgefallen auf, wie ein heißer Sommertag im lauen Abendwind. Da war nichts übriggeblieben, was einen noch ewig hätte beschäftigen können.

Doch es kam anders.

Dass sie und ihr Mann im Norden Spaniens lebte, wo ihr Gatte Carlos ein Weingut besaß, hatte sie ihm erzählt, aber nicht genau, wo. Und nachdem er sich dann drei Wochen später in Südfrankreich von Zeck und Zoe verabschiedet hatte, fand er auf seiner Tour quer durch die nördliche Iberische Halbinsel ausgerechnet in der Nähe ihres Dorfes – fernab der Hauptwege, irgendwo abgeschlagen, wo sich garantiert nie ein Mensch hin verirrt –, einen Stellplatz für die Nacht und sie fand ihn. Darauf war er nicht im Geringsten vorbereitet gewesen, da nutzte dann auch keine noch so fein ausgearbeitete Strategie mehr was. Julie traf ihn mit der Wucht eines Keulenschlags, der ihn taumeln ließ und drohte, in die Knie zu zwingen.

In dieser Nacht hatten sie nicht nur berauschenden Sex gehabt, sondern vielmehr hatten sie sich wirklich geliebt, hatten sich geradezu verzehrt nach dem anderen; hatten sich festgehalten, als ob es kein Morgen geben würde und sämtlichen Gefühlen ihren freien Lauf gelassen, bis dann die aufgehende Sonne sie zurück in die Realität schleuderte und Julie gehen musste. Diesmal dann wirklich für immer, wie sie sagte.

Und da war ihm klar geworden, dass die Götter noch lange nicht bereit waren, ihn aus dem Spiel zunehmen. Jetzt, wo eigentlich der gemütliche und unbeschwerte Teil seines Lebens anfangen sollte, ein seichtes Dahinplätschern durch die Zeit, da setzten sie ihm Julie erneut vor die Tür.

Er erwischte den Blick der Kellnerin und bestellte nach.

Die Rothaarige hatte sich wieder beruhigt. Ihre Freundin war losgelaufen und mit einer Flasche Rotwein und zwei langstieligen Weingläsern zurückgekehrt. Sie hatte sich sogar eine weiße Stoffserviette über den Unterarm gelegt und einen auf Kellnerin gemacht, was ziemlich affig aussah. Ihre Freundin war auf jeden Fall begeistert, hatte ihr die Arme entgegengestreckt und einen Kussmund gemacht. Alle bösen Geister schienen wieder verflogen zu sein.

»Du musst weg von der individuellen Liebe, hin zur universellen. Alles ist Liebe, verstehst du?«, hörte er den Typen hinter sich predigen, »nur die Liebe kann uns noch retten, fang an, dein Herz zu öffnen!«, forderte er seine Zuhörerin auf.

Hub hätte kotzen können. *Wie kann ein Einzelner nur derartigen Schwachsinn von sich geben*, fragte er sich und wurde neugierig, wie so einer wohl aussah, der das Glück und die Liebe allem Anschein nach gefressen hatte und wild entschlossen war, nie wieder kacken zu gehen.

Er drehte sich um und fixierte den Typen. Der war schmal, sah blass aus unter seinem verschlissenen Strohhut und trug eine Holzperlenkette, mit einem Amulett um seinen dürren Hals. Wie erleuchtet sah er jedenfalls nicht aus; eher wie einer, den man nicht ernst nehmen konnte. Der Typ unterbrach seine Rede und schaute ihn durch seine Nickelbrille verdutzt an. Die junge Frau neben ihm wirkte so unscheinbar wie eine Zeugin Jehovas.

»Wie hältst du das nur aus?«, fragte Hub sie spöttisch, bekam aber keine Antwort und drehte sich wieder um.

Die Kellnerin hatte alle Hände voll zu tun; schaffte es aber, ihm seinen zweiten Espresso mit dem Brandy zu bringen, ohne dass er lange warten musste. Sogar ein hübsches Lächeln hatte sie für ihn noch übrig.

Aus der Richtung der beiden Lesben drang Gelächter zu ihm rüber. Offensichtlich hatte der Rotwein sie in eine euphorische Stimmung versetzt. Das Gesicht der Rothaarigen strahlte wieder und ihre Freundin schenkte nach. Sie gackerten, schauten zu ihm rüber und ließen anscheinend kein gutes Haar an ihm. Dann lagen sie sich in den Armen, hielten sich fest umschlungen, taumelten von einem Bein aufs andere; sahen sich tief in ihre glänzenden Augen und schienen es immer weniger glauben zu können, dass sie es tatsächlich geschafft hatten, den ganzen Weg bis hier her. Dabei schwang der Wein in ihren Gläsern und ihm wurde übel bei so viel gemeinsamem Glück.

Hub drehte sich einen Sticky, zündete ihn an, inhalierte tief den ersten Zug, kippte den Brandy in den Espresso, schaufelte Zucker hinein, rührte um und trank einen Schluck. Nahm noch einen Zug und blies Qualm in die Luft, den der leichte Wind sofort verwirbelte.

Der Prediger hinter ihm tippte ihm auf die Schulter.

»Hey Bruder«, sagte er, als Hub sich umdrehte, »muss das hier sein?«

Hub seufzte.

»Meinst du das hier?«, fragte er und hielt den Sticky in die Luft.

»Ja, befrei dich von deinen Zwängen, besinn dich lieber auf dich selbst, öffne dein Herz für Gott, dann musst du deine Mitmenschen auch nicht mit diesem widerlichen Gestank belästigen.«

Dazu fiel ihm auf Anhieb nichts ein, er wollte sich schon wieder wortlos abwenden, lächelte dann aber dem Mauerblümchen zu und sagte: »Willst du mal ziehen? Könnte dir das Geschwafel dieses Irren um einiges erträglicher machen.«

Fast meinte er, ein Zögern bei ihr erkannt zu haben, doch dann schüttelte sie nur den Kopf und ein verlegenes Lächeln huschte über ihre Lippen. Dem Typen gab er noch den Rat, ihn einfach in seine grenzenlose Liebe miteinzubeziehen.

Mann, gingen die ihm hier alle auf den Sack. Er nahm die letzten beiden Züge, stampfte den Pappfilter in den Aschenbecher und trank den Espresso aus. Er musste zugeben, dass seine Laune echt übel war und dass er nicht den blassesten Schimmer hatte, wie es weitergehen sollte. Vielleicht war ja Verkriechen tatsächlich nicht das Schlechteste.

Du solltest dich einfach mal für eine Weile aus dem Verkehr ziehen, bevor sich noch jemand eine blutige Nase einfängt, gab er sich selbst den Rat.

Als ihm die Kellnerin das nächste Mal zulächelte, bezahlte er und machte sich auf den Weg; zurück zu seinem Wohnmobil, um sich ein stilles Plätzchen zu suchen.

Er fuhr aus der Stadt, Richtung Süden, hatte ein Bier in Reichweite und einen Sticky am Brennen. Muddy Waters haute ihm seinen Blues um die Ohren und seine Stimmung wandelte sich von übellaunig in eine langsam aufkeimende Melancholie. Er konnte nichts weiter tun, als die Zeit an sich vorüberziehen zu lassen; in der Hoffnung, dass diese Scheißstimmung bald mal ihr Ende finden würde.

Einem Hinweisschild folgend fuhr er einen Schotterweg entlang, zu einem riesigen Parkplatz für Strandbesucher. Zu dieser Jahreszeit standen dort nur wenige Fahrzeuge. Am Ende entdeckte er einen unbefestigten Weg, der durch niedriges Buschwerk und vom Wind gekrümmte Pinien führte. Die aufgebrochene Schranke und das Hinweisschild »Privat« ignorierte er. Als sich die Landschaft etwas lichtete, bot sich ein idealer Unterschlupf, mit einem angerosteten Container und einer verrammelten Bretterbude, *Mike's Surfstation*. Er parkte das Wohnmobil im Windschatten des Containers, holte einen Stuhl raus und setzte sich gedankenverloren mit einem frischen Bier und was zu Rauchen in die schräg stehende Aprilsonne.

Niemals hätte er gedacht, dass eine Frau ihn noch mal dermaßen aus den Pantoffeln hauen könnte. Er fühlte sich wie ein Boxer, der nicht rechtzeitig seine Deckung hochbekommen hatte und spürte förmlich, wie sich die Düsterkeit der Ohnmacht um ihn herum immer weiter ausbreitete. So wie es aussah, war dagegen nichts zu machen. Er lehnte sich zurück und konnte nur hoffen, dass sich auch diese Nebel wieder verziehen würden, so wie es alle Nebel irgendwann taten.

Noch vor ein paar Monaten trotzte er mit einem mehr oder weniger eingefahrenen Alltagstrott den nasskalten Wintertagen in Berlin. Es war keine von diesen stumpfsinnigen Alltagsroutinen, keine mit ewig gleichen Abläufen, schreienden Kindern und nervigen Chefs, die jeden über kurz oder lang in den Wahnsinn oder in eine Therapie trieb. Davon war er meilenweit entfernt. Seine Miete verdiente er sich mit Kurier-Fahrten, als freier Mitarbeiter bei den »Torpedos«. Seinen eigentlichen Unterhalt mit dem Handel von Marihuana. Alles lief in einem angenehmen, ruhigen Fahrwasser ohne großartige Überraschungen. Doch seit er die Hälfte seiner statistisch zu erwartenden Lebensdauer überschritten hatte, beschlich ihn immer wieder mal die Frage, ob das nun alles war. Ob die Höhepunkte bereits aufgebraucht waren und ob sich das Leben so langsam begann davonzuschleichen, ohne noch viel Aufhebens zu machen.

Dann hatte sein Kumpel Curtis über ein paar Ecken von einem Wohnmobil gehört, das – warum auch immer – zu einem Spottpreis wegmusste. Ein Fingerzeig der Götter, der ihm augenblicklich vor Augen führte, was zu tun war. Und es gab nichts, was dagegensprach, die Leinen zu kappen und Berlin auf unbestimmte Zeit den Rücken zu kehren, sich treiben zu lassen, nach Marokko ins Rifgebirge, der Dope-Kammer Europas. Schon in seiner Jugend träumte er davon, sich diese Gegend einmal genauer anzusehen. Jeder, außer Carola, fand die Idee saugeil. Obwohl es in ihrer eher locker geführten Beziehung nie die großen Versprechen gab, war sie doch ziemlich angefressen, als er ihr von seinen Plänen erzählte. Das war vor über zwei Jahren gewesen. Warum es dann doch nicht so einfach war, sich loszueisen, war schwer zu sagen. Manche waren der Ansicht, er würde einfach den Arsch nicht hochkriegen und ja, ein großer Freund von wegweisenden Entscheidungen war er noch nie gewesen. Er ließ die Dinge auch gerne mal auf sich zukommen. Für ihn machte es keinen allzu großen Unterschied, ob man versuchte, sein Schicksal selbst in die Hand zu nehmen oder seinem Lauf einfach folgte. Das war in seinen Augen eine Frage des Temperaments, nicht des Willens.

Wenn an jenem Vormittag – dessen Ereignisse ihn letztendlich dann doch zum Aufbruch zwangen –, alles normal verlaufen und er rechtzeitig zur verabredeten Zeit in der Fabriketage gewesen wäre, um die Ladung *Skunk* in Empfang zu nehmen, hätten sie auch ihn am Arsch gehabt und er wäre garantiert auf unbestimmte Zeit hinter den Gefängnismauern von Moabit verschwunden. Aber weil er durch so einen Arschlochwichser, der eine Tankstelle mal wieder mit einer Imbissbude verwechselte und einfach nicht fertig wurde – den er im Nachhinein allerdings glatt hätte abknutschen können – aufgehalten wurde, sah er schon von Weitem den Aufmarsch der Bullen vor dem Fabrikgebäude, an dem er dann mit plötzlich aufsteigender Übelkeit und versteinerter Miene vorbeifuhr. DAS war kein Fingerzeig, der Interpretationen zuließ, DAS war einer von der unmissverständlichen Sorte, auf den man sofort reagieren musste. Hier war spontanes Handeln erforderlich und wenige Stunden später hatte er bereits das Hermsdorfer Kreuz an der A9 hinter sich gelassen. Er hielt stur das Gaspedal gedrückt und nur zum Tanken an. Tags darauf war er in Südfrankreich, seine Nerven hatten sich weitestgehend beruhigt und langsam dämmerte es ihm, was für ein geiler Scheiß da ablief.

Als er in Algeciras ankam, befand er sich in einer absoluten Hochstimmung. Einerseits hervorgerufen durch den wahnwitzigen Dusel, den er hatte, und andererseits durch die Tatsache, dass die Würfel endlich gefallen waren und es jetzt kein Zurück mehr gab – komme, was wolle. Doch dann lief ihm Julie über den Weg und was ab da auf ihn einprasselte, war schier unglaublich. Aus dem Stoff hätte man glatt einen ganzen Roman schreiben können und ihm war deutlich vor Augen geführt worden, dass sein Leben durchaus noch einige Überraschungen für ihn parat hielt – und zwar mehr, als ihm lieb war.

Zwei Typen waren hinter die Affäre mit Julie gekommen und legten ihm unmissverständlich nah, zu tun, was sie von ihm verlangten, wenn er denn nicht ans Kreuz genagelt werden wolle. Sie machten ihm klar, dass er garantiert nicht der Erste wäre, dem Carlos die Eier abschneiden würde, wenn der von der Liaison mit seiner Frau erfuhr. Und was sie von ihm forderten, war so aberwitzig und irre wie nur irgendwas. Sie wollten, dass er für sie Dope aus Marokko schmuggelte. Er hätte sie am liebsten an Ort und Stelle erschlagen und verscharrt, was er natürlich nicht tat. Stattdessen kaufte er sich für die Autofähre ein Ticket nach Tanga. In Chefchaouen traf er dann Zeck wieder, den er tags zuvor auf dem Campingplatz in Tarifa kennengelernt hatte. Mit ihm zusammen, und einem Arschvoll Glück, schaffte er es tatsächlich, diese heikle Mission erfolgreich zu Ende zu bringen. Und weil die Götter es ausnahmsweise mal gut mit ihm meinten, spielten sie ihm unverhofft einen Trumpf in die Hände. Einer der beiden Erpresser hatte in der Zwischenzeit Susana – die Schwester von Vincenta und Paolo, die das Restaurant gegenüber vom Campingplatz betrieben und wo er oft gesessen hatte –, vergewaltigt. Mit diesem Wissen konnte er den Spieß umdrehen, den beiden Wichsern ordentlich die Hölle heißmachen und obendrein auch noch Susana rächen. Was am Ende übrig blieb, waren die Erinnerungen an eine berauschende Affäre, ein wildes Abenteuer mit Zeck quer durch Marokko und zwanzig Kilo allerfeinstes Dope, das sie nach Südfrankreich zu Zecks Freundin Zoe schafften, die es den Sommer über vergolden wollte.

Er schüttelte kurz seine Bierbüchse, um sicherzugehen, dass sie leer war, und blickte nach Westen. So wie der Himmel aussah, versprach es, einen Bilderbuch-Sonnenuntergang zu geben und er überlegte, ob er runter zum Strand gehen und sich das Schauspiel mal ansehen sollte. *Ach, scheiß drauf,* sagte er sich dann, *die geht morgen auch wieder unter,* stand auf und holte sich ein neues Bier.

Die Tage schlichen dahin, waren dröge und Hub schaffte es einfach nicht, seiner Stimmung die entscheidende Wende zu verpassen. Statt Bier trank er vermehrt Rotwein, was sein Hirn ausschaltete und seine Gefühle betäubte, aber nichts änderte. Warum nur hatten die Götter Julie noch einmal in seine Arme gelegt, warum mussten sie es dermaßen übertreiben? Er hasste sie dafür; hasste sie noch mehr, wenn er sich vorstellte, wie sie sich eins feixten, auf ihn herabsahen und sich köstlich über sein Leid amüsierten. Aber er wusste natürlich auch, dass hinter den Herausforderungen, welche die Götter einem hin und wieder vor die Füße knallten, nicht selten ein ausgeklügelter Plan stand. Bloß welcher? In Momenten klarer Rauschzustände versuchte er dahinterzukommen und was ihm dabei deutlich wurde und was ihm gleichzeitig eine Heidenangst einjagte, war, dass Julie wahrscheinlich die Einzige auf der ganzen Welt war, mit der es funktionieren könnte. Ein Leben zu zweit, mit nicht enden wollenden Glücksmomenten. Aber warum diese hinterhältige Bande sie erst auf derart niederträchtige Art und Weise in sein Herz schleusten, nur um sie dann jäh wieder herauszureißen, blieb ihm völlig unklar und hinterließ eine taube, dumpfe Leere, welche er in jeder Faser seines Körpers spürte.

Glücklicherweise schienen es die Götter nach einer Weile dann doch leid zu sein, sich diesen Jammerlappen da unten in seinem Wohnmobil noch länger anzuschauen, zeigten Mitleid und arrangierten etwas Merkwürdiges.

An einem späten Nachmittag, als er vor seinem Wohnmobil saß, die Zeit an sich vorüberziehen ließ und ohne großen Appetit Nudeln mit Tomatensoße aß, war er aufgetaucht: Ein großer, schwarzer Hund mit viel Grau im Fell, dem man ansah, dass der Großteil seines harten Lebens bereits hinter ihm lag. Sein klobiger Kopf war übersät mit Narben, der Körper malträtiert von unzähligen Zeckenbissen und verheilten Wunden. Ein Ohr war eingerissen, sein kurzes Fell dreckig und an manchen Stellen bereits ausgefallen. Hinkend und schwerfällig hatte er sich Hub genähert, bis er sich in einem sicheren Abstand vor ihm hinsetzte und mit trüben Augen müde zu ihm rüber starrte. Und in seinem Blick konnte Hub die Frage lesen, was ER denn für Probleme, womit ER denn wohl zu kämpfen habe, woraufhin er ihm die restlichen Nudeln servierte und ihm beim Fressen zusah. Danach hatte sich der alte Kerl zusammengerollt und nur noch ab und an seinen Kopf gehoben, um anzuschlagen, wenn er meinte, etwas gehört zu haben.

Da fing es bei ihm langsam an zu dämmern. Allmählich musste

er sich eingestehen, dass wirkliche Probleme ganz anders aussahen. Dass aus der Kontrolle geratene Emotionen zwar lästig wie eine Wurzelbehandlung sein konnten, aber längst nicht existenzbedrohend waren. Er hatte angefangen, sich zu fragen, was denn um Himmels Willen tatsächlich geschehen sei. Er saß bis spät in der Nacht draußen, trank Rioja, rauchte Dope und sah dem Hund beim Schlafen zu. Und ganz langsam bemerkte er, wie sich die Nebel der Melancholie immer mehr verflüchtigten.

Am nächsten Morgen erwachte er aus einem tiefen, traumlosen Schlaf. Die Aprilsonne schien aus einem wolkenlosen, blauen Himmel durch sein Dachfenster und lud zu einem schönen Tag ein. Er verschränkte die Hände hinterm Kopf und starrte an die Decke des Alkovens. Was war passiert? Dieses Erwachen fühlte sich anders an als das der letzten Tage. Eine Art Erleichterung war zu spüren, als ob die Dämonen der Schwermut sich tatsächlich verkrochen hätten. Er drehte sich auf den Bauch und lugte aus dem Seitenfenster, konnte den zerzausten, alten Kerl aber nirgendwo mehr entdecken. Plötzlich erinnerte er sich, in den frühen Morgenstunden ein Bellen gehört zu haben, einen einzigen Laut. Ganz so, als hätte der Streuner ihm einen letzten Gruß zugerufen, nach dem Motto: Halt die Ohren steif, ich muss dann mal weiter.

Mit frischer Energie schwang er sich von seinem Bettlager und setzte Teewasser auf. Kurz darauf saß er mit einer Kanne *Sencha* in der herrlichen Frühlingsonne und dachte an Julie, spürte ihr nach und versuchte dahinterzukommen, was sich verändert hatte. Konnte es aber nicht genau sagen, außer dass dieses melancholische Gehabe anfing, ihm gehörig auf den Wecker zu gehen und dass es allerhöchste Zeit war, aus diesem verdammten Elend endlich wieder hervorzukriechen. Julie gehörte in die Vergangenheit. Ein für alle Mal.

Er stand auf, reckte jeden einzelnen Muskel, marschierte runter zum endlosen Strand und ließ sich den scharfen Atlantikwind um sein kahles Haupt wehen. Weit und breit war er der Einzige hier. Nur die pure Natur, ungezähmt in wilder Schönheit. Welchen Grund konnte es geben, an diesem Ort mit eingezogenem Kopf und hängenden Schultern durch die Gegend zu schleichen? Julie würde eine ewig schöne Erinnerung bleiben; kein Grund, Trübsal zu blasen.

Zurück in seinem Wohnmobil wusste er, was zu tun war. Er musste wieder unter Leute. Ohne Eile packte er seinen Krempel zusammen und verstaute ihn sorgfältig. Bevor er losfuhr, brach er noch sein altes Brot, weichte es in Milch auf und schnippelte was von der Salami hinein. Dann stellte er die Plastikschüssel nach draußen und fuhr davon.

Sein Weg führte ihn weiter nach Süden, immer am Atlantik entlang. Anders als bei den letzten 500 Kilometern nahm er wieder etwas von der Landschaft sowie seiner Umgebung wahr und stierte nicht mehr wie durch einen Tunnel, an dessen Ende schemenhaft Julie stand, vor sich hin. Er kam durch kleine Ortschaften, gönnte sich einen Imbiss neben einer Tankstelle und frischte in einem Supermarkt seine Vorräte auf. Mit einem Bier im Getränkehalter und einigen vorgedrehten Stickys fuhr er ohne Eile weiter Richtung Portugal, ließ die Gegend an sich vorüberziehen und langsam, aber sicher stieg seine Stimmung auf ein Level unbekümmerter Heiterkeit.

Der Nachmittag neigte sich bereits seinem Ende zu, als vor ihm am Straßenrand ein Schild auftauchte: *Camping Oase Atlantic 500 m,* daneben ein Pfeil, rechts ab.

Der Typ an der Schranke winkte ihn durch. Er solle sich einen Platz suchen, die Anmeldung und so würden sie dann später erledigen. Also kurvte Hub über das gut besuchte Gelände und fand einen Platz etwas abseits, fernab der sanitären Anlagen, direkt neben den Plätzen für die Zelte.

Mit einem Glas Rioja setzte er sich nach draußen, schaute der tief stehenden Sonne entgegen und lauschte dem fernen Rauschen des Atlantiks. Ein tiefes Wohlbefinden breitete sich in ihm aus und es war ihm gerade schier unerklärlich, wie er bis vor Kurzem noch in so einem derart tiefen Loch hatte stecken können. Wenn er sich jetzt umsah, hatte sich die Welt um ihn herum nicht verändert, alles war noch an seinem Platz, nichts Außergewöhnliches war geschehen. Und dann fiel ihm plötzlich Zoes Geschenk wieder ein und ein breites Grinsen überzog sein Gesicht. Für die erste Zeit des Alleinseins hatte sie ihm einen Napf voll mit in Honig aufgelöstem *Kratom* mitgegeben, welchen er in den letzten depressiven Tagen völlig vergessen hatte. Er musste nicht lange danach suchen, steckte seinen Finger hinein, lutschte ihn genüsslich ab und es dauerte nicht lange, bis sich eine unterschwellige Energie in ihm aufbaute, die dazu beitrug, dass er sich sein Waschzeug sowie frische Klamotten schnappte und die Duschen aufsuchte.

Frisch gebügelt machte er sich – in der Hoffnung auf ein wenig Abwechslung und Gesellschaft – auf den Weg zum nahegelegenen Strand. Die Sonne schickte sich gerade an, blutrot am Horizont zu verschwinden, als er – einige hundert Meter entfernt – eine hell erleuchtete Strandbar entdeckte. *Na bitte,* sagte er sich und marschierte stramm drauf los. Doch wie sich herausstellte, gab es dort an diesem Tag eine geschlossene Gesellschaft. Eine Junggesellenabschiedsparty, wie die junge Frau, die vor dem Eingang zusammen mit ihrem Freund auf den Stufen saß, erklärte.

»Und euer Bier?«, fragte Hub und deutete auf die halbvollen Gläser, die neben den beiden standen.

»Die bringen dir was raus, nur rein darfst du nicht«, erklärte ihm die junge Frau lächelnd.

Ihr Lächeln hatte etwas Verschmitztes. Sie hatte kurze, braune Haare mit hellen Strähnen, trug ein buntes Kleid über ihren schwarzen Leggins und eine ebenso farbenfrohe Jacke hing offen über ihren Schultern. Zwei große, goldenen Ringe baumelten an ihren Ohren, welche munter jede ihrer Kopfbewegungen begleiteten. Auf ihn machte sie den Eindruck, als ob sie heute gegen ein wenig Abwechslung auch nichts einzuwenden gehabt hätte. Der Mann neben ihr war ein großer Kerl, der auf Anhieb äußerst sympathisch wirkte.

»Wenn das so ist, dann ist ja noch nicht alles verloren«, tönte Hub, klopfte an die Scheibe der Eingangstür und bestellte bei einem dürren Typen drei Halbe.

»Setz dich, ich bin Anja, das ist Tönnis«, sagte sie und zeigte dabei kurz auf den kräftigen Kerl neben ihr, der freundlich mit dem Kopf nickte. Er hatte die Figur eines Holzfällers, wuschelige Haare, einen Vollbart und die Gemütlichkeit von Balu dem Bären aus dem Dschungelbuch.

»Und wer bist du?«, fragte sie keck.

»Hub, ganz einfach Hub.« Er setzte sich neben Anja auf die Stufen und es dauerte nicht lange, da plauderten sie auch schon munter drauf los. Tönnis beteiligte sich weniger an der Unterhaltung und stellte sie nach der nächsten Runde Bier und einem extra feinen Joint komplett ein.

»Du hast lustige Augen«, bemerkte Anja unvermittelt.

Seine Irisfarben waren unterschiedlich. Nicht so auffallend wie bei David Bowie, aber immerhin so, dass er für die meisten Menschen irgendwie einen komischen Blick hatte.

»Und du hast lustige Ohrringe und ihr seht aus, als könntet ihr noch ein Bier vertragen.«

Er schaute an ihr vorbei zu Tönnis.

Dieser nickte grinsend. »Jo, Bier ist gut«, brummte er.

Hub stand auf, klopfte an die Tür und suchte den Blickkontakt zu dem Barmann, der ihn auch gleich entdeckte. Doch anstatt eine weitere Bestellung aufzunehmen, forderte er die drei mit einer freundlichen Geste auf reinzukommen, was sie sich nicht zweimal sagen ließen.

Im hinteren Teil des relativ kleinen Raumes stimmte gerade jemand seine Gitarre und Pepe, wie der Barmann sich vorstellte, lud sie ein, sich zu setzen und an den reichlichen Resten des vorangegangenen Mahls zu bedienen. Die Tafel bestand aus vielen unterschiedlichen, zusammengestellten Tischen; gedeckt mit Flaschen, Gläsern und etlichen Speisen. Doch bevor sie sich setzen konnten, hatte jeder von ihnen ein Schnapsglas in der Hand und die Meute grölte ihnen einen herzlichen Willkommensgruß entgegen. Dann legten die Musiker los. Tönnis hatte sich einen Teller vollgepackt, war am Futtern und Hub und Anja waren schlichtweg begeistert davon, was die Jungs da fabrizierten. Eine rhythmische Gitarre, ein Tamburin, Kastagnetten und rauer Gesang heizten die ohnehin schon ausgelassene Stimmung richtig an.

Der Typ neben Hub reichte ihm eine Tüte.

»Ist Gras, wenn du magst? Ist allerdings das Letzte, gewöhn dich lieber nicht daran.«

»Oh, da kann ich aushelfen.«

Hub legte sein Dope auf den Tisch und griff nach dem Joint. Der Typ grinste ihn breit an, schlug ihm auf die Schulter und fing an zu drehen.

»Das hier musst du unbedingt probieren«, sagte Anja und stellte ihm einen vollgepackten Teller mit frittiertem Gemüse und Fleischstückchen vor die Nase, »das ist total lecker.«

Er reichte die Tüte weiter und langte zu. Es war köstlich, dazu gab es jetzt Rotwein statt Bier und immer mal wieder einen Schnaps; ausgegeben von jemandem, der sich kurz zu ihnen setzte, sich vorstellte, ein wenig plauderte und ein paar Züge vom Joint nahm.

Stunden später hatten die meisten der Partygäste ihren Zenit bei Weitem überschritten. Ein Ghettoblaster gab jetzt alles, was er hatte. Einige tanzten noch wild und ausgelassen herum, andere hatten bereits die Segel gestrichen, schliefen mit dem Kopf auf dem Tisch oder waren draußen am Kotzen. Der Dreher neben ihm hatte schon seit geraumer Zeit seine Tätigkeit eingestellt und war verschwunden, sodass Hub wieder selbst rollte. Anja hielt die Schnapsflasche in der Hand, um nachzuschenken, als sie plötzlich stutzte.

»Wo issen Tönnis?«

Mit kleinen Augen suchte sie den Raum ab.

»Wird wohl pissen sein.«

Sie goss die beiden Schnapsgläser voll.

»Meinste? Der is doch schon 'ne ganze Weile weg oder irre ich mich? So lange pisst doch kein Schwein.«

Einer der Tanzenden hatte sein Hemd ausgezogen, wedelte damit in der Luft herum, kam ins Straucheln und fegte etliche Gläser und Flaschen vom Tresen, die laut scheppernd auf den Boden schlugen.

»Der wird sich irgendwo hingepackt haben. Das macht der immer so, wenn er genug hat«, erklärte Anja und stürzte ihren Schnaps runter.

»Sollen wir ihn suchen gehen? Oder kommt er allein zurecht?«

»Ne, besser is', wir finden ihn. Ich glaube, er hat ein ziemliches Ding zu sitzen. Dope verträgt er nicht so gut.«

»Na dann?!«

Hub stand auf, trank aus und rief ein »Gracias« und »Adios« in den Raum, was Anja ihm gleichtat. Pepe hatte anscheinend noch den meisten Durchblick, kam auf sie zu, verabschiedete sie herzlich und wünschte ihnen noch eine gute Zeit.

Draußen war es stockfinster, nicht ein Zipfelchen vom Mond war zu sehen. Unbeholfen und schwankend stapften sie durch den Sand und versuchten, etwas zu erkennen.

»Ohne Licht werden wir hier überhaupt nichts finden, eher knallen wir noch gegen einen der Felsen. Wir müssen zurück zum Campingplatz und Taschenlampen holen. Vielleicht is' er ja auch schon zurückgelaufen und schlummert bereits still und friedlich in eurem Zelt.«

»Glaub ich nich'.«

Schemenhaft erkannte er, wie Anja gerade aus der Hocke hochkam und sich ihre Leggins unters Kleid zog.

»Da wäre er ohne fremde Hilfe nich' mehr hingekommen.«

»Dann lass uns Lampen holen.«

Sie hakten sich unter, stapften in pechschwarzer Nacht Richtung Campingplatz und waren bester Stimmung. Gackerten über jeden Scheiß, der ihnen einfiel, wie zwei Jugendliche, die zum ersten Mal gekifft hatten, und fanden tatsächlich den Weg zurück. Tönnis war nicht im Zelt. Also schnappten sie sich ihre *MAG-LITES*, nahmen noch einen Schluck vom Rioja und marschierten zurück zur Strandbar, aus der kaum noch ein Laut zu hören war. Am Strand lagen etliche, mannshohe Felsbrocken verteilt, zwischen denen sie in verschiedener Richtung nach Tönnis suchten.

»Hier issa«, rief Anja und gab Lichtsignale.

Tönnis lag wie ein gefällter Baum lang ausgestreckt auf dem Rücken, leise schnarchend nahe der Wasserlinie. Das Einzige, was sich bewegte, war sein massiger Brustkorb im Rhythmus seiner Atmung.

»Na siehste, alles in bester Ordnung«, stellte Hub fest.

»Und was machen wir jetzt mit ihm?«

»Na nüscht. Was soll'n wir machen? Wenn er ausgepennt hat, find' der schon den Weg zurück. Wir können ihm ja 'ne Taschenlampe hierlassen.«

Anja stierte unschlüssig auf ihren schlafenden Freund.

»Und wenn die Flut kommt?«

Das war durchaus ein berechtigter Einwand, den Hub nicht so ohne Weiteres ignorieren konnte, da war was Wahres dran. Er dachte nach und wünschte sich, den Rioja mitgenommen zu haben.

»Wahrscheinlich is' gerade Flut«, kam ihm in den Sinn.

»Und wenn nich'?«, gab Anja zu bedenken.

»Tja, so wie er jetzt daliegt, werden zuerst seine Füße nass und dann hat er noch 'ne halbe Ewigkeit Zeit, was zu merken, bis sein Kopf unter Wasser liegt. Ich schätze, das kriegt der schon irgendwie hin.«

Sie sahen sich einen Augenblick an und grinsten.

»Der wird auch immer so stinkig, wenn man ihn weckt«, kicherte Anja, legte ihm ihre Taschenlampe in die Hand und dann machten sie sich auf den Rückweg.

»Ich bin völlig ausgetrocknet«, stellte Hub fest, als sie zurück waren, »wir sollten uns noch einen Schluck genehmigen. Was meinste?«

»Da bin ich ganz deiner Meinung.«

»Na, dann geh ich mal den Wein holen.«

Sie setzten sich in der Nähe der Zelte unter einen Baum auf den Rasen und Anja schien keine Spur von Müdigkeit zu verspüren. Sie plapperte immer noch munter auf ihn ein und er genoss es, ihrer Stimme und ihren endlosen Geschichten zu lauschen. Er befand sich in einer Stimmung, in der er mal wieder erstaunt feststellen musste, wie schön und unbeschwert das Leben sein konnte. Nichts zerrte unterschwellig an seinen Nerven, alles war im Einklang. Er machte sich lang und bettete seinen Kopf in Anjas Schoß, die im Schneidersitz dasaß. Sie stellte ihr Weinglas ab, fuhr mit leichten Fingern über seinen kahlen Kopf und die Narbe über seinem Auge, unterbrach kurz ihre Erzählung und fragte: »Wo hast'n die her?«

»Das war der Preis fürs Überleben«, sagte er und dachte an den unseligen Morgen nach der Silvesterparty, als er mit einem Herz-kasper in der Küche zusammengebrochen war. Im Fallen hatte er etliche Gläser und Flaschen mit runtergerissen, was ihm diese bild-hübsche Narbe einbrachte. Aber wäre Carola nicht gleichzeitig von dem Gepolter wach geworden und hätte nicht den Notarzt gerufen, dann wäre er wahrscheinlich an diesem Morgen elendig verreckt.

»Das muss ich jetzt nicht verstehen, oder?«

Sie wartete die Antwort nicht ab und setzte ihre Erzählungen fort. Die Wolkendecke hatte sich verzogen und er starrte glückselig in den schwankenden Sternenhimmel. Ohne viel nachzudenken, drehte er sich auf die Seite und rieb seine Nase an ihrem Unter-bauch.

Anja hörte auf, seinen Kopf zu streicheln.

»Was machst'n da?«

»Ich nehme Witterung auf«, nuschelte er in den dünnen Stoff ihres Kleides.

»Ach ja? Na dann, mach mal.«

Sie stützte sich nach hinten ab und verstummte. Er drehte sich weiter auf den Bauch und seine Nase verschwand zwischen Anjas Schenkeln. Er konnte ihren Duft wahrnehmen und spürte, wie sie ihm leicht ihr Becken entgegenschob. Seine Linke fuhr unter ihr Kleid, massierte durch den dünnen Stoff ihrer Leggings ihren Schritt und Anja ließ sich auf ihre Ellenbogen fallen.

»So etwas nennst du ›Witterung aufnehmen‹?«

»Ja, genau.«

Er kam auf seine Knie, hob den Saum und verschwand unter das Zeltdach eines leichten Sommerkleides. Ihre Beine fielen aus-einander. Er umfasste ihre Schenkel und hauchte ihr einen Kuss auf ihre Schamlippen, spürte borstige kleine Haare durch das Nylon und überlegte, wie er sie am geschmeidigsten aus ihren Leggings be-kam. Mit kleinen, kreisenden Bewegungen ihres Beckens stemmte sie sich seinem Tun entgegen. Seine Hände hatten den Bund der Leggins gefunden und Anja hob bereits ihren Hintern. Dann schlug etwas mit der Wucht einer Abrissbirne in seine Rippen ein und ließ ihn glatt ein wenig vom Boden abheben. Heftiger, stechender

Schmerz durchfuhr seinen gesamten Körper. Benommen rollte er auf den Rücken, versuchte Luft zu bekommen und erkannte die dunkle Silhouette von Tönnis über sich. »Scheiße, Mann, was soll das denn? Was is' denn nur in dich gefahren?«, maulte Hub.

Ungläubig starrte er Tönnis an, presste seine flache Hand an den Brustkorb, verzog das Gesicht zu einer schmerzverzerrten Grimasse und schob sich zu einem Baum, an den er sich anlehnen konnte. »Gottverflucht noch mal. Du hast mir sämtliche Rippen gebrochen. Hättste mich nicht einfach am Bein vorziehen können? Musste gleich wie ein wildgewordener Esel zutreten?«

Tönnis stand wortlos, mit hängenden Schultern vor Anja und blickte sie fragend an. In seinem Blick spiegelte sich Ratlosigkeit. Sie kam auf die Beine und nahm ihn in den Arm.

»Ach komm, es ist nicht so einfach, der Vollkommenheit des Augenblicks den Rücken zu kehren und ihr keine weitere Beachtung zu schenken. Das hättest du auch nicht hinbekommen«, erklärte Hub.

Tönnis brachte kein Wort raus und Anja löste sich noch einmal von ihm, ging zu Hub rüber, nahm seinen Kopf in ihre Hände und gab ihm einen Kuss ans Ohr.

»Ein wenig mehr Zeit hätte uns ganz gutgetan«, flüsterte sie.

Dann schnappte sie sich Tönnis und verschwand mit ihm in Richtung Zelt.

Hub angelte sich die Flasche Rioja, presste weiter die Hand auf seine Rippen und nahm einen kräftigen Schluck. Verflucht, der ganze Brustkorb tat ihm weh und jeder Atemzug wurde zur Qual. *Aber komm*, sagte er sich, *so ein Aufenthalt im Paradies währt nun mal nicht ewig, das weißt du. Und um auch nur den kleinsten Augenblick darin verweilen zu können, muss man schon mal bereit sein, seine Flanke zu öffnen. So ist es, das ist der Preis.*

Eine Zeitlang saß er noch flach atmend an dem Baum gelehnt, bevor er sich dann aufrappelte, zu seinem Wohnmobil schlich und in seinem Alkoven verschwand.

Er erwachte mit reichlich Nebel im Kopf. Nur schemenhaft erklärten sich die Ereignisse der letzten Nacht, wobei ihm der Schmerz in seinem Brustkorb wichtige Hinweise lieferte. Er erinnerte sich, dass Tönnis aufgetaucht war und ihm einen fiesen Tritt verpasst hatte, gerade als er und Anja sich näherkamen. Er lag noch einen Moment lang auf dem Rücken und rief sich Einzelheiten in sein Gedächtnis, bevor er dann vorsichtig aus dem Bett die Leiter runter kletterte, ein paarmal tief durchatmete und feststellte, dass es wohl doch nicht so schlimm war wie befürchtet. Die Rippen schienen nicht gebrochen zu sein. Er setzte das Teewasser auf, pisste in den Plastikkanister und putzte sich die Zähne.

War doch bis auf das Ende ein netter Abend, resümierte er mit einem feinen Lächeln und der Erinnerung an Anjas Duft. Das Leben hatte ihn wieder. Mit der vollen Kanne pflanzte er sich in die Ecke am Tisch, klappte das Fenster hoch und genoss die erste Schale seines Lebenselixiers. Dieser *Sencha* am Morgen, zu Beginn eines jeden Tages, bedeutete ihm viel. Ohne den war jeder Tag von vornherein zum Scheitern verurteilt. Der Tee regulierte seinen Wasserhaushalt und verscheuchte die Nebelbänke. Allmählich machten sich seine Lebensgeister auch schon wieder bemerkbar. Die Sonne stand bereits hoch am Himmel und er dachte darüber nach, wozu er heute noch so imstande wäre, was er noch unternehmen könnte.

Da erschien Anja. Sie hatte ein Handtuch um ihren Hals, die Kulturtasche unter den Arm geklemmt und war auf dem Weg zu den Duschen. Ihr Blick fand ihn. Sie lächelte ihm zu und deutet mit einer leichten Kopfbewegung in Richtung Duschen. Sie machte ihm unmissverständlich klar, ihr zu folgen.

Für einen Augenblick stutzte Hub und wusste nicht so genau, was er davon halten sollte. *Das kann sie doch nicht ernst meinen, das kann sie doch unmöglich ernst meinen,* dachte er, steckte seinen Kopf aus dem Fenster und sah sich um. Alles befand sich in einer ruhigen Mittagsstimmung. *Manchmal bekommt man doch tatsächlich eine zweite Chance,* stellte er grinsend fest, trank den letzten Schluck, schnappte sich ein Handtuch und folgte ihr zu den Duschen der

Damenabteilung. Zu der Zeit war nichts los, die meisten gaben sich einer ausgedehnten Siesta hin.

Er klopfte an die Tür der einzigen besetzten Dusche. Anja öffnete sie und zog ihn augenblicklich an seinem T-Shirt herein. Sie war bereits nackt und nass. Ohne ein Wort zu sagen, schlang sie ihre Arme um seinen Hals, presste ihren Körper an seinen und fing an zu knutschen. Dabei ging es nicht um ein liebevolles Abtasten, da steckte eindeutig ein gieriges Verlangen hinter. Er zog sich das nasse T-Shirt über den Kopf und Anja langte ihm ungeniert an die Eier. Während sie ihm weiter einen hemmungslosen Zungenschlag verpasste, strampelte er sich aus seinen Shorts. Sie machte ihm deutlich, dass sie sich gar nicht erst lange mit einem Vorspiel aufhalten wolle, drehte sich um und ließ wie tausendmal geübt seinen Schwanz in ihre Spalte gleiten. Es dauerte auch nicht lange und sie lagen sich keuchend und erschöpft in den Armen, während der laue Frühlingsregen der Dusche auf sie herabprasselte.

»Du bist mir ja ein ganz schön abgebrühtes Luder«, raunte er ihr ins Ohr.

»Du lässt aber auch keine Gelegenheit aus, wie mir scheint.«

Er nahm ihren Kopf in beide Hände, schaute sie an und spielte den Entrüsteten.

»Moment mal, da täuschst du dich aber gewaltig. Normalerweise bin ich nicht so leicht zu haben.«

Anja musste lachen und gab ihm einen Kuss.

»Wir sind am Packen und fahren heute ab.«

»Besser ist es. Tönnis wäre glatt imstande, mir den Schädel einzuschlagen, wenn er hiervon erfahren würde.«

»Da kannst du sicher sein.«

Sie löste sich von ihm, trat aus dem Strahl der Dusche, trocknete sich ab, wickelte sich das Handtuch um und schnappte sich ihre Sachen.

»Es war schön mit dir. Mach's gut und pass auf dich auf!«

Sie gab ihm noch einen langen Kuss, öffnete die Tür und verschwand, ohne sich noch einmal umzudrehen.

Hub stützte sich mit beiden Händen an der Wand ab und ließ

den Strahl der Dusche auf Kopf und Rücken prasseln. Nach einer Weile drehte er entschlossen den Hahn zu, trocknete sich ab, zog die nassen Shorts an und verließ die Damenabteilung, ohne aufzufallen. Er fühlte sich belebt und auch erfrischt, als er zurück am Wohnmobil war. Nachdem er sich angezogen hatte, steckte er sich eine Zigarette an und schlenderte rüber zu den Zelten. Ein Großteil ihrer Sachen war bereits zusammengepackt und Tönnis war gerade dabei, das Zelt zusammenzulegen.

»Fahrt ihr ab?«, fragte er scheinheilig und zog an seiner Kippe.

Tönnis schaute auf und funkelte ihn aus zusammengekniffenen Augen an.

»Nach was sieht es denn aus?«, blaffte er.

Hub ging noch ein paar Schritte auf ihn zu.

»Hey Mann, es tut mir echt leid, was da heute Nacht passiert ist. Aber jetzt mal ehrlich, da war ja dann auch nichts weiter. Du hast ja noch rechtzeitig dazwischengefunkt.«

Anja stand im Hintergrund, sah verwirrt zu ihm rüber und gab ihm Zeichen, zu verschwinden. Tönnis versuchte ihn zu ignorieren, kümmerte sich weiter um das Zelt.

»Aber im Ernst«, setzte Hub nach, »dein Tritt war nicht von schlechten Eltern, mein lieber Mann. Im ersten Moment dachte ich, ich flieg auseinander.«

Tönnis unterbrach seine Tätigkeit, richtete sich auf und blickte ihn scharf und gereizt an.

»Warum verpisst du dich nicht einfach?«

»Ach komm«, Hub nahm noch einen Zug und trat die Kippe aus, »manchmal laufen die Dinge einfach aus dem Ruder, so etwas musst du doch kennen. Da sind dann Kräfte am Werk, denen man nichts entgegenzusetzen hat.«

Tönnis' Gesichtsfarbe veränderte sich, er schnappte sich eine zusammengefaltete Zeltstange und machte zwei, drei Schritte auf ihn zu.

»Du hast recht. Ich spüre sie bereits, die Kräfte, die gleich mal das dämliche Grinsen aus deiner Visage prügeln werden.«

Hub wich zurück und Anja schrie »Tönnis!«, war im nächsten Augenblick bei ihm und hielt ihn am Arm zurück.

»Lass gut sein, kümmere dich nicht um ihn. Das war alles nur ein Riesenmissverständnis!«

Tönnis warf Hub einen letzten, finsteren Blick zu, drehte sich von ihm weg und machte sich wieder an die Arbeit. Anja schaute Hub mit großen Augen und offenstehendem Mund an. Er konnte in ihrem Gesichtsausdruck die Frage lesen, was denn wohl um alles in der Welt in ihn gefahren sei. Ob er denn jetzt von allen guten Geistern verlassen sei.

»Na dann, lasst euch nicht aufhalten. Wollte euch nur noch eine gute Reise wünschen«, gab er unbeschwert von sich.

Er zwinkerte ihr zu, ging zurück zu seinem Platz, drehte sich einen Sticky und setzte sich in die Sonne. Julie schob sich mit einem Mal in den Vordergrund seiner Gedanken und zauberte ihm ein Schmunzeln ins Gesicht. Anders als in den vergangenen Tagen war es ein schöner, heiterer Gedanke; keiner, der ihn mit seiner Last in den Staub drückte. Sie gehörte nun endgültig der Vergangenheit an, da war er sich sicher und heilfroh, dass der Spuk vorbei war. Ja, das Leben hatte ihn wieder.

BERNARDO

2

Sein gebrochenes Nasenbein hatten sie in der Ambulanz problemlos wieder richten können, was auszuhalten war. Anders war das Schmerzempfinden bei seinem Finger. Auch den hatten sie mit einem kräftigen Ruck zurück in das Gelenk springen lassen, bevor sie ihn schienten. Doch dieses fiese Gefühl war derart spontan und heftig gewesen, dass ihm die Tränen in die Augen schossen und er aufschrie wie ein Kind. Das Gelenk war dick geschwollen, tiefblau und violett und die leiseste Berührung die Hölle. Pirro hatte nur teilnahmslos und mit finsterer Miene danebengestanden, ohne jegliches Mitgefühl, ohne ein Wort zu sagen; dafür mit einem Blick, der unverhohlen tiefste Verachtung ausdrückte. Den Blick würde er sein Leben lang nicht mehr vergessen. Dann war Pirro verschwunden, zurück nach Sevilla, zu seiner kranken Tante, wie er sagte, und er war allein zurückgeblieben.

In seiner vollgepissten Hose hatte er vornübergebeugt vor dem Sekretariat gesessen, die Jacke über seinen Schritt gelegt und darauf gewartet, endlich aus der Ambulanz entlassen zu werden. Welch eine grenzenlose Demütigung war das gewesen.

Schon auf der Rückfahrt – vom Parkplatz des alten, verfallenen Vergnügungsparks nach Algeciras – hatte eine eisige Stimmung zwischen ihm und Pirro geherrscht. Nach der Abreibung, dieser Lektion, die sie von Hub und dem ewig dreckig grinsenden Zeck erhalten hatten. Nach dieser verfluchten Geschichte, die so gründlich aus dem Ruder gelaufen war. Dabei sah es lange Zeit nach einem echten Glückstreffer aus. Sie hatten ihn am Arsch gehabt, diesen glatzköpfigen Blödmann, der Julie gevögelt hatte und so dämlich war, sich auch noch dabei filmen zu lassen. Den sie erpressen konnten und der es dann auch tatsächlich schaffte, das Dope für sie aus

Marokko zu schmuggeln. Damit wäre der Deal gelaufen gewesen und dem Anfang seines Aufstiegs hätte nichts mehr im Wege gestanden, doch dann kam alles ganz anders.

Natürlich hätte er sich die Aktion mit Susana sparen können – der Freundin seiner Hure Felisa, die an dem Abend, als er und Yago sich eine wenig mit Felisa vergnügen wollten, bei ihr zu Besuch war –, der er erst ein paar Downer verpassen musste, bevor er seinen Spaß mit ihr haben konnte. Aber das war ja auch ein ganz anderes Thema, das da gar nicht hingehörte. Nur blieb die Frage, wie Hub, dieser verdammte Hurensohn, von der Sache Wind bekommen konnte. Was letztendlich aber auch keine Rolle mehr spielte. Denn derjenige, der dann völlig unerwartet ans Kreuz genagelt wurde, war plötzlich er, Bernardo, und nicht mehr Hub, der das Blatt wenden konnte und sein grausames Spiel mit ihm trieb. Der ihn immer weiter in die Enge trieb und sein Nasenbein zerschlug. Seinen Finger brach und drohte, ihn mit dieser verdammten Blechschere abzuschneiden, ihn erniedrigte und in den Staub trat, bis er das Geständnis von ihm erzwungen hatte. Das Geständnis, dass er Susana erst betäubt und dann vergewaltigt hatte, was Zeck minutiös mit dem Camcorder aufgezeichnet hatte. Wo vorher auf dem Band zu sehen war, wie Hub und Julie vögelten, war jetzt er der Hauptdarsteller. Anschließend drohte Hub ihm, die Aufzeichnung Julie zukommen zu lassen, die sie ihrem Mann zeigen sollte, falls Bernardo doch noch auf die dämliche Idee kommen sollte, Carlos von der Affäre zu berichten. Und in der Tat wäre ein gewaltiger Ärger vorprogrammiert, sollte Carlos von der Vergewaltigung und auch von seinen Aktivitäten als Zuhälter erfahren. Das würde Carlos, der Frauen in der Regel die allerhöchste Hochachtung entgegenbrachte, ihm mehr als nur übelnehmen, das hätte fatale Konsequenzen. Ganz abgesehen von der Tatsache, dass Bernardo es nur deshalb vorgezogen hatte, ihm die Affäre seiner Frau zu verschweigen, um seinen eigenen Profit daraus zu schlagen. Aber vielleicht war es auch nur ein Bluff von Hub gewesen. Vielleicht hatte er die Aufzeichnung gar nicht an Julie weitergegeben. Vielleicht hatte er sie Susana gegeben, die ihn damit in aller Öffentlichkeit an den Pranger stellen konnte. Oder er hatte sie als ewigen Trumpf gegen ihn, selbst behalten. In jedem Fall war er voll am Arsch und wusste nicht, wie es weitergehen sollte.

Als er nach der Ambulanz endlich zu Hause war – er wohnte immer noch in dem großen Haus am Mittelmeer in dem er schon als Kind mit seinen Eltern lebte –, verkroch er sich in seinem Zimmer. Seinen Kopf versuchte er mit hochdosierten Drogen auszuschalten. Doch in den wenigen Momenten, in denen der Whisky und die Amphetamine sich optimal ergänzten, sie die Lethargie wegspülten und die Wut in ihm hochstieg, da schwor er sich, dass diese Geschichte noch nicht zu Ende geschrieben sei, dass irgendwer dafür noch bezahlen werde.

Und dann stand plötzlich sein Bruder Edmundo vor der Tür, der ihn auf einen Drink einladen wollte, weil sie sich, außer bei Edmundos Hochzeit vor drei Wochen, schon eine Ewigkeit nicht mehr gesehen hatten und er mal hören wollte, wie es ihm so gehe und was er treibe. Mira, die Haushälterin, hatte ihn reingelassen.

»Ah, Edmundo, schön, dass du mal vorbeischaust«, hörte er sie seinen Bruder begrüßen, »geh nur rein und schau ihn dir an. Ich bin mir allerdings nicht sicher, ob er sich über deinen Besuch freuen wird.«

Edmundo sah aus wie aus dem Ei gepellt, wie immer. Seine schwarzen Haare glatt nach hinten frisiert, die Sonnenbrille mit einem Bügel in das offene, weiße Hemd geklemmt, graue Hose, polierte Schuhe.

»Himmel, Nardo, was ist denn mit dir passiert? Du siehst ja fürchterlich aus. Hast du mal in den Spiegel geschaut?«

Das waren seine ersten Worte.

Unrasiert und mit zerzausten Haaren stand Bernardo ihm schwankend gegenüber – nur in Shorts, einem ärmellosen Unterhemd und mit einem Glas Whisky in der Hand. Sein dick bandagierter Zeigefinger zeigte zur Decke und ein farbenfroher Bluterguss ummalte seine trüben Augen. Er starrte ihn ungläubig an. Das war das Letzte, was er jetzt gebrauchen konnte: seinen alles im Griff habenden Bruder, der so glatt durchs Leben schlitterte wie ein Aal durch eine kaputte Reuse.

Sein Leben – jedenfalls Bernardos Vorstellung davon, wie es auszusehen hätte –, hatte sich von einem Tag auf den anderen aufgelöst wie eine scharf eingezogene Line. Nicht nur, dass ihm das Dope durch die Lappen gegangen war, mit dem er auf lange Sicht gut im Geschäft gewesen wäre, obendrein war ihm noch Felisa mit diesem kleinen Pisser Luca abgehauen und er hatte keine Ahnung, wo er sie suchen sollte. Jetzt stand er in seinem Viertel da wie der allerletzte Trottel und war dem Spott aller, die nur darauf gewartet hatten, dass er mal auf die Fresse fliegt, gnadenlos ausgesetzt. Was für ein elendes Desaster. Und nun stand auch noch sein Bruder vor der Tür, mit diesem glattrasierten Lächeln im Gesicht und seinen dämlichen Sprüchen.

»Nee, habe ich nicht«, sagte Bernardo gereizt, »den Anblick erspare ich mir. Und das würde ich an deiner Stelle auch tun. Komm am besten ein anderes Mal wieder.«

Doch Edmundo war nicht der Typ, der sich so leicht abwimmeln ließ. Angelegenheiten, die nach Aufklärung schrien, wurden bei ihm nicht erst auf die lange Bank geschoben. Er war ein Typ, der Fakten schuf. Begegnete seinem kleinen Bruder aber nach dem grausamen Mord an ihren Eltern im Allgemeinen mit Nachsicht, spürte eine Fürsorgepflicht ihm gegenüber. Edmundo glaubte, dass Bernardo mit dem frühen Tod seiner Eltern ordentlich aus der Bahn geworfen wurde und ihm das immer noch zu schaffen machte. Und ja, wer kann schon sagen, wie ihr beider Leben verlaufen wäre, hätten diese verfickten Typen aus Algerien ihre Eltern damals nicht von der Küstenstraße geballert, um sich den lukrativen Dope-Handel unter den Nagel zu reißen, den ihr Vater zusammen mit Carlos aufgebaut hatte. Hin und wieder eine straffe Hand hätte Bernardo mit Sicherheit nicht geschadet.

»Hör zu, Nardo. Es liegt mir fern dir auf die Eier zu gehen und es interessiert mich auch nicht die Bohne, wer dich hier durch die Mangel gedreht hat, noch warum er es getan hat oder in welchem Schlamassel du steckst. Sieh einfach zu, dass du deine Angelegenheit geregelt und dich wieder auf die Reihe bekommst, sonst muss ich mich darum kümmern. Haben wir uns verstanden?«

Bernardo schenkte ihm ein gequältes Lächeln und dachte nur: *Leck mich doch am Arsch!*

»Reiß dich zusammen, in ein paar Tagen schaue ich wieder vorbei, und dann …«

Er beendete den Satz nicht, schüttelte kurz den Kopf, machte auf dem Absatz kehrt und war wieder verschwunden. Bernardo schlug die Tür hinter ihm zu, stürzte den Whisky runter und goss sich einen neuen ein. *Wieso um alles in der Welt muss dieser Drecksack gerade jetzt auftauchen?* Er drückte zwei *Tilidin* aus der Verpackung, schluckte sie und spülte nach. Edmundo kam selten mal vorbei und unangemeldet schon gar nicht. Aber scheiß drauf, der sollte sich lieber um seinen eigenen Mist kümmern und ihn konnte er mal kreuzweise.

Tilidin in Verbindung mit Alkohol war eine Mischung, die einen geradewegs vor einen fahrenden Zug laufen lassen konnte und genauso fühlte es sich an: als ob ein Güterzug in voller Länge über ihn hinweggedonnert wäre.

Er wählte die Nummer von Rosalie, seiner Fickfreundin für alle Fälle.

»Ja«, meldete sie sich nach mehrfachem Klingeln teilnahmslos.

»Hi Rosa, wie sieht's aus? Kannst du vorbeikommen? Mir geht es echt beschissen.«

Doch Rosalie kannte über all die Jahre ihren Stellenwert bei ihm nur allzu gut. Sie wusste, dass sie auf mehr als eine gelegentliche, geile Nummer – gegen die sie absolut nichts einzuwenden hatte –, bei ihm nicht zu hoffen brauchte. Da machte sie sich nichts mehr vor. Die Zeiten, in denen sie auf seine Liebe und eine dauerhafte Gemeinsamkeit aus gewesen war, waren lange vorbei. Bernardo meldete sich nur, wenn er vögeln wollte. Oder wenn es ihm richtig dreckig ging; dann war ihre Schulter gut genug, um sich auszuheulen. Vögeln war die eine Sache; aber sich sein Gesülze anzuhören, sein Jammern, wie elend es ihm ging, um dann, wenn alles überstanden war, wieder vor die Tür gesetzt zu werden, eine ganz andere.

»Dir geht es beschissen? Echt? Was in Gottes Namen soll ich dann bei dir? Ruf an, wenn es dir besser geht.«

Edmundo hatte ihm ganze drei Tage gelassen, bis er wieder in seinem Wohnzimmer stand, in dem es wie nach Katzenpisse in vollen Aschenbechern stank. Als Erstes hatte er mit den Worten »Jetzt ist Schluss« die Vorhänge zur Seite und die Terrassentüren weit aufgerissen. Noch bevor Bernardo, verkatert wie er war, sich beschweren konnte, setzte sein Bruder nach.

»Carlos erwartet dich.«

Der Satz flimmerte wie ein Blitz, auf dessen Einschlag man noch wartete, im Raum herum.

»Morgen 12.30 Uhr geht unser Flug nach Bilbao, ich werde dich begleiten.«

»Was?«, stieß Bernardo hervor und starrte ihn völlig entgeistert an; er glaubte, sich verhört zu haben, »was soll das denn? Verfluchte Scheiße. Sieh mich an, du elender Drecksack, ich werde nirgendwo hinfliegen.«

»Ich hatte dich gewarnt.«

»Du kannst mich mal. Was hast du Carlos erzählt? Was will er von mir?«

Sein vernebeltes Hirn ließ keine klaren Gedanken zu und trotzdem jagten ihm die Worte seines Bruders einen Heidenschreck ein.

»Das wirst du dann schon sehen. Ich sage dir nur eins: Halt den Ball flach, kneif die Arschbacken zusammen und putz dich ein wenig raus. Morgen früh hole ich dich ab und dann fliegen wir zusammen zu Carlos. Solltest du morgen nicht auf der Matte stehen und ich alleine fliegen, kannst du drauf wetten, dass Carlos sich auf den Weg hierher machen wird. Und dann, weiß Gott, möchte ich nicht in deiner Haut stecken.«

Edmundo stand ihm direkt gegenüber, hob leicht die Schultern und sah ihn spöttisch an.

»Du kannst Carlos natürlich auch anrufen und ihm erklären, warum es momentan gerade nicht passt bei dir. Na, was meinst du?«

»Du verdammtes Arschloch, was mischst du dich überhaupt in meine Angelegenheiten ein?«

»Einer muss es ja tun, Brüderchen. Du machst auf mich nicht den Eindruck, als würdest du dich selbst darum kümmern können.« Bernardo hatte sich aufs Sofa fallen lassen – unfähig, einen klaren Gedanken zu fassen. Alles schwirrte wie ein aufgescheuchter Hornissenschwarm in seinem Kopf herum.

»Können wir es verschieben? Um eine Woche?«

Sein Bruder sah ihn ohne Mitleid an.

»Probiere es, ruf ihn an.«

Breit grinsend schlug Edmundo ihm auf die Schulter.

»Also, wir sehen uns morgen früh.«

Edmundo war weg und er unfähig, sich zu bewegen. Bernardo bekam Beklemmungen in der Brust, richtete sich mühsam auf und holte ein paar Mal tief Luft. Was wollte Carlos von ihm? Wusste er Bescheid? Eigentlich konnte er nichts von alledem, was hier in letzter Zeit passiert war, mitbekommen haben, weder von seiner Zuhälterei noch von dieser vermaledeiten Vergewaltigung. Es sei denn, Julie hatte die Aufzeichnung tatsächlich bekommen und sie ihm gezeigt. Aber verflucht, warum sollte sie das tun? War Carlos womöglich hinter Julies Affäre mit Hub gekommen und hatte rausbekommen, dass er und Pirro davon wussten, ohne ihn zu unterrichten? Wenn das so wäre, würde die Reise einem Ritt in die Hölle gleichen, dann wäre er echt erledigt, ein für alle Mal. Übelkeit stieg in ihm hoch.

Vielleicht aber wollte Carlos jetzt auch nur seine Antworten haben. Antworten auf die Frage, wie Bernardo sich seine Zukunft vorstelle und was er bereit sei, dafür zu tun, oder was er bereits dafür getan habe. Carlos ließ ihm viele Freiheiten, führte ihn an der langen Leine, aber Bernardo war klar, dass er seit ihrem letzten Gespräch unter Beobachtung stand und dass er irgendwann liefern musste. Doch auf solche Fragen hatte er momentan nicht den geringsten Bock, auch weil er keine Antworten und nicht das Geringste vorzuweisen hatte. Hätte der Deal mit dem Dope geklappt, wäre Carlos ihm zwar nicht gleich um den Hals gefallen, aber zumindest hätte er anerkennen müssen, dass auch er was von Geschäften verstand.

Carlos liebte ihn wie seinen eigenen Sohn, das wusste er, und vielleicht deswegen fürchtete Bernardo ihn auch. Fürchtete sich vor seiner entschlossenen und unbarmherzigen Art, wenn es darum ging, andere seinem Willen zu unterwerfen. Und morgen wollte sein Bruder kommen und ihn zu ihm bringen. Was für eine gottverdammte Scheiße.

Er stand auf, schlich ins Badezimmer, schaltete das Licht über dem Spiegel ein und sah dem Elend ins Gesicht. Dann fing er an, sich zu rasieren.

Amado parkte direkt vor dem Flughafenterminal von Bilbao und hatte den Kofferraum bereits geöffnet, als er und Edmundo mit leichtem Gepäck auf ihn zu gingen.

»Edmundo, Bernardo, es ist so schön, euch mal wiederzusehen«, empfing er sie mit offener Freude.

Zusammen mit seiner Frau Lucita lebte Amado schon seit Urzeiten in einem kleinen Haus auf Carlos' Anwesen und kümmerte sich mehr oder weniger um die Verwaltung des Guts.

»Was ist mit deinem Finger passiert?«, wollte Amado von Bernardo wissen, nachdem er sich in den Verkehr eingefädelt hatte und suchte ihn dabei im Rückspiegel.

Bernardo erwiderte den Blick und meinte in Amados besorgter Miene zu erkennen, dass der auch gerne gewusst hätte, warum er denn so elend aussah, im Gegensatz zu seinem Bruder.

»Bin wo hängen geblieben« war seine mürrische Antwort und Amado fragte nicht weiter nach.

Bernardo fühlte sich ausgelaugt und zermartert, war hundemüde und hatte es gerade so auf die Reihe bekommen, fertig zu sein, als Edmundo vor der Tür stand. Der war bester Laune und quatschte die ganze Zeit über, die die Fahrt zum Weingut dauerte, mit Amado über Gott und die Welt. Bernardo blickte stur aus dem Fenster, ließ die Landschaft teilnahmslos an sich vorüberziehen und verfluchte seinen Bruder innerlich. Nickte immer wieder ein und in den halbwachen Momenten waberten fortwährend die gleichen Fragen durch seinen Kopf. Was wusste Carlos? War was durchgesickert? Sollte er vor Gericht gestellt werden, oder wollte Carlos ihm nur ordentlich die Leviten lesen, weil seine Schonfrist abgelaufen war? Wie würde Julie auf ihn reagieren? Hatte sie das Video bekommen, kannte sie womöglich den Inhalt?

Er hätte kotzen können, zumal sein letzter Drink eine Ewigkeit her war.

Automatisch öffnete sich das große, schmiedeeiserne Tor, als Amado am frühen Abend langsam darauf zufuhr. In gemächlichem Tempo steuerte er den *Mercedes* auf der mit groben Kieseln belegten Auffahrt dem Haupteingang des alten, aus Naturstein gemauerten Weinguts entgegen, vor dem Carlos und Julie sie bereits erwarteten. Nacheinander nahmen sie sich in den Arm und begrüßten sich herzlich. Dann hielt Carlos ihn auf Armlänge von sich, legte den Kopf zur Seite und fixierte ihn mit sorgenvollem Blick.

»Bernardo, Bernardo, so wie du ausschaust, scheint es mir allerhöchste Zeit zu sein, dass wir uns mal wieder unterhalten.«

Bernardo blickte belämmert vor sich auf den Boden und nickte nur.

»Das kann warten«, warf Julie ein, »lasst uns einen Happen essen, was trinken und erst einmal gründlich ausschlafen. Morgen ist auch noch ein Tag.«

»Gute Idee«, bestätigte Edmundo, sah Julie an und sagte: »Du siehst auch etwas müde aus«, worauf er sich von ihr einen finsteren Blick einfing.

»Sie hat wohl ein anstrengendes Wochenende hinter sich«, bemerkte Carlos lakonisch.

»Macht euch um mich keine Sorgen«, erwiderte sie und ging voran.

3

Am nächsten Morgen war Julie früh auf den Beinen, setzte sich in die Morgensonne, trank ihren ersten Kaffee und rauchte dazu eine von ihren leichten Zigaretten, was sie schon eine Ewigkeit nicht mehr getan hatte. Allerdings war sie auch schon seit langer Zeit nicht mehr derart durch den Wind gewesen. Das Wochenende hatte sie völlig aus der Spur gehauen und sie hatte keine Ahnung, wie sie sich je wieder in den Griff kriegen sollte. Hub war der Ansicht, dass die Götter ihr launisches Spiel mit einem trieben, dass sie die Schicksalsfäden in den Händen hielten, einen nach Lust und Laune zappeln ließen und nicht das Geringste dagegen zu machen war. Langsam glaubte sie es auch. Wie sonst konnte es möglich sein, dass sie nach all den rosigen Jahren voller Zufriedenheit wieder in solche Gefühlsturbulenzen geriet? Bevor sie Carlos kennengelernt hatte, war es nicht ungewöhnlich gewesen, dass ihr emotionaler Wellengang eher einem Sturm glich, als dass er seicht dahinplätscherte, was zwei gescheiterte Ehen und einige krachend zu Ende gegangene Beziehungen mehr als deutlich belegten. Aber jetzt? Seit vier Jahren war sie glücklich verheiratet, ihre Kinder erwachsen, sie 45 und damit in einem Alter, in dem man seine Gefühle eigentlich unter Kontrolle haben sollte. Und das hatte sie ja auch. Selbst nach der Affäre mit Hub, die nicht ohne gewesen war und ihr ganz schön zu schaffen gemacht hatte, war sie relativ problemlos in den Alltag zurückgekehrt. Konnte Hub und die Tage in Algeciras in die Vergangenheit verbannen. Alles war wieder in bester Ordnung. Bis zum Wochenende.

Sie hatte ihre Freundin im Nachbardorf besucht – wie so oft, wenn Carlos geschäftlich unterwegs war –, als am späten Abend Marta, eine Frau aus dem Dorf, bei ihnen hereinplatzte, um eine völlig skurrile Geschichte loszuwerden. Eine von einem Mann, der mit seinem Wohnmobil oben auf dem Parkplatz von Raouls Bar stand und von dem Isabell – die nymphomanisch veranlagte Ehefrau des von Eifersucht getriebenen Sergio – behauptete, dass er es war, mit dem sie sich auf ein Schäferstündchen eingelassen hatte. Woraufhin der Typ aus dem Wohnmobil wohl eine komplett wahnsinnige Show abgezogen hatte, an dessen Ende Sergio einsehen musste, dass ihm die Hörner mal wieder von jemandem aus der Nachbarschaft aufgesetzt worden waren. Und als Marta dann den Kerl als untersetzten Glatzkopf mit unterschiedlich leuchtenden Augen beschrieb, spürte Julie ihren Herzschlag bereits bis in den Hals und es lief ihr heiß und kalt den Rücken runter.

Dann war sie zu ihm gegangen und seitdem war nichts mehr wie vorher. Das war eindeutig zu viel für ihr Gemüt und es war ihr kaum noch möglich, die Fassung zu bewahren. Dass ihr konfuser Gesamteindruck am übermäßigen Alkoholgenuss vom Wochenende lag, glaubte Carlos zwar nicht so ganz, fragte aber nicht weiter nach. Dafür häuften sich bei ihr plötzlich die Fragen. War Carlos wirklich ihre große Liebe? Was wusste sie eigentlich von ihm? In seinem Labor forschte er an der Optimierung der Weinqualität und sorgte für die Vermarktung der Weine aus der Region. Aber warum zum Beispiel wollte er sie nie auf seinen Geschäftsreisen dabeihaben? Begründen tat er es damit, dass sie sich nur langweilen würde, was wie eine Ausrede klang. Auch von seiner Familie wusste sie herzlich wenig – nur, dass seine Mutter früh gestorben war, er zu seinem Vater kein gutes Verhältnis hatte und dass seine erste Frau auf tragische Weise umgekommen war. Edmundo und Bernardo, die er nach dem Unfalltod ihrer Eltern aufzog wie seine eigenen Söhne, waren das Einzige, was er an Familie hatte. Er sprach nicht gerne über die Vergangenheit und sie bohrte nicht weiter nach – warum auch, sie war glücklich und er ein charmanter und fürsorglicher Ehemann, einen besseren gab es nicht. Doch jetzt tauchten aus heiterem Himmel Zweifel auf, die sie nicht wahrhaben wollte und die sie versuchte, beiseitezuschieben.

Die Zigarette bekam ihr nicht, sie drückte sie in den Aschenbecher und trank den letzten Schluck Kaffee. Was ihr in solchen Momenten half, war Arbeit. Und am liebsten machte sie die im Garten, da konnte sie den Kopf unten lassen und niemand störte sie.

4

Don Carlos Romes de Capriziana stammte aus einer Familie der Großgrundbesitzer im nördlichen Spanien. Sein Vater, Don Alvaro, unterstützte das Franco-Regime, was er letztendlich mit der Ermordung seiner beiden Söhne aus erster Ehe durch Guerillakämpfer bezahlte – und kurze Zeit später auch mit dem Tod deren Mutter, die an Kummer und Schwindsucht starb.

Nach Ende des zweiten Weltkrieges wurde Don Alvaro dann im Alter von fast 60 Jahren die blutjunge und hübsche Candela als Braut zugeführt, Carlos' Mutter. Sie war eine lebensfrohe Frau und fürsorgliche Mama, die das Leben an der Seite ihres alten, verbitterten und kaltherzigen Mannes nur deshalb ertrug, weil sie ihren Sohn – den kleinen Don Carlos – hatte, den sie über alles liebte und den sie beschützen wollte.

Und dann, eines Morgens, geschah etwas, das Carlos' Leben grundlegend veränderte, ihn dauerhaft prägte und ihn letztendlich zum Mörder werden ließ:

Es ereignete sich nur wenige Tage nach seinem zehnten Geburtstag, der mit einem großen Fest gefeiert wurde. An jenem Morgen war seine Mutter nicht zum Frühstück erschienen und Don Alvaro gab keine Antwort, als Carlos sich nach ihr erkundigte. Sein Vater saß nur mit finsterer Miene am Tisch, sprach kein Wort, rührte nichts an und schien in seinen Gedanken gefangen zu sein. Dann stand er plötzlich auf und verließ mit energischem Schritt und den Worten »Du bleibst hier sitzen« das Zimmer. Don Alvaro war kein Mann, der Widerspruch duldete. Er forderte Respekt und Gehorsam von jedem. Aber vor allem von seinem Sohn, was er auch mit schmerzhaften Züchtigungen verstand einzufordern. Erst als Carlos die Schritte seines Vaters im Hof vernahm, stand er auf, stellte sich hinter die Gardine und schaute runter.

Es war Spätherbst und ein nasskalter Wind fegte von den Bergen herunter, alles war grau und düster. Auf dem Hof versammelten sich nach und nach die Knechte, Mägde, Arbeiter und die Aushilfen für die Weinernte. Carlos stand am Fenster und sah, wie seine Mutter aus dem Haus, über den Hof und in den gegenüberliegenden Stall geführt wurde. Sie war noch in ihrem Nachthemd, mit nackten Füssen. Er verstand nicht, was das zu bedeuten hatte, spürte aber Angst und Verzweiflung in sich aufsteigen. Für einige Zeit herrschte im Hof eine Totenstille, eine Stimmung wie bei einem Begräbnis. Und dann explodierten die Schreie seiner Mutter im Hof, nur unterbrochen von dem dumpfen Knall eines Ochsenziemers, wenn er auf nacktes Fleisch traf. Unfähig sich zu bewegen und mit der Hoffnung, dass jeder Schlag der letzte sein möge, zählte Carlos genau zwei Dutzend. Die Schreie seiner Mutter hatten bereits aufgehört, als die letzten Schläge ihren geschundenen Rücken trafen. Dann war sein Vater in den Hof getreten, mit dem blutverschmierten Ochsenziemer in der Hand und hatte zu ihm hinaufgeblickt. Sein Blick war kalt und voller Genugtuung. Schwer atmend, doch aufrecht und selbstherrlich stand er mit verschwitzten Haaren mitten im Hof und schaute dann von einem zum anderen. Die Botschaft war eindeutig. Wer sich widersetzt, ihn hintergeht oder betrügt, bekommt den Ochsenziemer zu spüren. Egal ob Knecht oder Ehefrau.

Von dem Tag an hörte er seine Mutter nicht mehr lachen. Don Alvaro hatte Candela nicht nur den Rücken zerfleischt, er hatte auch das ganze Leben aus ihrem Leib geprügelt. Was von Carlos' Mutter übrigblieb, war eine leere Hülle. Bis in den Frühling hinein verließ sie ihr Krankenlager nicht, war apathisch und wollte niemanden sehen. Dann verweigerte sie erst die Nahrung und kurz darauf auch das Wasser. Sie wurde keine dreißig Jahre alt.

Durch seine Erziehung hatte Carlos, selbst in seinen jungen Jahren, schon eine ziemlich genaue Vorstellung von der Ehe. Was sie bedeutete und was es hieß, sie zu brechen. Doch in seiner Fantasie gab es nichts, was solch eine Bestrafung rechtfertigen konnte. Nach dem Tod seiner Mutter schwor er sich, einer Frau niemals etwas Derartiges anzutun. Da würde er sie lieber gleich umbringen. Und weiter schwor er sich, seinen Vater – Don Alvaro – zu töten, sobald sich die Gelegenheit dazu ergeben würde.

Die erbot sich einige Jahre später. Don Alvaro hatte am späten

Nachmittag nach ihm rufen lassen. Carlos steckte sich eine Zigarette an und ließ sich Zeit, bevor er zu ihm ging. Er wusste, dass sein Vater es geradezu hasste, wenn er warten musste und wenn sein Sohn nach Zigarettenqualm stank. Als er das Zimmer betrat, lag Don Alvaro vor der riesigen Anrichte aus schwerem Eichenholz – mit starren, leeren Augen, die zu ihm aufschauten, und leicht zuckenden Beinen. Seine linke Hand krampfte sich Halt suchend um das eine Ende des Tischläufers, der auf der Anrichte lag. Etliche Porzellanfiguren und Kristallglas Schalen waren heruntergerissen und lagen zerbrochen neben ihm am Boden. Die freie Hand streckte er – mit einer unausgesprochenen Bitte um Hilfe – seinem Sohn entgegen, was Carlos aber nicht wahrnahm. Was er jedoch bemerkte, war, dass am Rand der Anrichte, auf dem halb heruntergerissenen Tischläufer, als Nächstes die Marmorbüste eines Römischen Feldherren bereitstand. Für einen kurzen Augenblick zögerte er, dann trat er um Don Alvaro herum und langsam auf die Hand seines Vaters, welche weiterhin das Ende des Tischläufers fest umklammerte. Eine Ecke der stattlichen, schweren Büste schlug mit voller Wucht ein Loch in Don Alvaros Stirn. Carlos sah die Blutlache schnell größer werden und das Leben aus den Augen seines Vaters schwinden, dann erst fing er an zu schreien und holte Hilfe.

5

Anfang des Jahres hatte man versucht, in das Labor von Carlos einzubrechen, was Gott sei Dank scheiterte, weil der allgemeine Wachdienst zufällig zum richtigen Zeitpunkt auftauchte. Allerdings waren die Typen entkommen und Carlos konnte bisher – trotz seiner zahlreichen Kontakte – nicht in Erfahrung bringen, wer dahintersteckte. Daher hoffte er nun, dass es nur irgendwelche Kerle waren, die auf eine schnelle Beute aus waren – egal, was so ein Labor hergab. Denn wenn es nicht so war und die Typen genau wussten, was darin zu holen war, dann würde das eine Menge Ärger bedeuten. Als erste Reaktion auf den versuchten Einbruch hatte er eine hochwertige Alarmanlage installieren lassen und als Zweites einen Wachschutz organisiert, der ausschließlich und rund um die Uhr das Labor im Auge hatte.

Vor zehn Jahren, Anfang der Neunziger, hatte er es eingerichtet und neben der Produktion auch etliche Aufträge aus Wirtschaft und Forschung abgearbeitet. Jetzt hatte er nur noch einige wenige Stammkunden mit fortlaufenden, kleineren Aufträgen, die für ordentliche und anstandsfreie Bücher sorgten. Das Hauptgeschäft lag allerdings weiter in der Produktion von MDMA, auch als Ecstasy bekannt. Bei der Herstellung seiner kleinen, himmelblauen Pillen, die unter dem Namen »DC« den Markt bereicherten, legte Carlos allergrößten Wert auf die Reinheit seines Produktes. Seine DCs, mit einem im Logo verschlungenen D und C auf beiden Seiten, garantierten reines MDMA, was es sonst auf dem Markt faktisch nicht gab. Er setzte von Anfang an auf Qualität statt auf Masse und lieferte nur in hochpreisige, exklusive Kreise. Er hatte seine Connections hauptsächlich in Deutschland, allem voran Berlin, aber auch in den Beneluxländern, in Paris und einigen anderen Städten Frankreichs. Und natürlich in den Hochburgen Spaniens.

»Was kannst du mir zu deinem Bruder sagen?«, wollte er von Edmundo wissen, als sie auf dem Rückweg vom Labor waren.

Er hatte ihn in das neue Sicherheitssystem eingewiesen und ihm Ramos vorgestellt, der jetzt für dessen Gewährleistung zuständig war. Edmundo wusste, dass – so beiläufig wie Carlos die Frage auch stellte –, sie keineswegs so gemeint war. Wenn Carlos etwas wirklich verabscheute, so waren es Überraschungen. Er war gerne vorbereitet, und zwar auf jede nur erdenkliche Eventualität.

»Ich kann dir dazu gar nichts sagen. So sah er schon aus, als ich ihn besuchte und noch schlimmer. Ich dachte nur, es ist an der Zeit, dass wir ihn mal langsam in die Spur bringen.«

Carlos nickte nachdenklich, warf ihm schmunzelnd einen Blick von der Seite zu und beendete das Thema mit dem Satz: »Wenn das so ist, können wir gespannt sein, was Nardo zu erzählen hat.« Den Rest der Fahrt redeten sie über das Geschäft, die gestiegene Nachfrage und die damit verbundene Anpassung der Logistik und den anstehenden Generationswechsel in Berlin.

6

Bernardo erwachte aus einem langen, erholsamen Schlaf und stand erst zur Mittagszeit auf. Der gestrige Abend war skandalfrei verlaufen; nichts deutete darauf hin, dass sein Todesurteil bereits gesprochen war, auch wenn Carlos ihn mehrfach anblickte, als könnte er sein Inneres lesen. Julie benahm sich völlig unauffällig; schien manchmal zwar etwas geistesabwesend zu sein, doch wenn sie tatsächlich von dem Video wusste, hatte sie sich verdammt gut im Griff.

Er stellte sich ans Fenster; sah, wie sie in dem kleinen, ummauerten Garten arbeitete und fragte sich, wie zum Henker er herausfinden konnte, ob es von ihrer Seite nun etwas zu befürchten gab oder nicht. Doch zunächst stand heute erst mal das Gespräch mit Carlos an. Er machte sich frisch, ging zu Lucita in die Küche runter und ließ sich einen Kaffee und ein kleines Frühstück geben.

Am frühen Nachmittag saß er in Carlos Arbeitszimmer vor dem offenen Kamin, in dem ein munteres Feuer loderte. Es war angenehm beruhigend und vertrieb die Winterkälte, welche trotz des Frühlingswetters noch immer in dem alten Gemäuer herumkroch. Mit einem Whisky in der Hand wartete er auf Carlos und Edmundo, die noch geschäftlich unterwegs waren. Der Alkohol verteilte sich wohlig in seinem Magen und dämpfte ein wenig die innerliche Anspannung.

»Mach uns auch zwei.«

Carlos kam rein, hinter ihm Edmundo, ging auf ihn zu, packte ihn an seinen Schultern, zog ihn auf die Beine und drehte ihn zu sich, ins Licht der großen Fenster.

»Bernardo, mein Sohn. Was ist los mit dir? Heh? Du siehst aus, als hättest du dich mit den falschen Leuten angelegt, und ich dachte, du wolltest erwachsen werden.«

Bernardo lächelte verlegen, löste sich, goss zwei Whiskys ein und drückte jedem ein Glas in die Hand. Auch jetzt machte Carlos nicht den Eindruck, dass er wütend auf ihn war, eher besorgt, vielleicht enttäuscht.

»Eigentlich will ich gar nicht wissen, in was für einen Schlamassel du dich da reingeritten hast.«

Sie hatten in den opulenten Ledersesseln vor dem Kamin Platz genommen.

»Vielleicht sollten wir es einfach dabei belassen und uns lieber darüber unterhalten, wie deine Zukunft aussehen könnte.«

Jetzt war klar, dass er hier nicht auf der Anklagebank saß, und er bekam prompt wieder Oberwasser. Niemand schien hier zu argwöhnen, dass er sich weit mehr als nur ein wenig in die Scheiße geritten hatte. Zu seinen größten Schwächen gehörte, dass er es einfach nicht hinbekam, es auch mal gut sein zu lassen, wenn er schon mit einem blauen Auge davonkommen sollte. Seine maßlose Selbstüberschätzung verführte ihn immer wieder, einen Gang hoch- statt runterzuschalten.

»Auch wenn ich mich darüber freue, mit euch zusammen meine nähere Zukunft zu planen, will ich keinen irreführenden Verdacht aufkommen lassen. Ja, du hast recht, Carlos, ich habe mich mit den falschen Leuten eingelassen. Aber es ging dabei nicht um mich. Ich habe es für eine alte Freundin getan.«

Carlos und Edmundo warfen sich einen kurzen Blick zu und ließen sich tiefer in die Sessel fallen.

»Es ist ein paar Monate her, da traf ich Felisa, eine Bekannte aus der Schulzeit. Sie sah schrecklich aus, völlig verbraucht, wie auf Drogen. Aber das war sie nicht. Das arme Ding hatte sich in den verkehrten Typen verliebt, in Rico, und der ist wahrlich kein netter Mensch, er ist Zuhälter und hat sie auf den Strich geschickt. Es tat mir in der Seele weh, sie so zu sehen, aber ich kenne Rico, wir kommen uns nicht in die Quere, also was sollte ich machen?« Er machte eine Pause, schaute von einem zum anderen, bekam aber keine Antwort.

»Und dann lernte sie einen wirklich netten Jungen kennen. Sie verliebten sich und er wollte sie da rausholen, sie schmiedeten Pläne für ihre gemeinsame Flucht. Und ich organisierte das Auto dafür, weil sie sonst niemals weggekommen wären. Wie sollte Rico auch jemals dahinterkommen, dass ich den beiden zur Flucht verholfen hatte?«

Wieder machte er eine kleine Pause.

»Aber da hatte ich mich mächtig getäuscht. Er überraschte mich, ließ mich von seinen Leuten zusammenschlagen und brach mir den Finger. Ich habe mich gewehrt wie ein Irrer, ausgeteilt, so gut ich konnte, aber es waren einfach zu viele.«

»Hm, ist die Kleine mit ihrem Freund entkommen?«, fragte Carlos mit ernster Miene.

»Ja, das ist das einzig Gute an der Geschichte. Aber ich fühlte mich hinterher wie ein Versager; war so niedergeschlagen, dass ich mich erst einmal verkrochen habe und niemanden sehen wollte. Nun bin ich heilfroh, dass die Geschichte vorbei ist und ich hier bin.«

»Du armer Kerl, das ist ja wirklich eine üble Geschichte, in die du da hineingeraten bist«, bedauerte ihn Edmundo mit deutlichem Spott in der Stimme.

»Hör zu, Bernardo,« sagte Carlos, dem anzumerken war, dass er zum eigentlichen Thema kommen wollte, »lassen wir das Vergangene ruhen und schauen wir lieber in die Zukunft, in deine Zukunft. Was du getan hast, werden wir nicht vergessen, und die Angelegenheit mit diesem Rico werden wir bei Gelegenheit regeln. Jetzt musst du lernen, wie die Geschäfte laufen. Wenn man in unserem Business erfolgreich sein will, dann sollte man derjenige sein, der die Finger bricht.«

Bernardo setzte zu einem Protest an, sah aber Carlos' erhobene Hand und schwieg.

»Lass mich ausreden. Das musst du natürlich nicht lernen; du solltest es aber zumindest hinbekommen, dass deine Finger heil bleiben. Verstehst du?«

Bernardo nickte.

»Dein Bruder und ich haben beschlossen, dass du eine Zeit lang nach Berlin gehen wirst. Der Markt dort ist schwer umkämpft und Bojan braucht eine stärkere Unterstützung, um weitere Vertriebswege aufzubauen. Hans Georg an seiner Seite kommt langsam in ein Alter, in dem er eher kürzertreten sollte. Und das ist deine Chance. Von dem alten Haudegen kannst du noch eine Menge lernen und dich langsam einarbeiten. Na, was meinst du?«

Das war eine Wende, mit der er nicht gerechnet hatte. Berlin. Er stellte es sich als einen riesigen Moloch vor, mit Drogen, Prostitution und Glücksspielen. Kriminellen Unterwelten, in die er jetzt eintauchen und in denen er aufsteigen würde. Damit würde er auf einen Schlag den ganzen Mist in Algeciras hinter sich lassen. Er brauchte nicht lange zu überlegen, zumal die Entscheidung sowieso nicht von ihm abhing.

»Wenn du meinst, dass ich dort meinen Teil zum Geschäft beitragen kann, bin ich gerne bereit.«

»Gut. Morgen wird eine Lieferung zusammengestellt. Du wirst Micas Platz einnehmen und zusammen mit Pete nach Berlin fahren.«

Bernardo hätte sich vor lauter Erleichterung auf die Schenkel hauen und einen kleinen Freudentanz aufführen können, begnügte sich aber mit einem bescheidenen Lächeln.

7

Als er am nächsten Morgen erwachte, rekelte er sich wohlig, streckte seine Muskeln und fühlte sich wie ausgewechselt. Sein Stimmungsbarometer hatte sich aus einem absoluten Tief hin zu einem aussichtsreichen Hoch bewegt. Heute wollten Carlos und sein Bruder die Lieferung vorbereiten und morgen würde dann ein neues Leben für ihn beginnen.

Er stand auf und öffnete das Fenster. Die Sonne hatte sich bereits ein gutes Stück am Himmel hochgearbeitet und verbreitete eine herrliche Frühlingswärme in dem windgeschützten, kleinen Garten, in dem Julie gerade dabei war, Samen in die Erde zu bringen. Er konnte sie gut dabei beobachten, wie sie gebückt den Boden beackerte und dabei schwitzte. Ihre Haare hatte sie hochgebunden, das T-Shirt war ihr aus der Hose gerutscht und er konnte den Ansatz ihres Slips erkennen. Manchmal auch einen Hauch ihrer Brüste, die sich unter dem weit ausgeschnittenen Shirt, im Rhythmus ihrer Arbeit, bewegten. Zwischendurch stand sie immer mal wieder auf, streckte den Rücken durch und ihre Brustwarzen pressten sich deutlich gegen das Baumwollgewebe.

Er massierte seinen halbsteifen Schwanz und überlegte, ob er sich gleich hier einen runterholen sollte. Seit er von ihrer Affäre mit Hub wusste, sah er sie mit anderen Augen. Natürlich war sie Carlos' Frau und als solche unantastbar. Aber sie hatte auch bereitwillig ihre Schenkel für einen anderen gespreizt und das machte ihn echt an. Er stieg unter die Dusche, die er abwechselnd von Heiß auf Kalt stellte und unterdrückte sein Verlangen.

Auf dem Weg in den Hof kam er an der Waschküche vorbei, in der Lucita die Wäsche sortiert und auf kleine Haufen verteilt hatte. Es war der eierschalenfarbene Slip mit einer zarten Spitze, der ihm ins Auge fiel. Er schnappte ihn sich, hielt ihn unter die Nase, schnüffelte dran herum und steckte ihn in die Hosentasche. Dann ging er rüber in den Garten. Es dauerte eine ganze Weile, bevor Julie ihn bemerkte, was er ausnutzte, um ihr ungeniert in den Ausschnitt zu starren, fast konnte er ihre Nippel sehen.

Julie schaute auf; ortete seinen Blick und kam sofort hoch. Irritiert sah sie ihn an.

»Nardo, was machst du denn hier? Stehst du schon lange da?«

Mit der einen Hand zog sie ihren Ausschnitt hoch und mit der anderen befingerte sie ihr Ohrläppchen so, als ob sie sich vergewissern wollte, dass ihr Ohrring noch an Ort und Stelle war.

»Ich wünschte, ich hätte länger dastehen können, um dir ungestört bei der Arbeit zuzusehen.«

Breit grinsend sah er sie herausfordernd an; bemerkte, wie ihr von der Arbeit ohnehin schon erhitztes Gesicht zusätzliche eine leichte Schamröte annahm.

»Dann ist es wohl besser, wenn ich erst einmal eine Pause einlege.«

Sie ließ ihn stehen; ging rüber zu einem gemauerten, offenen Gewölbe, das weit in das Gebäude hineinreichte und goss sich Traubensaft in ein Glas. Er folgte ihr, ließ sie nicht aus den Augen, lehnte sich lässig an die kalten Steine und zündete sich eine Zigarette an.

Julie war wirklich eine attraktive Frau. Ihre hellen, leicht gewellten, schulterlangen Haare standen im krassen Gegensatz zu ihren auffallend dunklen, kaum getrimmten Brauen. Ihre Augen standen etwas weiter auseinander als gewöhnlich, waren sanft und hatten das satte Grün von Moos. Aber das tatsächlich Bezaubernde an ihr war ihre schlichte, natürliche Schönheit, die jeden für sie einnahm. Er nahm an, dass es ihr keineswegs bewusst war, wie sie auf die Männerwelt wirkte, was ihren Reiz umso mehr verstärkte.

»Selbst wenn du von der Arbeit kommst, siehst du noch hinreißend aus. Wie machst du das nur?«

Sie antwortete nicht, nahm einen Schluck. In dem Gewölbe war es kalt und ihre harten Brustwarzen zeichneten sich nun deutlich unter dem T-Shirt ab, was sie aber nicht bemerkte. Sie schien verlegen; wusste offenbar nicht, was sie sagen und was sie von der Art, wie er sie anmachte, halten sollte. Dann bemerkte sie seinen Blick, drehte sich weg und zog eine Jacke über.

»Dir scheint es wieder besser zu gehen, mein lieber Bernardo, oder stimmt mit dir was nicht?«

»Bei mir stimmt alles. Und ja, du hast recht. Mir geht es in der Tat wieder besser.«

Er lächelte ihr zu und befummelte dabei den Slip in seiner Hosentasche.

»Und was willst du von mir?«

Sie klang schroff und ungehalten.

»Was ich von dir will?«

Mit hochgezogenen Augenbrauen schaute er auf ihre Faust, welche die Jacke vor ihrer Brust zusammenhielt.

»Gar nichts weiter. Wollte nur schauen, wie es dir geht und mich bedanken, dass du dich so lieb um mich gekümmert hast.«

Sie entspannte sich ein wenig und ein Lächeln huschte über ihre Lippen.

»Und dann wollte ich hören, ob du mal wieder was von deinem Freund gehört hast. Dem mit dem komischen Namen, Hub heißt er, oder?«

Ihr Lächeln verschwand und ihre Faust krallte sich fester um ihre Jacke.

»Nein, wieso fragst du?«

»Du hast gar nichts mehr von ihm gehört? Keinen Anruf? Keine SMS oder Post bekommen?«

Julie holte einmal tief Luft und schaute ihn direkt an.

»Was soll die Frage?«

Ihre Stimme war jetzt fest und fordernd, keine Spur mehr von Verlegenheit.

»Na ja, man könnte schließlich meinen, dass nach so einem wilden Abenteuer, welches bestimmt auch Spuren hinterlassen hat, der Kontakt nicht gleich abbricht und man noch was zum Austauschen hat.«

»Was denn für ein wildes Abenteuer? Bernardo, was ist denn bloß los mit dir?«

Aus großen Augen starrte sie ihn ungläubig an und er stellte sich direkt vor sie.

»Ich weiß von deiner Affäre mit Hub und frage mich, ob er der Einzige ist, mit dem du es außerehelich treibst.«

Bernardo sah sie herausfordernd an und strich dabei eine Haarsträhne hinter ihr Ohr.

Einen Moment brauchte sie, dann knallte ihre flache Hand in sein Gesicht. Sie ließ ihn stehen, trank kurz etwas und als sie sich wieder zu ihm drehte, stemmte sie die Hände in die Hüften.

»Ich habe keine Ahnung, was für Drogen du nimmst oder was dir sonst zu Kopf gestiegen ist. Aber wenn du Hilfe brauchst, dann lass uns zu Carlos gehen. Ich bin gespannt, was ihm zu deinen Fantasien einfällt.«

Er brauchte etwas länger, um seine Fassung wiederzufinden. Eine schallende Ohrfeige ohne spontane Reaktion wegzustecken, war nicht so einfach. Er nahm sich Zeit und den letzten Zug an seiner Zigarette.

»Tja, was würde Carlos wohl dazu sagen, dass eure Fahrt zum Krankenhaus bereits auf dem Parkplatz des ehemaligen Vergnügungsparks ihr Ende fand? Ich könnte wetten, dass die in der Ambulanz nicht eine einzige Unterlage von Hub finden würden, wenn man sie denn danach fragte. Und genauso würde ich darauf wetten, dass Carlos dann gerne wüsste, wo ihr sonst die ganze Zeit wart, wenn nicht im Krankenhaus? Was meinst du?«

»Ich habe keine Ahnung, was in deinem Kopf vor sich geht. Aber tu, was du nicht lassen kannst, und frag ihn. Ich geh wieder an meine Arbeit.«

Sie klang jetzt eher gelangweilt als gereizt, leerte ihr Glas, wandte sich schon halb von ihm ab und sah ihn dann aber doch noch einmal aus kalten Augen an.

»Bedenke nur, dass solche Geschichten auch leicht mal nach hinten losgehen können, und daher rate ich dir, schau dir genau an, wen du hier herausfordern willst. Hub hatte keine Papiere bei sich, als wir in der Ambulanz des Krankenhauses ankamen. Er hat den Arzt bar bezahlt und forderte auch keine Rechnung.«

Jetzt war ihre Stimme so kalt wie ihr Blick. Sie wollte gehen, doch Bernardo hielt sie am Arm zurück.

»Du kennst die Umstände, unter denen Esmeralda, Carlos' erste Frau, ums Leben kam?«

Sie schüttelte ihn ab.

»Es war ein Unfall.«

»Ja, so wird es erzählt.«

Ein süffisantes Lächeln überzog sein Gesicht.

»Esmeralda war eine ausgesprochen lebensfrohe Frau, und doch fand man sie mit einer Überdosis Antidepressiva im Blut ersoffen in dem großen Weinfass. Das, welches immer noch wie ein Mahnmal im ersten Kellergewölbe steht und seitdem nicht mehr benutzt wurde.«

»Ja, und?«

»Nur wenige Tage nach ihrem tragischen Unfall fand man dann hier in der Gegend einen jungen Burschen, der an einem Baum gelehnt mit einem Klebestreifen über seinem Mund dasaß. Irgendwer hatte ihm seinen abgeschnittenen Schwanz ins Maul gesteckt, er war elendig verblutet.«

Einen Moment lang starrte Julie noch in sein feist grinsendes Gesicht, drehte sich dann wortlos um und ging.

Er schaute ihr nach; sah, wie sie am Gartentor ihre Jacke ablegte und hinter der kleinen Mauer verschwand. Seine Hand schob sich zu dem Slip in seiner Hosentasche, dann ging er nach oben in sein Zimmer, stellte sich hinter die Gardine, holte seinen Schwanz raus und wichste in Julies eierschalenfarbenen Slip.

GLUTHEISSER
AUGUST

ROWENTA

8

Von weit her hörte sie einen Schrei, ein Ruf wie aus einer verwundeten Kehle. Aber es war noch kein guter Zeitpunkt, die Augen zu öffnen, noch nicht. Sie spürte die Schmerzen in ihrem Rücken und den Pulsschlag an ihren Schläfen und wusste, dass alles nur noch schlimmer kommen würde, sobald sie einen Blick wagte.

Wieder ein Schrei und noch einer. Ihre Zunge suchte nach Speichel, spürte die Schwellung an ihrer Unterlippe und fuhr automatisch die Zahnreihen ab. Ein Schluck Wasser, nur ein bisschen Wasser und sie wäre in der Lage, sich der Realität zu stellen.

Licht flackerte hinter ihren geschlossenen Lidern hin und her und ein leichter Wind strich über ihre Beine – über ihre nackten Beine. Es war der Ruf des Vogels, der sie mit jedem weiteren Schrei zwang, wieder aufzutauchen, aus ungeahnten Tiefen, zurück ins Leben.

Verflucht, wo bin ich?, dämmerte die Frage in ihr auf, *was ist passiert?* Aber eigentlich wollte sie es gar nicht so genau wissen. Die letzten Fetzen Erinnerung verhießen nichts Gutes.

Sie fuhr mit ihrer Hand über die Stirn, strich sich die Haare nach hinten und bedeckte ihre Augen, das Licht hörte auf zu flackern. Mit der anderen Hand fuhr sie ihren Bauch entlang nach unten – da war keine Jeans, kein Slip.

»Gottverfluchte Scheiße«, stöhnte sie auf.

Augenblicklich wurde ihr hundeelend, ihr Magen verkrampfte sich und sie schlug die Hände vors Gesicht, das sich dahinter zu einer erbärmlichen Grimasse verzog.

Jetzt fang bloß nicht an zu heulen, ermahnte sie sich.

Sie schluchzte, leise, verkrampfte sich, presste die Hände aufs Gesicht. Aber nichts, kein Gedanke, keine Erinnerung konnte ihre versteinerte Fratze entzerren. Der Ruf des Vogels kam näher, wurde lauter und fraß sich in ihre Eingeweide.

War das ein Geier? Gibt es hier überhaupt Geier? Brauche ich nur still liegen zu bleiben und mich ruhig zu verhalten? War bereits alles bestens arrangiert und andere kümmerten sich um den Rest?

Allmählich entspannte sie sich, atmete ein paarmal tief durch und war endlich bereit, die Augen zu öffnen. Die Sonne schien ihr, durch die im Morgenwind zappelnden Zweige eines Strauches, direkt in die Augen. Sie setzte sich auf, in einem Straßengraben neben einem staubigen Weg. Versuchte, auf ihre Beine zu kommen, musste sich aber gleich wieder hinhocken, weil ihr Kreislauf verrücktspielte. Rowenta stützte den Kopf in ihre Hände und ließ es laufen. Der Strahl spritzte vom harten Boden auf ihre nackten Füße. Ein Stück weiter sah sie ihre Sandalen und ihre Jeans liegen. Langsam, ganz langsam kam sie hoch, hielt sich an einem dürren Ast fest und blieb stehen. Der Schwindel kroch zäh wie Sirup aus ihrem Hirn. Sie schaute den Schotterweg entlang – in die eine, dann in die andere Richtung. Er war breit genug, dass zwei Autos bequem aneinander vorbeifahren konnten. Aber hier war nichts los, weit und breit keine Menschenseele. Eine vage Hoffnung keimte in ihr auf, dass der Slip noch in der Jeans stecken könnte, als sie diese aufnahm und sich auf einen Felsbrocken setzte. War er aber nicht. Die Jeans war verdreckt. Und feucht. Rowenta hielt sie unter die Nase, sie roch nur nach Bier. Sie stieg hinein, setzte sich wieder und streifte sich die Sandalen über. Unschlüssig und völlig verkatert blickte sie in die menschen- und baumlose Gegend, unfähig sich zu entscheiden, in welche Richtung sie gehen sollte.

Ja, sie hatte es darauf angelegt und Jonny war genau der Richtige für einen One-Night-Stand, wenn man wütend ist und zeigen will, dass man sich durchaus auch alleine amüsieren kann, wenn man dem anderen eins auswischen, ihn demütigen und verletzen will. Wenn man alles daransetzt, dem anderen den Abend zu versauen und wenn man will, dass er sich mindestens genauso mies fühlt wie man selbst. Bis man sich dann so verrannt hat und es keinen anderen Ausweg mehr gibt, als es auf die Spitze zu treiben, den einen besagten Schritt zu weit geht und bereit ist, es eskalieren zu lassen.

Es war ein Kinderspiel gewesen. Jonny! Jonny mit diesem abscheulichen Namen und seinen ebenso abscheulichen Stiefeln aus Krokodilleder, von denen er sich selbst im Hochsommer kaum trennen konnte. Mit seinen in Öl ertränkten pechschwarzen Haaren, den braunen Augen und einem Blick, der jedem Mädchen die Knie weich werden ließ. Er war schon lange scharf auf sie gewesen und sie wusste, an welchem Billardtisch sie ihn finden konnte.

Jetzt nur nicht einknicken. Sie stand auf, suchte ihre Taschen ab und fand Geld und ein Feuerzeug, aber keine Zigaretten. Ihre Arme waren teilweise blau, die Haut an manchen Stellen abgeschürft. Sie tastete ihre Brüste ab, die unnatürlich schmerzten.

Einzelne Erinnerungen tauchten auf. Sie waren alle raus aus der Bar, hatten weiter getrunken. Musik plärrte aus dem Autoradio und sie tanzten ausgelassen und in wilder Stimmung. Doch ab da war der Filmriss so schwarz wie der Meeresboden in zehntausend Metern Tiefe. Es war einfach zu viel Gin im Spiel gewesen und keiner war da, der auf sie aufgepasst hätte.

Der Durst und der pochende Schmerz in ihrem Kopf waren schier unerträglich. Sie hatte sich verschätzt, gründlich ver- und überschätzt. Jetzt war sie es, die gedemütigt und verletzt im Straßengraben eines staubigen Weges gelandet war, achtlos beiseite geschmissen wie ein benutztes Kondom. Und es gab hier auch keine Geier, die die Reste entsorgten und wieder Ordnung schafften.

Rowenta rappelte sich auf und ging los, in der Hoffnung, wenigstens die richtige Richtung erwischt zu haben. Die Sonne stand noch nicht hoch, der Tag fing gerade erst an und sie hatte keine Ahnung, wie sie ihn überstehen sollte.

Der von Westen kommende Wind wirbelte plötzlich eine riesige Staubwolke von der Fahrbahn, die ein kleiner Lieferwagen hinter sich herzog.

»Wo wollen sie denn hin?«, fragte der Fahrer, der neben ihr hielt.

»Weg von hier, in die Stadt.«

Freundliche, alte Augen schauten sie durch das Beifahrerfenster an.

»Wenn Sie in die Richtung weiterlaufen, kommen sie aber

höchstens bis zu dem stillgelegten Steinbruch. Es sei denn, sie wollen noch zum alten Pedro oder zu seiner noch älteren Frau Rosa, deren Hof noch ein gutes Stück hinter dem Steinbruch liegt. Bei denen war ich gestern am späten Abend und habe die mindestens genauso alte Wasserpumpe repariert, ohne die gäbe es dort keinen einzigen Tropfen Wasser. Aber ich kann mir nicht vorstellen, dass Sie dorthin wollen. Ich glaube eher, Sie wissen nicht, wo es langgeht. Steigen sie ein. Bis zur Kreuzung kann ich sie mitnehmen.«

Der Fahrer – ein hagerer Mann mit braun gebranntem, zerfurchtem Gesicht und einer speckigen Schirmmütze auf dem schütteren Haar – wischte den Beifahrersitz leer und Rowenta stieg ein.

»Was machen Sie hier draußen? Ist alles in Ordnung mit Ihnen? Sie sehen nicht gut aus, Mädchen, ist Ihnen was zugestoßen?«

»Nein, alles in Ordnung. Vielen Dank. Bringen Sie mich einfach nur weg von hier.«

Der Alte fuhr an, schaltete hoch und tuckerte den staubigen Weg entlang. Allerlei Zeugs rumpelte im hinteren Teil des kleinen Kastenwagens herum.

»Haben Sie einen Schluck Wasser?«

»Ja, klar, hinter Ihnen, schauen Sie, da.«

Der Alte drehte sich nach hinten um und zeigte auf ein paar in Folie eingeschweißte Wasserflaschen. Sie riss eine aus der Verpackung und trank erst vorsichtig, dann in großen Zügen. Das tat gut.

»Danke.«

»Keine Ursache. Ich hoffe, Sie kommen wieder auf die Beine, Kleines – egal, was Ihnen zugestoßen ist.«

Er schaute sie mitfühlend von der Seite an.

»Seitdem der Steinbruch stillgelegt wurde, trifft man hier kaum noch jemanden. Bis auf ein paar Jugendliche vielleicht, die Autorennen veranstalten oder mit Kleinkalibergewehren rumballern. Das ist keine gute Gegend für eine junge Frau.«

Es dauerte nicht lange und sie stießen auf eine asphaltierte Straße, die ihren Weg kreuzte. Schräg gegenüber befand sich eine Tankstelle.

»Ich muss links runter, in die Stadt geht es in die andere Richtung. Pass auf dich auf, Mädchen.«

Dafür ist es jetzt zu spät, ging ihr durch den Kopf, bedankte sich und lief rüber zur Tankstelle.

Rowenta holte sich den Toilettenschlüssel bei einem Typen in einem »ZZ Top«-T-Shirt ab, das sich über seinen Bauch spannte. Es war ein schwammiger Kerl mit einem nach hinten gedrehtem Basecap und dünnen, dunklen Haaren, die bis zu seinen Schultern reichten. Sie schloss sich in dem kleinen, schmuddeligen Klo-Raum ein.

Der Spiegel lügt nicht. Lange schaute sie nicht hin, zog ihr T-Shirt aus, drehte den Wasserhahn auf und schlug sich Wasser ins Gesicht und über die Haare. Mit gespreizten Fingern strich sie die halblangen, von der Sonne aufgehellten blonden Haare nach hinten in den Nacken. Sie richtete sich auf und betrachtete ihre Brüste. Sie sahen makellos aus, nicht so wie ihre Arme, aber irgendwie spannten sie trotzdem. Sie wusch ihre Arme, ihren Oberkörper und verprasste eine Unmenge an Papierhandtüchern. Bevor sie ihr T-Shirt wieder überstreifte, drehte sie es auf links. Rotgeränderte blaugrüne Augen starrten sie mitleidslos an, als sie sich auf dem Rand des Waschbeckens abstützte und dann doch in den Spiegel schaute. Die Schwellung an ihrer Unterlippe ließ nur ein gequältes Lächeln zu. *Dass du es auch jedes Mal übertreiben musst,* nuschelte sie ihrem Spiegelbild entgegen und hoffte im Stillen, dass sie es eines Tages noch mal hinkriegen würde, rechtzeitig den Fuß vom Gas zu nehmen. Sie richtete sich auf, streckte den Rücken durch, warf einen letzten Blick in den Spiegel und schlug dann die Tür hinter sich zu.

»Geht hier ein Bus?«, fragte sie den Typen, als sie ihm den Schlüssel auf den Tresen legte.

»Ja, schon, aber man weiß nie so genau, wann. Heute ist er auf jeden Fall noch nicht durch. Sollte aber bald kommen. Am besten, du stellst dich drüben an die Kreuzung, dann hält er, wenn er dich sieht. Willst du einen Kaffee?«

Sie schaute die Straße entlang.

»Wenn er schwarz und kräftig ist?!«

»Das ist er.«

Er kam hinter seiner Kasse vor, griff nach einer ranzigen Thermoskanne, goss daraus ein dampfendes Gebräu in eine Tasse und reichte sie ihr. Dabei wanderte sein Blick von ihrem ebenen, aber gemartertem Gesicht über die Rundungen ihrer strammen Brüste hinab zu der hautengen Jeans.

Ohne ein Lächeln, nur mit einem »Danke« griff Rowenta nach dem Kaffee, drehte sich um und schaute nach draußen, zu der Kreuzung rüber.

Sein Blick ruhte auf ihrem Hintern.

»Ich kann dich auch fahren, wenn du willst. Hab' ein Auto, steht gleich hier draußen neben der Garage, ist ein schöner alter *VW Käfer*.«

Sie schlürfte an ihrem Kaffee und behielt stumm die Kreuzung im Blick.

»Allerdings dauert es noch, bis ich hier wegkann. Aber dann, wer weiß? Wir könnten zum Strand fahren und im Palm Beach noch ein paar Drinks nehmen. Von zwölf bis zwei ist da Happy Hour. Wobei Shaker, der Barkeeper, ein Freund von mir ist, da kriegen wir die Drinks auch zum halben Preis, wenn die Happy Hour grad nicht läuft. Und Shaker macht gute Drinks. Würde sogar sagen, dass ich noch nie Bessere getrunken habe. Vor allen Dingen seinen *Fireball* solltest du dir nicht entgehen lassen. Er nimmt dafür nicht irgendeinen Rum, nur den *Meyers*, das schmeckst du gleich. Na, was meinst du?«

Sie gab keine Antwort, stierte weiter durch die verstaubte Scheibe, auf die irgendwer was mit dem Finger geschrieben hatte.

»Du kannst natürlich auch den Bus nehmen, wenn du nicht so lange warten willst. Wir könnten uns dann später treffen und einen *Fireball* zusammen schlürfen. Bei der Hitze ist der genau das Richtige, das kann ich dir versprechen.«

Sie hatte ihren Kaffee ausgetrunken. Stark genug war er, um über die nächsten Runden zu kommen.

»Wie heißt du?«, fragte sie, als sie ihm die leere Tasse in die Hand drückte.

»Nenn mich Chico, wie es alle anderen, die mich kennen, auch tun.«

»Also gut, dann pass mal auf Chico, schau genau hin.«

Trotz geschwollener Lippe schenkte sie ihm ein reizendes Lächeln, blinzelte ihn an, hob ihr T-Shirt und zeigte ihm die nackten Titten.

»Ich gehe jetzt rüber zur Kreuzung und du kannst dir hinterm Tresen in aller Ruhe einen runterholen. Mehr wird für dich nicht drin sein.«

Dann streifte sie ihr T-Shirt wieder runter, ließ Chico mit offenem Mund stehen und trat hinaus in die Sonne, die sich daran machte, den Tag mit ihrer Glut lahm zu legen.

SHOTGUN BILL

9

Das war wieder so eine Nacht. Eine, in der man aufpassen musste, nicht in seinem eigenen Saft zu ersaufen, in der kein Lüftchen sich die Mühe machte, die zähe Hitze des Tages durch die hochgeklappten Fenster des Wohnmobils mit hinauszunehmen. Jeder, mit dem Hub sprach, war sich sicher, noch nie in seinem Leben einen ähnlich heißen und trockenen August erlebt zu haben. Selbst die Alten konnten sich an keinen mörderischeren Sommer erinnern. Alles stöhnte und weder Mensch noch Tier bewegten sich mehr als unbedingt nötig.

Für solche Nächte hatte Hub sich eine Hängematte zwischen zwei Bäumen, direkt neben seinem Wohnmobil, aufgespannt. Aber es war trotzdem kein erholsamer Schlaf gewesen, obwohl er sich alle Mühe gegeben hatte, sich für die nötige Bettschwere einen anzusaufen. Rowentas Auftritt gestern Abend und das anschließende Gespräch mit Shotgun Bill hatten ihn doch mehr aufgewühlt, als er dachte, und verhindert, dass er in einen wie normalerweise vom Rausch geprägten, tiefen Schlaf fand. Daher war er früh wieder auf den Beinen; zu einer Zeit, in der auf dem Campingplatz noch alles schlief und eine himmlische Ruhe herrschte.

Mit dem frisch aufgegossenen *Sencha* saß er vor seinem Wohnmobil und von irgendwoher waren ein paar gedämpfte Reggae-Klänge zu hören, die aber von munterem Vogelgezwitscher problemlos übertönt wurden. Er trank die erste Schale Tee, drehte sich eine Zigarette und dachte an den gestrigen Abend. Dabei drängte sich ihm die Frage auf, ob es nicht langsam an der Zeit wäre, weiterzuziehen. Die Situation mit Shotgun Bill und Rowenta drohte immer weiter aus dem Ruder zu laufen. Über sechs Wochen stand er bereits hier auf dem Campingplatz in Lagos am südwestlichsten

Zipfel Europas. Es war wie ein langer, unbeschwerter Urlaub mit viel Sonne, kühlen Drinks und dem Atlantik vor der Tür. Doch jetzt schien sich da etwas zusammenzubrauen, auf das er gut und gerne verzichten konnte und außerdem wurde es Zeit, zu Zeck zu kommen. Dem brannte die Kohle von dem Marokko-Deal unter den Nägeln und ihm selbst gingen langsam die finanziellen Mittel aus. Aber es war natürlich auch klar, dass es einem Wahnsinn glich, sich bei dieser Affenhitze hinters Steuer zu klemmen – ohne Klimaanlage und ohne Aussicht auf einen Wetterumschwung.

Gestern hatte die Sonne bereits lange Schatten geworfen, als Rowenta mit einer Weißwein-Schorle in der Hand zu ihm rüberkam. Sie und Shotgun Bill hatten ihr Domizil direkt gegenüber, auf der anderen Seite des Weges, der zu den Waschhäusern führte. Sie standen schon etliche Monate hier auf dem Campingplatz und hatten sich, wie viele andere auch, nett eingerichtet. Er kannte Rowenta bereits gut genug, um zu wissen, was sie wollte, noch ehe sie bei ihm angekommen war.

»Was für eine verdammte Hitze«, stöhnte sie, ließ sich in den Stuhl fallen und streckte ihre langen, braungebrannten Beine aus.

»Das kannst du laut sagen: stehende Luft, kein Wind. Das schreit nach einer Nacht in der Hängematte.«

Sie richtete sich auf, suchte seinen Blick und schenkte ihm ihr hübschestes Lächeln. Schon oft hatte er eine gewisse Ähnlichkeit mit Charlize Theron bei ihr festgestellt, nicht nur wegen des Lächelns. Sie sah einfach umwerfend aus, würde auf jedem Laufsteg der Welt eine perfekte Figur abgeben und ihre glasklaren türkis- bis tiefblauen Augen konnten jeden Mann um den Verstand bringen; genauso wie sie jedem einen kalten Schauer über den Rücken jagten, wenn sie vor Zorn funkelten. Jetzt lag die gebündelte Magie weiblicher Verführung darin.

»Dann sei doch nicht so ein verdammter Idiot und lass uns zum Strand runtergehen, lass uns Spaß und ein wenig Abkühlung haben«, schnurrte sie.

Rowenta war bei Gott nicht die Sorte Frau, die es gewohnt war, dass ihre Wünsche abgelehnt wurden. In der Regel wusste sie sehr genau, was sie wollte und wie sie es erreichen konnte; hatte aber auch meist ein Gespür dafür, den Bogen nicht zu überspannen und alle mehr oder weniger bei Laune zu halten. Doch gestern schien sie genau wissen zu wollen, wie weit sie gehen konnte.

Er war aufgestanden und hatte sich ein kaltes Bier geholt.

»Hör zu, Rowenta, du weißt, dass ich einer so charmanten Einladung nur allzu gerne folgen würde und es auch immer tun werde. Aber du weißt auch, dass heute die letzte Gelegenheit ist, mit Bill zu reden, bevor er sich morgen mit diesem Typen trifft. Das weißt du genau, wir haben lange genug darüber gesprochen und deshalb frage ich mich, warum du mir jetzt damit kommst? Es kann dir doch nicht egal sein, in was für eine Scheiße er sich reinreitet.«

Er riss den Clip von der Dose, trank einen Schluck und wartete auf ihre Reaktion.

»Der Penner macht doch sowieso, was er will. Da wirst du nichts dran ändern; egal, ob du mit ihm redest«, versuchte sie es, »der kriegt doch nicht das Geringste mehr mit.«

»Genau das ist es, du sagst es. Irgendwer muss ihm die Augen öffnen. Und zwar bevor es zu spät ist; bevor er sich in eine Situation manövriert hat, aus der er nur noch mit gebrochenen Knochen wieder rauskommt. Wenn überhaupt.«

»Und wenn wir nicht so lange machen? Wenn wir uns ein wenig beeilen, kannst du hinterher immer noch mit ihm reden, bis in den Morgen«, sagte sie mit weicher Stimme, zupfte an ihrem T-Shirt rum und ließ ihre Schenkel ein wenig auseinanderfallen.

Er spürte, dass es hier um weit mehr ging als nur um einen vergnüglichen Abend am Strand. Rowenta konnte es einfach nicht ertragen, in die zweite Reihe gestellt zu werden. Darum ging es. Es war ein Machtkampf.

»Nein. Da führt kein Weg dran vorbei. Auch wenn der ›Penner‹, wie du ihn nennst, nicht zur Vernunft zu bringen ist, ist es allemal einen Versuch wert; und morgen können wir dann wieder zum Strand gehen.«

Ihr Gesichtsausdruck änderte sich auf einen Schlag. Sie schlug die Beine übereinander, wippte mit dem Fuß und schien zu begreifen. In das klare Blau ihrer Augen mischte sich ein blasses Grün. Ihr Blick war so kalt und entschlossen, dass er fast eine Gänsehaut bekam, als sie ihn ansah.

»Wenn du mich jetzt hier so stehen lässt, mich derart abservierst, muss ich mich selbst um mein Vergnügen kümmern. Dann muss ich losziehen und zusehen, wie ich auf meine Kosten komme. Und kein Mensch kann sagen, wie es ausgeht. Willst du das wirklich? Gut möglich, dass du es bereuen wirst.«

Er ahnte, dass das kein leeres Versprechen war und schenkte ihr ein Lächeln. Dann sagte er: »Ach scheiß drauf, Rowenta. Tu einfach, was du tun musst. Was anderes mach' ich auch nicht.«

»Du verfluchter Mistkerl«, fauchte sie ihm entgegen, stand auf und rauschte wutentbrannt rüber.

Er hatte sie dort weiter keifen gehört, wie sie Shotgun Bill die Pest an den Hals wünschte, bevor sie dann mit einer angefangenen Flasche Wein in der Hand davongestürmt war.

10

Shotgun Bill war ein dürrer, ausgemergelter Kiffer, der jeden erschrecken konnte, wenn er sein tatsächliches Alter nannte. Aber er überraschte auch mit einer enormen Standfestigkeit, war zäh und konnte ordentlich zupacken, wenn es darauf ankam. Seine blonden Haare hatte er zu einem Zopf zusammengebunden und sein einziges Kleidungsstück in diesem Sommer schien eine zu große, abgeschnittene Jeans zu sein, die er mit einem Ledergürtel am Rutschen hinderte. Sein richtiger Name war Bill Wenders, doch bekannt war er nur als Shotgun Bill. Das kam daher, dass er mit Vorliebe aus einem Chillum rauchte, in dessen Kopf gut und gerne die Tagesration eines Durchschnittskiffers auf einmal reinging; und weil er es obendrein mochte, wenn jemand seine hohlen Hände um den Kopf seines Chillums legte und mit einem kräftigen Push den Qualm in seine Lungen trieb. Die Ladung Rauch, die dann aus ihm entwich, ließ darauf schließen, dass der magere Kerl ein Lungenvolumen von mindestens fünf Litern haben musste.

Die Mengen an Dope, die Shotgun Bill konsumierte und die Tatsache, dass er gerne für eine längere Zeit hier auf dem Campingplatz in Lagos bleiben wollte, brachten ihn auf eine wahnwitzige Idee. Eine, die ihm zwar die nötigen finanziellen Mittel dafür sichern würde, die aber jeder, der nur halbwegs bei klarem Verstand war, sofort wieder verwerfen würde.

Der Campingplatz war durch seine Nähe zu Marokko fast ausschließlich von Kiffern belegt. Normale Campingfreunde verirrten sich höchstens mal für eine Nacht; und dann auch nur, wenn es wirklich zu spät am Abend war, um nach einer Alternative zu suchen. Die meisten Besucher hatten sich für eine längere Zeit eingerichtet, es sich mit einfachen Mitteln gemütlich gemacht und ergaben sich widerstandslos der brütenden Hitze sowie dem Dauergenuss von Haschisch. Das Dope gab es unten an der Strandpromenade, in der Altstadt. Jeder kleine Dealer bot die gleiche Qualität zum gleichen Preis und erst ab 17 Uhr an. Nach Shotgun Bills Berechnungen sollte es bis zu einem Kilo sein, was allein hier auf dem Campingplatz wöchentlich verqualmt wurde. Eine Menge, mit der er als Dealer gut über die Runden käme.

Nachdem Rowenta davongerauscht war, ohne Hub auch nur noch eines Blickes zu würdigen, war er mit einem Sticky im Mundwinkel und einem frischen Bier rüber zu Shotgun Bill gegangen, um ihm diese blödsinnige Idee auszureden. Der saß in seinem Klappstuhl hinter einem bunten Sichtschutz – unter einer ausgeblichenen Plane, die zwischen den Bäumen gespannt war –, und stopfte gerade sein Chillum mit einer Mischung aus Tabak und Dope. Ein uralter Ventilator quietschte leise vor sich hin und gab sich alle Mühe, für einen kleinen Luftzug zu sorgen. Hub ließ sich in den anderen Stuhl fallen und kam gleich zur Sache.

»Wie stellst du dir das eigentlich vor? Glaubst du im Ernst, die lassen dir das durchgehen? Glaubst du tatsächlich, dass die seelenruhig zuschauen, wie du ihnen in die Parade fährst und nichts dagegen unternehmen werden?«

Shotgun Bill antwortete nicht gleich. Stattdessen hielt er die Flamme eines Clippers in den Kopf seines Chillums und brachte die Mischung zum Glühen. Die Rauchschwaden waberten erst unter der Plane entlang und stiegen dann in den abendlichen Himmel auf. Es war jedes Mal ein Schauspiel, und wer nicht wusste, dass Shotgun Bill hier am Werke war und nur den aufsteigenden Rauch sah, wäre glatt geneigt gewesen, mit einem Eimer Wasser in der Hand zu Hilfe zu eilen.

»Ich weiß gar nicht, was du hast«, antwortete Bill, nachdem er einen Schluck von seinem mit Wasser verdünnten Wein getrunken hatte, »hier kann doch wohl jeder sein Dope kaufen, wo er will, da gibt es doch keine Vorschriften.«

»Aber du weißt schon, dass du dich mit so einer Aktion in eine äußerst heikle Situation begibst, von der du nicht wissen kannst, wie sie ausgeht, oder? Wenn du mich fragst, wird man dir dafür die Knochen brechen oder so etwas in der Art. In dieser Branche ist man nicht zimperlich, da wird jedem brutal auf die Finger gekloppt, wenn er sich nicht an die Regeln hält.«

»Regeln kann man brechen.«

»Mann, Bill. Das kann doch unmöglich dein Ernst sein!«

»Sei nicht so eine Memme und gib mir lieber mal einen Shot.«

Hub verdrehte die Augen, stand dann aber auf und tat ihm den Gefallen.

»Was war eigentlich mit Rowenta los?«, wollte Shotgun Bill plötzlich wissen, wobei immer noch Qualm aus seinem Inneren hervorquoll.

»Keine Ahnung, woher soll ich das wissen? Auf mich machte sie den Eindruck, als sei sie heute auf Krawall aus.«

»Ja, den Eindruck hatte ich auch. Ich frage mich nur, was sie dazu getrieben hat.«

Sie hatten nie darüber gesprochen, aber Hub ging davon aus, dass Shotgun Bill Bescheid wusste, dass der nicht die Augen verschloss vor dem, was um ihn herum passierte und ihm klar war, dass Rowenta ihren eigenen Kopf hatte.

»Sie wollte, dass sie jemand zum Strand begleitet, und ich wollte heute zu dir.«

Shotgun Bill warf ihm einen Blick zu, der nicht verriet, was in seinem Kopf vorging. Dazu kam ein feines Lächeln und Hub glaubte, in beidem einen Hauch von Melancholie erkannt zu haben. Einen Augenblick lang sahen sie sich nur an, dann wandelte sich das Lächeln in ein verschmitztes Grinsen und er sagte: »Ich mache doch lediglich ein zusätzliches Angebot, mehr nicht. Und für die Leute hier auf dem Platz wird es ein ganz ordentlicher Service sein. Denen gefällt das, wenn sie nicht jedes Mal losmüssen. Glaub mir. Hinzu kommt, dass es unten an der Strandpromenade weder eine Auswahl gibt noch besondere Qualität. Und das nur, weil die Typen keine Konkurrenz haben, sich absprechen und das Viertel im Griff haben.«

Hub nahm den letzten Zug an seinem Sticky und war heilfroh, dass er noch einen beruhigenden Vorrat von seinem »*Best Zero Zero Marokko*«-Dope hatte.

»Genau darum geht es doch, du sagst es. Die haben hier alles im Griff, das hast du richtig erkannt. Und die werden einen Teufel tun, zuzulassen, dass irgendein dahergelaufener Spinner wie du ihnen dazwischenfunkt. Hier ist alles bestens geregelt, da hat sich keiner einzumischen. Glaub mir, das lassen sie dir nicht durchgehen.«

»Ach komm, was wollen die schon machen? Klar wird es denen nicht gefallen, aber was soll's?«

Hub holte einmal tief Luft und stieß einen leisen Seufzer aus.

»Was glaubst du eigentlich, warum dein Dealer El Cudo hier in der Gegend noch keinen Stich versucht hat, he? Was meinst du? Hast du mal darüber nachgedacht?«

Ohne eine Antwort abzuwarten, fuhr er fort:

»Wenn nicht, dann solltest du das schleunigst nachholen. Es sei denn, du hättest etwas dafür übrig, Fehleinschätzungen mit ein paar gebrochenen Knochen oder gar einem eingeschlagenen Schädel auszugleichen. Und falls du gerade keinen Bock hast, dir darüber einen Kopf zu machen, werde ich dir sagen, warum dein neuer Freund in dieser Gegend nicht anfängt zu dealen. Weil der nämlich seine Geschäfte auf der anderen Seite der Stadt macht. Da, wo sein Revier ist. Da, wo er hingehört. Und eben nicht in fremden Teichen rumfischt. Verstehst du das?«

»Klar verstehe ich das. Aber alles ist nun mal im Wandel, nichts ist von Bestand, das musst du zugeben und Absprachen können sich auch mal ändern. Außerdem hat er mir zugesagt, dass er und seine Gang schon darauf achtgeben werden, dass alles glattläuft und mir niemand zu nahekommt.«

»Ach ja, bekommst du dann eine Leibwache vor die Tür gestellt, oder was? Die werden DEINEN Arsch aufreißen, nicht den von El Cudo. Der wird sich garantiert nicht die Finger schmutzig machen; wird sich einen Dreck um dich scheren, wenn es Ärger gibt, und den wird es geben. Der wird bei dir die Kohle abgreifen, solange es geht, und alles andere ist dem doch scheißegal. Das musst du doch einsehen!«

Jetzt mischte sich mehr als nur ein Hauch von Melancholie in Shotgun Bills Gesichtsausdruck. Einen Augenblick lang schwieg er mit leerem, nachdenklichem Blick und schien nach Worten zu suchen.

»Weißt du, Hub, du kannst das nicht verstehen. So viele Chancen hat mir das Leben bisher nicht geboten und ich kann auch nicht erkennen, wo es mich noch hinführen wird. Du musst nicht weit schauen, um zu sehen, was mir geblieben ist. Das hier ist alles, was ich habe.«

Er machte eine Pause, drehte sich eine Zigarette und weil Hub seine Klappe hielt, erzählte er weiter.

»Dahin, wo ich herkomme, kann ich nicht wieder zurückkehren. Gegen den Ärger, der mich dort erwartet, ist das hier immer noch das reinste Kinderspiel. Glaub mir. Rowenta hat ihre eigenen Scherereien und sieht auch keinen Grund, so schnell die Heimreise anzutreten. Und darum geht es, um Rowenta. Sie war und ist ein unbeschreiblicher Glücksfall für mich. Und jetzt mal ehrlich: Kannst du mir einen gottverdammten Grund nennen, warum sie sich gerade mit mir abgibt? Warum sie bei mir bleibt? Schau mich an: Sehe ich aus, als könnte ich ihr das Wasser reichen? Sie ist das Beste, was mir in meinem Leben passiert ist, und jetzt rinnt sie mir durch die Finger wie lauwarme Seifenlauge und ich kann nichts dagegen tun.«

Er starrte vor sich hin und fing dann plötzlich an zu grienen.

»Sie sagt, dass es mein Schwanz sei. Sagt, dass es auf der ganzen Welt keinen Zweiten gebe, der so perfekt zu ihrer Muschi passe wie meiner. Den liebt sie immer noch, nur mit dem Drum'rum kann sie von Tag zu Tag weniger anfangen. Er sieht ein bisschen aus wie ein Pilz, mit einem kurzen, stämmigen Stiel und einem gewaltigen ...«

»Oh Mann, bitte verschone mich mit den Einzelheiten«, unterbrach Hub ihn mit verzerrtem Gesicht, »es interessiert mich nicht die Bohne, wie dein Schwanz aussieht und was Rowenta von ihm hält. Ich bitte dich.«

»Schon gut. Ich meine nur, dass sie es allemal wert ist, ein wenig Risiko einzugehen. Wenn ich hier auf dem Platz mit El Cudos Dope ein bisschen dealen kann, habe ich genug zu rauchen und obendrein ein gutes Auskommen. Ich kann locker einen Euro pro Gramm machen. Damit kommen wir eine ganze Weile über die Runden, wir hätten eine Perspektive; ich könnte mich wieder ein wenig mehr um sie kümmern und vielleicht gehe ich dann auch mal mit ihr zum Strand. So sehe ich das.«

»Dazu solltest du erst mal schwimmen lernen oder dir zumindest ein Paar Schwimmflügelchen zulegen«, scherzte Hub, obwohl ihm zum Witzemachen überhaupt nicht zumute war. Was hätte er dazu auch sagen sollen?

Danach verlief der Abend wie viele andere auch; bis auf die Tatsache, dass er nicht in der Lage war, sich die nötige Bettschwere für die Hängematte anzusaufen.

Er ging rein ins Wohnmobil und machte den zweiten Aufguss seines Tees fertig. *Tja, was hätte ich Shotgun Bill gestern Abend schon sagen sollen? Scheiß auf die Alte und vergiss sie? Du bist garantiert nicht der Erste, dem sie den Verstand weich lutscht? Ja, so etwas in der Art vielleicht.*

Rowenta war der Typ Frau, um den jeder Mann mit einem Mindestmaß an Grips einen riesigen Bogen machen sollte, wenn er es nicht darauf anlegt, mit Haut und Haaren verschlungen, um als sabbernder Zombie wieder ausgespuckt zu werden. Und so gesehen hatte sich Shotgun Bill bisher gut gehalten, das musste man ihm lassen.

Die ersten Freaks krochen aus ihren Behausungen und setzten sich völlig zermartert in den Schatten – unfähig, sich gleich einen Kaffee zu machen oder eine Zigarette zu drehen. Das musste noch eine Weile warten. Jeden Morgen das gleiche Bild. Kaum einer sah erfrischt und erholt aus. Bis auf wenige schleppten sich die meisten über den Tag, von der erbarmungslosen Hitze am Boden niedergedrückt und außerstande, dem Tag ihren Stempel aufzudrücken. Erst am Nachmittag, wenn ein leichter Wind aufkam und die frischen, draufgepackten Drogen ihre Wirkung zeigten, nahm die Stimmung auf dem Platz wieder an Fahrt auf und kam erst kurz vor Sonnenaufgang zum Erliegen.

Solange er gestern bei Shotgun Bill gesessen hatte, war Rowenta nicht wieder aufgetaucht. Auch in der Nacht hatte er nichts von ihr mitbekommen. Er fühlte sich nicht dafür verantwortlich, was hier gerade passierte – nicht direkt – aber er spürte, dass er mittendrin steckte, was ihm mehr und mehr ein Unbehagen verpasste, dem er sich anscheinend nicht so ohne Weiteres entziehen konnte.

Er nahm noch einen Zug an seiner Selbstgedrehten, inhalierte tief und stampfte den Rest der Zigarette in den Aschenbecher. Als er wieder aufschaute, sah er sie schnurstracks auf sich zukommen.

»Hast du noch einen Tee für mich?«, fragte sie kurz angebunden und setzte sich ihm gegenüber, ohne ihn dabei anzuschauen.

»Klar.«

Er füllte seine Teeschale und schob sie ihr rüber.

»Ich kann auch noch einen Frischen machen«, bot er ihr an, betrachtete sie von der Seite und sah, dass sie mehr als nur verkatert war. Sie sah völlig erledigt aus, wie durch den Fleischwolf gedreht.

»Du siehst aus, als hättest du einen wundervollen Abend und eine berauschende Nacht gehabt. Ich hoffe, du bist auf deine Kosten gekommen.«

Der Sarkasmus in seiner Stimme war kaum zu überhören – obwohl er genau wusste, dass es nicht ratsam war, sie unnötig zu reizen, wenn sich ihr Kesseldruck sowieso schon im roten Bereich bewegte. Ohne ein Wort zu sagen, schnappte sich Rowenta – mit zusammengekniffenen Augen und schmalen Lippen – den Tabaksbeutel und drehte sich eine Filterlose, die sie auch gleich ansteckte. Es war nicht zu übersehen, dass sie auf hundertachtzig war.

»Ich kann mich nicht beklagen«, antwortete sie schnippisch, »allemal besser, als mit euch Losern hier abzuhängen und sich um die durchgedrehten Fantasien dieses Spinners zu kümmern. Jonny wusste es auf jeden Fall zu schätzen. Der ließ mich nicht links liegen, das kannst du mir glauben.«

»Ah, Jonny, diesen Lackaffen, hast du dir vorgenommen. Und dafür hat er dir dann gleich mal eine reingehauen, wie man sieht, ja?«

Er tippte mit dem Zeigefinger an seine Unterlippe und schenkte ihr ein schräges Lächeln.

»Nee, hat er nicht. Da hat mich wer angerempelt, als ich gerade was trinken wollte, was interessiert dich das überhaupt?«

Ihre Hand zitterte, als sie die Teeschale zum Mund führte.

»Und, hast du mit dem Arschloch gesprochen? Kriegt der noch was mit? Oder war die ganze Mühe und Aufregung umsonst und er macht doch, was er will?«

Er spürte plötzlich ihre Verletzlichkeit, ihre Wut auf sich selbst, beugte sich nach vorn und griff nach ihrer Hand, die sie aber hastig wegzog.

»Hey, Rowenta«, sagte er in mildem Ton, »komm runter und bloß nicht auf die Idee, deine Wut an Bill auszulassen. Er ist der Letzte, der für deine Laune was kann. Bill wünscht sich doch nichts weiter, als dass sich die Tage möglichst geräuschlos aneinanderreihen; guckt, was möglich ist und wie er am besten über die Runden kommt. Und ob du es glaubst oder nicht, er denkt dabei in erster Linie an dich. Da kannst du ihm nichts vorwerfen. Also lass ihn gefälligst in Ruhe.«

Rowenta nahm noch zwei kräftige Züge, bevor sie die Kippe auf den Boden warf und sie austrat.

»Sag du mir nicht, was ich tun oder lassen soll, du verdammter Mistkerl! Du hast doch keine Ahnung«, fauchte sie.

»So? Na dann, klär mich doch mal auf.«

Rowenta starrte stur vor sich ins Leere, zappelte mit den Knien und knetete ihre Hände.

»Du bist doch das allerletzte Arschloch«, brachte sie hervor, »tust so, als wärst du sein Freund, spielst dich hier auf und vögelst hinter seinem Rücken seine Freundin. Was ist das denn für ein Freund? Du Heuchler.«

Sie kämpfte mit aufsteigenden Tränen.

»Gestern hätte ich dich gebraucht. Hätte jemanden gebraucht, der auf mich aufpasst, und das hättest du wissen müssen, hast du aber nicht, du verdammter Idiot. Denkst, du hättest alles im Griff, und kriegst rein gar nichts mit, was um dich herum passiert, du verfluchter Scheißkerl.«

Dann stand sie auf, funkelte ihn aus glänzenden Augen nur so an, wollte noch etwas sagen, verstummte aber und fegte stattdessen voller Zorn die Teeschale vom Tisch. Drehte sich um und ging rüber zu Shotgun Bill.

HANS GEORG

11

Hans Georg genoss es, seinen ersten Kaffee am Morgen alleine und in aller Ruhe trinken zu können. Nur wenn Maja – sein kleiner Sonnenschein, wie er sie nannte, – vor Schulbeginn noch ein wenig Zeit hatte und sich zu ihm setzte, um munter drauflos zu plappern, war das was anderes. Ihre Art, ihr ganzes Wesen war wie ein strahlendes Licht für ihn, das den Tag aufhellte und trübe Aussichten gar nicht erst aufkommen ließ. Damit war jetzt allerdings Schluss. Sie hatte gerade ihr Abitur gemacht und nahm sich eine kleine Auszeit, bevor sie anfangen wollte, zu studieren. Auf Bernardo dagegen konnte er am Morgen gut verzichten. Am liebsten hätte er ihn bis in den Mittag pennen lassen. Aber Bojan, Majas großer Bruder, der die Verantwortung für das Geschäft trug, bestand auf einer gewissen Disziplin und dazu gehörte auch das regelmäßige, frühe Aufstehen. Deshalb war er immer vor Bernardo auf den Beinen und kaufte sich als erstes bei Willi eine BZ und jeden zweiten Tag eine Schachtel Marlboro, bevor er sich dann mit einem Pott Kaffee in die kleine Küche hinter dem Ladengeschäft setzte und gemächlich den Tag auf sich zukommen ließ.

»Na, Haje«, hatte Willi ihn begrüßt, »jetzt wird's wohl doch langsam Zeit, dit wa uns uff unsere ollen Taje een Plätzchen inner Südsee angeln, bevor de Hitze uns och noch den letzten Verstand wechgbrutzelt. Da, wo's die kleenen Hula-Hula-Mädels jibt, die uns dann den janzen Tach mitte kühlen Drinks versorj'n. Und wir strecken nur de Beene aus und kiecken inne Luft. Na, wat meenste?«

Willi lebte schon lange vor ihm im Kiez rund um den Berliner Ludwigkirchplatz. War bekannt wie ein bunter Hund und nicht totzukriegen. Jeden Tag stand er in seinem kleinen Zeitungsladen, der sich in den letzten vierzig Jahren nicht im Geringsten verändert hatte, hinterm Tresen und bediente die Leute. Keiner wusste genau, wie alt Willi war; aber jeder war davon überzeugt, dass er eines Tages einfach tot umkippen und sein Tabakladen zur Legende werden würde. »Dit hört sich verdammt jut an. Ick bin dabei. Buch schoma zwee Billjetts«, hatte er ihm mit einem Augenzwinkern geantwortet.

Es war August, der heißeste Monat im Jahr und wahrscheinlich der heißeste, den die Hauptstadt je erlebt hatte. Jedenfalls fühlte es sich so an. Die Luft stand in den Häuserschluchten, der Asphalt glühte und die Wohnblocks speicherten die Hitze des Tages wie riesige Kachelöfen. Die Nächte hatten keine Chance, für Abkühlung zu sorgen, und die Bevölkerung war aufgerufen, die Straßenbäume vor ihren Häusern mit Wasser zu versorgen. Berlin, zumindest das ehemalige Westberlin, war eine grüne Stadt, mit unzähligen Bäumen in nahezu jeder Straße.

»Dieser verdammte Bush«, stieß Hans Georg hervor, als die Zeitung auf dem Tisch lag und er die Headline überflog. Er hasste diesen Kerl und glaubte nicht, dass die Amis tatsächlich Massenvernichtungswaffen bei Saddam finden würden. Früher hatte er die Amis toll gefunden, wie sie Westberlin mit der Luftbrücke am Leben hielten und Kennedy am Schöneberger Rathaus seinen berühmten Satz: »Ich bin ein Berliner!«, sagte, womit er den Russen unmissverständlich klar machte, dass es an dem Viermächte-Status nichts, aber auch rein gar nichts zu rütteln gab. Aber heute?

»Verdammter Kriegstreiber«, schimpfte er kopfschüttelnd und schlug die Seite um.

Von der kleinen Küche aus konnte man durch den Laden hindurch die vorbeilaufenden Leute und das Treiben auf der Straße beobachten. Auf der Schaufensterscheibe, die mit einer spiegelnden Folie versehen war, stand in großen Lettern »Weinimport«. Weiter nichts. Die alten Scherengitter sicherten den Laden zur Straße hin. Die Fenster zum Hof waren durch robuste Metallstäbe geschützt und mit einer milchigen Folie beklebt. Bereits früh am Morgen lief die Klimaanlage im Ladengeschäft fast auf Hochtouren und verbreitete eine angenehme Kühle bis in die hinteren Räume. Er war sich sicher, dass diese Hitze noch eine Weile anhalten würde. Die Narben an seinen Händen, die ihn jeden Wetterumschwung rechtzeitig spüren ließen, hatten noch keine Reaktion gezeigt.

Er schlürfte von seinem Kaffee und schaute auf die Uhr überm Kühlschrank. Eine halbe Stunde hatte er noch, bevor Bernardo runterkommen würde. Neben dem Laden hatte Bojan auch die 5-Zimmerwohnung im ersten Stockwerk angemietet, in der Bernardo jetzt sein Zimmer hatte.

Bernardo. Obwohl der schon einige Monate in Berlin war, wusste Hans Georg immer noch nichts Richtiges mit ihm anzufangen. In seinen Augen war der ein ziemliches Großmaul, mit Hang zur Selbstüberschätzung. Aber er wusste natürlich, dass er ohne Eltern und wenig Erziehung aufgewachsen war, von Carlos verwöhnt wurde und machen konnte, was er wollte. Und obendrein war er auch noch ein richtiger Schönling, mit schwarzen Haaren und dunklen, sanften Augen, denen kaum eine Frau widerstehen konnte. Plötzlich musste er schmunzeln, als er daran dachte, wie sich Bernardo hier eingeführt hatte.

Ein paar Abende nach seiner Ankunft war Bernardo alleine in der großen Wohnung gewesen, hatte sich einen angesoffen, sich durch Pornohefte geblättert und dann die einschlägigen Anzeigen in der *BZ* studiert. Er wählte die Nummer eines exklusiven Escort-Clubs und bestellte sich zwei Girls. Die brachten Champagner, Koks und gute Laune mit und mussten erfreut gewesen sein, mal so einen hübschen Burschen erwischt zu haben. Doch es dauerte wohl nicht lange, bis die Stimmung der jungen Damen umschlug und Bernardo mal wieder zeigte, dass er kein Gespür dafür hatte, das richtige Maß zu finden, und davon überzeugt war, sich alles erlauben zu können. Es waren schließlich keine abgefuckten Nutten, die für ein paar Scheine mehr zu allem bereit waren. Es waren zwei superteure Escort-Girls, die nicht lange zögerten, ihren Security anzurufen, der dann – fast zeitgleich mit der Polizei, die aufgebrachte Nachbarn gerufen hatten –, in die Wohnung stürmte. Es kam zu einer Anzeige wegen Körperverletzung, worüber Bernardo nur lachen konnte.

Der größte Trubel war vorbei, alles war wieder abgezogen und

Bernardo dabei, eine neue Flasche Champagner zu öffnen, als Bojan in der Tür stand.

»Hey, Bojan«, lallte Bernardo ihm entgegen, »du hast die Show verpasst, kommst etwas zu spät, willst was trinken?«

Bojan hatte die Aufgabe, für klare Verhältnisse und für einen reibungslosen Ablauf des Geschäftes zu sorgen. Auch war er kein Typ, dem man ungestraft lange auf die Eier gehen konnte. Und Bernardo, dieser kleine Pisser, schien noch nicht einmal in der Lage zu sein, zu erkennen, dass Aufmerksamkeit durch die Bullen in ihrem Geschäft das Allerletzte war, was sie brauchen konnten. Die Galle kam Bojan hoch, als Bernardo halb nackt, in von Koks aufgepeitschter Stimmung vor ihm stand.

»Was habt ihr aber auch für bescheuerte Nutten hier?«, nuschelte Bernardo und goss Champagner ein, »die tun ja gerade so, als ob ihr Arschloch 'nen Heiligenschein hätte und für den Papst persönlich reserviert wäre.«

Er hielt krampfhaft zwei gefüllte Sektschalen in den Händen, als er sich zu Bojan umdrehte. Die umklammerte er immer noch verbissen, als die erste schallende Ohrfeige seinen Kopf zur Seite fliegen ließ und er leicht ins Straucheln geriet; dabei verteilte sich der Champagner unkontrolliert im Raum. Dann folgte eine ganze Serie an Backpfeifen. Rechts, links, immer abwechselnd in schneller Reihenfolge, bis Bernardo in die Knie ging, wie ein Kind jammerte und überraschenderweise immer noch beide Gläser festhielt.

»Schaff Ordnung!«, kam die Ansage von Bojan, »wir sprechen uns morgen.«

Seitdem wusste Bernardo, was Maulschellen waren, die ihm fortan angeboten wurden, wenn er dabei war, wieder mal seine Klappe unnötig weit aufzureißen.

Hans Georg war gerade dabei, sich den zweiten Kaffee einzugießen, als es an der Tür klopfte, dem Seiteneingang zum Hausflur. Es war Bernardo, der sich mit den Worten: »Was für eine mörderische Hitze da oben. Und? Hast du einen Kaffee für mich?« an ihm vorbeischob.

»Ich wünsche dir auch einen guten Morgen, Bernardo. Komm rein und bediene dich.«

Da war Bernardo bereits in der Küche, goss Kaffee ein und ließ sich auf den zweiten Stuhl fallen.

»Ich habe nicht gut geschlafen, Hage. Wie denn auch bei den Temperaturen? Wünsche dir natürlich auch einen guten Morgen.«

»Schon gut.«

»Kann ich eine Zigarette haben?«

»Klar, bediene dich. Vielleicht kannste dann mal rüber und uns ein paar Schrippen holen.«

»Ja, mach’ ich gleich.«

Bernardo drehte die Zeitung zu sich und fragte gleichzeitig, ob es was Neues in der Welt gäbe.

»Nur den üblichen Wahnsinn.«

Plötzlich fing Hans Georgs linke Hand an zu jucken. Weil die Wunde sich damals übel entzündet hatte, war die Narbe links ausgeprägter und sensibler als an seiner rechten Hand. Er fuhr mit dem Handrücken über den rauen Stoff seiner Jeans.

»Sieht so aus, als wäre die Hitze jetzt doch bald vorbei«, prophezeite er.

Bernardo schaute ihn an. Er hatte ihn schon einmal gefragt, wo er die Verletzungen herhatte und keine Antwort bekommen. Er wusste nur, dass es eine von den hässlichen Geschichten war, eine alte, in der auch Bojan und Maja vorkamen.

Bernardo war Schrippen holen und Hans Georg ging in Gedanken den Tagesplan durch. Bojan würde erst zur Mittagszeit auftauchen und vorher mussten sie lediglich eine kleine Lieferung zusammenstellen. Sie hatten Zeit und hier drin herrschte eine erträgliche Temperatur.

Als sie gefrühstückt und den letzten Bissen runtergeschluckt hatten, stand Hans Georg auf, rieb seine Hände am rauen Frotteehandtuch und Bernardo tat, als ob er es nicht bemerkte.

»Willst du was trinken?«, fragte er Bernardo.

»Nö, hab’ noch Kaffee.«

Hans Georg nahm sich eine Selters aus dem Kühlschrank, setzte sich wieder und steckte sich eine Zigarette an.

»Du fragst dich immer noch, wie die Scheißlöcher in meine Hände gekommen sind? Wir haben Zeit, willst du die Geschichte hören?« Bernardo schaute grinsend auf.

»Natürlich, darauf warte ich schon eine halbe Ewigkeit«, antwortete er, langte zu den Zigaretten und machte es sich bequem.

»Es war eine Gruppe aus Osteuropa; eine üble Bande, die das Geschäft von Carlos aufmischen wollte, Anfang der Neunziger, kurz nach dem Fall der Mauer«, begann er, stutzte dann aber und fragte: »Weißt du überhaupt, wie ich Carlos kennengelernt habe?« Bernardo schüttelte den Kopf.

»Ich weiß so gut wie gar nichts von dir und wie das alles angefangen hat. Ich weiß nur, dass du früher mal ein ziemlich guter Boxer gewesen sein sollst.«

Ein Lächeln zog über Hans Georgs Gesicht.

»Das kann man wohl sagen. Ich bin ein Kind der Nachkriegszeit, musst du wissen, im Winter 43 geboren. Mein Alter war aus der russischen Gefangenschaft nicht zurückgekehrt und der Neue meiner Mutter war ein Riesenarschloch, vor dem ich immer das Weite gesucht habe. Da war ich frühzeitig gezwungen, mich selbst durchzuboxen, auf der Straße, in unserem Kiez rund um die Potsdamer Straße, was eine ziemlich üble Gegend war. Hotte, Horst Wildfang, nahm mich dann unter seine Fittiche, zeigte mir, wie man richtig boxte und trainierte mich. Wie ein Besessener war ich bei der Sache, machte mir bald einen Namen und mein größter Kampf war die deutsche Meisterschaft im Halbschwergewicht, im Sportpalast, den ich verloren habe.«

Für einen kurzen Augenblick hing er seinen Gedanken nach.

»Weißt du, ich war kein begnadeter Techniker, hatte aber enorme Nehmerqualitäten und einen mordsmäßigen Bums in meiner Rechten. Meine Taktik war, dass sich der Gegner an meiner Deckung müde boxte und dann«, er schlug er einen kurzen Uppercut in die Luft, »lagen sie auf den Brettern. Aber im Titelkampf ging meine Rechnung nicht auf. Na ja, ist lange her.«

Hans Georg nahm einen Schluck von der Selters und rülpste leise.

»Danach gab es eine Zeit, die ich gerne aus meinem Leben streichen würde. Die Potsdamer Straße war das Vergnügungs- und Nuttenviertel von Berlin, mit üblen Spelunken und Bars, wo die Freier nach Strich und Faden abgezogen wurden. Ich hatte dann selbst zwei Stuten am Laufen. Aber es war nicht einfach, seinen Standort zu verteidigen, und ich ließ keine Schlägerei aus. Dann kamen die Drogengeschäfte dazu, eine Körperverletzung mit Todesfolge und irgendwann hatten sie mich am Arsch; fünf Jahre saß ich in Moabit und wenn mich damals nicht Burkhard von Casterhofen, ein gewiefter und durchtriebener Anwalt, vertreten hätte, hätten es auch gut und gerne fünfzehn Jahre werden können. Heute vertritt uns übrigens sein Sohn Winfried, falls nötig.«

Hans Georg schaute auf, draußen gab es ein Hupkonzert. Die Müllabfuhr kam nicht weiter, weil jemand in zweiter Spur parkte.

»Dit nächste Mal stopfen wa die Karre in'n Julli«, hörten sie einen Müllmann brüllen.

»Wie ist es so im Gefängnis?«, kam die unbeschwerte Frage von Bernardo.

Hans Georg zog die Augenbrauen hoch und wunderte sich ein ums andere Mal, was für dämliche Fragen manchmal aus Bernardos Mund kamen.

»Dir kann ich nur wünschen, dass dir so eine Erfahrung erspart bleibt. Typen wie du waren der Fickarsch ihrer Zellengenossen oder hingen morgens mit einem Bettlaken um den Hals am Fensterkreuz. Mir haben die fünf Jahre Knast jedenfalls gereicht, das kannst du mir glauben. War dann Türsteher im *Sound*, in der Genthiner Straße. Das war DIE Disco zu der Zeit, eine der größten und modernsten in ganz Europa und bei den Behörden bekannt für ihre permanenten Drogenprobleme, weshalb es auch ständig Razzien gab. Und dann eines Tages tauchte da dieser südländische Typ auf; ein paar Abende lang beobachtete er die Szene, gab sich wie ein Bulle, doch Bullen erkenne ich auf tausend Schritte Entfernung und der Typ war definitiv keiner. Doch was war er dann, fragte ich mich.

Ich machte gerade eine Pause, stand etwas abseits und rauchte eine Zigarette. ›Ich habe einen erstklassigen *Marok* und suche jemanden, der ihn für mich unter die Leute bringt‹, quatschte er mich dann mit einem Lächeln an und ich sagte ihm, dass ich mit Scheißdrogen nichts am Hut hätte, dass er bei mir an der falschen Adresse wäre und sich verpissen solle. Doch der Typ rührte sich nicht vom Fleck. ›Kann sein, dass ich mich täusche und den Falschen anspreche‹, meinte er, ›glaube ich aber nicht. Ich denke, dass du genau der Mann bist, den ich suche. Überlege es dir. Ich schaue morgen noch mal vorbei, und wir werden sehen, ob ich mich geirrt habe oder nicht. Mein Name ist Carlos.‹ Dann war er weg und kam tatsächlich am nächsten Tag wieder.«

»Wann war das?«, fragte Bernardo, als Hans Georg nicht gleich weitersprach, »wie lange ist das her?«

»Da hatten sie noch den Deal mit Marokko. Dein Vater lebte noch. Das war Anfang der Achtziger. Und der *Marok*, den sie damals hatten, war wirklich erste Sahne, so etwas gab es nicht auf den Straßen von Berlin.«

Er suchte den Blick von Bernardo.

»Hey, Nardo, tut mir leid, die Sache mit deinen Eltern, glaub mir. Aber die verdammten Wichser haben dafür bezahlt, jeder von denen hat gelitten. Ich war dabei. Carlos hat sich jeden Einzelnen vorgenommen, ohne jegliches Erbarmen. Dein Vater war sein Freund, sein bester Freund, und deine Mutter liebte und verehrte er wie keine Zweite. Aber die Geschichte kennst du ja.«

»Ja, die kenne ich. Scheiße gelaufen, aber nicht zu ändern.«

Oft hatte Bernardo sich gefragt, wie sein Leben wohl verlaufen wäre, wenn die Algerier seine Eltern nicht abgeknallt hätten. Jetzt wollte er wissen, wie die Geschichte von Hans Georg weiterging.

»Na ja, wir trafen uns dann ein paar Tage später in einer Kneipe, die ich kannte und wo ein paar Jungs mir im Notfall den Rücken freihalten konnten. Und ich hatte Rekdal dabei, einen Dealer, den ich aus dem Knast kannte. Zwei Stunden später waren wir uns einig und dann ging es auch schon los. Erst mit Dope; dazu kam LSD, das Carlos selbst in dem Labor, wo er arbeitete, heimlich herstellte und später MDMA, die DCs. Und alles immer nur von bester Qualität. Darauf legte Carlos von Anfang an großen Wert. Und eins stand auch fest: Er verabscheute die schmutzigen Geschäfte mit den harten Drogen und vor allem verabscheute er Prostitution.«

Bernardo musste schlucken.

»Mir gefiel die Art und der Stil, mit dem Carlos seine Deals anging. Bis auf ein paar kleine Reibereien lief alles rund. Es gab nie irgendwelche nennenswerten Schwierigkeiten, man arrangierte sich. Und dann fiel die Mauer. Alles änderte sich. Plötzlich war nichts mehr so wie vorher. Berlin wurde zum Brennpunkt von allerhand dubiosen Geschäftemachern und zog eine Menge Gesocks und gewaltbereiter Typen aus Osteuropa an, die den Drogenmarkt, die Prostitution und das Glücksspiel aufmischen wollten. Es waren ein paar üble Kerle aus dem Dreiländereck, die sich unser Geschäft unter den Nagel reißen wollten. Erst hatten sie versucht, ihre DC-Plagiate auf der Straße loszuwerden, hatten aber wenig Erfolg und wollten dann an unser Verteilernetz.«

»Verstehe«, äußerte sich Bernardo und nickte zustimmend mit dem Kopf.

»Du verstehst?«

Hans Georg schaute ihm in die Augen und konnte darin nur Naivität erkennen.

»Ich glaube nicht, dass du verstehst. Ich glaube eher, dass du keinen Schimmer hast, was hier wirklich abging und was es kostete, in dem Geschäft zu bleiben.«

Bernardo hielt die Klappe.

»Zu der Zeit gab es nur die Ludwigkirch-Connection, da war an die in Prenzlauer Berg noch gar nicht zu denken. Sie hatten sich unseren Händler an der Leibniz-/Ecke Kantstraße vorgenommen, in der Gegend war der Wandel am deutlichsten zu spüren. Russen, Ukrainer, Osteuropäer drängten rein und vertrieben Stück für Stück die alteingesessenen und seriösen Geschäfte, um Spielhallen und Bars zu eröffnen. Sie zertrümmerten den Laden des Händlers und als sie ihm drohten, dass es seinen Kniescheiben genauso ergehen könnte, rückte er mit unseren Namen raus. Sie erwischten Rekdal und mich, als wir unser Stammlokal in der Uhlandstraße verließen. Sie kamen von zwei Seiten, rammten Rekdal direkt ein Messer in den Hals und zogen mir mächtig eins über die Rübe. Ich sah noch, wie Rekdal in die Knie ging und das Blut zwischen seinen Fingern hervorquoll, bevor mir sämtliche Lichter ausgingen. Eine Ladung Wasser brachte mich wieder zur Besinnung. Ich saß gefesselt auf einem Stuhl. Nur eine müde Lampe beleuchtete den Kellerraum und ich konnte nicht erkennen, wie viele es waren. Einer von denen baute sich vor mir auf und wollte wissen, wer alles zu unserem Verteilernetz gehöre, jeden einzelnen Namen wollte er wissen und ich, was mit Rekdal sei. Um den bräuchte mir keine Sorgen mehr zu machen, der habe es hinter sich, sagte er mir, und wenn ich nicht wolle, dass mir das gleiche passiere, solle ich lieber das Maul aufmachen. Ich weiß noch, dass ich vor Wut laut losschrie und wie wild an meinen Fesseln zerrte. Erst ein harter Schlag in meine Nieren ließ mich verstummen. Doch solche Schläge kannte ich, die konnte ich wegstecken. Ich glaube, ich hatte nicht einmal mit der Wimper gezuckt, hatte den Typen nur stur angestarrt und ihm gesagt, dass er sich selbst ficken solle und dass es besser für ihn sei, wenn er mich gleich umbringe, ansonsten, schwor ich, würde ich ihm eines Tages seine Eingeweide rausschneiden und sie seiner Familie zum Fressen geben.

Dann ging es so richtig los. Sie schlugen mich abwechselnd. Wenn ich das Bewusstsein verlor, weckten sie mich mit einer Ladung Wasser. Das war die schlimmste Prügel, die ich je in meinem Leben einstecken musste. Aber sie kamen nicht weiter. Plötzlich riss mich ein Schmerz aus meiner Bewusstlosigkeit, als hätte man mich gekreuzigt. Sie hatten dicke Nägel durch meine Hände in den Tisch vor mir geschlagen, an dem sie herumrissen und gleichzeitig an meinem Stuhl zerrten. Ich schrie; sie stopften mir einen Lappen, der nach Benzin stank, in den Mund; wollten die Namen hören und klemmten dann Kabel an die Nägel. ›Zum letzten Mal, nenn mir die Namen!‹, brüllte mich einer an. Ich bekam kaum Luft, schüttelte nur den Kopf. Es war ein unvorstellbarer Schmerz, der meinen gesamten Körper durchfuhr, als sie den Strom einschalteten. Es roch nach versengtem Fleisch, sie drehten die Spannung immer höher, bis ich glaubte, von innen heraus zu verbrennen und bereits tot zu sein. Als sie mich dann wieder zurückholten und den Strom ein weiteres Mal durch meinen Körper jagen wollten, fing ich an zu reden. Ich nannte jeden Einzelnen, mit dem wir Geschäfte machten. Alles, was sie wissen wollten, habe ich ihnen gesagt. Aber die Schweine hatten nicht vor, mich am Leben zu lassen, und verpassten mir eine letzte Ladung, die so gewaltig war wie der Tod persönlich.«

Er schaute auf seine Hände. Die Löcher waren in den Jahren kleiner geworden, aber er konnte sich immer noch mit etwas Mühe einen schmalen Kugelschreiber hindurchschieben. Bernardo war verstummt, schaute in seine leere Kaffeetasse.

»Wie konntest du das überleben?«

»Ich weiß es nicht. Sie müssen gedacht haben, dass ich tot sei, als sie mich irgendwo am Teufelsberg abluden, wo mich ein Jogger am Morgen fand.«

Die Tageshitze nahm zu, stemmte sich gegen die Arbeit der Klimaanlage. Bernardo stand auf und drehte sie höher. Er mochte Hans Georg nicht anschauen; spürte, wie es ihm zu schaffen machte, diese alte Geschichte zu erzählen. Hans Georg ging jetzt auf die sechzig zu, sein Körper wirkte immer noch gut in Schuss – austrainiert, kräftig, muskulös. Allerdings hatte er einige Kilos zugelegt und müsste heute im Schwergewicht ran. Mit der Rechten konnte er immer noch eine Faust bilden, die einem kleinen Dampfhammer glich, wohingegen die Linke gerade noch imstande war, einen Baseballschläger zu führen. Seine lichten blonden Haare waren auf zwei Zentimeter gestutzt. Die mehrfach gebrochene Nase und die stümperhaften Knasttätowierungen hielten die Leute, die ihn nicht kannten, auf Abstand. Nur seine wasserblauen Augen milderten den Anblick ein wenig.

»Und dann kam Carlos«, tönte Bernardo, seine Beklommenheit überspielend und gespannt auf den heldenhaften Schluss der Geschichte, den er nur vom Hörensagen kannte.

»Ja. Dann kam Carlos nach Berlin«, sagte Hans Georg versonnen und brauchte einen Moment, bis er weitersprach. »Ich lag vier Tage im Krankenhaus, bevor ich mich gegen jeden Rat der Ärzte selbst entließ. Ich wollte die Show nicht verpassen; wollte dabei sein, wenn diese Drecksschweine zur Hölle fuhren. Carlos hatte zwei Leute bei sich und hier fanden sich schnell noch ein paar Jungs, für die es eine reine Freude war, Rekdal und mich zu rächen. Wir fanden ziemlich bald heraus, wo sie ihren Unterschlupf hatten; wussten aber nicht genau, wie viele es waren. Wir hatten nur gehört, dass es eine ganze Sippe sein solle. Mit den ersten Sonnenstrahlen sind wir dann einmarschiert, in Moabit, zweiter Hinterhof, Parterre. Zwei Mann blieben auf dem Hof, die anderen sind durch die eingetretene Tür rein, stürmten in die Zimmer und jagten schallgedämpfte Projektile in schlafende Körper. Einer versuchte, in die Küche abzuhauen, und Achim an meiner Seite traf seinen fetten Arsch. Ich erkannte die fleischigen Hände, die sich an den Hintern fassten. ›Das ist er‹, sagte ich und anstatt ihm in den Kopf zu ballern, trat Achim den knienden Mann um. Wie gerne hätte ich dem Fettsack seine Fresse poliert; aber ich war ja froh, überhaupt stehen zu können. Achim feuerte auf beide seiner Hände, bevor er ihm einen Bauchschuss verpasste. Außer ihm lagen noch fünf tote Männer in ihren Betten. Allerdings auch zwei tote Frauen. Von uns hatte keiner was abbekommen. Wir hätten die Leichen auch liegen lassen und einfach abhauen können, doch Carlos hatte andere Pläne. Wir waren gerade dabei, die beiden letzten Leichen in den Lieferwagen zu verfrachten, als ein Geräusch aus einem der Zimmer zu hören war. Und plötzlich stand dieser Bengel vor uns. Verdreckt und mit verschlagendem Blick schaute er uns an. Carlos ist nun kein Mensch, der Kinder erschießt. Aber klar, wir konnten ihn auch nicht zurücklassen. ›Wie heißt du?‹, fragte Carlos ihn. Der Junge mochte vielleicht zwölf oder vierzehn Jahre alt gewesen sein, sah aber aus, als hätte er die schlimmsten Erfahrungen seines Lebens bereits hinter sich. ›Bojan‹, murmelte er und starrte uns weiter an. ›Und was sollen wir jetzt mit dir machen?‹, wollte Carlos weiter wissen. Der Bengel wusste anscheinend ganz genau, um was es ging; zeigte aber nicht die geringste Angst, drehte sich langsam um, zog einen Stuhl vor einen Schrank und stieg drauf. Was er zum Vorschein brachte, war eine große, schwarze Tasche, die er Carlos vor die Füße stellte. Darin waren etliche Plastikbeutel mit tausenden der DC-Plagiate und ein ansehnlicher Batzen der guten alten D-Mark. ›Sieht so aus, als würdest du gerne die Seiten wechseln‹, munterte Carlos ihn auf und ein feines Lächeln schlich sich in Bojans verhärmtes Gesicht. ›Na gut, anders geht's sowieso nicht‹. Jetzt grinste der Kleine frech und dreckig, lief noch mal zum Schrank zurück und zog ein kleines Mädchen an ihrer Hand heraus. ›Maja, meine Schwester, sie muss auch mit.‹ Sie war höchstens sechs, genauso schmuddelig wie Bojan, schaute aber wesentlich ängstlicher und klammerte sich an ihren großen Bruder. ›Gibt es noch mehr von euch?‹ Bojan schüttelte den Kopf und dann machten wir, dass wir von dort wegkamen.«

»Wieso hat er das getan?«, fragte Bernardo, »wieso hat Bojan seine Sippe verraten und gleich die Seiten gewechselt?«

»Da frag ihn am besten selbst, wenn du die ganze Geschichte hören willst. Nur so viel: Unter den Toten war auch sein Vater und weder Bojan noch Maja heulten ihm auch nur eine einzige Träne nach. Ihre Mutter hatte der Alte im Suff so oft durchgeprügelt, dass sie letztendlich daran gestorben war. Auch Bojan hatte er regelmäßig verdroschen und Maja ließ er am liebsten nur in Schlüpfer rumlaufen, wenn er sie beim Spielen beobachtete. Das erklärt es, oder?«

Bernardo nickte, stellte sich Maja als kleines Mädchen vor und sah sie in Gedanken wieder nackt, in ihrer jungfräulichen Schönheit, unter der Dusche stehen, wie sie puterrot anlief und versuchte, ihre Blöße zu bedecken, als er sie dabei überraschte.

»Und was hatte Carlos nun vor mit den Leichen?«

»Nichts besonders. Aber du kennst ihn. Er wollte mit der Bereinigung der Angelegenheit auch ein Zeichen setzen und das tat er, indem er die Sippe wieder nach Hause brachte, nach Tschechien, wo sich seit der Wende im Dreiländereck zahlreiche Labore angesiedelt hatten. Wir stellten den Lieferwagen auf einem belebten Parkplatz ab, mit sieben Leichen drin, über denen tausende von kleinen, blauen Pillen verteilt waren, auf denen zwar ein »D« und »C« zu erkennen war, die aber nichts mit dem Original zu tun hatten. Die

Botschaft war in jedem Fall angekommen, keiner hat seitdem wieder versucht, uns ans Bein zu pissen. Seit fast zehn Jahren und so soll's auch bleiben.«

Hans Georg schaute auf die Uhr, stand auf und schnappte sich die Zeitung.

»Dann sieh jetzt mal zu, dass du die Lieferung zusammenstellst, ich geh mal wohin.«

»Ist doch noch Zeit.«

»Wie du meinst. Aber viel bleibt nicht mehr und Bojan könnte auch früher kommen.«

Bernardo hörte die Toilettentür zuschlagen, holte sich eine kalte Coke aus dem Kühlschrank und setzte sich wieder. Maja schlich sich in seine Gedanken. Die süße Maja, die sich so unsterblich in ihn verliebt hatte und die er glauben ließ, auch er würde sie lieben. Was er aber wirklich an ihr liebte, war die Vorstellung, ihr die Jungfräulichkeit zu nehmen. Doch da stand Bojan im Wege. Gleich am Anfang hatte der ihm klargemacht, dass er ihm seine hübsche Fresse aus dem Gesicht prügeln würde, wenn er Maja auch nur einmal schief anschauen sollte.

»Du sitzt ja immer noch da, beweg deinen faulen Arsch und komm endlich in die Gänge.«

»Ja doch.«

Bernardo nahm noch einen Schluck Coke, stand auf und schnappte sich das Klemmbrett, bevor er die zwei Stufen zum Laden runterging. Hinterm Tresen befand sich eine schwere Falltür, die er hochwuchtete und die in einen erstaunlich großen Keller führte, wo es angenehm kühl war.

Als Carlos ihn vor Monaten nach Berlin geschickt hatte, um das Geschäft zu erlernen, da sah er sich in die Unterwelt abtauchen. Zwar hatte er keine genaue Vorstellung von dem, was ihn hier erwarten würde, aber zumindest versprach es, aufregend zu werden. Doch von Faszination und Abenteuer war hier nicht die Rede. Das Geschäft war so spannend wie jedes andere, als ob es tatsächlich nur um den Weinhandel ging. Sie nahmen Bestellungen auf, stellten die Ware zusammen und lieferten. Hatten ein Gewerbe angemeldet und bezahlten Steuern wie jedes andere Unternehmen. Der einzige Unterschied bestand darin, dass die massenhaften Bar-Einnahmen aus dem DC-Handel einmal im Monat zum Stützpunkt nach Erfurt gingen. Und dort war es schon zu spüren, in welchem Gewerbe sie tatsächlich unterwegs waren, mit all den schrägen Typen aus ganz Deutschland.

Er schaute auf den Bestellschein. An den Verteiler in Friedrichshain gingen heute – neben etlichen Kisten *Rioja* – vier Kisten mit Piccolos, in denen, von außen nicht erkennbar, die DCs steckten. Das war der zweite Unterschied zu anderen Weinlieferanten.

Bernardo war gerade dabei, die Letzten oben neben den Abstieg zu stellen, als Hans Georgs Handy klingelte.

»Scheiße, es ist Rüdiger. Sind wir nachher nicht mit ihm noch verabredet?«, sagte er und schaute dabei fragend Bernardo an, der um die Ecke lugte.

»Nein, Rüdiger ist nächste Woche dran.«

»Hm«, machte Hans Georg, drückte auf den Knopf mit dem grünen Hörer und ließ seinen Standardspruch los:

»Denk dran, wir sind am Handy.«

»Hage? Du musst sofort kommen«, hörte er Rüdiger keuchen, »ich habe eine Scheißangst. Irgendwelche verfickten Kacktypen waren hier. Die wollen Kohle von mir und machen nicht den Eindruck, als würden sie nur blöd daher quatschen. Die meinen das ernst und wollen wiederkommen. Drohen mich krankenhausreif zu schlagen und den Laden zu verwüsten, wenn ich nicht zahle.«

»Was? Komm erstmal runter. Was für Typen denn?«

»Was für Typen? Keine Ahnung, Mann. Irgendwelche Arschlöcher, die denken, in meine Tasche greifen zu können. Die wollen mich fertigmachen, wenn ich nicht zahle.«

»Okay Mann, Schluss jetzt, kein Wort weiter. Ich rufe Bojan an und dann kommen wir zu dir. Wir regeln das.«

Hans Georg unterbrach die Verbindung.

»Was ist los?«, wollte Bernardo wissen.

»Das riecht nach Ärger. Hört sich an, als wollten ein paar Typen von Rüdiger Kohle erpressen.«

»Du meinst Schutzgeld?«, Bernardos Augen leuchteten vor Erregung, »Schutzgelderpressung bei einem von uns?«

Hans Georg schaute ihn nur kurz an.

»Nun krieg mal nicht gleich ›nen Ständer. Noch wissen wir gar nichts.«

Er suchte auf dem Handy nach Bojans Nummer, als die Haustür aufgeschlossen wurde. Kurz darauf stand Bojan in der kleinen Küche, wie immer mit Bruno an seiner Seite. Bojan langte nach dem Wassernapf, der neben der Spüle stand, ließ das kalte Wasser einen momentlang laufen und füllte ihn bis zum Rand. Dann stellte er ihn vor den Hund, der augenblicklich daraus soff wie aus einem Wildbach. Im Nu war im Umkreis von einem halben Meter alles nass.

»Könnte sein, dass wir Ärger bekommen«, kündigte Bojan an.

»Ich weiß«, erwiderte Hans Georg, »Rüdiger hat mich gerade eben angerufen.«

»Rüdiger?«

Bojan zog die Augenbrauen hoch und sich einen Stuhl an den Tisch.

»Mich hat Ludmilla angerufen, wegen ein paar zwielichtiger Typen, die in den DC-Handel einsteigen wollen. Was wollte Rüdiger denn?«

»Das sieht dann wohl nach einem Doppelärger aus. Bei Rüdiger tauchten ein paar Kerle auf, die Kohle von ihm haben wollten. Sie drohten damit, den Laden auseinanderzunehmen und ihm das Hirn weich zu prügeln, wenn er nicht zahlt. Und du kennst ihn, der war dicht am Nervenzusammenbruch, als er mich anrief. Wir sollten zusehen, dass wir zu ihm kommen, bevor er völlig durchdreht.«

»Ja, genau«, quatschte Bernardo dazwischen, »ich muss nur noch mal kurz nach oben und mir was anderes anziehen.«

»Hey, Bernardo.«

Bojan war aufgestanden und hatte einen Blick in den Laden geworfen. Die Falltür stand offen, unten brannte Licht und um den offenen Schacht herum standen etliche Weinkisten.

»Wir brauchen dich hier, falls noch jemand auftaucht. Außerdem liefern wir heute nicht. Also bring alles wieder runter und schaff Ordnung.«

»Scheiße, Bojan, das kannst du mir nicht antun. Jetzt, wo endlich mal was passiert, soll ich mir die Eier schaukeln? Während ihr die fette Action habt? Da mache ich nicht mit!«, protestierte Bernardo lautstark.

Hans Georg schmunzelte vor sich hin und war gespannt, wie Bojan darauf reagieren würde. Er mochte diesen Burschen, hatte ihn von Anfang an gemocht. Seine unerschrockene Entschlossenheit, mit der er – ohne zu zögern – seine Chance ergriffen hatte, als er damals vor Carlos stand, und mit der er auch heute noch die Dinge anging. Nachdem Carlos ihn damals aufgenommen hatte, brachte Hans Georg ihm das Boxen bei. Doch aufgrund seiner eher gedrungenen und kompakten Statur war er dann vom Boxen übers Ringen zum Judo gekommen. Und wenn er jetzt vor einem stand – kantig, mit festem Blick und meist in einen Anzug plus Krawatte gepresst – machte er mehr als nur eine gute Figur, er flößte einem sogar Respekt ein.

Bojan suchte Bernardos Blick und hielt ihn fest.

»Hör zu, du kleiner Kläffer. So wie es aussieht, wirst du noch Gelegenheit bekommen, deinen Adrenalinspiegel in die Höhe zu peitschen; vielleicht sogar mehr, als dir lieb sein wird. Aber jetzt bleibst du hier. Und wenn du nicht willst, dass ich Bruno bei dir lasse, dann halt besser deine vorlaute Klappe. Haben wir uns verstanden?«

Bruno war ein Bullmastiff, brachte über vierzig Kilo auf die Waage, hatte einen Kopf wie ein Amboss und eine Art, einen anzuschauen, dass man sich reflexartig ruhig verhielt. Dazu konnte er ein derart tiefes Knurren fabrizieren und dabei mit den Lefzen zucken, dass jeder Gedanke an Bewegung oder gar Flucht im Keim erstickt wurde. Und auf diese Gesellschaft legte Bernardo nun wirklich keinen Wert. Er kochte zwar innerlich vor Wut, lenkte aber ein.

»Schon gut, schon gut, reg dich bloß nicht auf, ich habe verstanden.« Und in Gedanken schob er hinterher, dass er dann eben gleich mal nach oben gehen würde, um zu sehen, was Maja so trieb.

Vielleicht stand sie ja wieder unter der Dusche und brauchte jemanden, der sie endlich mal so richtig einseifte.

»Dann hätten wir das also geklärt. Lass uns los, Hage.«

PACO

12

Die unerträgliche Hitze war verschwunden, von einem Tag auf den anderen. So einen Wolkenbruch hatte Hub noch nicht erlebt. Das Gewitter hatte sich den ganzen Tag über angekündigt. Es war drückend schwül gewesen, bis sich dann am Abend die Himmelspforten öffneten und die Wassermassen ihr Bestes taten, nicht nur den Campingplatz wegzuspülen, sondern sich auch alle Mühe gaben, die ganze Region zu überfluten. Mit nicht enden wollenden Blitzen und gewaltigem Donnergrollen zog es über das Land. Noch am Nachmittag konnten die meisten Kiffer, die den Platz bevölkerten, den Regen kaum erwarten. Sie freuten sich wie Kinder auf die bevorstehende Abkühlung, ohne die geringsten Befürchtungen zu haben und ohne jegliche Vorsichtsmaßnahmen zu ergreifen. Als das Unwetter am frühen Abend losbrach, fühlte Hub sich an Bilder aus dem Woodstock-Film erinnert, als bekiffte und auf LSD wandelnde Freaks bäuchlings durch den Schlamm rutschten und alles nur ein riesengroßer Spaß war. Doch hier – auf dem weitläufigen Platz – hatte der Funfaktor in kürzester Zeit ein jähes Ende gefunden. Diejenigen, die noch in der Lage waren, ihren Verstand zu gebrauchen, versuchten, alles in Sicherheit zu bringen, was noch in Sicherheit zu bringen war. Die anderen ergaben sich, hoffnungslos überfordert, diesem gewaltigen Schauspiel und retteten zumindest ihre eigene Haut. Sämtliche Zelte waren unterspült und zum Teil in sich zusammengebrochen. Von den Zelten und Behausungen, die in einer leichten Senke standen, war allerdings nicht mehr übriggeblieben als ein Knäuel aus Campingutensilien, Unrat und einer Unmenge an Schlamm und Gezweig. Einige Besucher, die schon mit wenig angekommen waren, zogen am nächsten Tag mit nichts weiter, ohne dass sie sich um die Reste gekümmert hätten.

Die Wohnwagen und -mobile hatten es besser überstanden. Einige waren zwar bis zu den Achsen abgesackt, hatten aber sonst keinen weiteren Schaden genommen. Auch Rowenta und Shotgun Bill waren recht glimpflich davongekommen, sie hatten vieles rechtzeitig bei Hub untergebracht.

Nach ihrem Ausraster hatte sich Rowenta erst mal verkrochen, ließ sich für 48 Stunden nicht blicken und tat danach so, als ob nichts weiter geschehen wäre. Es hing aber trotzdem ein fader Beigeschmack in der Luft, der dann allerdings im Zusammenhang mit den Wassermassen komplett weggespült wurde. Nicht nur Rowenta, alles war nach dem Wetterumschwung wie ausgewechselt. Der ganze Platz hatte sich plötzlich gewandelt. Die Leute waren aus ihrer Lethargie gerissen, halfen sich gegenseitig, ihre Zelte und Behausungen wieder aufzubauen und überall herrschte eine ungewöhnliche Betriebsamkeit. Unbrauchbare Gegenstände und den zurückgelassenen Müll trugen sie zusammen, sammelten ihn in der hintersten Ecke des Platzes und bauten einen Sichtschutz davor. Als ob alle nur auf so ein Ereignis gewartet hätten, um endlich einen Schlussstrich ziehen zu können und dann den Neuanfang zu starten. Nach wenigen Tagen war alles wieder aufgeräumt und der Platz sah besser aus als zuvor.

Hub hatte es sich in seiner Hängematte gemütlich gemacht; ein Bier in Reichweite, einen Sticky im Mundwinkel zog er in gleichmäßigem Rhythmus an einem Seil, das er an einen weiteren Baum gebunden hatte, womit er sich in ein leichtes Pendeln versetzte. Über ihm ein tiefblauer, wolkenloser Himmel, vor dem sich scharf die dunklen Pinien abzeichneten; dazu das stetige, eintönige Zirpen der Zikaden. Eigentlich gab es keinen Grund, diesen herrlichen Ort zu verlassen, und doch spürte er, dass es an der Zeit war weiterzuziehen. Auch wenn es so aussah, als könnte Shotgun Bills Handeln tatsächlich ohne nennenswerte Konsequenzen bleiben und Rowenta wieder ganz die Alte war.

Mach dir nichts vor, ermahnte er sich, *es ist doch nur eine Frage der Zeit, bis jemand dahinterkommt, was Bill hier treibt. Das kann doch gar nicht anders sein. Möchtest du das wirklich erleben?*, fragte er sich, während er seine Gedanken weiter spann. *Na, und Rowenta? Zugegeben, sie ist eine faszinierende Frau, aber wo soll das hinführen? Und außerdem ist der Vulkan in ihr doch nicht erloschen, bloß weil er grad mal Ruhe gibt. Du sitzt hier auf einem Pulverfass und wartest, bis es dir unterm Arsch explodiert. Was du brauchst, ist ein Termin, bestimme einen Tag, wann's losgeht. Heute ist ...*

Weiter kam er nicht, ein kräftiger Stoß gegen seine Hängematte riss ihn aus seinen Überlegungen. Als er aufschaute, stand Shotgun Bill neben ihm.

»Was bist du doch manchmal für ein fauler Sack«, sagte der gut gelaunt und gab ihm noch einen Kick. »Schwing deinen Arsch da raus und lass uns ein Bier trinken.«

»Mann, ich war gerade dabei, einen Plan zu entwickeln. Dank dir bin ich damit kein Stück weitergekommen.«

Hub kam auf seine Beine, holte zwei Biere aus dem Kühlschrank und setzte sich zu Shotgun Bill an den Tisch.

»Was denn für einen Plan?«

»Na, einen Plan eben. Einen, wie es weitergehen soll.«

»Wie es weitergehen soll? Ich hoffe, du kommst bei deinen Grübeleien nicht auf komische Ideen.«

»Keine Sorge, gegen komische Ideen bin ich frühzeitig geimpft worden.«

Hub reichte ihm grinsend ein Bier und sie ließen kurz die Flaschenböden aneinander knallen.

»Für komische Ideen habe ich auch nichts übrig. Ich liebe die Guten; die, die funktionieren. Wenn du verstehst, was ich meine?!«, erwiderte Shotgun Bill mit verschmitztem Gesicht, hinter dem sich eine diebische Freude verbarg. Er setzte nach: »Morgen treffe ich mich wieder mit El Cudo. Die zweite Lieferung ist fällig.«

»Echt? Du meintest doch, dass so'n Kilo länger braucht, als du dachtest.«

»Ja, aber es sprach sich dann doch schnell rum. Und jetzt läuft's – ganz easy und ohne, dass irgendwer dazwischenfunkt.«

In seiner Stimme schwang der pure Triumph mit.

»Dann wollen wir nur hoffen, dass es auch so bleibt, woran ich allerdings immer noch meine Zweifel habe.«

Hub zündete einen weiteren Sticky an und inhalierte tief.

»Vielleicht solltest du es etwas langsamer angehen. Du musst doch nicht ein Kilo nach dem anderen verticken. Wozu die Eile? Mach ›ne Pause, lass es sich wieder ein wenig beruhigen, vielleicht merkt ja dann keiner was von dem, was du hier treibst, und der Schlamassel bleibt dir tatsächlich vom Hals.«

Shotgun Bill schüttelte entschlossen den Kopf.

»Nee, mein Freund, das ziehe ich hier voll durch, so viel wie möglich. Und wenn es anfangen sollte, nach Ärger zu riechen, bin ich mit Rowenta im Handumdrehen auf und davon. Bevor hier irgendwer was mitbekommt, sind wir schon über alle Berge. Glaub mir, da sitzen wir bereits mit ›nem Drink in der Hand irgendwo in Marrakesch oder auf den Kanaren und lassen den Winter an uns vorüberziehen.«

»Ich hoffe, du behältst Recht. Aber warum auch nicht? Selbst den Untergang der Titanic konnten manche überleben.«

Mit einem Male stand Rowenta vor den beiden.

»Na, ihr Superhelden«, sagte sie leichthin, griff nach dem Sticky in Hubs Hand, nahm zwei kräftige Züge, dann noch einen und wollte ihn heiß und schief runtergebrannt an ihn zurückgeben.

Hub schaute sie entgeistert an.

»Danke, Liebes, den kannste behalten.«

Er stand auf und holte ihr ein Bier.

»Sei doch nicht immer so pingelig, was ist denn bitte schön daran nicht in Ordnung, wenn man mal ein wenig kräftiger dran zieht? Den kriegt man doch wieder hin!«, sagte sie und tupfte mit dem Finger Speichel auf die runter gebrannte Seite.

»Ist schon in Ordnung; zieh, wie du willst.«

Hub machte sich daran, einen Neuen zu drehen und Shotgun Bill schaute belustigt von einem zum anderen.

»Mach mal ›ne richtige Tüte«, frotzelte er »dann könnte ich mir vorstellen, auch mal dran zu naschen.«

Hub verdrehte die Augen.

»Aber nur, wenn deine Tussi nicht immer daran saugt wie so eine Geisteskranke.«

»Mache ich doch gar nicht«, empörte sich Rowenta.

Es herrschte eine unbekümmerte Stimmung, sie alberten rum und tranken Bier. Später kamen die ersten Leute an, die zu Shotgun Bill wollten. Der war nicht erpicht darauf, dass die den ganzen Tag über auf seiner Matte standen, weshalb er Zeiten ausgegeben hatte. Nachmittags zwischen vier und sechs.

»So, ich muss dann mal rüber, mich um die Geschäfte kümmern. Einer muss ja zusehen, dass hier Kohle reinkommt. Amüsiert ihr euch ruhig weiter, ich kümmere mich schon darum«, sagte er scherzhaft, stand auf, trank sein Bier aus und verschwand mit drei Kiffern im Schlepptau hinter seinem Vorhang.

»Und was machen wir jetzt?«, fragte Rowenta lächelnd und legte ihm dabei ihre Hand in den Schoß, »wollen wir runter zum Strand? Mal nachschauen, ob unser Felsbrocken noch da ist? Was meinst du?«

Er spürte die Wärme, die von ihrer Hand ausging, in seinem Schritt. Spürte, wie sie sein Glied abtastete. Sah in ihre türkisfarbenen Augen und keinen Grund, was an diesem Vorschlag nicht stimmen sollte.

»Hört sich gut an. Hört sich nach einer wirklich vielversprechenden Idee an. Ich packe noch ein paar Sachen zusammen, dann können wir los.«

»Hast du noch Wein?«

»Ja, klar.«

»Ich sag Bill Bescheid.«

Zwei Buchten weiter vom Hauptstrand entfernt lagen etliche riesige Steinbrocken halb im Wasser, halb im Sand. Man musste über ein paar Kleinere klettern, um in eine Art Felsenschlucht zu gelangen, die sich zum Wasser hin öffnete und einen etwa zehn Meter breiten Sandstrand preisgab, der nur vom Meer aus erkennbar war. Da gab es auf dem Vorsprung eines gewaltigen Felsbrockens eine etwa arschgroße Mulde, in Hüfthöhe. Das war ihre Stelle. Wer darin halb liegend auf einem zusammengefalteten Badehandtuch Platz nahm, war in allerbester Position, sich nach allen Regeln der Kunst verwöhnen zu lassen. Rowenta zögerte keinen Augenblick, zog ihr T-Shirt aus, nahm Hubs Kopf in ihre Hände, knutschte ihn ab und strampelte sich aus ihrer Shorts.

»Ich zuerst«, raunte sie ihm ins Ohr, hievte ihren Hintern in die Mulde, stellte ihre Füße auf seine Schultern und ließ ihre Schenkel auseinanderfallen.

Es bot sich ihm ein durchaus schon vertrauter Anblick, den er einen Moment lang genoss – auch weil er ihn wahrscheinlich nicht mehr oft zu sehen bekommen würde.

»Na los, worauf wartest du?!«

»Du bist so verdammt schön, das kann man sich ruhig mal einen Moment länger anschauen.«

Er strich an den Innenseiten ihrer Schenkel entlang, was ihr eine leichte Gänsehaut verpasste und ihre Nippel anschwellen ließ.

»Quatsch nicht!«

Er bedeckte sie zunächst überall mit kleinen Küssen, ließ sich aber Zeit, bis er dort angelangt war, wo sie es am meisten begehrte. Sie hatte die Augen geschlossen – ihre vollen Lippen halb geöffnet – massierte wollüstig ihre Brüste und spielte lasziv an ihren Brustwarzen herum. Dann hielt sie es nicht länger aus, zog seinen Kopf in ihren Schritt und hielt ihn fest. Rowenta brauchte nie lange und nachdem sie mit nicht enden wollenden Zuckungen gekommen war, richtet sie sich auf und schlang ihre Arme um seinen Hals.

»Jetzt du!«

Sie rutschte vom Felsen.

Doch anstatt es sich in der Mulde bequem zu machen, drehte er sie um, schlang die Arme um sie, ging etwas in die Knie und schob sein steifes Glied zwischen ihre Schenkel.

Sie beugte sich langsam nach vorn, stützte sich mit der einen Hand am Felsen ab und mit der anderen führte sie ihn ein.

Danach lagen sie sich noch eine Zeitlang in den Armen und hielten sich fest.

»Kommst du mit?«, fragte sie, nachdem sich ihre Pulse wieder normalisiert hatten.

Er stand nicht so darauf, gleich danach ins Wasser zu rennen, so warm war der Atlantik nun auch wieder nicht und es kostete ihm immer ein wenig Überwindung.

»Nee, ich dreh schon mal einen und trink lieber was.«

Sie funkelte ihn mit klaren Augen an.

»Weichei.«

Kniff ihn in den Bauch und gab ihm einen Kuss.

Ohne anzuhalten, marschierte sie schnurstracks ins Wasser. Manchmal schwamm sie eine Weile, heute ging sie gerade so weit, dass sie sich waschen konnte, tauchte unter und kam wieder raus.

Sie saßen auf dem Badehandbuch, die letzten Sonnenstrahlen trockneten ihre Haut und ihre Blicke verloren sich am Horizont. Die Sonne war bereits dabei sich blutrot zu verkrümeln und dem Tag langsam, aber sicher das Licht auszublasen. Eine halbe Ewigkeit sagten sie kein Wort. Schauten zu, wie in unaufhörlicher Abfolge die Wellen den Strand beackerten oder sich an den Felsen brachen; rauchten und tranken von dem Wein.

Auch diesen herrlichen Anblick würde er nicht so schnell vergessen.

»Ich denke daran, demnächst weiterzuziehen«, sagte er und schob spontan hinterher: »Übermorgen werde ich aufbrechen.«

Jetzt stand es fest. Jetzt hatte er seinen Plan und Rowenta mit nacktem Arsch in einen Ameisenhaufen gesetzt. Sie sprang nicht gleich auf, setzte sich aber kerzengerade hin, weg von ihm.

»Du willst weiter, ja?«

Frost überzog ihre Stimme.

Durch ihre türkisfarbenen Augen wirkte ihr Blick immer etwas kalt, aber jetzt war sie dabei, die Hölle einzufrieren. Und da bekam er es auch mit. Schlagartig wurde ihm klar, dass er gerade dabei war, dem Vulkan, der bis eben friedlich vor sich hindämmerte, ordentlich einzuheizen.

»Scheiße Mann, was dachtest du denn? Du bist mit Bill zusammen. Da führt kein Weg dran vorbei.«

»So? Meinst du?«

Sie war aufgestanden, hatte die Arme über ihren nackten Titten verschränkt und starrte hinaus auf das Meer. Hätte nur noch gefehlt, dass sie mit dem Fuß wippte.

»Was hattest du denn erwartet? Rowenta, komm schon!«

Hinter ihrem Rücken biss er sich auf die Knöchel seiner geballten Faust und verzog das Gesicht zu einer Grimasse, viel dämlicher konnte man sich nun wirklich nicht anstellen. Er schlug einen milden Ton an.

»Rowenta, du weißt, dass ich nur noch auf die Abkühlung gewartet habe. Irgendwann ist es dann so weit. Das ist immer so.«

Sie drehte sich zu ihm um; sah aus, als hätte sie sich wieder gefasst, hockte sich vor ihm hin und legte ihre Hände auf seine Knie.

»Und wenn ich mit dir komme?«

Die Frage kam mit weicher Stimme. In ihrem Blick lag eine vage Hoffnung und ihre Lippen verzogen sich zu einem liebevollen Lächeln.

»Ich bin mit Bill nicht verheiratet. Er kann mich nicht beanspruchen.«

Verdammte Scheiße, das war genau die Sorte Mist, auf die er gut und gerne verzichten konnte. Aber klar, was hatte er erwartet? Dass sie ihm liebevoll einen Handkuss hinterher hauchte? Doch nicht Rowenta.

»Das würde auf Dauer nicht hinhauen mit uns beiden, ich bin für so etwas nicht geeignet, glaub mir. Irgendwann würden wir uns die Augen auskratzen.«

»Aber dann kann doch immer noch jeder seiner Wege gehen, vielleicht kommt es ja auch gar nicht so weit, vielleicht verstehen wir uns auf Dauer viel besser, als du denkst, ich kann mich zusammenreißen, echt. Ich glaube, du hast ein ganz falsches Bild von mir.«

Er sah ihr in die Augen und schüttelte den Kopf.

»Nein, Rowenta, so läuft das nicht. Tut mir leid, wirklich, aber ich muss alleine weiter, das hat auch nichts mit dir zu tun.«

»Nichts mit mir zu tun? Du meinst, ich spiele dabei nicht die geringste Rolle? Das alles geht nur dich etwas an?«

Jetzt war der Zeitpunkt gekommen, an dem sie sich nicht mehr beherrschen konnte. Ihre Lippen wurden zu schmalen Strichen, ihre Augen funkelten ihn hasserfüllt aus kleinen Schlitzen an und er konnte ihrem Schlag gerade noch ausweichen. Sie war aufgesprungen und versuchte, ihn zu treten.

»Verdammtes Arschloch, du bist wirklich der allerletzte Penner, du elender Drecksack!«

Er kam hoch und hielt sie auf Abstand. Sie kochte vor Wut und war kurz davor, ihn in der Luft zu zerreißen.

»Ich verfluche den Tag, an dem ich mich auf dich eingelassen habe. Du Scheißkerl!«

Sie bückte sich nach ihren Sachen und zog sie an.

»Aber das eine sage ich dir, DAS wirst du noch bereuen, du Mistkerl, mich so abzufertigen.«

»Ich fertige dich doch nicht ab.«

»Halt deine verdammte Fresse, sonst …« Sie brach ab.

In ihren Augen spiegelte sich blanker Zorn wider. Dann richtete sie sich auf, streckte den Rücken durch, warf ihren Kopf in den Nacken, strich ihre Haare nach hinten und zischte: »Und ich schwör' dir, mein Lieber: So leicht kommst du mir nicht davon. Bin gespannt, wie Bill reagiert, wenn er von alldem erfährt, was du mit mir angestellt hast.«

Sie spuckte vor seine Füße, drehte sich um und stürmte davon.

»Überleg dir, was du tust!«, rief er ihr hinterher.

Er setzte sich wieder auf das Handtuch und griff nach der Weinflasche.

Das hast du ja sauber hinbekommen, gestand er sich ein. *Damit hättest du rechnen müssen, verfluchte Scheiße.*

Wie schnell sich doch eine eben noch friedliche Stimmung in ein völliges Desaster wandeln konnte, war immer wieder ein Phänomen für ihn.

Ein flaues Gefühl hatte sich in seinem Magen ausgebreitet. Er zwang sich dazu, einige Male tief durchzuatmen und als er sich allmählich beruhigt hatte, entfachte er den halb heruntergebrannten Sticky.

Am Firmament begannen sich die ersten Sterne zu zeigen, hell und ganz schwach leuchtend. Es war schlicht unvorstellbar, wie viele davon in der unermesslichen Weite des Universums schwebten. Wie viele sich bereits aufgelöst hatten und nur noch ihren sterbenden Glanz zu einem sandten. So lange wie Menschen schon hinauf in den Nachthimmel schauten, sahen sie immer die gleichen Sternbilder – und doch war klar, dass das Universum sich in einem permanenten Fluss der Veränderung befand und dass die Veränderung die einzige Beständigkeit war, auf die man sich verlassen konnte. *Also was soll's*, machte er sich klar, trank den letzten Schluck Wein, schickte den Sternen einen lieben Gruß und spürte förmlich die Bedeutungslosigkeit von dem, womit sich die Menschen hier unten auf der Erde rumplagten.

13

Auch wenn das Unwetter die ganz große Hitze vertrieben hatte, war Paco immer noch am Schwitzen, was ihm schwer zu schaffen machte. Nach einer Sitzung für ein längeres Geschäft pflanzte er seinen fetten Arsch wieder auf den Stuhl mit den zu engen Armlehnen und dem Extra-Polster und war heilfroh, dass er es hinter sich hatte. So ein Toilettengang bereitete ihm jedes Mal eine Höllenqual. Der permanente Schweiß, der sich in seiner Arschritze sammelte, hatte Ekzeme hervorgerufen, die wie verrückt juckten und höllisch brannten, wenn sie aufgingen. Er solle sich regelmäßig einpudern, mit einem Antiseptikum, empfahl ihm der Arzt. Doch wie das gehen sollte, konnte er ihm nicht sagen, dieser verdammte Quacksalber. »Haben sie nicht jemanden, der das für Sie tun kann?«, hatte er Paco gefragt, als ob er sich von irgendjemandem den Arsch pudern lassen würde.

Heute war es besonders schlimm und dementsprechend war auch seine Laune.

»Gabino«, rief er, »wo bleibt mein verfluchter Espresso?«

»Kommt sofort.«

Gabinos Café-Bar befand sich in der verkehrsberuhigten Altstadt, strategisch günstig gelegen an einer Kreuzung und keine hundert Meter entfernt von der Uferpromenade. Es hatte Paco einiges an Überzeugungskraft gekostet, bis Gabino einsehen konnte, dass es für alle das Beste wäre, wenn er seinen Geschäftssitz quasi in seine Café-Bar verlegen würde. Letztendlich konnten sie sich einigen – schließlich war Paco die rechte Hand von El Chapo, wie sein Boss hier im Viertel respektvoll genannt wurde, und mit dem wollte sich niemand anlegen. Es waren hauptsächlich nordafrikanische Straßenhändler aus Algerien und Marokko, die El Chapos Dope verkauften, und Paco hatte dafür zu sorgen, dass alles reibungslos lief.

»Bring mir ein frisches Tuch«, sagte er zu Gabino, als der ihm seinen Espresso und eine Flasche Wasser brachte, wischte sich noch einmal übers Gesicht und reichte ihm das alte, das Gabino mit spitzen Fingern annahm.

Nahezu jeder, der für Paco dealte, musste hier an ihm vorbei, wenn er zur alten Strandpromenade wollte, mit ihren heruntergekommenen Spiel- und den kleinen Fuß- und Basketballplätzen.

Gabino hatte ihm gerade ein frisches Handtuch gebracht, als Paco Rashin entdeckte, der versuchte, unbemerkt an ihm vorüberzugehen.

»Hey Rashin, was läufst du denn an mir vorbei, willst du mich nicht begrüßen? Komm her und setz dich.«

Rashin, ein dürrer Marokkaner, blickte auf, quälte sich ein Lächeln ins Gesicht und kam mit hängenden Schultern auf ihn zu.

»Setz dich, na los«, forderte Paco ihn auf.

Rashin setzte sich.

»Du willst nichts von mir?«

»Die Geschäfte laufen nicht so. Ich habe noch genug.«

»Woran liegt es? Gibst du dir keine Mühe mehr?«

»Hey, Paco, du weißt, dass ich die ganze Zeit da bin. Ich bin immer der Erste, der kommt und der Letzte, der geht. Es kommen einfach nicht mehr so viele Leute. Keine Ahnung warum. Die anderen sagen das auch.«

Der Umsatz war zurückgegangen, das hatte Paco auch schon bemerkt, sich aber keine weiteren Gedanken gemacht, weil der immer mal schwankte.

»Ich weiß nicht, ob es wichtig ist«, fuhr Rashin mit gesenkter Stimme fort, »Jonny soll was wissen.«

Paco stutzte.

»Jonny? Crocodile Jonny? Der soll was wissen? Was will der denn wissen?«

»Keine Ahnung. Du weißt, wie hier manchmal geredet wird. Er soll irgendetwas von einem Mädchen aufgeschnappt haben, oben vom Campingplatz. Aber Genaues weiß ich auch nicht.«

Paco sah ihn prüfend an.

»Ist das alles?«

»Ja. Habe aber auch keinen Schimmer, ob das hiermit überhaupt was zu tun hat.«

»Okay, Rashin, ich werde Jonny fragen. Wenn du wieder mal was aufschnappst, egal was, kommst du gleich zu mir. Verstanden? Und jetzt sieh zu, dass du Kohle machst.«

Paco rief Messiah auf seinem Handy an.

»Bring mir Jonny her, sofort!«, war das Einzige, was er in knappem Tonfall sagte.

Messiah war ein hünenhafter Kerl aus den Townships von Kapstadt. Schwarz wie Ebenholz, mit einer schlecht verheilten Narbe quer über seinem Gesicht. Cracksüchtige Junkies hatten sowohl seine Mutter als auch seine Schwester vergewaltigt, ihnen die Brüste abgeschnitten, sie ausgeweidet und dann – wie tausend andere auch – auf einer Mülldeponie entsorgt. So etwas gehörte zur Tagesordnung in den Gettos. Die Bullen – allesamt korrupt – kümmerten sich einen Scheißdreck darum. Sie wollten solche Fälle möglichst schnell zu den Akten legen und behaupteten, dass er die beiden an die Junkies verkauft und selbst dabei mitgemacht hätte. Er konnte fliehen und erwischte tags darauf einen von ihnen, als der in seinem Dienstwagen seinen Rausch ausschlief. Er schaute sich um, fühlte sich sicher und rammte dem Bullen sein Messer ins Herz, fand auch noch etliche Dollar bei dem Dreckschwein und beschloss, dieser Hölle ein für alle Mal den Rücken zuzukehren. Wie er es – mit nichts weiter als ein paar Dollar und seinem *Okapi*-Messer in der Tasche – bis nach Lagos schaffen konnte, war unbegreiflich. Aber er bekam es hin und traf auf Paco, der ihm Unterkunft gab und sich um ihn kümmerte. Er war ihm derart dankbar, dass er für ihn durch jedes Feuer gehen würde und alles, wirklich alles dafür tat, dass Paco mit ihm zufrieden war und ihn bei sich behielt.

So verging keine halbe Stunde, da brachte er Jonny an Pacos Tisch, der – kaum, dass er saß – auch schon lospöbelte:

»Hey, Paco, was ist in dich gefahren? Was soll der Scheiß? Warum lässt du mich wie den letzten Volltrottel abholen und versaust mir die Partie? Ich war am Gewinnen.«

»Nun mach mal halblang, du kleiner Pisser! Du wirst doch wohl mal zehn Minuten für mich übrighaben, oder?«

»Natürlich, wann immer du willst. Aber dafür reicht ein kleiner Anruf. Da musst du mir nicht mit dem Muselmann hier kommen.«

»Wenn du nicht willst, dass der ›Muselmann‹ – wie du ihn nennst – dir gleich mal deine verfickten Stiefel in den Arsch rammt, solltest du ein bisschen leiser treten. Sind wir uns einig?«

Paco sah ihn aus seinen kleinen Schweinsaugen scharf an. Jonny machte zwar dicke Backen, sagte aber kein Wort mehr und nickte.

»Möchtest du vielleicht was trinken?«

»Ein Bier wäre nicht schlecht.«

Messiah ging rein und kam mit einer Flasche Bier wieder raus, die er ohne ein Wort vor Jonny auf den Tisch stellte.

»Man erzählt, du hättest was aufgeschnappt, von einem Mädchen vom Campingplatz, was mich interessieren könnte und was mein Geschäft angeht. Ist da was dran?«

Jonny horchte auf und fing an, breit und selbstgefällig zu grinsen, lehnte sich zurück und schlug die Beine übereinander. Seine Krokodilleder-Stiefel sahen aus wie geleckt.

»Kann sein«, antwortete er gedehnt, trank von seinem Bier und versuchte offensichtlich, eine kleine Show abzuziehen.

Paco war kein sonderlich geduldiger Mensch, zumal ihm der Arsch wie Zunder brannte und der kleine Wichser anfing, ihm gehörig auf den Sack zu gehen. Er hasste diesen Angeber und seine bescheuerten Stiefel.

»Willst du mir hier auf die Eier gehen, Jonny? Was ist los mit dir? Besser, du erzählst mir endlich, was du weißt, und hör mit diesem blöden Grinsen auf, sonst landen deine Stiefel doch noch in deinem Allerwertesten.«

Jonny schaute zu Messiah auf, der mit verschränkten Armen und finsterem Gesicht auf ihn herabblickte.

»Ist ja schon gut. Reg dich nicht auf. Ich erzähl's dir ja.«

Jonny beugte sich etwas vor, als ob er gleich ein Geheimnis ausplaudern würde, das niemand anderes mitbekommen sollte.

»Die kleine Schlampe war total zugedröhnt, hatte gesoffen für drei und faselte was von einem Typen, der sein eigenes Ding auf dem Campingplatz aufziehen will.«

»Sein eigenes Ding? Was soll das heißen? Geht's ein wenig genauer?«

»Na ja, es hörte sich so an, als wolle der Typ auf dem Platz anfangen zu dealen, mit El Cudos Hilfe.«

Paco stieß einen leisen Pfiff aus.

»Hat der Typ auch einen Namen?«

»Bill. Sie sprach von Bill. Shotgun Bill.«

»Da weißt du ja eine ganze Menge.«

Paco nickte bedächtig, wischte sich mit dem Handtuch über Gesicht, Hals und Nacken und fixierte Jonny einen Moment lang. Dann sagte er: »Eine Frage habe ich noch. Warum in aller Welt kommst du damit nicht gleich zu mir, du mieser, kleiner Schwanzlutscher? Warum verflucht noch mal muss ich dich erst holen lassen?«

Er hob die Hand, als Jonny sich aufplusterte, wollte keine Antwort.

»Wenn du wieder mal was zu erzählen hast, was mich angeht und was wichtig für mich sein könnte, dann tu es am besten gleich. Denn wenn ich erst Messiah wieder losschicken muss, dann wird er dich das nächste Mal nicht mehr so freundlich bitten, hast du verstanden?«

Jonny nickte.

»Dann sieh jetzt zu, dass du Land gewinnst.«

Jonny wollte noch sein Bier austrinken, doch Messiah hob ihn auf die Beine und stieß ihn davon.

»Und stopf endlich mal diese scheiß Stiefel in die Tonne«, rief Paco ihm hinterher. Und an Messiah gewandt: »Hast du schon mal wen gesehen, der solch bescheuerte Teile trägt, wenn alle anderen in Flip-Flops rumlaufen?«

Messiah grinste nur und schüttelte den Kopf.

Paco steckte sich eine Zigarette an und fragte sich, was das wohl für ein Penner war, der es wagte, im Teich seines Bosses zu fischen. Er überlegte, ob er El Chapo anrufen sollte, aber wahrscheinlich würde er nur zu hören bekommen, dass er sich verdammt noch mal selbst darum kümmern solle.

»Diesen Bill werden wir uns morgen vornehmen.«

Messiah nickte.

14

Als Hub vom Strand zum Campingplatz zurückkam und das große, eiserne Tor aufdrückte, hatte er keine Ahnung, was ihn erwarten würde. Vielleicht war Rowenta vollends explodiert und hatte bereits alles in Schutt und Asche gelegt. Im besten Fall war sie zur Besinnung gekommen. Wie auch immer. Es war allerhöchste Zeit das Weite zu suchen.

Bei den beiden war es dunkel, dafür brannte seine eigene Außenbeleuchtung. Shotgun Bill saß vor dem Wohnmobil. Das Chillum lag erkaltet auf dem Tisch und in der Hand hielt er ein Glas mit wasserverdünntem Wein. Sein Standardgetränk.

»Na, habt ihr euch amüsiert?«, fragte er mit einem schmalen Lächeln.

Hub ließ die Strandtasche fallen, holte sich ein kaltes Bier und ließ sich in den anderen Stuhl fallen.

»Wie man's nimmt.«

»Rowenta machte jedenfalls nicht den Eindruck, als hätte sie sonderlich viel Spaß gehabt. Sie war voll in Brass und nannte mich einen elenden Versager; einen Vollidioten, der nichts mehr mitbekommen würde. Dann ist sie weiterzogen, wollte zu den Holländern, Geburtstag feiern. Was um Himmels willen hast du mit ihr angestellt?«

»Nichts Außergewöhnliches. Habe ihr allerdings von meinem Plan erzählt und dass ich übermorgen weiterwill.«

»Und deshalb ist sie so ausgerastet? Sie muss ja mehr an dir hängen, als ich dachte.«

Oh ja, verflucht, mehr noch, als ich dachte, ging Hub durch den Kopf, sagte aber kein Wort. Und weil Shotgun Bill auch schwieg und er von dem langen Fußmarsch immer noch einen ziemlich trockenen Hals hatte, setzte er die Bierflasche an und trank sie in einem Zug aus, stand auf und holte zwei neue.

»Hör zu, Bill«, begann er, als er wieder saß, »ich weiß, dass du nicht der Typ bist, der mit Scheuklappen durch die Gegend rennt und erst mit einem Keulenhieb aus seinen komatösen Träumen gerissen werden muss. Also erzähl mir nicht, dass …«

»Lass gut sein!«, fuhr Shotgun Bill scharf dazwischen, trank den letzten Schluck von seinem verdünnten Wein und griff nach einem Bier.

»Übermorgen, sagst du? Übermorgen ziehst du weiter, ja?«

Hub nickte.

»Na, dann.«

Er hob die Flasche und wartete darauf, dass Hub seine auch ergriff.

»Lass uns ein letztes Mal zusammen trinken, auf die schöne Zeit und dass sie jetzt zu Ende geht.«

Shotgun Bill lächelte ihm zu, halb gequält, halb erleichtert. Sie stießen an und tranken.

»Dann wollen wir aber auf den letzten Metern nicht noch mit

halben Sachen anfangen«, sagte Hub, holte eine Flasche Grappa, zwei Gläser und goss ein.

Shotgun Bill grinste übers ganze Gesicht, schaute auf und sagte: »Das hier wird das Einzige sein, was ich wirklich an dir vermissen werde. Dein kaltes Bier und deinen Schnaps und sonst gar nichts, du verfluchter Schweinehund!«

Sie stürzten den Grappa runter und Shotgun Bill bereitete eine neue Mischung für sein Chillum vor, während er klarstellte: »So leicht würde ich sie auch nicht hergeben und niemand kann sagen, wie das alles noch ausgegangen wäre. Gut, dass du abfährst.«

»Sehe ich genauso.«

Danach war das Thema erledigt und als Shotgun Bill spät in der Nacht rüber schwankte, stand nichts mehr zwischen ihnen. Ihr Verhältnis war aufgeräumt und Rowenta hatte sich bis dahin nicht wieder blicken lassen.

Die ersten Stunden schlief Hub wie niedergestreckt, traumlos und ohne Erinnerungen. In den Morgenstunden wurde sein Schlaf unruhig. Gedankenfetzen ließen ihn sich hin und her wälzen und hinderten ihn daran, seinen Rausch bis in die Vormittagsstunden hinein auszuschlafen.

Er stand auf und setzte das Teewasser auf. Sein vernebeltes Hirn kreiste um den Kern seiner Unruhe und allmählich musste er sich eingestehen, dass es Rowenta war, die ihm irgendwie quer lag. Eigentlich war er doch gerne mit ihr zusammen, auch wenn sie ihm ab und an mächtig auf die Nerven ging. Und er fragte sich, warum um alles in der Welt er es nicht einmal in Erwägung gezogen hatte, sie mitzunehmen. Es wäre doch kein Heiratsversprechen gewesen, nur mal was anderes, ohne jegliche Verpflichtungen. Was war an der Vorstellung, sich eine Zeitlang zu zweit durch die Tage treiben zu lassen, so abschreckend?

Weil sie nun mal zu Bill gehört, erklärte er sich, ahnte aber, dass das nur die halbe Wahrheit war. *Scheiß drauf. Morgen verschwindest du hier und fährst zu Zeck, dann wirst du auch wieder auf andere Gedanken kommen. So etwas würde doch niemals gutgehen.*

Einige Leute waren schon unterwegs, weshalb sie ihm auch nicht gleich auffiel, als sie auf ihn zukam, ohne ein Wort ins Wohnmobil stieg und mit einer zweiten Teeschale wieder rauskam, die sie vollgoss.

»Nur schade, dass auch der Tee mit dir verschwinden wird«, sagte sie ohne den geringsten Groll in ihrer Stimme. Sie sah frisch aus, ihre Augen strahlten und er konnte keine Anzeichen dafür entdecken, dass sie ihm gleich an den Hals gehen würde.

»Habt ihr schön gefeiert?«, fragte er vorsichtig.

»Du meinst den Geburtstag? Ich war nicht dabei.«

»Ach nein?«

Sie wirkte so friedvoll wie in den letzten Tagen vor dem Streit, nichts war ihr mehr von der Auseinandersetzung am Strand anzumerken, doch er traute dem Frieden nicht.

»Was ist los mit dir, Rowenta? Kann ich mich aus meiner Deckung wagen oder versuchst du mir gleich den Dolch, den du hinter deinem Rücken hältst, in den Leib zu rammen?«

Sie lachte und zeigte ihre leeren Hände.

»Wenigstens siehst du ein, dass du es verdient hättest. Mistkerl.«

Er entspannte sich und wollte noch ein wenig Balsam auf ihre strapazierte Seele schmieren.

»Ach, Rowenta, du bist wirklich die aufregendste Frau, der ich je begegnet bin, und ich vermisse dich jetzt schon, das kannst du mir ruhig glauben. Und wenn nicht …«

»Lass gut sein, Hub, spar dir den Scheiß und heb ihn dir lieber für jemanden auf, der ihn dir abnimmt. Mir musst du damit nicht kommen. Echt nicht.«

Sie trank von ihrem Tee und schaute ihn über den Schalenrand hinweg mit nun blassblau schimmernden, klaren Augen an.

»Weißt du, ich habe letzte Nacht viel nachgedacht. Hauptsächlich über dich, wobei mir dann einiges klargeworden ist. Sonnenklar. Und ob du es glaubst oder nicht, seitdem geht es mir entschieden besser.«

Er drehte sich eine Zigarette, schaute kurz auf und wartete auf die Pointe, doch sie schwieg.

»Und?«, fragte er dann und zündete sich die Zigarette an, »kommt da noch was?«

»Du willst es hören?«

Er sah in ihre Augen, sah ihr selbstgefälliges Lächeln und war sich keinesfalls mehr sicher, ob er das wirklich wollte, sagte aber: »Logisch, immer raus damit, ich kann einiges vertragen.«

»Also gut. Ich gehe davon aus, dass in deinem Leben mal etwas gründlich schiefgelaufen sein muss, was Traumatisches; etwas, das tiefe Wunden bei dir hinterlassen hat. Und dass du tierischen Schiss davor hast, dass die Alten wieder aufreißen könnten und du von Neuem anfangen müsstest, sie zu lecken, was dich letztendlich darin hindert, ein wirklich glücklicher und zufriedener Mensch zu sein. Was du natürlich niemals zugeben, dir niemals eingestehen würdest, was übrigens dein dämliches Grinsen nur bestätigt.«

Er wurde schlagartig ernst.

»Du bist überzeugt davon, dass du alles im Griff hast, was wahrscheinlich sogar stimmt. Möglicherweise hast du wirklich den Bogen raus, wenn es darum geht, glatt durchs Leben zu gleiten und bist imstande, übermäßigen Ärger zu vermeiden. Aber, mein lieber Hub, wenn es dann mal darum geht, Stellung zu beziehen, sich für was auch immer zu entscheiden, sich ohne Sicherheitsleine fallen zu lassen, ohne Wenn und Aber sich voll und ganz auf eine Situation einzulassen, dann kneifst du den Schwanz ein, machst einen Rückzieher. Dann fehlt dir der Arsch in der Hose. Dann gibst du nur noch eine jämmerliche Figur ab.«

Er spürte, dass sie seinen Blick suchte, schaute aber mit starrer Miene stur in seine Teeschale, die er in seiner Hand leicht schwenkte. Er schwieg, auch weil er davon überzeugt war, dass das noch nicht alles war, was sie sich zurechtgelegt hatte.

»Ich wette, du fickst am liebsten die Frauen anderer Männer. Stimmt's? Da kannst du dich nämlich zu jeder Zeit wieder vom Acker machen, ohne groß Erklärungen abgeben zu müssen. Ohne Verantwortung. Spaß haben und dann weiter. Nach dem Motto: War schön mit dir, sorry, aber ich muss jetzt. Und was du hinterlässt, ist dir entweder scheißegal oder du hast nicht den geringsten

Schimmer von dem, was du anrichtest. Und so ein Typ ist für eine Frau das allerletzte Arschloch, glaub mir. Ich bin heilfroh, dass du an mir vorüberziehst und sich die Schäden, die du hinterlässt, in Grenzen halten.«

Er trank seinen Tee aus und stellte die Schale auf den Tisch, vermied den Blickkontakt; schaute ohne Interesse zwei Typen und einer Tussi hinterher, die jeweils mit einem Handtuch über den Schultern zum Waschhaus schlichen.

»Das war ja mal eine Ansprache am frühen Morgen«, erwiderte er schließlich, »da ist dir ja so einiges durch den Kopf gegangen.«

»Das stimmt. Und das ist auch gut so. Das bewahrt mich davor durchzudrehen. Ich bin durch mit dem Thema, durch mit dir. Bin froh darüber, dass ich das kapiert habe.«

Voller Zufriedenheit lächelte sie ihn an.

Er setzte sich auf, machte sich gerade. Wusste er doch, dass sie ihn genau da erwischt hatte, wo es am meisten schmerzte. Er brauchte einen Gegenschlag.

»Machst du dir das nicht ein wenig einfach? Übersiehst du da nicht was?«, fragte er süffisant und schaute ihr jetzt direkt in die Augen, die prompt ein wenig zugingen, was erhöhte Wachsamkeit verriet.

»Ich denke nicht. Auf wie viele Beziehungen hast du dich denn bisher eingelassen in deinem Leben? Ich meine die echten; die, die bis in alle Ewigkeiten halten sollten?«

Er schüttelte den Kopf. Sie war tatsächlich dabei, ihn auszuweiden.

»Das meine ich nicht. Ich meine, du hast gründlich über mich nachgedacht, dass schon, aber hast du dich auch mal mit dir auseinandergesetzt? Was du für eine Rolle dabei spielst? He? Natürlich hast du recht, ich bin weiß Gott nicht scharf auf eine feste Beziehung, da habe ich auch nie etwas anderes behauptet. Ich komme gut klar damit, so wie es läuft. Nur du anscheinend nicht.«

»Ich komme doch klar damit. Das habe ich dir gerade eben erklärt.«

»Ja, wirklich? Das sehe ich anders. Du hast dir was zurechtgelegt, machst die ganze Geschichte an mir fest. Aber das wird auf Dauer nicht hinhauen. Glaub mir.«

»Ach nein? Was willst du mir denn damit sagen?«

»Was ich damit sagen will? Denk doch mal nach. Wenn du dich erinnerst, hast du mich flachgelegt, nicht umgekehrt. Ich habe mich nicht mit aller Macht in dein Leben gedrängt. Du nimmst dir in der Regel, was du gerne hättest, einfach so; machst dir auch keinen Gedanken darüber, was es für Konsequenzen haben könnte. Du bist eine willensstarke Frau, die sich von nichts und niemandem etwas sagen lässt. Scheust keinen Krawall und hinterlässt manchmal Spuren, die kein Tornado besser hinbekommen hätte. Du bist die Unbeugsame. Und dennoch«, er machte eine kleine Pause, suchte nach den richtigen Worten, »im Grunde deines Herzens suchst du den warmen Ofen, an den du dich ran kuscheln kannst; gierst nach der starken Schulter, die dir ein Stück weit dein Leben abnimmt. Du suchst Geborgenheit und willst raus aus deinem dauerhaften Kampf. Ist doch so, oder? Der Scheiß dabei ist nur, dass du es dir nicht eingestehen kannst, immer weiter auf deiner Welle reitest und anderen Menschen damit ziemlich auf die Nerven gehst.«

An ihrer starren Miene konnte er erkennen, dass der Treffer ganz gut gesetzt war, sie brauchte einen Moment. Doch anstatt ins nächste Level einzusteigen, entspannte sie sich, lächelte ihn an, ließ sich tiefer in den Stuhl fallen und fragte mit gelangweilter Stimme und offenen, klaren Augen: »Und? War es das jetzt? Sind wir alles losgeworden?«

Er sah in ihr nun sanftes, schmunzelndes Gesicht und wusste nicht, was er davon halten sollte.

»Ich denke schon, ähm … im Wesentlichen? Äh ja!?«, stammelte er.

»Fein«, antwortete sie froh gelaunt, »ich will nachher noch mal runter zum Einkaufen. Und ich dachte, dass wir uns alle zusammen heute Abend noch mal ein schönes Essen machen sollten. Du brauchst doch bestimmt auch noch ein paar Vorräte für deine Fahrt, wir könnten zusammen gehen.«

Sollte sie wirklich zur Vernunft gekommen sein und sich alles doch noch in Wohlgefallen auflösen?

»Klar, gute Idee«, sagte er, immer noch etwas verunsichert. »Na dann, ich lege mich noch mal zu Bill. Bis nachher.«

LUCA

15

Er öffnete die Fensterläden. Die Zeit am frühen Morgen war die einzige am Tage, in der man nicht gleich einen Schwall Hitze ins Haus bekam, wenn man sie aufmachte. Er war dabei leise, wollte Felisa nicht wecken – die erst in den Morgenstunden in einen ruhigen Schlaf gefunden hatte –, stand noch einen Moment am Fußende des Bettes und schaute ihr beim Schlafen zu. Das T-Shirt war ihr über den runden Babybauch gerutscht, der aussah wie eine übergroße, reife Melone kurz vorm Platzen. Sie war das Beste, was ihm bisher in seinem Leben passiert war, und dennoch zerrte dieser friedvolle Anblick so sehr an seinen Nerven, dass er das Heulen kriegen könnte.

Er schlich aus dem Zimmer, runter in den Hof, und setzte sich auf die schattige, von Wein überwucherte Terrasse.

Eigentlich war die Entscheidung doch schon gefallen, er hatte doch gar keine andere Wahl, als es zumindest zu versuchen. Wie wollte er sonst seiner Familie ein Zuhause bieten? Sein Vater war heilfroh gewesen, ihn endlich losgeworden zu sein und jetzt hockte er ihm wieder auf der Tasche, samt seiner schwangeren Braut. Das musste ein Ende haben.

Die Augen geschlossen massierte er seine Schläfen, als seine Mutter ihm einen starken, schwarzen Kaffee vor die Nase stellte. Er spürte ihren wachen, fragenden Blick in seinem Nacken und ein Unbehagen in sich aufsteigen. Sie war eine kleine, runde Frau, die mit ihren kurzen Beinen fest im Leben stand. Seine drei Geschwister hatte sie geradlinig und ohne Umschweife durchs Leben geführt. Der Älteste würde den Hof übernehmen und wohnte mit seiner Familie bereits im Haus am anderen Ende des großen Grundstücks. Sein anderer Bruder hatte in die Stadt geheiratet und seine

Schwester einen Käsebauern aus der Region. Nur er war anders, wollte so gar nicht in das Schema der Callebaris passen. Er war wesentlich hellhäutiger als der Rest seiner Familie; hatte braune, lockige Haare und war von schmächtiger Statur. Doch seine Mutter schwor, dass es in ihrem Leben keinen anderen Mann außer seinem Vater gegeben hatte und erklärte es damit, dass wohl die Gene ihres Ur-Urgroßvaters in ihm steckten, der ein Geigen spielender Filou aus Frankreich gewesen sein sollte.

»Du bist früh auf, schläft Lisa noch?«, fragte sie mit sanfter Stimme.

Seit seiner Rückkehr hing das Unausgesprochene zwischen ihnen in der Luft wie ein Tiefdruckgebiet vor dem Gewitter. Aber nie im Leben hätte er ihr erzählen können, was wirklich in Algeciras passiert war, was ihn tatsächlich zurück in sein Heimatdorf getrieben hatte, mit Felisa im Schlepptau und einer gebrochenen Nase.

»Ja«, sagte er, schaute auf und schenkte ihr ein Lächeln, »sie schläft tief und fest. Mach dir keine Sorgen.«

Ihr Blick verriet ihm, dass sie nicht auf seine scheinbar gelassene Miene reinfiel und dass sie weit davon entfernt war, sich keine Sorgen zu machen. Er hatte ihr noch nie etwas vormachen können.

»Ich muss dann auch gleich los.«

Er rührte den Zucker um, nahm einen Schluck und dachte schon, die Frage würde nicht mehr kommen, als seine Mutter dann doch nachhakte: »Wo willst du denn so früh hin?«

Die Antwort hatte er parat.

»Na, was wohl? Ich habe mich um die Zukunft meiner Familie zu kümmern, Sebastien hat sich gemeldet; alles wird gut, sei ganz beruhigt.«

Er trank aus, stand auf und gab ihr einen Kuss auf die Stirn.

»Schau nach Lisa und ruf die Hebamme, wenn es so weit ist, ich bin bald zurück.«

Luca stieg die Anhöhe hoch, zu dem verfallenen Turm, von dem aus in früheren Jahrhunderten bei Gefahr Signale übers Land gesandt worden waren. Hier saß er in den letzten Tagen oft – so wie früher, wenn er allein sein wollte. Hierher verzog er sich damals auch mit seinem ersten Tuschkasten, der seine Begeisterung fürs Malen geweckt hatte, weshalb er bald darauf in der Schule als ›Luca Angelo‹ verspottet wurde. Sein Vater hatte sich eingestehen müssen, dass sein Jüngster auf dem Hof nicht zu gebrauchen war und ließ ihn bald links liegen. Argwöhnisch beobachtet er dessen Leidenschaft für die Malerei; wobei er sich wahrscheinlich ein ums andere Mal fragte, ob der Bursche nicht doch ein Bastard war. Wenn es nach ihm gegangen wäre, hätte er den Taugenichts bereits mit Beginn seiner Volljährigkeit vom Hof gejagt, was seine Mutter allerdings noch um einige Jahre hinauszögern konnte. Bis es ihn dann doch nach Algeciras verschlug.

Der Alte hatte ihm erstaunlicherweise ein wenig Geld und die Adresse einer Frau mitgegeben, bei der er ein kleines Zimmer bekam, was ihn daran hinderte, komplett in dieser großen, fremden Stadt durchzudrehen. Doch nach ein paar Wochen fand er einen Job in einem Supermarkt, verdiente sein eigenes Geld und allmählich beruhigten sich seine Nerven.

Er entdeckte eine kleine Galerie und lernte Sebastien – den Besitzer – kennen, der begeistert von seinen Aquarellen war und ihm prophezeite, eines Tages ein großer Maler zu sein. »Warum auch nicht?«, meinte er mit einem Augenzwinkern, Luca sei schließlich ein wundervoller Mensch und schien eine begnadete Pinselführung zu haben. Sebastien stellte einige Bilder von ihm aus und tatsächlich verkaufte er auch eins – für sagenhafte 350 Euro – was ihn völlig von den Socken haute und Freiraum für Träumereien schuf, besonders für eine Vision:

Es gab da – circa 50 Kilometer entfernt von seinem Dorf, in den Ausläufern der Sierra Morena – eine verlassene Bodega an einer viel befahrenen Kreuzung. Und wenn er sich in der Zukunft sah, stellte er sich vor, sie zu bewirtschaften und dort seine Bilder auszustellen, die ihn dann langsam, weit über die Grenzen der Sierra Morena hinaus, berühmt werden ließen. Sebastien war äußerst angetan von der Idee und wollte ihn in jeglicher Hinsicht unterstützen, denn Träume können auch wahr werden, wie er ihm versprach.

Und dann begegnete Luca Felisa, dieser zierlichen jungen Frau, die so schön war, dass er jede Nacht von ihr träumte. Aufgefallen war sie ihm schon öfter im Supermarkt und als ihr dann eine Packung Milch aus der Hand fiel, war er zur Stelle gewesen, um die Sauerei aufzuwischen. Danach schenkte sie ihm jedes Mal ein Lächeln, wenn sie ihn sah, und eines Tages wagte er es, sie auf einen Kaffee einzuladen. Mit ihr hatte er Wochen später seinen ersten Sex und der war derart berauschend gewesen, dass er sich schwor, sie nie wieder ziehen zu lassen. Doch bald bemerkte er, dass irgendetwas mit ihr nicht stimmte. Eben noch träumten sie auf rosa Wolken von ihrer Zukunft, von der Bodega, die sie gemeinsam wieder aufbauen wollten; lachten und liebten sich und im nächsten Augenblick brach sie in Tränen aus und behauptete, dass sie nie eine gemeinsame Zukunft haben würden. Aber warum? Darüber konnte und wollte sie nicht mit ihm reden. Doch eines Tages offenbarte sich ihr Geheimnis und das große Heulen begann.

Sie waren verabredet gewesen, was an sich schon immer schwierig wegen ihrer unbestimmten Arbeitszeiten war. Dann wollte sie ihn jedoch nicht reinlassen, weinte; sah aus, als wäre sie gegen eine Tür gelaufen und versuchte, ihn abzuwimmeln. Doch diesmal wollte er es wissen und ließ nicht locker, bis es aus ihr herausplatzte.

»Ich bin eine verfluchte Hure. Sieh mich an, das ist das Werk meines Zuhälters, der mich niemals freigeben wird.«

Es traf ihn mit der Wucht eines Keulenschlags. Der Schmerz war unerträglich. Seine große Liebe eine Hure? Das konnte nicht wahr sein. Sie war zusammengebrochen, löste sich in Tränen auf und schluchzte, dass es ihn fast zerriss. Er wollte sie in den Arm nehmen, irgendwas sagen; wusste nicht, was; ließ sie dort hocken und verschwand.

Die Tage danach vergingen in quälender Langsamkeit. Er bekam Fieber und sehnte den Tod herbei. Doch weder der zeigte Erbarmen, noch war es ihm möglich, die Liebe aus seinem Herzen zu verbannen. Also ging er zu ihr und sagte ihr, dass er nicht aufhören könne, sie zu lieben, und dass es ihm egal sei, was sie bisher getan habe. Hauptsache wäre, sie seien zusammen. Sie lagen sich in den

Armen, drückten sich, dass ihnen die Luft wegblieb, und flennten um die Wette. Heulten von Neuem los, als Felisa ihm gestand, dass er Vater werden würde, und noch am selben Tag schmiedeten sie den Plan zu ihrer Flucht.

Am Abend ihres gewagten Vorhabens war Felisas Freundin Susana bei ihr, die versuchte, die Nerven ihrer Freundin im Zaum zu halten und dafür sorgte, dass sie aus lauter Angst, alles könne noch auffliegen, nicht total den Verstand verlor. Sebastien versprach, weitere von Lucas Bildern zu verkaufen und zu schauen, wo Gelder für die Bodega aufzutreiben wären. Fürs Erste gab er ihm seinen alten *FIAT Pinto* für die Flucht und wünschte ihm und Felisa viel Glück.

Alles wäre gut gegangen, hätte er sich nicht diesen verdammten Nagel eingefahren und sich nicht so dämlich beim Radwechsel angestellt, womit er an diesem Abend mehr als eine Stunde zu spät war. Als er endlich bei Felisa ankam, öffnete nicht sie die Tür, sondern ein Typ in T-Shirt und Boxershorts, der ihm empfahl, sich gleich wieder zu verpissen, heute wäre es eine Privatparty. Luca war wie vom Donner gerührt, sah an dem Kerl vorbei, wie ein anderer – mit flachsblonden Haaren – auf dem Küchentisch seine Felisa rannahm.

»Verschwinde, komm morgen wieder«, presste sie unter den Stößen hervor.

Doch er war unfähig sich zu rühren, starrte sie an und fand keine Worte. Derjenige, der ihm die Tür geöffnet hatte, fing an zu stutzen, sah ihn erst verwundert an, packte ihn dann am Kragen, zerrte ihn in die Küche und wollte von ihm wissen, was er denn wohl für einer sei.

»Er ist nur ein gewöhnlicher Freier, der nichts kapiert, hau endlich ab!«, schrie sie.

Wut und Verzweiflung stiegen in Luca auf.

»Der sieht aus, als wolle er mir am liebsten ein Messer zwischen die Rippen jagen. Nur ein gewöhnlicher Freier, ja?«

Der Mistkerl in Unterwäsche wartete die Antwort nicht ab und verpasste Luca einen Schlag in den Magen, was ihm die Luft nahm und in die Knie gingen ließ.

»Denkst du vielleicht, das hier wäre dein Mädchen?«, fragte er

Luca und griff sich – nachdem der Blonde grunzend von ihr gestiegen war –, Felisa, hielt sie von hinten umschlungen, befingerte ihre Brüste, küsste ihren Hals: »Wolltest du dich etwa an mein Mädchen ranmachen? Ist es das, was du wolltest?«

»Bernardo, bitte«, flehte sie.

»Na sag schon, wir können doch über alles reden.« Luca war kurz davor, sich zu vergessen und als Bernardo die Hand in Felisas Schritt presste, stürzte er sich auf ihn. Doch eine wuchtige Kopfnuss ließ ihn zurücktaumeln und mit zertrümmertem Nasenbein auf den Boden sinken. Es hagelten noch etliche Tritte auf ihn ein, bis er blutend und bewegungslos liegen blieb. Jeglicher Selbstachtung beraubt und ohne Gegenwehr zerrten sie ihn auf die Beine, brachten ihn weit weg und sperrten ihn in eine aus Naturstein gemauerte Hütte.

Es war bereits spät in der Nacht – Luca hate sich in die hinterste Ecke des kleinen, stockfinsterem Gemäuers verkrochen, litt unter den Schmerzen der Prügel und seines niedergetretenen Selbstwertgefühls – als zwei Männer, die er vorher noch nie in seinem Leben gesehen hatte, ihn da rausholten. Sie hatten diesen flachsblonden Typen bei sich, den sie an seiner Stelle in das Verlies sperrten. Wie sich herausstellte waren die beiden Freunde von Susana, die – von Bernardo missbraucht –, noch immer betäubt im Schlafzimmer lag, als sie in Felisas Wohnung zurückkehrten. Seine Retter kümmerten sich um Susana und sorgten dafür, dass er und Felisa noch in der Nacht verschwinden konnten, zu seinen Eltern in die Sierra Morena. Um Bernardo – diesem miesen Dreckschein, der bereits das Weite gesucht hatte – versprachen sie, würden sie sich später kümmern.

Er erzählte Mama und seinem Vater von Sebastien, von ihren Plänen und dass sie sehr bald ihr eigenes Heim haben würden. Sein vermeintlicher Erzeuger glaubte ihm kein Wort und seine Mutter wünschte, dass es wahr wäre. Felisa war sich allerdings von Anfang an sicher gewesen, dass von Sebastien nichts mehr kommen würde. Sie meinte, dass er an ihrer Stelle zusammen mit Luca die

Bodega betreiben wolle, dass er schwul sei und keinen Cent mehr rausrücken würde. Eine kleine Hoffnung keimte noch einmal auf, als Sebastien Geld für zwei weitere, verkaufte Bilder überwies. Doch seitdem hatten sie nichts mehr von ihm gehört.

Ungefähr drei Wochen nach ihrer Rückkehr kam Susana sie besuchen und brachte neben riesiger Wiedersehensfreude auch eine Videoaufzeichnung mit. Sie berichtete von den beiden Typen – Hub und Zeck – die sie gerettet hatten. Erzählte, dass zwischen Bernardo und den beiden eigentlich eine ganz andere Rechnung offen war, sie ihn sich dann aber wegen der Vergewaltigung so richtig vorgenommen hatten. Danach sahen sie sich gemeinsam das Video an, auf dem Bernardo wimmernd und heulend alles gestand. Schauten es sich immer wieder an und konnten nicht genug von Bernardos Demütigung bekommen. Hub hatte es ihr mit den Worten gegeben, sie solle damit machen, wonach ihr der Sinn stand. Doch Susana hatte sich entschieden, den Scheißkerl nicht öffentlich an den Pranger zu stellen. Sie wollte die Geschichte hinter sich lassen und vergessen. Zumal sie gehört hatte, dass Bernardo untergetaucht war und nicht mehr in Algeciras lebte.

Es gab damals keinen bestimmten Grund, weshalb Luca sich unbemerkt eine Kopie von der Aufzeichnung anfertigte. Der Gedanke, was er damit anstellen könnte, entwickelte sich erst später.

Über Bernardo konnte er im Internet nicht viel erfahren, dafür aber über seinen Bruder Edmundo Lopes Esperanza Caprioli umso mehr. Er war Chef der *ELEC Transatlantik Consulting Inc.*, die es sich zur Aufgabe gemacht hatte, Unternehmen – hauptsächlich in Süd- und Mittelamerika – zu beraten. Die *ELEC* bot Hilfe und Seminare vor Ort an, half bei Finanz- und Wirtschaftsfragen, der Unternehmensführung sowie bei der Suche nach geeigneten Geschäftspartnern und Kooperationen. Auf ihrer Homepage gab es etliche Referenzen von Firmen, die voll des Lobes waren. Es schien eine erfolgreiche und seriöse Firma zu sein. Eine, die mit Sicherheit keinen Skandal brauchte oder einen Chef, von dem man wusste, dass sein Bruder ein Frauenschänder war.

Im Schatten des Turmes sitzend, sah er die flirrende Hitze über der weiten Landschaft stehen. Bis jetzt waren sie von Waldbränden verschont geblieben und alle hofften, dass es auch so bleiben würde. Ein einfacher Flaschenboden konnte – wenn er die gebündelten Sonnenstrahlen auf ausgedörrtes Gras lenkte – bei dieser Trockenheit ein Inferno auslösen. Und sein eigenes, innerliches Inferno forderte eine Entscheidung von ihm. Eine, von der er wusste, dass es eigentlich keine zwei Möglichkeiten gab. Wie sollte er denn sonst für seine Familie aufkommen? Und das Risiko war überschaubar, er konnte ja zu jeder Zeit wieder aussteigen und niemand würde je erfahren, dass er dahintersteckte.

Marcos Cousin hatte ihm ein Postfach bei einem Internet-Anbieter in Canada eingerichtet. Garantiert nicht zurückzuverfolgen. Die Geldübergabe war natürlich immer der heikelste Punkt, das wusste er aus dem Fernsehen. Aber auch dazu war ihm schon was eingefallen. Sie müssten die Tasche mit dem Geld in seinem Supermarkt in Algeciras als Fundsache abgeben. Da würde er dann schon irgendwie unbemerkt rankommen.

Es ging nicht anders. Wenn er je wieder in den Spiegel schauen wollte, ohne gleich das große Kotzen zu kriegen, dann musste er es zumindest versuchen. Er stand auf, drückte den Rücken durch und machte sich auf den Weg zu *Marcos Internet Base*.

»Funktioniert dein Internet? Ist es stabil?«, wollte er von Marco wissen, als er den Laden betrat.

Der war winzig und befand sich in einem aus Sandstein gemauerten Haus, im Schatten einer mächtigen Platane am Rande eines kleinen Platzes. Marco hatte drei Computerplätze eingerichtet, hauptsächlich verkaufte er aber Tabak, Zeitschriften und ein paar Getränke.

»Was denkst du denn?«, stellte Marco die Gegenfrage. »Wäre es sonst eine *Internet Base*?«

Die Leitungen hatte Marco alle selbst verlegt, mit Verbindungen über Telefonkabel, die zum Teil nicht stärker waren als ein Klingeldraht. Dort, wo die Längen nicht ausreichten, hatte er die Enden zusammengedreht und mit Isolierband umwickelt. Hin und wieder gab es Störungen und dann ging die Sucherei los. Bei der Einrichtung des Netzwerks hatte ihm sein Cousin geholfen – ein Fachmann, wie er behauptete –, der Server überall auf der Welt benutzte. Luca setzte sich vor einen der Monitore, rief die Seite der *ELEC Transatlantik Consulting Inc.* und Edmundos persönliche Mailadresse auf. Mit feuchten Händen, aber ohne zu zögern, gab er den Text ein, den er sich in Gedanken schon tausendfach zurechtgelegt hatte:

»Der Anhang wird Sie interessieren. Wenn Sie nicht wollen, dass die komplette Aufzeichnung im Internet erscheint, halten Sie einhunderttausend Euro bereit. Ich melde mich wieder. Keine Polizei, keine Spielchen. Ein Knopfdruck von mir und alle Welt erfährt von dem Verbrechen in Ihrer Familie.«

Er hing die Sequenz ran, in der Bernardo die Vergewaltigung zugab, und lehnte sich zurück. Jetzt brauchte er nur noch auf »Senden« zu gehen. Einen Moment noch zögerte er, dann drückte er entschlossen die Taste und starrte auf den Bildschirm, bis der Computer die Versendung der Mail bestätigte. Im selben Augenblick wurde ihm hundeübel und Schwindel überfiel ihn, er stand auf und schwankte nach draußen.

»Alles in Ordnung bei dir?«, hörte er Marco hinter sich rufen.

Er gab keine Antwort.

16

Edmundo saß in seinem Arbeitszimmer im ersten Stock seines Anwesens und ging die Post durch. Für heute gab es keine Termine und er freute sich darauf, den freien Tag mit seiner Frau zu verbringen. Florentina lag auf einer Liege am Pool, las in einem Buch und wartete darauf, dass er zu ihr kam. Seit ihrer Hochzeit vor einem halben Jahr gaben sie sich alle Mühe, für Nachwuchs zu sorgen. Heute waren ihre fruchtbaren Tage und die wollten sie nutzen.

Gerade als er seinen Rechner runterfahren wollte, zeigte der den Eingang einer neuen Mail an. Er überlegte kurz, sie zu ignorieren und sich morgen darum zu kümmern, öffnete sie dann aber doch.

Er las sie zweimal, dachte an einen Scherz und an einen Virus, den er sich einfangen würde, wenn er den Anhang öffnete, konnte es sich aber nicht verkneifen. Was er dann sah, war kein Scherz. Da war sein Bruder, der auf den Knien hockte und zugab, eine Frau vergewaltigt zu haben. Er brauchte einen Moment, um zu realisieren, was da in sein Haus geflattert war, und rief dann nach Murphy.

»Schau dir mal den Scheiß hier an.«

Murphy war ein nordirischer Bastard von kleinem, aber kräftigem Wuchs. Hatte große braune Augen; kurze, lockige Haare und sämtliche Illusionen von einem friedvollen Leben verloren, nachdem er sich als Waise durch die Wirren des Krieges hatte schlagen müssen. Am Ende hatte er nur noch Befehle befolgt, ohne sie zu hinterfragen, und die ganze Scheiße mit einem Lungensteckschuss gerade so überlebt. Murphy war seine rechte Hand. Sein Mann für alles.

Der schaute sich die Sequenz an.

»Ach du großer Gott, wo kommt das denn her?«

»Irgendein verfickter kleiner Scheißer will dafür einhunderttausend.«

Edmundo wusste, was Murphy von Bernardo hielt, was schon nicht viel war, und jetzt auch das noch: sein Bruder, ein Frauenschänder.

»Da hat er sich ja mal so richtig was einfallen lassen, der Vollidiot. Schlimm genug, dass er es getan hat, da gibt er auch noch vor laufender Kamera ein Geständnis ab.«

Murphy schüttelte den Kopf und konnte nicht verhindern, dass sich seine Mundwinkel in einem Hohnlächeln verfingen.

»Schenk dir deine Kommentare und dein blödes Grinsen«, brachte Edmundo gereizt hervor.

Bernardo war nun mal sein Bruder; auch wenn der sich manchmal wie das allerletzte Arschloch benahm, war er trotzdem sein Fleisch und Blut – unmöglich ihn einfach zum Teufel zu jagen.

Deshalb fauchte er:»Ruf unseren IT-Manager an. Der soll herausfinden, wo diese Mail herkommt.«

»Du willst auf den Scheiß reagieren? Ich würde Bernardo lieber mal so richtig den Arsch versohlen.«

»Das ist die eine Sache. Die andere ist die, dass ich mir nicht von irgendeinem dahergelaufenen Wichser ans Bein pissen lasse. Finde den Absender raus!«

»Wie du meinst«, antwortete Murphy gleichmütig, hob kurz seine breiten Schultern und verschwand.

Was muss das für ein naiver Trottel sein, der meint, mich mit so einem Mist erpressen zu können?, fragte Edmundo sich im Stillen und schaute nach Florentina, die sich auf den Bauch gedreht und ihr Bikinioberteil geöffnet hatte. Er drückte die Fensterflügel auseinander und rief ihr zu, dass noch etwas Wichtiges reingekommen sei, was er unbedingt gleich erledigen müsse und was noch ein bisschen dauern könne. Florentina stützte sich auf einen Ellenbogen, zeigte ihm ihre runden, nackten Brüste und machte einen Schmollmund, dann stand sie auf, wickelte sich ein Handtuch um und ging ins Haus.

»Danke, Bernardo«, murmelte Edmundo grimmig vor sich hin und schaute sich noch einmal die Sequenz an.

Was gab sein Bruder doch für eine jämmerliche Figur ab. Mit zerschlagenem Gesicht und gebrochenem Finger hockte er da in vollgepissten Hosen und machte dieses Geständnis. Dass er davon nichts erzählen wollte, lag auf der Hand. Aber warum um alles in der Welt tischte er Carlos diese merkwürdige Geschichte von Ricos Nutte auf, der er angeblich geholfen hatte? Kein Schwein interessierte es. Und diese Lüge direkt in Carlos' Gesicht versprach weitaus mehr Ärger als die Mail. Eine solche Respektlosigkeit, wie Carlos es nennen würde, hätte Konsequenzen. Da wollte er nicht in Bernardos Haut stecken.

Für einen kurzen Moment überlegte er, ob Carlos zwangsläufig davon erfahren müsste. Aber ja, das musste er. Denn wenn Edmundo versuchen würde, es unter den Tisch zu kehren, steckte er genauso tief in der Scheiße wie sein Bruder. Die Erfahrung hatte er bereits mit zwölf gemacht, kurz nachdem ihre Eltern verunglückt waren; da wollte er seinen Bruder schon einmal decken und hatte Carlos verschwiegen, was mit einer der Hauskatze tatsächlich geschehen war. Bernardo hatte sie am Strick hinter seinem Fahrrad herlaufen lassen, bis er sie schleifen musste. Wusste dann nicht, wohin mit der toten Katze und schmiss den Kadaver einfach eine kleine Böschung Richtung Meer hinunter, wo man sie fand, sich aber niemand erklären konnte, was passiert war. Bis es dann doch rauskam.

»Wer Vergehen, Erstunkenes und Erlogenes deckt, ist selbst ein Lügner«, hatte Carlos gesagt und sie beide gleichermaßen hart bestraft.

Wut stieg in ihm auf, weil er mit diesem Video zum Mitwisser der Farce seines Bruders wurde und aus der Nummer nicht mehr rauskam, ohne Carlos davon zu berichten, womit er Bernardo zwangsläufig ans Messer liefern würde. Doch erst mal galt es, diesem kleinen Scheißer auf die Spur zu kommen, dann würde man weitersehen.

Es dauerte keine halbe Stunde, bis Murphy mit einem Zettel in der Hand wieder an seinem Schreibtisch stand.

»Hi Boss, die Nachricht wurde von *Marcos Internet Base* aus versandt, die liegt in einem kleinen Ort in der Sierra Morena. Circa zwei Autostunden von hier.«

»Also ein Internet-Café, was jeder benutzen kann. Wie einfallsreich.«

»Ja, vor allen Dingen, wenn das Kaff nur ein paar hundert Einwohner hat. Allerdings hat der Absender alles darangesetzt, eine Rückverfolgung unmöglich zu machen, was ihm aber nicht sonderlich gut gelungen ist.«

»Mit was für einer außergewöhnlichen Intelligenz haben wir es denn hier zu tun?«, fragte Edmundo mehr sich selbst und überlegte, wie er am besten weiter vorgehen sollte.

»Zwei Autostunden sagtest du?«

»Schätzungsweise.«

»Dann fährst du jetzt mit Walter dahin und ihr beobachtet den Laden. Es kann ja nicht so schwierig sein, den richtigen Typen dort rauszufischen. So viel wird da ja wohl nicht los sein. Wir bleiben in Verbindung und ich lass mir noch was einfallen.«

»Bei der Schweinehitze wird das ja das reinste Vergnügen«, maulte Murphy.

»Ihr habt eine Klimaanlage. Und nun sieh zu, dass ihr wegkommt.«

»Schon gut, Boss.«

Wenn es nach Murphy gegangen wäre, da war sich Edmundo sicher, hätte er der Angelegenheit keine weitere Beachtung schenken zu brauchen, womit er im Grunde recht hatte. Er konnte sich beim besten Willen auch nicht vorstellen, dass von dem Erpresser eine ernsthafte Bedrohung ausging – so stümperhaft, wie der das anging. Welcher halbwegs intelligente Mensch würde denn auch für lächerliche einhunderttausend das Risiko einer Erpressung eingehen? Das Ganze konnte doch nur ein Witz sein. Sollte das kleine Sackgesicht die Aufzeichnung doch ruhig veröffentlichen, wen würde es schon interessieren? Keine Sau. Er konnte ja schließlich nicht ahnen, dass die *ELEC Transatlantik Consulting Inc.* nur ein raffiniertes Konstrukt war, das ausschließlich zur Geldwäsche von Carlos' enormen Einnahmen diente, ohne auch nur einen einzigen Kunden zu haben. Wo lag also die Notwendigkeit, hier zu handeln? Doch es ging natürlich in erster Linie ums Prinzip.

Er schaute auf seine Armbanduhr, dann hinunter zum Swimmingpool, doch Florentina hatte sich nicht wieder blicken lassen. Er fand sie kurz darauf mit einem Martini in der Hand auf der überdachten Terrasse in einem Korbsessel und schlich sich von hinten an sie ran, küsste zärtlich ihren Nacken und streichelte ihre Oberarme. Sie ignorierte ihn. Erst als er ihr einen Träger von der Schulter und eine Hand in ihr Oberteil schob, hob sie den Kopf.

»Dafür ist es jetzt zu spät«, sagte sie kühl, nahm seine Hand raus und rückte den Träger zurecht.

»Ach komm«, hauchte er ihr ins Ohr, »es war wirklich wichtig, oder glaubst du vielleicht, ich würde ein Stelldichein mit der schönsten, betörendsten Frau der Welt leichtfertig aufs Spiel setzen?«

Er liebkoste sie, streichelte ihren Rücken, schob diesmal den anderen Träger von ihrer Schulter und versprach:»Wenn die Angelegenheit hier erledigt ist, fahren wir für eine Woche ans Meer; ich werde nur für dich da sein und dich rund um die Uhr verwöhnen.«

Sie sah ihn mit zusammengekniffenen Augen an, spielte die Böse und ballte die Faust.

»Wehe nicht, du Schuft!«, zischte sie, schenkte ihm ein kleines Lächeln und streckte ihm dann ihre halbgeöffneten, vollen Lippen entgegen.

17

Murphy fand Walter hinterm Haus, wo er dabei war, den Zaun zu reparieren.

»Kannst aufhören, wir machen einen Ausflug«, rief er ihm zu.

»Pack ein paar Getränke ein und mach den *Toyota* klar. Wir müssen gleich los.«

»Wohin denn?«

»In die Sierra Morena, einen Spinner aufscheuchen.«

»Was denn für ein Spinner?«

»Erzähle ich dir alles unterwegs. In zehn Minuten beim Wagen.«

Wenigstens musste er nicht alleine fahren. Walter war Kampfschwimmer in der Nationalen Volksarmee der ehemaligen DDR gewesen – ein langer, kräftiger Kerl mit einer rotblonden Halbglatze und einem Auge, welches ab und an unkontrolliert zuckte. Was, wenn Walter einen dabei ansah, durchaus zu Missverständnissen führen konnte. Nach dem Zusammenbruch der DDR hatte er ziemlich durchgehangen, die Welt nicht mehr verstanden und nach Antworten gesucht. Dabei traf er auf einem seiner Streifzüge durch das glitzernde West-Berlin auf Hans Georg, der sich von dem

138

zuckenden Auge nicht nervös machen ließ und das Potenzial in ihm erkannte. Hans Georg hatte Antworten, empfahl ihm Carlos, und als Edmundo noch einen zweiten Mann brauchte, landete er hier. Am Anfang war Murphy wenig begeistert darüber, jemanden an seine Seite zu bekommen und schon gar nicht so einen Typen aus dem Ostblock. Aus irgendeinem Grund hegte er eine tiefe Abneigung gegen die Menschen hinter dem ehemals *Eisernen Vorhang.* Doch an Walter hatte er sich schnell gewöhnen können. Wie sich herausstellte, lagen sie auf derselben Wellenlänge, hatten ähnliche Ansichten und den gleichen Humor. Heute konnte er sich keinen besseren Partner mehr vorstellen.

Bevor sie losfuhren, hatte er noch die Route auf einer Karte markiert, sodass Walter ihn problemlos über meist kleinere Straßen navigieren konnte.

»Also, was ist das nun für ein Spinner, den wir aufscheuchen sollen?«

»Einer, der versucht, unseren Boss zu erpressen.«

»Ernsthaft?«

»Es sieht ganz danach aus«, erwiderte Murphy und erzählte Walter, was passiert war.

»Wie blöd kann man eigentlich noch sein?«, staunte Walter.

»Ich glaub' ja auch nicht, dass der kleine Scheißer weiß, was er da tut.«

»Ich meine Bernardo, diesen Hohlkopf«, sagte Walter, klopfte sich eine Zigarette aus der Schachtel und war dabei, sie anzuzünden.

Murphy sah ihn entgeistert von der Seite an.

»Das ist jetzt nicht dein Ernst, oder?«

»Was soll nicht mein Ernst sein?«

»Du willst doch jetzt hier drin nicht tatsächlich rauchen?!«

»Warum denn nicht? Was sollte denn, deiner Meinung nach, dagegensprechen? Ich mache das Fenster einen Spalt weit auf.«

Walter drückte auf den elektrischen Fensterheber.

»Genau das ist der Punkt.«

Murphy ließ das Fenster von seiner Seite aus wieder nach oben gleiten.

»Die Klimaanlage gibt alles, was sie hat, damit es für uns hier in der Karre einigermaßen erträglich bleibt. Und du willst ihr in den Rücken fallen?«

»Ich fall' ihr doch nicht in den Rücken, wenn ich das Fenster vorübergehend etwas öffne.«

»Doch, genau das tust du. Sieh dich um, die Klimaanlage hat ebenso viele Jahre auf dem Buckel wie der Rest der Karre. Glaub mir, dieser August ist anders, da musst du runterfahren, in allen Bereichen. Da kannst du nicht wie gewohnt einfach weitermachen. Da musst du selbst auf eine Klimaanlage ein wenig Rücksicht nehmen.«

»Findest du das jetzt nicht ein bisschen übertrieben? Klimaanlagen sind doch dafür da, dass sie warme Luft in kalte umwandeln, dafür hat man sie erfunden. Und erst wenn es so richtig heiß ist, können sie zeigen, was sie draufhaben; da sind die dann voll in ihrem Element, da blühen die so richtig auf. Glaub mir, du kannst ihnen keinen größeren Gefallen tun, als sie herauszufordern.«

Walter betätigte wieder den Fensterheber und zündete das Feuerzeug.

»Wag es nicht!«

Die Scheibe glitt wieder nach oben.

»Das Fenster bleibt zu. Ich habe so etwas schon erlebt, kollabierende Klimaanlagen. Solche, die von einem Augenblick auf den anderen den Geist aufgeben und schließlich die Grätsche machen. Dann stehst du nämlich ziemlich blöd da. Willst es erst gar nicht wahrhaben; probierst alles Mögliche aus, sie wieder in Gang zu bringen, bis du dich dann irgendwann deinem Schicksal ergibst und dich dafür verfluchst, sie überfordert zu haben. Das will keiner haben, glaub mir, nicht bei solch einer Hitze. Und genau deswegen halten wir schön den Ball flach und verlangen von der Klimaanlage nicht mehr als unbedingt nötig.«

»Das ist jetzt ein Scherz, oder? Du glaubst echt, dass die Klimaanlage kaputtgeht, wenn ich das Fenster einen Spalt weit öffne?«

»Vielleicht nicht unmittelbar. Vielleicht passiert es etwas verzögert, vielleicht auch erst viel später; das kann keiner so genau sagen, man weiß es einfach nicht. Fest steht aber, das die Dinge schneller zugrunde gehen, wenn man sie permanent am Anschlag laufen lässt. Also schonen wir die Klimaanlage, soweit es geht.«

»Na schön, aber wenn meine Laune wegen Nikotinentzug unerträglich wird; ich dir plötzlich und unerwartet an den Hals gehe; dann komm mir nicht damit, ich hätte dich warnen müssen. Das habe ich hiermit getan.«

Walter steckte die Zigarette zurück in die Schachtel, warf seinem Partner einen bösen Blick zu und schmollte. Aber nicht lange.

»Er hat sie betäubt?«, fragte er dann noch einmal ungläubig nach.

»Was ist das denn für einer, der eine Frau erst betäuben muss, um sie zu vergewaltigen? Das muss sich doch anfühlen, als wenn du ›ne Leiche fickst.«

»Ja schon, aber immerhin ›ne warme.«

Einen Moment lang schwiegen sie.

»Kannst du dir vorstellen, jemanden zu vergewaltigen?«

»Nee, kann ich nicht, niemals.«

»Ich auch nicht, ist doch widerlich.«

Es war früher Nachmittag, als sie in den Ort einfuhren, und es dauerte nicht lange, bis sie *Marcos Internet Base* entdeckt hatten. Nebenan gab es eine kleine Café-Bar mit einigen im Schatten stehenden Tischen davor. Ein paar alte Männer saßen an die Hauswand gelehnt auf einer Bank und hatten sie genau im Blick, als Murphy ein Stück abseits den *Toyota* parkte. Walter war noch nicht richtig ausgestiegen, da brannte bereits die Zigarette. Er inhalierte tief.

»Das war jetzt aber auch allerhöchste Zeit«, bemerkte er.

Sie setzten sich an einen Tisch, bestellten zwei *Cervesa* und Murphy rief von seinem Handy aus Edmundo an.

»Hey Boss, wir sitzen jetzt genau vor *Marcos Internet Base*. Drin sitzen nur zwei Typen, ansonsten ist hier tote Hose.«

»Okay. Ihr bleibt dort sitzen und wartet. Wenn sich unser Mann heute noch meldet, werdet ihr ihn erkennen, er wird sich zu euch umdrehen.«

»Wie kommst du denn darauf, dass er sich zu uns umdrehen wird?«

»Du wirst schon sehen.«

»Hmm, und wenn sich heute keiner mehr zu uns umdreht?«

»Dann sehen wir weiter. Bis dahin haltet ihr die Stellung.«
Edmundo unterbrach die Verbindung.

»Wir sollen hier sitzen bleiben und auf jemanden warten, der sich zu uns umdreht, meint der Boss.«

Walter sah ihn mit großen Augen an, zwinkerte und steckte sich die nächste Zigarette an der runtergebrannten Kippe an.

»Echt jetzt?«, fragte er und blies Rauch in die Luft.

»Echt jetzt.«

18

Nachdem Luca auf »Senden« gedrückt hatte, war sein Kopf wie leergefegt. Die einzige Frage, die darin noch herumschwirrte, war: *Was um alles in der Welt habe ich getan?*

Er hatte bereits den Abzweig in die Berge erreicht, als seine Nerven endlich begannen, sich zu beruhigen. Er setzte sich auf einen der Felsbrocken, die unter einer mächtigen Eiche an der Kreuzung lagen, und holte ein paar Mal tief Luft. Die Entscheidung war gefallen, da gab es jetzt kein Zurück mehr. Allmählich wurde sein Verstand wieder klarer und er sagte sich, dass doch das Wesentliche einer Entscheidung darin begründet war, sie zu treffen – egal wie es ausging. Und nichts weiter hatte er getan. Vielleicht lief ja auch alles ganz glatt, der Typ hatte Schiss und würde zahlen. Einhunderttausend waren bestimmt nicht viel für ihn. Und wenn nicht, konnte er ja zu jeder Zeit wieder aussteigen und alles wäre wie vorher.

Als er beim Hof seiner Eltern ankam, fand er Felisa gut gebettet auf einer Liege auf der Terrasse, sah sie und prompt machte sich wieder ein mulmiges Gefühl in ihm breit.

»Wo warst du?«, fragte sie mit besorgtem Unterton.

Er gab ihr einen Kuss auf die Stirn.

»Unterwegs, ich hatte noch was zu erledigen.«

»Was denn?«

»Das wirst du schon noch sehen.«

Er setzte sich auf die Kante der Liege und streichelte zärtlich ihren runden Bauch.

»Macht es immer noch keine Anstalten, da rauszukommen?«

»Darüber brauchst du dir keine Gedanken machen. Bisher sind sie noch alle rausgekommen.«

Sie nahm seine Hand und fragte vorsichtig:»Willst du mir nicht endlich erzählen, was um alles in der Welt mit dir los ist?«

»Nichts, gar nichts. Was soll mit mir los sein? Vielleicht ist jeder werdende Vater nervös, wenn es auf die Zielgerade geht.«

»Ja, aber das ist es nicht, das spüre ich doch.«

Er stand auf und ging unruhig ein paar Schritte hin und her.

»Warum willst du es mir nicht sagen?«

»Also gut, du gibst ja doch keine Ruhe, dabei wollte ich es dir erst sagen, wenn es sicher ist.«

Er knetete seine Hände und mochte sie nicht anschauen, wollte eigentlich nur wieder weg.

»Sebastien hat sich gemeldet und es besteht Hoffnung, dass es mit den fünfzigtausend doch noch klappt, vielleicht sogar mit mehr.«

Felisa starrte ihn mit offenem Mund an.

»Aber das ist doch wunderbar, Das hättest du mir doch sagen können.«

»Ich wollte dich überraschen.«

Sie streckte ihre Arme nach ihm aus und hauchte:»Komm her!«

Er setzte sich wieder zu ihr und nahm sie in die Arme.

»Ich muss dann auch gleich wieder los, Sebastien wollte sich noch mal melden. Vielleicht hat er es schon getan«, log er; gab ihr einen Kuss, entwand sich ihrer Umarmung und war verschwunden, noch bevor sie etwas sagen konnte.

Es war unerträglich, sie anzulügen, sie zurückzulassen, anstatt ihr zur Seite zu stehen und ihr die Hand zu halten. Er hätte sich dafür verfluchen und am liebsten laut losschreien können, als er wieder den Hang zum Turm hinaufstieg, nur um ihr nicht länger in die Augen schauen zu müssen. Doch er fand keine Ruhe mehr und musste sich eingestehen, dass er für so eine Aktion gänzlich ungeeignet war. *Steig einfach wieder aus, egal wie es dann weiter geht.* Er lief den Weg zurück in den Ort, wollte das alles nur noch zu irgendeinem Ende bringen. Wieder bei Marco angekommen, öffnete er sein Postfach und was er sah, ließ sein Herz lauter und schneller schlagen. Er hatte eine Antwort. Kurz überlegte er, ob er nicht lieber gleich alles löschen sollte, öffnete die Mail dann aber doch und las sie mit offenem Mund.

»Einhunderttausend? Die bezahle ich nur allzu gerne, allerdings lediglich für deinen Kopf. Ab jetzt schau dich lieber zweimal um, wir kriegen dich und vielleicht steht dein Henker bereits hinter dir!«

In panischer Angst drehte Luca sich um. Doch hinter ihm stand nur Marco, der sich mit einem Kumpel unterhielt; draußen liefen Hand in Hand zwei Mädchen die Straße entlang und auf der Terrasse nebenan saßen zwei Männer und tranken Bier. Trotzdem drohte er, mit Herzversagen vom Stuhl zu fallen. Ohne lange nachzudenken, löschte er, was zu löschen war, und stürzte davon.

19

Murphy und Walter saßen bei ihrem dritten Bier, hatten *Marcos Internet Base* im Blick und glaubten nicht, dass da heute noch was passieren würde, als sich völlig abrupt der schmale Typ, der sich gerade vor einen Bildschirm gesetzt hatte, wie von einer Tarantel gestochen umdrehte, hektisch um sich schaute, aufstand und wieder verschwand.

»Das scheint unser Mann zu sein«, bemerkte Murphy erstaunt.

»Jo, wie es der Boss vorhergesagt hat.«

Walter griff nach seinem Bier und trank es aus.

»Dann sollten wir uns den kleinen Superhelden jetzt mal vornehmen.«

Murphy holte den *Toyota* und dann fuhren sie in gemächlichem Tempo dem Kerl hinterher, der mit eingezogenem Kopf und fieberhaft in alle Richtungen blickend dem Ortsausgang zustrebte. Walter rief von Murphys Handy Edmundo an.

»Hey Boss, wir haben ihn. Ist ein ganz gefährlicher Bursche. Sieht aus, als würde er sich noch mit einem Radiergummi rasieren können.«

»Lass die Scherze und vergiss nicht, dass der Mistkerl mich erpressen will.«

»Schon gut, Boss. Was sollen wir jetzt machen?«

»Ich will die Aufzeichnung; wissen, wo er sie herhat und was hinter all dem Mist steckt. Und dann macht ihm klar, dass er sich mit dem Falschen angelegt hat.«

»Verstanden, machen wir.«

Walter nahm die *Glock* aus dem Handschuhfach.

»Was hat er gesagt?«, wollte Murphy wissen.

»Wir sollen die Aufzeichnung sicherstellen, ihn ausquetschen und ihm eine ordentliche Tracht Prügel verabreichen.«

»Dachte ich mir.«

Sie waren aus dem Ort raus, Murphy holte den Typen ein, fuhr an ihm vorbei, stoppte seinen Weg und Walter sprang aus dem Wagen. Der Bursche blieb wie angewurzelt stehen, starrte auf die Pistole in Walters Hand und wurde blass.

»Rein da, na los, mach schon!«, herrschte Walter ihn an und hielt die hintere Tür auf.

Die pure Angst stand dem Kerl ins Gesicht geschrieben, doch er stieg, ohne zu murren, ein und Murphy fuhr weiter. Walter drehte sich zu ihm um, mit der *Glock* in der Hand und knurrte: »Wie heißt du?«

»Luca.«

Seine Stimme klang weinerlich.

»Du weißt, warum wir dich aufgegabelt haben?«

»Ja, es tut mir leid, bitte …«

Walter fuchtelte mit der Pistole vor seiner Nase rum, was Luca erschrocken zusammenfahren und verstummen ließ.

»Es tut dir leid? Du kleiner Schmierlappen! Wegen dir ist unser Boss ziemlich angepisst und wir mussten uns bei dieser Affenhitze auf den Weg machen; hierher zu dir, in dieses beschissene Kaff, um alles wieder in Ordnung zu bringen!«

Murphy bog bei einer riesigen, alten Eiche ab und fuhr eine schmale Straße hoch, die ganz offensichtlich in die Berge führte. Sie war in einem schlechten Zustand und rüttelte den *Toyota* mächtig durch.

»Hey Walter«, sagte Murphy, »denk an den kleinen Nigger Marvin. Vincent hatte auch nicht die Absicht, ihm das Gesicht wegzuballern. Und dann war es doch passiert und sie hatten diese üble Sauerei, mit der ganzen Hirnmasse und den kleinen Knochensplittern, die sich überall im Wagen verteilt hat. Pass lieber ein bisschen auf.«

»Keine Sorge, die Knarre ist gesichert.«

Mit einem Klicken legte Walter den Sicherungshebel um.

»Jetzt könnte sie allerdings schon unverhofft losgehen.«

»Lass den Scheiß, wir werden besser mal anhalten.«

In der Ausbuchtung einer Spitzkehre, an deren Rand eine verrostete Leitplanke Sicherheit vorgaukelte, hielt Murphy an. Sie stiegen aus und blickten in ein weites, tiefes Tal, das von der Straße her steil und schroff abfiel.

»So, Luca«, begann Murphy, nachdem er ihn von der Rückbank geholt hatte, »dann wollen wir uns mal ein wenig unterhalten.«

Luca stand da wie ein Häufchen Elend. »Genau, und versuch nicht, uns für dumm zu verkaufen!«, rief Walter, ging einen Schritt auf ihn zu und knallte ihm unverhofft den Knauf seiner Waffe an den Kopf.

»Das war dafür, dass wir deinetwegen Stunden im Auto sitzen mussten und ich nicht einmal rauchen durfte, wegen der Klimaanlage, die sonst ›kollabiert‹ wäre.«

Murphy warf Walter einen strafenden Blick zu, schob ihn hinter sich.

»Hast du die Aufzeichnung dabei?«

Luca nickte eifrig, ignorierte das Blut, das seinen Hals hinunterlief und fummelte den Stick aus der Hosentasche.

»Da ist alles drauf?«, fragte Murphy und nahm den Stick.

Luca nickte.

»Gibt es eine Kopie?«

Luca schüttelte den Kopf.

»Bist du sicher?«

»Ja.«

»Okay, dann hätten wir das schon mal geklärt. Jetzt musst du uns nur noch sagen, auf wessen Mist dieser ganze Scheiß hier gewachsen ist? Wer steckt dahinter?«

Luca starrte ihn an.

»Da ist niemand, das war ganz alleine meine Idee.«

»Hör zu«, sagte Murphy in ruhigem Ton, »wenn du einigermaßen heil aus der Nummer rauskommen willst, dann solltest du uns die Wahrheit sagen – alles, aber auch wirklich alles, was du weißt, und uns nicht anlügen.«

Luca stand nur da, brachte kein Wort raus. Walter wartete noch einen Moment, dann ging er plötzlich auf ihn zu, hob die *Glock* und täuschte einen weiteren Schlag an. Luca, der mit dem Rücken zum Tal dicht an der Leitplanke stand, erschrak sich derart, dass er mit einem Schritt nach hinten ausweichen wollte, über die Leitplanke stürzte und verschwand. Murphy und Walter glotzten sich verdattert an, traten an den Abgrund und sahen noch Lucas letzte Pirouette, bis er hart aufschlug und sein lebloser Körper – grotesk verrenkt – zwischen zwei Felsbrocken hängen blieb.

»Musste das jetzt sein?«

Walter starrte immer noch ungläubig in den Abgrund.

»Was kann ich denn dafür? Du hast es doch selbst gesehen. Der Typ ist über seine eigenen Beine gestolpert.«

»Mann, Walter!«

Murphy schaute wieder in die Tiefe, aber da unten rührte sich nichts mehr.

»Davon wird der Boss wenig begeistert sein. Verdammte Scheiße. Was hast du dir dabei nur gedacht?«

Walter stand da wie ein begossener Pudel und hob seine Schultern.

»Ich wollte ihn doch nur ein bisschen einschüchtern, weiter nichts.«

»Als ob das nötig gewesen wäre, der hatte die Hosen doch schon bis zum Stehkragen voll. Lass uns abhauen.«

Schweigend fuhren sie zurück. An der Kreuzung wollte Murphy mit Schwung rechts abbiegen und konnte nur mit Mühe einer Frau auf einem Fahrrad ausweichen. Aber nicht verhindern, dass sie stürzte und sich das Fahrrad zwischen den Steinbrocken, die unter der Eiche lagen, verkeilte.

»Verflucht, wollen die sich hier alle umbringen?«

Murphy sprang aus dem Auto und half der Frau auf die Beine. Sie war korpulent und resolut. Schimpfte, dass er gefälligst aufzupassen hätte, und versuchte wieder auf ihr Fahrrad zu kommen. Musste aber feststellen, dass das Vorderrad mächtig verbogen war. Sie fluchte, nahm ihre Tasche vom Gepäckträger und lief auf den *Toyota* zu.

»Dann fahren Sie mich jetzt. Ich muss zu einer Entbindung. Die Zeit drängt.«

Ohne eine Antwort abzuwarten, stieg die Frau hinten ein und gab Murphy Anweisung zu wenden und dann weiter die Straße entlang zu fahren.

»Sie sind nicht von hier«, stellte die Frau fest, als Murphy losfuhr »egal, Felisa wird es Ihnen danken, dass Sie mich nicht umgebracht haben und mich schnell zu ihr bringen.«

»Das ist doch das Mindeste«, erwiderte Murphy freundlich.

»Es ist ja so ein liebes Mädchen, was Luca da mitgebracht hat. Ich hätte wirklich nicht gedacht, dass der Junge überhaupt noch mal eine abbekommt; so schüchtern, wie der immer ist, und dann auch noch so eine tolle Frau. Manchmal leitet Gott einen auf seltsamen Wegen, finden Sie nicht auch? Da vorne ist es, vielen Dank, Gott segne Sie. Und machen Sie sich um das Fahrrad keine Sorgen, das kriege ich wieder hin.«

Gemeinsam brachten Murphy und Walter noch ein *Adios* hervor;

sahen, wie die Frau an der Haustür bereits erwartet wurde, und fuhren davon.

»Lass uns bloß von hier verschwinden«, sagte Walter, »und diesen Ort für immer vergessen.«

DAS ENDE VON JONNYS STIEFEL

20

Hub und Rowenta hatten den Einkauf für ihr letztes gemeinsames Abendessen hinter sich und saßen noch auf einen Drink bei Ralf – einem deutschen Auswanderer, der am Strand eine kleine Bar betrieb. Es herrschte eine merkwürdige Stimmung zwischen ihnen. Wie bei einem Paar, das sich einvernehmlich getrennt hatte und gute Freunde bleiben wollte. Hub konnte nicht sagen, was genau sich nach der Aussprache am Morgen verändert hatte; aber das da was war, das stand für ihn außer Frage. Er hatte das Gefühl, es war ein Band zwischen ihnen zerrissen, von dem er vorher gar nicht wusste, dass es überhaupt existierte. Irgendwas hing da in der Luft. Etwas, dass in ihm seltsame Beklemmungen auslöste. Rowenta ließ sich nichts anmerken; tat so, als sei alles in bester Ordnung. Und er fragte sich, ob bei ihr wirklich alles okay war und sie tatsächlich nichts von dem spürte, was hier vor sich ging.

Er trank seinen Gin Tonic fast in einem Zug, wollte das flaue Gefühl in seinem Magen wegspülen und beruhigte sich damit, dass es für ihn morgen weitergehen würde, womit die Episode dann endgültig beendet wäre.

»Was ist los mit dir? Fängst du schon mal an, deinen Abschied zu feiern?«, fragte sie und suckelte dabei genüsslich an ihrem Trinkhalm.

»Keine Ahnung, schätze, ich hab' nur Durst.«

Rowenta schob ihre Sonnenbrille ins blonde Haar, beugte sich nach vorn und blinzelte ihn an.

»Wenn ich es mir recht überlege, habe ich auch einen ziemlichen Durst.«

Sie zog nun kräftig, bis nur noch die Eiswürfel im Glas klimperten, und gab Ralf ein Zeichen für neue Drinks.

»Habt ihr euch heut' was vorgenommen?«, fragte der verschmitzt lächelnd, als er innerhalb kürzester Zeit die dritte Runde brachte.

»Nö, wie kommst du denn darauf?«, sagte Rowenta, »wir haben nur Durst. Außer vielleicht, dass der gute Hub hier morgen weiterziehen will, da kann man schon mal drauf anstoßen, meinst du nicht?«

»Wie, du willst weiter? Alleine?«

Es war Ralf anzusehen, dass er nicht ganz begriff. Er musste ja davon ausgehen, dass sie zusammengehörten, ein Paar waren; so oft, wie sie nach ihren Strandbesuchen bei ihm noch auf einen Drink saßen.

»Ja, es wird Zeit für mich, hab' auch noch was zu erledigen, was ich schon lange genug vor mir herschiebe.«

Ralf hakte nicht weiter nach und nickte.

»Wenn das so ist, mein Freund«, sagte er, »geht die nächste Runde auf mich.«

Mit jedem weiteren Drink hatte sich Hubs merkwürdige Beklommenheit mehr und mehr verflüchtigt, bis er davon überzeugt war, sich nur etwas eingebildet zu haben. Versonnen betrachtete er Rowenta. Sie war immer noch dieselbe, mit ihren smaragdgrünen Augen, die so verführerisch funkeln konnten.

Sie saß mit übereinandergeschlagenen Beinen zurückgelehnt in ihrem Korbstuhl, etwas schräg zum Tisch, und hatte das einfache, weiße Sommerkleid bis zum Bikini hochgeschoben. In der einen Hand hielt sie lässig eine Zigarette, die andere umfasste den Drink vor ihr auf dem Tisch und mit zur Seite geneigtem Kopf las sie seine Gedanken.

»Vergiss es«, sagte sie, »kommt nicht in Frage, das hatten wir geklärt und es wird garantiert keinen Abschiedsfick mehr geben.«

»Wer denkt denn an so was?«, empörte sich Hub, »natürlich nicht!«

21

»Schon allein dafür wird der Hundesohn büßen müssen!«, keuchte Paco – völlig außer Atem – zu Messiah, der neben ihm herlief, als könne er den Weg noch zehnmal laufen, ohne aus der Puste zu kommen. Paco schwitzte wie ein Schwein, als sie am Campingplatz ankamen. Sein Hemd war den Rücken runter nass und unter seinen Titten stand das Wasser. Und obwohl er es tatsächlich hinbekommen hatte, seinen Hintern einzupudern, brannte der wie Hölle. Normalerweise wäre er ja nicht auf die Idee kommen, sich zur Mittagszeit auf den Weg zu machen. Aber er rechnete sich aus, dass sein Besuch zu dieser Tageszeit – wenn alles ein bisschen schlief – am wenigsten auffallen würde. Dementsprechend waren auch nicht viele Leute unterwegs und er hielt den Erstbesten an, den er auf dem Platz traf.

»Wo finde ich Bill?«, fragte er kurzatmig.

Sein Gegenüber sah ihn aus kleinen Augen grinsend an und schien nicht zu begreifen, was die Frage sollte.

»Den findste jetzt nich'.«

Dann schaute er erschrocken zu Messiah auf.

»Was is'n das für einer? Der Fürst der Finsternis?«

Er fand seinen Witz derart komisch, dass er loskicherte. Paco verdrehte genervt die Augen.

»Wenn der Fürst dich nicht gleich mal in sein Reich mitnehmen soll, dann sag mir, wo ich diesen Shotgun Bill finde.«

»Zu dem kannste sowieso noch nich' hin, erst am Nachmittag.«

»Hör mal«, versuchte Paco es in einem ruhigen Ton, »ich will von dir nur wissen, wo ich ihn finden kann. Alles andere kannst du dann getrost mir überlassen. Ist das so schwer zu verstehen?«

»Okay, hab' schon verstanden. Der wohnt da hinten.«

Er zeigte hinter sich.

»Das mit dem bunten Vorhang, kannste nich' verfehlen. Aber den Gang könnt ihr euch sparen. Ist noch nich' soweit.«

»Ich weiß, sagtest du bereits.«

Paco erntete nur ein müdes Achselzucken, bevor sich die kleine Sackratte umdrehte und davon machte. Er stöhnte und wischte sich mit dem Handtuch, das um seinen Hals hing, über Gesicht und Nacken.

»Das kann ja heiter werden, ich hoffe nur, die sind hier nicht alle so begriffsstutzig.« Als sie Shotgun Bills Platz gefunden hatten, gab er Messiah die Anweisung, draußen zu bleiben.

»Du bleibst hier. Versuch die Leute nicht zu erschrecken und pass auf, dass wir ungestört bleiben.«

Messiah nickte, Paco schob den Vorhang beiseite und zwang seinen fetten Leib durch den Eingang. *Hier hat es sich ja jemand richtig gemütlich gemacht,* dachte er, als er sich umblickte. Dann rief er: »Hallo, ist hier wer?«

»Ja, hier ist wer. Aber ganz bestimmt nicht für dich und schon gar nicht zu dieser Zeit. Komm wieder, wenn es so weit ist.«

Paco ging um eine Sichtblende herum der Stimme nach und stand dann vor Shotgun Bill, der neben einem kleinen Tisch saß und damit beschäftigt war, ein riesiges Chillum zu stopfen. Er betrachtete diesen ausgemergelten Kerl einen Moment lang und konnte sich beim besten Willen nicht vorstellen, wie der ihm Ärger bereiten sollte.

»Was ich mit dir zu bereden habe, kann aber nicht warten. Bist du Bill? Shotgun Bill, wie sie dich nennen?«

»Ja, verflucht. Aber wer zur Hölle will das wissen?«

Paco blinzelte ihn an, fragte sich, ob sich hinter der großen Klappe bereits ein Haufen Nervosität angesammelt hatte, konnte aber nichts erkennen. Er vermutete jedoch, dass bei dem Großmaul bereits sämtliche Alarmglocken läuteten.

»Ich bin Paco, Geschäftsmann hier im Viertel, darf ich mich setzen?«

Ohne eine Antwort abzuwarten, zog er sich einen Stuhl ran und setzte sich Bill direkt gegenüber.

»Nein, darfst du nicht. Es ist Mittagspause und ich habe zu tun. Also sieh zu, dass du Land gewinnst.«

»Nun halt mal die Luft an. Ich will nur mit dir reden, dann bin ich auch schon wieder weg.«

»Ich will aber nicht mit dir reden.«

»Das wirst du aber müssen, wenn du weiterhin deine Campingfreuden genießen willst.« Shotgun Bill hielt ein Feuerzeug an sein Chillum, zog daran und stieß Qualm Wolken aus. Es sah aus wie bei einer alten Dampflokomotive, die sich einen Berg hoch quälte.

»Ich gebe dir genau zwei Minuten«, sagte er dann, als die Glut brannte und der Wind dichte Rauchschwaden verwirbelte. »Und ich kann nur hoffen, dass du mir nicht mit irgendeinem Scheiß kommst, der mir am Arsch vorbeigeht.«

»Für so einen Hänfling reißt du ganz schön weit das Maul auf, das muss man dir lassen. Aber ich verspreche dir, dieser Scheiß wird dich interessieren.«

»Da bin ich aber mal gespannt.«

»Nun gut, kommen wir zur Sache. Wie mir scheint, sind wir im gleichen Geschäft unterwegs, und genau darüber will ich mit dir reden.«

»Siehste, schon passiert. In was für Geschäften du unterwegs bist, interessiert mich genauso wenig wie die Pickel an deinem Arsch. Und wenn das denn alles war, kannst du deinen Hintern gleich wieder nach draußen schwingen und mich in Ruhe lassen.«

Mit den letzten Worten versuchte Shotgun Bill aufzustehen, als ob damit die Angelegenheit für ihn erledigt wäre. Doch Paco legte ihm seine Pranke auf die Schulter und drückte ihn zurück in den Stuhl. Drückte noch etwas länger als nötig und fixierte seinen Blick.

»Du bleibst hier sitzen, bis ich mit dir fertig bin. Haben wir uns verstanden?!«

»Ist ja schon gut. Ich dachte, wir sind fertig. Wenn nicht, spuck aus, was du auf dem Herzen hast. Raus mit der Sprache, ich hör dir zu. Aber beeile dich ein bisschen, zwei Minuten sind schnell um.«

Paco verdrehte die Augen, der Typ nervte ihn jetzt schon gewaltig. Aber er versuchte trotzdem, sich nicht aus der Ruhe bringen zu lassen, wischte sich den Schweiß von der Stirn und startete einen neuen Versuch.

»Du weißt doch ganz genau, weswegen ich hier bin, du verdammter kleiner Pisser. Ist es nicht so? Du weißt es doch!«

Paco zog seinen Stuhl dichter heran und beugte sich zu Shotgun Bill nach vorn.

»Falls nicht, werde ich es dir verraten. Es geht um meinen Boss, El Chapo, du kennst ihn vielleicht nicht; weißt nicht, wie er sich aufführt, wenn er wütend ist. Ich weiß es aber und möchte nicht dabei sein, wenn er mitkriegt, dass irgendein dahergelaufenes Arschgesicht sich auf seinem Spielfeld rumtreibt, ohne dass er es aufgestellt hätte. Deswegen rate ich dir, sein Revier wieder zu verlassen, solange du noch aufrecht gehen kannst und wir Freunde bleiben können. Ansonsten verspreche ich dir, wirst du mit zertrümmerten Kniescheiben vom Platz getragen. Ist das angekommen?«

Eindeutiger konnte eine Botschaft nicht sein, da war nichts, was man hätte falsch interpretieren können.

»Klar verstehe ich, was du sagst. Du hängst mir ja dicht genug am Ohr. Aber mal ehrlich, ich habe nicht den leisesten Schimmer, wovon du hier laberst, nicht einmal den Ansatz eines Schimmers. Und dein Freund will ich schon gar nicht sein, glaub mir, da ficke ich ja lieber deine Mutter.«

Dieser Shotgun Bill hatte echt Nerven, das musste Paco zugeben. So einfach, wie er dachte, ließ sich die Angelegenheit anscheinend nicht bereinigen. Er kam kurz von seinem Stuhl hoch und rammte ihm die Faust in den Leib, was den Kerl nach vorne klappen und nach Luft schnappen ließ.

»Lass meine Mutter aus dem Spiel. Mütter haben in solchen Angelegenheiten nichts zu suchen.«

Aus Shotgun Bills Gesicht war die Farbe verschwunden. Kreidebleich saß er vornübergebeugt, versuchte Luft zu bekommen und nicht zu kotzen.

»Und jetzt noch mal von vorne. Ganz langsam. Zum Mitschreiben. Sodass auch du es verstehst. Das Dope von El Cudo hat hier in diesem Viertel nichts zu suchen. Das weiß der Hurensohn ganz genau, so wie jeder andere kleine, beschissene Dealer in Lagos auch. Und ich wette, dass du weit und breit das einzig dumme Arschloch bist, das meint, sich darüber hinwegsetzen zu können. Du kannst dir dein Dope natürlich holen, wo du willst; wir sind ein freies Land, da kann jeder rauchen, was er will. Aber was ich ganz und gar nicht dulden kann, ist, wenn jemand meinem Boss in die Parade fahren will. Geht das irgendwie in deinen verdammten Schädel rein?« Dabei tippte er ihm herausfordernd mit zwei Fingern an die Stirn. »Dann muss ich eingreifen und mich hier hoch zu dir auf diesen verschissenen Campingplatz quälen. Und glaub mir: Ich hasse es, mich um so einen Dreck kümmern zu müssen, nur weil so ein mieses Stück Scheiße wie du meint, hier tun und lassen zu können, was es will.«

Shotgun Bill hatte sich von dem Schlag erholt und nichts Besseres zu tun, als seinen Rauchkolben wieder in Gang zu setzen. Er zog daran, hielt noch einmal die Feuerzeugflamme daran, blies ihm eine volle Ladung Qualm ins Gesicht und sagte: »Nun mal langsam. Ich will sicher sein, auch wirklich alles richtig verstanden zu haben. Lass mich einen Moment darüber nachdenken.«

Er zog weiter an dem Chillum, in dessen Kopf die Glut aufflammte wie in einem Kohleofen.

»So einfach ist das nicht, wie du dir das vorstellst. Wer ersetzt mir meine Investitionen, wenn ich jetzt aussteige? Ich sag dir was: Gib mir noch zwei, drei Wochen, dann bin ich eh hier weg.«

Paco traute seinen Ohren nicht und fragte sich, ob dieser verschissene Bastard tatsächlich so dämlich war oder ob er ihn nur verarschen wollte. Wut stieg in ihm auf und er packte ihn mit Daumen und zwei Fingern an der Gurgel. Das war ein Griff wie von einer eisernen Klaue, der jedem sofort die Tränen in die Augen schießen und ihn verstummen ließ.

»Ist das wirklich so schwer zu verstehen, du dämlicher Hund?«, fragte er ihn, bekam aber keine Antwort, sah nur weit aufgerissene Augen, ein leichtes Grinsen und im nächsten Augenblick spürte er einen höllischen Schmerz am Kopf. Sein Ohr brannte. Shotgun Bill drückte ihm seinen Glutofen aufs Ohr, hielt mit der anderen Hand dagegen und ließ nicht locker. Prompt ließ Paco seine Gurgel los, versuchte ihn abzuschütteln und nicht laut loszuschreien. Aber er steckte fest wie in einem glühenden Schraubstock und fragte sich noch, wo dieser verfluchte Kerl all die Kraft hernahm. Dann hatte er sich befreit. Es stank nach verbranntem Fleisch und angesengtem Haar. Er wollte aufspringen, ihn packen und in den Boden stampfen, doch plötzlich schien alles in Flammen zu stehen, sein ganzes Gesicht, seine Augen, Hals und Brust brannten. Shotgun Bill hatte ihm die volle Ladung Glut ins Gesicht geblasen, die auf seiner schweißnassen Haut kleben blieb und leise zischte. Danach konnte er rein gar nichts mehr sehen. Er fuchtelte wie wild vor seinem Gesicht herum; versuchte, die Glut loszuwerden, stöhnte und grunzte vor Schmerz und Verzweiflung laut auf. Shotgun Bill war derweil hochgeschnellt, wollte ins Zelt, wo er seine Lebensversicherung – in Form einer *38 Smith & Wesson* – versteckt hielt. Doch da stand ihm plötzlich Messiah im Weg, der ihm, ohne zu zögern, sein *Okapi*-Messer unter die Rippen hinauf ins Herz trieb. Es war ein Stoß, den Messiah beherrschte. Er hielt fast liebevoll Bills Hinterkopf, während der ihn mit weit aufgerissenen Augen anstarrte, den Fürst der Finsternis. Sein Mund stand offen, wie zu einem Schrei, blieb aber stumm. Dann ein kurzer Ruck, als Messiah das Messer drehte. Es war vorbei. Für einen Augenblick hing Shotgun Bill noch tot auf der Klinge, bevor Messiah sie rauszog und die Leiche sanft auf den sandigen Boden gleiten ließ.

Paco sah fürchterlich aus. Das Ohr, oder was davon noch übrig war, blutete; ein Auge war zugeschwollen und überall zeigten sich Brandblasen. Er hätte am liebsten laut losgeschrien und war kurz davor, schlappzumachen. Verschwommen sah er Shotgun Bill in dessen Blutlache liegen. *Was für eine gottverfluchte Scheiße!* So hatte er sich das nicht gedacht. Sein Kopf fühlte sich an, als wäre er in einen Heizkessel geraten. Alles tat weh. Messiah wickelte notdürftig das Handtuch um Pacos Kopf, der sich kraftlos auf ihn stützte, während sie davonschlichen. Niemand hielt sie auf. Dann waren sie raus, auf dem Weg zum Doktor, der keine Fragen stellen würde.

22

Die Mittagszeit war lange vorbei, als sie bei Ralf in ausgelassener Stimmung aufbrachen, bepackt mit Einkaufstüten. Der Campingplatz lag etwas oberhalb vom Strand, stetig ging es bergan und der Ballast machte ihnen einigermaßen zu schaffen, sodass sie immer wieder eine kleine Pause einlegen mussten und froh waren, als sie das letzte Haus erreicht hatten, von wo aus man den Platz bereits sehen konnte. Doch dann blieben sie abrupt stehen. Rotierendes, blauweißes Licht flackerte ihnen entgegen. Vor dem Eingangstor zum Campingplatz stand ein Streifenwagen, davor zwei Uniformierte. Instinktiv machten sie einen Schritt zurück, um sich zu verbergen, standen Seite an Seite mit dem Rücken an die Hauswand gepresst und sahen sich an.

»Das hat nichts zu sagen«, brachte Hub hervor und glaubte, mit dem Kopf gegen eine Wand gelaufen zu sein.

»Nein, hat es nicht«, bestätigte Rowenta völlig schockiert.

Er lugte um die Ecke. Weiter hinten auf dem Platz konnte er noch mehr Blaulicht, das zwischen den Stämmen der Pinien aufblitzte, sehen. Nach seinem Empfinden kam es direkt von ihren Stellplätzen. Er schüttelte den Kopf, wollte die Nebel der Drinks verscheuchen und suchte nach klaren Strukturen in seinem Gehirn.

Rowenta hatte die Tüten abgestellt, aus ihrem Gesicht war jegliche Heiterkeit verschwunden.

»Es ist Bill, stimmt's?«, fragte sie mit fester Stimme, die keine Zweifel aufkommen ließ.

»Woher willst du das denn wissen? Die können wegen jedem anderen auch da sein. Da macht doch alle naselang wer schlapp.«

Er schaute sich um und entdeckte auf der anderen Straßenseite eine Café-Bar.

»Hör zu, Rowenta, es ist überhaupt nicht gesagt, dass es um Bill geht. Wenn doch, solltest du den Bullen auf gar keinen Fall gleich mal in die Arme laufen. Verstehst du?«

Rowenta nickte.

»Du setzt dich jetzt da drüben in die Bar, wartest und ich check'
erst mal die Lage.«

Ohne ein Wort zu sagen, schnappte Rowenta sich den Einkauf
und hievte ihn über die Straße. Hub straffte seine Muskeln, holte
ein paarmal tief Luft und ging los.

Die Beamten am Eingang befragten gerade die Leute von der
Rezeption, notierten etwas und beachteten ihn nicht, als er durch
das Tor trat. Er schaute den Hauptweg entlang, sah eine Ambulanz,
einen Polizeiwagen und eine kleine Menschenansammlung drum
herumstehen. *Das darf doch nicht wahr sein*, fluchte er vor sich hin.
Und je näher er kam, umso deutlicher wurde es, dass die Ambulanz
direkt vor Bills Eingang stand. Er mischte sich unter die Leute, die
durch ein rotweißes, provisorisch gespanntes Flatterband auf Abstand gehalten wurden, und reckte seinen Hals. Konnte aber nicht
erkennen, was da auf Bills Platz vor sich ging.

»Was ist denn hier los?«, fragte er den Typen, der mit einem
Bier in der Hand und einem Piratentuch um den Kopf schwankend
neben ihm stand.

»Sie haben ihn gekillt, Mann. Ein riesenhafter, schwarzer Dämon
kam direkt aus der Hölle und hat ihn gekillt.«

»Wen? Shotgun Bill?«

»Ja, Mann, wen denn sonst?«

Hub ließ ihn stehen. *Wieso denn gekillt?*, fragte er sich und
sträubte sich, dem Geschwafel eine Bedeutung beizumessen. Er ging
ein paar Schritte weiter, um besser sehen zu können, und fiel einem
Polizisten auf, der dabei war, die Leute zu befragen.

»Hey, Sie!«, rief der ihn an und kam mit einem Notizblock in der
Hand auf ihn zu.

»Sie machen Urlaub hier auf dem Platz?«, fragte der Beamte.

»Ja, mein Zelt steht da hinten.«

Hub zeigte vage in eine Richtung

»Wie heißen Sie?«

»Alfred Neumann, mein Pass liegt in der Rezeption, soll ich ihn
holen?«

Der Bulle winkte ab.

»Wir suchen eine Frau Rigalli, Rowenta Rigalli, kennen Sie sie?«

»Nee, kenn' ich nicht. Was ist denn bloß los hier? Ist wer umgebracht worden?«, fragte er in einem Ton, der hinter der Frage eher einen Scherz vermuten ließ. Doch dann sah er an dem Bullen vorbei, wie zwei Sanitäter eine Bahre aus Bills Behausung trugen. Der Körper darauf war komplett mit einem weißen Tuch abgedeckt.

»Verdammte Scheiße«, stammelte Hub »da ist ja tatsächlich wer umgebracht worden.«

Der Beamte blickte kurz hinter sich, sah ebenfalls die Bahre und widersprach ihm nicht.

»Gehen sie bitte weiter«, sagte er nur.

In Hubs Kopf und Ohren rauschte es wie unter einem Wasserfall und in seinem Magen fingen die Drinks an zu rebellieren, er war kurz davor, sich zu übergeben. Sah zu seinem Wohnmobil rüber und ging dann weiter, machte einen Bogen zu den Waschhäusern und verschwand dahinter durch ein Loch im Zaun nach draußen.

Es war nicht das erste Mal in seinem Leben, dass man versuchte, ihn mit einem einzigen, unerwarteten und wuchtigen Hieb von den Beinen zu holen. Sie fühlten sich an wie aus Pudding und er setzte sich erstmal auf eine Bank in dem angrenzenden, verwahrlosten Park, stützte seine Ellenbogen auf die Knien ab und seine Stirn in die Hände. Es dauerte eine Weile, bis das Karussell in seinem Kopf zum Stillstand kam, und genauso lange dauerte es, bis die Tatsache, dass Bills Leiche eben weggetragen worden war, sich dort manifestiert hatte.

Ich hab's dir doch gesagt, du verdammter Idiot!

Er stand auf, lief durch den Park zurück zur Straße, bog um die Ecke und sah Rowenta, die aufschaute, als sie ihn kommen sah, aber sitzen blieb. Ihre Augen leuchteten klar und ruhig wie ein unberührter Bergsee, ohne dass irgendeine Gefühlsregung darin zu erkennen war. Diesen Ausdruck hatte er bei ihr bisher noch nie gesehen.

»Bill ist tot?«, sagte sie tonlos.

Das war keine Frage. Eher eine Feststellung, die er nur noch zu bestätigen brauchte. *Woher konnte sie das wissen?*, fragte er sich.

Woher nahm sie bloß diese Gewissheit? In dem Moment war sie ihm direkt ein wenig unheimlich.

»Ja, verflucht. Es sieht in der Tat ganz danach aus. Sie waren gerade dabei, ihn wegzuschaffen. So'n durchgeknallter Typ meinte, er wäre gekillt worden, von einem Dämon aus der Unterwelt.« Rowenta sah ihn an, sagte aber kein Wort. Ihre Augen wurden feucht und verschleierten ihren Blick.

»Die Bullen suchen dich.«

Sie reagierte nicht, fingerte nach einer Zigarette, steckte sie an und Hub bestellte zwei doppelte Espressi.

»Du musst von hier verschwinden, und zwar so schnell wie möglich. Wer weiß, wie du da sonst noch mit reingezogen wirst.«

Sie schwieg.

»Hey, Rowenta«, er griff nach ihrer Hand, »sag was, wie soll es weitergehen?«

Mit einem kleinen Ruck löste sie ihre Hand von der seinen und tupfte mit dem Saum des Kleides ihre Augen trocken.

»Wie es für dich weitergehen wird, kann ich dir nicht sagen. Was ich zu tun habe, weiß ich genau«, sagte sie dann mit überraschend fester Stimme.

Der Ober brachte die Bestellung.

»Und was genau ist das?«, fragte Hub zögerlich mit einer diffusen Ahnung, die nichts Gutes versprach.

Sie nahm einen Zug an ihrer Zigarette und sah ihn mit kalten Augen, voller Entschlossenheit an.

»Ich gehe davon aus, dass jemand für seinen Tod verantwortlich ist. Ich werde ihn finden und zur Rechenschaft ziehen.«

Er dachte, sich verhört zu haben.

»Was willst du? Wen zur Rechenschaft ziehen? Was soll das bitte schön heißen? Willst du auch jemanden abmurksen?«

Er sah sie mit großen Augen an.

»Darauf wird es hinauslaufen«, sagte sie in ruhigem Ton, ohne eine Miene zu verziehen, und drückte konzentriert, sehr gründlich die halbgerauchte Zigarette im Aschenbecher aus.

»Oh Mann, Rowenta, was redest du da bloß? Bist du dir darüber im Klaren, was das bedeutet? Überleg doch mal: Wenn Bills Dealerei der Grund für seinen Tod ist, wovon wir ganz stark ausgehen können, dann kommt dein Vorhaben einem Selbstmord gleich. Weil du dich mit Typen anlegen willst, die nicht den geringsten Skrupel haben, auch dich ins Jenseits zu befördern. Ist dir das bewusst? Verstehst du das? Es wird die nur ein müdes Arschrunzeln kosten, auch dir den Garaus zu machen.«

Rowenta rührte den Zucker in ihren Espresso, leckte den Löffel ab und legte ihn auf die Untertasse.

»Weißt du, auch wenn es nach außen nicht immer so aussah, ich Bill von Zeit zu Zeit durchaus verflucht habe und sogar mit dir durchgebrannt wäre, wenn du nicht so ein verdammtes Weichei wärst, so waren wir doch auf eine ganz bestimmte Art miteinander verbunden, Bill und ich. Wir haben zusammen echt schwierige Zeiten durchgestanden und konnten uns immer aufeinander verlassen. Da ist es wohl das Mindeste, dass ich mich um Shotgun Bills offene Rechnungen kümmere und sie begleiche, meinst du nicht?«

»Auch wenn du dabei draufgehst?«

»Das werde ich nicht.«

Rowenta schien die Ruhe in Person zu sein, ohne jegliche Selbstzweifel, was ihn mehr als nur irritierte. Es machte ihn nervös.

»Ich muss mal pissen«, sagte er, stand auf und ging nach hinten durch zu den Toiletten.

Von wegen Weichei, dachte er. Bisher hatte er sich in seinem Leben immer noch ganz ordentlich durchgeschlagen, da hatte er sich nichts vorzuwerfen; wenn's sein musste, scheute er auch keine Gewalt. Aber irgendwo gab es Grenzen und das, was da aus Rowenta sprach, machte ihm Angst. Sie würde es durchziehen, da war er sich sicher; egal, was kommen sollte. Und genau darin lag sie begründet, seine Unruhe. Denn so wie es aussah hatte er mal wieder keine Wahl, hing da mit drin – ob er wollte oder nicht. Und wenn er es genau betrachtet, war auch er Shotgun Bill etwas schuldig. Weswegen er auch Rowenta unmöglich die Suppe alleine auslöffeln lassen konnte. Außerdem war die Chance zu weit einfach größer, die Mission lebend zu überstehen.

»Also gut«, sprach er sein Spiegelbild an, als er sich die Hände wusch, »wenn das so ist, dann lass uns die Sache angehen.«

Er ging zurück und setzte sich ihr wieder gegenüber.

»Du meinst das wirklich ernst, ja?«, sagte er und suchte ihren Blick.

Er brauchte nicht wirklich eine Bestätigung von ihr und bekam auch keine, nur ein leichtes Lächeln und einen Gesichtsausdruck dazu, der alles sagte.

»Dann bleibt mir nichts weiter übrig, als an deiner Seite zu bleiben und auf deinen süßen Hintern zu achten.«

»Das erwarte ich nicht von dir, Hub, das ist nicht deine Angelegenheit. Du solltest weiterziehen, so wie du es vorhast.«

So wie sie es sagte, klang es durchaus ernst gemeint.

»Ja, das sollte ich, aber irgendetwas sagt mir, dass die Chancen größer sind, das Vorhaben zu überleben, wenn du es nicht alleine durchziehst.«

Für einen Moment sagte sie gar nichts, schaute ihn nur nachdenklich an.

»Dann gibt es da noch etwas, was du wissen solltest«, sagte sie mit ernster Miene und schwieg wieder.

Er schaute sie mit hochgezogenen Augenbrauen an und wartete auf das, was da noch kommen sollte.

»Ich bin wirklich nicht stolz darauf, kannst du mir glauben; aber ich schätze, ich habe an dem Abend, als ich mit Jonny unterwegs war, Scheiße gebaut. Richtige Scheiße. Ich weiß es nicht mehr ganz genau, aber ich denke, ich habe ihm von Bills Plänen erzählt. Verstehst du, was das bedeutet?«

Hub brauchte einen Moment, bis ihm klar wurde, auf was sie hinauswollte.

»Nein, Rowenta«, sagte er dann mit Bestimmtheit, »es ist nicht deine Schuld, rede dir das bloß nicht ein. Bill wusste ganz genau, was er tat; und ihm war absolut klar, dass er ein hohes Risiko einging, auch wenn er es immer wieder versuchte, runterzuspielen. Du weißt ja nicht einmal, ob es überhaupt von Jonny kam. Und wenn schon, aus irgendeiner Ecke wäre Bill der ganze Bockmist sowieso um die Ohren geflogen. Da hast du nichts mit zu tun, das war ganz alleine seine Idee.«

»Vielleicht hast du recht. Und trotzdem fühle ich mich beschissen, wenn ich daran denke.«

»Dann lass es. Wir werden uns Jonny vorknöpfen und sehen, was er damit zu tun hat. Aber erst mal müssen wir von dem Platz runter.«

Jetzt lächelte sie und es war ihr eine gewisse Erleichterung anzusehen.

»Ich hoffe, du weißt, auf was du dich da einlassen willst«, sagte sie, »ich werde nicht auf halber Strecke umkehren.«

Das war ihm nur allzu sehr bewusst.

»Ich weiß, Rowenta, alles andere würde mich auch überraschen.«

Sie wählten den Weg durch den kaputten Zaun und gelangten zu ihren Plätzen, ohne dass sie jemand aufhielt. Die Wagen der Ambulanz sowie der Streifenwagen waren verschwunden, auch die Menschenansammlung hatte sich wieder aufgelöst. Uniformierte waren glücklicherweise auch nicht mehr zu sehen, sodass nur noch ein Flatterband den Platz absperrte.

»Du packst deine Sachen zusammen und ich mach schon mal das Wohnmobil startklar, danach gehe ich mich abmelden. Wenn du fertig bist, versteckst du dich im Womo und lässt dich nicht mehr blicken, okay?«

Rowenta nickte und verschwand unter dem Flatterband hindurch, wie Hub es ihr aufgetragen hatte. Vor dem großen, dunklen Fleck auf dem sandigen Boden blieb sie stehen. Etliche grün schimmernde Fliegen tobten drum herum, es roch merkwürdig und sie musste würgen. Hinter dem Zelt war loser Sand, mit dem sie die Stelle abdeckte, aber so leicht gaben die Fliegen nicht auf und sie musste dick auftragen. Sie schaute sich um, entdeckte Bills Chillum und hob es auf. Die Bullen hatten alles durchwühlt. Es sah aus, als wäre eine Horde Wildschweine durchgefegt. Doch eins hatten sie nicht entdeckt: Bills Versteck. Ein abgedecktes Loch unter ihrem Bettlager. Darin fand sie an die zweitausend Euro, ein halbes Kilo

Dope, den Revolver, sowie eine Schachtel Munition. Sie klappte die Trommel raus und vergewisserte sich, dass er geladen war. Danach suchte sie wahllos ein paar Klamotten und packte alles zusammen in eine große Reisetasche – auch Bills Chillum, was die einzige Sentimentalität war, die sie sich zugestand. Sie schaute sich noch einmal um und ihr wurde bewusst, dass alles aus ihrem bisherigen Leben in eine einzige Reisetasche passte. Dann war sie wieder draußen, huschte unbemerkt rüber und verkroch sich im Wohnmobil.

»Du haust auch schon ab?«, fragte Ziggy fast schon empört, als Hub in der Rezeption seine Rechnung forderte.

»Meine Zeit war sowieso um. Außerdem ist es nicht sonderlich beruhigend, wenn du vom Einkauf zurückkommst und erfahren musst, dass in der Zwischenzeit dein Nachbar ermordet wurde.«

»Ich hatte es Bill gesagt, aber er wusste es ja besser, und jetzt reist einer nach dem anderen ab. Das eine sage ich dir, wenn hier noch mal jemand auf die glorreiche Idee kommen sollte, auf meinem Platz zu dealen, dann fliegt der gleich im hohen Bogen runter; egal, wie lange er schon hier und wie nett er ist.«

»Was sagen denn die Bullen?«

»Ach, die Bullen, die kannst du doch voll vergessen. Die haben ziemlich schnell gecheckt, dass es um Drogen ging, und damit war für sie der Fall erledigt. Die kümmern sich einen Scheiß darum, wer es war. Sie suchen Rowenta, mehr nicht. Hast du sie gesehen?«

»Verschon mich mit der Alten; ich mach, dass ich hier wegkomme.«

Im nächsten Moment war Hub raus aus der Rezeption und zurück am Wohnmobil.

»Hast du alles zusammen?«, fragte er, »können wir los?«

»Ja, lass uns abhauen von diesem verfluchten Platz und Jonny die Eier langziehen.«

Rowenta hatte eine Ahnung, wo sie Jonny finden konnten. Es war Freitagabend, Billard-Zeit. Sie fuhren auf der großen Ausfallstraße

Richtung Norden, wo etliche Bars, Striplokale und Jonnys bevorzugter Billard-Salon lagen.

»Du wartest hier!«, sagte Hub, als er auf den asphaltierten Platz vor den Salon fuhr. »Wenn er drin ist, bringe ich ihn dir raus.«

»Okay, aber den Rest kannst du dann getrost mir überlassen.«

Sie warfen sich noch einen verschwörerischen Blick zu.

»Dann lass uns die Show beginnen.«

Er schlug die Tür zum Salon auf und erkannte ihn sofort, den schönen Jonny in seinen auf Hochglanz polierten Krokodillederstiefeln. Viel war noch nicht los, nur zwei von den zehn Tischen waren besetzt und Jonny hockte mit einem Bier vor der Nase allein am Tresen. Der Keeper trocknete gelangweilt ein paar Gläser ab und machte den Eindruck, als würde er bereits den Feierabend herbeisehnen. Hub zog einen Barhocker heran, setzte sich direkt neben Jonny und grinste ihn an.

»Wie wäre es mit einem munteren Spielchen?«

Jonny wich ein wenig zurück, musterte ihn, schien skeptisch zu sein, stimmte dann aber genauso grinsend zu.

»Warum nicht? Wenn du unbedingt ein paar Scheine loswerden willst?«

»Wir spielen aber draußen.«

»Scheiße, Mann.«

Jonnys Grinsen war wie weggewischt.

»Was bist du denn für ein Vogel? Verpiss dich und lass mich in Ruhe«, pöbelte er los und wandte sich wieder seinem Bier zu.

Der Keeper warf das Handtuch über die Schulter, kam zu ihnen und fragte, was Hub trinken wolle.

»Wir sind gleich wieder weg«, kam die Antwort, »Jonny und ich haben noch was zu erledigen.«

Der Keeper hob bloß die Schultern, machte sich wieder an die Arbeit und Jonny sah Hub misstrauisch an.

»Keine Ahnung, was für Zeug du dir reinziehst, mich kannst du jedenfalls mal geschmeidig am Arsch lecken, blöder Wichser!«

Jonny machte Anstalten aufzustehen. Doch mit einer schnellen Bewegung knallte Hub seinen Kopf auf den Tresen, Blut lief aus seiner Nase und er schrie auf, verstummte aber sofort wieder, als er das Messer an seinen Rippen spürte.

Der Keeper schaute auf.

»Alles in bester Ordnung«, rief Hub ihm zu, »Jonny ist vom Hocker gerutscht, hat sich die Nase gestoßen.«

Solche Auseinandersetzungen gehörten hier zur Tagesordnung und der Keeper hatte nicht die Absicht, sich da einzumischen.

»Unser Spielchen wartet, lass uns gehen, bevor noch mehr passiert.«

Benommen taumelt Jonny neben Hub nach draußen zum Wohnmobil.

»Wir wollen uns nur ein wenig mit dir unterhalten. Weiter nichts. Steig ein«, forderte Hub ihn barsch auf.

»Wir?« Für einen Moment stutzte Jonny, bevor er dann weiter pöbelte. »Du kannst mich mal, du blödes Arschloch, hast mir die Nase gebrochen.«

»Hallo Jonny«, säuselte Rowenta, die in der offenen Tür erschienen war, »schön dich wiederzusehen.«

»Oh Mann, Rowenta, darum geht es also«, kam es fast erleichtert von Jonny.

»Na los, komm schon rein«, forderte sie ihn freundlich lächelnd auf.

»Es tut mir leid, es …«

Hub knallte ihm die flache Hand an den Hinterkopf.

»Halt's Maul und steig endlich ein!«

Jonny verstummte und stieg die zwei Stufen hoch. Sie setzten sich an den Tisch, Hub quetschte ihn in die Ecke.

»Hör zu, Rowenta«, begann Jonny, »es tut mir leid, ich konnte nichts dafür, die anderen …«

»Psst«, machte sie und legte den Finger an seine Lippen, »ich will weder Erklärungen noch Entschuldigungen. Das Einzige, was ich von dir hören will, ist, an wen du Shotgun Bill verpfiffen hast.«

Jonny riss die Augen auf.

»Was?«, stammelte er, »ich weiß nicht, wovon du redest.«

Es war ihm anzusehen, dass er mit dieser Frage nicht gerechnet hatte, dass es ihm lieber gewesen wäre, wenn er sich nur für den besagten Abend hätte rechtfertigen müssen.

»Du weißt genau, was ich meine, du elender Drecksack. Man hat ihn umgebracht und ich will wissen, wer dahintersteckt.«

Jonny schluckte, wurde bleich und schien seine Chancen abzuwägen. Augenscheinlich kam er zu dem Schluss, dass es allemal besser war, wenn er das Maul hielt. Dass alles, was Rowenta mit ihm anstellen konnte, nichts im Vergleich zu dem war, was ihn erwarten würde, wenn Messiah ihn in die Finger bekäme.

»Ich habe keine Ahnung, was du von mir willst«, sagte er in gespielt gleichmütigem Ton, »wenn du noch sauer wegen des Abends bist, okay, kann ich verstehen. Aber glaub mir, von einem Shotgun Bill weiß ich nichts.«

»Ich habe dir von ihm erzählt, was er vorhatte. Wem hast du es verraten?«

»Was soll ich verraten haben? Du hast mir gar nichts erzählt, du verdammtes Miststück, du hast doch kaum noch einen geraden Satz rausgebracht, außerdem waren wir mit anderen Dingen beschäftigt, wenn du dich erinnerst.«

Rowenta funkelte ihn mit kalten Augen an und glaubte ihm kein Wort.

»Wie du willst, mein lieber Jonny. Dann werden wir jetzt eine kleine Spritztour machen und spätestens am Ende der Nacht werden wir herausbekommen haben, was du wirklich weißt und was nicht.«

Jonny wollte protestieren, doch Hub war vorbereitet, verschloss dessen Mund mit einem Streifen Klebeband, drückte unsanft seinen Kopf auf die Tischplatte und fesselte seine Hände hinter dem Rücken. Rowenta stülpte ihm noch einen Einkaufsbeutel über den Kopf, dann fuhren sie los.

An der Kreuzung gegenüber der Tankstelle bogen sie links ab zum stillgelegten Steinbruch. Die Blaue Stunde hatte begonnen und Hub schaltete die Scheinwerfer ein, als er der Schotterstraße folgte, die in großen Schleifen hinab in die Grube führte. Unten angekommen holten sie Jonny raus und stellten ihn ins Scheinwerferlicht. Rowenta riss ihm unter dem Beutel unsanft den Klebestreifen vom Mund.

»Wo sind wir? Was habt ihr vor?«, kreischte Jonny los.

»Ist dir endlich eingefallen, wem du von Bills Plänen erzählt hast?«

»Welche Pläne? Welcher Bill? Verdammt, Rowenta, ich habe wirklich keinen Schimmer, was du von mir willst!«

Jonny stand mit seinen blankgeleckten Stiefeln im Staub und konnte nicht sehen, was um ihn herum passierte – auch nicht, wie sich Rowenta nach einem handlichen Stein bückte, ihn in der Hand wog, ausholte und ihn mit Schwung in seine Rippen krachen ließ. Der unerwartete, stechende Schmerz ließ ihn aufjaulen wie einen getretenen Hund und sich krümmen wie ein Wurm.

»Bitte, Rowenta«, jammerte er, »du musst mir glauben!«

»So wird das nichts«, mischte Hub sich ein, »das steckt der weg. Du musst viel fester zuschlagen, nimm einen größeren Stein oder lass mich mal.«

Rowenta schenkte Hub ein müdes Lächeln, holte weit aus und traf mit noch größerer Wucht dieselbe Stelle noch einmal. Jonny brüllte, was das Zeug hielt, sackte auf die Knie und war kurz davor auf die Seite zu kippen.

»Du elende Schlampe«, stöhnte er, »auch wenn du mich totschlägst, habe ich immer noch nicht die leiseste Ahnung, was du von mir willst.«

»Doch, die hast du und du wirst es mir schon noch sagen, der Abend hat ja gerade erst begonnen.«

»Du wolltest ihm doch seine verdammten Klöten langziehen«, erinnerte Hub sie, »wir könnten ihm mit einem Stück Seil einen ordentlichen Brocken dranhängen«, schlug er vor. »Ich wette, bevor der ihm alles abreißt, wird er schon mit der Sprache rausrücken.«

»Keine schlechte Idee. Komm hoch!«

Sie zog Jonny auf die Beine, auf denen er kaum stehen konnte, packte ihn bei den Eiern und drückte zu. Er winselte und versuchte, freizukommen. Rowenta ließ los.

»Die Sache hat nur einen Haken«, sagte sie, »wer sollte die Schlinge um seinen schrumpeligen Sack legen. Du vielleicht?«

Hub schüttelte den Kopf.

»Nee nee, das ist deine Show«, sagte er.

Sie ging zwei Schritte zurück und betrachtete Jonny, der gebeutelt und wacklig dastand und eine ziemlich jämmerliche Figur abgab.

»Weißt du eigentlich, was mich an dir am meisten anwidert?«, fragte sie dann in mildem Ton und ging dabei zur Heckgarage des Wohnmobils, um das Beil zu holen.

»Es ist nicht einmal die Art und Weise, wie du mit Frauen umgehst, nachdem du deinen Spaß mit ihnen hattest. Auch nicht deine feigen, jämmerlichen Lügen, mit denen du deine schäbige Haut zu retten versuchst; das ist von einem miesen Arschloch wie dir nicht anders zu erwarten. Nein. Es sind diese bescheuerten Stiefel, die du selbst beim Ficken nicht auszieht; die du zur Schau stellst, als wären sie ein verfluchtes Heiligtum und nicht mitbekommst, wie lächerlich du in den Dingern aussiehst.«

»Mann, Rowenta, bitte«, flehte Jonny, »lass mich gehen!«

»Ich lass dich gehen, sobald du mir den Namen gesagt hast. Letzte Chance.«

»Ich habe mit niemandem gesprochen, ich schwöre es dir!«

»Du hast mit niemanden gesprochen? Worüber hast du mit niemanden gesprochen? He?«

»Nichts, gar nichts … äh … ich weiß nicht?!«

Seine Stimme überschlug sich, sie verriet Angst und Verzweiflung.

»Wie du meinst.«

Jonnys Krokodilledersstiefel endeten in einer mit Blech verzierten, langen Spitze. Es war unmöglich zu sagen, wie weit die Zehen gingen und wie viel Luft da vorne noch drin war. Rowenta hockte sich neben ihn, holte mit dem Beil aus und trennte, ohne mit der Wimper zu zucken, in einem Hieb die Spitze vom Rest des rechten Stiefels. Blut spritzte und ein ordentliches Stück vom großen Zeh fiel in den Staub. Gleichzeitig erschall ein gellender Schrei im weiten Rund des Steinbruchs und Jonny brach endgültig zusammen.

Rowenta nahm ihm den Beutel vom Kopf.

»Wollen wir bei dem anderen auch noch für ein wenig Frischluft sorgen?«

Ungläubig starrte Jonny auf das Blut, das aus der offenen Stiefelspitze hervorquoll und seinen abgetrennten Zeh, der daneben lag. »Es ist Paco, du elende Schlampe. Paco hat mich ausgequetscht. Sein Messiah wird mich umbringen. Aber zuerst wird er euch das Herz aus dem Leib reißen, ihr verdammten Dreckschweine«, zischte er voller Schmerz und Zorn.

»Das lass mal unsere Sorge sein. Sag uns lieber, wo wir diesen Paco finden.«

»Tagsüber sitzt er bei Gabino. Jeder weiß, wo das ist.«

»Und wo finden wir ihn jetzt?«

Jonny zögerte, Pacos Adresse kannten nur wenige. Wenn er die rausrückte, wäre sein Todesurteil endgültig besiegelt.

»Soll ich ihm auf die Beine helfen?«, fragte Hub und packte ihn unter den Armen, »Damit du dir den anderen auch noch vornehmen kannst?«

»Ist ja schon gut«, jammerte Jonny. Er war am Ende und nannte die Adresse.

»Sieh es von der positiven Seite«, riet ihm Hub mit einem breiten Grinsen, schnitt ihm die Handfessel auf und schlug ihm kameradschaftlich auf die Schulter, »du wirst bei einer Pediküre nie wieder den vollen Preis abdrücken müssen.«

Sie warfen ihm noch den Verbandskasten vor die Füße, dann fuhren sie zurück in die Stadt, um Paco einen Besuch abzustatten.

DIE AUFZEICHNUNG

23

Es war bereits Abend, als Murphy und Walter den Weg zum Haus hinauffuhren und Murphy den *Toyota* neben dem goldfarbenen *BMW X3* von Florentina parkte. So ganz wohl war es ihnen nicht in ihrer Haut, wussten sie doch nicht so genau, wie Edmundo reagieren würde. Die Aufzeichnung hatten sie jedenfalls und dafür, dass sich der kleine Pisser eine Flugstunde gegönnt hatte, konnten sie schließlich nichts. Aber klar war auch, dass die Sache nicht optimal gelaufen war.

Die Tür zu Edmundos Arbeitszimmer war nur angelehnt. Murphy drückte sie vorsichtig auf und lugte ins Zimmer. Edmundo stand vor einem Regal neben seinem Schreibtisch und blätterte in einem Aktenordner.

»Wir sind wieder da«, sagte Murphy von der Tür aus und trat mit Walter im Schlepptau ins Zimmer.

Edmundo schaute auf, legte den Ordner beiseite und schnappte sich seinen Wodka-Lemon. Er sah entspannt aus.

»Ah, schön, und wie ist es gelaufen? Konntet ihr die Angelegenheit bereinigen?«

»Wie man's nimmt, Boss. Eigentlich schon.«

Murphy reichte ihm den USB-Stick.

»Hier sollte alles drauf sein. Allerdings hatten wir noch keine Gelegenheit, es zu prüfen.«

Edmundo zog die Augenbrauen zusammen und legte seine Stirn in Falten.

»Was soll das heißen? ›Wie man's nimmt‹. Und warum um Gottes willen habt ihr es nicht kontrolliert?!«, fragte er verwundert und steckte den Datenträger in seinen Computer.

»Na ja«, meldete sich Walter, »es macht keinen Unterschied mehr, der Typ kann uns nichts mehr sagen und auch nicht mehr wirklich in die Quere kommen. Das ist alles, was wir haben.«

Bevor Edmundo seine Irritation zum Ausdruck bringen konnte, schaltete sich Murphy wieder ein.

»Der Typ ist ... nun ja, wie soll man sagen? Auf schreckliche Weise verunglückt?«

»Verunglückt? Du meinst, er ist von uns gegangen? So was in der Art?«

Edmundos skeptischer Blick wanderte abwechselnd von einem zum anderen.

»Ja, aber es ist wirklich nicht unsere Schuld«, erklärte Walter, »der hat sich irgendwie mit seinen Beinen verheddert und ist dann einen Abhang runter, gute fünfzig Meter in freiem Fall. Ist schade um ihn, er wirkte eher harmlos; nicht wie einer, vor dem man Angst haben musste.«

»Und ihr meint, DER wollte mich erpressen? Wer steckt sonst noch dahinter?«

»Luca – so hieß der arme Pechvogel – versicherte uns, dass es ganz alleine seine Idee war.«

Edmundo schüttelte verständnislos den Kopf, setzte sich vor den Bildschirm und startete die Aufzeichnung. Murphy und Walter standen hinter ihm.

Die Szene schien sich auf einem Parkplatz abzuspielen. Die Bildqualität war nicht besonders gut, auch die Stimmen klangen verzerrt. Trotzdem war alles noch recht gut zu verstehen und zu erkennen. Bernardo kniete wie ein Büßer. Seine Nase war eingeschlagen und blutete das Hemd voll. Ein Mann, der nur von seinem Hintern abwärts zu sehen war, reichte ihm seine Hand. »Komm hoch, was machst du da im Dreck?«, fragte er. Erst zögerte Bernardo, ergriff sie dann aber. Doch anstatt ihm hoch zu helfen, brach der Typ ihm – mit einer schnellen Bewegung – den Zeigefinger. Bernardo brüllte auf und wurde im nächsten Augenblick angeherrscht: »Was hast du Susana angetan?«Bernardo heulte und jammerte rum, starrte ungläubig auf seinen grotesk abstehenden Finger und brachte kein Wort hervor. Die Beine des Typen verschwanden aus dem Bildausschnitt und der Kameramann ging in die Hocke – Bernardo in Großaufnahme. »Welchen wollen wir nehmen?«, hörte man dann den Kerl unbeschwert fragen, als er mit einer Art Blechschere wieder im Bild erschien. »Wieder den Kaputten hier?« Bernardo schrie auf, als der seinen komplett lädierten Finger packte. »Oder doch lieber den Daumen, der fehlt einem am meisten.« Im nächsten Augenblick steckte der schon zwischen den gespreizten Schneiden der Blechschere und Bernardo brach zusammen. Er war jetzt wieder voll im Bild und man sah, wie sich seine Hose im Schritt dunkel färbte. Bernardo sabbelte drauf los und der Typ ließ von ihm ab. »So, jetzt noch mal für alle«, sagte er, »bitte laut und deutlich hier in die Kamera.«

»Ja, ja«, stammelte Bernardo, »ist ja schon gut. Ich habe Susana erst betäubt und dann vergewaltigt.« Er flennte, fiel in sich zusammen und blieb in embryonaler Haltung auf dem Asphalt liegen.

»Haben wir alles im Kasten?«, kam die Frage in beschwingtem Ton. Die Antwort blieb aus. Die Aufnahme war zu Ende.

Einen Moment füllte bedrücktes Schweigen den Raum.

»Die Qualität spricht eher für eine Kopie. Seid ihr sicher, dass es keine weiteren Aufzeichnungen gibt?«, brach Edmundo das Schweigen.

»Bis zu Lucas Abflug hatten wir nicht viel Zeit, mit ihm zu reden. Er sagte, es gäbe sonst nix.«

»Okay, dann macht jetzt Feierabend, wir reden morgen in aller Ruhe weiter.«

Murphy spürte, dass es seinem Boss mehr an die Nieren ging, seinen Bruder in so einer Situation zu sehen, als er zugeben wollte, und dass er jetzt gerne allein wäre. Trotzdem wollte er auch noch den Rest loswerden.

»Da ist noch was, Boss.«

»Hat das keine Zeit bis morgen?«

»Besser, du erfährst es gleich.«

»Na dann, schieß los.«

»Nach dem Unglück von Luca hätten wir um ein Haar auch noch eine Hebamme auf ihrem Fahrrad über den Haufen gefahren. Wir fuhren sie dann zu der Entbindung, zu der sie gerade hinwollte.« Murphy stockte und Edmundo schaute ihn fragend an.

»Und? Kommt da noch was?«

»Na ja, sie erzählte uns, dass es sich um Felisas Entbindung handeln würde und dass Felisa Lucas Braut sei.«

Es dauerte einen Moment, bis Edmundo seine Sprache wiederfand.

»Was für eine verfluchte Scheiße ist denn hier am Kochen? Habt ihr sonst noch was?«

»Nee, Boss, das war's.«

Murphy und Walter waren raus. Edmundo stand auf, goss Wodka in sein Glas, verzichtete auf das Lemon und nahm ihn in einem Schluck.

Da verhilft Bernardo Ricos Nutte Felisa und ihrem Freund Luca zur Flucht und zum Dank dafür will Luca ihn in die Pfanne hauen? Da stimmt doch was von vorne bis hinten nicht.

Er sah Ärger auf sich zukommen, diese Geschichte würde Kreise ziehen, dass spürte er deutlich und dafür hätte er seinem Bruder am liebsten den Hals umgedreht.

Hier bist du eindeutig zu weit gegangen, du dummes Arschloch. Kein Schwein wollte von dir wissen, in was für einer verfickten Scheiße du gesteckt hast. Warum musstest du uns einen derartigen Bären aufbinden? Ohne Not? So wäre es nur eine deiner miesen, armseligen Geschichten gewesen. Aber jetzt …?

Er goss noch einmal nach, setzte sich wieder hinter seinen Schreibtisch, verschränkte die Hände hinterm Kopf und blickte ins Leere. Dann sah er sich die Aufzeichnung noch einmal an. Schaute genauer hin und erkannte im Hintergrund für kurze Zeit noch eine weitere Person. Ein Stück zurückgespult, hielt er die Aufzeichnung an und vergrößerte den Ausschnitt.

»Himmel Herrgott, was ist das denn jetzt bitte?«

Das Gesicht der Person konnte er nicht erkennen, glaubte aber trotzdem zu wissen, um wen es sich handelte.

»Hol mich der Teufel, wenn das nicht das langgeschissene Elend Pirro ist. Das wird ja immer schöner!«

Er ließ sich nach hinten in den Stuhl fallen. Eins stand fest: Was auch immer hinter all dem Bullshit steckte und egal wie Bernardo dabei wegkam, er musste Carlos informieren.

Der letzte Schluck Wodka rann seine Kehle runter. Dann schaltete er den Computer aus und verschloss den Stick im Schreibtisch. Gleich morgen würde er ihn anrufen.

Die Klospülung im angrenzenden Bad weckte ihn. Edmundo schaute auf die Uhr, setzte sich auf die Bettkante und rieb sich den Schlaf aus den Augen. Florentina kam von hinten übers Bett gekrabbelt und schlang ihre Arme um ihn.

»Guten Morgen«, flüsterte sie ihm ins Ohr.

Er spürte ihre festen Brüste in seinem Rücken, roch ihren Schlaf und prompt schoss weiteres Blut in seine halbsteife Morgenlatte. Es hätte ein wundervoller Tagesbeginn werden können, stattdessen sagte er:»Ich muss wahrscheinlich für ein paar Tage zu Carlos.«

Es entstand ein Moment der Stille und Bewegungslosigkeit. Carlos war bei Florentina ein heikles Thema, deswegen wunderte er sich auch nicht, dass sie ihn spontan aus ihrer Umarmung freigab.

»Es ist wichtig«, sagte er und gab ihr noch schnell einen Kuss, bevor sie sich ganz von ihm abwenden konnte.

»Du wolltest mit mir ans Meer fahren.«

»Ich weiß, das werden wir auch tun, sobald ich zurück bin.«

Er stand auf, ging ins Bad und setzte sich auf die Toilette. Im nächsten Augenblick rauschte Florentina in ihrem seidenschimmernden, weißen Morgenmantel an der offenen Klotür vorbei. Edmundo streifte sich den Pyjama vom Leib, stieg unter die Dusche und ließ sich das warme Wasser auf Kopf und Schultern prasseln.

Florentina hatte nur eine ungefähre Vorstellung von dem, wofür die *ELEC Transatlantik Consulting Inc.* stand und womit diese ihre

Gewinne erwirtschaftete; ahnte bestenfalls, dass die Gesellschaft, der er zusammen mit Carlos vorstand, irgendwo in einer Grauzone agierte. Doch sie hatte keine Ahnung, welche Art von Geschäft tatsächlich dahintersteckte; wusste nicht, dass sie im Drogenhandel unterwegs waren und dass dieses Business und alles, was darum passierte immer an erster Stelle stand – ohne Wenn und Aber. Sie sah Carlos wie einen Don, der über allem thronte; wenn er rief, waren alle am Kuschen. Und das nervte sie gewaltig, weil sie damit immer an zweiter Stelle kam. Zwar war ihr bewusst, dass sie und Edmundo dank Carlos' Engagement bei der *ELEC* ein angenehmes und sorgenfreies Auskommen hatten; auch schätzte sie es, was Carlos für die Jungs nach dem Tod ihrer Eltern getan hatte, aber diese Dankbarkeit sollte in ihren Augen nicht so weit gehen, dass sie für alle Zeiten nach seiner Pfeife tanzten, da ging sie jedes Mal wieder auf die Barrikaden.

Von Florentina war nichts zu sehen, als er nach unten ging, durch die offene Küche hinaus auf die überdachte Terrasse. Der kleine Frühstückstisch, den die Haushälterin hergerichtet hatte, war unberührt. Er trank ein Glas Orangensaft, ging in sein Arbeitszimmer und wählte Carlos' Nummer.

»Hi Carlos, wie geht es dir?«

»Edmundo, welch eine Überraschung. Hier ist alles in bester Ordnung, was gibt es?«

»Wir müssen uns sehen, es geht um Bernardo.«

»Hast du etwas aus Berlin gehört?«

»Nein, nein, nicht aus Berlin. Du erinnerst dich doch sicherlich noch an seine Erklärung, die er uns zu seinem desolaten Zustand gab, als wir im Frühling bei dir waren.«

»Ja, was ist damit?«

»Er hat uns nicht die Wahrheit gesagt und verschweigt etwas.«

»Was?«

»Das ist am Telefon schwer zu erklären. Ich komme am besten mit der nächsten Maschine zu dir. Aber eins kann ich dir jetzt schon sagen: Es wird dir nicht gefallen.«

Sie beendeten das Gespräch. Kurz darauf rief Edmundo Murphy und Walter zu sich.

»Habt ihr Florentina gesehen?«, war seine erste Frage, als die beiden den Raum betraten.

Doch die Antwort erübrigte sich, da im selben Moment Motorengeräusch und aufwühlender Kies von der Auffahrt her zu hören waren.

»Was für ein beschissener Tag«, murmelte er und wünschte seinem Bruder die Pest an den Hals. Dann wandte er sich Murphy und Walter zu.

»Die vermaledeite Geschichte stinkt zum Himmel und wird mit Sicherheit auch Carlos interessieren. Walter und ich werden zu ihm fliegen. Du, Murphy, bleibst hier: Kümmerst dich um alles, bis wir zurück sind; kann nur ein, zwei Tage dauern.«

»Alles klar, Boss«, kam es unisono zurück.

Die beiden verschwanden wieder und er drückte die Kurzwahltaste zu Florentinas Handy. Die Mailbox sprang an.

»Hi Flo, es tut mir leid, aber es geht nun mal nicht anders, das weißt du. Wir fahren ans Meer, sobald ich zurück bin, versprochen. Ich liebe dich.«

24

Am frühen Nachmittag landeten sie 13 Kilometer nordwestlich von Bilbao und einige Zeit später saßen sie bei Carlos in seinem Arbeitszimmer. Edmundo hatte ein übles Gefühl in der Magengegend, das auch der Drink im Flugzeug nicht wegspülen konnte. Er war zwar nur der Überbringer der schlechten Nachricht, aber auch die wurden im Mittelalter oft dafür geköpft. Walter an seiner Seite erging es nicht anders, er hätte auch liebend gern auf den Besuch bei Carlos verzichtet.

»Also, was gibt es so Wichtiges, mein lieber Edmundo, dass du dich zu mir auf den Weg machen musst, obendrein in Begleitung von Walter.«

Der saß vornübergebeugt in einem der Sessel in Carlos' Arbeitszimmer, drehte verlegen das Glas Whisky in seinen Händen und schenkte Carlos ein gequältes Lächeln. Edmundo saß ihm gegenüber. Carlos hatte sich nicht gesetzt. Er stand an seinen Schreibtisch gelehnt, wirkte gelassen, lächelte milde. Doch der scharfe Blick aus seinen etwas zusammengekniffen Augen und seine vor der Brust verschränkten Arme verrieten seine Anspannung.

»Es ist ein wenig kompliziert. Zu kompliziert, um es am Telefon zu erörtern«, begann Edmundo, »in jedem Fall wird es dir nicht gefallen.«

»Das erwähntest du bereits, nun raus mit der Sprache.«

»Also gut. Gestern früh erhielt ich eine Mail. Von jemandem, der einhunderttausend Euro von mir verlangte, wenn ich nicht wolle, dass er ein bestimmtes Video ins Netz stellt. In einer kurzen Sequenz, die der Mail beigefügt war, war ein ziemlich ramponierter Bernardo zu sehen, der zugab, ein Mädchen vergewaltigt zu haben.«

Edmundo machte eine Pause, sah die Verblüffung in Carlos' Augen.

»Er hat was? Ein Mädchen vergewaltigt?«

Carlos schüttelte ungläubig den Kopf, hielt die Arme weiter fest verschlossen vor der Brust.

»Erzähle weiter.«

»Es war ein absolut stümperhafter Erpressungsversuch. Schnell hatten wir raus, woher der Absender stammte. Murphy und Walter sind dann los, den Kerl aufzuspüren, der in einem gottverlassenen Kaff in der Sierra Morena hockte. Sie erwischten ihn und nahmen ihm den Stick mit der Aufzeichnung ab. So weit, so gut, doch jetzt kommt es: So, wie mir die beiden berichteten – und Walter wird es dir gerne bestätigen –, handelte es sich bei dem Erpresser um einen eher harmlosen, scheinbar verzweifelten jungen Mann, der bis zu seinem Tod äußerst geständig war.«

»Bis zu seinem Tod? Habt ihr ihn umgebracht?«

Carlos sah zu Walter rüber, der stur in sein Glas schaute.

»Das haben sie nicht.«

»Nee, haben wir nicht«, bestätigte Walter die Aussage und schaute zu Carlos hoch, »es war ein Unfall. Der Typ hat sich erschrocken und ist dann rückwärts über ›ne Leitplanke runter, gute 50 Meter steil ab.«

»Wie, ›erschrocken‹?«, fragte Carlos ungläubig.

»Na ja, wir sind ein Stück in die Berge gefahren, wollten ihn in aller Ruhe aushorchen und mussten ja schließlich auf Nummer sicher gehen, dass er uns auch ernst nahm und die Wahrheit erzählte. Also machte ich einen auf Böse, schrie ihn an und tat so, als ob ich ihm noch ein Ding verpassen wollte. Konnte ja keiner ahnen, dass der kleine Scheißer die Hosen bereits gestrichen voll hatte und vor lauter Schreck nach hinten stolperte, über die Leitplanke weg nach unten.«

Carlos sah ihn mit hochgezogenen Augenbrauen an.

»Wirklich Carlos, kannst mir glauben, war nicht unsere Schuld.«

»Das war aber auch nur der erste Teil der Geschichte«, warf Edmundo ein und zog Carlos' Aufmerksamkeit wieder auf sich, »erzähl ihm, was dann geschah.«

»Wir waren natürlich auch geschockt über den plötzlichen Abflug von Luca, so hieß der Typ nämlich. Wir hatten doch noch etliche Fragen an ihn. Aber was sollten wir machen, wenigstens hatten wir den Stick und wie Luca uns versprochen hatte, scheint es tatsächlich keine Kopien zu geben. Also stiegen wir wieder ins Auto und sahen zu, dass wir von da verschwinden. Und dann kam uns diese Frau auf ihrem Fahrrad in die Quere, fast hätten wir sie über den Haufen gefahren. Sie war eine Hebamme und hatte es eilig, zu einer Entbindung zu kommen, zu der wir sie dann hinfahren mussten, weil wir ihr Fahrrad demoliert hatten und es nicht mehr zu gebrauchen war. Sie war so eine kleine, stramme und redselige Frau, die wahrscheinlich – in den letzten vierzig Jahren – dabei geholfen hatte, sämtliche Kinder aus der Region zur Welt zu bringen. Und sie erzählte uns, dass es sich um Felisa handele, bei der es jetzt so weit sei. Ein ganz liebes Ding sei sie, Lucas Braut, die er aus Algeciras mitgebracht habe. Und dass sie sich besonders für die beiden freue, weil niemand mehr daran geglaubt habe, dass Luca überhaupt noch mal eine Braut abbekäme und dann auch noch so ein nettes, reizendes Mädchen, erzählte sie. Nachdem wir die Hebamme dann am Haus von Lucas Eltern abgesetzt hatten, dachten wir nur, was für eine Scheiße, und haben uns auf den Rückweg gemacht. So war's.« Carlos schwieg einen Moment.

»Felisa«, sagte er dann nachdenklich, »die Felisa, der Bernardo zusammen mit ihrem Freund zur Flucht vor ihrem Zuhälter Rico verholfen hat?«

»Sieht so aus.«

»Gibt es eine Erklärung für die Geschichte?«

»Nein, dafür aber eine Menge Fragen. Du solltest dir jetzt vielleicht mal die Aufzeichnung anschauen.«

25

Julie hatte ganz schön daran zu knabbern gehabt, an dem letzten Treffen mit Hub, und anfangs glaubte sie nicht, dass sie jemals wieder zurückfinden würde, zurück in ihren Alltag mit Carlos. Hub schwirrte ihr noch ewig im Kopf herum und ließ sie nicht zur Ruhe kommen. Dazu Bernardos Auftritt, die Andeutungen zum Tod von Carlos' erster Frau und vor allen Dingen die Tatsache, dass er über sie und Hub Bescheid wusste, hatten ihr mächtig zu schaffen gemacht. Da kam ihr die Blasenentzündung, welche sie über Wochen aus dem Verkehr gezogen hatte, ganz gelegen. Danach beruhigte sich ihr Nervenkostüm allmählich und jetzt war fast alles wieder wie vorher. Doch als sie gestern erfuhr, dass Edmundo wegen einer dringlichen Angelegenheit, die Bernardo betraf, überraschend kommen würde, stockte ihr kurz der Atem. Was konnte das für eine Angelegenheit sein, die nur persönlich zu besprechen war? Die Frage raubte ihr den Schlaf. Carlos konnte ihr nicht genau sagen, um was es ging, nur so viel, dass es sich wohl um einen äußerst brisanten Vorfall handeln solle, der nicht so einfach am Telefon zu klären sei.

Die Männer waren gleich in Carlos' Arbeitszimmer verschwunden und Julies Nervosität hatte ständig zugenommen, bis sie es nicht länger aushielt. Sie brauchte Gewissheit; wollte herausfinden, ob es einen Grund gab, nervös zu sein, ob es sie betraf. Die Tür zum Arbeitszimmer war nur angelehnt, sie blieb stehen und lauschte. Es waren Stimmen zu hören, allerdings nicht die von den Männern, eher wie von einer Aufzeichnung. Dann traf es sie wie ein Schlag.

»Und, alles im Kasten?«, hörte sie jemanden sagen und brauchte keine Sekunde, um sicher zu sein, dass es Hub war, der da sprach.

Die Türklinke umklammernd stand sie da und überlegte, ob sie gleich wieder kehrtmachen, unbemerkt wieder verschwinden und alles auf sich zukommen lassen sollte. Doch da bemerkte Carlos sie.

»Ah, Julie«, sagte er, »komm rein, obwohl ich mir nicht sicher bin, ob du das hier sehen willst, es ist äußerst hässlich.«

Sie löste sich von der Türklinke, trat ein, stellte sich neben Carlos und lächelte ihm zu. Ergriff seinen Arm und sah auf den Bildschirm. Jemand lag dort zusammengerollt auf dem Boden.

»Wer ist das?«, fragte sie.

»Das ist Bernardo. Irgendwer hat ihn mächtig durch die Mangel gedreht.«

»Wer hat das getan? Und warum?«

»Wer es war, kann man nicht erkennen, aber Bernardo gibt zu, ein Mädchen vergewaltigt zu haben.«

»Was? Das ist ja furchtbar!«

»Ja«, sagte Carlos.

Einen Moment lang sagte niemand ein Wort und sie fragte sich, was Hub damit zu schaffen hatte.

»Was hat das zu bedeuten?«, fragte sie.

»Das, meine Liebe, versuchen wir gerade herauszubekommen. Wenn du willst, bleib.«

»Nein, nein, so scharf bin ich nicht darauf, erzähl es mir beim Abendessen«, sagte sie, gab Carlos einen flüchtigen Kuss auf die Wange und verschwand.

Sie ging in den Salon und goss sich einen Brandy ein.

Laut Datum, das oben rechts eingeblendet war, lag der Vorfall über sechs Monate zurück, zwei Wochen nach Edmundos Hochzeit, kurz bevor Bernardo völlig ramponiert hier aufgetaucht war. Da wusste er von ihrer Affäre und hatte sich so merkwürdig nach Hub erkundigt. Warum er Carlos nichts von ihrem Seitensprung erzählt hatte, fragte sie sich schon die ganze Zeit. Jetzt schien es klar zu sein.

Der hinterfotzige Drecksack hatte es anscheinend vorgezogen, sich mit Hub anzulegen; vielleicht hatte er versucht, ihn zu erpressen und musste dann ganz offensichtlich feststellen, dass er sich mit dem Falschen angelegt hatte.

Sie kippte den Brandy runter, schüttelte sich und dann umspielte ein feines Lächeln ihre Lippen. Das Bernardo bei Hub den Kürzeren zog, würde sie nicht überraschen.

Was auch immer hinter all dem steckte, erst einmal gab es keinen Grund für sie, nervös zu sein. Bernardo war nach wie vor der Einzige, der im Bilde war und sie vermutete, dass er auch weiterhin den Teufel tun würde, Carlos davon zu erzählen, sonst hätte er es doch schon längst getan. Und wenn er doch meinte, es ausplaudern zu müssen, würde sie leugnen bis zum Umfallen, es gab keine Beweise.

26

Nachdem Julie den Raum wieder verlassen hatte, schenkte sich Carlos einen neuen Whisky ein, ohne auch den anderen einen anzubieten, und stellte sich an eines der hohen Fenster mit Blick nach draußen. Er schwieg, war in Gedanken und Edmundo und Walter schwiegen ebenfalls; warteten darauf, dass er was sagte. Seine stattliche Figur zeichnete sich vor dem Nachmittagslicht, das durch die hohen Fenster fiel, scharf ab. Es war ihm anzusehen, dass er viel Wert auf seine Fitness und auf sein Äußeres legte, das von einer lässigen Eleganz geprägt war, bevorzugt in Schwarz.

»Dein Bruder betäubt eine Frau, um sich dann an ihr zu vergehen?

Was ist bloß los mit ihm?«, fragte er dann nach einer quälend langen Zeit und drehte sich wieder um.

»Das wüsste ich auch gern.«

»Und dann lügt er mir ins Gesicht ohne jede Scham.« Carlos trank den Whisky aus und stellte krachend das Glas auf den Schreibtisch.

»Das wird er mir erklären müssen«, sagte er in einem scharfen Ton.

»Das wird er. Und hast du Pirro im Hintergrund erkannt?«, fragte Edmundo.

»Du meinst, der lange Kerl im Hintergrund ist Pirro?«

»Ja, da bin ich mir ziemlich sicher. Soll ich's dir noch mal zeigen?« Carlos schüttelte den Kopf.

»Ich frage mich«, fuhr Edmundo fort, »wie Luca an die Aufzeichnung gekommen ist und wieso er seinen angeblichen Retter ein halbes Jahr später damit erpressen wollte.«

»Du stellst die falschen Fragen«, entgegnete Carlos gelassen, »viel wichtiger ist es doch, zu welchem Zweck die Aufzeichnung überhaupt gemacht wurde und wer die Typen sind, die da aus Bernardo das Geständnis gepresst haben.«

Für einen Augenblick hatte Carlos geglaubt, die Stimme von Bernardos Peiniger schon einmal gehört zu haben, doch letztendlich war sie doch zu undeutlich, als dass er sie hätte zuordnen können.

»So etwas zeichnet man doch nicht einfach nur so auf. Wenn es nur um Vergeltung gegangen wäre, braucht es nicht dokumentiert zu werden. Nein, es muss einen Grund dafür geben, weswegen man das Schauspiel aufgenommen hat. Und garantiert drehte es sich dabei nicht um Erpressung, da würde man dann kein halbes Jahr mit warten und würde es auch professioneller durchziehen. Du kannst sicher sein, dass das Video aus einem ganz bestimmten Grund gemacht wurde. Jemand will ein Faustpfand. Wer auch immer Bernardo dort in die Knie gezwungen hat, muss einen triftigen Grund gehabt haben. Und die nächste Frage ist dann, was Pirro dabei für eine Rolle spielt. Anstatt ein waches Auge auf Bernardo zu haben, so wie ich es von ihm erwartet habe, lässt er sich in

Bernardos Machenschaften mit hineinziehen. Auch das wird man mir erklären müssen.«

Walter war aufgestanden und hatte sich die Whiskyflasche geangelt, goss Edmundo nach und bot auch Carlos noch einen an, der aber seine Hand über das Glas hielt.

»Danke, Walter. Später.«

Walter schenkte sich ein und ließ sich wieder in den Sessel fallen. Für ihn war die Sache klar. Bernardo war einfach ein Idiot.

»Ich will die beiden hier haben«, sagte Carlos dann in ruhigem Ton. »Du, Edmundo, setzt dich mit Berlin in Verbindung, lotst deinen Bruder unter irgendeinem Vorwand hierher – und zwar so, dass er keinen Verdacht schöpft, worum es geht. Ich will ihn vor mir haben, ihm in die Augen schauen, wenn er sich erklärt. Und du, Walter, wirst mit Murphy nach Algeciras fahren, Pirro auftreiben und ihn ebenfalls herbringen.«

»Is' schon so gut wie erledigt. Wir finden den dürren Arsch und dann ist er auch schon im Handumdrehen hier«, versprach Walter und nahm einen kräftigen Schluck, »Hand drauf.«

Edmundo sagte nichts; nickte, ohne aufzuschauen. Sie waren an dem Punkt angekommen, wo der Ärger anfing, allmählich Fahrt aufzunehmen. Und sein Gefühl sagte ihm, das es nur mit einem großen Knall enden konnte.

»Dann wisst ihr also, was zu tun ist, aber nicht mehr heute. Und noch etwas, Edmundo. Sorge bitte dafür, dass Felisa, das arme Ding, die hunderttausend noch bekommt, die Luca für seine Familie erpressen wollte.«

»Einfach so?«

»Lass dir was einfallen. Vielleicht hat er in der Lotterie gewonnen oder in einem Preisausschreiben, irgendetwas in der Art. Ich will, dass sie und das Kind versorgt sind.«

Carlos breitete seine Arme aus, zeigte mit einem smarten Lächeln seine weißen Zahnreihen und schaute kurz auf die Uhr über der Anrichte.

»Es ist noch Zeit bis zum Essen. Lasst uns in den Hof gehen und den herrlichen Rioja aus dem vergangenen Jahr probieren. Ein gelungener Tropfen.«

Er legte einen Arm um Edmundos Schulter und schob ihn Richtung Tür.

»Du musst mir von Flo erzählen. Wie geht es ihr? Trägt eure Familienplanung bereits Früchte?«

DIE BEWÄHRUNGS- PROBE

27

Bojan und Hans Georg waren zur Hintertür raus und Bernardo war heilfroh, dass Bruno bei Herrchen geblieben war. Dieser Hund war der reinste Alptraum. Bojan hatte ihm ein neues Verhalten antrainiert. Wenn er ihm befahl:»Leg dich!«und auf jemanden zeigte, packte der Köter sich direkt auf dessen Füße und man war gezwungen, sich still zu verhalten. Jede noch so kleine Bewegung wurde mit einem tiefen, angsteinjagenden Knurren quittiert. Das erste Mal hatte Bojan seinen neuen Trainingserfolg an ihm demonstriert, in einer lustigen Runde, in der jeder seinen Spaß hatte, außer er, der Hunde sowieso hasste und Bruno ganz besonders.

Er ging nach hinten in die Küche, griff sich ›ne Kippe aus Hans Georgs Schachtel und ließ sich auf den Stuhl fallen. Die Weinkisten, die um die geöffnete Falltür standen und darauf warteten, wieder in den Keller getragen zu werden, konnte er von hier aus gut sehen. Es hatte keine Eile, er war stinksauer. Jetzt, wo ein paar Typen versuchten, Carlos ans Bein zu pissen, und Bojan herausforderten – was endlich mal ein wenig Abwechslung und Action versprach –, verdonnerte Bojan ihn zu Hausarbeiten. Mehr und mehr empfand er Berlin als Strafversetzung. Aus welchem Grund auch immer Carlos ihn hierhergeschickt hatte, es war nicht zu erkennen, dass er das Geschäft erlernen sollte, um es einmal in verantwortungsvoller Rolle mitzutragen. Er kam sich vor wie der letzte Trottel, den man rumkommandierte und dem man die blödesten

Arbeiten aufhalste. Aber klar war auch, dass es immer noch besser war, als weiter in Algeciras rumzuhängen. Nachdem Felisa mit diesem Hosenscheißer durchgebrannt war, wäre er zum Gespött des gesamten Viertels geworden. Keine Sau hätte ihn mehr ernst genommen. Und von Pirro hatte er auch nie wieder was gehört, außer dass er jetzt in Sevilla lebte.

Seine Gedanken wanderten zu Maja und augenblicklich kribbelte es ihm wieder im Schritt. Das dumme Ding war derart verknallt in ihn, dass er keine fünf Minuten bräuchte, sie aus ihrem Schlüpfer zu quatschen. Wie oft hatte er sich schon gefragt, ob sie die Klappe halten und es ihr beider Geheimnis bleiben könnte. Doch jedes Mal wieder erschien Bojan vor seinem geistigen Auge, dem es natürlich nicht entgangen war, wie seine Schwester ihn anhimmelte und schon brach bei ihm der kalte Schweiß aus.

Er stand auf, ging zu der kleinen Speisekammer, die neben der Spüle an die Küche grenzte, und angelte sich den Bourbon. Laut Bojans Anweisung gab es vor 18 Uhr keinen Alkohol. Drauf geschissen. Er goss sich einen ordentlichen Hieb in ein Wasserglas, füllte es mit Cola auf, schob seinen Lieblingsporno ins Kassettenfach und schaltete den Fernseher ein.

28

Es war Hassan persönlich, der Bojan und Hans Georg mit seinem Taxi vor dem Laden einsammelte. Hassan hatte Anfang der 90er ein Taxi-Unternehmen gegründet, das er ausschließlich mit seinen Brüdern, Cousins und sonstigen Verwandten führte, die ausnahmslos alle aus dem Osten der Türkei stammten, und Bojan hatte vor ein paar Jahren einen Deal der besonderen Art mit ihm ausgehandelt. Einen, der neben den verschiedensten Dienstleistungen auch einen Taxi-Service rund um die Uhr beinhaltete, denn: Bojan war ein Typ, der mit allen Mitteln versuchte, Aufsehen zu vermeiden, und sein Audi *RS Avant* fiel jedem auf – schon wegen seiner knallgelben Lackierung und vor allen Dingen, wenn er in zweiter Spur parkte, weil es weit und breit mal wieder keinen Parkplatz gab. Deshalb hatte er den Wagen in den *Kant-Garagen* zu stehen und benutzte ihn höchstens mal zu Ausflügen ins Umland, in der Stadt nie.

»Hi Hassan, wie geht's? Was macht die Familie? Alle gesund und munter?«

Der bedankte sich für die Nachfrage, versicherte, dass alles in bester Ordnung sei und fragte, wo es hingehen solle.

»Zu Rüdiger.«

Bruno hatte es sich wie gewohnt im Fußraum des Beifahrersitzes gemütlich gemacht, Bojan und Hans Georg saßen hinten.

»Was hat Rüdiger denn nun genau gesagt?«, fragte Bojan Hans Georg.

»Er war mächtig aufgeregt, du kennst Rüdiger, er ist nicht gerade zum Helden geboren und schien eine Heidenangst zu haben. Er sagte, dass zwei Typen von ihm Geld verlangen würden, wenn er nicht wolle, dass sein Laden bei ihrem nächsten Besuch einem Hurrikan zum Opfer fiele.«

»Wollten die Typen nur Kohle oder wussten sie auch von den DCs?«

»Davon hat er nichts gesagt.«

»Dann haben die beiden Vorfälle definitiv nichts miteinander zu tun. Also ist es nur ein beschissener Zufall, dass Rüdiger und Ludmilla zur gleichen Zeit Schwierigkeiten bekommen.«

Ein Kleintransporter in der Uhlandstraße hielt den Verkehr auf.

»Gibt es Ärger?«, wollte Hassan wissen, als sie darauf warteten, sich an der Blockade vorbeischieben zu können, und suchte dabei ihren Blick im Rückspiegel.

»Es sieht verdammt danach aus, und das gleich im Doppelpack«, antwortete Bojan, »kann schon sein, dass wir demnächst mal wieder die Unterstützung deiner Familie benötigen.«

»Stets zu Diensten«, grinste Hassan in den Rückspiegel, beugte sich nach vorn und schaute nach oben, wo sich nach wochenlang strahlendem Blau wieder mal Wolken am Himmel zeigten. »Heute soll es noch regnen, sie sprechen sogar von einem Unwetter, das über uns hereinbrechen wird.«

»Wird auch Zeit«, knurrte Hans Georg und rieb seine Hände ineinander, die juckend den Wetterumschwung bestätigten.

Sie bogen auf die Kantstraße in westliche Richtung und hielten kurz hinter der Weimarer an.

»Gib uns eine Viertelstunde, danach kannst du uns noch nach Prenzlberg fahren«, sagte Bojan.

Sie stiegen aus und Rüdiger kam zur Eingangstür gestürmt. Bruno pisste erst mal ausgiebig an die Plane eines abgedeckten Motorrades, garantiert war er nicht der Erste.

»Da seid ihr ja endlich!«, legte Rüdiger los und hielt ihnen die Tür auf.

»Beruhige dich, mein Lieber, kannst dich entspannen, wir sind jetzt hier und kümmern uns um alles, nichts wird passieren«, sagte Bojan, packte ihn bei seinen schmalen Schultern und schenkte ihm ein breites Lächeln.

Rüdiger war einen Kopf größer als Bojan, wog dabei aber 20 Kilo weniger. Durch seine Nickelbrille starrte er Bojan ungläubig an. Er war weit davon entfernt, sich zu beruhigen.

»Du hast vielleicht Nerven!«, motzte er, »diese verdammten Arschlöcher machten nicht den Eindruck, als wollten sie sich nur ein Späßchen mit mir erlauben. Die meinen es bitterernst. Die schlagen erst die Bude und dann mich zusammen, wenn ich nicht zahle. Morgen wollen sie zehn Riesen sehen.«

»Nun mal langsam. Was waren das für Typen, wussten sie von den DCs?«, fragte Bojan in beschwichtigendem Tonfall.

Hans Georg lehnte am Tresen, wo immer ein paar geöffnete Weinflaschen zur Verkostung bereitstanden, goss sich einen Schluck vom Roten ein und lauschte entspannt dem Wortwechsel.

»Wie kommst du auf die Pillen?«, fragte Rüdiger erstaunt, »davon war keine Rede, darum ging es nicht. Nee, die wollen einfach nur Kohle.«

»Wie viele waren es denn?«

»Zwei waren hier drin, einer lungerte vorm Eingang.«

»Und wie sahen sie aus?«

»Finster. Schätze, die kamen irgendwo aus dem Ostblock.«

»Hör zu, Rüdiger, ich werde dafür sorgen, dass diese Wichser dich nie wieder belästigen. Glaub mir. Aber vorher sag mir, ist dir sonst noch was aufgefallen? Machten sie den Eindruck von Schutzgelderpressern?«

»Was weiß ich? Klar könnten sie daran Gefallen finden, immer wieder mal vorbeizuschauen, aber Schutzgeld? Zehn Riesen jeden Monat? Wie soll das gehen?«

»Hatten sie Waffen?«

»Hab' keine gesehen.«

Bojan ging hinter den Tresen, nahm aus dem Kühlschrank eine Flasche Wasser, schraubte den Verschluss ab und trank.

»Ich werde dir morgen, wenn du den Laden öffnest, ein paar Männer herschicken, die das für dich regeln. Und für heute gehst du nach Hause. Wenn Hassan uns abholt, können wir dich mitnehmen.«

»Wie wollen die das denn regeln? Du hast die Typen nicht gesehen, die sahen aus wie Doppelmörder.«

»Rüdiger, lass das mal meine Sorge sein. Vertrau mir und pack deine Sachen, Hassan ist gleich da.«

Bojan goss Bruno noch den Rest aus der Wasserflasche in eine Schale und kurz darauf saßen sie bei Hassan im Taxi; Rüdiger vorn, die Beine bis zum Kinn angezogen und mucksmäuschenstill.

Nachdem Rüdiger ausgestiegen war, beugte sich Bojan etwas zu Hassan nach vorn, um sicherzugehen, dass der auch alles mitbekam, was er ihm sagen wollte.

»Rüdiger hat tatsächlich Ärger mit ein paar Typen. Sie versuchen ihn zu erpressen, wollen morgen wiederkommen und kassieren, andernfalls drohen sie mit Prügel und Verwüstung. Ich will, dass du sie aufhältst. Schick zu zehn Uhr, wenn der Laden öffnet, ein paar Männer zu ihm. Sie sollen die Typen einkassieren, wegschaffen und erst einmal herausbekommen, ob sie einer Organisation angehören oder auf eigene Rechnung handeln. Rüdiger meint, es wären drei gewesen, ohne erkennbare Waffen.

»Kein Problem. Ich lass sie ins Lager am Westhafen bringen, da haben wir alle Zeit der Welt, sie zu befragen. Was sollen wir mit ihnen machen, wenn sie ausgepackt haben?«

»Ruf mich an, dann werden wir weitersehen. Und noch was, achtet bitte darauf, dass Rüdigers Laden heil bleibt, der Junge bekommt sonst noch einen Herzinfarkt.«

»Alles klar«, grinste Hassan und fuhr am Kaiserdamm auf die *A 100* Richtung Wedding.

Bojan lehnte sich wieder zurück.

»Dann wollen wir mal hören, was Ludmilla auf dem Herzen hat.«

29

Bis zum Balkankrieg leitete Drago die örtliche Polizeistation in seinem Heimatort in Albanien, mit einem weitreichenden Zuständigkeitsbereich, der sich auf eine ganze Region erstreckte. Da war er noch ein korrupter Bulle gewesen, mit dem man über alles reden konnte – hauptsächlich, wenn es um illegale Wetten und Glücksspiele ging. Er war am Gewinn eines jeden nicht genehmigter Geldspielautomaten beteiligt. Und das waren so ziemlich alle, was eine gesicherte Einnahme für ihn und seine Familie bedeutete. Auch wenn er ein mieser Bulle war, so gab es doch immer noch gewisse Grenzen für ihn, die der Krieg dann allerdings gänzlich aufgeweicht hatte. Er kämpfte auf der Seite der Partisanen und führte eine paramilitärische Miliz an, die fernab der *Genfer Konventionen* im Untergrund agierte. Und als die Kampfhandlungen beendet waren, war nichts mehr wie vorher. Alles lag in Schutt und Asche und es gab keine noch so unvorstellbare Gräueltat, die er nicht durchlebt hätte. Das Land war verwüstet und denjenigen, die nicht umgekommen waren, bot es kaum genug zum Überleben. In diesem Land war auf lange Sicht nichts mehr zu holen gewesen, weswegen er sich zu seinem Vetter zweiten Grades nach Berlin aufmachte. Der hatte sich bereits zu Beginn des Krieges abgesetzt und in Charlottenburg mehr schlecht als recht ein paar Spielautomaten am Laufen. Es hatte fast ein Jahr und ein paar Tote mehr gebraucht, bis er die bescheidenen Erfolge seines Vetters zweiten Grades ausgebaut und zu dem gemacht hatte, was sie heute waren: Nämlich die Kontrolle über das gesamte Glücksspielgeschäft im Kiez Kantstraße und Umgebung. Wenn Drago sich nicht um seine Geschäfte kümmerte, saß er meistens bei Putin im Vorgarten dessen »Spätis«. Er hatte in den Jahren zwar zugelegt, ging aber regelmäßig in ein Gym, um zu trainieren. Mit seinem muskelbepackten Körper in einem engen T-Shirt, seinem glattrasierten Schädel, ein paar Tätowierungen und schwerer Goldkette erfüllte er das Klischee eines Gangsters in vollem Umfang.

Die Erscheinung von Rasim, seinem jüngeren Bruder, war das ganze Gegenteil. Der war groß gewachsen, schlank und er legte viel Wert auf sein Äußeres. In den Kriegsjahren hatte er sich – zusammen mit seinem Vetter Jetmir – in Tirana durchgeschlagen; bei seinem Onkel, der in einem Außenviertel eine Taverne besaß.

Jetmir sah mit seiner spitzen Nase; flachem, abfallendem Kinn und kleinen, flinken Augen aus wie eine Ratte, und manchmal wollte man meinen, er sehe nicht nur so aus. Tirana war ein Drecksloch gewesen und beide waren heilfroh, als Drago sie nach Berlin holte. Berlin war die Stadt der Stunde, es gab keine Grenzen mehr und überall pulsierte das pralle Leben. Doch Drago hielt sie an der kurzen Leine, ließ sie arbeiten und wollte immer genau wissen, wo sie waren und was sie vorhatten, was allmählich anfing, sie zu nerven. Sie brauchten schon lange keinen Aufpasser mehr, waren alt genug, um selbst zu bestimmen, wo es langging.

Dann trafen sie eines Tages auf Simon, der ihnen kleine himmelblaue Pillen mit dem Versprechen, noch nie etwas Besseres eingeworfen zu haben, anbot. Und er hatte nicht gelogen. Diese DCs waren mit gewöhnlichem Speed nicht zu vergleichen, es war der Hammer! Da musste das Koks schon von auffallend guter Qualität sein, um mithalten zu können. Sie stellten sich vor, was man im großen Stil für Kohle mit den Dingern machen könnte. Erst war es nur Spinnerei, doch je länger sie darüber fantasierten und nachdachten, desto mehr fuhren sie darauf ab.

Sie hatten Simon nach seiner Quelle gefragt – da, wo es die großen Mengen gab. Doch dieser kleine, hochnäsige Hurensohn wollte partout nicht damit rausrücken; meinte, das liefe alles nur über ihn. Jetmir musste ihm erst einen Teil seines Ohres abschneiden – da, wo ein funkelnder Stein drinsteckte –, bevor der Mistkerl anfing zu reden. Er hole die Ware in einem Lokal in Prenzlauer Berg ab, jammerte der, das *Zum trunkenen Kosaken* heiße und dessen Chefin eine gewisse Ludmilla sei.

Am nächsten Tag fuhren sie hin, nahmen die Gastronomie mal ganz unverbindlich in Augenschein und konnten nichts Ungewöhnliches feststellen. Keinen Hinweis, der auf eine besondere Absicherung hindeutete; nur die Chefin, sowie ein schmaler Typ und eine Tussi, welche die Leute bedienten.

Wie Drago zum Drogenhandel im Allgemeinen stand, wussten sie; nicht aber, was er speziell von einer Dealerei mit hochwertigem Ecstasy hielt. Beiläufig hatten sie das Thema mal angeschnitten und es wurde klar, dass er davon absolut nicht begeistert war.

»Wenn du ein Gebiet mit einer ergiebigen Goldader erkämpft und gesichert hast, was willst du dann mit noch einer?«, hatte er gefragt, »warum um Gottes Willen noch einen zweiten Kriegsschauplatz eröffnen – dazu noch auf einem Gebiet, in dem du dich nicht auskennst? Wofür? Das machen nur dumme Schwanzlutscher, die den Hals nicht voll genug kriegen können.«

»Ich sage dir, Drago kann mich mal und ich sehe keinen einzigen, verfickten Grund, warum wir es nicht alleine durchziehen sollten«, tönte Jetmir und funkelte Rasim mit seinen kleinen Augen an. »Ich schwöre dir, wenn wir erst mal drin sind in dem Geschäft und die fetten Scheine flattern nur so rüber, dann wird auch dein Bruder nichts mehr sagen können. Im Gegenteil, er wird sehen, dass wir auch ohne seine ständige Bevormundung ganz gut zurechtkommen«, setzte er nach.

Rasim sah es im Prinzip genauso, doch Drago zu hintergehen,

kam einer Lüge im Beichtstuhl gleich. Niemand konnte vorhersagen, mit welcher Macht Gottes Strafe auf sie niederfahren würde. »Scheiße, Mann, selbst wenn alles glattläuft, wird er eine Stinkwut auf uns haben. Und hast du mal daran gedacht, was passiert, wenn es doch Probleme gibt und wir ihm Ärger ins Haus bringen? Wenn die blonde Kuh hinterm Tresen nicht so harmlos ist, wie sie aussieht oder im Hinterzimmer noch ein paar üble Typen lauern? Dann wären wir aber richtig am Arsch – und zwar im beschissenen Tirana, wohin er uns mit ein paar gebrochenen Knochen zurückschicken würde.«

»Mann, Rasi, sei doch nicht immer so eine verfluchte Schwuchtel. Was soll passieren? Wir sind doch keine verdammten Idioten, die den Rückwärtsgang nicht finden, sollte es drauf ankommen. Das ist unsere Chance, glaub mir!«

Jetmir machte eine kurze Pause und sah seinen Vetter herausfordernd an:

»Oder war es das jetzt endgültig? Mit Rasim, dem kleinen Hosenscheißer, der sein Leben lang nichts weiter als ein kleiner Bruder sein will, hä?«

»Halt deine blöde Fresse, du dummes Arschloch!«

Damit erwischte die Ratte ihn immer wieder, nagte dort an seinen Eingeweiden, wo es am meisten wehtat. Deshalb gab er zähneknirschend nach.

»Also gut. Wir machen es folgendermaßen: Wir trommeln ein paar Jungs zusammen und stehen bei dieser Ludmilla auf der Matte, sobald sie den Laden öffnet. Sollte irgendetwas schieflaufen oder uns etwas auch nur im Geringsten komisch vorkommt, dann sind wir raus und die Geschichte ist ein für alle Mal erledigt. Ist das klar?«

»Völlig klar«, entgegnete Jetmir, wobei seine kleinen Äuglein vor Erregung nur so funkelten.

30

»Hey, ihr beiden Hübschen«, begrüßte Ludmilla Bojan und Hans Georg, als sie zur Tür reinkamen.

Sie war eine üppige Blondine mit rauer Stimme, die sich gern als Russin gab, aber aus Polen stammte. Schon ihre Eltern betrieben in der Heimat eine Schenke und Ludmilla war seit über dreißig Jahren im Kneipengewerbe unterwegs. So leicht ließ sie sich nicht mehr aus der Ruhe bringen, wenn sie mal ein besoffener Penner schräg anmachte, was im »Trunkenen Kosaken« allerdings recht selten vorkam.

Hans Georg nahm sie in die Arme, er war der Einzige, der ihr ungestraft an den Hintern fassen durfte, was auf alte Privilegien zurückzuführen war und er jedes Mal ungeniert ausnutzte.

»Wenn du mal eines Tages nicht mehr weißt, was du mit deiner Zeit anfangen sollst, ruf mich an, meine Nummer hast du ja«, schäkerte er mit einem verschmitzten Lächeln, nahm die Finger von ihr und sie setzten sich an einen Tisch im hinteren Bereich, wo ein riesiger Deckenventilator die warme Luft verwirbelte.

Phil, ein aufmerksamer Rotschopf aus England, der sich als Student im »Trunkenen Kosaken« seinen Lebensunterhalt verdiente, stellte Getränke auf den Tisch und für Bruno eine Schüssel Wasser hin.

»Also, von was für einem Ärger reden wir? Was ist passiert?«, fragte Bojan.

»Heute Vormittag«, begann Ludmilla, »ich öffne gerade die Türen und bin am Vorbereiten, stehen da plötzlich zwei Typen am Tresen. Ich sage: ›Hey Jungs, ist noch geschlossen.‹ Sie seien auch nicht auf einen Drink scharf, versichert mir der eine, der aussieht wie eine Ratte und mich frech angrinst. Der andere ist so ein Geschniegelter, mit Sonnenbrille, macht einen auf obercool und sülzt, dass ER gegen ein Bier nichts einzuwenden habe. Das waren genau die Typen, die man so gar nicht braucht – solche, die schon aus hundert Metern Entfernung nach Ärger riechen. Ich geh also einen Schritt zur

Seite – dahin, wo der Baseballschläger unterm Tresen liegt –, und frage die Wichser, weswegen sie dann hier seien. Die Ratte blinzelt mich an und kommt auch gleich zur Sache. Ein Vögelchen habe ihm gezwitschert, dass ich DCs vertreiben würde und dass sie sich gerne als neue Geschäftspartner vorstellen wollen. Ich glotze sie an. ›Was vertreibe ich?‹, frage ich verdattert und fordere sie dann auf, dahin zu verschwinden, wo der Pfeffer wächst. Ich gehe also ein wenig in die Knie, greife nach dem Schläger und die beiden Arschlöcher treten etwas zur Seite, geben den Blick zur Straße frei. Da sehe ich dann so einen verfickten dunklen Van, mit offener Schiebetür und mindestens vier schrägen Typen drin. Ich lasse den Schläger los und halte erst mal die Klappe. Die Ratte merkt natürlich, dass sein Trumpf gestochen hat, und grient mich frech an, greift in seine Hemdtasche, zieht ein kleines Päckchen raus, legt es auf den Tresen und faltet es genüsslich auseinander. Und Scheiße noch mal, liegt da ein Stück von einem Ohr drin. Und zwar von Simons Ohr – einem Dealer von mir – zu erkennen an dem Brilli, der da noch immer drinsteckte. Ich schlucke kurz und frage, was der kranke Scheiß soll, sage ihnen, dass sie hier an der falschen Adresse sind. Sie seien genau an der Richtigen, piepste die Ratte und tönte dann: ›Fürs Erste nehmen wir zehntausend Stück‹. Ich muss ihn ziemlich entgeistert angesehen haben, denn er hörte auf zu grinsen und ich erwiderte: ›Mal angenommen, ich hätte eine Ahnung von dem, was du hier faselst, ja? Nur mal so angenommen. Dann würde ich mich doch fragen, was du wohl denkst, wo die Dinger herkämen, ob du tatsächlich der Meinung bist, ich würde sie mir aus dem Arsch pressen.‹ Als ich noch auf eine Reaktion warte, mischt sich der andere ein, nimmt seine Sonnenbrille ab und schenkt mir das charmanteste Lächeln, das er draufhat, was aber nicht ein bisschen charmant wirkte. ›Okay‹, lenkt er ein, ›wir nehmen fürs Erste eintausend DCs und zwar auf Kommission.‹ ›So, so. Wie großzügig‹, spotte ich. Ja, teilt der Schleimbeutel mir daraufhin mit, denn es sei eine ausgesprochen lukrative Investition für mich und meine Zukunft. Sie würde mich vor Sturmschäden und vor allen Dingen vor Vandalismus und Krankenhauskosten schützen.«

Ludmilla endete, schaute in die Runde.

»Und du glaubst ihnen?«

»Keine Ahnung, ob sie es drauf ankommen lassen und mir den Laden auseinandernehmen würden. Überraschen täte es mich nicht.«

»Was waren das für welche?«, wollte Bojan wissen, »wie alt waren die?«

»Anfang zwanzig vielleicht, machten auf mich nicht den Eindruck, als hätten sie einen genauen Plan, wirkten eher wie zwei Jungbullen mit zu viel Testosteron im Blut, unberechenbar.«

»Und glaubst du, sie handeln auf eigene Rechnung, oder haben sie Rückendeckung?«

»Schwer zu sagen.«

»Hm«, machte Bojan, stand auf, stellte sich unter den Deckenventilator, dessen große Rotorenblätter sich in einem gleichmäßigen Tempo drehten, sah den Fußgängern auf der Straße nach und schwieg eine Zeit lang.

»Bevor wir reagieren, will ich wissen, mit wem wir es zu tun haben«, sagte er schließlich und setzte sich wieder. »Ich werde heute noch Bernardo zu euch schicken. Der bleibt, bis sie wieder auftauchen, gibt ihnen die Pillen und verschafft uns damit die Zeit, die wir brauchen, um rauszukriegen, wer dahintersteckt. Danach sehen wir weiter.«

»Im Ernst?«, fragte Hans Georg erstaunt, »du willst Bernardo das machen lassen? Meinst du nicht, das könnte ein bisschen viel für ihn sein?«

»Wieso? Er wollte doch immer ganz vorne mit dabei sein. Was soll schon schiefgehen? Er braucht doch nur den Typen das zu geben, was sie haben wollen. Ich bin gespannt, wie er sich schlägt, und vielleicht dämpft es auch mal ein wenig sein großes Maul.«

»Verstehe«, grinste Hans Georg ihm entgegen.

»Ich bin ja auch noch da.«

»Deswegen, Ludmilla, mache ich mir auch keine Sorgen. Wir fahren jetzt zurück und schicken dir Bernardo.«

Der Himmel hatte sich bedeckt, vom Westen her zogen schwere, dunkle Wolken auf und Bruno scheute sich rauszugehen. Das Einzige, wovor der Köter tatsächlich Schiss hatte, war, wenn der Himmel lautkrachend drohte, ihm auf den Kopf zu fallen, und das konnte jeden Moment passieren. Missmutig und mit eingeklemmtem Schwanz schlich er ins Taxi und verkroch sich im Fußraum.

Nachdem sie zurück in Charlottenburg waren, dauerte es keine fünf Minuten mehr, bis die Welt sich anschickte, unterzugehen. Sturmböen peitschten unvorstellbare Wassermassen durch die Häuserschluchten Berlins, fegten Bäume kahl und entwurzelten sie. Ganze Straßenzüge wurden überschwemmt und waren unpassierbar. Keller, Tiefgaragen und Unterführungen standen innerhalb kürzester Zeit unter Wasser. Sowohl die Feuerwehr als auch das *Technische Hilfswerk* waren im Dauereinsatz und riefen den Notstand aus. Nichts ging mehr. Blitze schlugen ein und das Donnergrollen ließ jeden in Ehrfurcht erschaudern. Es war ein unglaubliches, Respekt einflößendes Schauspiel— wie eine Inszenierung für den Tag des Jüngsten Gerichts.

Es war klar, dass Bernardo heute nicht mehr nach Prenzlauer Berg fuhr, wie auch klar war, dass kein anderer sich auf den Weg zu Ludmilla machen würde.

Sie saßen am Tisch in der kleinen Küche, Bruno lag zusammengekauert darunter und Bernardo konnte es kaum erwarten, die Neuigkeiten zu erfahren. Bojan erzählte im Groben, was passiert war; dass die beiden Vorfälle – so wie es aussah – nichts miteinander zu tun hätten, dass Rüdiger anscheinend das kleinere Problem darstelle und die Sache bei Ludmilla weitaus gefährlicher für das Geschäft werden könne.

»Wir brauchen in erster Linie mal Zeit. Bevor wir bei Ludmilla reagieren, müssen wir wissen, mit wem wir es zu tun haben. Hage und ich kümmern uns darum, auch um Rüdiger. Du wirst dich bei Ludmilla postieren und die Typen bedienen, wenn sie auftauchen. Du wirst ihnen die Pillen geben und dir anhören, was sie zu sagen haben.«

»Die Arschlöcher können einpacken, verlass dich drauf«, tönte Bernardo, »wer ist der zweite Mann an meiner Seite?«, fragte er forsch.

Bojan riss die Augen auf, sah Hans Georg sich eins feixen und musste dann selbst schmunzeln.

»Was denn für ein zweiter Mann? Du bist der Bote, weiter nichts. Wofür brauchst du einen zweiten Mann?«

Bernardo stutzte, dann ruderte er zurück.

»Ich?«, kam es von ihm. »Ich brauch' natürlich keinen zweiten Mann, ich dachte nur, du wolltest mir einen Babysitter mitgeben. Mit den Hurensöhnen werde ich natürlich auch alleine fertig.«

»Also noch mal, Nardo, du bist nur der Bote«, bläute Bojan ihm ein, »lass dich auf keine Mätzchen ein und bleib entspannt. Auch wenn die Typen vielleicht einen auf Gangster machen. Wenn sie kriegen, was sie wollen, gibt es für sie keinen Grund, auszurasten.«

»Und wenn sie mehr wollen?«

»Mehr war nicht verabredet. Wenn sie mehr wollen, wirst du ihnen sagen, dass sie das mit dem Boss besprechen sollen.«

Mit ernstem Gesicht lümmelte Bernardo breitbeinig auf dem Küchenstuhl, rauchte und gab sich alle Mühe, relaxt und lässig zu wirken. Was er aber keineswegs war. Es war ihm anzusehen, dass ihm nicht ganz geheuer war bei dem, was Bojan da von ihm verlangte.

»'Ne Knarre kriege ich wohl nicht mit, oder?«

»'Ne Knarre?«, fuhr ihn Bojan an. »Was um alles in der Welt soll ein Bote mit ›ner Knarre?«

31

Jetmir kratze mit der Rasierklinge über den Spiegel und schob von dem weißen Häuflein zwei Lines zurecht.

»Jetzt mach dir mal nicht ins Hemd«, motzte er, zog sich eine rein und reichte Rasim den zusammengerollten Geldschein. »Ist doch super gelaufen. Die Alte macht uns garantiert keinen Ärger. Haste gesehen, wie ihre fette Kinnlade runterklappte, als ich ihr Simons Ohr auf den Tresen geknallt hab'? Ich wette, die hat vor lauter Angst ihre Slipeinlage durchnässt.«

Wenn Rasim sich genau erinnerte, dann hatte die Frau nicht mal mit der Wimper gezuckt und auch sonst keine Spur von Nervosität gezeigt. Er teilte die Line in zwei kleinere und sog sie nacheinander in beide Nasenlöcher.

»Was willst du von mir? Blödes Arschloch. Ich bin bloß nicht so ein verdammter Idiot wie du. Wenn du mich fragst, war die Alte nicht ein bisschen eingeschüchtert. Das ist ein abgezocktes Luder, was auf keinen Fall nett und harmlos ist.«

»Na und? Sie wird uns trotzdem keinen Ärger machen. Die will doch nur ihre Pillen verticken und es wird ihr scheißegal sein, an wen.«

»Eben, du sagst es: Verticken. Sie will Kohle dafür sehen und keine abgeschnittenen Ohren.«

»Das wird sie ja. Mann, Rasi, was ist los mit dir? Wo ist das Problem? Wenn es erst mal läuft, kriegt sie doch auch die Kohle.«

»Klar wird sie das. Aber was, wenn sie auf neue Geschäftspartner nicht den geringsten Bock hat? Schon gar nicht auf welche, die nicht mal ihren Einsatz bringen. Was, wenn sie es jemandem mitteilen muss? Einem, der Übung darin hat, irgendwelchen Dahergelaufenen, die meinen, eben mal neue Geschäftsbedingungen einführen zu können, den Arsch aufzureißen? Du glaubst doch nicht im Ernst, dass die Alte die letzte Instanz ist, mit der wir es zu tun haben werden. Dir ist schon klar, dass sie nur ein Zwischenhändler ist und wir keine Ahnung haben, wem wir da tatsächlich an den Karren fahren, oder?«

Jetmir verdrehte die Augen und zog noch einmal kräftig hoch.

»Ich bin doch kein verdammter Idiot. Natürlich weiß ich, dass die Geschichte nicht ohne Risiko ist. Und deshalb erkläre ich dir gerne noch mal, wie es ablaufen wird. Wir fahren hin, wenn die Bude voll ist. Unsere Jungs verteilen sich, zeigen Präsenz und halten sich bereit, den Laden auseinanderzunehmen. Das wird jeden, der irgendwie vorhat, querzuschießen, schon mal mächtig runterholen. Dann verklickern wir der Kuh, dass wir durchaus gewillt sind, für die Pillen zu zahlen, nur eben nicht gleich, dass wir erst eine solide Geschäftsverbindung aufbauen müssen. Und das wird sie einsehen, glaub mir, denn so dämlich ist die Alte nicht, dass sie nicht wüsste, was sonst mit ihrem hübschen Etablissement passieren würde.«

Ja, soweit hatten sie das schon besprochen, so weit war alles klar. Nur, was würden sie tun, wenn die Alte die Pillen auf Teufel komm raus nicht rausrücken wollte?

»Genau das ist der springende Punkt, Jetmir.«

»Was?«

»Was wir tun werden, wenn sie sich stur stellt und uns eine Abfuhr erteilt. Denk nach. Denn eins ist sicher: Wenn wir den Laden zerlegen, wird sich das schneller rumsprechen, als es uns lieb sein kann; und ab da ist es nur noch eine Frage der Zeit, bis Drago davon erfährt. Und du kannst einen stinkenden Furz darauf lassen, dass es dann auch nicht mehr lange dauern wird, bis er weiß, wer dahintersteckt. Dann Gnade uns Gott.«

»Drago wird schon keinen Wind davon bekommen.«

»Klar wird er das, das weißt du genauso gut wie ich und deshalb werden wir es nicht darauf ankommen lassen. Wenn die Angelegenheit nicht glatt über die Bühne geht, werden wir uns zwar in den Hintern beißen, aber zähneknirschend davonmachen, ohne irgendwem auch nur das kleinste Haar zu krümmen. Hast du mich verstanden?! Sind wir uns einig?!«

Jetmir sah nur die fetten Eurobündel, aber keine Schwierigkeiten.

»Klar sind wir uns einig«, grinste er, wobei seine kleinen Äuglein nur so hin- und her huschten und er die nächste Line zurechtschob.

32

Als er gestern nach Prenzlauer Berg fuhr, hatte er ein Gefühl in der Magengegend, als hätte er faule Eier gegessen; solche, die ihm Bojan zu fressen gegeben hatte. *Die ganze Zeit über war ich nur der Laufbursche; damit beschäftigt, Lieferungen zusammenzustellen,* rumorte es in seinem Kopf, *und plötzlich soll ich mich mit zwei durchgeknallten Junkies treffen? Solchen, die anderen die Ohren abschneiden? Und das ohne jegliche Rückendeckung? Ich wäre ja nur der Bote, bräuchte nichts weiter tun, als ihnen die Pillen zu geben, sie bei Laune zu halten und Zeit zu schinden. Und warum machte es dann nicht Ludmilla, wenn nichts weiter dabei war? Weil es nicht zu ihrem Job gehöre,* meinte Bojan. *Pah, ich hab' doch genau gesehen, wie Bojan und Hage sich amüsierten, bloß weil ich nicht gleich in helle Begeisterung ausgebrochen war und meine Bedenken äußerte. Die beiden schicken mich zu einem Treffen, von dem niemand sagen kann, wie es ausgehen wird und feixen sich eins.* Er verfluchte sie, kratzte seine letzte Selbstachtung zusammen und schwor sich, es Bojan schon irgendwie zu zeigen.

Zum Anfang saß er noch da wie auf heißen Kohlen, machte jedes Mal einen langen Hals, wenn neue Gäste kamen, bis Ludmilla ihm dann einen Job hinterm Tresen am Ausschank gab. Da war dann irgendwann so viel zu tun, dass er zeitweise an seine eigentliche Mission gar nicht mehr dachte und tatsächlich in Stress kam. Phil und Frumpy bedienten die Leute; Ludmilla kümmerte sich um alles und jeden und meinte, es sei gut, dass er da sei, um auszuhelfen. Nach dem Ende der Hitze waren auch wieder sämtliche Tische drinnen besetzt, plus der Biergarnituren draußen.

»Sieht so aus, als wär's dir langsam too much«, sagte Frumpy, als sie ihm die nächste Bestellung hinlegte, und zwinkerte ihn dabei frech an.

Sie war gertenschlank; hatte schwarze, kurze Haare und einen blassen Teint, dafür aber voll tätowierte Arme und einen Haufen Ringe in den Ohren.

»Das sieht nur so aus.«

»Wenn du ›ne Pause und ›ne kleine Stärkung brauchst, auf der Personaltoilette gibt es eine Revisionsklappe.«

In der Manier von Bruce Lee wischte sie mit dem Daumen über ihre Nase, schaute ihn dabei herausfordernd von unten schräg an, schnappte sich dann das Tablett voller Getränke und war im nächsten Augenblick wieder nach draußen verschwunden.

Lange brauchte es nicht, dann war der Groschen gefallen. Hinter der Revisionsklappe befand sich ein kleiner Hohlraum, in dem auf einem Spiegel ein beachtliches Häufchen Kokain lag. Jetzt war klar, warum alle auf Hochtouren liefen, ohne schlappzumachen. Er schob sich eine Line zurecht und verteilte sie auf beide Nasenlöcher. Das Zeug zwirbelte ihm durchs Hirn und sämtliche Synapsen schalteten augenblicklich auf Hochspannung um.

»Wow!«, brachte er hervor und konnte sich nicht erinnern, jemals so einen feinen Stoff konsumiert zu haben. Ab da konnte ihn nichts mehr aufhalten und er hätte nichts dagegen gehabt, wenn die Wichser noch aufgetaucht wären, was sie an dem Abend aber nicht mehr taten. Völlig überdreht und mit einer satten Abfuhr im Gepäck fand er erst in den frühen Morgenstunden den Schlaf. Ludmilla hatte ihm das Sofa in der Küche als Schlafstätte zugewiesen und Frumpy hatte es hartnäckig abgelehnt, diese mit ihm zu teilen.

Ludmilla hätte er erschlagen können, als sie am nächsten Vormittag anfing, in der Küche rumzuhantieren und ihn dabei weckte.

»Du kannst ruhig noch liegen bleiben«, sagte sie, als er sich grunzend auf die andere Seite drehte, »nur ich muss schon mal loslegen.«

Bei allem, was sie tat, brabbelte sie polnisch und gab sich nicht die geringste Mühe, irgendwie leise zu sein. Als sie das Radio einschaltete, stand Bernardo auf.

»Wenn du doch schon hoch bist, kannst du vielleicht gleich mal ein bisschen Ordnung am Tresen schaffen.«

»Das ist verflucht noch mal nicht meine Aufgabe, du kannst mich mal kreuzweise«, hätte er am liebsten gesagt, nickte aber und schlich wortlos zur Toilette, hockte sich auf die Kloschüssel und noch während er am Pinkeln war, fragte er sich, ob nicht so eine ganz kleine Line helfen könnte, in den Tag zu kommen. Nach einer halben Stunde, einer Dusche und einem Pott Kaffee, wusste er, sie konnte es, und am Nachmittag war er schon wieder derart in Fahrt, dass Ludmilla ihn ermahnen musste, es nicht zu übertreiben.

»Hör zu Bernardo, halt mal den Ball flach, Ich habe nicht den geringsten Bock, Bojan erklären zu müssen, dass du die Angelegenheit nur deshalb an die Wand gefahren hast, weil deine Nase zu tief im Schnee gelandet ist, hast du mich verstanden?«

Hatte er. Nur nicht, was bitte schön schiefgehen sollte. Es gab keinen Grund, nervös zu sein. Die beiden Schwanzlutscher sollten ruhig kommen. Er würde ihnen freundlich zuhören; ihnen geben, was sie verlangten und wenn sie darauf bestehen sollten, bekämen sie auch gerne noch einen Tritt in den Arsch. Wo war das Problem?

Er kam von der Toilette und blieb im Gang stehen, um sich eine Zigarette anzuzünden. Der Laden war schon wieder gerammelt voll und die beiden Typen, mit denen Ludmilla da gerade sprach, sahen nicht so aus, als fragten sie nach einem freien Tisch. Plötzlich bekam er einen heftigen Schweißausbruch. Doch er schwitzte nicht, es war nur so'n Schub, als ob. Der eine sah aus wie ›ne Ratte, bei der man sich unwillkürlich nach einem Knüppel umsah. Und der andere? Groß, schlank, mit versteinerter Mimik hinter einer Sonnenbrille.

Mit einer diffusen, plötzlich aufkeimenden Vorstellung, irgendwie unentdeckt bleiben zu können, drückte er sich an die Wand und nahm ein paar schnelle Züge an seiner Kippe. Es schoss ihm der Gedanke durch den Kopf, sich eben noch mal auf die Toilette zu verdrücken, doch da drehte sich Ludmilla auch schon zu ihm um, zeigte in seine Richtung und die beiden Typen starrten zu ihm rüber, wobei er das Gefühl hatte, dass die Ratte ihn mit ihrem Blick geradezu durchbohren wollte. Ratten waren widerliche Viecher, aber er wusste, dass einer einzelnen das Rückgrat zu zertrümmern keine besondere Herausforderung war. Er straffte seine Muskeln.

Gib den Idioten einfach, was sie haben wollen, und lass den Rest Bojan machen, sagte er sich, gab ihnen ein Zeichen, dass sie ihm folgen sollten, und drehte sich auf dem Absatz um.

»Du bist also der Pussyschlecker von der dicken Kuh, ja? Na, dann rück mal die Pillen raus!«, forderte ihn die Ratte ohne Umschweife auf.

Die beiden ließen sich aufs Sofa fallen. Bernardo drückte die Zigarette im Aschenbecher aus, der auf dem kleinen Tisch stand und setzte sich in den Sessel ihnen gegenüber. Die Ratte blinzelte ihn herausfordernd an und am liebsten hätte er ihr gleich mal eine reingehauen.

»Und du bist sein Schwanzlutscher?«

Bernardo schaute die Ratte an und nickte in Richtung seines Nachbarn. Diese machte dicke Backen, entspannte sich dann aber gleich wieder und sagte:»Quatsch nicht, lass lieber den Stoff rüberwachsen! Vielleicht ist es dir entgangen, aber unsere Jungs da draußen sind gierig darauf, euch den Laden auseinanderzunehmen und warten nur darauf, ein Zeichen von mir zu bekommen.«

Der Typ hatte eine Art, die ihm gewaltig gegen den Strich ging und er konnte es sich nicht verkneifen zu sagen:»Dann leg du erst mal die Kohle auf den Tisch, du kleines verficktes Rattengesicht. Auf Pump kriegst du bestenfalls einen Tritt in die Eier, falls du welche hast.«

Die Ratte schnappte nach Luft, doch bevor sie etwas sagen konnte, mischte sich der andere ein.

»Das werden wir, wenn wir die nächste Lieferung abholen, so wie besprochen«, sagte er, nahm die Sonnenbrille ab, beugte sich nach vorn und fixierte ihn aus dunklen, kalten Augen.

Bernardo beachtete den Blick nicht. Sein Puls näherte sich dem roten Bereich, er war aufgepeitscht und plötzlich wild entschlossen, aller Welt zu zeigen, dass er eben nicht irgendjemandes Pussyschlecker war.

»Besprochen? Blödsinn. Wenn wir überhaupt mit euch Geschäfte machen, dann werdet ihr für die DCs genauso bezahlen wie jeder andere auch – und zwar im Vorfeld. Sollte euch das nicht passen, dann macht euch am besten gleich wieder vom Acker.«

Die Ratte packte mit einer Hand den kleinen Tisch und fegte ihn mit allem, was draufstand, beiseite. Funkelte ihn wütend an und streckte ihm drohend den Zeigefinger entgegen.

»Du verfluchte, kleine Schwuchtel«, zischte er, »wenn du nicht willst, dass wir euren Laden zu Kleinholz verarbeiten und du deine hübsche Fresse behalten willst, dann solltest du jetzt unbedingt die verdammten Pillen rausrücken. Das ist deine letzte Chance, verstehst du das? Arschloch!«

Bernardo hatte keine Zweifel, dass die Ratte es genauso meinte, wie sie es sagte. Der Typ sah nicht nur aus wie eine Ratte, er war auch mindestens genauso abstoßend und angsteinflößend. Doch anstatt langsam den Rückwärtsgang einzulegen, schaltete er hoch.

»Jetzt werde ich euch mal was erzählen. Ihr verdammten Kackbratzen kommt hier reinspaziert, macht einen auf dicken Max und habt keine Ahnung, in wessen Arschloch ihr gerade eure mickrigen Pimmel stecken wollt. Ich gebe euch einen guten Rat: Fickt euch lieber selbst. Keine Kohle. Keine Pillen. So sind die Spielregeln.«

Wieder spürte er den kalten Schweiß, der vom Nacken langsam den Rücke runterkroch. Die Anspannung kribbelte in jeder Faser seines Körpers. Er fixierte die Ratte. Der andere wollte sich gerade einmischen, als die Ratte aufsprang. Dabei griff sie wieselflink hinter ihren Rücken und hielt plötzlich eine Knarre in der Hand. Bernardos Synapsen schalteten augenblicklich auf Panik um. Merkwürdigerweise war er zur gleichen Zeit auf den Beinen wie das Rattengesicht und schlug, als wenn man einem Kind auf die Finger haut, reflexartig auf die Hand mit dem Schießeisen, wobei sich ein Schuss löste. Mit einem explosionsartigen Knall schlug das Projektil in den Dielenboden ein, allerdings war es vorher quer durch den linken Fuß der Ratte gerauscht, die einen Moment wie angewurzelt dastand und dann erst anfing zu jaulen. Sie fiel aufs Sofa zurück und starrte ungläubig auf das Loch in ihrem Fuß. Der andere fluchte, was das Zeug hielt, nahm ihm den Revolver ab und steckte ihn sich in den Hosenbund. Mit vor Wut sprühenden schwarzen Augen starrte er Bernardo finster an.

»Dafür wirst du bezahlen«, fauchte er.

Und so, wie er die Drohung aussprach, war es kein leeres Versprechen.

»Das ist so sicher wie das Amen in der Kirche«, presste die Ratte zwischen den Zähnen hervor, »wir sehen uns wieder, verlass dich drauf!«

Sie waren bereits auf dem Flur – der eine humpelnd, der andere seinen Kumpel stützend –, als Bernardo seine Sprache wiederfand.

»Aber bringt ja die Kohle mit!«, war das Einzige, was ihm dazu noch einfiel.

Im nächsten Moment stand Ludmilla in der Tür.

»Was um Himmels willen ist passiert?«, fragte sie in scharfem Ton.

»Was soll passiert sein, der Blödmann hat sich in den Fuß geschossen.«

»Wieso?«

»Woher soll ich das wissen. Ich hab' den Pennern klar gemacht, dass es für sie keine Pillen gibt, hab' sie zum Teufel geschickt, diese jämmerlichen, kleinen Schwanzlutscher. Die lassen sich hier nicht mehr blicken, glaub mir.«

»So, meinst du?«

Sie sah ihn skeptisch an.

»Für mich sahen sie nicht wie geprügelte Hunde aus, die sich davonschleichen, eher wie Hyänen, die Blut gerochen haben. Ich ruf mal Bojan an.«

»Ja, tu das!«, rief Bernardo ihr hinterher.

Er hätte nicht genau beschreiben können, was da eben im Einzelnen passiert war; wusste nur, dass er den Vollidioten mal so richtig gezeigt hatte, wo der Hammer hing und dass das ja wohl mal nach Anerkennung schrie.

Er ging nach vorne, goss sich einen Bourbon ein und nahm einen kräftigen Schluck, spürte, wie sich der Alkohol warm in seinem Magen verteilte.

»Du sollst nach Charlottenburg kommen, Bojan erwartet dich«, rief Ludmilla ihm zu, nachdem sie aufgelegt hatte, »sofort.«

»Wozu die Eile? Die Sache ist erledigt. Wir sollten ein wenig feiern.«

Er kippte den Rest Bourbon hinter.

»Ich muss mal auf Toilette.«

Ludmilla packte ihn am Arm.

»Du gehst nicht auf die Toilette. Bernardo, sei kein verdammter Schwachkopf, komm mal langsam wieder runter. Die Sache ist nicht so gelaufen, wie Bojan es wollte. Da solltest du ihm nicht auch noch bis unter die Schädeldecke zugedröhnt gegenübertreten. Allein dafür wird er sich dich gewaltig vorknöpfen. Reiß dich jetzt zusammen, ich ruf ein Taxi.«

Nee, wie geplant war es nicht gelaufen, das musste er zugeben. Dafür hatte er aber die Angelegenheit ein für alle Mal geklärt; hatte ihnen gezeigt, wo es langging; hatte sie zum Teufel gejagt und ihnen klar gemacht, dass nicht jeder x-beliebige Penner ins DC-Geschäft einsteigen kann, wie es ihm gerade gefiel. Das musste Bojan anerkennen, ob es ihm nun passte oder nicht.

»Okay, Ludmilla, ich mach' mich sofort auf den Weg, aber pissen muss ich trotzdem noch mal.«

33

Am nächsten Morgen erwachte Bojan früh aus einem unruhigen Schlaf und spürte instinktiv, dass es noch nicht an der Zeit war aufzustehen. Er drehte sich auf die andere Seite, aber noch in der Bewegung schob sich Bernardo vor sein geistiges Auge und brachte sein Gemüt prompt wieder in Wallungen. Dieser hirnrissige Wichtigtuer hatte seine Laune aufs Übelste terrorisiert und ihm wurde schlagartig klar, dass er es gar nicht erst versuchen brauchte, noch einmal einzuschlafen.

Er stand auf und ging ins Badezimmer, danach pumpte er stur die allmorgendlichen einhundert Liegestütze weg und packte sogar noch welche obendrauf. Auch die Sit-ups und Klimmzüge absolvierte er mit eiserner Verbissenheit. Danach ging es ihm etwas besser.

Bis zu Ludmillas Anruf gestern am späten Abend, als sie ihm mitteilte, wie es mit Bernardo und den Typen gelaufen war, war es eigentlich ein guter Tag gewesen. Die Angelegenheit mit Rüdigers Erpressern hatte sich schnell erledigt. Die Doppelmörder wie Rüdiger sie nannte, entpuppten sich als ein paar ziemlich schräge, aber letztendlich doch harmlose Kleinkriminelle von der Schwarzmeerküste, die erst vor ein paar Wochen in Berlin gestrandet waren und nun mal sehen wollten, was so ging. Doch als sie Hassans Leuten gegenüberstanden, jeder mit einer *SIG Sauer P226* in der Hand, war bei den Jungs im Handumdrehen die Luft raus gewesen. Hassans Leute hatten ihnen noch eindringlich und mit allem Nachdruck nahegelegt, sich doch besser ein anderes Geschäftsfeld zu suchen, was sie dann auch schnell einsehen konnten.

Damit war diese Angelegenheit erledigt und er schon mal eine Sorge los. Dafür hatte sich die Sache bei Ludmilla, dank Bernardo, noch um Einiges verschärft und glich nun einer tickenden Zeitbombe. Kein Schwein konnte wissen, wie die Kerle drauf waren. Ludmilla meinte, dass sie ziemlich finster wirkten und nicht den Eindruck machten, als bräuchte man ihre Drohung wiederzukommen, nicht ernst zu nehmen. Natürlich stand es außer Frage, dass sie nicht ungestraft davonkommen würden, nur hätte er gerne vorher gewusst, mit wem sie es zu tun hatten. Wenn es um die DC ging, schrillten die Alarmglocken immer ein wenig lauter. Da war es nicht gesagt, dass es sich nur um ein paar Typen handelte, die sich mit einer ordentlichen Tracht Prügel oder einem Loch im Fuß in ihre Schranken weisen ließen. Dahinter konnte ebenso ein gut organisierter Ableger eines machthungrigen Syndikats stecken, dem man besser nicht ins offene Messer lief. Bernardos selbstherrliche Aktion glich einem Schlag ins Hornissennest: alles aufscheuchen und mal sehen, was passiert. Bojan hätte ihn dafür würgen können, bis er an seinem blöden Grinsen erstickt wäre. Gott sei Dank rief Edmundo gestern noch an und orderte seinen Bruder zurück nach Spanien, sodass er dessen dämliche Fresse nicht länger ertragen musste. Das war zumindest ein schwacher Trost.

Um 12 Uhr war er mit Hassan verabredet. Es gab da eine Spur zu einem gewissen Drago, die sie verfolgen wollten, einem ehemaligen, albanischen Milizionär, der sich wohl das Glücksspielgeschäft in Charlottenburg unter den Nagel gerissen hatte, und zu dessen näherem Umfeld auch ein Rattengesicht gehörte. Hassans Schwager kannte da einen, der was zu dem Kerl sagen konnte, und zu dem wollten sie. Es war noch Zeit, er griff nach seiner Jacke und der Hundeleine, was Bruno dazu bewegte, sich von seiner zerfetzten Matratze aufzurappeln und sich einmal ordentlich zu strecken. Gemeinsam gingen sie runter zum Ludwigkirchplatz, zu ihrem Café, um zu frühstücken.

34

Auch Bernardo hatte noch Zeit, sein Flieger ging erst in drei Stunden vom innerstädtischen Flughafen Tegel. Er hatte keine Ahnung, warum er so plötzlich zurücksollte. Bojan meinte nur, dass es sich um eine Familienangelegenheit handle, und war von einer derart üblen Laune, dass Bernardo sich nicht traute nachzufragen, worum es genau ging. Na, ihm sollte es recht sein. Bojan, der Sack, war echt nicht mehr zu genießen, spielte sich auf wie der letzte Arsch. Dabei wären ein paar lobende Worte durchaus mal angebracht gewesen.

Mit nassen, nach hinten gekämmten Haaren und getrimmtem Dreitagebart stand er, nur mit einem Handtuch um den Hüften, im Badezimmer vorm Spiegel und stutzte die letzten widerspenstigen Barthaare. Seine Stimmung war vom Koks und den ganzen Ereignissen immer noch aufgepeitscht und er dachte an Frumpy, stellte sie sich nackt vor, mit Piercings in den Brustwarzen und wie ihr schlanker Körper auf ihm ritt.

»Du fliegst heute nach Hause?«

Nach dem Duschen hatte er die Tür geöffnet, um den Dampf abziehen zu lassen, und da stand sie. Er schenkte ihr ein wehmütiges Lächeln.

»Ja, Maja, leider.«

Sie steckte noch im Schlafanzug und sah ihn traurig an.

»Kommst du wieder?«

»Aber na klar. Spätestens wenn meine Sehnsucht nach dir unerträglich wird, bin ich wieder hier«, schmeichelte er ihr.

»Und redest du dann mit Bojan? Wegen uns?«, fragte sie ernst.

»Versprochen.«

Er ging auf sie zu und nahm sie in seine Arme.

»Ich warte auf dich«, sagte sie verlegen und versuchte dem Druck auszuweichen.

»Ach, Maja«, seufzte er, »jetzt bereue ich es, dass ich noch nicht mit Bojan gesprochen habe. Wenn ich wiederkomme, hast du bestimmt einen neuen Freund und willst nichts mehr von mir wissen.«

»Wie kannst du so etwas sagen?«, empörte sie sich.

»Liebst du mich denn?«, fragte er zärtlich, hielt ihren Kopf in seinen Händen und lächelte sie an.

Sie wurde rot, versuchte seinem Blick auszuweichen.

»So wie ich dich liebe?«, fragte er nach.

»Ja«, flüsterte sie dann kaum hörbar und versuchte, ihm dabei fest in die Augen zu schauen.

Er küsste sanft ihre Lippen, die sich nur zögerlich öffneten, gerade so weit, um ein kleines, zärtliches Zungenspiel zuzulassen. Dabei streichelte er ihren Nacken, fuhr ihre Wirbelsäule entlang, strich über ihre vollen Pobacken und drückte ihr seinen anschwellenden Schwanz entgegen. Sie drehte sich weg.

»Bernardo, nicht«, bat sie, »lass uns warten, bis du zurück bist und du mit Bojan gesprochen hast.«

Er hielt sie fest.

»Ach, Maja, ich komme zurück, spreche mit Bojan und alles wird gut. Aber du musst mir auch zeigen, dass du mich wirklich liebst. Oder ist das alles nur das Gerede einer kleinen, dummen Gans, die nicht weiß, was sie will. Hm?«

Er drehte sie zu sich, legte den Finger unter ihr Kinn und hob ihren Kopf.

»Das bist du doch nicht, oder?«

Schweigen.

»Oder?«

Er sah, wie sie mit sich kämpfte, sah die Verzweiflung eines verliebten Teenagers in ihren Augen; sah, wie sie feucht wurden, ließ
sie stehen und stellte sich wieder vor den Spiegel. Darin erblickte
er Maja wie versteinert dastehen, sie starrte ihn an und suchte nach
Worten.

»Ich liebe dich und bin keine dumme Gans, nur …«, sie sprach
nicht weiter, Tränen kullerten über ihre Wangen.

»Natürlich nicht«, bestätigte Bernardo sanft und etwas schärfer:
»Doch es liegt bei dir, wie wir auseinandergehen.«

Er wartete auf eine Reaktion von Maja, die immer noch still dastand, dann drehte er sich wieder zu ihr um und reichte ihr die
Hand.

»Komm her«, lockte er in mildem Ton.

Maja zögerte, doch dann lächelte sie, wischte sich mit dem Handrücken die Augen trocken und gab ihm die Hand. Er zog sie zu sich
und ließ das Handtuchen von seinen Hüften auf den Boden fallen.

»Keine Angst«, raunte er.

Bernardos Maschine rollte bereits in Startposition, als Bojan den
Anruf von Ludmilla entgegennahm.

»Verfluchte Scheiße, Bojan, sie waren hier. Sie haben alles kurz
und klein geschlagen. Phil liegt mit eingeschlagenem Schädel im
Krankenhaus und mir kleben die Bullen am Arsch. Bojan, tu etwas!«

AUGE UM AUGE

35

Jonny war ein Kinderspiel gewesen im Gegensatz zu dem, was sie noch erwarten würde, da war Hub sich sicher und Rowenta schien es auch zu ahnen. Sie sagte kaum ein Wort auf der Fahrt zurück in die Stadt, um Paco aufzuspüren. Klar, bei Jonny hatte sie noch einen ungefähren Plan gehabt; da wusste sie, was zu tun war, um zu kriegen, was sie wollte. Zwar war sie immer noch fest entschlossen die Rechnung zu begleichen, hatte aber nicht den leisesten Schimmer, was auf sie zukommen würde und wie sie an Paco rankommen sollte.

Im Stillen hoffte Hub, dass sie übertrieben hatte, als sie andeutete, mit gleicher Münze zurückzuzahlen und dass die Mission ohne Tote über die Bühne gehen würde. Und überhaupt wünschte er sich herbei, dass sie beide mit heiler Haut aus der Nummer rauskämen.

»Was denkst du?«, fragte er.

Rowenta antwortete nicht, schaute stur die Straße entlang.

»Ich denke, dass wir uns auf einiges gefasst machen sollten«, fuhr Hub nach einem Moment des Schweigens fort, »dass es mit Jonny ein Leichtes war im Gegensatz zu dem, was uns bei Paco und diesem Messiah noch bevorsteht.«

Rowenta nickte, blieb aber stumm.

»Gerade vor Messiah sollten wir uns höllisch in Acht nehmen. Jonny hatte weitaus mehr Schiss vor ihm, als du ihm einflößen konntest. Und die Leute auf dem Platz sprachen über ihn, als sei er der Tod persönlich, den ›Fürsten der Finsternis‹ nannten sie ihn.«

Sie sagte immer noch kein Wort.

»Sag was, Rowenta! Wie willst du vorgehen? Willst du Paco tatsächlich umbringen? Wie willst du das anstellen? Bedenke, dass es Bill war, der sich auf dieses Spiel eingelassen hat, trotz aller Warnungen.«

Rowenta sah zu ihm rüber und sie tauschten einen kurzen Blick. Dann kramte sie in ihrer Umhängetasche herum, holte den Revolver hervor und legte ihn vor Hub aufs Armaturenbrett.

»Wow!«, brachte er überrascht hervor und Rowenta sagte nur: »Ich werde es durchziehen.«

Mit Schusswaffen hatte Hub nie etwas am Hut gehabt – sie waren ihm unheimlich, machten einen Höllenkrach und wenn es Tote gab, ging es in der Regel um Mord, nicht mehr um Totschlag oder Notwehr. Immer wenn die Dinger irgendwo ins Spiel kamen, war er draußen. Und genau die Chance gab sie ihm jetzt. Aber klar, eine echte Wahl hatte er nicht.

»Ich habe nicht die Absicht, jemanden über den Haufen zu schießen, wenn dich das beruhigt, sie gibt mir aber ein gutes Gefühl und hat auch eine enorme Überzeugungskraft, wenn's drauf ankommt. Das Schwein soll zumindest leiden.«

Rowenta nahm die *38er,* wog sie kurz in ihrer Rechten und verstaute sie dann wieder in ihrer Tasche.

»Die war Bills Lebensversicherung, wie er es nannte, jetzt soll sie meine sein, mehr nicht«, erklärte sie.

»Viel genutzt hat sie ihm allen Anschein nach ja nicht. Können wir uns darauf einigen, dass du das Ding nur im äußersten Notfall benutzt?«

»Ja.«

»Okay«, er schluckte seinen Widerwillen runter, »dann werden wir erst mal checken, wo Paco wohnt, und überlegen uns dann, wie wir es durchziehen wollen.«

Er parkte das Wohnmobil am Rande der Altstadt und weil sie niemanden nach dem Weg fragen wollten, dauerte es seine Zeit, bis sie Pacos Adresse gefunden hatten. Sie befand sich im oberen Teil, in einer schmalen Gasse, die bergan zu einer kleinen Kapelle führte. Anders als auf den Hauptwegen war hier kaum jemand unterwegs. Im oberen Stockwerk des zweigeschossigen Hauses, das sich in einer Reihe mit gleichhohen Häusern befand, brannte Licht, die Fenster standen offen. Sie blieben an die Hauswand gedrückt darunter stehen und lauschten. Mehr als zwei Stimmen waren nicht zu hören.

Die alte Eingangstür war schmal und niedrig und dahinter führte vermutlich eine ebenso schmale Stiege direkt in Pacos Wohnung. Sie liefen weiter zur Kapelle, setzten sich auf die Stufen davor und zündeten sich eine Zigarette an.

»Also«, begann Hub, »wie's aussieht, haben wir es nicht mit Paco allein zu tun, wir können getrost davon ausgehen, dass die zweite Stimme zu Messiah gehört.«

»War nicht anders zu erwarten, oder?«

»Wir brauchen das Überraschungsmoment. Lass dir was einfallen, damit sie dich reinlassen. Ich halte mich versteckt und wenn Messiah dir die Tür öffnet, bekommt er von mir eins auf die Nuss, während du zusiehst, dass du nach oben kommst und Paco in Schach hältst. Dann sehen wir weiter.«

»Womit willst du ihm eins überziehen?«

»Ich schau mal nach.«

Die Kapelle war zum Teil eingerüstet, er stand auf, suchte die Baustelle ab und kam mit einem handlichen Stück Eisenrohr zurück.

»Damit sollte es gehen«, grinste er und schwang es in beiden Händen hin und her.

Rowenta stand auf, nahm noch einen Zug, trat die Kippe aus und legte sich den Revolver in ihrer Umhängetasche griffbereit zu recht.

»Dann los.«

Er hielt sie am Arm zurück.

»Und bitte denk dran, Rowenta: Die Dinger machen einen Höllenlärm, wenn sie losgehen, und wir wollen doch so wenig Aufmerksamkeit wie nur möglich erregen.«

»Keine Sorge«, sagte sie lächelnd und ging voran, zurück zu Pacos Haus.

Das Licht brannte noch, anders als in den meisten anderen Häusern. Stimmen waren nicht mehr zu hören, ein Fernseher lief. Hub drängte sich in den Eingang des Nachbarhauses, hielt das Eisenrohr mit beiden Händen senkrecht vor seiner Brust am rechten Ohr vorbei und nickte Rowenta zu. Der schrille Ton der Klingel war bis in die menschenleere Gasse zu hören.

»Verfluchte Scheiße«, drang es durch die offenen Fenster nach draußen, »sieh nach, wer das ist.«

Rowenta stand in der Mitte der Gasse und schaute nach oben. Der massige Oberkörper eines schwarzen Mannes zeigte sich im Fensterrahmen.

»Ist ›ne Frau«, rief er ins Zimmer, noch bevor sie etwas sagen konnte.

»Dann frag sie, was sie will!«, rief es von drinnen.

»Was willst du?«

»Ich muss mit Paco reden. Ist er da?«

»Ja, schon, aber was willst du?«

Rowenta schaute sich um, als ob nicht jeder hören sollte, was sie zu sagen hatte, und sprach etwas leiser.

»Ich habe jetzt die Reste von diesem Scheißkerl Bill am Hals und keine Ahnung, wo ich damit hinsoll. Ist doch euer Geschäft, oder? Vielleicht kann Paco was damit anfangen.«

»Warte.«

Der Kerl verschwand vom Fenster, leise Stimmen waren zu hören. Dann tauchte er wieder auf.

»Bist du alleine?«

»Ja, verdammt, oder siehst du hier noch irgendwen?«

Kurz danach waren schwere Schritte auf der Treppe zu hören.

»Halt dich bereit«, flüsterte sie Hub zu, »er kommt. Ziele hoch, ist ein verfluchter Riese.«

Hub kam aus seiner Nische, schob sich neben den Eingang und umklammerte mit beiden Händen das Eisenrohr, hob es rechtsseitig an und ging etwas in die Knie. Die Tür öffnete sich und er erschrak. Augenblicklich verstand er, was der Typ auf dem Campingplatz meinte, als er sagte, dass der Fürst der Finsternis persönlich Shotgun Bill gekillt hätte. Der Kerl war größer als der Türrahmen, mit der entstellten Fratze eines Dämons. Hub realisierte, dass es unmöglich war, den Kopf zu treffen, und wuchtete stattdessen das Ende des Rohres in seinen Unterleib. Der Riese heulte auf und krümmte sich. Der nächste Schlag verfehlte seinen Kopf nur knapp, streifte sein Ohr und krachte aufs Schlüsselbein. Trotzdem war der Weg für

217

Rowenta frei, die an ihm vorbeistürmte. Doch Messiah konnte sie aufhalten, hielt sie am Knöchel fest.

»Was in Gottes Namen ist da los?«, schrie Paco von oben.

Mit Wucht ließ Hub das Eisenrohr auf das Handgelenk des schwarzen Mannes niederfahren, Knochen splitterten und Rowenta stürmte weiter. Jetzt lag der Hüne rücklings auf den Stufen, grunzte mit vor Wut und schmerzverzerrten Gesicht und hielt plötzlich ein Messer in der anderen Hand. Seine Augen flackerten gelb in dem fast schwarzen Gesicht, wie die eines gehetzten Raubtieres, dass in die Enge getrieben wurde, das aber nicht im Entferntesten daran dachte, aufzugeben. Hub überlegte nicht lange und schlug in schneller Folge auf das ein, was ihm am nächsten war. Auf die Füße, Schienbeine und Knie. Messiah versuchte, auf die Beine zu kommen, und stieß immer wieder mit dem Messer nach ihm. Aber Hub konnte ihn auf Abstand halten, ließ nicht nach mit den Schlägen und schlug ihm schließlich das Messer aus der Hand. Der nächste Hieb traf die Schläfe des Dämons und bewusstlos sackte er zusammen. Hub atmete auf, zog die Tür hinter sich zu, schnappte sich das Messer und stieg an ihm vorbei die Stufen hoch.

Paco saß in einem Sessel, hinter ihm stand Rowenta und drückte ihm die Knarre an den Kopf. Sein fetter Leib hing zwischen den abgewetzten Armlehnen eines alten Sessels. Seinen Kopf zierte eine Binde, die das linke Auge und Ohr verdeckte, blutdurchtränkt. In dem restlichen Gesicht und auf seinem Oberkörper zeigten sich kleine Brandblasen. Er stöhnte erleichtert auf, als Rowenta den Revolver von seinem Kopf nahm, und fragte nach Messiah.

»Wenn Messiah der Besitzer dieses ungewöhnlichen Messers ist, brauchst du mit ihm nicht mehr zu rechnen«, erklärte Hub und hielt das *Okapi* in die Luft.

»Wer zum Teufel seid ihr und was wollt ihr?«

»Du bist Paco?«, fragte Rowenta, ohne auf die Frage einzugehen, »der große Boss, der hier das Sagen hat?«

»Ja, verflucht.«

»Wie der große Boss sieht der aber nicht aus«, witzelte Hub, »eher wie ein Idiot, der seinen Kopf in ein Wespennest gesteckt hat. Wolltest du mal sehen, wie es von drinnen aussieht?«

Darauf antworte Paco nicht, steckte sich eine Zigarette an und wiederholte genervt seine Frage:»Was wollt ihr?«

»Wir wollen wissen, wer für den Tod von Shotgun Bill verantwortlich ist«, erklärte ihm Rowenta.

»Das hat sich der verfluchte Mistkerl selbst zuzuschreiben.«

»Mag sein, aber wer ihn umgebracht hat, will ich wissen.«

Paco klemmte sich die Zigarette zwischen die Lippen, stützte sich auf den Armlehnen ab und veränderte mit verzerrtem Gesicht seine Sitzposition. Dann tupfte er sich vorsichtig den Schweiß aus dem Gesicht, alles schien ihm weh zu tun und es war ihm anzusehen, dass er sich Messiah an seine Seite wünschte, dass der sich um diesen Scheiß hier kümmerte.

»Hört zu«, sagte Paco dann milde,»ich wollte nicht, dass es so weit kommt. Ich wollte nur mit ihm reden, ihm klarmachen, dass er sich gefälligst nicht in meine Geschäfte einzumischen hat, dass er hier nicht im großen Stil rumdealen kann, schon gar nicht mit dem Dope von El Cudo, diesem schwanzlutschenden Bastard einer gottverdammten Hure. Aber dieser durchgedrehte Shotgun Bill hörte mir überhaupt nicht zu, ging mir immer weiter auf die Nerven.«

Paco zog an der Zigarette und schüttelte den Kopf, als ob er es immer noch nicht glauben konnte.

»Und dann drückt er mir plötzlich seinen Glutofen aufs Ohr und verbrennt mir das halbe Gesicht. Das Auge ist zugeschwollen, brennt wie Sau und von meinem Ohr ist nicht mehr viel übrig.«

»Und deswegen hast du ihn umgebracht?«

»Nein, natürlich nicht. Messiah kam dazu und bevor ich überhaupt was sagen konnte, lag der Typ auch schon tot am Boden.«

»Dann bist du sozusagen völlig unschuldig am Tod unseres Freundes?«, mischte Hub sich ein.

»Ach, Scheiße Mann, was glaubst du denn? Du nimmst jetzt am besten deine Tussi und verschwindest. Ich will nur hoffen, dass Messiah noch lebt.«

»Ansonsten …?«, fragte Rowenta spitz.

»Ansonsten? Ihr habt ja keine Ahnung, mit wem ihr euch hier anlegt. Mein Boss hat Leute schon für weit weniger im Meer versenkt. Zugegeben, Messiah war etwas übereifrig, dafür hat er aber anscheinend seine Prügel bekommen und damit lasst es gut sein. Noch mehr Leichen ist die ganze Sache nicht wert.«

Hub sah es genauso, konnte Paco nur zustimmen, doch in Rowentas Augen las er, dass sie sich damit noch nicht zufriedengeben wollte.

»Trotzdem«, sagte sie, richtete den 38er auf ihn und trat einen Schritt näher, »du hast es vermasselt und denkst nun, du kommst mit ein paar Kratzern davon?«

»Das sind mehr als nur ein paar Kratzer, glaubt mir, der Wichser hat ganze Arbeit geleistet, aber scheiß drauf. Ihr verschwindet jetzt besser und ich betrachte die ganze Angelegenheit als erledigt.«

»So billig kommst du mir nicht davon.«

Rowenta schnappte sich ein Sofakissen, drückte es auf Pacos Knie und hielt den Revolver darüber. Pacos Auge weitete sich und sein massiger Körper drückte sich tiefer in den Sessel, als ob er der Knarre ausweichen könnte.

»Warte!«, rief Hub, »lass uns lieber mal nachsehen, wie es unter dem Verband aussieht. Dann kannst du ihm immer noch eins verpassen, sollte er geflunkert haben«

Rowenta zögerte einen Moment, richtete sich dann aber auf und sagte: »Okay, lass uns nachschauen. So wie es aussieht, wäre ein Verbandswechsel eh fällig.«

»Wagt es nicht!«, zischte Paco und schaute mit vollem Entsetzen von einem zum anderen.

Hub stellte sich hinter ihn, Paco fing an, wie wild mit den Armen zu fuchteln. Rowenta spannte den Abzug und drückte den kurzen Lauf der *Smith & Wesson* fest auf das Kissen.

»Fang an«, hauchte sie.

In ihren Augen glitzerte eiskalte Entschlossenheit, die auch Paco stillsitzen ließ. Er umklammerte die Enden der speckigen Armlehnen und starrte sie hasserfüllt an.

»Du verdammtes Miststück, das wirst du bereuen!«

Sie schenkte ihm ein Lächeln.

»Kann sein. Aber glaub mir, ich habe schon viele Sachen in meinem Leben bereuen müssen, da ist die hier kaum noch der Rede wert. Fang an.«

»Na dann wollen wir mal,« sagte Hub und machte sich an die Arbeit.

Er war nicht sonderlich zimperlich, die blutverklebten Lagen des Verbandes abzuwickeln. Er riss daran und Paco stöhnte und schwitzte, sagte aber kein Wort, starrte nur weiter Rowenta finster an, die unbeeindruckt zusah, wie er litt. Sein linkes Auge war verklebt, das Lid verbrannt. Mit einem Ruck riss Hub den Mull von Pacos Ohr oder besser gesagt von dessen Resten. Wunden rissen auf, Blut floss und Paco knirschte mit den Zähnen, schnaufte und grunzte wie ein Bär, der in ein Fangeisen geraten war, blieb ansonsten aber stumm.

»Sieht echt übel aus«, bemerkte Hub.

»Zugegeben«, bestätigte Rowenta, »aber so schlimm ist es nun auch wieder nicht.«

Ganz offensichtlich war sie sich nicht sicher, ob ein zerschossenes Knie nicht doch angemessen wäre, und schaute Hub fragend an. Der schüttelte den Kopf und sie richtete sich langsam auf.

»Das hättet ihr nicht tun sollen«, presste Paco zwischen den Zähnen hervor, »dafür werdet ihr büßen.«

»Ach ja? Sei lieber froh, dass du so glimpflich davonkommst.«

»Lass uns abhauen. Ewig wird sich der Riese auf den Stufen nicht ausruhen, irgendwann wird er sich erholt haben«, drängte Hub.

»Du hast recht.«

Sie stiegen die schmale Treppe hinunter, Messiah lag immer noch bewusstlos auf den Stufen.

»Ich werde euch finden!«, brüllte Paco ihnen voller Wut hinterher, »ihr seid tot!«

Hub war an Messiah vorbei, hielt bereits die Türlinke in der Hand, als hinter ihm ein Schuss explodierte, dass ihm die Ohren klingelten. Er drehte sich um und starrte Rowenta entgeistert an, die den rauchenden Revolver am ausgestreckten Arm baumeln ließ.

»Der erholt sich nicht mehr«, sagte sie lakonisch.

Hub starrte auf Messiah. Die Blutlache unter seinem Kopf wurde schnell größer. Hatte sie ihm mit voller Absicht ins Auge geschossen oder hatte sie es im Vorbeigehen nur zufällig getroffen?

»Verfluchte Scheiße, musste das sein?«

Aber ja, das musste sein, da gab es bei ihr nicht den geringsten Zweifel, dass stand ihr ins Gesicht geschrieben, weswegen sie auch keine Antwort gab und nur kurz ihre Schultern hob.

»Dann lass uns endlich von hier abhauen.«

36

Die Scheinwerfer fraßen den fahlen, grauen Asphalt Kilometer um Kilometer. Unerwartet ruhig war es geblieben, als sie hinaus in die Gasse traten. Entweder waren alle in Pacos Nachbarschaft taub oder sie hielten es für besser, nichts zu hören. Unbehelligt erreichten sie das Wohnmobil, fuhren auf Nebenstraßen in westlicher Richtung und zwei Stunden später bereits auf der E 1 nach Norden. Nachdem sich das Adrenalin in ihren Körpern abgebaut hatte, machte sich eine gewisse Leere in ihnen breit und Rowenta war nach ein paar Drinks im Alkoven verschwunden. Sie waren übereingekommen, dass sie sich abwechseln und erst anhalten würden, wenn sie Frankreich erreicht hätten.

Ob Paco ihnen wirklich im Nacken saß, war schwer zu sagen. Allen Grund dazu hätte er ohne Zweifel gehabt, nachdem Rowenta das Spiel auf die Spitze getrieben hatte. Aber was konnte er schon machen? Messiah war tot. Hatte er noch andere Leute, die er auf ihre Fährte hetzen konnte? Oder müsste er zu seinem Boss gehen? Den interessierten doch nur seine Geschäfte, die liefen wieder und waren in keiner Weise mehr gefährdet. Außerdem war anzunehmen, dass sein Boss für Messiahs Tat, einen deutschen Touristen abzustechen, sowieso keine Begeisterung aufbringen konnte. Jetzt müsste Paco ihm auch noch verklickern, dass er von einer Tussi und einem untersetzten Glatzkopf fertig gemacht wurde, wobei Messiah dabei sogar draufgegangen war, was bestimmt nicht gut bei seinem Boss ankommen würde. Aber Paco hatte sicher auch eine Stinkwut, die sich spätestens nach Messiahs Tod ins Unermessliche gesteigert haben dürfte. Wie auch immer war es ratsam, für die nächsten 24 Stunden nicht den Fuß vom Gas zu nehmen.

Im Osten zeigten sich die ersten Schattierungen der Morgendämmerung und über ihm im Alkoven schlief Rowenta, die in sein Leben eingetaucht war wie ein Wirbelsturm in einen friedlichen Waldsee. Dass sie ihr ungezügeltes Temperament hin und wieder nur schwer unter Kontrolle hatte und sie auch nicht davor zurückschreckte, es mal ordentlich krachen zu lassen, war nichts Neues, doch dass sie auch zu einem eiskalten Mord fähig war, schon. Sie hatte sich gestern die Drinks ohne viele Worte einverleibt, war ruhig und in sich gekehrt und er hatte den Eindruck gehabt, dass sie von sich selbst überrascht war. Wie sollte es jetzt weitergehen? Er hatte keine Ahnung, zündete einen Sticky an, drehte die Musik lauter und hielt das Gaspedal gedrückt.

»Wo sind wir?«, fragte sie, als sie am frühen Morgen auf den Beifahrersitz gekrochen kam und mit verschlafenen Augen die vorbeirauschende Landschaft betrachtete.

»In Spanien, sind gerade an Badajoz vorbei. Wie geht es dir? Konntest du einigermaßen schlafen?«

Sie gab keine Antwort, blickte teilnahmslos nach draußen.

»Ich könnte einen Kaffee vertragen«, sagte sie dann.

»Okay, wir müssen eh anhalten und tanken.«

Im nächsten Ort legten sie einen Stopp ein und setzten sich in eine Café-Bar, direkt gegenüber der Tankstelle. Sie verschwand zu den Toiletten und er bestellte zwei Café con Leche und Gebäck. Als sie wiederkam, sah sie erfrischt aus, hatte sich den Schlaf aus den Augen gewaschen und drehte sich als Erstes eine Filterlose. Streute Zucker in ihren Kaffee, rührte ihn um und schien mit den Gedanken woanders zu sein.

»Weißt du«, sagte sie dann, »jetzt kann ich es mir ungefähr vorstellen, wie sich Ruby fühlte, nachdem sie diesen Drecksack erschossen hatte.«

Hub horchte auf.

»Wer ist Ruby?«

»War! Sie hat sich im Knast eine Überdosis gesetzt.«

Er sagte nichts, steckte sich ebenfalls eine Zigarette an und wartete, dass sie weitererzählte. Doch sie blieb stumm.

»Na komm, erzähl schon.«

»Ja, aber wozu? Ich denke gerade darüber nach, was das alles
noch für einen Sinn machen soll. Ob du nun meine Geschichte
kennst oder nicht, ich schätze, spätestens in Frankreich werden sich
unsere Wege sowieso trennen.«

»Spielt das eine Rolle?«

Einen Moment lang überlegte sie.

»Nee, eigentlich nicht«, sagte sie, schnippte die Asche auf den
Boden, lehnte sich nach hinten und sah ihn mit blassen Augen an.

»Ruby war meine Mutter und noch sehr jung, als sie mich bekam. Sie hatte Träume, wollte Sängerin in einer Rock-'n'-Roll-Band
werden. Jeff, ein bedeutungsloser Gitarrist, der meiner Mutter das
Blaue vom Himmel versprach, hatte sie geschwängert und war verschwunden, noch bevor ich zur Welt kam. Er wollte, dass sie abtrieb,
was für sie aber nicht in Frage kam. Sie wollte mich um jeden Preis
haben, wie sie mir später erzählte. Irgendwann kam dann Ray ins
Spiel. Der unwiderstehliche Ray, die große Liebe ihres Lebens. Zusammen gründeten sie *Rubystorm* und die wilde Zeit begann. Ein
Leben on Tour, wie man es sich vorstellte, voller Exzesse, mit Heroin
und kalten Entzügen. Und all die Zeit konnte der gute Ray seinen
verfickten Schwanz nicht im Zaum halten und Ruby kam einfach
nicht von ihm los. Jedes Mal verfluchte sie ihn aufs Neue und jedes
Mal ließ sie sich wieder auf ihn ein. Ich war dreizehn, als er sich
das erste Mal mit zu viel *Jack Daniels* im Blut an mich ranmachte
und meine Mutter schwor, dass sie ihn umbringen würde, sollte er
sich jemals wieder an mir vergreifen. Was er auch nicht mehr tat,
bis zu jener Nacht. Die Aftershow-Party war vorbei, Ruby hatte

sich bereits früh am Abend abgeschossen und Ray hatte nichts zum Ficken gefunden. Er kam in mein Bett, hielt mir den Mund zu, presste sich an mich und flüsterte mir irgendeinen Müll ins Ohr. Einen Moment brauchte ich, dann wehrte ich mich, zerkratzte ihm das Gesicht und schrie, was das Zeug hielt. Fluchend verschwand er in die Küche, kurz darauf knallte es, sechs Mal. Ruby ballerte alles in ihn hinein, was die Knarre hergab.«

»Wie alt warst du da?«

»Fünfzehn. Meine Mutter wanderte für den Rest ihres Lebens in den Knast. Wer ein Magazin leerschießt, verfolge eindeutig Mordabsichten, meinte der Richter. Jedenfalls erzählte sie mir hinterher, dass sie immer glaubte, sein Tod würde wie eine Erlösung für sie sein. Dass sie sich besser fühlen würde, wenn dieser Schweinehund ein für alle Mal aus ihrem Leben verschwunden sei. Aber so war es nicht.«

»Verstehe. Aber Bill war garantiert nicht der erste, den Messiah umgelegt hat. Messiah hatte es verdient, abgeknallt zu werden. Bei Ray hätte man es auch erst mal mit ›ner Kastration versuchen können, das ist der Unterschied.«

»Der Tod ist der gleiche.«

»Scheiß drauf, Rowenta.«

Sie drückte die Kippe im Aschenbecher aus und trank den letzten Schluck Kaffee.

»Weißt du, ich habe mich oft gefragt, was uns wohl erwartet, wenn wir mal nicht mehr sind«, sinnierte sie nachdenklich.

»Tja, wer kann das sagen? Wir sollten erst mal zusehen, dass wir weiterkommen.«

Das Gebäck nahmen sie mit und fuhren wenig später weiter auf der E 803 Richtung Salamanca. Rowenta saß hinterm Steuer, er rauchte einen Sticky und dachte an seinen Vater, der eine ganz eigene Meinung zum Tod hatte.

»Mein Alter«, begann er, »hatte seinen Glauben im Krieg verloren, wie er sagte. Der Tod war für ihn alltäglich geworden, nichts Besonderes mehr und nach dem Krieg versuchte er jeden Augenblick seines Lebens zu genießen, was meine Mutter allerdings mit aller Macht verhinderte. Wo sie konnte, machte sie ihm das Leben zur Hölle, bis sie ihn endlich aus dem Haus geprügelt hatte. Aber bis dahin hatten wir unsere Sonntage, waren den ganzen Tag unterwegs und machten etliche Spaziergänge im Grunewald. Einmal fanden wir ein verendetes Eichhörnchen – es war unverletzt, schien mit offenen Augen zu schlafen und ich fragte ihn, wie es wohl sei, wenn man tot ist. Mein Alter überlegte eine ganze Weile, bis er antwortete, und meinte dann:»Das musst du dir ungefähr genauso vorstellen, wie es vor deiner Geburt war.«Damals dachte ich noch, was für'n Scheiß. Woher sollte ich wissen, wie ich mich vor meiner Geburt gefühlt habe? Heute denke ich auch, da ist nichts. Alles, was die Menschen sonst noch in den Tod hineininterpretieren, soll ihnen nur die Angst davor nehmen, die Angst vor ihrer eigenen Bedeutungslosigkeit.«

»Ich glaube, es ist auch nicht der Tod, vor dem die Menschen sich fürchten, es ist eher das Sterben.«

»Na siehst du. Diese Besorgnis konntest du Messiah schon Mal nehmen.«

Rowenta sah grinsend zu ihm rüber.

»Blödmann«, sagte sie, »geh schlafen.«

»Bis Salamanca bleibst du auf der E 803; weck mich, wenn was ist.«

Bis zum Abend hatten sie sich noch einige Male abgelöst. Da sie wegen der Überwachungskameras an den Mautstellen die Autobahn mieden, war die Fahrerei teilweise ziemlich zäh und sie waren einigermaßen erschöpft.

»Morgen sind wir in Frankreich und spätestens dann sollten wir vor Paco sicher sein«, bemerkte Hub, als die Dämmerung einsetzte, »das Beste wird sein, uns für die Nacht einen Stellplatz zu suchen. Was meinst du?«

»Gegen eine ruhige Nacht habe ich absolut nichts einzuwenden. Ich frage mich allerdings schon die ganze Zeit, wann und wo du mich absetzen willst.«

»Ich weiß es nicht, lass uns morgen darüber reden.«

In einem kleinen Ort stellten sie sich auf den Parkplatz des ansässigen Sportvereins, fanden in der Nähe ein einfaches Restaurant, aßen was und tranken Rotwein. Beschwingt kehrten sie zurück.

»Hey, Rowenta«, sagte er in angeheitertem Ton, »soll ich dir das andere Bett machen oder meinst du, du schaffst es tatsächlich mal, deine Finger von mir zu lassen?«

»Du bist so ein Arsch, bilde dir bloß nichts ein. Mein Entschluss steht fest.«

Am Abend hatte sie sich im Alkoven in seinen Arm gekuschelt, ihm noch eine gute Nacht gewünscht und war kurz danach eingeschlafen. Jetzt wurde es draußen langsam hell und die Vögel zwitscherten bereits munter drauflos. Rowenta lag neben ihm, Hub hörte ihren ruhigen Atem. Er drehte sich auf die Seite und schlummerte wieder ein. Später spürte er im Halbschlaf ihre Körperwärme in seinem Schritt und ihren kreisenden Hintern, der sich an ihn presste.

»Vielleicht«, hörte er sie murmeln, »könnte ja so ein Abschiedsfick doch nicht schaden.«

»Ganz bestimmt nicht«, erwiderte er noch halb im Schlaf und schob seine Hand unter ihr T-Shirt.

Später goss er den *Sencha* auf und Rowenta machte sich in der Nasszelle ein wenig frisch. Ihre Blicke trafen sich im Spiegel, sie lächelte und ihre Augen funkelten in blassem Türkis. Ihm fiel wieder die Ähnlichkeit zu Charlize Theron auf. Hatte deren Mutter nicht auch ihren Alten erschossen? Er schob den Gedanken beiseite.

»Wir sollten gemeinsam zu Zeck und Zoe fahren, alles ein bisschen sacken lassen und dann weitersehen.«

»Hast du dir das gut überlegt?«, fragte sie in den Spiegel und sah ihn nicken. Sie trocknete sich die Hände ab, stellte sich vor ihn, legte die Arme um seine Taille und lächelte ihn an.

»Glaub aber nicht, dass sich Abschiedsficks ewig aneinanderreihen lassen.«

»Tun sie nicht?«

BOJAN IST STINKSAUER

37

Bruno tat, als ob es ihn nicht im Geringsten interessieren würde, wie ein Bissen nach dem anderen im Maul seines Herrchens verschwand. Nur hin und wieder blickte er hoch, ohne dabei den Kopf von den Fliesen zu heben, um sicher zu gehen, dass nicht auch noch der letzte Bissen dort verschwand – der, welcher ihm zustand. Es war ein Spiel und manchmal ließ Bojan ihn ein wenig zappeln; tat, als hätte er ihn vergessen, bis Bruno sich vor ihn hinsetzte, eine zentnerschwere Pfote auf seinen Schenkel legte und sich in Erinnerung brachte. Dazu war Bojan heute aber nicht in Stimmung und legte ihm seinen Happen vor die Schnauze. Seine Laune hatte sich nicht wesentlich gebessert. Wenn er nur an dieses selbstherrliche Gehabe von Bernardo dachte, kam ihm der kalte Kaffee hoch. Es blieb nur zu hoffen, dass dieser zugekokste Schmalspurganove überzeugend genug war und die beiden anderen Jungbullen tatsächlich in die Flucht geschlagen hatte. Wovon er allerdings nicht ausging.

Bojan schaute auf die Uhr über dem Tresen. Jeden Augenblick konnte Hassan am Eingang erscheinen, sie waren verabredet. Hassan und seine Sippe hatte sich umgehört und Izmir, der Schwager seines Schwagers, kannte da jemanden, der was zu dem Rattengesicht und seinem Vetter sagen konnte. Und wenn es dann die beiden waren, die Ludmilla einen Besuch abgestattet hatten, dann könnte er auch noch was zu Drago, dem Onkel des Rattengesichts und Bruder des anderen, sagen. Und da war herauszuhören, dass es sich nicht um einen netten Zeitgenossen handeln würde – eher um einen von der ganz harten Sorte. Der auch schon mal über Leichen ging, wenn es sein musste.

Hassan betrat das Café in dem Moment, als Bojans Handy klingelte. Es war Ludmilla. Bojan gab Hassan ein Zeichen, dass er kurz warten sollte und nahm ab.

»Verfluchte Scheiße, Bojan, sie waren hier. Sie haben alles kurz und klein geschlagen. Phil liegt mit eingeschlagenem Schädel im Krankenhaus und mir kleben die Bullen am Arsch. Bojan, tu etwas!«, hörte er sie kreischen.

Er holte einmal tief Luft und versprach ihr, sich um alles zu kümmern. Gleichzeitig spürte er, wie ihm der Kamm schwoll, hatte er es doch kommen sehen. Dieses verschissene, schleimscheißende Großmaul hatte es tatsächlich hinbekommen, eine überschaubare Situation in einen aufbrandenden Tumult zu verwandeln. Er hätte Bernardo gleich den Hals umdrehen sollen.

»Schlechte Nachricht?«, fragte Hassan vorsichtig, als er an Bojans Tisch trat.

»Sie haben Ludmillas Laden zerlegt. Phil liegt im Krankenhaus.«

Hassan hob die Augenbrauen.

»Das war zu befürchten.«

Bojan schluckte seine Wut auf Bernardo so gut es ging runter. Jetzt war das Einzige, was zählte, wieder Ordnung zu schaffen und dazu brauchte er einen klaren Kopf. Er stand auf, fast zeitgleich mit Bruno, der ein Gespür dafür hatte, wann es los ging – auch wenn man dachte, er würde tief und fest schlafen.

»Fahren wir!«, sagte Bojan kurz und marschierte, mit Bruno an seiner Seite, voran zum Ausgang des Cafés.

Shorty trafen sie in der Gaststätte am Bahnhof Zoo. Der saß auf einem Barhocker vor einem Geldspielautomaten, hatte ein angefangenes Glas Bier oben auf dem Kasten zu stehen und verfolgte eher gelangweilt das Geschehen der rotierenden bunten Scheiben. Sein linkes Hosenbein war leer, zur Hälfte umgeschlagen und mit einer Sicherheitsnadel am oberen Teil befestigt, seine Krücken lehnten an der Wand neben dem Automaten.

»Das da ist er«, sagte Izmir, zeigte auf Shorty und blieb dann am Eingang stehen.

Bojan und Hassan gingen zu ihm.

»Ein Vögelchen flüsterte uns, dass du uns was zu einem Rattengesicht sagen kannst, ist es so?«, fragte Bojan ihn und hielt ihm einen Fünfzig-Euro-Schein hin.

Shorty schaute auf, zeigte ein Lächeln, eine doppelte Zahnlücke und griff zu.

»Wer will das wissen?« fragte er grinsend, schaute Bojan an und musste gespürt haben, dass der heute nicht seinen besten Tag erwischt hatte.

»Das Rattengesicht hört auf den Namen Jetmir«, begann er deshalb ohne weitere Umschweife zu berichten, »hängt meistens mit seinem Vetter ab, Rasim. Die beiden rennen mit einem ziemlich großen Maul durch die Gegend, haben aber nicht viel was zu sagen. Da steht Drago über ihnen und hält sie meist an der kurzen Leine.«

Shorty verstummte, drückte die Tasten am Spielautomaten und machte den Eindruck, als ob er alles erzählt hätte, was er wusste.

»Und wer genau ist Drago?«, fragte Bojan leicht genervt und drückte ihm einen weiteren Schein in die Hand.

»Drago ist der Bruder von Rasim – ein echt übler Typ –, war im Balkankrieg bei so einer paramilitärischen Miliz immer vorneweg, hat sich vor ein paar Jahren hier breit gemacht; es soll dabei auch Tote gegeben haben, jetzt gehören ihm sämtliche Spielhallen hier in der Gegend.«

»Glücksspiel«, sagte Bojan nachdenklich, »macht er auch in Drogen?«

Shorty tat, als hätte er die Frage nicht verstanden.

»Geh mir nicht auf den Sack, sonst kannst du auf dem Arsch nach Hause kriechen«, fuhr Bojan ihn an und griff nach den Krücken.

»Schon gut. Was bist du denn für ein gemeiner Mensch? Soweit ich weiß, kümmert sich Drago nur um das Glückspiel, mit Drogen hat der nichts am Hut. Hab' aber gehört, dass die Jungs das anders sehen.«

Das ergab Sinn, dachte Bojan, wobei ihm gleichzeitig klar wurde, dass – so wie die Dinge lagen – Drago der Ansprechpartner war, um die Angelegenheit zu bereinigen.

»Und wo finden wir Drago?«

»Am Savignyplatz, in einem der Brückenbögen unter der S-Bahn hat er sein Büro«, kam von Shorty die schnelle Antwort, dem nun klar war, dass mehr als ein Hunderter nicht drin war.

Drago schien militärisch strukturiert zu sein. Gestern hatten sie die Zeit noch genutzt, sich ein wenig umzuhören und daher wussten sie, dass Drago jeden Tag pünktlich um 12.00 Uhr in sein Büro kam. Sie hatten sich einen Plan zurechtgelegt und um 12.15 Uhr betrat Bojan – in Begleitung von Bruno – als Erster das Büro, hinter ihm Hans Georg. Drago lümmelte hinter seinem Schreibtisch auf einem Drehstuhl, der drohte, jeden Moment unter den Muskelmassen zusammenzubrechen. Links an der Wand stand ein großes Ledersofa, mit zwei Typen drauf, die Bruno anstarrten. Einer von beiden griff unter sein T-Shirt nach dem Griff seiner Knarre die im Hosenbund steckte.

Bojan sagte erstmal kein Wort, stand nur da in seinem maßgeschneiderten Anzug aus feinem Tuch, mit weißem Hemd und akkurat sitzender Krawatte und ließ Bruno, mit einem Fingerzeig, sich hinlegen.

»Du weißt, weswegen wir hier sind«, sagte er dann in Dragos Richtung.

Drago verzog keine Miene, gab einem der Typen vom Sofa ein Zeichen, woraufhin der auf stand und sie nach Waffen abklopfte, was Bruno mit einem sanften Knurren kommentierte. Der andere hatte die Pistole jetzt auf dem Oberschenkel zu liegen.

»Was willst du?«, fragte Drago dann im scharfen Ton; richtete sich auf, legte die Unterarme auf den Schreibtisch und sah Bojan direkt an.

»Du weißt es, und wenn nicht, frag deinen kleinen Bruder, der weiß es ganz genau,« sagte Bojan kalt lächelnd und hielt dem Blick stand.

»Schon klar. Aber ich frage dich: Was willst Du?«

»Was ich will, werde ich dir gleich sagen. Doch vorher möchte ich, dass du einen Blick nach draußen wirfst.«

Bojan trat einen Schritt beiseite, was auch Hans Georg tat.

»Das da draußen im Taxi ist Hassan.«

Hassan winkte breit lächelnd mit einem Handy in der Hand.

»Hassan hat eine große Familie und ein Teil davon besucht gerade deine Spielkasinos. Sie sind – anders als wir – natürlich bewaffnet und einige von ihnen leiden auch noch unter Pyromanie.«

Bojan schob eine kleine Pause ein.

»Du weißt, was man von einem Pyromanen zu erwarten hat? Also, was ich will, sind fünfhunderttausend, um das Lokal wieder herzurichten, das dein kleiner Bruder und dein Neffe zu Kleinholz verarbeitet haben.«

Drago war aufgesprungen und hinter seinem Schreibtisch vorgekommen. Bruno war ebenso aufgesprungen und knurrte ihn in tiefsten Tönen an. Der Typ vom Sofa richtete die Waffe auf Bruno und Hans Georg stand mit erhobenem Arm an der Eingangstür – bereit, Hassan das Zeichen zu geben. Alles verharrte einen Moment lang, dann fing Drago plötzlich an zu lachen. Es war kein Fröhliches, eher eins von der hässlichen Sorte. Dabei schüttelte er ungläubig den Kopf und sagte:»Weißt du eigentlich, wem du hier gerade versuchst, in den Arsch zu ficken? Du kommst hier rein mit deiner Scheißtöle, in MEIN Büro, bedrohst mich und willst ›ne halbe Mille abgreifen? Was glaubst du denn, mit wem du es zu tun hast? Mit einem Idioten? Schön, die Jungs sind etwas zu weit gegangen, dafür sitzen sie jetzt aber auch wieder im Scheiß Tirana, mein Neffe obendrein mit einem Loch im Fuß. Also! Was willst du Arschloch noch von mir? Auf die Nerven gehen?«

»Schnallst du es wirklich nicht? Dir wird doch wohl hoffentlich klar sein, dass die beiden Intelligenzbestien versucht haben in den Extasy-Handel einzusteigen. Sie wollten sich die DCs unter den Nagel reißen. Die, die Don Carlos gehören?!!«

Drago zeigte nur eine kleine Reaktion – aber auffällig genug, dass man sie nicht übersehen konnte und Bojan schob nach:

»Anscheinend wussten die beiden Flachwichser auch nicht, wem sie da ans Bein pissen wollten.«

Drago ballte die Fäuste, presste die Lippen zusammen und knirschte mit den Zähnen. Das hatte er offensichtlich nicht gewusst und dass ihm der Name »Don Carlos« etwas sagte, war mehr als nur anzunehmen. Er setzte sich wieder hinter seinen Schreibtisch und allmählich entspannten sich seine Gesichtszüge zu einem freundlichen Lächeln.

»Okay, warum setzt du dich nicht?«, sagte er dann und wies auf den leeren Stuhl ihm gegenüber. »Lass uns darüber reden.«

»Was gibt es da zu reden?«

Bojan rührte sich nicht vom Fleck und ignorierte das Angebot, sich zu setzen.

»Verdammt. Eine halbe Mille, das kann doch nicht dein Ernst sein. Ich sag dir was, einhunderttausend, und die kannst du gleich mitnehmen.«

Bojan holte tief Luft, drehte sich zu Hans Georg um und der drehte sich zu Hassan um, der immer noch lächelnd das Handy in seiner Hand hielt.

»Jetzt sag ich DIR mal was. Ich nehme zweihundertfünfzig mit. Und dass nur, weil ich diesen Mist aus der Welt haben will. Und du mir versicherst, dass die Jungs im Scheiß Tirana eher verrotten, als dass sie hier jemals wieder auftauchen werden.«

Drago wusste, dass – wenn man eine Schlacht nicht gewinnen konnte – man wenigstens zusehen sollte, sie nicht zu verlieren. Also schluckte er die Kröte, die ihm die beiden Pissnelken serviert hatten, ganz runter und gab dem Kerl auf dem Sofa ein Zeichen. Kurze Zeit später hielt Hans Georg eine *ALDI*-Tüte, gefüllt mit zweihundertfünfzigtausend Euro, in der Hand. Drago war aufgestanden, reichte Bojan – mit gequältem Lächeln – die Hand und sagte: »Besser, du lässt dich hier nie wieder blicken, mein Freund!«, dabei presste er mit eisernem Griff Bojans Hand zusammen und in seinen Augen war zu lesen, dass er ihn am liebsten tot sehen würde.

»Keine Sorge«, sagte Bojan und erwiderte, ohne mit der Wimper zu zucken, den Händedruck.

Bojan war erleichtert und zufrieden. Die Sache war erledigt und sie konnten sich wieder den Tagesthemen widmen. Einzig Maja machte ihm noch Sorgen. Seit der Abreise von Bernardo war sie nicht wiederzuerkennen. Dass sie sich in dieses Arschloch verguckt hatte, war ja nicht zu übersehen gewesen, aber dass sie derart unter seiner Abreise litt, hätte er nicht gedacht. Das war kaum mit anzusehen und er fand keine Erklärung dafür. Außer …, aber daran wollte er gar nicht erst denken, das war unvorstellbar und doch glaubte er es in ihren Augen gesehen zu haben. Diesen unbestimmten Blick aus Scham und Schuldgefühlen, den er bei ihr noch von früher her kannte, als der Alte noch lebte und den sie häufig zeigte, nach dem sie mit ihrem Vater eine Zeit lang alleine gewesen war.

Er würde Maja zur Rede stellen, gleich nachdem sie zurück waren und die Vorstellung von dem, was er mit Bernardo anstellen würde – sollte sich sein Verdacht bestätigen – stieg ins Unermessliche. Genauso wie seine Wut auf diesen Schweinehund, dem er jeden Knochen in seinem verfluchten Leib einzeln brechen würde, sollte er ihn jemals wieder in die Finger bekommen.

DER PIZZABOTE

38

»Wie sollen wir den dürren Arsch in Sevilla überhaupt finden, wenn keine Sau weiß, wo er abgeblieben ist?«, fragte Walter, schnippte die Kippe nach draußen und ließ das Seitenfenster hochgleiten.

Die große Hitze war vorbei und der Wind trieb eine frische Meeresbrise durch die Straßen von Algeciras, in denen Murphy nach dem richtigen Weg suchte. Er drehte die Klimaanlage wieder etwas höher und schaute seinen Kumpel von der Seite schräg an.

»Die Scheiß Qualmerei wird dich eines Tages noch umbringen.«

»Ja klar, die oder was anderes. Vielleicht sterbe ich aber auch einfach nur so.«

»Ja, vielleicht. Vielleicht endest du aber auch als Schweinefutter – was leicht passieren kann, sollten wir Pirro tatsächlich nicht finden. Dann nämlich wird uns erst der Boss durch die Mangel drehen und anschließend wird Carlos das, was von uns noch übrig ist, an die Schweine verfüttern.«

»Carlos hat keine Schweine.«

»Du weißt, was ich meine. Wir fahren jetzt erst mal zu Romano, dann sehen wir weiter.«

Edmundo hatte ihnen den Tipp gegeben, zunächst dort vorbeizuschauen. Romano besaß seit über 30 Jahren eine Café-Bar im Bahnhofsviertel, in der auch Bernardo und Pirro regelmäßig aufgetaucht waren, als sie noch in Algeciras lebten. Mittlerweile war er an die siebzig und kannte sämtliche Geschichten im Viertel – meist auch, wer oder was dahintersteckte. Murphy parkte den *Toyota* direkt vor den weit geöffneten Flügeltüren.

»Dann wollen wir mal sehen, was der gute alte Romano zu erzählen hat«, sagte er und schaltete den Motor aus.

Sie setzten sich an den Tresen und bestellten Bier.

»Edmundo meint, wenn jemand uns weiterhelfen könnte, dann wärst du es, alter Knabe«, fing Murphy an und schenkte Romano ein freundliches Lächeln, als der ihnen die frisch gezapften Biere hinstellte.

»Edmundo?«

»Ja, du kennst ihn, der große Bruder von unserem Superhelden Bernardo. Er sagt, zusammen mit seinem Kumpel Pirro war Bernardo hier Stammgast gewesen, als er noch in Algeciras lebte. Wir interessieren uns für Pirro, dem dürren Arsch und wüssten gerne, wo er steckt.«

Romano zog die Augenbrauen hoch. Darunter strahlten freundliche braune Augen und ein feiner Strich von einem Oberlippenbart verlieh ihm eine gewisse Seriosität, die noch verstärkt wurde durch ein akkurates weißes Hemd und schwarze Hose. Insgesamt wollte seine Erscheinung nicht ganz an diesen Ort passen.

»Da werde ich euch wohl kaum nützlich sein. Ich habe schon eine halbe Ewigkeit nichts mehr von ihm gehört.«

»Was war denn das Letzte?«, fragte Walter, wobei unvermittelt sein Auge anfing zu zucken.

Irritiert schaute Romano ihn an.

»Dass er jetzt in Sevilla lebt. Wohl immer noch bei seiner kranken Tante.«

Walters Auge zwinkerte munter drauf los, was Romano dazu veranlasste, weiterzusprechen.

»Die beiden hatten da was am Laufen, Bernardo und Pirro. Es war zu der Zeit von Edmundos Hochzeit. Was es war, kann ich nicht sagen, aber anscheinend ist es gründlich schiefgegangen und danach waren sie verschwunden. Wenn einer mehr darüber weiß, dann ist es Yago – ein magerer, flachsblonder Typ und Freund der beiden –, der es damals allerdings mit den Drogen mächtig übertrieben hatte. Jetzt wohnt er wieder bei seiner Freundin Juanita und dem kleinen Ramon, nicht weit von hier. Er nimmt das Dreckszeug nicht mehr und trinkt bei mir höchstens noch mal ein Glas Wein.«

»Und wo genau finden wir diesen Yago?«, fragte Murphy.

Romano nannte ihnen die Adresse.

»Aber er hat einen Job bei den Stadtwerken und ist erst am Nach-mittag wieder zu Hause.«

Murphy schaute auf die Uhr über dem Tresen.

»Dann haben wir ja keine Eile«, bemerkte er, trank sein Bier aus und bestellte zwei neue.

»Nee«, bestätigte Walter, »da können wir glatt noch zwei Brandy dazunehmen.«

Die Wohnung lag im zweiten Stockwerk und die Tür sah aus, als ob sich jemand vor Zeiten mal Zugang verschafft hatte, ohne einen Schlüssel zu benutzen. Murphy drückte auf den Klingelknopf, hörte es aber nicht läuten, worauf Walter mit der Faust an die notdürftig reparierte Tür hämmerte. Ein Blondschopf mit klaren, blauen Augen öffnete sie.

»Du musst Yago sein«, stellte Murphy in heiterem Ton fest.

»Und wenn es so wäre?«, kam die Frage.

»Dann würden wir uns überglücklich schätzen, wenn du ein wenig Zeit für uns erübrigen könntest, um uns ein paar Fragen zu deinem Freund Pirro zu beantworten.«

Sie waren über drei Stunden bei Romano geblieben und es war nicht zu überhören, dass Walter, obwohl er mit aller Macht ver-suchte, sich gewählt und deutlich auszudrücken, mit einer ziemlich schweren Zunge sprach, weshalb er sich auch einen skeptischen Blick von Yago einfing.

»Tut mir leid, Jungs, habe schon Monate nichts mehr von ihm gehört. Schätze, da kann ich euch nicht helfen«, sagte Yago, brachte ein Lächeln zustande und wollte die Tür wieder schließen, doch Murphy hielt sie auf.

»Das ist schon klar, aber genau darum geht's: um das, was dir zu-letzt von ihm zu Ohren gekommen ist und wohin er sich verkrümelt hat. Können wir reinkommen?«

»Nein, dass könnt ihr nicht«, antwortete Yago scharf und schaute sich zur Wohnung um, aus der Stimmen zu hören waren. »Was auch immer ihr mit Pirro zu regeln habt, geht mir am Arsch vor-bei. Ich bin raus, habe einen Job und kümmere mich nur noch um meine Familie. Also lasst mich verdammt noch mal in Ruhe und verschwindet.«

»Sonst …?«, kam es gedehnt von Walter, wobei er sich lässig am Türrahmen abstützte, sodass Yago das Holster mit der *Glock* darin erkennen konnte, das er unter seiner Jacke trug.

Yago sah es und verdrehte die Augen.

»Was soll der Scheiß?«, fragte er ungläubig und starrte in zwei selbstgefällig grinsende Gesichter mit schweren Augenlidern.

»Okay, gebt mir fünf Minuten und wartet unten.«

»Die sollst du haben, aber auch nicht mehr. Ansonsten stehen wir gleich wieder auf der Matte. Und die Tür macht nicht den Eindruck, als würde sie uns aufhalten können, um dir und deiner Familie einen Besuch abzustatten, haben wir uns verstanden?«

Hatte er und schlug die Tür ins Schloss.

»Wer war das?«, fragte Juanita.

»Ach, wer von der Arbeit. Ich muss auch gleich noch mal los. Irgendwas wegen Schichtwechsel, dauert nicht lange.«

Yago sah ihr nicht in die Augen, stattdessen fuhr er seinem kleinen Sohn, der mit eingeklemmter Zungenspitze gerade dabei war, möglichst akkurat ein Bild auszumalen, durch die ebenfalls flachsblonden Haare. Er log sie nicht mehr an, er hatte sich geändert und gab sich alle Mühe, ihr Vertrauen zurückzugewinnen, was nicht einfach war. Es zu zerschlagen, war dagegen ein Kinderspiel gewesen. Und diese beiden Wichser wollten in Dreck wühlen, der in die Vergangenheit gehörte und auf keinen Fall hierher, wo gerade alles so gut lief.

Er war am Ende gewesen und fast vor die Hunde gegangen. Hätte er sich ruhig verhalten und sein Bein geschont, wäre wahrscheinlich nichts weiter passiert. Aber nachdem sie ihn in die stockfinstere Hütte gesperrt hatten, fing er an durchzudrehen. Panik hatte ihn gepackt, er hatte geschrien und immer wieder gegen die Tür getreten; merkte nicht einmal mehr, wie das warme Blut an seinem Bein runterlief. Er war außerstande gewesen, sich zu beruhigen. Irgendwann wurde ihm schwindlig und er verlor das Bewusstsein.

Erst im Krankenhaus hatte er es wiedererlangt und schlagartig war ihm klargeworden, dass womöglich die letzte Chance gekommen war, um seinem Leben doch noch die entscheidende Wende zu verpassen.

»Das Essen ist aber gleich fertig«, sagte Juanita in einem leicht vorwurfsvollen Ton und schaute ihn mit großen Augen an.

»Ich bin gleich zurück«, versprach er, drückte ihr noch schnell einen Kuss auf die Wange und schon war er draußen.

»Steig ein!«, forderte Walter ihn auf, »wir fahren ein Stück.«

»Auf keinen Fall. Wer auch immer ihr seid, ihr habt genau fünf Minuten, dann steht das Essen auf dem Tisch und das werde ich nicht verpassen.«

»Nun bleib mal ganz ruhig, mein Freund«, versuchte Murphy ihn zu beschwichtigen, »Carlos schickt uns, er will mit Pirro reden. Du weißt, wer Carlos ist? Und wo Pirro steckt?«

Persönlich kannte Yago Carlos nicht, hatte aber durch diverse Erzählungen von Bernardo eine gewisse Vorstellung von ihm.

»Ja, gehört habe ich von dem Kerl. Aber Pirro, schwöre ich euch, habe ich seit der verfickten Nacht nicht mehr gesehen. Keine Ahnung, wo der ist.«

Pirro hatte ihn letztendlich aus der Hütte befreit, ihn ins Krankenhaus gebracht und dafür gesorgt, dass er am Leben blieb. Danach war Pirro verschwunden, nach Sevilla.

»Was für eine verfickte Nacht?«

»Ach, komm schon Mann, was wohl? Angefangen hatte es mit dem Abend bei Felisa, Bernardos kleiner Nutte, wir waren bis obenhin zugedröhnt und …«

»Wie bitte? Felisa war Bernardos Nutte?«, unterbrach ihn Murphy überrascht.

»Ja, was dachtest du denn?«

»Ich dachte, es wäre Ricos Nutte gewesen.«

»Das war sie mal, bis Rico sie beim Pokern an Bernardo verloren hatte. Jedenfalls wollten wir uns an dem Abend ein wenig mit Felisa amüsieren, doch sie war nicht allein, hatte Besuch von ihrer Freundin Susana. Als Bernardo die Kleine sah, war er sofort scharf auf sie, fing sich aber einen Satz warmer Ohren ein, woraufhin er ihr ein paar Downer verpasste. Scheiße noch mal, was für ein verkackter Abend. Die Situation eskalierte dann vollends, als auch noch Felisas Lover unverhofft auftauchte.«

»Moment mal«, unterbrach ihn Murphy, »Luca tauchte dort auf?«

»Mag sein, dass er Luca hieß. Ein kleiner, harmloser Lockenkopf, der den Eindruck machte, als würde er gleich anfangen zu heulen, als er mich und seine Lisa in Aktion sah.«

»Und was wollte er?«

»Er und Felisa wollten abhauen, sie hatten für den Abend ihre Flucht geplant. Bernardo war natürlich außer sich, als er dahinterkam, und hat ihm ordentlich die Fresse poliert, bevor wir ihn dann in eine abgelegene Hütte sperrten.«

Walter schüttelte den Kopf.

»Ihr seid mir ja ein paar ganz harte Burschen, euch mit solch einem Typen anzulegen.«

»Ich bin nicht stolz drauf, glaub mir, aber ich habe dafür bezahlt.«

»Ach ja?«

»Ja. Am Tag nach der Party tauchten bei mir zwei Typen auf. So'n glatzköpfiger Irrer mit seinem Kumpel. Der Glatzkopf war völlig durchgeknallt, rammte mir sein Messer ins Bein und setzte mir ordentlich zu, bis ich ihm haarklein erzählt hatte, was passiert war und was Bernardo mit Felisas Freundin angestellt hatte. Dann befreiten sie Felisas Freund und stattdessen steckten sie mich, schwer verletzt, in diese Kackhütte, wo ich um ein Haar krepiert wäre.«

»Ach, du Armer«, scherzte Walter.

»Hattest du die beiden schon mal gesehen?«, fragte Murphy.

»Nee, ja, kann sein, den Glatzkopf zumindest. Ich schätze, dass Nardo und Pirro was mit dem am Laufen hatten. Ich habe aber null Ahnung, worum es da ging. Könnte sein, dass die Alte von Carlos da auch was mit zu tun hatte.«

»Julie?«

»Ja, Mann, aber vergiss es einfach wieder. Ich hatte zu der Zeit keinen guten Lauf und mein Hirn war meistens im Durchdrehmodus.«

Walter schmunzelte.

»Hör zu, Yago, wir wollen dir auch nicht weiter auf die Eier gehen. Romano meinte, dass Pirro sich um eine kranke Tante in Sevilla kümmert. Weiß du, wer das sein kann?«

»Nein. Was wollt ihr überhaupt von Pirro?«

»Carlos will was von ihm. Ich weiß natürlich nicht, was genau du von Carlos gehört hast, kann dir aber sagen, dass es in jedem Fall ratsam ist, sich Carlos' Wünschen nicht zu widersetzen. Für niemanden. Wenn du also noch einen Tipp für uns hast, nur raus damit.«

Einen Moment zögerte Yago, dachte dann an das Essen, welches bereits auf dem Tisch stand, und daran, dass ihn die alten Geschichten nichts mehr angingen. Mit all denen wollte er nichts mehr zu tun haben.

»Fragt mal bei Lorenzo in Sevilla nach. Er wohnt in der Calle Santander 67. Lorenzo ist der schwule Cousin von Juanita und sie meinte, dass Pirro jetzt bei ihm wohnt.«

39

Pirro war schwul, ja, und dafür liebte er Lorenzo auch – dafür, dass er ihm zeigte, wie normal es sein konnte, schwul zu sein, wenn man es erst mal rausgelassen hat. Nach dem Überfall auf Lorenzo und seinen Freund Juan vor sechs Monaten, dem sie am Ende schlichtweg die Kehle durchgeschnitten hatten, wollte Lorenzo ihn bei sich haben, seinen heimlichen Lover, von dem niemand etwas wusste. Doch zu der Zeit war Pirro noch nicht bereit gewesen, aus seiner Deckung hervorzutreten, hinein in eine schwule Beziehung und sich offiziell zu seinem Status zu bekennen. Erst nach dem irrsinnigen Deal mit Hub, den Bernardo wegen dieser widerlichen, feigen Vergewaltigung so grandios an die Wand gefahren hatte, hielt ihn nichts mehr in Algeciras und er floh nach Sevilla, in die Arme

241

von Lorenzo. Der wohnte in einer großen, vornehmen Wohnung aus der Gründerzeit und die erste Zeit dort erlebte Pirro wie in einem Rausch, wie in einem Film mit völlig neuen Darstellern und komplett anderer Kulisse. Aber wie das mit Filmen nun mal so ist, denkt man bei manchen, der hört nie auf, und andere enden abrupt und völlig unerwartet. Auch sein Rausch verflog schneller, als er dachte, und die Realität fing mehr und mehr an zu nerven.

Das Problem war, dass Lorenzo geradezu vernarrt war in seine Homosexualität, keinen Hehl daraus machte, es in jedem Augenblick zur Schau stellte und er die gleiche Offenheit auch von ihm erwartete, seinem Partner. Und das ging Pirro gehörig gegen den Strich. Sich in den eigenen vier Wänden gehen zu lassen, war für ihn kein Problem, im Gegenteil. Wenn er Lorenzo in früherer Zeit auf ein Schäferstündchen in Sevilla besuchte, fühlte er sich immer wie im Paradies, es gab keine Tabus und er genoss die Zeit in vollen Zügen. Jetzt befand er sich im Dauerparadies, solange sie zu Hause waren. Aber im Gegenteil zu Lorenzo hasste er es, alles nach außen zu tragen, sich in aller Öffentlichkeit zu zeigen und darzustellen. Dabei ging es nicht darum, die Partnerschaft zu verheimlichen oder zu leugnen, er hatte nur keinen Bock auf Händchenhalten und das ewige Verliebt-sein-Gehabe. Und das lag nicht daran, dass er schwul war, das ging ihm bei jedem anderen Pärchen auch auf den Sack, was Lorenzo aber partout nicht einsehen wollte. Er liebe ihn nicht, warf er ihm dann vor und benahm sich dabei wie die allerletzte Zicke. Pirro fühlte sich mehr und mehr wie ein an einer goldenen Kette vorgeführtes Hündchen und von Lorenzo völlig vereinnahmt.

Lange hatte Pirro mit diesem Zustand gehadert, aber jetzt hatte er endgültig die Schnauze voll. Sie waren in einem Café verabredet – in aller Öffentlichkeit, wo Lorenzo sich zusammenreißen musste und nicht völlig ausrasten konnte. Pirros Entschluss stand fest und die Tasche war gepackt. Noch heute würde er Schluss machen und nach Algeciras zurückkehren.

Lorenzo war wie immer vor der verabredeten Zeit an Ort und Stelle, sah ihm entgegen und warf Pirro eine Kusshand zu, als der den Stuhl zurückzog und sich setzte.

»Keine Bange, ich komm dir schon nicht zu nahe«, säuselte er. »Wie war dein Tag? Meiner war die reinste Hölle, sag ich dir. Heute war Abgabetermin für die neue Kampagne und die Knalltüten waren nicht in der Lage, auch nur einen einzigen, halbwegs vernünftigen Entwurf vorzulegen. Alles Schrott. Mit Engelszungen musste ich auf die Leute von *Morisan* einreden, uns noch einen Tag Aufschub zu gewähren und ich kann nur hoffen, dass die Schnarchnasen es noch hinkriegen. Was ja nicht allzu schwerfallen dürfte, wenn sie einfach mal das tun würden, was ich ihnen sage.«

Lorenzo führte eine renommierte Werbeagentur in der City. Seine Arbeiten waren von hervorragender Qualität, auf höchstem Niveau und er brauchte sich keine Sorgen um Aufträge zu machen. Er konnte sich seine Klienten aussuchen und die meisten Anfragen musste er aus Mangel an Kapazitäten ablehnen. Und trotzdem war er ständig einem Herzinfarkt nahe, wenn es mal nicht so lief, wie er es sich vorstellte.

»Was regst du dich auf? Bisher ist dir doch noch jeder Auftrag gelungen.«

»Ja, glaubst du denn, das macht sich alles von alleine?«

»Natürlich nicht. Aber wenn du dich immer so aufregst, wird's auch nicht besser.«

»Ich rege mich doch gar nicht auf«, empörte sich Lorenzo, »erzähl lieber mal, was du mir so Wichtiges zu sagen hast.«

Das Café befand sich an der Längsseite eines rechteckigen Platzes, in dessen Mitte ein runder, ummauerter Brunnen stand, der ein beliebter Treffpunkt junger Menschen war. Pirro wurde es mulmig, er schaute an seinem Freund vorbei zu einer Gruppe junger Männer, die auf dem Brunnenrand saßen. Er suchte noch nach den richtigen Worten, als der Trupp plötzlich anfing, zwei Schwarzafrikaner anzupöbeln, die sich ebenfalls auf den Brunnenrand setzen wollten. Es wurde laut, woraufhin sich Lorenzo mit der Frage, was denn da los sei, umdrehte. Einen Moment lang verharrte er in der verdrehten

Position und nur ganz langsam, ohne ein Wort zu sagen, wandte er sich wieder um. Kreidebleich griff er mit zitternden Fingern nach seinem Wasser. Pirro erschrak.

»Was ist los?«, wollte er wissen.

Lorenzo hielt das Glas mit beiden Händen fest umschlossen, starrte stur vor sich auf den Tisch und brachte kein Wort heraus.

»Was ist? Was hast du gesehen?«

Lorenzo fing am ganzen Körper an zu beben, war nahe an einem Nervenzusammenbruch und Pirro legte eine Hand auf seinen Unterarm.

»Lorenzo, beruhige dich! Was um Himmels Willen ist geschehen?«

Dessen Stimme war brüchig, als er sagte: »Da ist der Pizzabote«, und augenblicklich glich Lorenzo dem Haufen Elend wieder, den Pirro nach dem Überfall im Krankenhaus besucht hatte.

Es war damals zwar offensichtlich und konnte gar nicht anders gewesen sein, als dass der Pizzabote, der Lorenzo und seinen Freund Juan regelmäßig belieferte, derjenige war, der dem Schlägerkommando den Tipp gegeben hatte, doch mal bei dem schwulen Pärchen in der Calle Santander 67 vorbeizuschauen. Doch die Polizei war damals nicht in der Lage gewesen, den Drecksack dingfest zu machen und jetzt stand er keine zwanzig Meter hinter Lorenzo.

»Wer von denen ist es?«, wollte Pirro wissen und musterte die Gruppe.

Pirro war außer sich vor Wut gewesen, als Lorenzo ihm damals erzählt hatte, mit welcher Gleichgültigkeit die Polizei den Fall behandelte; dass sie keine Anstalten machten, den Kerl zu suchen. Und Pirro schwor sich, sollte er das Schwein jemals in die Finger kriegen, ihm das Hirn aus dem Schädel zu prügeln.

Lorenzo schaffte es, einen Schluck zu trinken, ohne dass etwas danebenging, gab aber keinen Mucks von sich. Die Afrikaner waren aufgestanden und weitergegangen.

»Wer ist es, Lorenzo, sag mir, wer von denen es ist!«

Pirro griff nach seiner Hand, drückte sie und schaute ihn

eindringlich an. Lorenzo blickte nicht auf, starrte weiter unbeweglich auf die karierte Tischdecke.

»Der Zweite von rechts. Gestreiftes T-Shirt, Stiefel, Stoppelhaare.« Pirro sah ihn, rumgrölend und in bester Stimmung.

»Bring mich nach Hause«, bat Lorenzo mit schwacher Stimme, »bitte!«

Jetzt hatte Pirro ein Bild von dem miesen Schwein und den unbändigen Wunsch, ihm eine Abreibung zu verpassen, die er sein Leben lang nicht mehr vergessen würde. Er klemmte einen Schein unter den Teller, schnappte sich Lorenzo und führte ihn zu einem Taxistand. Lorenzo stieg ein.

»Fahr vor, ich komme nach«, sagte Pirro und wollte die Tür zuschlagen, doch Lorenzo hielt sie auf.

»Nein«, jammerte er, »tu das nicht, ich flehe dich an.«

Pirro drückte die Tür zu und das Taxi fuhr an.

Er ging zurück zum Café, setzte sich wieder an den Tisch und bestellte einen doppelten Bourbon. Die Clique war noch da. Sie tranken Bier, palaverten und pöbelten gelegentlich den Leuten hinterher, wobei der Pizzabote immer die lauteste Klappe hatte. Es dauerte noch eine ganze Weile, bis die Gruppe sich auflöste. Er überlegte gerade, ob er sich noch den dritten Whisky genehmigen sollte, als sich auch der Pizzabote, zusammen mit einem anderen Typen, davonmachte. Es war nachmittags und eine Menge Leute waren unterwegs, sodass Pirro sich bei seiner Verfolgung keine große Mühe geben musste, unentdeckt zu bleiben. Irgendwann trennten sich die beiden und der Pizzabote bog in eine weniger belebte Seitenstraße ab, die etwas abschüssig verlief. Er wechselte die Straßenseite und steuerte auf eine Tordurchfahrt in der gegenüberliegenden Häuserfront zu, die vermutlich auf einen Hinterhof führte. Pirro zog seinen Gürtel aus den Schlaufen seiner Hose, wickelte ihn sich ein paar Male um die Hand, ließ die schwere Messingschnalle locker herunterhängen und eilte ihm hinterher.

»Hi, Pizzabote«, rief er, als der gerade in dem Durchgang verschwinden wollte und ging schnell auf ihn zu.

Der drehte sich um und sah ihn argwöhnisch an. Pirro zögerte keinen Augenblick, holte aus und ließ die Gürtelschnalle quer über sein Gesicht rauschen. Benommen taumelte sein Gegenüber zurück und wäre auf den Arsch gefallen, hätte Pirro ihn nicht am T-Shirt gepackt. Über dessen Jochbein war das Fleisch aufgerissen. Pirro schob ihn in die Durchfahrt und ließ los, woraufhin er an der Wand hinunter auf das Pflaster sackte. Blut pulsierte aus der gut fünf Zentimeter langen, klaffenden Wunde. *Scheiße noch mal, das muss genäht werden. Schätze mal, die Narbe wird dich ein Leben lang an mich erinnern.* Dann sagte Pirro: »Hey, Pizzabote, warum hast du damals von einem Tag auf den anderen so plötzlich deinen Job aufgegeben, ohne irgendjemandem Bescheid zu sagen oder eine Nachricht zu hinterlassen? Selbst die Bullen konnten dich nicht finden.«

Aus verschleierten Augen sah der ihn an, schien langsam zu begreifen, um was es hier ging, und fing mit einem Mal an, unverschämt dreckig zu grinsen. Und bevor Pirro da reindreschen konnte, brüllte der Wichser aus Leibeskräften: »Fraaaancoooo!«

Pirros mit Rindleder umwickelte Faust krachte in sein Maul. Zähne brachen aus dem Kieferknochen und von dem Pizzaboten kamen nur noch ein paar gurgelnde Geräusche. Im nächsten Moment hörte Pirro eine Tür aufgehen und schwere Schritte vom Hinterhof her auf sich zu kommen. Er sprang auf, »Scheißkerl!«, fluchte er mit noch einem Tritt in die Eier, der den Bastard noch einmal aufheulen ließ wie einen Wolf. Im Nu war Pirro zurück auf der Straße. Rannte sie hoch und schaute sich erst um, als er an der nächsten Ecke war. Drei Typen standen vor dem Torbogen, blickten in seine Richtung, machten aber keine Anstalten, ihm zu folgen. Er hielt nach einem Taxi Ausschau und dabei fiel ihm wieder ein, dass er heute eigentlich mit Lorenzo reden wollte, was ihm jetzt völlig unpassend vorkam. *Na egal*, sagte er sich, *auf ein paar Tage wird's jetzt auch nicht mehr ankommen.*

Er war noch eine ganze Weile gegangen, bis er ein Taxi fand, das ihn zur Calle Santander 67 fuhr. Dem dunklen Van, der am Straßenrand parkte, schenkte er keine Beachtung; schloss die Haustür auf und bekam plötzlich einen heftigen Tritt in den Rücken, der ihn in den Hausflur fliegen ließ. Er landete mit dem Gesicht nach unten auf den unteren, mit Teppich ausgelegten Stufen des Aufgangs. *Verflucht.* Er drehte sich um, versuchte sich aufzurappeln, doch ein schwerer Stiefel auf seiner Brust hielt ihn am Boden. Über ihm standen drei Skin-Heads und blickten, mit einer fiesen Vorfreude, auf ihn herab. Das eine Nazi-Schwein, welches ihn am Boden hielt – groß, hager, mit einer unübersehbaren, in den Hals tätowierten 88 – nahm den Stiefel von seiner Brust und stellte sich breitbeinig über ihn. Einen Moment lang juckte es Pirro, ihm in den Schritt zutreten.

»Haben wir da etwa den neuen Fickarsch unserer kleinen Schwuchtel aus dem zweiten Stock?«, fragte er von oben herab und sah ihn finster an, »der, der meinem kleinen Bruder seine Vorderzähne aus dem Gesicht geprügelt und es zerfetzt hat?«

Er wartete keine Antwort ab und rammte ihm mit vollem Karacho den Stiefel in seinen Magen, was Pirro sich krümmen und nach Luft schnappen ließ.

»Eins muss ich euch lassen«, presste er hervor, als er wieder einigermaßen Luft bekam, »ihr habt echt Nerven, hier noch mal aufzukreuzen.«

»Warum denn nicht? Warum um alles in der Welt sollten wir unserem lieben Freund nicht mal wieder einen Besuch abstatten? Wo wir uns doch das letzte Mal so prächtig amüsiert haben. Du warst ja nicht dabei, aber ich bin mir sicher, es wird auch dir gefallen. Auf geht's, wir wollen deinen Freund doch nicht warten lassen. Hilf ihm hoch.«

Der Dreckskerl rechts neben der 88, mit einer hässlichen Narbe auf seiner linken Gesichtshälfte, zerrte ihn auf die Beine und drückte ihm ein Messer in die Rippen. Der Dritte hinkte voran. Er schien ein kaputtes Knie zu haben, denn er nahm zwei Stufen auf einmal und zog dann das andere Bein nach. Pirro verfluchte sich für seine Nachlässigkeit; überlegte, wie er aus der Nummer noch rauskommen konnte, doch er sah keinen Ausweg und hoffte inständig, dass Lorenzo aus irgendeinem Grund noch nicht zu Hause war.

»Na dann wollen wir deiner kleinen Schwanzritze doch mal wieder Hallo sagen, mal sehen, ob sie sich noch an uns erinnern kann«, frotzelte die 88, als sie oben ankamen, und forderte ihn auf, die Tür zu öffnen.

Pirro schloss auf, Licht brannte im Flur und er fluchte aufs Neue vor sich hin, als es keinen Zweifel mehr gab, dass Lorenzo bereits da war. Sie gingen durch in den Salon, wo am Tisch – neben Lorenzo – noch jemand saß, ein stämmiger Kerl mit rötlichen, lockigen Haaren. Lorenzo riss die Augen auf; schlug die Hände vors Gesicht, als er seine Peiniger erkannte, und fing leise an zu wimmern; steigerte sich, bis es in einem hysterischen Schreikrampf endete – derart schrill, dass es schon wehtat.

»Kann mal irgendwer die Sirene abstellen?«, brüllte die 88.

Der Rothaarige stand auf, knallte Lorenzo die flache Hand ins Gesicht, was ihn augenblicklich verstummen ließ, und setzte sich wieder. Er schien nicht sonderlich beeindruckt von dem Aufmarsch der Nazis zu sein und irgendwie kam er Pirro auch bekannt vor. Lorenzo saß vornübergebeugt, zitterte am ganzen Leib und die 88 nickte dem Typen anerkennend zu.

»Da scheinen wir ja so'n schwulen Scheißhaufen von der ganz harten Sorte zu haben,« meinte er fast beifällig.

»He, pass auf, was du sagst. Deswegen bin ich nicht hier.«

»Und weswegen dann?«

»Ich will Pirro abholen, das lange Elend da in eurer Mitte.«

Er grinste Pirro frech an, der plötzlich wusste, wen er da vor sich hatte. *Aber wie zum Teufel kam Murphy auf einmal hierher? Egal, er war auf jeden Fall ein Segen.*

»So, willst du das. Wir haben da aber noch einiges zu klären mit ihm. Pass auf, du wartest am besten draußen vor der Tür, und wenn wir hier fertig sind, kannst du gerne mit deinem Freund hingehen, wo du willst – jedenfalls mit dem, was dann noch von ihm übrig sein wird.«

»Ich weiß nicht«, äußerte Murphy seine Bedenken, »ich brauche ihn im Ganzen. Und sag bitte deinem Kumpel mit dem hübschen Gesicht, er soll ein wenig mit dem Messer aufpassen. Er macht auf mich den Eindruck eines Schwachkopfs, dem leicht mal die Sicherungen durchbrennen.«

Bei Murphy war keine Spur von Anspannung zu erkennen, ganz im Gegensatz zur 88. Einen Moment lang herrschte absolute Stille, bevor der seine Sprache wiederfand.

»Du verfluchtes, dummes Arschloch, reißt dein blödes Maul ganz schön weit auf.« Er zog einen eisernen Schlagring aus der Hosentasche, steckte seine Finger hinein und ballte die Faust. »Ich glaube, ich werde es dir erst einmal stopfen müssen.«

Walter saß rauchend auf dem Klo, blätterte in einer Zeitschrift und versuchte sein überfälliges, großes Geschäft zu erledigen, als er hörte, wie die Wohnungstür aufgeschlossen wurde und mehr als nur ein Paar Füße den Flur entlanggingen. Er wollte sich nicht stören lassen, zumal er gerade einen interessanten Artikel über homosexuelles Verhalten in der Tierwelt las.

»Das glaubt man ja nicht«, murmelte er vor sich hin, nahm noch einen Zug und ließ die Kippe zwischen seinen Beinen ins Klo fallen, es zischte. Er staunte gerade noch über das Treiben der Flussdelphine, als irgendwer anfing, tierisch zu kreischen. Es hörte sich völlig überzogen an, wie von jemandem, der glaubte, vor Entsetzen gleich den Verstand zu verlieren. Und dazu fiel ihm dann wieder ein, was Lorenzo ihnen vorhin erzählt hatte: wo Pirro noch hinwolle und was er vorhabe. Walter stieß einen Seufzer aus. Das Kacken musste warten. Er stand auf, zog die Hosen hoch, nahm die *Glock* aus dem Holster und schraubte den Schalldämpfer auf den Lauf.

Die 88 ging gerade mit gestählter Faust auf Murphy zu, als Walter im Rücken der Nazis den Salon betrat.

»Das kannst du getrost sein lassen. Dem irischen Bastard ist das Maul sowieso nicht zu stopfen, glaub mir, der reißt es immer wieder auf.«

Die 88 fuhr herum, starrte Walter ungläubig an und der Typ mit dem kaputten Knie, der eben noch in Vorfreude auf den ersten Schlagabtausch lässig an der Anrichte lehnte, stürmte im nächsten Augenblick hinkend und mit einer Stahlrute bewaffnet auf Walter

zu. Er erkannte die Pistole in Walters Hand zu spät. Es machte
»Plopp« und gleichzeitig schlug das Projektil in sein Knie ein, was
ihm einen gellenden Schrei entlockte und zu Boden stürzen ließ.
Alles blickte auf Walter.

»Ich hätte dir auch in dein gesundes Bein schießen können oder
in die Eier oder sonst wohin. Nimm es also als guten Willen von
mir. Aber eins sage ich dir gleich und da könnt ihr anderen ruhig
zuhören: Meine Gutmütigkeit hat auch ihre Grenzen, also reizt
mich besser nicht allzu sehr.«

»Hey Walter«, freute sich Murphy grinsend, »konntest du alles
erledigen?«

»Nee, wie denn auch, bei dem Geschrei hier. Und du«, er drehte
sich zu dem Typen mit der Narbe um und richtete die *Glock* auf
ihn, »lässt jetzt besser dein beschissenes Messer fallen und unseren Freund los, bevor ich dir noch ein verdammtes Loch in deinen
hohlen Schädel ballern muss.«

Pirro riss sich los, donnerte dabei seinen Ellenbogen in das
Narbengesicht und ging rüber zu Lorenzo, der aufgehört hatte zu
zittern.

»Setzt euch hierhin«, forderte Pirro die 88 und das Narbengesicht
auf und zog zwei Stühle vor die Anrichte, an der schon der Typ mit
dem kaputten, blutverschmierten Knie hockte und leise vor sich hin
flennte. Die 88 bebte vor Zorn, seine Stirnadern waren geschwollen
und die Fäuste geballt.

»Vergiss es,« fuhr Walter ihn an, »was auch immer in deinem
kranken Hirn vor sich geht, entspann dich und setz dich gefälligst
hin«, dabei drückte er ihm den Schalldämpfer an die Stirn. Nur
widerwillig folgte die 88 der Aufforderung.

»Sind sie das?«, fragte Murphy Lorenzo, »sind das die Typen, die
Juan umgebracht haben?«

Der sah nicht hoch, nickte nur.

»Wer von ihnen war es?«

»Ich weiß es nicht. Als ich wieder zu mir kam, lag Juan da, leblos
in seinem Blut.«

Lorenzo schlug die Hände vors Gesicht, schluchzte leise und

versuchte, seine Gefühle unter Kontrolle zu halten. Die 88 hatte sich wieder gefangen, saß breitbeinig auf dem Stuhl und griente hämisch vor sich hin, wobei er mit dem Schlagring in seiner Hand spielte. Walter nahm ihm den ab, schob seine Finger in die Ringe und verpasste der 88 einen Hieb in die Rippen, was aus der grinsenden ratzfatz eine schmerzverzerrte Fresse werden ließ. Dann hockte er sich vor den Typen mit dem kaputten Knie und drückte ihm den Lauf auf das gesunde Bein.

»Warst du es?«

Dem Kerl stand die pure Panik ins Gesicht geschrieben, er sah Walter aus tränenverschleierten Augen an und schüttelte heftig seinen Kopf.

»Was soll's«, mischte sich Murphy ein, »wir nehmen sie alle drei mit und versenken sie im Meer.«

»Ihr solltet uns besser laufen lassen, ansonsten –verspreche ich euch –wird die geballte Macht der Bruderschaft auf euch herniederfahren und euch richten.«

»Hör dir nur mal den Scheiß an«, stöhnte Walter.

»Knall sie ab!«, forderte Pirro, »knall sie einfach ab, die Schweine!«

»Nein.«

Lorenzo hatte offensichtlich seine Fassung wiedergefunden, war aufgestanden und stellte sich vor die drei hin.

»Ich will, dass der ihm einen bläst.«

Dabei zeigte er erst auf das Narbengesicht, dann auf die 88. Alles verstummte. Die beiden glotzten ihn blöde an.

»Gute Idee«, tönte Murphy, »vielleicht wird ja eine dauerhafte Beziehung draus. Also, Hose runter.«

Er baute sich vor der 88 auf.

»Das könnt ihr vergessen. Niemals.«

Die 88 sprang auf, versuchte sich voller Verzweiflung und Wut auf Murphy zu stürzen, doch der machte nur einen kleinen Schritt zur Seite, packte dessen Kopf und knallte ihn auf die Tischplatte. Benommen landete die 88 wieder auf dem Stuhl.

»Wir müssen ihn fixieren, sonst wird das nichts.«

Pirro band ihm mit einem Tuch die Hände hinter der Lehne

zusammen und Lorenzo stopfte ihm einen kleinen, roten Ball ins Maul, den er mit einem Stück Klebeband fixierte. Das Narbengesicht verfolgte das Geschehen mit Walters Knarre am Kopf und weit aufgerissenen Augen. Lorenzo öffnete die Hose der 88 und zerrte sie ihm, samt Unterhose, unter dem Arsch weg, runter bis zu den Knöcheln. Alle starrten auf den mitleiderregenden, schlaff herunterhängenden Penis zwischen stark beharrten Beinen.

»Na los, jetzt bist du dran, zeig mal, was du draufhast.«

Walter zwang das Narbengesicht, sich vor die 88 zu knien.

»Und ich rate dir, gib dir Mühe, wir wollen Ergebnisse sehen. Dein Freund soll schließlich voll auf seine Kosten kommen. Wenn du es nicht hinbekommst, werde ich euch eigenhändig die Klöten abschneiden und sie der Heulsuse dort zu fressen geben. Haben wir uns verstanden?«

Das Narbengesicht nickte und griff mit spitzen Fingern nach dem schlaffen Glied, was die 88 aus seiner Benommenheit aufschrecken, grunzen und sich hin- und her winden ließ.

Murphy stellte sich hinter ihn und legte das Messer an seinen Hals.

»Du solltest dich entspannen, schließ die Augen und lass ihn machen.«

Die 88 war weit davon entfernt, zu relaxen, sträubte sich mit aller Macht gegen die Aktivitäten seines Kumpels, konnte aber nicht verhindern, dass sein Pimmel wohlwollend darauf reagierte.

»Wusstest du«, sagte Walter zu Murphy, während er das Schauspiel beobachtete, »dass Flussdelphine ihr Ding in das Blasloch ihrer Kumpels stecken?«

»In echt?«

»Ja, habe ich gerade gelesen.«

Tatsächlich ging es dann überraschend schnell, bis das Narbengesicht Sperma spuckte. Lorenzo hatte die Aktion mit seiner neuen Digitalkamera festgehalten, was ihm die Sicherheit brachte, nie wieder von diesen Hohlköpfen belästigt zu werden. Ein schwuler Nazi kam in der Szene garantiert nicht gut an.

Morgen Vormittag würden sie zu Carlos fliegen und Pirro hatte nicht lange gebraucht, bis er raffte, weswegen die Angelegenheit so pressierte, wie Walter es ausdrückte, und warum er nichts Näheres über den Grund erfahren konnte – außer dass Bernardo auch erwartet wurde. Es konnte nur um diese vermaledeite Geschichte von damals gehen. Dass es Carlos überaus wichtig war, ihn zu sehen, wurde durch Murphys und Walters Anwesenheit nur allzu deutlich unterstrichen. Es war natürlich ein Riesenglück gewesen, dass die beiden genau zum richtigen Zeitpunkt hier aufgetaucht waren, um ihn und Lorenzo aus der Scheiße zu hauen, aber das war nur die eine Seite der Medaille; auf die andere hatte er wenig Bock und wollte sie sich eigentlich auch gar nicht genauer anschauen. Auch wenn Pirro nicht sagen konnte, was Carlos von ihm wollte, war es bestimmt nichts Gutes, und im schlimmsten Fall war Carlos dahintergekommen, dass Julie ihn betrogen hatte und er und Bernardo daraus Kapital schlagen wollten, anstatt ihn zu informieren. Dann drohte Ungemach in biblischem Ausmaß.

Auf Lorenzos Frage, wann er denn zurückkommen werde, antwortete er am nächsten Morgen äußerst vage; versprach aber, sich zu melden, sobald er Genaueres wisse. Dann fuhren sie zum Flughafen. Murphy setzte sie vor dem Terminal ab und fuhr zurück zu Edmundos Anwesen, während Walter dafür Sorge trug, dass Pirro auch bei Carlos ankam. Auf dem Flughafen herrschte ein ziemliches Chaos, weil landesweit etliche Fluglotsen streikten, weswegen sie gestern Abend auch nur mit Ach und Krach noch zwei Plätze nach Bilbao hatten ergattern können.

Sie saßen an der Bar und warteten darauf, dass der Check-in losging, als ihr Flug endlich aufgerufen wurde. Die Passagiere in den hinteren Sitzreihen wurden aufgefordert, zuerst einzusteigen, alles musste schnell gehen, weil es sonst Schwierigkeiten mit ihrer Starterlaubnis geben könnte.

Walter schaute auf sein Ticket. Reihe 28.

»Na dann los, auf geht's«, sagte er und stellte sich an der Schlange der wartenden Passagiere an.

»Ich sitz' ganz vorn«, sagte Pirro, »wir sehen uns später in Bilbao.«

Walter stutzte einen Moment. Es waren die letzten Plätze, die sie bekommen hatten und sie saßen nicht zusammen. Dann lächelte er breit und zwinkerte ihm zu.

»Das werden wir.«

Pirro war einer der Letzten, die die Maschine betraten, sah Walter am anderen Ende des Fliegers in seiner Reihe stehend ihm zuwinken und setzte sich auf seinen Platz direkt gegenüber vom Eingang. Er hielt den Sicherheitsgurt in der Hand und die Stewardess schickte sich an, die schwere Tür zu schließen. Doch anstatt sich anzuschnallen, ließ er plötzlich wie vom Blitz getroffen die Gurt-Enden fallen, schnappte sich seine Reisetasche unterm Sitz und stürmte an der Stewardess vorbei aus dem Flieger.

»Sorry, totale Flugangst. Es geht einfach nicht«, murmelte er und war im nächsten Moment draußen, die Tür schloss sich und die Maschine rollte an.

Er ging zurück an die Bar, holte ein paarmal tief Luft und bestellte einen Bourbon. Bei genauerer Betrachtung gab es keinen unmittelbaren Grund, in Panik zu geraten. Erst wenn Walter in Bilbao gelandet wäre, würde die Bombe platzen, bis dahin war noch genügend Zeit. Er kippte den Whiskey in einem Zug hinunter und ging zurück zu den Schaltern der Fluggesellschaften. Hub hatte ihn bei ihrer ersten Begegnung gefragt, ob er denn schon mal in Marokko gewesen sei. Und obwohl der afrikanische Kontinent von Algeciras aus sozusagen in Sichtweite lag, musste er zugeben, noch nie einen Ausflug dorthin gemacht zu haben. Und als er jetzt das Last-Minute-Angebot nach Casablanca entdeckte, wusste er, dass es an der Zeit war, Marokko mal einen Besuch abzustatten.

BEI CARLOS

40

Walter war erleichtert gewesen, als Pirro fast als Letzter doch noch einstieg, hatte sich dann zufrieden in seinen Sitz fallen lassen und dessen Abgang gar nicht mitbekommen. Erst beim Pinkelgang zu der Toilette am vorderen Ende der Maschine fiel ihm Pirros leerer Sitz auf. Er stellte sich noch vor, wie wohl der Lange mit eingezogenem Kopf auf dem engen Klo zurechtkam, musste schmunzeln und war im nächsten Augenblick äußerst verblüfft, als er vor den unbesetzten Toiletten stand. *Wie war das möglich?* Er sah sich hektisch um, dann dachte er, der Schlag würde ihn treffen und im selben Moment wurde ihm klar: Dieses miese Stück Rabenaas hatte ihn tatsächlich reingelegt. *Warum hatten sie nicht einfach die Plätze getauscht?* fragte er sich fluchend. *Weil das lange Elend irgendwie einen netten Eindruck auf mich machte und ohne viel zu fragen einfach mitgekommen war, fast so, als hätte es ihm gerade gepasst,* beantwortete er sich die Frage. *Da gab es keinen Grund, ihm zu misstrauen. Und trotzdem, es wird nicht einfach sein, Carlos diese Glanztat zu erklären. Heilige Scheiße.*

Sobald sie gelandet waren, rief er Murphy an. Als er ihm dann berichtet hatte, was und wie es geschehen war, war dessen erste Frage, warum um alles in der Welt nicht ER sich nach vorne gesetzt hätte, und die nächste war, wie dämlich man eigentlich noch sein könne. Laut Ticket sei es nun mal sein Platz gewesen, war das Einzige, was Walter dazu sagen konnte. Sie kamen überein, dass es keinen Sinn mache, dem dürren Arsch nachzujagen, dass der mit Sicherheit bereits in irgendeinem Flieger sonst wohin sitze. Dann wollte Murphy noch wissen, wie er das denn Carlos beibringen wolle und was er denke, wie der wohl auf die Geschichte reagieren würde. Walter hoffte, dass Carlos noch immer nicht mit der

Schweinezucht begonnen hatte, und Murphy wünschte ihm viel Glück.

Es klingelte drei Mal, dann nahm Edmundo ab.

»Hi Boss, ich bin's«, meldete sich Walter.

»Ah, ihr seid gelandet?«

»Ja, mehr oder weniger, ehrlich gesagt bin ich allein.«

»Was soll das heißen, du bist allein?«

»Der dürre Arsch ist mir abgehauen, noch in Sevilla, kurz vorm Abflug. So ein gerissener Hund, echt.«

»Du willst mir allen Ernstes erzählen, du warst nicht in der Lage, auf den Langen aufzupassen? Dass er sich verkrümeln konnte, wo er doch kaum zu übersehen ist? Und das von Airport zu Airport, mit all den Sicherheitsbereichen und Kontrollen? Als Murphy mich anrief, meinte er, dass ihr bereits eingecheckt seid und so gut wie schon hier. Was um Himmels willen ist passiert?«

»Das ist nicht so einfach zu erklären, weil damit überhaupt nicht zu rechnen war, nicht im Geringsten, der Sauhund hat mich echt auf dem falschen Fuß erwischt. Soll ich ihn suchen gehen?«

»Walter, er ist dir auf einem Flughafen entwischt. In welche Richtung willst du denn suchen gehen? Häh? Komm erstmal her, dann kannst du es Carlos selbst erklären.«

Noch saß Walter an der Flughafenbar und überlegte, wie es wohl wäre, wenn er sich ebenfalls ein Ticket nach sonst wohin zulegen würde. Aber nee, da musste er jetzt durch. Was er brauchte, war eine halbwegs plausible Geschichte.

»Walter ist in Bilbao gelandet, allerdings ohne Pirro.«

Carlos saß an seinem Schreibtisch, als Edmundo den Raum betrat, und schaute auf.

»Was bitte willst du mir damit sagen?«

»Das er ihm entwischt ist.«

»Pirro ist Walter abgehauen?«, fragte Carlos erstaunt, »hatte er Hilfe?«

»Davon war nicht die Rede, er hat Walter reingelegt; wie, wird er
dir selbst erzählen, er ist auf dem Weg hierher.«

»Hm.«
Mit zusammengekniffenen Lippen schaute Carlos einen Moment
lang auf seinen Bildschirm.

»Dann brauchen wir auch nicht länger zu warten«, sagte er, »hol
Bernardo und lass uns anfangen.«

41

Bernardo war gestern erst spät am Abend angekommen und außer
seinem Bruder, der sich ihm gegenüber deutlich distanziert verhielt,
hatte er auch niemanden mehr zu Gesicht bekommen. Edmundo
wollte ihm nicht sagen, weshalb er nun genau hier war und ob etwas
passiert sei. Er meinte nur, dass Carlos ihn in einer dringenden Angelegenheit sprechen wolle, woraufhin ihm so ein merkwürdiges
Gefühl in den Nacken gekrochen war, das er seitdem auch nicht
mehr loswurde. Nach dem Frühstück, das er alleine und mit wenig
Appetit bei Lucita in der Küche zu sich nahm, hatte er sich wieder
in seinem Zimmer aufs Bett gehauen.

*Was zum Henker konnte es so Dringendes geben, dass Carlos
mich von einen Tag auf den anderen aus Berlin abkommandiert?*,
grübelte er vor sich hin. Natürlich kam ihm da als erstes diese
verfickte Geschichte wieder in den Sinn. *Aber wie sollte da was
rausgekommen sein? Da gibt es doch nur das Video, und woher zum
Teufel sollte es jetzt plötzlich aufgetaucht sein? Oder hatte Bojan
sich aus irgendeinem Grund bei Carlos ausgesülzt? Na und, wenn
schon*, machte er sich Mut, *dem Arsch kann man es sowieso nicht
recht machen. Soll Carlos mich ruhig wieder abziehen.* Er kam nicht
weiter, hatte keine Vorstellung, was ihn erwarten würde und wollte
sich gerade eine Zigarette anzünden, als Edmund plötzlich in sein
Zimmer trat.

»Carlos will dich jetzt sehen«, sagte der kurzangebunden, »sofort.«

»Was ist denn bloß los?«, jammerte Bernardo und schwang sich aus dem Bett.

Statt einer Antwort bekam er von seinem Bruder einen Blick zugeworfen, den er sich getrost hätte hinter den Spiegel stecken können.

»Das wirst du gleich sehen, komm jetzt.«

Carlos schaute kaum vom Monitor hoch, als sie den Raum betraten.

»Ah, Bernardo«, sagte er nur, »einen Moment noch.«

Edmundo ging rüber zu der opulenten Ledergarnitur vor dem Kamin und pflanzte sich in einen Sessel, was Bernardo ihm gleichtun wollte.

»Bleib!«, forderte Carlos ihn auf, »ich will dir etwas zeigen.«

Bernardo blieb am Schreibtisch stehen und kam sich vor wie ein Schuljunge, der zum Direktor gerufen wurde und keine Ahnung hatte, welches seiner Vergehen ihm gleich um die Ohren fliegen sollte. Ihm war nicht wohl in seiner Haut und als Carlos dann seinen Stuhl zurückschob, ihn mit kalten Augen und versteinerter Miene taxierte, schwante ihm Übles.

»Ich möchte, dass du dir das hier mal anschaust und mir erklärst, was es zu bedeuten hat.«

Carlos startete die Aufzeichnung und augenblicklich lief es Bernardo heiß und kalt den Rücken runter; er bekam weiche Knie, suchte Halt an der Schreibtischkante und hätte in diesem Augenblick nichts dagegen gehabt, wenn sich vor ihm ein schwarzes Loch aufgetan und wer auch immer ihn hineingezogen hätte. Nur mit Mühe konnte er sich die komplette Aufzeichnung anschauen und war erleichtert, als sie endlich durchgelaufen war.

»Ich kann das erklären«, stammelte er los, doch Carlos hob seine Hand, was ihn verstummen ließ.

»Davon gehe ich aus«, sagte Carlos in ruhigem Ton, »nur will ich, dass du dir diesmal genau überlegst, was du mir erzählst, und mir nicht wieder einen Bären aufbindest. Was hast du mit dem

Mädchen angestellt, mit Susana? Und warum versuchte Luca, uns mit diesem Video ans Bein zu pissen, wo du doch angeblich ihn und seine Freundin Felisa zur Flucht verholfen hast? Und verflucht noch mal, wer waren die Typen, die das Video gedreht haben, und vor allen Dingen, warum?«

Noch während Carlos sprach, realisierte Bernardo, dass es hierbei noch längst nicht um alles ging. Carlos hatte anscheinend keine Ahnung, was das alles tatsächlich zu bedeuten hatte. Denn hätte er bereits gewusst, dass es Hub war, der ihn dort auf dem Parkplatz in die Knie gezwungen hatte und dass es dem Schweinehund einzig und allein darum ging, ein Druckmittel gegen ihn und Pirro in die Hand zu bekommen, um zu verhindern, dass sie Carlos von der Affäre seiner Frau berichteten, wäre er bereits einen Kopf kürzer.

»Und was dein Freund Pirro damit zu tun hat, kannst du mir sicherlich auch erklären«, schob Carlos hinterher, während in Bernardos Kopf noch die Gedanken kreisten.

Er fasste sich. Hin und wieder legte er durchaus eine ziemlich schnelle Auffassungsgabe an den Tag und war dann in der Lage, auch die kleinste Chance zu wittern, wenn es darum ging, seinen Arsch zu retten. Die Panik, die sich nach den ersten Videosequenzen in seinem Gesicht widergespiegelt hatte, war keineswegs aufgesetzt, die Reue und Niedergeschlagenheit jetzt schon.

»Pirro hat mit alldem nichts zu tun, er war rein zufällig dabei. Sie hatten es nur auf mich abgesehen, die Schweine.«

»Wer?«

»Das weiß ich doch nicht«, wimmerte er, »ich habe die Kerle vorher noch nie in meinem Leben gesehen und vorgestellt haben sich die Wichser auch nicht.«

»Die Wichser? Vielleicht war ja einer von denen der Freund oder Ehemann von Susana oder es waren ihre Brüder, die es ganz und gar nicht mögen, wenn jemand ihre Schwester vergewaltigt.«

»Vergewaltigt?«, plusterte sich Bernardo auf, »ich habe doch niemanden vergewaltigt. Das haben die aus mir rausgepresst, du hast es doch gesehen.«

»Bernardo«, mischte sich Edmundo ein, stand auf und lehnte

sich mit verschränkten Armen an die Rückenlehne des Sofas, »willst du uns allen Ernstes weismachen, dass du das Mädchen noch nie in deinem Leben gesehen und keine Ahnung hast, wer dich da in die Pfanne hauen will?«

»Natürlich kenne ich Susana. Sie ist eine Freundin von Felisa. Wir hatten ein wenig zusammen gefeiert, es war schließlich der Abend ihrer Flucht. Die Kleine hat sich an mich rangemacht. Sie wollte es, da gab es keine Spur einer Vergewaltigung. Glaubt mir.« In Carlos Augen konnte er lesen, dass der weit davon entfernt war, das zu tun.

»War Luca auch dabei?«, fragte er.

»Ja, er kam später noch dazu, kurz bevor sie aufgebrochen sind.«

»Hm, wenn ich dich recht verstehe, dann bist du also das Opfer einer äußerst hässlichen und perfiden Intrige geworden. Ich fasse mal zusammen: Du verhilfst deiner alten Freundin Felisa – die Hure deines Bekannten Rico – und ihrem Freund Luca zur Flucht und als Dank dafür hetzen sie dir zwei Typen auf den Hals, die ein falsches Geständnis von dir erzwingen, womit Luca Edmundo dann erpressen kann. So ungefähr?«

»Luca hat dich erpresst?«, fragte Bernardo überrascht und schaute erst seinen Bruder an, dann Carlos, wobei seine Augen anfingen zu leuchten.

»Jetzt wird's klar. Ich hatte mich gleich gefragt, was Lisa an dieser hinterfotzigen Arschgeige fand. Der war doch nicht besser als Rico, alles ein abgekartetes Spiel. Die wollten mich von Anfang an fertigmachen, die Schweine.«

»Bernardo«, zischte Carlos, »überlege dir gut, was du sagst.«

»Da gibt es nichts zu überlegen. Das ist die reine Wahrheit.«

»Genauso wahr wie die Version, dass Rico dir den Finger gebrochen hat?«

Die Farce hätte er sich in der Tat sparen können, er verfluchte sich und seine vorlaute Klappe, war aber wenigstens klug genug, etwas leisere Töne anzuschlagen.

»Es tut mir leid, Carlos, wirklich leid. Aber du weißt ja nicht, wie es ist, wenn man um ein wenig Anerkennung von dir ringt. Wäre ich aufrichtig gewesen, hättest du mir die Wahrheit doch sowieso nicht abgekauft – genauso wenig, wie du es jetzt tust. Und wenn du es getan hättest, stände ich nur wieder da wie der allerletzte Hornochse.« Bernardo sah Carlos nicht an, blickte vor sich auf den Boden wie ein Büßer, der auf sein Urteil wartet und dabei auf Gnade hofft. Carlos erhob sich und baute sich vor ihm auf.

»Du hast recht. Ich glaube, du lügst wie gedruckt und frage mich, was du vor mir verheimlichst, warum zum Teufel du mir nicht sagst, was wirklich hinter all diesem Bockmist steckt. Du belügst mich, obwohl du genau weißt, wie sehr mich das verletzt. Anerkennung? Du gierst nach meiner Anerkennung und hintergehst mich? Wie soll das funktionieren? Bernardo, sieh mich an. Sag mir jetzt klipp und klar: Was wollten die Typen wirklich? Wofür das Video?«

Das war nun das Allerletzte, was er ihm offenbaren würde. Gnade ihm Gott, sollte Carlos jemals dahinterkommen.

»Na, ich denke doch, um jemanden zu erpressen«, kam Bernardos zögerliche Antwort.

Carlos sah ihn mit zusammengekniffenen Augen an und im nächsten Augenblick verpasste er ihm eine schallende Ohrfeige. Die Unschuldsmiene in Bernardos Gesicht wechselte ins Schmerzverzerrte. Verdattert und ängstlich schaute er ihn an.

»Wenn das der Grund gewesen wäre, du verdammter Idiot, dann hätten sie nicht so einen erbärmlichen Einfallspinsel wie Luca geschickt, der alles andere als eine hinterfotzige Arschgeige war, die alles vermasselt und nun am Fuße eines Berges langsam verrottet. Also erzähl mir keinen Unsinn!«

Carlos drehte sich von ihm weg und Bernardo rieb sich die Wange, die brannte, als hätte er auf einer Herdplatte gepennt. Carlos stand vor der Anrichte, nahm sich einen Zigarillo aus der Schachtel und zündete ihn gewissenhaft an.

»Hast du gewusst, dass Felisa schwanger war?«, fragte er, paffte Qualm in die Luft und wandte sich ihm wieder zu ihm. Bernardo war es unmöglich, seine Verblüffung zu verbergen, was Carlos nicht entging.

»Wieso hat sie dir nichts davon erzählt? Als gute Freundin in Not?«

»Aber«, begann Bernardo – verzweifelt nach einer Antwort suchend, »wie kommst du denn darauf? Natürlich hat sie …«, stammelte er, »ich, ich habe nur nicht …«

Das Klingeln des Telefons auf Carlos' Schreibtisch war seine Rettung. Carlos kehrte ihm angewidert den Rücken zu, nahm den Hörer ab und lauschte einen Moment.

»Ja gut«, sagte er dann, »schick ihn rauf.«

»Ist er da?«, fragte Edmundo.

»Ja.«

Wer auch immer es sein mochte, der da angemeldet wurde, Bernardo war dem Besucher für sein absolut perfektes Timing unendlich dankbar. Hätte er gewusst, mit welchen Erkenntnissen im Gepäck der Besucher hier aufschlug, hätte er wahrscheinlich den Sprung durch das geschlossene Fenster gewagt und sein Heil in der Flucht quer durch die Weinberge gesucht. Wenn er auch oftmals in der Lage war, Ereignisse situativ zu erfassen und zu seinem Vorteil zu nutzen, war es ihm doch meist nicht möglich, die Komplexität im Ganzen zu erkennen. Und so war er nur überrascht, dass es Walter war, der den Raum betrat – aber keineswegs beunruhigt –, zumal er feststellte, dass Walter, wäre er ein Hund, eher mit eingezogenem Schwanz als freudig wedelnd hereinkam.

»Hi Boss«, sagte Walter zu Edmundo, wobei er ihm mit bedrückter Miene zunickte und an Carlos gewandt: »Carlos, glaub mir, der lausige Hurensohn ist raffinierter, als man es ihm zutraut. Macht einen auf unschuldig; tut so, als ob er kein Wässerchen trüben könnte, und ehe du dich versiehst, lässt er dich dastehen wie den allerletzten Hanswurst. Wenn ich ihn das nächste Mal erwische, werde ich ihm als Erstes mal eine seiner langen Haxen brechen.«

»Lass gut sein, Walter«, sagte Carlos mit einem Schmunzeln, »ist ärgerlich, aber auch nicht ganz so tragisch. Anscheinend war Pirro eh nur zufällig dabei und hatte mit der Sache im Ganzen nichts zu tun.«

»So? Wir hatten in Algeciras das Vergnügen, Yago zu treffen – ein alter Bekannter von Bernardo und Pirro – der andeutete, dass er schon den Eindruck hatte, dass die beiden gemeinsam was am Laufen hatten.«

Eben noch war Bernardo über Walters Auftauchen erleichtert gewesen, jetzt schnürte es ihm die Kehle zu und Panik machte sich in ihm breit.

»Pah«, tönte er dazwischen, »Yago ist ein mieser, verfickter Junkie, der völlig weich in der Birne ist.«

»Von dir will ich erst wieder was hören, wenn ich es sage. Haben wir uns verstanden?«, fuhr Carlos ihn an.

»Aber Yago lügt, wenn er nur …«

Carlos hob seine Hand und augenblicklich hielt Bernardo die Klappe.

»Was hat Yago denn sonst noch so erzählt?«, wollte Carlos von Walter wissen, der spürte, dass der bittere Kelch an ihm vorübergegangen war, was ein feines Lächeln in sein Gesicht zauberte.

»Zum Beispiel, dass Felisa nicht die Nutte von Rico war, sondern die von unserem Freund hier, der sie Rico bei einem munteren Pokerspiel abgenommen hatte.«

»Der spinnt doch«, platzte es aus Bernardo heraus.

»Und«, fuhr Walter fort, »dass Bernardo dem armen Luca mächtig zugesetzt hatte, nachdem er erfuhr, dass die beiden abhauen wollten. Yago war dabei. Es war der Abend, an dem Bernardo Susana ein paar Downer verpasste, bevor er sich an ihr verging.«

»Alles Lüge«, kreischte Bernardo los, »kein Wort ist wahr, glaub doch diesen Schwachsinn nicht!«, bettelte er Carlos an.

Carlos' Lippen waren zu einem Strich geworden, seine dunklen Augen loderten vor Zorn und man sah ihm an, dass er sich nur mit Mühe beherrschen konnte, Bernardo nicht auf der Stelle in Grund und Boden zu stampfen. Doch er beherrschte sich. Es gehörte zu seinen Tugenden, Emotionen nicht ihren freien Lauf zu lassen, sondern sie zu kontrollieren.

»Geh mir aus den Augen. Sofort«, sagte er nur mit eiskalter Stimme.

Bernardo wollte noch protestieren, doch sein Bruder packte ihn schon am Arm, schob ihn zur Tür hinaus und zischelte ihm zu: »Geh auf dein Zimmer und bete zu Gott, dass er dich am Leben lässt.«

»Wer ist dieser Yago?«, fragte Carlos, nachdem sich alle ein wenig beruhigt und mit einem Bourbon in der Hand in die Sitzgruppe hatten fallen lassen.

»Ein Typ, der allem Anschein nach seine Drogenprobleme in den Griff bekommen hat und mit all dem Scheiß nichts mehr zu tun haben will. Ich glaube ihm.«

»Hat er sonst noch was gesagt?«

»Na ja, er erzählte uns noch, dass am Tag nach der völlig missglückten Party zwei Typen bei ihm aufgetaucht seien und von ihm genau hätten wissen wollen, was da in Felisas Wohnung passiert und ob es Bernardo gewesen sei, der Susana vergewaltigt habe. Klar war Yago auf Droge und sein Gemütszustand nicht der beste; aber er meinte, dass der eine ihm auch höllische Angst eingejagt hätte, wenn er nicht völlig durch den Wind gewesen wäre. So ein Glatzkopf mit ein paar Augen, in denen sich der Irrsinn spiegelte, der ihm ein Messer ins Bein rammte, weswegen er fast krepiert wäre.«

Bei Carlos schlug es ein wie der Blitz in einen Laternenmast. Natürlich hatte er die Stimme vom Band schon einmal gehört. Es war Hub, der Bekannte von Julie, der sich auf Edmundos Hochzeit aufführte wie der allerletzte Schwachkopf. Er hatte gleich das Gefühl gehabt, dass irgendetwas mit dem Kerl nicht stimmte, hatte ihm aber letztendlich den Volldeppen abgekauft. Und jetzt stand plötzlich die Frage im Raum, was um Himmelswillen der Kerl dann war, wenn nicht der harmlose Tölpel, für den Carlos ihn gehalten hatte.

Er presste seine Kiefer zusammen, dass die Zähne knirschten, und starrte in sein Whiskyglas.

»Hey, Carlos, was ist los?«, wollte Edmundo von ihm wissen.

Carlos schaute auf, entspannte sich und nahm einen Schluck.

»Es ist Hub, dieser durchtriebene Bastard, der das Video gedreht hat.«

»Du meinst Julies Bekannten? Den Einfallspinsel, der den Eindruck machte, als könne er nicht bis drei zählen?«, fragte Edmundo ungläubig, »das ist nicht dein Ernst, oder?«

»Doch, die Beschreibung passt und mir kam die Stimme vom Band gleich bekannt vor.«

»Was um alles in der Welt hat das denn jetzt zu bedeuten?«

»Das werden wir rauskriegen, glaub mir!«, sagte Carlos voller Entschlossenheit, nahm den letzten Schluck und stand auf.

»War das alles?«, fragte er Walter.

»Im Prinzip schon.«

Carlos sah ihn an.

»Im Prinzip schon? Soll heißen?«

»Dass Yago da noch so eine Bemerkung raushaute, von der er aber anschließend meinte, dass wir sie am besten gleich wieder vergessen sollten, weil er zu der Zeit echt total im Arsch gewesen war und er mit Sicherheit nicht mehr alles richtig auf die Reihe bekommen hatte. Und das …«

»Walter«, unterbrach ihn Carlos, »komm zur Sache.«

»Yago glaubte, rausgehört zu haben, dass bei dem Ding, in dem Bernardo und Pirro da verwickelt waren, auch Julie irgendwie was mit zu tun hatte. Aber wie gesagt, der Typ traute sich selbst nicht mehr so ganz und hätte es im Nachhinein lieber nicht erwähnt.«

»Okay«, sagte Carlos, wobei jedem im Raum klar war, dass rein gar nichts in Ordnung war, »geh jetzt. Und du Edmundo, schick bitte Julie zu mir.«

42

Einige ihrer früheren Beziehungen waren auch deshalb krachend in die Brüche gegangen, weil sie einfach immer zu leicht rumzukriegen war. Sie kannte sich mit Fremdgehen und kleineren Affären aus, wie Geheimnisse allmählich aufbrachen gleich einer keimenden Saat – unaufhaltsam, bis nichts mehr zu verbergen war und die Wahrheit mit voller Wucht vor einem stand.

Bis das vermaledeite Video aufgetaucht war, war sie sich noch sicher gewesen, diesmal alles niedertrampeln zu können, was drohte, ihren kleinen Seitensprung ans Licht kommen zu lassen. Doch jetzt spürte sie schon wieder diese tickende Zeitbombe unter ihrem Hintern, das Gefühl der Ohnmacht, welches langsam, aber sicher jede Faser ihres Körpers in Besitz nahm, ihr den Magen umdrehte und ihr signalisierte, am besten die Flucht anzutreten. Bernardos ungeheuerliche Andeutungen über den Tod von Carlos' erster Frau hatten ihr damals mächtig zugesetzt. Im Anschluss an Bernardos Abreise nach Berlin hatte sie versucht, Näheres über den Vorfall zu erfahren. Doch weder Lucita noch Amado oder sonst wer konnten oder wollten etwas dazu sagen. Von jedem, den sie beiläufig darauf ansprach, erntete sie nur ein betretenes Schweigen; niemand wusste mehr zu sagen, als dass es wohl ein tragischer Unfall gewesen sei, und jeder bedauerte die arme Candela und ihren viel zu frühen Tod zutiefst. Im Laufe der Zeit hatte sie dann immer weniger daran gedacht und es beiseitegeschoben. Doch jetzt brach alles wieder auf, denn wenn Bernardos Behauptungen tatsächlich stimmen sollten, dann stand hier weitaus mehr auf dem Spiel als nur ihre Ehe.

Gerade noch rechtzeitig konnte sie sich hinter einen der riesigen Vorhänge stellen, als Bernardo gekrümmt, sich den Magen haltend aus Carlos' Arbeitszimmer kam und an ihr vorbeischlich. Er sah erbärmlich aus, als hätte er gerade einen gewaltigen Einlauf bekommen. Alles hatte sie hinter der Tür nicht mitbekommen; nur so viel, dass er trotz allem immer noch seine Klappe hielt, sie nicht verraten hatte, wofür es nur einen Grund geben konnte: nämlich, dass sein Leben genauso am seidenen Faden hing wie ihres. Hoffnung keimte in ihr auf und sie sah sich noch lange nicht auf dem Weg zum Schafott.

»Carlos will dich sprechen, du möchtest bitte gleich mal zu ihm kommen.«

Sie war zurückgeeilt, hatte sich ein Buch geschnappt, in einen Sessel gelümmelt und tat überrascht, als Edmundo nach kurzem Klopfen an der Tür in ihrem Zimmer stand.

»Was ist los, Edmundo? Ist etwas passiert?«, fragte sie erstaunt.

Edmundo antwortete nicht gleich.

»Ich weiß es nicht«, sagte er dann, »das Video wirft eine Menge

Fragen auf und Carlos glaubt, dass du einiges zur Aufklärung beitragen kannst.«

»Ich?«

»Ja, lass ihn nicht warten, er ist ziemlich angespannt.«

»Gut, ich komme gleich, muss schnell noch wohin«, sagte sie und stand auf, »bin gleich bei ihm.«

Als sie sein Arbeitszimmer wenig später betrat, sprach er gerade mit gedämpfter Stimme und einem äußerst ernsten Gesicht mit Edmundo. Kurz schaute Carlos sie an, bevor er weiter mit ihm redete. Sein Blick war so finster, dass es ihr kalt den Rücken runter lief. Sie hatte diesen Ausdruck in seinen Augen schon einmal gesehen, da galt er nicht ihr, sondern jemandem, in dessen Haut sie damals absolut nicht stecken wollte.

»Wir sehen uns später, du kannst jetzt gehen!«, befahl Carlos dann mit deutlich lauterer Stimme Edmundo und wandte sich ihr zu.

»Ich frage mich«, begann Carlos in ruhigem Ton, nachdem Edmundo den Raum verlassen hatte, »wie es sein kann, dass du seine Stimme nicht erkannt hast.«

»Was meinst du?«, fragte Julie – bemüht, möglichst unbeschwert zu klingen.

»Die Stimme von Bernardos Peiniger auf dem Video meine ich.«

»Woher sollte ich die denn kennen?«

Er fixierte sie mit frostigem Blick, jede noch so kleine Regung registrierend. Sie lächelte.

»Carlos, was ist los? Erzähl es mir.«

Ein wenig entspannte sich seine Miene.

»Es ist Hub gewesen.«

Julie riss die Augen auf.

»Wie bitte? Das ist nicht dein Ernst, oder?«

»Ich habe sie erkannt, obwohl ich in meinem Leben nur ein paar Worte mit ihm gewechselt hatte; konnte sie aber leider nicht sofort zuordnen. Wie ist es nun möglich, dass du sie nicht erkannt hast, wo ihr doch so viel Zeit miteinander verbracht habt?«

»Carlos, Liebling, die Stimmen waren doch völlig verzerrt, da war nichts zu erkennen. Und überhaupt, was soll das bedeuten? Was um alles in der Welt soll Hub damit zu tun haben? Bist du dir denn sicher, dass er es war?«

Darauf ging Carlos nicht ein. Er versuchte immer noch den Wahrheitsgrad der Worte an ihrer Mimik abzulesen.

»Wer ist dieser Hub wirklich? Was steckt hinter all dem?«

»Das weiß ich doch nicht. Vielleicht war diese Susana eine Freundin von ihm und er wollte sie rächen.«

Carlos lächelte arrogant.

»Auf mich machte er den Eindruck eines unbeholfenen Trottels, der nach dem zweiten Glas Champagner über seine eigenen Füße stolpert und der kein Wässerchen zu trüben vermag. Und plötzlich ist er dann der erbarmungslose, edle und selbstlose Rächer? Das passt nicht zusammen.«

Das sah Julie genauso. Doch was sollte sie sagen?

»Manchmal wachsen Menschen auch über sich hinaus, wenn es um Rache und Gerechtigkeit geht.«

Das war nicht mehr als ein halbherziger Versuch, die Angelegenheit mit einer einfachen Erklärung zu den Akten legen zu wollen, was Carlos als solchen genau erkannte. Er schaute ihr durchdringend in die Augen, wobei sie Mühe hatte, seinem Blick standzuhalten.

»Verschweigst du mir etwas?«

Die Frage kam derart direkt und unverhofft, dass sie ein wenig zusammenzuckte.

»Nein, mein Liebster, was soll ich dir denn verschweigen? Ich habe nicht die geringste Ahnung, was das alles zu bedeuten hat. Glaub mir!«

In seinen Augen las sie, dass er ihr das nicht abnahm. Sie unterdrückte den Impuls, weiter ihre Unschuld zu beteuern. Aus Erfahrung wusste sie, dass zu viele Worte das Gegenteil bewirken konnten. Einfache, klare Statements waren immer der sicherste Weg; da lief man nicht Gefahr, sich zu verhaspeln oder unglaubwürdig zu erscheinen.

»Das alles ist doch geschehen, lange nachdem wir bereits abgereist waren. Ich kann dir nicht helfen«, sagte sie.

»Wenn das so ist, dann ist wohl der Einzige, der noch Licht ins Dunkel bringen kann, Hub selbst. Wir sollten ihn bitten, uns aufzuklären. Meinst du nicht auch?«

Für einen Moment stockte Julie der Atem.

»Ruf ihn an und lad ihn zu unserem Winzerfest ein!«, forderte Carlos sie auf.

Er hatte sie erwischt. Für den Bruchteil einer Sekunde stand ihr Mund offen und ihr Blick war starr. *Konnte sie leugnen, seine Nummer zu haben?*

»Ich weiß, dass du seine Nummer noch gespeichert hast.«

Das konnte er nicht wissen, oder doch? Ihr Handy war passwortgeschützt.

»Ich kann es versuchen«, sagte sie zögerlich.

»Ja, probiere es. Oder noch besser, ich werde mit ihm sprechen, lass uns ihn anrufen.«

Jetzt war es weitaus mehr als nur der Bruchteil einer Sekunde, in dem sie mit offenem Mund dastand.

»Jetzt gleich?«

»Warum nicht? Wäre doch schön, wenn wir die Angelegenheit zügig klären könnten.«

Sie gingen gemeinsam Julies Handy holen. Sie wählte Hubs Nummer und gab es Carlos.

DER SPIELER

43

Enzos Schwester Zoe wusste von seinem Hang zu Pferdewetten und seiner Leidenschaft für das Glücksspiel. Aber sie hatte keine Ahnung, wie tief er tatsächlich drinsteckte. Die Frist, seine auf zwanzig Riesen angewachsenen Schulden zu begleichen, war abgelaufen. Und hätte er nicht diesen todsicheren Tipp bekommen, mit dem er sich auf einen Schlag von all seinen Sorgen befreien konnte, würde er wahrscheinlich schon mit zertrümmerten Kniescheiben oder gebrochenem Kiefer im Krankenhaus liegen. Mit Engelszungen hatte er auf die beiden Geldeintreiber seines Buchmachers eingeredet, ihm noch eine allerletzte Chance zu geben. Er schwor ihnen – bei allem, was ihm heilig war –, dass bei diesem Rennen nichts schiefgehen konnte. Und überhaupt, was konnten sie schon verlieren, fragte er sie, außer dass sie zwei beschissene Tage länger darauf warten mussten, ihm die Knochen zu zerdeppern. Sie kannten sich doch schließlich schon eine halbe Ewigkeit und hatte er nicht jedes Mal seine Schulden bezahlt? War er nicht immer für einen absolut sicheren Tipp gut gewesen?

Butch – ein massiger Kerl in Armeeklamotten – konnte dem nicht widersprechen und war bereit, noch einmal Gnade vor Recht ergehen zu lassen; doch sein Spießgeselle Gonzo erinnerte ihn daran, dass Enzos Schulden auch noch nie so weit angestiegen seien wie jetzt und er seine allerletzte Chance bereits erhalten habe. Gonzo machte keinen Hehl daraus, dass er es kaum abwarten konnte, sich Enzo mal so richtig vorzunehmen. Aber Gott sei Dank hatte Butch immer noch das Sagen und so legte er ein wirkliches letztes gutes Wort bei seinem Boss ein und Enzo bekam die Chance, den Tipp – für den er seine Hand ins Feuer legen würde –, zu vergolden. Allerdings nicht, ohne gleichzeitig von Gonzo auch einen fürchterlichen

Schlag in den Magen zu bekommen, der prompt sein Mittagessen wieder hervorbrachte, so als Vorgeschmack auf das, was ihn erwarten würde, sollte er es wieder verkacken. Doch den Schlag nahm Enzo vergleichsweise gerne hin. Was er als Nächstes brauchte, war der Einsatz.

Er fuhr auf dem Roller raus zu seiner Schwester. Sie wohnte in dem alten, abgelegenen Haus ihrer Großeltern, die vor einigen Jahren gestorben waren. Zoe war die Einzige, die ihm jetzt noch helfen konnte. Und dass sie die zweitausend für seine Investition hatte, stand außer Frage. Ihr Freund Zeck hatte aus Marokko etliche Kilo Dope geschmuggelt, die sie in diesem Sommer verhökern konnten. Sie mussten weit mehr als fünfzigtausend im Haus gebunkert haben.

»Ich habe Scheiße gebaut«, begann er, als er mit hängenden Schultern vor ihr stand und sie wie ein geprügelter Hund ansah.

Aber natürlich fiel sie auf diesen Dackelblick nicht mehr so leicht rein, dafür kannte sie ihn zu gut.

»Ach was, das ist ja ganz was Neues«, kam ihre kühle Antwort.

»Nein, nein, Zoe, es ist nicht, wie du denkst. Ich war nicht auf der Rennbahn und gespielt habe ich schon seit Monaten nicht mehr, das musst du mir glauben. Es geht um Ricardo und Jenny.«

»Was ist mit ihnen?«

»Sie können ihre Miete nicht mehr bezahlen.«

»Und was geht dich das an?«

»Na ja, das ist es ja. Ich hatte damals für sie gebürgt und jetzt will der Vermieter die ausstehenden Mieten von mir haben. Zweitausend.«

»Erzähl keinen Stuss, wer nimmt dich denn als Bürgen?«

»Vielleicht erinnerst du dich, dass ich auch mal einen Job hatte? Einen sehr guten im Yachthafen? Bis dieser Vollidiot mich dann grundlos rausgeschmissen hat?«

»Du warst ständig zu spät, wenn du überhaupt hingegangen bist.«

»Die Schufterei hat mich krank gemacht.«

»Ach Enzo, lass gut sein. Bei wem auch immer du gebürgt hast, wenn die merken, dass bei dir nichts zu holen ist, werden sie dich in Ruhe lassen.«

»Genau das werden die eben nicht tun. Bitte, Zoe, hilf mir nur noch dies eine Mal. Jenny ist schwanger. Wo sollen sie denn hin, wenn sie jetzt aus ihrer Wohnung fliegen?«

»Das ist weiß Gott nicht mein Problem und du solltest endlich mal erwachsen werden.«

»Da bin ich doch bei. Nächste Woche kann ich im *Blue Cat* anfangen, als Aushilfe. Dann zahle ich dir alles zurück.«

Seine Schwester liebte ihn, wie man einen Bruder nur lieben konnte, und würde alles tun, um ihn aus seinem selbstverschuldeten Leben am Abgrund rauszuholen. Doch er wusste auch, dass er so ziemlich jeden Kredit bei ihr verspielt hatte, und dass im wahrsten Sinne des Wortes. Er sah, dass sie ihm kein Wort glaubte. Die einzige Chance, die er bei ihr hatte, war, auf die Tränendrüse zu drücken, das war schon immer so, da wurde sie in der Regel schwach.

»Ich weiß, dass ich dich oft genug belogen habe und dass du allen Grund hast, mir zu misstrauen. Aber diesmal geht es wirklich nicht um mich. Ja, ich hätte nicht für sie bürgen dürfen, du hast recht; aber es sind nun mal meine Freunde, da tut man so etwas. Zoe, ich bin echt am Arsch, bitte hilf mir noch ein letztes Mal.«

Mit Unschuldsmine sah er sie aus seinen großen, braunen Augen an, wischte sie mit dem Handrücken trocken und gab sein Bestes, möglichst mitleiderregend auszusehen. Doch Zoe stand nur mit bitterbösem Blick und verschränkten Armen unbeweglich vor ihm, zeigte keine Regung und sagte kein Wort. Er musste seine Strategie ändern, wenn er sie noch umstimmen wollte. Enzo richtete sich auf und seine Gesichtszüge verwandelten sich in ein hämisches Grinsen.

»Aber na klar, ich verstehe«, begann er seine Schlussoffensive, »einmal Arschloch, immer Arschloch. Auch wenn man mit dem Glücksspiel und den Wetten schon lange abgeschlossen hat; sich müht, wieder auf die Beine zu kommen und einen guten Job in Aussicht hat, kommt man aus der Schublade nicht mehr raus. Toll.«

Er sah, dass die Entschlossenheit bei Zoe langsam anfing zu bröckeln und legte nach.

»Ich weiß, zu oft habe ich dich enttäuscht. Trotzdem bist du meine Schwester, der einzige Mensch auf der Welt, dem ich noch etwas bedeuten könnte. Aber okay, wenn du meinst, dass ein Schlag in die Fresse mir mehr zusteht als eine ausgestreckte Hand, dann bitte, lass mich ruhig vor die Hunde gehen. Ich hoffe nur, dass du es eines Tages nicht bereuen wirst.«

Zoe blieb weiter stumm, starrte ihn nur aus unruhigen Augen an.

»Es tut mir leid, dass ich dich mit meinem Scheiß belästigt habe. Ciao, Zoe.«

Er war bereits an der Tür, als sie »Warte!« rief.

»Wenn ich rauskriege, dass du mich wieder angelogen hast, dann – ich schwöre bei Gott – reiß' ich dir eigenhändig deine verfluchten Eingeweide aus dem Leib und schieb' sie dir in deinen verfickten Arsch. Hast du mich verstanden?«

Hatte er. Aber wie das so ist mit diesen todsicheren Tipps, bleibt eines festzustellen: Auf dieser Welt gibt es für nichts eine Garantie. Der Tipp ging daneben, zwar knapp, aber er ging daneben, weil irgend so ein verfluchter Außenseitergaul, der bei niemandem auf dem Zettel stand, nicht den leisesten Schimmer davon hatte, wie die Wetten bei diesem Rennen laufen sollten. Auf der Zielgeraden schob er sich auf den letzten Metern noch an seinem Tipp vorbei und ging als erster durchs Ziel. Damit war er nun endgültig geliefert.

Er hatte keine Vorstellung davon, wie es weitergehen sollte; wusste nur, dass er schleunigst verschwinden musste. Egal wohin, nur raus aus der Stadt, am besten in die Normandie und wenn es irgendwie ging, rüber nach England, noch besser nach Schottland. Für ein einfaches Busticket in diese Richtung reichte die Kohle grad noch, schnell noch ein paar Klamotten zusammengepackt und dann nichts wie weg.

Viel fehlte nicht und er hätte es tatsächlich geschafft. Doch als er mit der Sporttasche in der Hand die Tür hinter sich zuschlug, stand Butch vor ihm, schräg hinter ihm Gonzo. Gonzo war kaum größer als ein Zwerg, hatte dafür den Riechkolben eines ausgewachsenen Ameisenbären im Gesicht. Dazu hatte er sich die Mundwinkel tätowieren lassen, womit er aussah, als würde er ständig grinsen, was er in diesem Fall auch tat. Ein kleinwüchsiger, grinsender Ameisenbär mit einem beachtlichen Baseballschläger in seiner Faust, der voller Vorfreude es kaum abwarten konnte, Enzo endlich die überfällige Abreibung zu verpassen.

»Ach, wollen wir etwa verreisen?«, fragte Butch und drückte Enzo zurück an die Tür. »Schließ auf. Bevor es losgeht, müssen wir uns unbedingt noch mal unterhalten; musst mir erzählen, wie es mit der ach so sicheren Wette gelaufen ist, und vielleicht hat es sich mit dem Urlaub dann auch schon erledigt.«

»In Einzelteile zerlegt gelingt der Abflug nämlich nicht so gut«, krächzte Gonzo und ließ den Baseballschläger ein paarmal auf den Boden knallen.

Zurück in der Wohnung drückte Butch Enzo auf einen Stuhl und baute sich vor ihm auf. Er trug ein olivfarbenes T-Shirt und Hosen in Tarnfarbe. Seine dunkelblonden Haare waren zu einem Zopf zusammengebunden und ein paar eintätowierte Armringe schmückten seine mächtigen Bizeps, die besonders gut zur Geltung kamen, wenn er seine Arme verschränkte, was er jetzt tat.

»Du wolltest abhauen?«, fragte er, »einfach abhauen? Ohne deine verfickten Schulden bezahlt zu haben?«

»Quatsch, Butch hör zu, ich kann es erklären, die Kohle kommt noch. Ich wollte gerade los, um alles klarzumachen.«

»Na klar doch. Wer soll dir das denn glauben? Du mieser kleiner Schwanzlutscher«, fauchte Gonzo, der fast auf Augenhöhe neben ihm stand und ihn feist angrinste. »Du hast verschissen, du Wichser, und weißt, was jetzt passiert.«

»Fang an«, forderte Butch ihn auf.

»Nein, bitte, ihr müsst das nicht tun.«

Die pure Angst durchfuhr Enzos Körper.

Gonzo war dafür bekannt, klein anzufangen. Er packte Enzos Hand, griff nach dem ringförmigen Flaschenöffner, der auf dem Tisch lag, schob ihn auf seinen Zeigefinger und bevor Enzo noch etwas sagen konnte, ließ Gonzo es knacken. Der Finger stand im Rechtenwinkel nach oben ab und Enzo schrie vor Schmerz und

Entsetzen laut auf. Davon gänzlich unbeeindruckt schob Gonzo den Öffner auf den Mittelfinger.

»Fünfzigtausend«, brüllte Enzo von Panik getrieben, »vielleicht sogar achtzig.«

Gonzo schaute zu Butch hoch, der seine Hand hob und ihm andeutete, noch einen Moment zu warten.

»Was willst du uns damit sagen?«

»Ich weiß, wo so viel Kohle liegt; Drogengeld, braucht man sich nur zu holen, ganz einfach«, heulte Enzo voller Verzweiflung.

»Und warum hast du es dir noch nicht geholt?«

»Ich kann es nicht. Für euch wäre es das reinste Kinderspiel.«

»Das kaufst du ihm doch nicht ab, oder?«, fragte Gonzo, der weitermachen wollte.

»Lass ihn reden, seine Knochen laufen dir nicht weg.«

Widerwillig hielt Gonzo inne, ließ den Flaschenöffner aber da, wo er war.

»Ein abgelegenes Haus«, stöhnte Enzo, »ein harmloses Kifferpärchen. Haben diesen Sommer einen Haufen Dope vertickt. Die Kohle liegt da einfach rum, die muss man sich nur holen.«

Butch sah ihn fragend an, wartete auf weitere Erklärungen.

»Sicherlich müsste man ihnen ein wenig auf die Sprünge helfen, etwas Druck aufbauen, aber übermäßige Gewalt dürfte nicht einmal vonnöten sein.«

»Und woher willst du das alles wissen?«

Enzo spürte, wie der Verrat an seinen Eingeweiden nagte, wie der Teufel seine Hand nach ihm ausstreckte.

»Ich weiß es einfach und ich schwöre bei Gott, es sind mindestens fünfzigtausend drin, oder noch mehr, bestimmt zwanzig für jeden von euch, und euer Boss kriegt auch seine Kohle.«

»Zwanzigtausend? Für jeden von uns?«

Gonzos Interesse war geweckt.

»Ich kann euch das Haus zeigen.«

Butch starrte ihn an und schwieg. Die Entscheidung hing von ihm ab, er überlegte.

»Wo ist der Haken, du kleine Sackratte?«, wollte er dann wissen.

»Wenn das alles so einfach ist, warum hast du dir die Kohle nicht schon längst gegriffen? Mit einem harmlosen Kifferpärchen solltest selbst du fertig werden.«

Enzo zögerte etwas zu lange, Butch nickte Gonzo zu, der ließ es wieder knacken und schob den Öffner auf den Ringfinger. Enzo schrie.

»Warte«, jammerte er, »es ist …«, er brach ab, »sie ist meine Schwester, verflucht noch mal.«

»Was für eine hinterfotzige Mistmade«, ätzte Gonzo, »verrät sein eigenes Fleisch und Blut, nur um sein eigenes Fell zu retten. Soll ich weitermachen?«

Butch schüttelte den Kopf und schaute Enzo voller Verachtung von oben herab an.

»Erst holen wir uns die Kohle von seiner Schwester. Zeig uns, wo es ist. Aber wenn du Scheiße erzählt hast, dann werden deine Knochen nicht nur brechen, dann werden dir auch einige verloren gehen.«

»Merk dir das!«, schob Gonzo hinterher und brach genüsslich den Ringfinger.

Enzo schrie aus Leibeskräften.

44

Es war bereits später Nachmittag, als Hub den Abzweig wiederfand, der zu Zoe und Zeck führte. Zwischen Irun und Saint-Jean-de-Luz lag westlich der Schnellstraße ein wenig besiedeltes Gebiet mit nur vereinzelten, alten Gehöften. Sie bogen links auf eine einspurige asphaltierte Straße ab und folgten ihr, bis sie rechts auf einen Schotterweg fuhren. Zu beiden Seiten des Weges erstreckten sich weite Wiesen- und Ackerflächen. Am Ende war ein Waldgebiet zu erkennen, davor ein Haus.

»Viel ist hier nicht los«, stellte Rowenta fest.

»Nee, das Haus da vorne steht leer, wie viele andere auch. Wir müssen erst noch durch das Waldstück, dann sind wir da.«

Langsam fuhren sie den staubigen Weg entlang.

»Da parkt aber ein Auto«, bemerkte Rowenta, als sie schon fast an dem Haus vorbei waren.

Hub sah es gerade noch in der Einfahrt stehen, bevor er in den Wald eintauchte. Es war eine ältere, dunkle *S-Klasse*.

»Vielleicht wohnt da ja doch wieder wer.«

Hinter dem Wald öffnete sich die Landschaft wieder und kurz darauf fuhren sie durch ein offen gemauertes Tor, von dem aus rechts und links eine teilweise zerfallene Mauer den Hof begrenzte.

»Da sind wir«, freute sich Hub, parkte das Wohnmobil und sah im nächsten Augenblick Zeck auf den Hof treten, gefolgt von Zoe.

»Hub, du verfluchter Hund«, begrüßte der ihn, »ich dachte schon, du würdest nie mehr hier auftauchen und mich mit der ganzen Kohle sitzen lassen.«

»Das hätte dir wohl so gepasst, was?«

Sie nahmen sich in die Arme und drückten sich, fest und innig.

»Und wen hast du da mitgebracht?«, fragte Zeck, nachdem sie sich wieder losgelassen hatten.

»Darf ich vorstellen: Rowenta. Rowenta, das sind Zoe und Zeck.

Nach einer herzlichen Begrüßung schnappte Zoe sich Rowentas Arm und sagte: »Könnte mir vorstellen, dass die beiden sich eine Menge zu erzählen haben und du nichts gegen eine kleine Erfrischung einzuwenden hättest. Lass uns ins Haus gehen.«

»Gute Idee«, quittierte Zeck den Vorschlag.

Die beiden Frauen zogen ab, Hub holte Bier aus dem Wohnmobil und dann setzten sie sich an den Tisch, der unter einer mächtigen Linde stand.

»Wie ist es dir ergangen und wer um Himmels willen ist Rowenta?«, fragte Zeck, nachdem sie angestoßen und einen kräftigen Schluck genommen hatten.

»Tja, das ist in zwei, drei Sätzen nicht erzählt, könnte eine längere Geschichte werden.«

Zeck grinste ihn breit an.

»Das bin ich von dir ja nicht anders gewohnt. Lass hören, ich dreh mal einen.«

»Wo fange ich am besten an?«, fragte sich Hub und entschied sich, bei Lagos zu beginnen. Er erzählte von Shotgun Bill, dessen irrwitzigem Plan, seinem Ableben und wie die ganze Geschichte ausging, wobei er sein Verhältnis zu Rowenta eher vage beschrieb. »Und jetzt sind wir hier«, kam er zum Schluss, »und ich habe keine genaue Vorstellung davon, wie es weitergehen soll.«

Einen Moment lang herrschte Schweigen.

»Und du glaubst nicht, dass Paco oder sein Boss euch weiter auf den Fersen ist? Ich meine, ihr habt immerhin einen von seinen Leuten umgelegt. Kann er es sich erlauben, euch davonkommen zu lassen, ohne sein Gesicht zu verlieren?«

»Schwer zu sagen, aber ich denke schon. Im Grunde sind wir quitt und sein Geschäft sollte wieder reibungslos laufen.«

»Wahrscheinlich hast du sogar recht«, stimmte Zeck ihm zu, während er seinen Gedanken noch nachhing, seinen Kopf dabei leicht schüttelte und ihn dann schelmisch anblickte. »Wenn man dich so hört, könnte man wirklich auf die Idee kommen, dass die Götter dich in der Tat besonders auf dem Kieker haben.«

»Sag ich doch.«

»Und was ist mit Rowenta? Bleibt ihr zusammen? Ihr würdet doch ein ganz hübsches Paar abgeben. Wie mir scheint, steht sie doch genau wie du in der ›Gunst‹ der Götter ganz weit oben, bei euch würde es bestimmt nicht langweilig werden.«

Da hatte er verflucht noch mal recht.

»Und obendrein sieht sie auch noch umwerfend aus, was allerdings die Frage aufwirft, weshalb sie gerade bei dir hängen bleiben sollte, sieh dich an.«

»Mann, Zeck, das ist nicht witzig, ich weiß es doch selbst nicht. Irgendwie mag ich sie ja auch, aber ich frage mich: wo das hinführen soll?«

»Wenn du ihr keine Chance lässt, erfährst du es nie.«

Hub nahm die letzten beiden Züge und drückte breit lächelnd den Pappfilter in den Aschenbecher.

»Was habe ich doch deine weisen Ratschläge vermisst, du alter Klugscheißer. Und bei dir und Zoe läuft alles in friedvoller Harmonie?«

»Es war in der Tat ein schöner Sommer, wir kommen ganz gut miteinander zurecht und ich denke schon, dass ich noch eine Weile hierbleiben werde, so ist jedenfalls erst mal unser Plan. Kohle haben wir genug und Zoe denkt daran, zusammen mit ihrer Freundin im Ort ein Bistro zu übernehmen; der jetzige Besitzer will sich zum Jahresende zur Ruhe setzen.«

»Hört sich doch gut an.«

Rowenta und Zoe schlenderten gerade mit einem Weinglas in der Hand über den Hof zum Wohnmobil.

»Wir machen mal ein wenig Wäsche«, rief Rowenta heiter rüber.

Schlank waren sie beide, ansonsten das genaue Gegenteil in ihren Erscheinungen. Rowenta war groß und blond; Zoe eher klein, hatte dunkelbraune, gelockte Haare und schwarze Augen. Was sie gemeinsam hatten, war die Ausstrahlung selbstbewusster Persönlichkeiten. Zeck sah den beiden hinterher, betrachtete Rowenta etwas genauer.

»Sie sieht ein bisschen aus wie eine dieser Schauspielerinnen. Wie heißt die doch gleich?«

»Ich glaube, du meinst Charlize Theron, ist mir auch schon aufgefallen.«

»Ja, genau.«

Die Frauen kamen mit einem Arm voller Wäsche wieder aus dem Wohnmobil und gingen zurück ins Haus.

»Hast du eigentlich noch mal was von Julie gehört?«

Die Frage kam derart unverhofft, dass es Hub glatt die Sprache verschlug. Er starrte Zeck an.

»Was ist? War doch nur ›ne Frage.«

»Ja, aber wie kommst du denn jetzt bitte schön darauf?«

»Nur so. Und? Hast du?«

»Nein. Ja. Aber das ist lange her, gleich nachdem ich von euch hier los war, eine unglaubliche Geschichte, reiner Zufall. Danach nicht mehr.«

Die pure Erwähnung ihres Namens verpasste ihm einen spürbaren Stich in seiner linken Brusthälfte, ließ Erinnerungen und vertraute Bilder in seinem Kopf aufflackern, die nicht völlig unbeschwert daherkamen. Wie war das möglich? Er war doch wirklich durch mit dem Thema. Aber Zeck, dieser alte Suchttherapeut, Menschenkenner und Mistkerl, brauchte keine halbe Stunde, um in längst verheilt geglaubte Wunden seinen Finger zu legen und sie aufs Neue zu reizen.

Zeck grinste ihn frech an.

»Was grinst du denn so dreckig? Da ist nichts mehr, längst Vergangenheit.«

»Ja klar, schon verstanden.«

Hub wollte gerade das Thema wechseln, als ein schmaler Typ auf dem Hof erschien, er hatte eine verbundene Hand, sah aus wie ein Haufen Elend und kam auf sie zu. Als er bei ihnen war, fragte Zeck, was denn mit seiner Hand passiert sei und was er wolle.

»Ach Scheiße Mann, hab' mir die Finger geklemmt, in der Tür. Ist Zoe da?«

»Sie ist drin. Was willst du von ihr?«

»Wollt' nur mal was fragen«, antwortete der Typ, zwang sich ein Lächeln ins Gesicht und schlich dann weiter zum Haus.

»Was ist los mit dem Kerl, der sieht ja aus, als wäre er gegen eine Wand gelaufen«, sagte Hub.

»Das ist Enzo, Zoes Bruder, ein verschissener Spieler.«

»Na, was der dann will, liegt ja wohl auf der Hand.«

»Nein, nein, Zoe gibt ihm schon lange keine Kohle mehr. Apropos Kohle, rund fünfzigtausend liegen für dich bereit, plus zwei Platten vom *Zero Zero*. Zoe hat alles verhökert, ging weg wie frisches Baguette.«

Es dauerte nicht lange und Enzo erschien wieder auf dem Hof, hob noch mal die verbundene Hand zum Gruß und verschwand dann durch das Tor. Kurz darauf kamen die Mädels mit einem Krug Wein an den Tisch, in Rowentas Mundwinkel hing ein kleiner Joint. Es war nicht zu übersehen, dass die beiden Mädels bester Laune waren und sich auf Anhieb gut verstanden.

»Was wollte dein Bruder?«

»Meinen Roller, seiner ist kaputt. Dabei frage ich mich, wie er denn mit der verletzten Hand überhaupt fahren will. Außerdem weiß er doch auch, dass ich ihn selbst brauche.«

»Merkwürdig,« sinnierte Zeck. »Deswegen kommt er hier raus?«

Zeck und Zoe sahen sich an und hatten beide keine Antwort darauf. Irgendwie hinterließ der Auftritt von Enzo einen faden Beigeschmack, der zäh in der Luft hing. Rowenta setzte sich neben Hub und steckte ihm den Joint zwischen die Lippen.

»Du hast ihm doch keine Kohle gegeben, oder?«

Die Frage konnte Zeck sich dann doch nicht verkneifen und Zoe plusterte die Backen.

»Nein!«, empörte sie sich, »er hat nur nach dem Roller gefragt und war dann auch gleich wieder weg.«

Rowenta nickte zustimmend.

»Na dann, vergiss es, keine Ahnung, was das zu bedeuten hat.«

Zeck langte nach dem Krug und goss die Gläser voll.

»Schön, dass ihr hier seid«, strahlte er und reckte sein Glas in die Luft.

»Allerdings«, begann Zoe – nachdem sie getrunken hatten –, zögerlich, »vor ein paar Tagen war er auch hier. Er hat mir geschworen, dass es für Ricardo und Jenny sei, die ihre Miete nicht mehr bezahlen können, für die er gebürgt hat.«

Zeck starrte Zoe ungläubig an, die aussah, als würde sie langsam selbst dahinterkommen, wie dämlich sich das anhörte, was Rowenta bemerkte, sich aber keinen Reim darauf machen konnte.

»Warum sollte sie ihm denn nicht helfen?«, fragte Rowenta spitz – in dem Gefühl Partei ergreifen zu müssen.

Ihre Frage blieb erstmal unbeantwortet. Stattdessen mischte Hub sich ein, den bereits eine üble Vorahnung beschlichen hatte: »He Zoe, Zeck meinte, dass dein Bruder ein Spieler sei.«

»Das ist er oder war es zumindest, so wie er mir versicherte«, gab sie zu.

»So viel ich weiß, ist eine Spielsucht gar nicht mal so leicht in den Griff zu bekommen und ehrlich gesagt, sah dein Bruder nicht so aus, als hätte er sie unter Kontrolle. Auf mich machte er einen ziemlich verzweifelten und desolaten Eindruck. Was ist, wenn er bis zum Hals in Schulden steckt und sich die Finger gar nicht in der Tür geklemmt hat, wie er behauptet?«

»Sondern ...?«, stand die Frage im Raum, ohne dass sie jemand aussprach.

»Könnte doch sein, dass sie ihm von den Schuldeneintreibern seines Buchmachers gebrochen worden sind.«

Zoe machte ein langes Gesicht und Zeck nickte zustimmend.

»Allerdings«, fuhr Hub fort, »kann ich mir kaum vorstellen, dass jemand in diesem Metier mit ein paar läppischen, gebrochenen Fingern davonkommt, wenn er seine Schulden nicht bezahlen kann. Es sei denn ...«, überlegte er und hatte die volle Aufmerksamkeit seiner Zuhörer, »man hätte noch etwas in der Hinterhand. Ein Angebot, das seine Gläubiger über alle Maße zufriedenstellen könnte. Zum Beispiel die Aussicht auf eine Menge Kohle, welche die eigentlichen Schulden noch um einiges übersteigen würde. Ich schätze mal, der kleine Scheißer wusste von dem Dope aus Marokko und dass die Geschäfte ganz gut gelaufen sind, oder? Ergo, dass hier ein ganzer Batzen an Kohle rumliegen müsste?«

Zoe kaute verbittert auf ihrer Unterlippe rum, wobei in ihren pechschwarzen Augen Zorn aufloderte.

»Dieser verfluchte Scheißkerl, ich bringe ihn um«, fauchte sie.

»Wohnt eigentlich in dem Haus vor dem Waldgrundstück wieder jemand?«, fragte Hub.

Zoe und Zeck sahen sich an und schüttelten die Köpfe.

»Wie kommst du darauf?«

»Weil da vorhin ein Auto parkte.«

45

Eine halbe Stunde vorher war der *450 SEL* auf den Schotterweg abgebogen. Enzo saß hinten, neben ihm Snoopy – ein magerer Kerl mit unzähligen Piercings, die überall in seinem Körper steckten. Er trug eine Lederweste auf nackter Haut und seine schwarzen, strähnigen Haare waren hinter die Ohren geklemmt, welche mehr als zwanzig Ringe aufwiesen. Er hatte den Ruf eines durchgeknallten Spinners. Der Plan war, dass Butch und Gonzo den Überfall durchführten, während Enzo im Verborgenen blieb und Snoopy derweil ein waches Auge auf ihn hatte.

»Da vorne an dem Haus könnt ihr parken, es ist unbewohnt. Zweihundert Meter hinter dem kleinen Waldstück ist es dann«, gab Enzo mit gequälter Stimme die Anweisung.

Butch steuerte die Limousine in die Einfahrt neben dem Haus und schaltete den Motor ab. Sie stiegen aus. Enzo hätte nichts dagegen gehabt, wenn sich der Himmel aufgetan und Gott ihn auf der Stelle gerichtet hätte. Er schwor sich, sollte er das hier überstehen, nie wieder in seinem Leben zu wetten oder zu spielen und war heilfroh, dass er nicht bei dem Überfall dabei sein musste, auch wenn die Gesellschaft von Snoopy alles andere als ein Vergnügen war.

Butch nahm die Pumpgun aus dem Kofferraum und Gonzo seinen Baseballschläger.

»Ihr wartet hier und wenn der kleine Pisser versucht abzuhauen, verpasst du ihm eine Kugel«, ordnete Butch an und wollte sich schon wieder hinters Lenkrad setzen, als Gonzo ein Wohnmobil bemerkte, das gerade auf den Schotterweg abbog.

»Wir kriegen Besuch«, bemerkte er.

»Verfluchte Scheiße«, brummte Butch, »versteckt euch!«

Es fuhr an ihnen vorbei und verschwand kurz darauf in dem kleinen Waldstück.

»Was wollen die denn hier? Ich denke, wir sind ungestört?«

Butch sah Enzo zornig an und wartete auf eine Antwort.

»Ich habe keine Ahnung«, beteuerte der.

»Ich habe es dir doch gleich gesagt, dass der stinkende Schleimbeutel nur Mist erzählt; der lügt doch, wenn er nur das Maul aufmacht. Wir sollten ihm gleich hier an Ort und Stelle die Eingeweide aus dem Leib reißen«, schlug Gonzo vor.

Butch beachtete ihn nicht, er dachte nach.

»Und du bist sicher, dass der Weg am Hof deiner Schwester endet?«, fragte Butch Enzo.

»Ja, vielleicht haben die sich nur verfahren und kommen gleich wieder zurück.«

»Gut, wir warten eine Zigarettenlänge.«

Fünf Minuten später trat Butch seine Kippe aus.

»Dann gehst du jetzt zu ihnen und findest heraus, was da los ist. Und komm ja nicht auf die Idee, irgendeinen Scheiß abzuziehen! Wir kriegen dich! Egal wohin du dich verkriechst. Und dann wird Gonzo dir mit Vergnügen jeden Knochen in deinem verfluchten Leib mindestens dreifach brechen. Soweit verstanden?«

Bleich und niedergedrückt nickte Enzo und machte sich auf den Weg, schlich davon durch das kurze Waldstück und tauchte eine Viertelstunde später wieder bei Butch und den anderen auf, mit froher Botschaft.

»Sind nur zwei harmlos Bekannte, ›ne blonde Tussi und ein alter, untersetzter Glatzkopf, die machen euch garantiert keine Probleme. Ganz im Gegenteil, die sind allesamt am Feiern, Kiffen und Saufen. Ihr braucht nur noch ein bisschen zu warten, dann sind die alle hackedicht und ihr könnt in aller Ruhe abkassieren.«

»Vier Leute? Mehr nicht?«, fragte Butch.

»Ja.«

»Und wenn es eine Falle ist?«, warf Gonzo ein, »wenn er uns bereits verpfiffen hat und sie uns erwarten?«

Butch taxierte Enzo mit zusammengekniffenen Augen und stierem Blick.

»Wir nehmen ihn mit«, sagte er dann entschlossen, »und du, Snoopy, weichst ihm nicht von der Seite. Wenn er versucht hat, uns reinzulegen, jagst du ihm ein Projektil zwischen die Augen oder sonst wo hin.«

Snoopy grinste.

»Kannst dich auf mich verlassen.«

»Das kannst du nicht machen, Butch, bitte«, wimmerte Enzo, »sie sind völlig ahnungslos, glaub mir, ich habe nichts gesagt. Ich kann nicht dabei sein.«

»Halt deine verfluchte Klappe und geh mir nicht länger auf den Sack. Du kommst mit. Deine Schwester kann ruhig sehen, was für einen elenden Judas sie als Bruder hat, oder wäre es dir lieber, wenn wir dich gleich hier umlegen? Eigentlich brauchen wir dich doch gar nicht mehr. Oder?«

Danach war Ruhe und sie warteten, bis es Abend wurde. Dann fuhren sie los.

Die Dämmerung war angebrochen, als sie das kurze Waldstück ohne Licht passierten. Kurz dahinter wendete Butch den Wagen und stellte ihn am Waldrand ab. Vom Hof her waren entfernt Stimmen zu hören.

»Ihr wisst, was zu tun ist«, raunte er, schaute jedem noch mal in die Augen und ging dann leicht gebückt voran.

An einer Stelle, wo die Mauer zusammengebrochen war, sammelten sie sich und checkten die Lage. Am Tisch unter der Linde saßen Zeck und Zoe. Auf dem Tisch brannte ein Windlicht, halbvolle Weingläser und die Reste eines Abendbrots füllten den Tisch. Die beiden schienen einen heftigen Disput auszufechten, waren abgelenkt und mit sich beschäftigt.

»Das sind meine Schwester und ihr Freund«, flüsterte Enzo.

Von den beiden anderen war nichts zu sehen. Dafür brannte das Licht im Wohnmobil, das auf der anderen Seite – links vom Eingang des Hauses – stand. Hinter den Scheiben des Wohnmobils waren Schatten zu erkennen.

»Okay«, gab Butch Gonzo das Kommando und nickte in Richtung Wohnmobil, »die beiden übernimmst du. Brauchst sie nur in Schach zu halten; wenn nötig, ziehst du ihnen eins über.«

»Kein Problem«, grinste Gonzo und ließ seinen Baseballschläger angriffslustig kreisen.

»Du bleibst hinter mir«, gab er Snoopy die Anweisung, »und

passt auf, dass der Wichser nicht auf dumme Gedanken kommt. Ich werde mich um seine Schwester und ihren Macker kümmern. Alles klar?«

Jeder nickte, Butch umschloss mit festem Griff die Pumpgun und schlich mit Snoopy und Enzo hinter sich Richtung Tisch, an dem Zeck und Zoe immer noch heftig diskutierten und anscheinend nicht mitbekamen, was da auf sie zu kam. Gonzo war flink wie ein Wiesel beim Wohnmobil und kauerte sich neben die Eingangstür – bereit, zuzuschlagen. Abgesehen vom Windlicht auf dem Tisch, dem Schein aus dem Wohnmobil und einer Funzel über dem Hauseingang lag der Hof im faden Licht der nahenden Nacht.

Butch war auf fünf Meter an den Tisch heran, als Zoe und Zeck ihn bemerkten und erstaunt zu ihm rüber blickten.

»Bleibt ganz ruhig«, sagte er mit der Pumpgun im Arm, »dann wird euch nichts passieren und wir sind im Nu wieder verschwunden.«

»Was soll der Scheiß?«, protestierte Zeck. »Was wollt ihr?«

Im nächsten Augenblick erkannte er Enzo, der an der Seite von Snoopy hinter Butch auftauchte.

»Enzo?«, fragte Zoe ungläubig, »was machst du hier?«

»Es tut mir leid«, stammelte der, »verzeih mir.«

Zeck schaute zum Wohnmobil rüber und Butch folgte seinem Blick.

»Mach dir keine Hoffnungen«, sagte er und gab Gonzo ein Zeichen, der im nächsten Moment mit seinem Baseballschläger an die Tür schlug, woraufhin sie sich öffnete und Rowenta im Türrahmen erschien – in ihren hautengen Jeans und einem Top, dessen Träger drohte, von ihrer Schulter zu rutschen. Sie bot einen atemberaubenden Anblick, von dem Gonzo sich kaum abwenden konnte. Auch Butch sah ihre Silhouette in dem schmalen Türrahmen stehen, bemerkte aber auch zeitgleich aus dem Augenwinkel heraus, dass Snoopy in sich zusammensackte. Er fuhr herum und blickte in das grinsende Gesicht eines kahlköpfigen Typen, der ein Kantholz in seinen Händen hielt. Noch bevor er die Pumpgun rumreißen konnte, war Zoe auf zwei Schritt an ihm dran – die Mündung einer doppelläufigen Schrotflinte auf seinen Schritt richtend.

»Lass das Gewehr fallen«, sagte sie in ruhigem Ton, »oder ich verpass' dir eine Ladung, von der du dich nicht mehr erholen wirst.« Butch schaute wieder zu Gonzo rüber. Die blonde Tussi stand neben ihm und hielt ihm eine Knarre an den Kopf. Seinen Baseballschläger hatte er fallen lassen.

Butch warf Zeck zähneknirschend die Pumpgun vor die Füße, der sie aufhob. Die Knarre von Snoopy steckte bereits in seinem Hosenbund.

»Harmlose Kiffer, ja?«, zischte er Enzo an, »du bist tot, du verfluchte kleine Sackratte, tot.«

»Ich wollte das alles nicht«, jammerte Enzo los, »es tut …«

»Halt deine verdammte Fresse«, fuhr Zoe ihren Bruder an, »von dir will ich kein einziges Wort mehr hören.«

In der Zwischenzeit war Rowenta mit Gonzo rüberkommen, stellte ihn neben Butch und holte sich von Hub einen Kuss ab.

»Was läuft denn hier für eine gequirlte Scheiße?«, fragte Gonzo in die Runde.

»Das werden wir jetzt klären. Also: Was wollt ihr?«, fragte Zoe, richtete die Flinte weiter auf Butchs Genitalien und wartete auf eine Antwort.

»Das wird dir dein feiner Herr Bruder doch schon alles erzählt haben, schließlich hat er euch doch gewarnt.«

»Hat er nicht. Noch mal zum Mitschreiben: Was wollt ihr?«

Butch stutzte.

»Aber wie sonst konntet ihr …?«, er vollendete den Satz nicht; sah ein, dass für solche Überlegungen jetzt nicht die richtige Zeit war und stellte stattdessen fest: »Er schuldet unserem Boss einen Haufen Geld und meinte, dass wir es uns bei euch holen könnten.«

»So. Meint er das. Da liegt mein feiner Herr Bruder aber mächtig daneben. Das Einzige, was es hier für euch zu holen gibt, ist eine geballte Fuhre Schrot.«

Zoe machte einen ruhigen Eindruck, doch ihre schmalen Lippen und ihre funkelnden Augen verrieten, dass es ihr verdammt schwerfiel, gelassen zu bleiben. Sie kochte vor Wut, Zorn und Enttäuschung und hätte ihren Bruder am liebsten in tausend Stücke gehackt.

»Wieviel schuldet er euch denn?«

»Dreißig Riesen«, gab Butch zur Antwort und Zoe stieß einen leisen Pfiff aus.

Am Boden begann Snoopy sich zu regen, hockte sich auf alle Viere und stöhnte.

»Was zum Teufel ist passiert? Mir brummt der Schädel, als hätte mich ein Pferd getreten.«

Er machte den Eindruck eines Köters, der langsam aus der Narkose erwacht.

»Komm hoch, du verdammter Idiot«, fauchte Butch.

Snoopy rappelte sich auf, fasste sich an den Hinterkopf und sah Hub spöttisch grinsen – neben ihm Rowenta, deren linker Unterarm lässig auf Hubs Schulter ruhte, während ihre Rechte mit einem Revolver spielte. Er rieb sich die Augen, murmelte »Verdammt!« und erblickte dann Zoe und Zeck mit den Flinten in ihren Armen.

»Butch, was soll das?«, fragte er völlig verdattert.

»Das siehst du doch, du blöder Hund, hast dir eins überziehen lassen«, schnaubte Gonzo, dessen Blick nervös hin- und her huschte und doch immer wieder bei Rowenta hängen blieb.

»Dreißig Riesen?«, fragte Zoe und verzog grimmig die Lippen zu einem Lächeln. »Und ihr glaubt allen Ernstes, sie hier bei uns abgreifen zu können? Ich hätte nicht wenig Lust, einen Haufen Blei in eure Leiber zu ballern und euch allesamt vom Hof zu jagen, inklusive meines Bruders.«

»Das kannst du nicht …«, blitzschnell rammte Zoe ihm den Gewehrkolben in den Magen. Enzo verstummte und sank spuckend auf seine Knie.

»Kein Wort«, zischte sie ihn an und wandte sich wieder an Butch.

»Dieser Abschaum ist nun mal mein Bruder und deswegen bleibt er trotz allem hier und ihr solltet zusehen, dass ihr schleunigst Land gewinnt, solange ihr noch laufen könnt.«

»Das wird unserem Boss nicht gefallen.«

»Scheiß drauf, was eurem Boss gefallen wird«, mischte sich Zeck ein, der die Pumpgun mit einer schnellen Bewegung durchlud, »hier geht es um euren Arsch. Was glaubst du Arschgeige denn sollte uns davon abhalten, euch abzuknallen? Ihr kommt hier schwer bewaffnet auf unseren Hof, da wären die Bullen garantiert auf unserer Seite.«

Butch verschränkte die Arme und straffte den Rücken.

»So läuft das nicht. Der Boss will seine dreißig Riesen, das hört nicht auf. Entweder die oder den kleinen Pisser.«

Zoe schüttelte bedächtig den Kopf.

»Nein«, sagte sie entschlossen.

»Dann solltet ihr uns tatsächlich besser über den Haufen schießen, denn ansonsten kommen wir zurück und dann Gnade euch Gott.«

Snoopy grinste irgendwie dämlich in die Runde: »Mich könnt ihr getrost aus der Nummer rauslassen, ich komm auch garantiert nicht wieder.«

Butch versuchte, ihm seinen Ellenbogen ins Gesicht zu rammen, verfehlte ihn aber. Einen Moment lang sagte niemand etwas. Jedem in der Runde war klar, dass sich die Angelegenheit nicht so einfach in Luft auflösen würde, dass ein Schluss-Strich gezogen werden musste. Egal wie der aussah.

»Also gut«, begann Zoe, »ich will, dass die Angelegenheit hier und heute ein Ende findet.

»Dann rück die dreißig Riesen raus.«

»Vergiss es, soviel schuldet er eurem Boss niemals. Lasst es uns mal durchrechnen. Dreißigtausend abzüglich eurer Wucherzinsen machen höchstens noch fünfzehn. Und wie mir scheint, hat er davon auch schon einen Teil mit ein paar gebrochenen Fingern bezahlt, bleiben also noch zehn. Die bekommt ihr als Zeichen meines guten Willens und damit sind seine Schulden bei eurem Boss beglichen und ihr lasst ihn in Ruhe.«

»Pah, damit kommt ihr nicht durch«, stellte Butch klar.

Rowenta löste sich von Hubs Seite und stellte sich dicht vor Butch. Lächelte ihn verführerisch an und spannte den Abzugshahn des *38er*.

»Mir macht es nichts aus, ihm seine Klöten wegzuballern.«
Sie zielte auf seine Eier. Er starrte in ihre eiskalten, grünen Augen
und sah darin, dass sie alles andere war als eine harmlose blonde
Tussi. Er traute ihr zu, tatsächlich abzudrücken. Und sie drückte ab.
Das Projektil schlug zwischen seinen Füßen in den Boden. Er fuhr
zusammen, griff nach seinen Eiern.

»Verfluchtes Miststück«, stöhnte er erleichtert auf.

»Lass uns die zehn nehmen und von hier verschwinden«, kam
von Gonzo der Vorschlag, »die sind doch alle irre hier.«

Doch Butch schüttelte langsam seinen Kopf.

»Ihr versteht das nicht. So glimpflich wird der Boss ihn nicht
davonkommen lassen, das geht nicht.«

»Knallt die Schweine endlich ab«, schrie Enzo hysterisch auf.

»Ich werde dich gleich abknallen, du schäbiges Stück Dreck. Belügst und verrätst mich, lotst diese Typen her, nur um deine eigene
Scheißhaut zu retten. Warum kannst du nicht einmal in deinem
verkorksten Leben ehrlich zu mir sein? Ich bin deine Schwester!
Fuck you!«

Sie sah ihren Bruder an, bekam aber keine Antwort. Hub, der
direkt neben Enzo stand, sah das Glitzern in ihren Augen, unterdrückte Tränen der Wut und Enttäuschung. Einige Sekunden lang
herrschte absolute Stille.

»Gib mir das Kantholz«, sagte Zoe dann entschlossen zu Hub,
»und halt seine Hand fest. Hier auf dem Tisch.«

Hub zögerte einen Augenblick, packte dann Enzo am Arm, der
schrie, sich wehrte und wissen wollte, was sie vorhabe, aber keine
Auskunft bekam. Hub quetschte seine gebrochenen Finger zusammen. Enzo brüllte, was das Zeug hielt, während Hub ihn un-
nachgiebig zum Tisch zerrte. Er presste die verbundene Hand auf
den Tisch.

»Das kannst du mir nicht antun!«, jaulte Enzo auf.

»Die andere!«, forderte Zoe.

Hub packte die gesunde und fixierte sie mit festem Griff auf der
Tischplatte. Zoe zielte und das Kantholz sauste mit voller Wucht
nieder. Allerdings traf sie nur die Fingerspitzen, Blut spritzte. Doch

noch bevor Enzo vollends aufschreien konnte, ließ der zweite Schlag sämtliche Mittelhandknochen splittern, was den Schrei auf seltsame Weise erstickte. Hub ließ von ihm ab und Enzo rutschte wimmernd unter den Tisch.

»Jetzt könnt ihr eurem Boss sagen, dass – jedes Mal, wenn dieses verlogene Stück Scheiße in den nächsten Wochen kacken geht und nicht weiß, wie es sich den Arsch abwischen soll, es daran denken wird, was es heißt, seine Schulden nicht zu bezahlen. Ist das okay für euch? Sind wir uns einig?«

Butch schüttelte bedächtig den Kopf und sah Zoe in das Schwarz ihrer Augen.

»Du hast echt Eier, das muss man dir lassen.«

»Ob wir uns einig sind, will ich wissen.«

»Wenn wir jetzt noch die zehn Riesen kriegen, könnte der Boss zufrieden sein, kann's aber nicht versprechen.«

Bald darauf leuchteten zwei Scheinwerfer auf, deren Lichtkegel sich langsam durch den Wald fraßen, bis sie ganz verschwunden waren.

Enzo war unter dem Tisch nicht wieder hervorgekommen, kauerte dort immer noch; wusste nicht, wie er seine Hände halten sollte und schluchzte leise vor sich hin.

»Komm hoch!«, herrschte Zoe ihn an, »ich fahre dich ins Krankenhaus.«

46

Früh am nächsten Morgen hielt Hub es nicht länger aus, seine Blase drückte, zwang ihn aufzustehen. Noch während er in den Kanister pinkelte, tauchte der Gedanke auf, ob er nicht gleich aufbleiben sollte. Als er fertig war öffnete er die Tür und wagte einen Blick auf den beginnenden Tag. Alles war ruhig, eine herrliche Morgenstimmung. Aus der Ferne war ein Hahn zu hören und vor der

Mauer sah er eine Katze im Gras auf Beute lauern, die erhobene Schwanzspitze verriet ihre Anspannung. Es versprach, einer der letzten milden Tage in diesem Jahr zu werden. Die Birken und Buchen in dem nahen Wäldchen zeigten ihr erstes Gelb und die Sonne stand längst nicht mehr so hoch am Himmel. Nachdem er sich in der Regentonne etwas frisch gemacht hatte, setzte er das Teewasser auf. Rowenta empfahl er, sich nicht stören zu lassen und weiterzuschlafen. Mit dem aufgegossenen Morgen-Elixier, einer Jacke und seinem Tabak setzte er sich dann nach draußen an den Tisch unter die große Linde, die sich bereits von ihren ersten welken Blättern trennte.

Nachdem Zoe gestern vom Krankenhaus zurückgekehrt war, saßen sie noch eine ganze Weile zusammen. Zoe machte sich Vorwürfe, zweifelte an ihrem Verstand und Geisteszustand; fragte sich, welche Schwester wohl zu so etwas fähig sei; ob sie nicht im Allgemeinen eine Gefahr für ihre Mitmenschen darstelle und sich nicht besser mal therapieren lassen sollte. Doch es bestand die einhellige Meinung, dass sie ihrem Bruder keinen größeren Gefallen hätte tun und dass man eine gewaltige Portion an Courage benötigte, um so eine krasse Aktion überhaupt durchführen zu können. Sie malten ihr aus, wie Enzo wohl ausgesehen hätte, wenn die drei mit ihm fertig gewesen wären, dass er noch einmal recht glimpflich davongekommen sei und es nur zu hoffen blieb, dass es eine Lehre für ihn war und er endlich mal was gegen seine Spielsucht unternehmen würde. Am Ende war Zoe wieder einigermaßen beruhigt und sie nahmen sich vor, die nächsten Tage mal ganz geschmeidig auf sich zukommen zu lassen und sie in vollen Zügen zu genießen. Für heute hatten sie sich schon mal vorgenommen, zum Strand zu fahren und am Abend bei Jerome leckere Doraden zu essen.

Hub steckte sich eine Zigarette an und seine Gedanken schweiften ab zu Zeck und seiner Frage nach Julie und diesem merkwürdigen Gefühl, das ihn bei der Erwähnung ihres Namens beschlich. So richtig konnte er sich keinen Reim darauf machen; spürte nur, dass es wohl doch noch einige Zeit länger brauchte, bis sie tatsächlich nichts weiter mehr war als eine schöne Erinnerung, ohne dass sie dabei einen bittersüßen Beigeschmack hinterließ. Dann dachte er an Rowenta, welche Rolle sie dabei wohl spielen könnte, doch der Gedanke war derart diffus, dass er Mühe hatte, darin überhaupt irgendetwas zu erkennen. Gott sei Dank erschien sie im nächsten Augenblick in eine Decke gehüllt und mit der zweiten Teeschale in der Hand auf dem Hof und setzte sich gleich darauf zu ihm. Goss sich Tee ein und sah ihn aus verschlafenen Augen an.

»Hattest du eine gute Nacht?«, fragte sie, »ich habe wunderbar geschlafen.«

Sie gab ihm einen Kuss und kuschelte sich in seinen Arm. Wie friedvoll es hier war.

Am Nachmittag zog sich der Himmel zu und es sah nach Regen aus. Sie überlegten gerade, ob es sich überhaupt lohnen würde, vor dem Essen bei Jerome noch an den Strand zu fahren, oder ob es nicht gescheiter wäre, lieber noch eine Flasche Wein zu öffnen, als Hubs Handy klingelte, das zufällig in seiner Reichweite lag. Er fragte sich, wer das wohl sein könnte, schaute auf das Display und im selben Moment zog es ihm die Leistengegend zusammen. Gleichzeitig lief es ihm kalt den Rücken runter. Aus irgendeinem Grund hatte er Julies Nummer nicht aus seinem Register gelöscht, kannte sie auch nicht auswendig, nur die letzten drei Ziffern »701« und die leuchteten auf.

Hub stand auf, ging ein paar Schritte abseits und drückte auf den grünen Hörer.

»Ja?«, fragte er vorsichtig – in Erwartung, gleich Julies Stimme zu hören. Doch zu seiner Überraschung war es Carlos, der sich meldete.

»Hallo Hub, sind Sie es?«, hörte er ihn fragen.

»Wer sonst?«

Seine Antwort klang schroffer, als er es eigentlich wollte – geradezu ungehalten, was Carlos allerdings komplett ignorierte.

»Hier ist Carlos, wie geht es Ihnen?«, fragte er freundlich mit sanfter Stimme und Hub sah ihn förmlich lächeln.

»Gut«, erwiderte er knapp.

»Wissen Sie«, begann Carlos, »wir haben hier in letzter Zeit viel über Sie gesprochen, wobei immer mehr Fragen bezüglich Ihrer Person auftauchten und ich mich daran erinnerte, dass Sie schon bei unserer ersten Begegnung – auf der Hochzeitsfeier meines Ziehsohnes Edmundo – mein Interesse geweckt hatten und ich wissen wollte, was für ein Mensch eigentlich hinter dem Jugendfreund meiner Frau steckt.«

Carlos machte eine Pause, doch Hub schwieg, lag auf der Lauer.

»Und Sie erinnern sich sicherlich, dass ich Sie auf eine Zigarre einlud, um uns ein wenig besser kennenzulernen, was dann dieser dumme Sturz verhinderte.«

Ja, daran erinnerte er sich nur allzu gut.

»Was halten Sie davon, wenn Sie uns besuchen kommen? Das Winzerfest beginnt, wir hätten die Gelegenheit, doch noch gemeinsam unsere Zigarre zu rauchen, und nebenbei könnten Sie mir bei der Aufklärung einiger Sachverhalte behilflich sein.«

Für einen kurzen Moment hing die Frage im Äther und Hub wollte gerade antworten, als Carlos weitersprach.

»Aber was rede ich«, sagte er in einem jovialen, freundlichen Ton, »egal, was Sie davon halten, ich bestehe darauf, dass Sie uns besuchen kommen und lasse keine Ausrede gelten. Ich bin sicher, dass sie es einrichten können. Und bedenken Sie, dass auch Julie mehr als nur entzückt wäre, Sie auf unserem Weingut begrüßen zu dürfen. Andererseits – sollten Sie die Einladung ausschlagen –, läuft sie Gefahr, in tiefe Depressionen zu fallen, von denen sie sich vielleicht nie wieder erholen würde. Sie kennen sie und wissen, wie sensibel sie ist.«

Julie sensibel? Sie war leidenschaftlich, voller Emotionen, bestimmt auch ein wenig naiv und leichtsinnig, aber sensibel? In der Art, dass jede Kleinigkeit sie aus der Bahn werfen könnte? Niemals. Er verstand Carlos' Worte genauso, wie sie gemeint waren, nämlich als Warnung.

»Also gut, wenn Sie mich so nett bitten, werde ich mal sehen, wie ich es organisieren kann; kann aber unmöglich sagen, wann ich es schaffen werde.«

»Geben Sie sich ein wenig Mühe. Ich wette, bisher haben Sie in ihrem Leben noch alles hinbekommen, was sie wirklich wollten. Lassen Sie mich nicht allzu lange warten. Ich schicke Ihnen die Adresse auf Ihr Handy.«

Damit unterbrach er die Verbindung und Hub sah aus, als hätte er gerade mit dem Leibhaftigen selbst telefoniert.

»Was ist los«, wollte Zeck wissen, »wer war das?«

Es brauchte einen Moment, bis er sagte: »Carlos.«

»Julies Carlos?«, fragte Zeck ungläubig.

Hub nickte.

»Er hat mich eingeladen, besser gesagt, er hat darauf bestanden, dass ich sie besuchen komme, anlässlich eines Winzerfestes.«

»Das kann dir doch egal sein, oder?«

Hub sah nicht so aus, als könne es das. Er war ernst geworden, wirkte nachdenklich und sein Blick war leer.

»Kann mich vielleicht mal jemand aufklären«, fragte Rowenta dazwischen, »wer Julies Carlos ist?«, wobei ihr »Julie« auffallend abfällig über die Lippen kam.

Zeck hob die Augenbrauen und sah Hub amüsiert an, er war offensichtlich gespannt auf dessen Erklärung, die aber ausblieb. Zoe hatte er mal die Geschichte im Groben erzählt.

»Soviel ich weiß«, sagte diese dann »hatte Hub mal was am Laufen mit Julie. Und ihr Gatte Carlos ist der Erzählung nach ein Typ, der ihm dafür den Schwanz abschneiden würde, sollte er jemals davon erfahren, was den guten Hub jetzt zu beunruhigen scheint.«

Rowenta schaute ihn aus kalten Augen an.

»Ich hab's dir gesagt, dein ewiges Fremdvögeln wird dir noch mal den Hals brechen.«

Er schenkte ihr ein gequältes Lächeln.

»Was willst du jetzt machen?«, fragte Zeck.

Hub sah ihn an, schaute in seine wasserblauen Augen mit diesem fortwährend klaren Blick, dem man nie ansehen konnte, wieviel Zeck intus hatte, und ahnte, dass der Halunke die Antwort wieder mal im Voraus kannte, genau wie damals in Marokko.

»Wie, was soll er machen«, kam es schnippisch von Rowenta, »er muss doch da nicht hinfahren, wenn er sein bestes Stück behalten will.«

Zeck grinste breit, wusste er doch, dass es so einfach nicht sein würde.

Hub schwieg und es herrschte für einen Moment betretenes Schweigen. Dann fingen Rowentas Augen an zu funkeln.

»Du liebst sie«, stellte sie ohne jede erkennbare Gefühlsregung fest, doch Hub wusste, dass sie ihm am liebsten die Augen auskratzen würde.

»Wie kommst du denn darauf? Davon kann überhaupt keine Rede sein, das ist alles eine Ewigkeit her, Schnee von gestern. Allerdings bringe auch ich meine Angelegenheiten gerne zu Ende, genau wie du. Und deshalb werde ich da wohl hinmüssen, ob's mir passt oder nicht.«

Rowenta stand wortlos auf, marschierte Richtung Haus und nachdem Zoe ihm einen Blick zugeworfen hatte, den nur Frauen hinbekamen, folgte sie ihr.

Zeck reichte ihm den Sticky und schaute den beiden Frauen hinterher.

»Was denkst du, was dahintersteckt?«, kam er zum Thema.

»Ich habe keine Ahnung. Er sprach von Fragen, die rund um meine Person aufgetaucht seien und besteht auf Antworten, die anscheinend nur ich ihm geben kann.«

»Andernfalls?«

»Er spielte so merkwürdig auf Julies Gesundheitszustand an, der sich verschlechtern könne, sollte ich nicht kommen.«

»Meinst du, er weiß Bescheid?«

»Glaube ich eher nicht, dann hätte er die Falle anders aufgebaut oder seine Häscher würden bereits an meine Tür klopfen.«

»Aber dass es eine Falle ist, glaubst du schon, ja?«

»Jedenfalls steckt mehr dahinter als ein nettes Beisammensein der alten Freundschaft wegen.«

»Vielleicht ist das Video aufgetaucht.«

Hub stutzte, nahm noch einen Zug und drückte den Filter in den Aschenbecher.

»Jetzt? Von wo.« Dann hätte er sich doch wohl als Erstes Bernardo vorgenommen, der hätte ihm doch sämtliche Fragen beantworten können und Carlos wäre dann tatsächlich nur noch hinter meinen Eiern her.«
Hub hielt inne, dachte einen Moment nach.

»Es sei denn«, sagte er dann, »der kleine Wichser traut sich nicht, Carlos die Wahrheit zu sagen; verschweigt ihm, dass er mich erpressen wollte und von Julies Affäre mit mir wusste.«

»Das ist gut möglich«, stimmte Zeck ihm zu, »allerdings wird es dann aber eine ganz heikle Mission für dich werden.«

»Ja. Verdammt.«

Einen Moment lang schwiegen sie, jeder hing seinen Gedanken nach.

»Und Rowenta?«, fragte Zeck dann und verteilte Tabak auf einem Blättchen.

»Was soll mit ihr sein? Die Frage stand eh im Raum, wann sich unsere Wege wieder trennen würden.«

Zeck erwärmte ein Klümpchen Dope über dem Feuerzeug, bröselte davon etwas auf den Tabak, lächelte versonnen vor sich hin, schaute kurz zu ihm auf und im nächsten Augenblick glaubte Hub auch nicht mehr, dass sich sein Verhältnis zu Rowenta einfach so in Luft auflösen lassen würde.

»Was soll ich machen? Ich habe nie einen Hehl daraus gemacht, dass ich alleine weiterziehen will, und anscheinend ist der Zeitpunkt jetzt gekommen.«

»Willst du denn alleine weiterziehen?«

»Ich werde ja wohl kaum mit Rowenta an meiner Seite da aufkreuzen können.«

»Das habe ich nicht gemeint.«

Was dann?, dachte Hub störrisch und wusste doch ganz genau, worauf Zeck hinauswollte. Noch bis vor wenigen Tagen war es überhaupt kein Thema gewesen, doch er musste zugeben, dass sich nach dem Tod von Bill und der Aktion mit Paco etwas gewaltig verändert hatte. Es war plötzlich ein gutes Gefühl, Rowenta an seiner Seite zu haben, und ja, so gesehen sah er keinen Grund, warum sie nicht für eine Weile zusammen durch die Lande ziehen sollten. Aber Julie war eine ganz andere Sache, eine aus der Vergangenheit, die nach einem Schlusspunkt schrie, und er wusste, dass Rowenta da eine glatte Fehlbesetzung wäre.

»Ich weiß, was du meinst«, sagte er, »aber wie auch immer, zu Carlos muss ich alleine, da kann ich Rowenta nicht gebrauchen.«

»Das sehe ich genauso. Trotzdem brauchst du aber jemanden, der dir den Rücken freihält, wenn du dich in die Höhle des Löwen begibst. Und deshalb wird es das Beste sein, wenn ich dich begleite und ein Auge darauf habe, dass du keinen Genitalverlust erleidest. Na, was meinst du? Und wenn dann alles erledigt ist, könnt ihr immer noch sehen, wie's mit euch weiter geht.«

Zeck grinste nicht mehr, nur ein feines Lächeln umspielte seine Lippen. Er hielt ihm den Sticky hin und fragte:»Na, was sagst du?«

Da gab es nichts zu sagen, sie waren sich einig. Blieb nur abzuwarten, wie Rowenta darauf reagierte.

DIE EINLADUNG

47

Zoe hatte ihr weitere Details der Geschichte um Julie herum erzählt. Von der Erpressung, dem Trip nach Marokko und wie sie aus der Nummer rausgekommen waren. Danach konnte Rowenta einsehen, dass da weit mehr auf dem Spiel stand als nur die Klärung einer alten Liebesgeschichte und dass Zeck die weitaus bessere Besetzung an Hubs Seite war, wo er doch von Anfang an in diesem Drama involviert war. Und als Zoe sie bat, in der Zwischenzeit bei ihr zu bleiben, wegen der Typen, die vielleicht doch noch mal auftauchen könnten, und sie gemeinsam auf die Rückkehr »ihrer Männer« – wie sie sagte – warten könnten, gab es für Rowenta gar nichts mehr zu schmollen.

Am Abend – als der Himmel noch einmal aufklarte und sich die dunklen Wolken langsam verzogen – fuhren sie alle zusammen zu Jerome, ließen sich die Doraden schmecken und am nächsten Tag brachen Hub und Zeck auf, zu der Adresse, die Carlos auf sein Handy geschickt hatte.

Kaum, dass sie losgefahren waren, fühlte Hub sich in alte Zeiten zurückversetzt. Zeck auf dem Beifahrersitz wirkte, als ob es sein angestammter, rechtmäßiger Platz wäre. Schon auf den ewig langen Kilometern quer durch Marokko sorgte er für regelmäßig brennende Stickys, hin und wieder für ein frisches Bier und wusste in der Regel genau, wo sie sich befanden und wo es langging. Hub brauchte nur zu fahren und sich auf die Straßen und den Verkehr zu konzentrieren. Es dauerte auch nicht lange, bis ihnen klar wurde, dass sie eigentlich nicht die geringste Eile hatten und dass es doch überhaupt keinen Sinn machte, sich auf dem schnellsten Weg ins Ungewisse zu stürzen und noch am selben Tag bei Carlos aufzukreuzen. Sie hatten Zeit. Carlos konnte nicht wissen, dass Hub sich gerade mal rund dreihundert Kilometer entfernt von ihm befand, er konnte überall in Europa sein. Außerdem war die Vorstellung, wie die Kohlen unter Carlos' Arsch immer heißer wurden, äußerst verlockend. Also warum um alles in der Welt sollten sie sich nicht noch ein paar Tage am Atlantik gönnen, bevor es losging?

Sie überlegten nicht lange, hielten beim nächsten Supermarkt und kauften ein. Danach fuhren sie in einen kleinen Ort mit einer tief einschneidenden, felsigen Bucht, die zum Meer hin durch eine Mole geschützt war und als Hafen diente. Westlich davon erstreckte sich die Häuser, auf der anderen Seite gab es Pinienwälder und vereinzelte Strände. Die Saison war gelaufen und der Typ an der Strandbaude war damit beschäftigt, sie winterfest zu machen. Heute könnten sie noch auf dem Parkplatz stehen bleiben, meinte er, morgen würde er dann dicht machen. Doch nachdem sie im Verbund dafür gesorgt hatten, dass etliche Flaschen nicht voll wieder verstaut werden mussten, überließ er ihnen den Schrankenschlüssel, den sie bei ihrer Abreise unter der Tür durchschieben sollten. Ab da hatten sie den ganzen Platz für sich alleine, in Atlantiknähe und nicht weit vom Ort entfernt, wo es täglich frisches Brot gab.

Am nächsten Abend ließen sie es ein wenig ruhiger angehen, saßen vorm Wohnmobil mit Blick aufs Meer, tranken Bier und rauchten. Weit und breit war keine Menschenseele zu hören oder zu sehen, nur das Rauschen des Atlantiks und vereinzeltes Möwengeschrei drang zu ihnen herüber.

Zeck sah nachdenklich zu, wie der Wind den Qualm verwirbelte, welchen er aus seinen Lungen trieb. Er reichte Hub den Sticky, schaute ihn dabei schräg an und sagte: »Egal wie lange wir uns noch Zeit lassen, bevor wir zu Carlos aufbrechen, sollten wir uns noch über das eine oder andere klar werden.«

Hub überlegte, kam aber nicht drauf, was sein Kumpel meinen könnte.

»Ich meine: Hast du irgendeine Vorstellung davon, was uns erwartet? Auf was es hinauslaufen könnte?«

»Carlos hat Fragen und ich werde sie ihm beantworten, soweit ich kann.«

»Ja schon, aber was, wenn ihm deine Antworten nicht ausreichen oder sie ihm nicht gefallen, Julie bereits in irgendeinem Weinfass rumdümpelt und er nur noch hinter deinem Schwanz her ist?«

»Glaub ich nicht«, sagte Hub, musste aber zugeben, keineswegs sicher zu sein. So wie er das sah, fischte Carlos im Trüben und hatte bestenfalls einen Verdacht, was Julies und sein Techtelmechtel anging, mehr aber auch nicht.

»Ich vermute eher, dass tatsächlich das Video aufgetaucht ist, warum auch immer. Und dass Bernardo und dieses lange Elend Pirro nicht den Mut haben, Carlos die wahren Gründe für die Entstehung dieses Streifens zu nennen. Vielleicht glaubt er auch, mich darauf erkannt zu haben und kann sich keinen Reim darauf machen. Solange die beiden weiter dichthalten, kann nichts passieren. Ich werde ihm Antworten geben, erzählen, wie es war, und das, was ihn nichts angeht, weglassen. Fertig.«

»Fertig. Meinst du. Na gut, dann sollten wir aber auf jeden Fall mal versuchen, Susana zu erreichen, und sie fragen, was mit dem Video passiert ist, ob es tatsächlich in Carlos' Hände gefallen sein könnte. Weißt du noch, wie das Restaurant ihrer Familie in Tarifa hieß?«

»Nee, aber ich kann beim Campingplatz gegenüber anrufen, auf dem ich damals, als ich in Algeciras unterwegs war, gestanden habe, die haben bestimmt die Nummer.«

Es dauerte nicht lange und Hub hatte sie. Kurze Zeit später meldete sich Vicenta, Susanas ältere Schwester, am Telefon.

»Hi Vic«, sagte er, »kannst du dich noch erinnern? Hier ist Hub.«

Sie brauchte nur einen kurzen Moment.

»Hallo Hub, was für ein Zufall, wie geht es dir?«

»Gut soweit, ist deine Schwester in der Nähe?«

»Nein, Susana ist bei Felisa, was ist los?«

Vicenta klang nicht nur überrascht, sondern auch skeptisch.

»Ist irgendetwas passiert?«, fragte er deshalb alarmiert.

»Und ob. Luca ist umgekommen; genau an dem Tag, als Felisa

entbunden hat, ein Mädchen. Es ist völlig merkwürdig. Er ist in eine Schlucht gestürzt, kein Schwein weiß, wie er dahingekommen ist und was er dort gesucht hat. Der Hebamme waren zwei Typen begegnet, die aus den Bergen kamen und Lisa meinte, dass Luca in letzter Zeit schon etwas komisch war; glaubte bis dahin aber, dass er sich nur Sorgen um sie und das Baby machte; jetzt denkt sie, dass er irgendeine Dummheit begangen hat und vielleicht sogar umgebracht wurde.«

»Fuck«, murmelte Hub, »weißt du, was mit der Aufzeichnung geschehen ist, die wir Susana gegeben haben?«

»Nichts weiter, die ist hier. Während ihres Besuchs bei Felisa und Luca, gleich nach ihrer Flucht, hat Susana ihnen das Video vorgespielt, seitdem liegt es hier. Hub, was ist los? Wieso rufst du gerade jetzt an? Was hat das zu bedeuten?«

»Das kann ich noch nicht sagen. Lasst das Video, wo es ist, und macht euch erst mal keine Sorgen. Grüß Susana und Paolo von mir, ich melde mich wieder.«

Er unterbrach die Verbindung und starrte nachdenklich in Zecks erwartungsvolles Gesicht.

»So wie es aussieht, hat Luca die Geschichte in Gang gesetzt, was er allerdings bereits mit seinem Leben bezahlt hat.«

Zeck hob die Augenbrauen, sah ihn ernst an.

»Vielleicht hat er sich eine Kopie gezogen und sie jetzt ins Spiel gebracht«, überlegte Hub, »womöglich versuchte er sich sogar als Erpresser, was dann allerdings gründlich schiefgelaufen sein muss. Das würde zumindest seinen Tod und das plötzliche Auftauchen des Videos erklären.«

»Aber warum um alles in der Welt bringen sie den Kerl gleich um und stellen ihn nicht erst mal zur Rede?«

»Tja, vielleicht war es ein Unfall.«

»Vielleicht. Eins steht in jedem Fall fest: Wir sollten die Angelegenheit nicht auf die leichte Schulter nehmen.«

»Nee, ganz bestimmt nicht.«

Hub stand auf, holte frisches Bier und reichte Zeck eine Büchse. Eine Zeit lang schwiegen sie.

»Da wäre dann noch was«, bemerkte Zeck, nachdem er einen Schluck genommen hatte, »ich wüsste gern, wie weit du gehen würdest, wenn's drauf ankommt.«

»Wie weit ich gehen würde? Was meinst du damit?«

»Mal angenommen, Carlos schert sich einen Dreck um das Video und das Einzige, was ihn umtreibt, ist die Frage, ob seine Julie ihm auch treu war. Was, wenn die ganze Angelegenheit aus dem Ruder läuft, Bernardo doch noch quatscht oder eure Affäre von sonst woher auffliegt oder sie sogar schon aufgeflogen ist? Was, wenn es dann nur noch darum geht, wie du am besten dein Gemächt in Sicherheit bringst und Julie kurz davorsteht, eine Überdosis Schlaftabletten verpasst zubekommen? Würdest du sie zurücklassen? Oder würdest du sie mitnehmen wollen, zu Rowenta?«

Was für eine dämliche Frage, aber leider auch genau die richtige. Und Zeck, der alte Gauner, hatte mal wieder nichts Besseres zu tun, als das Dilemma auf den Punkt zu bringen. Im Gegensatz zu Zeck, der dem Schicksal misstraute und sein Leben gern selbst in die Hand nahm, ließ Hub die Dinge nun mal gern auf sich zukommen. Woher sollte er auch wissen, wie die Sache ausgehen würde? Das konnte er nicht und wollte darüber auch nicht weiter nachdenken. Wozu auch? Wenn es so weit war, würde es sich schon herausstellen, was zu tun wäre. In der Regel gab es eh keine zwei Möglichkeiten.

»Das wird sich zeigen«, sagte Hub mit einem matten Lächeln und hielt ihm seine Bierbüchse entgegen, damit sie anstoßen konnten.

48

Ein paar Tage hielten sie es noch aus, doch irgendwie hing Carlos ständig in der Luft und belegte die Freude über ein paar unbeschwerte Tage mit einem hässlichen Schleier. Das Frühstück war beendet. Sie saßen in der Sonne, Hub rauchte eine Filterlose und Zeck klebte den Sticky zusammen.

»Ich denke …«, fing Hub an, seinen Gedanken zu formulieren; nahm noch einen Zug, ließ die Kippe fallen, trat drauf und blies eine Rauchwolke aus. Er wollte seinen Satz gerade beenden, als Zeck ihm zuvorkam.

»Sehe ich genauso, es wird Zeit.«

Zeck hielt die Gasflamme an den Sticky, nahm zwei Züge und reichte ihn Hub.

»Richtig, das denke ich nämlich auch.«

Wenig später schoben sie den Schlüssel unter der Tür durch und machten sich auf den Weg zu Carlos. Als das Weingut am späten Nachmittag nicht mehr weit sein konnte, erkannte Hub Teile der Gegend wieder – auch den Parkplatz an der Bar, wo Sergio ihn hatte aufschlitzen wollen und Julie ihn mit ihrem plötzlichen Auftauchen an den Rand eines Herzinfarktes gebracht hatte. Sie bogen ab auf eine Nebenstraße und standen bald darauf vor einem riesigen schmiedeeisernen Tor mit eingearbeitetem Monogramm. Rechts und links davon erstreckte sich ein aus Naturstein gemauerter Sockel, darauf ein ebenso geschmiedeter Zaun mit wehrhaften Spitzen. Neben dem Tor befand sich ein kleinerer Eingang in einem rundgemauerten Torbogen mit einer Klingel und einer Kamera darüber.

Hub stieg aus und drückte den Klingelknopf.

»Sie werden bereits erwartet«, hörte er kurz darauf eine Stimme sagen, »ich öffne Ihnen, damit sie rauffahren können.«

Wie von Geisterhand begannen die schweren Torflügel aufzugehen.

»Du willst doch da nicht etwa reinfahren«, bemerkte Zeck mit leichtem Entsetzen in der Stimme.

Hub grinste.

»Nee«, sagte er, wendete das Wohnmobil und parkte es gegenüber. Dann stiegen sie aus und marschierten den gewundenen Weg entlang Richtung Anwesen, das zwischen dem alten Baumbestand hindurch zu erkennen war. Breite Stufen führten zum Eingangsbereich, wo ein alter Mann sie in Empfang nahm.

»Treten Sie ein«, sagte er, ging einen Schritt zur Seite und warf Zeck einen misstrauischen Blick zu.

»Und wen darf ich Don Carlos noch melden?«

»Einen Freund«, kam die knappe Antwort.

Der Alte nickte und ging krummgebückt voran, führte sie in eine geräumige Halle, von der geschwungene Treppen in obere Etagen führten und zimmerhohe Fenstertüren den Blick auf einen weitläufigen Garten freigaben.

»Einen Moment bitte«, krächzte der Alte und schlich davon.

Sie schauten sich um und Hub fragte sich, wo Julie wohl in diesem riesigen, weitläufigen Gemäuer stecken mochte, das gut in Schuss gehalten war und den Charme von Wohlstand und Grundbesitz ausstrahlte.

»Nobel, nobel«, raunte Zeck.

»Kommen Sie bitte.«

Der Alte war hinter ihnen wieder aufgetaucht.

»Don Carlos erwartet Sie.«

Sie folgten ihm ins obere Stockwerk bis zu Carlos' Arbeitszimmer und traten ein. Carlos saß hinter seinem Schreibtisch.

Zwischen zwei hohen Fenstertüren, von denen eine offen stand und hinaus auf eine große Balustrade führte, stand ein kräftiger Kerl mit blonder Halbglatze und blinzelte ihnen zu. Gegenüber von Carlos saß ein smart lächelnder Typ in einer schweren Sitzgruppe aus braunem Büffelleder, der einen Whisky in seiner Hand hielt. Von Julie war nichts zu sehen, worüber Hub in gewisser Hinsicht erleichtert war, sich aber doch fragte, wo sie dann war.

Carlos war aufgestanden und kam auf sie zu.

»Ich freue mich, Sie zu sehen, obwohl sie mich mehr als nötig haben warten lassen. Das ist Edmundo, zu dessen Hochzeit ich Sie eingeladen hatte und die Sie ja leider so früh wieder verlassen mussten.«

Lächelnd zeigte er auf den adretten Kerl auf dem Ledersofa und Hub fragte sich, woher Carlos wissen konnte, dass sie ihn hatten warten lassen, oder ob es nur ein gut gesetzter Bluff war.

»Und das ist Walter, ein Freund des Hauses.«

Walter hatte aufgehört zu blinzeln. Hub nickte, sagte aber kein Wort, ließ Carlos verharren, der darauf wartete, dass er ihm Zeck vorstellte, was er aber nicht tat.

»Zeck«, sagte dann Zeck und streckte Carlos die Hand entgegen, »ein Freund von ihm.«

Carlos schaute auf, sah Zeck mit offenen Augen an und umschloss dann seine Hand mit beiden Händen, schüttelte sie und strahlte ihn an.

»Es freut mich außerordentlich, Sie hier begrüßen zu dürfen. Sagen Sie, sind Sie hin und wieder ein Hobby-Filmer?«

Zeck entzog ihm die Hand.

»Eher nicht.«

Damit war die Katze aus dem Sack, bevor das Spiel überhaupt eröffnet war.

»Aber warum setzen wir uns nicht?«, fragte Carlos und wies mit einer ausladenden Geste auf die opulente Sitzgruppe. »Möchten Sie etwas trinken?«

Auf der Anrichte stand eine ganze Batterie feinster Spirituosen, über die Hub seinen Blick schweifen ließ.

»Ein Bier wäre nicht schlecht«, sagte er und ließ sich in einen der Sessel fallen, was Zeck ihm gleichtat.

»Für mich auch.«

»Ich geh zu Amado, sag' ihm Bescheid«, bot Walter sich an und verließ das Arbeitszimmer.

Carlos setzte sich ihnen gegenüber, schwieg einen Moment lang und schaute freundlich, aber mit scharfem Blick von einem zum anderen. Dann blieb sein Blick an Hub hängen, etwas Abschätzendes lag darin.

»Wissen Sie«, begann er, »ich will ehrlich zu Ihnen sein und hoffe, dass Sie ebenso aufrichtig mir gegenüber sein werden, wenn es darum geht, ein paar Fragen zu klären.«

Carlos lächelte charmant, wirkte gelassen und selbstsicher. Hub hob die Augenbrauen, tat verblüfft, als ob es darüber doch wohl nicht den geringsten Zweifel gäbe.

»Ich muss zugeben«, fuhr Carlos fort, »dass Sie vom ersten Moment an, als ich von Ihnen hörte, meine Neugierde geweckt hatten. Das war in Algeciras, als Alfredo, der pubertierende Sohn meiner Cousine, mir erzählte, dass er Tante Julie bei bester Laune mit einem fremden Mann hat in einem Café sitzen sehen und Julie mir daraufhin erklärte, dass es sich um einen Freund aus der Jugendzeit handelte, den – der Zufall konnte gar nicht größer sein – sie auf dem Hauptpostamt von Algeciras getroffen hätte. Ab diesem Moment war mein Interesse für Sie geweckt, zumal Julie mir dieses überraschende und so freudige Ereignis wohl verschwiegen hätte, hätte ich nicht danach gefragt. Sie verstehen. Also bat ich Julie, Sie zu der kurz bevorstehenden Hochzeit von Edmundo einzuladen, ich wollte mir ein Bild von Ihnen machen und bei einer Zigarre hätten Sie mir etwas aus Ihrer gemeinsamen Jugendzeit erzählen können. Aber leider kam es ja nicht dazu. Sie stürzten, schnitten sich die Hand auf und machten den Eindruck, als würden Sie ohne ärztliche Hilfe die nächsten zwei Stunden nicht überleben, also ließ ich Sie von Julie ins Krankenhaus fahren. Bis zu diesem Zeitpunkt hatten wir nur ein paar wenige Worte gewechselt, und insgesamt hatten Sie bei mir den Eindruck eines – bitte verzeihen sie mir – etwas unbeholfenen Kerls hinterlassen, der nach einem Glas Champagner über seine eigenen Füße stolpert und eher eine Gefahr für sich selbst als für andere darstellt.«

Carlos lächelte milde, machte eine kurze Pause.

»Doch nun sind ein paar unerwartete Ereignisse eingetreten und ich habe so meine Zweifel, ob ich Sie damals richtig eingeschätzt habe. Es stellt sich die Frage, ob Sie wirklich der harmlose Jugendfreund von Julie sind. Und sollten Sie es nicht sein, frage ich mich, in welchem Verhältnis Sie tatsächlich zu meiner Frau stehen.«

Carlos wirkte immer noch freundlich, allerdings mit dem Charme einer Kobra, die ihre Beute fixiert.

»Vielleicht wollen Sie mir ja jetzt ein wenig über Ihre gemeinsame Jugend- und Schulzeit erzählen.«

Hub richtete sich in seinem Sessel auf und war heilfroh, als Walter mit zwei Flaschen Bier in der Hand wieder den Raum betrat und in der Vitrine nach passenden Gläsern suchte.

»Geht auch so«, sagte Zeck, griff nach den Flaschen und reichte eine davon Hub. Sie tranken einen Schluck. Walter postierte sich wieder zwischen den beiden Fenstertüren, hielt sich im Hintergrund.

Der Einladung zu Edmundos Hochzeit war Hub damals nur wegen der Aussicht auf ein paar zusätzliche, vergnügliche Stunden mit Julie gefolgt, bevor sie dann wieder aus seinem Leben, zurück in ihr trautes Eheglück verschwinden sollte. Doch als er Carlos gegenüberstand und der ihn freundlich, aber unverhohlen einer Befragung unterziehen wollte, war ihm schlagartig klar geworden, dass man diesem Mann besser aus dem Weg ging. Also inszenierte er im Rückraum der Gesellschaft den Sturz, schnitt sich mit einer Glasscherbe der zerbrochenen Sektschale den Handballen auf, sodass es schlimmer aussah, als es tatsächlich war, und Carlos selbst bestand darauf, dass Julie ihn in ein Krankenhaus fuhr. Bis dahin gab es keinen Grund, nicht stolz auf sich zu sein. Doch dann lief alles aus dem Ruder. Pirro und Bernardo hatten sie schon vorher im Visier gehabt. Das lange Elend war ihnen gefolgt und hatte ihre Vögelei auf dem verlassenen Parkplatz des ehemaligen Vergnügungsparks minutiös mit dem Camcorder aufgezeichnet, womit der Schlamassel dann anfing, Fahrt aufzunehmen.

»Retrograde Amnesie«, sagte Hub und ließ die beiden Wörter einen Moment lang wirken, »tut mir leid, aber da ist nichts in meiner hohlen Birne, was Ihnen bezüglich meiner Jugendzeit weiterhelfen könnte.«

Carlos machte große Augen.

»Also, ich will es Ihnen erklären. Ich war ein junger Mann, in der Blüte meines Lebens, als eine Horde durchgeknallter Hooligans nach einem verlorenen Fußballspiel in die U-Bahn stürmten und ihren Frust an den Fahrgästen ausließen. Ich versuchte mich rauszuhalten, aber dann erwischte mich doch ein mächtiger Schlag am Kopf, der mich niederstreckte, als wäre ich mit ›ner Abrissbirne kollidiert. Und als ich dann im Krankenhaus langsam wieder zu mir kam, konnte ich mich an so gut wie gar nichts mehr erinnern, was in meinem Leben bis dahin geschehen war, wusste grad noch, wer ich war, und hatte ein paar wenige, zusammenhangslose Erinnerungsfragmente. Ansonsten war mein Kopf wie leergefegt. »Retrograde Amnesie« diagnostizierten die Ärzte. Hier noch die Narbe.«

Hub drehte etwas den Kopf zur Seite, damit Carlos die Narbe

besser sehen konnte, welche sich von der Stirn über das rechte Auge bis zum Jochbein zog.

»Und der Zufall, dass Julie mich in Algeciras erkannte, konnte in der Tat nicht größer sein; lag wohl an meinen Augen, wie sie sagte. Wir tranken einen Kaffee zusammen, sie erzählte mir von Sofie, ihrer großen Schwester, mit der ich wohl zusammen in eine Klasse ging und dass sie – Julie – mehr so ein Anhängsel war. Also: Von einem wie auch immer gearteten Verhältnis zu Ihrer Gattin, das über diffuse Jugenderinnerungen hinausgeht, kann nicht die Rede sein.«

Carlos schmunzelte. Ob wegen der Dreistigkeit, mit der Hub versuchte, ihm einen Bären aufzubinden, oder tatsächlich amüsiert über so viel Naivität und Einfältigkeit, war schwer zu sagen.

»Das ist ja äußerst bedauerlich«, sagte er nur.

»Wo ist sie überhaupt?«, wollte Hub dann wissen, »und wann geht eigentlich das Weinfest los?«

»Tja, das haben Sie leider verpasst, das ging am Sonntag zu Ende. Und was Julie betrifft, so befürchte ich, werden Sie sich noch ein wenig gedulden müssen. In den letzten Tagen ging es ihr nicht gut, sie ist geschwächt und ruht sich aus. Wenn es ihr besser geht, wird sie vielleicht später noch zu uns stoßen.«

Carlos hielt einen Moment inne.

»Aber nun ja, kommen wir zu einem anderen Punkt, bei dem Sie mir mit Sicherheit weiterhelfen können. Wissen Sie«, sagte er an Zeck gewandt, »ich kam natürlich nicht von ungefähr darauf, dass Sie ein Hobby-Filmer sein könnten.«

»Ach nein?«, warf Zeck ein und deutete dann auf den kristallenen Aschenbecher, der in der Mitte des Tisches stand, »ich darf doch?«

Ohne eine Antwort abzuwarten, zog er den Aschenbecher heran, holte einen vorgedrehten Sticky hervor und zündete ihn an.

Einen Moment stutzte Carlos, wobei er die Augenbrauen hob und einen Blick mit Edmundo tauschte, der lässig auf dem Zweiersofa saß. Der intensive Geruch verbreitete sich schnell im Raum, Walter im Halbschatten der hohen Fenstertüren schien zu grinsen und Carlos brauchte einen Moment, um zu entscheiden, ob er darauf eingehen oder es ignorieren sollte. Er entschied sich für Letzteres.

»Ich glaube«, sagte er dann, »nein, ich bin mir sogar ziemlich sicher, Teile Ihres filmischen Schaffens bereits gesehen zu haben.«

Zeck nahm noch einen Zug und reichte den Sticky Hub, fixierte Carlos mit seinen wasserblauen, klaren Augen, sagte aber kein Wort.

»Wollen Sie denn nicht wissen, welchen Streifen ich meine?«

»Ich kann's mir denken.«

»Sie meinen bestimmt den Streifen mit Bernardo in der Hauptrolle«, mischte Hub sich ein, »erschütternde Story, aber absolut authentisch dargestellt. Wie hat er Ihnen gefallen?«

Carlos' Lächeln wurde schmallippiger.

»Ehrlich gesagt fand ich ihn abscheulich. Erstens war er nicht sonderlich originell und zweitens hasse ich Filme, die mehr Fragen aufwerfen, als sie beantworten. Aber«, Carlos nickte anerkennend, »ich muss zugeben, dass die Dramaturgie, die sich letztendlich hinter all den offenen Fragen verbirgt, wahrlich nicht schlecht inszeniert ist, auch dass sich der Antagonist im Verborgenen hält, gibt dem Streifen eine besondere Note, wobei seine Stimme ihn ja dann doch offenbarte, genauso so wie die Ihre, hinter der Kamera.«

Er sah Zeck mit scharfem Blick an, wartete auf eine Reaktion, bekam aber nur ein gleichgültiges Grinsen.

»Welchen Grund hatten Sie, diese Szene zu filmen?«

Das war eine einfache, harmlos klingende Frage und doch schwang etwas Bedrohliches, etwas Herausforderndes darin mit.

Hub räusperte sich, blinzelte Walter zu und hielt ihm den Sticky entgegen. Walter wirkte irritiert, schaute kurz zu Carlos und lehnte dann mit ernster Miene ab. Auch Edmundo wollte nicht und Carlos' Blick verriet unmissverständlich, dass man ihn erst gar nicht zu fragen brauchte, also reichte Hub ihn an Zeck zurück. Der nahm einen Zug und sagte: »Hobby-Filmer, wie Sie schon sagten, ist nur ein Hobby von mir«, dabei hob er die Schultern und Augenbrauen und zog seine Mundwinkel nach unten, machte den Eindruck, als ob es ihm leidtäte, dass er nicht mit mehr dienen konnte.

»Aber natürlich«, sagte Carlos freundlich, stand auf, ging zur Anrichte rüber und goss sich mit Bedacht einen Whisky ein. Schwang das Glas, betrachtete die goldgelbe Flüssigkeit darin, roch kurz daran und trank ihn in einem Zug aus.

»Sie mögen ein Hobby-Filmer sein, dennoch bin ich davon überzeugt, dass Sie diese Darbietung aus einem ganz bestimmten Grund aufgezeichnet haben.«

Er setzte sich wieder, richtete jetzt seinen Blick auf Hub.

»Und dieser Grund will sich mir einfach nicht offenbaren, jedenfalls nicht in Gänze, und dass, wo doch gerade hinter dieser Frage sich die schon erwähnte, eigentliche Dramaturgie verbirgt. Aber bestimmt haben Sie eine Erklärung für mich, genauso wie Bernardo eine hat und Julie ihre Vermutung.«

Carlos sah ihn an. Hub hatte das Gefühl, geradewegs in ein offenes Messer zu laufen, vermochte aber nicht zu erkennen, aus welcher Richtung es kommen sollte.

»Ehrlich gesagt habe ich keinen blassen Schimmer, worauf Sie eigentlich hinauswollen, und frage mich, was dieser ganze Zirkus hier zu bedeuten hat. Bernardo, dieses elende Dreckstück, vergewaltigt eine Freundin von mir, ich stelle ihn zur Rede, verpasse ihm seine wohlverdiente Abreibung; und damit er nicht auf die Idee kommt, sich wieder mal schlecht zu benehmen, machen wir ein Video, sozusagen als Faustpfand. Das ist alles. Ganz simpel. Einen anderen Grund gibt es nicht.«

»Das ist Ihre Erklärung?«

»Ja. Gar nicht mal so schwer zu verstehen. Was ich aber nicht kapiere, ist, was Sie das überhaupt angeht?«

»Nun, Sie haben recht, im Grunde sollte das nicht meine Angelegenheit sein und wahrscheinlich hätte ich von Bernardos abscheulicher Tat auch nie etwas erfahren, hätte ein gewisser Luca nicht versucht, uns mit dem Video zu erpressen. Eine unschöne Geschichte mit einem hässlichen Verlauf. Sie können mir glauben, von Bernardo, der wie ein leiblicher Sohn für mich ist, bin ich schwer enttäuscht und seien Sie versichert, so glimpflich wie Sie mit ihm verfahren sind, werde ich es nicht tun, wenn das hier alles vorbei ist.

Ich verabscheue Gewalt an Frauen zutiefst, genauso wie respektloses Verhalten mir gegenüber.«

Carlos musterte ihn eindringlich, als ob er in sein Inneres schauen wollte.

»Aber davon abgesehen«, fuhr er fort und lockerte seinen Blick wieder, »ist es ganz offensichtlich, dass Sie eben nicht der unbeholfene, tollpatschige Typ sind, den Sie versuchten vorzugeben. Sie sind ein gefährlicher Mann«, sagte er und drohte schelmisch mit dem Zeigefinger, »Sie versuchen mich hinters Licht zu führen.«

Hub versuchte zu widersprechen, doch Carlos schnitt ihm das Wort ab.

»Doch, doch. Auch wenn Sie Bernardo für seinen Frevel zur Rechenschaft gezogen, ihn bestraft und der armen Susana Genugtuung verschafft haben, so müssen Sie doch zugeben, dass das nicht die vollständige Wahrheit ist. Sicher, Sie wollten ein Faustpfand, doch für die Frage, zu welchem Zweck, hat Bernardo eine andere Erklärung.«

Es war nur ein Augenblick, ein ganz kurzer Moment, in dem Hub es in Carlos' Augen lesen konnte, und ihm wurde schlagartig klar: Dieser aalglatte Bastard wusste Bescheid. Es schnürte ihm die Kehle zu.

»Ach, hat er die«, entgegnete Hub gedehnt, »ich an Ihrer Stelle würde nicht allzu viel darauf geben, was Bernardo von sich gibt. Er ist ein hinterhältiges Lügenmaul, das einem die wildesten Storys auftischen kann, wenn es darum geht, seinen Arsch aus der Schusslinie zu kriegen.«

»Da muss ich Ihnen leider Recht geben. Doch wie das bei einem Lügenmaul so üblich ist, hat es kein Rückgrat und Bernardo bis zu Ihrer Ankunft genügend Zeit, mir eine Erklärung zu liefern, die in sich durchaus schlüssig ist.«

»Und die glauben Sie ihm?«

»Anfangs nicht, doch dann haben wir das Video überprüfen lassen.«

Eine bleierne Stille verteilte sich im Raum. Hub hatte keine Vorstellung davon, was da überprüft wurde; aber was es auch war, es war offensichtlich, dass Carlos damit das Spiel und den entscheidenden Trumpf bereits in der Hand hielt. Hub musste schlucken; spürte, wie sich die Schlinge um seinen Hals langsam zusammenzog. Automatisch griff er zu der Bierflasche und trank den letzten Schluck. Mehr aus Verlegenheit wedelte er mit der leeren Flasche in Richtung Walter, der ihn missmutig ansah, sich aber nicht rührte.

»Wollen wir uns nicht erst einmal Bernardos Version anhören? Er brennt darauf, sie uns noch einmal vorzutragen.«

Jetzt hatte Carlos' Lächeln etwas Dämonisches, er gab Edmundo ein Zeichen, seinen Bruder zu holen. Hub versuchte sich in dem tiefen Sessel etwas aufzurichten; er war nicht im Geringsten scharf darauf, sie zu hören; linste verstohlen zu Zeck rüber, in dessen Blick er lesen konnte: »Ich habe es dir ja gesagt.« *Und wo war Julie? Lebte sie überhaupt noch?* Durch eine Tür zwischen Anrichte und Fensterfront, welche vorher gar nicht aufgefallen war, betrat Bernardo den Raum, gefolgt von seinem Bruder. Er sah ziemlich ramponiert und müde aus, wirkte wie ein bereits zum Tode Verurteilter, der noch auf seine Begnadigung hoffte. Aber hier gab es keine mildernden Umstände zu verteilen, weder für ihn noch für sonst wen, soviel stand fest.

»Ja, das ist er«, polterte Bernardo los, als er Hub sah, »ich hätte mich nie darauf einlassen sollen, auf sein verfluchtes Angebot, diesen Deal mit dem Dope. Ich hätte mit dem Video gleich zu dir kommen sollen, aber er hat mich unter Druck gesetzt, dieser hinterhältige Schweinehund, mich in die Irre geführt. Echt, es tut mir leid, Carlos. Aber Gott sei Dank ist die Wahrheit ja doch noch ans Licht gekommen.«

»Wovon bitte schön faselst du?«, fragte Hub.

»Du hast seine Julie gevögelt, hast die Beweise dafür vernichtet, bevor ich sie Carlos zeigen konnte; hast das Video überschrieben und mich gezwungen zu schweigen. Hast aber nicht damit gerechnet, dass noch einzelne Fragmente des Originals wieder herzustellen waren, tja, Pech gehabt«, sagte Bernardo, wobei er ihn frech und voller Hohn angrinste.

Hubs Magen verlangte nach Hochprozentigem und seine Faust

danach, dem Kotzbrocken seine feiste Fresse zu polieren. Er drückte sich ruckartig aus seinem Sessel hoch und wollte zur Anrichte; überlegte noch, ob er gleich zuschlagen oder sich vorher einen genehmigen sollte, als hinter ihm ein Schuss explodierte. Er fuhr herum, Putz rieselte von der Decke. Zeck, der ebenfalls aufgestanden war, hielt am ausgestrecktem Arm Rowentas *38er Smith & Wesson* in der Hand und zielte damit auf Walter, der mit seiner rechten Hand dabei war, unter seine Jacke zu greifen und nun in der Position wie angewurzelt verharrte. Edmundo sah für einen Moment aus, als würde er Deckung suchen wollen, wo hingegen Carlos nicht mit der Wimper zuckte und auch keine Miene verzog, nicht mal sein Lächeln hatte er verloren, das jetzt nur noch arroganter wirkte.

»Glaub mir«, sagte Zeck und ging langsam auf Walter zu, »genauso gut wie ich die Decke treffe, treffe ich auch den Punkt zwischen deinen Augen.«

Walter wirkte unsicher, versuchte wohl hinter den Wahrheitsgehalt von Zecks Worten zu kommen.

»Bleib ganz ruhig«, forderte Zeck ihn auf und als er bei hm war, zog er die Glock aus dessen Holster und steckte sie sich in den Hosenbund.

»Seien Sie vernünftig, Zeck«, fuhr Carlos in ruhigem, fast gelangweiltem Ton dazwischen »und kein Dummkopf. Das hier geht Sie nichts an. Sie machen einen Riesenfehler, wenn Sie noch länger zu diesem Hasardeur halten; glauben Sie mir, er ist es nicht wert, dass Sie ihr Leben aufs Spiel setzen. Denn nichts anderes tun Sie, wenn Sie jetzt an seiner Seite bleiben.«

»Mag schon sein«, sagte Zeck in ebenso ruhigem Ton, »aber ich bin mir sicher, dass gerade Sie den Wert von Loyalität durchaus zu schätzen wissen«, und an Hub gewandt, »wir sollten zusehen, dass wir von hier wegkommen.«

»Ja«, sagte Hub, und dann sah er sie.

Sie stand in der offenen Tür, die zur Balustrade hinausführte. Trug ein langes, helles Baumwollkleid, war barfuß und sah mit der tief stehenden Sonne in ihrem Rücken aus wie ein Engel. Wie ein gefallener Engel. Ihre Augen hatten dunkle Ringe, ihr Blick war trübe und leer. Sie hielt sich am Türrahmen fest; versuchte zu erfassen, was hier vor sich ging, erkannte Hub und ein schräges Lächeln schob sich in ihr blasses Gesicht. Sie machte ein paar Schritte auf ihn zu, streckte ihm die Hand entgegen, doch da war Carlos bereits aufgesprungen und hielt sie am Arm zurück.

»Sie müssen mich schon töten, wenn ich sie freigeben soll.«

Julie stand da wie in Trance.

»Lass uns abhauen«, zischte Zeck.

»Wenn Sie ihr auch nur ein verdammtes Haar krümmen, dann, ich schwöre ...«

»Was schwörst du mir?«, brüllte Carlos plötzlich in vollem Zorn und jegliche Contenance verlierend, »WAS? Du fickst meine Frau und willst mir drohen? Wenn ich mit ihr fertig bin, wird sie nie wieder für irgendjemanden ihre Beine spreizen; kalt werden sie sein und für alle Zeiten sittsam nebeneinanderliegen. Und dir, du verfickter Hurensohn, werde ich die Eier abschneiden; ein Ragout daraus machen und es dir in deinen Schlund stopfen, bis du erstickt bist, bis du elendig verreckt bist. Egal wohin du dich auch verkriechst, ich werde dich finden.«

Nach der Ansprache verlangte es Hub mehr denn je nach einem Drink; er ging zur Anrichte, wo Bernardo stand, der ihn hämisch angrinste. Nie war sein Verlangen größer gewesen, in so eine Visage zu schlagen. Er schnappte sich den Korkenzieher mit Wurzelholzgriff, krallte sich Bernardo und drückte ihm das Ende der feinen Spirale unters Kinn, sodass Blut davon herunter tropfte. Bernardo quiekte auf wie ein Schwein, reckte seinen Hals. Es war nur für einen kurzen Augenblick, doch Hub bemerkte das leichte Zusammenfahren von Carlos, die kaum merklich aufgerissenen Augen. Da war kein Funkeln des Zorns, da stand ungläubiges Entsetzen drin geschrieben.

»Ich weiß, dass Sie keine allzu großen Stücke auf dieses dumme Arschloch halten, dass es ihnen eigentlich egal sein könnte, was mit ihm passiert. Aber so ist es nicht, habe ich recht? Ich habe es in Ihren Augen gesehen.«

Hub hatte Bernardo am Kragen gepackt und zog dessen Kinn fest auf den Korkenzieher.

»So wie ich das sehe, haben wir hier eine Pattsituation«, schob er hinterher.

Carlos schien seine Fassung wiedergefunden zu haben, doch sein Lächeln hatte an Souveränität verloren.

»Was auch immer Sie glauben, in meinen Augen gesehen zu haben; Sorge um diesen heuchlerischen und respektlosen Maulhelden, der vorgibt, mich zu ehren, und mich dabei auf schändlichste Art und Weise hintergeht, war es jedenfalls nicht. Bernardo ist für mich bereits gestorben, machen Sie mit ihm, was Sie wollen. Und du, Walter, schaff die Hure hier raus.«

Julie versuchte die ganze Zeit über, sich von Carlos' Griff zu befreien; versuchte, seine Hand abzustreifen, wirkte dabei aber kraftlos und schaute immer wieder hilfesuchend zu Hub rüber. Ihr Lächeln war das eines Junkies. Walter übernahm, schnappte ihre Hand, zog sie hinter sich her und verschwand mit ihr durch die Tür, durch die Bernardo gekommen war.

»Lass uns endlich von hier abhauen«, drängte Zeck.

»Ja, verschwinden Sie. Aber seien Sie gewiss, ich werde Sie finden und dann ...«

Carlos lächelte nicht mehr. Sein Blick war unbarmherzig, als er mit dem Zeigefinger über seinen Hals fuhr, von links nach rechts.

Unwillkürlich musste Hub schlucken; dachte aber nicht daran, seinen Trumpf so einfach aus der Hand zu geben.

»Meinen Hals bekommen Sie nur über seine Leiche«, stellte er klar, nahm den Korkenzieher von Bernardos Kinn und steckte ihn in dessen Ohr; Bernardo riss die Augen auf, wehrte sich aber nicht.

»Geben Sie Julie frei. Bernardo wird es Ihnen bis in alle Ewigkeit danken und versprechen, ein besserer Mensch zu werden. Stimmt's, du widerliche Kakerlake?«

Bernardo nickte vorsichtig. Carlos ging zu seinem Schreibtisch rüber, ohne darauf einzugehen.

»Ich werde jetzt ein paar Anrufe tätigen. Wenn Sie einen gewissen Vorsprung zu schätzen wissen, dann sollten Sie auf ihren

Freund hören und so schnell wie möglich von hier verschwinden. Mit oder ohne Bernardo, ist mir egal.«

Carlos griff zum Hörer. Hub und Zeck tauschten einen schnellen Blick und dann machten sie, dass sie wegkamen, Bernardo voran, der keinen Protest erhob.

ENDSTATION
BERLIN

DER PLAN

49

Nachdem sie aus Carlos' Arbeitszimmer raus waren, übernahm Zeck Bernardo, drückte ihm den Revolver in die Nieren und sie marschierten schnurstracks zum Ausgang, ohne dass sie aufgehalten wurden. Die Eingangstür war unverschlossen, unbehelligt erreichten sie auch das Tor, stiegen in das Wohnmobil und fuhren davon, mit Tempo. Einen Moment lang sagte niemand etwas. Bernardo saß auf dem Beifahrersitz, Zeck hinten, leicht nach vorne gebeugt, die Knarre in der Hand.

»Warum um Himmels willen hat niemand versucht, uns aufzuhalten?«, sprach Zeck die Frage aus, die um sie herumwaberte.

»Frag' ich mich auch. Vielleicht war Carlos schlicht überrumpelt, konnte ja nicht ahnen, dass ich mit einem Revolverhelden auftauchen würde. Wieso überhaupt hast du ihre Knarre und ich weiß nichts davon?«, empörte sich Hub.

»Sie meinte, die Dinger würden dich nervös machen und am besten sollte ich dir gar nichts davon sagen.«

»Hm«, Hub überlegte kurz, was er davon halten sollte, »aber du willst mir nicht erzählen, du hättest dem Kerl tatsächlich eins zwischen die Augen verpassen können, oder?«

»Wer weiß, die Decke hatte ich jedenfalls ziemlich mittig getroffen«, kam von Zeck schelmisch die Antwort.

Hub schüttelte ungläubig den Kopf und fragte sich im Stillen, mit was für schießwütigen Leuten er sich in letzter Zeit umgab, bog dann auf die Nationalstraße ab und beschleunigte bis zur erlaubten Höchstgeschwindigkeit. Die Strecke war frei und noch immer war von einem Verfolger weit und breit nichts zu sehen. Bernardo saß zusammengekauert da, den Kopf an die Seitenscheibe gelehnt, er sah trübsinnig aus, keine große Klappe mehr, kein Spott.

»Glaubst du wirklich, Carlos gibt auch nur einen feuchten Furz auf diesen Widerling?«

Da war Hub sich gar nicht mehr so sicher.

»Ja, ich denke schon. Familie kann man sich nicht aussuchen – auch Carlos nicht, ob er will oder nicht: Der da gehört nun Mal dazu und er kann ihn nicht so einfach seinem Schicksal überlassen, auch wenn er nichts lieber täte.«

Jetzt umspielte wieder ein hämisches Schmunzeln Bernardos Lippen. Er hatte die Arme vor der Brust verschränkt, starrte stur aus dem Fenster und hüllte sich in Schweigen. Hub warf ihm einen Blick von der Seite zu und überlegte kurz, ob er ihm seine Rückhand in die Visage donnern sollte.

»Was grinst du so dreckig?«, fragte er stattdessen.

Bernardo antwortete nicht, gefiel sich in der Rolle des Wissenden. Zeck knallte ihm eine mit dem Knauf des *38er* an den Hinterkopf, Bernardo fuhr zusammen und pöbelte los: »Ihr seid doch komplett irre. Glaubt ihr denn wirklich, euch mit Carlos anlegen zu können? Er wird euch jagen. Wenn's sein muss bis ans Ende der Welt und zurück. Ihr habt doch keine Ahnung, wozu dieser Mensch fähig ist, womit er sein Geld verdient. Er hat schon ganz anderen die Seele aus dem Leib gerissen und sie zur Hölle geschickt. Er hat das Spiel eröffnet und glaubt mir: Er genießt davon jeden Augenblick, bis er eure verdammten Klöten in den Händen hält. Am besten, ihr schaufelt schon mal euer Grab und jagt euch selbst ›ne Kugel in den Kopf.«

»Ich brauch was zu rauchen«, sagte Zeck, legte den Revolver aus der Hand und fing an zu drehen.

Im Osten schickte sich die Sonne bereits an, den Tag zu beleuchten, als sie kaum noch zwanzig Kilometer vor sich hatten, und immer noch war keine kalte Hand in ihren Nacken zu spüren. Niemand war hinter ihnen her. Bernardo hatten sie bald nach hinten verfrachtet und Zeck hatte seinen angestammten Platz wieder eingenommen. Zur Sicherheit hatten sie Bernardos Hände hinterm Rücken zusammengebunden, obwohl er meinte, dass das nicht nötig sei, und er tatsächlich nicht mehr den Eindruck machte, rebellieren zu wollen. Er wirkte niedergeschlagen, schien sich seiner nahen Zukunft ergeben zu haben, was auch immer ihn erwarten sollte. Hin und wieder ließ Zeck ihn mitrauchen, was seine Stimmung aber nicht sonderlich aufhellte. Als Hub Rowenta gegen Mitternacht anrief, waren die Mädels in ausgelassener Stimmung. Er erzählte ihnen ausführlich, was passiert war, dass sie jetzt eine Geisel bei sich hätten, fortan auf der Flucht seien und noch nicht so ganz genau wüssten, wie es weitergehen solle. Sie auf jeden Fall ein anderes Auto bräuchten, um dann so schnell wie möglich weiterzufahren. Wohin? Keine Ahnung. Danach war die Laune der Mädels dahin und Hub konnte nicht anders, als sich einzugestehen, dass die Geschichte nicht ganz so gelaufen war, wie er sich das vorgestellt hatte. Wobei er auch zugeben musste, dass er ja im Vorfeld keine Vorstellung davon hatte, was genau sie bei Carlos erwarten würde. Was er jetzt sagen konnte, war, dass Julie wiederzusehen, auf ihn wirkte wie ein Schlag in die Magengrube; einer von der schäbigen Sorte, der einem die Luft nahm und Übelkeit aufsteigen ließ. Dabei war es nicht nur ihr erbärmlicher Zustand, der ihn elend zumute werden ließ; es war Julie an sich, ihr Blick, das zarte Lächeln, die ausgestreckte Hand. Egal was sie intus hatte, egal wie weit sie schon von der Welt entrückt war. Sie wollte zu ihm.

Die Flüsterdämonen hatten die ganze Zeit über nie ganz aufgehört, ihren Spott in seine Ohren zu zwitschern; immer wieder mal hatten sie dafür gesorgt, dass Julie sich in seinen Kopf einschleichen konnte, wo sie dann ihr Spielchen mit ihm trieb und versuchte Unruhe zu stiften. Und jetzt hatten sie neue Nahrung gefunden, ihr Flüstern wurde lauter und er musste zugeben, dass sie ihm eine Heidenangst einjagten.

50

»Also, Edmundo, du weißt was zu tun ist«, hatte Carlos abschließend klargestellt und dann das Arbeitszimmer mit finsterer Miene verlassen. Als erstes vergewisserte sich Edmundo bei Walter, dass der Peilsender noch rechtzeitig angebracht werden konnte. Dann rief er Murphy an, sagte ihm, dass er die nächste Maschine nach Bilbao nehmen solle, dass Walter ihn abholen und er dann alles Weitere von ihm erfahren würde. Und er solle nicht nur mit leichtem Gepäck reisen, was so viel bedeutete wie: nicht unbewaffnet zu kommen. Carlos hätte auch seine Männer auf ihre Fährte hetzen können, aber er wollte, dass die Geschichte im engen Kreis blieb, sich nicht rumsprach.

Florentina informierte er nicht, mit ihr hatte er gestern erst gesprochen; stinksauer war sie, als er ihr erklärte, dass es hier noch eine Weile dauern könne. Sie drohte zwar nicht mit Scheidung, aber damit, zurück zu Ihren Eltern nach Madrid zu ziehen; sei schließlich nur ihm zur Liebe in diese gottverdammte Einöde gezogen, wo absolut nichts los sei. Und wenn er lieber mit seinem Carlos zusammen sei, dann bitte.

Edmundo goss sich einen *Single Malt* ein. Sie hatte ja keine Ahnung, was für eine Scheiße hier grad am Dampfen war. Erst Lucas erbärmlicher Erpressungsversuch mit dem Video, das Bernardos respektloses Schmierentheater aufdeckte, und als Höhepunkt dann dessen unfassbares Geständnis. Carlos wollte und konnte es erst nicht glauben. Es schien unmöglich in sein Bild zu passen, in dem jeder seinen festen Platz und seine Aufgabe hatte. Er dirigierte schließlich das Orchester, da gab es keinen schiefen Ton und niemand wagte es, Solos zu spielen. Doch unaufhaltsam manifestierte sich die knallharte Wahrheit zur Gewissheit, was Carlos fast in den Wahnsinn trieb. Edmundo hatte ihn noch nie zuvor derart um seine Fassung ringen sehen, es hatte ihn eine enorme Kraftanstrengung gekostet, Haltung und Würde zu bewahren.

Als dann die unwiderlegbaren Fakten wie in Granit gemeißelt vor ihm standen, war er nur noch von einem Gedanken beseelt: Rache. Julie hatte er sich gleich vorgenommen. Er wollte es aus ihrem eigenen Mund hören. Wollte ihr dabei in die Augen schauen, wenn sie winselnd vor ihm auf die Knie fiel und um Verzeihung bettelte, die es in diesem Leben aber nicht mehr für sie geben würde. Doch Julie leugnete; schwor bei allem, was ihr heilig war, dass Bernardo log; dass nichts, aber auch rein gar nichts davon der Wahrheit entsprach. Dass sie ihn nie betrügen würde, niemals.

Carlos hatte sich Zeit seines Lebens der Erforschung verschiedenster Substanzen und Drogen gewidmet, die einen zum Teil in unvorstellbare Dimensionen abdriften ließen. Julie injizierte er eine Droge, die sie in eine surreale Welt führte, in der er die Regie führte. Durch Worte, Berührungen und einer lieblichen Melodie konnte er sie leiten, ihr Vertrauen erschleichen. Selbst Erinnerungen, die schon längst ins Tal des Vergessens verbannt waren, konnte er wieder hervorrufen. So konnte er in die Tiefe einer Seele vordringen, bis in jenen Winkel hinein, wo man seine finstersten, peinlichsten und intimsten Geheimnisse aufbewahrte. Ein Proband beschrieb den Trip mal so, dass er glaubte, sein eigenes Ich würde ihn begleiten, dass er zweigeteilt und sicher sei, alles erzählen zu können.

Damit war Julies Schicksal besiegelt, genauso wie das von Hub. Carlos hatte noch keine klare Vorstellung davon gehabt, wie das Ende der beiden aussehen sollte, wollte erst abwarten, bis er Hub in seiner Gewalt hatte. Fest stand nur, dass es grausam werden würde.

Damit, dass Hub nicht alleine kam, hatte Carlos natürlich nicht rechnen können, und Edmundo hatte ihn dafür bewundert, wie souverän er mit der neuen Situation umgegangen war, trotz all der Provokationen. Ob er Hub einfach unterschätzt hatte, vermochte Edmundo nicht zu sagen; sicher war, mit der geballten Kraft der beiden schrägen Typen zusammen hatte er nicht gerechnet. Und da hatte Carlos dann verstanden. Dieser Hub war vielleicht nicht wirklich ein gefährlicher Mann, aber so leicht an die Wand zu spielen war er auch nicht – eher schien er mit allen Wassern gewaschen zu sein. Ab da war für ihn dann das Spiel eröffnet gewesen, an dessen

Ende – da war er sich sicher – würde er dem Hurensohn die Haut in Streifen vom Leibe schneiden. Allerdings war es Carlos schon ein Dorn im Auge, dass Hub Bernardo in seine Gewalt gebracht hatte. Niemals könnte er Bernardo aufgeben, auch wenn er ihn grad am liebsten in die Hölle verbannt hätte. Mit ihm hatte er seine eigenen Pläne. Julie rührte er vorerst nicht an, worüber Edmundo erleichtert war. Was ihn beunruhigte, war Carlos' Verbissenheit, mit der er die Angelegenheit anging. Nächste Woche stand der Millionendeal mit Liverpool an und die Jungs waren nicht so ganz einfach, da sollte man den Kopf frei haben.

Er goss sich noch einen ein, bevor er schlafen ging; stellte sich ans Fenster und dachte an seinen Bruder. Vielleicht war es sogar besser für ihn, von den beiden Typen verschleppt worden zu sein. Carlos schien ihm gerade unberechenbar.

51

Der erste Hahnenschrei war verklungen, als sie den Hof erreichten.

»Fahr vor die Scheune«, sagte Zeck, »ich öffne das Tor«.

Doch sie mussten erst mal Platz schaffen, alles war vollgestellt mit irgendwelchem Krempel. Bernardo war ebenfalls ausgestiegen und sah teilnahmslos zu, wie sie sich an die Arbeit machten.

»He, kannst ruhig mit anpacken«, forderte Hub ihn auf, doch Bernardo machte keine Anstalten; schaute sich um – den Frauen entgegen, die über den Hof gelaufen kamen.

»Den habt ihr gekidnappt?«, fragte Rowenta heiter, ging lächelnd an Bernardo vorbei, schlang ihre Arme um Hubs Hals und küsste ihn.

Hub packte ihren Hintern, drückte sie an sich und musste zugeben, dass es ein gutes Gefühl war. Und zwar nicht nur das, was er gerade in seinen Händen hielt. Zoe knutschte derweil Zeck ab.

»Wir müssen die Karre unterstellen, sie muss von der Bildfläche verschwinden«, erinnerte Zeck.

Zehn Minuten später konnte Hub das Wohnmobil in die Scheune fahren und die Tore wurden geschlossen. Danach gingen sie in die Küche, setzten sich um den großen Tisch herum und Zoe schmiss die Kaffeemaschine an; stellte Baguette, etwas Marmelade und Käse auf den Tisch. Bernardo setzte sich stumm etwas abseits und schaute verstohlen den Mädels nach, die beide eine gute Figur machten und jeden Mann in die wildesten Fantasien treiben konnten.

»Was habt ihr jetzt mit eurer hübschen, kleinen Geisel vor?«, fragte Rowenta und warf Bernardo einen kecken Blick zu, »kann es gar nicht glauben, dass dieser Typ dir den ganzen Ärger aufgeladen haben soll, so wie er aussieht.«

Sie setzte sich zu Hub und Bernardo machte ein störrisches Gesicht, ärgerte sich offensichtlich über die Herabsetzung.

»Kannste ruhig«, sagte Hub, »sieht zwar aus wie der treuherzigste alle Hunde, ist aber der allerletzte Straßenköter – ein ängstlicher, bissiger, kleiner Kläffer, der sein Maul immer ein wenig zu weit aufreißt und sich dann wundert, wenn er was draufbekommt. Will hoffen, dass Carlos sich auf einen Deal einlässt und ihn gegen Julie eintauscht. Wenn nicht, hat der Köter es nicht anders verdient, als mit eingeschlagenem Schädel irgendwo verscharrt zu werden.«

Einen Moment lang sagte niemand etwas, Zoe füllte Kaffeetassen und stellte die Milch auf den Tisch. Hub zog sich eine Tasse heran, goss Milch und schaufelte Zucker hinein, rührte um.

»Ich glaub ja nicht, dass Carlos sich für diese Missgeburt sonderlich ins Zeug legen wird«, sagte Zeck, »wahrscheinlich würde er ihm auch nur den Schädel einschlagen, was meinst du?«, fragte er an Bernardo gewandt.

Der schaute aus trüben Augen vor sich hin, antwortete nicht.

»Und wie soll es jetzt weitergehen?«, wollte Zoe wissen.

»Das ist die Frage und ehrlich gesagt, habe ich nicht die geringste Ahnung. Wenn meine Überlegungen hinhauen und Bernardo wirklich wie ein Sohn – zwar ein völlig missratener –, aber ein Sohn für Carlos ist, wird er ihn nicht so ohne Weiteres den Wölfen überlassen, dann wird er sich melden. Was auch erklären würde, warum er uns bisher nicht verfolgt hat.«

»Wenn du auch einen Kaffee willst, dann nimm dir einen«, sagte Zoe und schob Bernardo eine gefüllte Tasse entgegen.

Bernardo erhob den Blick zu Zoe, die ihm ein aufmunterndes Lächeln schenkte, und langte nach dem dampfenden Gebräu.

»Und wenn alles halb so wild ist«, fragte Zoe in die Runde, »und dieser Carlos euch nur ein bisschen Angst einjagen wollte – was ihm ja offensichtlich gelungen ist –, und er die Angelegenheit auf sich beruhen lässt? Wie soll er euch finden?«

»Der zuständige Polizeipräsident steht auf Carlos' Gehaltsliste«, murmelte Bernardo in gleichmütigem Ton, »ein Leichtes für ihn, euch die gesamte Bullenschaft auf den Hals zu hetzen.«

Alle wendeten sich ihm zu. Bernardo hatte augenblicklich die volle Aufmerksamkeit, was er ganz offensichtlich genoss. Er griff nach der Zigarettenschachtel auf dem Tisch und steckte sich eine an.

»Er wird gar nichts auf sich beruhen lassen«, setzte er langsam nach, »er will Rache und wird keine Ruhe geben, bis er euch am Sack hat; das ist so sicher wie das Amen in der Kirche. Genauso sicher ist, dass sich Carlos einen Scheißdreck um mich kümmert, er hasst mich und wird keinen müden Finger für mich krumm machen. Ihr seid voll am Arsch.«

»Der spuckt ganz schön große Töne für ›ne Geisel«, fand Rowenta, »hat er etwa recht damit?«, fragte sie Hub, der eine Hand auf ihrem Schenkel zu liegen hatte.

»Schwer zu sagen, kann schon sein.«

Bernardo blies eine Ladung Qualm in die Luft.

»Carlos ist ein verdammter Drogenbaron!«

Für einen Augenblick hingen die Worte wie angenagelt in der Luft. Sie klangen wie eine Drohung: als wenn dem nichts mehr hinzuzufügen und alles bereits entschieden wäre.

»Und geübt darin, Leute umzubringen, die sich ihm widersetzen oder gar sein Weib ficken. Du, Hub, bist nicht der Erste, der das zu spüren bekommen wird.«

Dass Carlos seine erste Frau samt ihrem Liebhaber um die Ecke gebracht haben soll, hatte Hub schon mal gehört und zweifelte auch nicht daran, aber Drogenbaron?

»Was meinst du mit ›Drogenbaron‹?«, fragte er vorsichtig.

Einer nach dem anderen griff nach den Zigaretten und Bernardo bekam jetzt so richtig Oberwasser, alle Blicke waren auf ihn gerichtet.

»Er vertreibt europaweit Ecstasy, das er in seinem Labor massenhaft produzieren lässt. Hat überall seine Niederlassungen. Scheffelt Millionen, die er über Edmundo in Südamerika waschen lässt. Und das schon seit Jahrzehnten. Angefangen hatte er mit Dope aus Marokko – tonnenweise – damals noch zusammen mit meinem Vater, den dann leider so eine Drecksbande aus Algerien zusammen mit meiner Mutter umgebracht hat. Aber glaubt mir: Keinen von denen hat Carlos am Leben gelassen. Er hat sie in Einzelteilen zurück nach Afrika geschickt. Allesamt!«

Dazu fiel keinem auf Anhieb was ein. Bernardo lehnte sich nach hinten und genoss es in vollen Zügen, wie es seinen Zuhörern die Sprache verschlagen hatte. Rowenta war die Erste, die ihre wiederfand.

»Na, da hast du ja mal die Richtige gevögelt, hoffentlich war sie es wert.«

Sie schubste Hubs Hand von ihrem Schenkel.

»Und wenn schon«, räusperte sich Hub und setzte sich ein wenig auf, »ich glaube trotzdem nicht, dass Carlos Julie ins Weinfass stecken wird, solange du uns ausgeliefert bist. Er würde es nicht zulassen, dass irgendwer anderes dein Schicksal bestimmt als er selbst, so wie du ihn verarscht hast. Und überhaupt, Ecstasy gibt es an jeder Straßenecke, das braucht man nicht quer durch Europa zu kutschieren. Also erzähl keinen Scheiß.«

Bernardo drehte die Zigarette zwischen seinen Fingern, betrachtete die Glut und die kleinen Rauchschwaden, die von ihr aufstiegen, und grinste selbstgefällig in sich hinein.

»Habt ihr schon mal was von den DCs gehört? Reines MDMA und in der Szene als Königsdroge bekannt?«

Hub, der mit chemischen Substanzen und anderen Drogen außer

naturreinem Dope nichts am Hut hatte, konnte damit nichts anfangen. Zoe anscheinend schon, sie schaute Bernardo erstaunt an. »Du meinst …?«, stammelte sie, verstummte und ließ den Mund offen.

»Genau«, sagte Bernardo, grinste noch einen Tick dreckiger und nickte, »DC, Don Carlos.«

Zoe sah aus, als wolle sie es immer noch nicht glauben; Zeck schüttelte den Kopf, machte dicke Backen und stieß die Luft aus.

»Die DCs bereichern schon seit etlichen Jahren den Markt«, erklärte Zeck, »mittlerweile flächendeckend, sind von einmaliger Qualität und so beliebt in der Szene wie Nutella unter Kindern. Aufgetaucht sind sie Mitte der Achtziger in Berlin, heute werden sie in ganz Deutschland gehandelt und sind – soweit ich weiß –, tatsächlich auch in anderen europäischen Ländern angekommen. Wenn das stimmt, was die kleine Sackratte da von sich gibt, dann ist Carlos in der Tat ein Drogenbaron, und zwar kein kleiner.«

Zeck hielt einen Moment inne.

»Überleg doch mal«, sagte er dann und beugte sich über den Tisch zu Hub vor, »der Mistkerl wusste doch von Anfang an, dass du Julie gevögelt hast, und dann führt der uns da so an der langen Leine rum, ganz geschmeidig und aalglatt, treibt sein Spielchen mit uns. Kaum vorzustellen, wie das ausgegangen wäre, wenn ich nicht den *38er* gehabt hätte. Der Kerl ist doch ein absolutes Monster und weiß ganz genau, was er tut.«

Drei Gesichter waren ernst, Zoe sah immer noch eher verblüfft aus und Bernardo saß auf dem hohen Ross. Zoe nahm ihm die Tasse aus der Hand und schüttete ihm den Rest des Kaffees ins Gesicht.

»Wenn du weiter so dämlich grinst, schmiere ich dir dein Maul mit Seife aus.«

Bernardo gefror das Gesicht; die anderen feixten sich eins – aber auch nicht lange. Jeder dachte sich seinen Teil. Hub drehte und wendete sein Blatt, das ziemlich übersichtlich aussah. Ein müder Trumpf, bei dem er noch nicht einmal sicher sein konnte, dass der überhaupt stach, und nichts in der Hinterhand. Carlos dagegen hatte die Kralle voll, konnte unbesorgt aufs Ganze gehen und schien ein Spieler zu sein, der es nicht gewohnt war, zu verlieren. Hub saß wirklich bis zum Hals in der Scheiße und mochte gar nicht erst daran denken, wie es Julie dabei ging. *Und die anderen,* fragte er sich, *wie weit würden sie mitgehen?* Die Chancen, Julie bei Carlos gegen Bernardo eintauschen zu können, gingen gegen null; das alles lief auf ein mehr als nur hoffnungsloses Unterfangen hinaus und ohne die geringste Garantie auf körperliche Unversehrtheit. Er musste zugeben, dass niemand, der bei klarem Verstand war, sich auf so eine Mission einlassen würde.

Gerade als er die Ausweglosigkeit in vollem Umfang erkannte, wandte sich Rowenta zu ihm, sie saß mit dem Rücken zum Fenster, ihr Gesicht war im Schatten und ihre smaragdgrünen Augen funkelten ihn klar und irgendwie herausfordernd an.

»Dagegen waren Paco und sein Messiah ja die reinsten Sängerknaben; scheint, als ob wir uns langsam steigern würden, meinst du nicht?«, fragte sie, nahm seinen Kopf in ihre Hände, gab ihm einen Kuss und schaute ihn dann amüsiert an.

»Du hast mich neugierig gemacht, mein lieber Hub«, sagte sie lächelnd, »jetzt will ich sie auch kennenlernen; die Frau, die sich in dein Herz schleichen konnte. Die Frau des Drogenbarons.«

Der Schein in ihren Augen verblasste etwas.

»Ich finde, sie hat es einfach nicht verdient, hingerichtet zu werden, nur weil sie mit diesem Draufgänger hier ein paar berauschende Orgasmen hatte.«

»Das sehe ich genauso«, bestätigte Zeck und Zoe fragte sich und die anderen, in welchem Jahrhundert sie eigentlich lebten. Drogenboss hin oder her, wer es immer noch nicht verstanden hatte, dass Frauen nicht ihr Eigentum waren, der verdiente einen ordentlichen Tritt in den Arsch, dass es ihn durchrüttelt bis ins Hirn, das war ihre Meinung dazu.

Bernardo verzog die Mundwinkel nur leicht nach oben, hatte die Arme vor der Brust verschränkt und brabbelte gerade so laut, dass alle es verstehen konnten: »Viel Spaß, ihr armen Irren.«

Hubs Trumpf machte zwar immer noch nicht mehr her, doch er spürte, dass sich seine Hinterhand langsam füllte. Er grinste breit in die Runde, legte seine Hand wieder auf Rowentas Schenkel und sagte:»Dann brauchen wir ja nur noch einen guten Plan und die Gunst der Götter.«

Zeck nickte zustimmend, klebte einen Sticky zusammen und zündete ihn an.

»Genau«, bestätigte er dann und blies Qualm Richtung Decke, wobei er mit leicht geneigtem Kopf Bernardo betrachtete, der blasiert dasaß, als hätte er mit der ganzen Angelegenheit nichts weiter am Hut und nur darauf gespannt war, wie die Show wohl zu Ende gehen würde.

»Wenn ich mir den Schmierlappen da so ansehe, würde ich mir an deiner Stelle nicht so sicher sein, dass du mit dem deine Punkte sammeln kannst. Bestenfalls ein paar, aber längst nicht genug. Wir brauchen noch was mehr, und zwar etwas ziemlich Fettes; etwas, das den Ausgleich schafft, noch besser einen Vorteil. Wir müssen Carlos da treffen, wo's ihm so richtig wehtut – schlimmer noch, als Julie es konnte.«

Zeck schaute in die Runde, sah Hub an das der verstanden hatte, worauf er hinauswollte und Rowenta aufrecht mit gespitzten Ohren neben ihm sitzen. Zoe warf ihm einen Blick zu, der fragen ließ, ob da noch was käme?

»Richtig«, sagte Zeck nickend.»Sein Geschäft. Und ich glaube, dass unser kleines Großmaul hier uns einiges darüber erzählen kann, scheint ja ganz gut Bescheid zu wissen, hat ja schon laut genug rumgetönt.«

Bernardo schreckte zusammen, schaute auf und sah Zeck verwirrt an.

»Ich weiß gar nichts«, stotterte er los,»und selbst wenn, von mir erfahrt ihr einen Scheiß.«

»Na, das wollen wir doch erst mal sehen«, mischte Hub sich ein,»du erinnerst dich vielleicht? Hast uns schon mal alles erzählt, was wir hören wollten, damals auf dem Parkplatz.«

Bernardo ruckelte sich auf seinem Stuhl zurecht, klemmte die Hände unter die Achselhöhlen. Unruhig huschte sein Blick von Hub zu Zeck und zurück.

»Hey, Zoe, ihr habt doch bestimmt eine kräftige Gartenschere in eurem Schuppen, oder? Eine, die problemlos auch daumendicke Äste stutzen kann.«

»Muss ich nachschauen, denke schon, dass mein Großvater so etwas hatte. Ne Heckenschere habe ich schon gesehen. Ich könnte dir aber auch ein Kantholz empfehlen. Mit ordentlichem Schwung verfehlt es auch nicht seine Wirkung.«

»Ein Beil geht in jedem Fall«, kam von Rowenta der Vorschlag, »habe ich schon ausprobiert. Jonnys Zeh war mit nur einem Hieb um einiges kürzer, und der steckte immerhin noch in einer Stiefelspitze aus echtem Krokodilleder, stimmt's, Hub?«

Hub bejahte und Bernardos Blick huschte nun die Reihe rum von einem zum anderen. Jetzt saß er auf seinen Händen.

»Ihr seid doch alle nicht ganz dicht«, stellte er fest, wobei er vor sich auf den Tisch starrte. »Gebt mir bitte eine Minute«, sagte er dann.

In seinem Kopf überschlugen sich die Gedanken. Er stand mit dem Rücken zur Wand – wie festgenagelt – bereit, gekreuzigt zu werden. Unterschiedlichste Szenarien wirbelten durch sein Hirn, wobei die einen ernüchternder waren als die anderen. Er versuchte, seine Optionen abzuwägen – aber verflucht, da gab es keine; jedenfalls keine, die verheißungsvoll genug gewesen wären, seinen Arsch doch noch aus der Schusslinie zu kriegen. Hatte er wirklich geglaubt, dass die beiden Wichser ihn einfach wieder laufen lassen würden? Dass er ihnen weismachen könnte, nutzlos für sie zu sein, und Hub seinen einzigen Trumpf, den er in der Hand hielt, in den Skat drückte? Dass es so einfach nicht gehen würde, hätte er sich doch denken können. *Hub, diese Natter, hat es echt drauf,* machte er sich klar, *selbst wenn den seine Eier bereits zu einem hübschen Paket zusammengeschnürt sind, wuselt der sich da doch immer noch irgendwie wieder raus. Vielleicht liegt es am permanenten Kiffen, oder er war schon so auf die Welt gekommen. Keine Ahnung. Verrückt genug ist der Sack auf jeden Fall, sich mit Carlos anzulegen, zumal er ja noch diesen abgebrühten Hund Zeck an seiner Seite hat. Na, und ihre beiden Weiber sind ja wohl mindestens genauso durchgeknallt. Aber wer weiß, vielleicht haben sie ja sogar eine Chance,* dachte er weiter und plötzlich schimmerte auch seine darin durch, keineswegs deutlich – es war mehr so eine flüchtige Wahrnehmung – ein Gedanke, der noch ausgearbeitet werden musste, aber jetzt schon einen Hauch von Hoffnung in sich barg. Fest stand auf jeden Fall, dass er seine Finger behalten wollte, und ihm schien, als könnte deren Chance auch seine sein. Dazu müsste er allerdings die Seiten wechseln, sich gegen Carlos stellen. Sollte das aber schief gehen, wäre er endgültig erledigt. Dann würde Carlos ihm das Leben nicht nur zur Hölle machen, dann würde er es ihm nehmen. Aber scheiß was drauf.

»Also gut«, sagte er, »ich bin gerne bereit, mit euch zu kooperieren; euch alles zu erzählen, was ihr wissen wollt und müsst, um Carlos so richtig ans Bein zu pissen – womit nicht zwangsläufig garantiert ist, dass ihr Julie jemals lebend wiedersehen werdet. Aber ich kann euch sagen, wo ihr Carlos am härtesten treffen könnt, wo es ihm am meisten wehtut. Allerdings«, er hob die Stimme und machte eine kleine Pause, »nur unter zwei Bedingungen. Erstens: Wenn ihr habt, was ihr wollt, lasst ihr mich gehen, und zweitens: Von der Beute bekomme ich zwanzig Prozent.«

Er blickte ernst in die Runde und einen Moment lang herrschte absolute Stille. Hub schmunzelte. Rowenta hielt sich beide Hände vor den Mund, als wolle sie jeglichen Laut ersticken, der aus ihr hervorbrechen wollte. Zoe sah zu ihr rüber und brach augenblicklich in schallendes Gelächter aus, woraufhin Rowenta sich dann auch nicht mehr halten konnte. Hub und Zeck hatten sich noch einen Moment im Griff, stimmten dann aber doch lauthals mit ein. Es mündete in einen dieser unerklärlichen Lachanfälle, aus denen man ewig nicht rauskam, weil irgendeiner immer wieder anfing. Bernardo hasste sie dafür und hätte fast mitlachen müssen. Dabei wollte er ihnen doch nur sagen, dass er die Seiten gewechselt hat und ab jetzt auf ihrer stand. Dass er bereit war, Carlos zu verraten.

Das Einzige, was Hub ihm jedoch – mit von Lachtränen erstickter Stimme und trocken gewischten Augen – versprechen konnte, war, ihn im Ganzen bei Carlos gegen Julie einzutauschen, mit allen Fingern und allem Drum und Dran.

Was für eine verrückte Horde, dachte Bernardo. Trotzdem stand sein Entschluss fest: Er würde mit ihnen kooperieren; mit nichts hinterm Berg halten und vielleicht – wer weiß – zeigten sie am Ende doch noch Gnade und es fand sich eine Möglichkeit, ihn laufen zu lassen.

Im Prinzip gab es vier Angriffspunkte, mit denen sie Carlos das Genick brechen konnten. Der Effektivste war natürlich das Labor und diese Idee hatte Rowenta gleich als Erstes ins Spiel gebracht. Die Frau faszinierte ihn, jagte ihm aber auch gleichzeitig kalte Schauer über den Rücken. Sie wirkte auf ihn wie eine Femme Fatale, zog ihn im gleichen Maß an, wie sie ihm Furcht einflößte. Das Labor schied aus seiner Sicht aber aus. Dazu hätten sie sich direkt zurück in die Höhle des Löwen wagen müssen und mit dem neuen Sicherheitssystem war da auf die Schnelle kaum etwas zu machen, außer man würde mit einem Tanklastzug reindonnern und alles explodieren lassen – was Rowenta nicht einmal komplett abwegig fand. Dann stand da noch der Megadeal mit Liverpool an; doch darüber wusste er nur, dass es dabei um einen riesigen Markt ging, den sie erschließen wollten – mit enormen Gewinnaussichten; aber er hatte zu wenig Einsicht von dem Vorhaben bekommen, als dass sie daraus einen griffigen Plan hätten schmieden könnten. Übrig blieben zwei Punkte, und beide passten zeitlich perfekt. Erstens fand jeden letzten Freitag im Monat bei einem *McDonald's* an der deutsch-luxemburgischen Grenze die Übergabe der »Weinlieferung« für ganz Deutschland statt, wo ein voll beladener Lieferwagen gegen einen leeren ausgetauscht wurde. Der Deutschlandfahrer, welcher in der Regel von einem Subunternehmer eingesetzt war und keinen blassen Schimmer davon hatte, dass er Drogen lieferte, wurde von dem Buchhalter aus der Zentrale in Avignon eingewiesen. Er bekam eine Liste mit der Route, den Lieferadressen und genauen Zeiten in die Hand gedrückt – mit der Vorgabe, jede noch so kleine Verzögerung bei den vorgegebenen Terminen in der Zentrale zu melden. Darüber hinaus waren die Transporter mit einem GPS-System ausgestattet, über das die Zentrale die Möglichkeit hatte, das Fahrzeug stillzulegen, sollte es signifikant von der Route oder dem Zeitplan abweichen.

Und zweitens kamen am selben Freitag – in der Nähe von Erfurt – sämtliche Bareinnahmen zusammen, die dann Samstagfrüh von dort aus in die Schweiz geschafft wurden. Bojan hatte ihn mal mitgenommen. Der Treff war ein alter Bahnhof an einer mehr oder weniger stillgelegten Strecke – abgelegen in einem Waldgebiet – der in einen Künstlertreff umgewandelt worden war. Geleitet und verwaltet wurde er von zwei Schwestern namens Lucy und Lung Chin – mit bekanntermaßen recht merkwürdigen sexuellen Vorlieben – und Harald – einem pockennarbigen, gedrungenen Faustficker – der von sich behauptete, seine Faust bisher noch in jeden Arsch bekommen zu haben, ob man's glauben wolle oder nicht, und der gut zu den beiden Schwestern passte. Anlegen wollte man sich mit keinem aus dem Trio. Hin und wieder organisierten die beiden Frauen auch öffentliche Veranstaltungen, Lesungen, Ausstellungen oder sie gaben Künstlern jeglicher Couleur eine Chance, ihre Werke zu präsentieren. Doch an so einem Freitag gab es ausschließlich bekannte Gesichter. Einige lieferten nur ihr Paket ab und fuhren zurück; andere blieben länger, tranken, spielten Karten und nicht selten artete so ein Abend auch aus. Dafür, dass es nicht im Chaos endete, sorgten in der Regel die beiden Schwestern, die sich nicht nur für abnorme Sexpraktiken begeistern konnten, sondern auch für asiatische Kampfkünste, und wenn es doch mal zum Äußersten kam, zeigte Harald seine geballte Rechte, die bei dem feisten Kerl tatsächlich zierlich wirkte, aber doch eine stattliche Faust darstellte.

Neben den beiden Fahrern für den Transport in die Schweiz – zwei ausgebildeten, bewaffneten und durchtrainierten Security-Typen – den beiden Schwestern und Harald blieben meist noch vier bis sechs andere über Nacht; alles keine Milchbubis, sondern hartgesottene, zwielichtige Typen. In der Regel kamen an die zwanzig Millionen zusammen. Zeck konnte nicht glauben, dass man eine so monströse Summe ohne Weiteres in die Schweiz transferieren konnte. Aber ja, es gab genau zwei Banken – eine in Luzern, die andere in Zürich – bei denen man Bargeld in unbegrenzter Höhe einzahlen konnte; direkt als Überweisung, auf Konten in Übersee und Südamerika, ohne Verwendungszweck. Allerdings war dafür eine Schweizer Staatsbürgerschaft vonnöten, wofür sie einen vertrauten Eidgenossen aus dem Kanton Bern hatten, zu dem das Geld gebracht wurde. Transportiert wurden die Scheine in einem als Catering-Service getarnten Geldtransporter.

Da gab es letztendlich nicht viel zu überlegen, wo sie zuschlagen wollten. Sie würden sich die Pillen schnappen, die gut und gerne auch ihre zwanzig Millionen wert waren, und an die es wesentlich einfacher ranzukommen war. Jedenfalls schien es so.

»Als Erstes brauchen wir einen anderen Wagen«, sagte Hub, womit er versuchte, eine Strategie aufzubauen.

»Ja«, bestätigte Zeck nachdenklich, schien mit seinen Gedanken aber ganz woanders zu sein.

»Was mir echt querliegt, ist die Tatsache, dass wir null Ahnung haben, wie weit Carlos uns bereits auf den Fersen ist, wo und wann er zuschlagen wird und ob wir tatsächlich polizeilich gesucht werden.«

»Eher nicht«, gab Bernardo zum Besten, der sich offenbar in seiner neuen Rolle als Verbündeter gefiel. »Er hat zwar gute Kontakte zur Polizei, aber eine internationale Fahndung wird er sicherlich nicht auslösen können. Allerdings hatte ich mitbekommen, dass sie euch für alle Fälle einen Peilsender verpassen wollten.«

»Was?«, schrie Hub auf. »Wieso verflucht kommst du erst jetzt damit raus?«

Er sprang auf und rannte zur Tür hinaus, Zeck hinter ihm her.

Selbst erschrocken darüber, dass er nicht eher daran gedacht hatte, blieb Bernardo wie erstarrt sitzen. Er hätte sich ohrfeigen können, der Hinweis zur rechten Zeit hätte ihm einige Pluspunkte einbringen können.

Nach kurzer Zeit hatte Hub den Peilsender unter dem Heck des Wohnmobils gefunden, hielt ihn in der Hand und starrte auf das rot blinkende Licht.

»Nicht ausschalten!«, rief Zoe, die zusammen mit Rowenta hinter ihnen in die Scheune geeilt war, »ich fahre zu meinem Cousin, besorge uns eine Karre und juble dabei das Ding wem anders unter.«

»Ich komme mit«, sagte Zeck.

»Besser nicht, ihr haltet die Köpfe unten, ich mach das allein. Rowenta sollte auch hierbleiben, falls jemand auftaucht. Niemand sollte euch sehen.«

Sie hatte Recht, und kurze Zeit später donnerte Zoe auf ihrem Roller den Schotterweg runter und verschwand in dem kleinen Waldstückchen. Auf der Hauptstraße reihte sie sich in den fließenden Verkehr ein, der die Menschen zu ihren Arbeitsplätzen spülte. Es war noch recht früh am Tag und sie war sich sicher, ihren Cousin, der direkt über seiner Autowerkstatt wohnte, aus dem Bett klingeln zu müssen. Trotz der frühen Stunde herrschte bereits ein reges Treiben im Ort. Vor den heruntergelassenen Schranken eines Bahnüberganges stauten sich die Fahrzeuge. Sie entdeckte weit vorne ein Wohnmobil, sah ihre Chance, fuhr auf ihrem Roller an der Autoschlange vorbei. Hielt sich dann an den Fahrrädern, die an der Rückseite des Wohnmobils auf einem Ständer gut vertäut waren, fest und konnte dort unbemerkt den Peilsender unterbringen. Zufrieden lächelte sie in sich hinein, dann ratterte der Zug über die Straße, die Schranken hoben sich und gaben die Straße wieder frei.

Ihr Cousin war erstaunlicherweise doch schon auf den Beinen, schraubte an einem Wagen herum und bereitete ihn für eine Teillackierung vor.

»Muss schnell gehen«, sagte er nur.

Sie vermutete stark, dass der Wagen in einen Unfall verwickelt gewesen war, die Bullen ihn suchten, er deshalb von der Straße musste und ihr Cousin noch gar nicht im Bett war.

»Ich brauche ein Auto«, sagte sie, »ruhig ein bisschen größer.«

Auf dem Gelände standen etliche Karren herum, die offensichtlich nur noch als Ersatzteillager dienten, aber auch einige zurechtgemachte, bei denen auf großen Pappen ein handgeschriebener Preis stand, welcher hinter den Windschutzscheiben klemmte. Ihr Cousin grinste.

»Dann nimm den *Chevy.*«

Er zeigte auf einen *Chevrolet-Van* mit getönten Scheiben, mattschwarzer Lackierung und wuchtigen Reifen auf chromblinkenden

Felgen. Er hatte einen 6-Liter-V8-Motor und war ein echter Hingucker.

»Ich brauch was Unauffälliges.«

»Du irrst dich, du brauchst genau den, wenn du unerkannt bleiben willst.«

Zoe zog die Augenbrauen nach oben.

»Überleg mal. Die Leute, die solche Karren fahren, wollen aus der Masse herausstechen, auffallen um jeden Preis; das nervt derartig, dass schon aus Prinzip kein Arsch hinguckt.«

Sie mochte ihren Cousin, glaubte ihm und war gespannt, was die anderen zu dem *Chevy* sagen würden.

52

So ganz klar war es Walter nicht, warum er und Murphy jetzt diesen beiden Kiffern hinterherjagen sollten, Carlos hatte schließlich genug eigene Männer. Auch fand er den ganzen Aufwand, der hier von Carlos betrieben wurde, mehr als nur fragwürdig. Er hatte immer gedacht, Carlos wäre ein cooler und seriöser Geschäftsmann – zumindest soweit, wie es in dieser Branche möglich war. Klar musste auch er hin und wieder mal hart durchgreifen, aber so etwas gehörte ja wohl zu jedem Geschäft, oder? Doch was er jetzt abzog, da kam Walter nicht mehr mit. Schön, dass ihn seine Julie tatsächlich betrogen hatte, war schon der Hammer; aber sie deswegen gleich zu kreuzigen? Und ihren Liebhaber gleich mit? Da, fand er, ging Carlos eindeutig zu weit. Na, und Bernardo, diese kleine Pussy? Warum er den wiederhaben wollte, konnte Walter genauso wenig verstehen. Was der Wichser da vor Carlos abgezogen hatte, war schon ein Höchstmaß an Verarsche. Er hätte ihn windelweich geprügelt und anschließend in ein Arbeitslager nach Sibirien oder sonst wohin verfrachtet. Na ja, gut möglich, dass Carlos so etwas in der Art auch noch mit ihm vorhatte.

Er ließ das Seitenfenster nach unten gleiten und steckte sich eine Zigarette an. Perspektivisch parkte er perfekt; hatte den Ausgang vom Terminal bestens im Blick, doch von Murphy war immer noch nichts zu sehen und ein Uniformierter hatte ihm schon vor einiger Zeit einen bösen Blick zugeworfen, dabei gleichzeitig auf seine Armbanduhr getippt. Walter schaute auf den kleinen Bildschirm des Trackers, der neben ihm lag. Das Wohnmobil hatte sich in der letzten Zeit nicht mehr bewegt. Dann sah er wieder auf die Uhr, fragte sich, was da so lange dauern konnte, die Maschine war doch schon vor etlicher Zeit gelandet. Aber im Grunde hatten sie auch keine allzu große Eile. Mit dem brandneuen *VW Touareg,* den er sich geschnappt hatte, würden sie die Typen problemlos wieder einholen.

Er nahm noch einen Zug an seiner Zigarette und plötzlich musste er daran denken, wie Hub ihm den Joint entgegenhielt und Carlos fast nach Luft schnappte. Überhaupt waren das ein paar ganz schön abgezockte Hunde, die beiden, rotzfrech. Und zu gerne hätte er gewusst, ob dieser Zeck mit der Knarre tatsächlich so gut umgehen konnte, wie er behauptete. In dessen Augen war nichts zu lesen gewesen, als er mit dem Revolver auf ihn zielte. Das Einzige, was er darin erkennen konnte, war die Einladung, ihn ruhig herauszufordern, dann würde er es schon wissen. Das nächste Mal würde er es darauf ankommen lassen, das war sicher.

Dann sah er Murphy endlich kommen, gerade noch rechtzeitig. Der Uniformierte hatte ihn schon wieder ins Visier genommen und kam auf ihn zu, stoppte aber ab, als er Murphy einsteigen sah.

»Was hat denn da so lange gedauert?«, wollte Walter wissen, startete den Motor und fuhr los.

Murphy antwortet nicht gleich, ließ seine Hand über das beigefarbene Nappaleder seines Sitzes gleiten; schaute sich um, sog den Duft des fabrikneuen Autos ein und staunte.

»Ging nicht schneller«, sagte er abwesend, »aber wie hast du Carlos die Karre abgeschwatzt?«

»Der hat ganz andere Sorgen, war kein Problem.«

»Hm, und wo geht es jetzt hin?«

Walter drückte ihm den Tracker in die Hand, auf dem in groben Umrissen der Landschaft ein roter Punkt zu erkennen war.

»Da«, sagte er.

Murphy schaute auf das kleine Ding in seiner Hand.

»Und wo soll das bitte schön sein? Hier ist doch nichts weiter drauf zu erkennen.«

»Du gibst mir erst mal die grobe Richtung vor und wenn wir uns nähern, wird's dann deutlicher.«

Murphy drehte das Teil missmutig in seiner Hand; schaute es sich etwas genauer an, konnte aber offensichtlich nichts damit anfangen.

»Ich fahre«, sagte er dann.

»Kommt nicht in Frage.«

»Und ob, du zeigst mir den Weg und ich fahre, so wie immer.«

»Auf keinen Fall.«

»Doch.«

»Nein.«

Kurze Zeit später saß Murphy dann doch hinterm Lenkrad und Walter schmollte, rauchte demonstrativ bei offenem Seitenfenster und laufender Klimaanlage eine Zigarette und gab keinen Ton von sich.

»Sei nicht kindisch«, sagte Murphy nach einer Weile, »erzähl lieber mal, was mit Edmundo, unserem Boss los ist. Was glaubt der denn, wie ich im Flugzeug mit mehr als nur leichtem Gepäck reisen soll bei diesen Sicherheitskontrollen heutzutage?«

Walter antwortete nicht.

»Okay«, sagte Murphy dann, »wenn wir erst mal wissen, wo es lang geht, kannst du wieder fahren.«

Walter war zufrieden, schnippte die Kippe aus dem Fenster und richtete sich auf.

»Du fragst, was mit dem Boss los ist? Ich sag dir, was mit ihm los ist, der springt mächtig im Karree. Zuhause rennt ihm Florentina weg, wie du ja weißt, und Carlos' Laune hat so ziemlich ihren Tiefpunkt erreicht. Am besten, man bleibt ihm auf hundert Meter vom Leib, was unser Boss aber nicht kann; der muss nämlich nach dessen Pfeife tanzen. Aber keine Sorge, Carlos hat eine ganz ordentlich bestückte Waffenkammer, in der ich mich bedienen durfte, für unsere Zwecke sind wir bestens ausgerüstet.«

»Und zu welchem Zweck sollten wir überhaupt besser als üblich ausgerüstet sein?«

»Wir müssen zwei Kiffer zur Strecke bringen und Bernardo befreien, den sie als Geisel mitgenommen haben.«

»Hallo? Wer nimmt denn Bernardo als Geisel? Den will doch keiner wiederhaben.«

»Außer Carlos und der meint es ernst.«

»Und die beiden Kiffer sind die von dem Video, die da unseren Helden Bernardo in die Mangel genommen haben? Zwei brandgefährliche Typen, denen man am besten nur hochbewaffnet gegenübertreten sollte?«

Walter schüttelte den Kopf.

»Ich sag dir, auch wenn die dahergeschlichen kommen wie der Dude mit einem *White Russian* in der Hand, mach nicht den Fehler und unterschätze sie, kann leicht passieren; ging Carlos nicht anders und dann stehst du plötzlich dumm da und rennst ihnen hinterher.«

»Aber Killer sind sie nicht, oder?«

»Nein, das nicht. So gesehen sind sie harmlos, aber sie sind bewaffnet und es ist schwer zu sagen, was sie wirklich draufhaben. Vor allem dieser Zeck. Er hätte mich auch problemlos abknallen können, stattdessen ballerte er ein Loch in die Decke. Es kam mir vor wie eine verdammte Warnung, nach dem Motto: Halt dich besser da raus, ist nicht deine Angelegenheit. Verstehst du?«

»Verstehe«, sagte Murphy, »aber jetzt ist es schon unsere Angelegenheit, Carlos hat sie dazu gemacht und wir sind Killer. Also lass uns den Scheiß hinter uns bringen, ich will meine Ruhe wiederhaben und nicht ständig irgendwelchen Leuten hinterherjagen.«

»Ja, ja, ist ja schon gut. Und trotzdem, du hättest die beiden mal erleben sollen. Zwei abgebrühte Bastarde, denen man schon eine tonnenschwere Eisenkugel ans Bein binden müsste, wenn man sichergehen will, dass sie einem nicht doch noch durch die Lappen gehen. Überleg doch mal: Carlos hatte Hub bereits in seiner Gewalt; da, wo er ihn haben wollte, und spielte sein Spiel mit ihm; dachte, er könnte ihm in aller Seelenruhe die Schlinge um den Hals legen und langsam zuziehen. Doch Hub hat ihn die ganze Zeit über nur verarscht, ohne den geringsten Respekt. Und anstatt dass Carlos ihm am Ende die Eier langziehen konnte, musste er ihn ziehen lassen, mit Bernardo als Geisel.«

»Du klingst fast ein wenig begeistert.«

Ja, die beiden hatten ihn beeindruckt, das musste er zugeben, was aber nicht bedeutete, dass er deswegen weniger hinter ihren Ärschen her war, daran gab es keinen Zweifel; da würde er Carlos nicht enttäuschen wollen, auf keinen Fall.

»Mag sein. Die Sache ist nur die«, begann Walter und brauchte einen Moment, bevor er weitersprach, »ich meine, worum geht's denn hier? Seine Julie hatte eine Affäre – na gut – und klar kann er ihr das nicht durchgehen lassen, aber muss er sie deswegen gleich zu Tode quälen und sie in ihre Einzelteile zerlegen? Ich weiß nicht. Und was er mit Hub anstellen wird, sollte er ihn in seine Finger bekommen, möchtest du gar nicht erst wissen. Da dreht Carlos völlig ab, wie ein Wahnsinniger.«

»Du meinst, Carlos hätte einfach die Scheidung einreichen sollen? Mach keine Witze. Sie muss dafür büßen, genauso wie ihr Lover, und was da angemessen ist und was nicht, muss jeder Mann selbst entscheiden, da hat keiner ihm reinzureden.«

Walter überlegte, wollte etwas erwidern und schwieg dann doch. Gut möglich, dass Murphy recht hatte; was ging ihn das an, es war nicht sein Bier. Er musste nur dafür sorgen, dass sie Carlos Julies Lover lieferten, samt Bernardo. Danach wären sie raus aus der Nummer und könnten sich wieder um Edmundos überschaubare Probleme kümmern.

Der Tag war noch am Anfang und sie waren schon gut vorangekommen, als die Umrisse auf dem kleinen Bildschirm deutlicher wurden. Walter hatte eingesehen, dass es so herum besser funktionierte, ließ Murphy fahren und sagte ihm, wo es langging. Die Nebel über den Äckern hatten sich verzogen, der Verkehr nahm langsam zu und Walter glaubte, dass sie von dem Peilsender nicht mehr weit entfernt sein konnten als der rote Punkt plötzlich begann, sich zu bewegen.

»Sie fahren weiter«, sagte er enthusiastisch, »werden circa fünf Kilometer vor uns sein.«

»Na, dann wollen wir mal«, brummte Murphy.

Bald darauf fuhren sie in einen Ort, der Verkehr staute sich, der rote Punkt kam wieder zum Stillstand und Walter konnte weiter vorne in der Schlange ein Wohnmobil erkennen. Da sich nichts bewegte, stieg er aus, schaute an der Schlange der Fahrzeuge entlang und sah eine zierliche Person auf einem Motorroller, die sich an dem Wohnmobil abstützte. *Zu bequem die Füße vom Trittbrett zu nehmen,* dachte er und stieg wieder ein.

»Ist ein Bahnübergang, aber ich schätze, wir können uns gleich mal seelisch und moralisch auf eine Geiselbefreiung mit gleichzeitiger Festsetzung der Geiselnehmer vorbereiten. Die Frage ist nur, wie wir das anstellen wollen.«

»Irgendwann werden sie anhalten müssen, oder du ballerst ihnen ein Loch in den Reifen, die Karre fängt an zu schlingern, überschlägt sich und wir sammeln sie ein.«

»Ganz bestimmt nicht«, sagte Walter – nicht sicher, ob Murphy den Vorschlag ernst meinte.

Bald darauf rauschte der Gegenverkehr zügig an ihnen vorbei, doch in ihrer Reihe bewegte sich rein gar nichts.

»Was ist denn da los?«, wunderte sich Walter und verließ erneut den Wagen.

Etliche Fahrzeuge vor ihnen blockierte ein kleiner, weißer Kastenwagen den Verkehr, die Motorhaube war aufgestellt. Davor löste sich die Schlange zügig auf und das Wohnmobil verschwand gerade in einer langgezogenen Kurve, ein gutes Stück weit hinter dem Bahnübergang.

»Fahr dran vorbei«, forderte er Murphy auf und sprang auf den Beifahrersitz, »da ist jemand liegen geblieben«.

Murphy musste noch eine Weile warten, bis der Gegenverkehr es zuließ, an dem Hindernis vorbeizukommen. Hatte dann freie Fahrt; sah aber, wie sich die Bahnschranken bereits wieder senkten.

»Verflucht«, grummelte er und ließ den Motor aufheulen. Der *Touareg* schoss nach vorne, doch es war eindeutig, dass es verdammt knapp werden würde, sollte es überhaupt klappen.

»Lass es«, sagte Walter, der kerzengerade auf seinem Sitz saß und versuchte, die Gurtschnalle ins Schloss zu kriegen.

»Hast recht.«

Murphy ging in die Eisen und der Wagen kam schlingernd zum Stillstand.

»Die kriegen wir schon noch.«

Der rote Punkt entfernte sich nur langsam von ihnen und als die Schranken wieder oben waren, folgten sie ihm. Rechts und links der Straße hatten sich Autohändler, Werkstätten und Reifendienste angesiedelt und auf einem der Höfe sah Walter den Roller stehen, daneben die zierliche Gestalt, die ihre Beine nicht auf den Boden bekam. Sie unterhielt sich mit einem Typen.

Es dauerte keine zehn Minuten, da hatten sie das Wohnmobil eingeholt und fuhren hinter ihm her – unschlüssig darüber, wie es nun weitergehen sollte. Murphy war nicht der Ansicht, ihnen so lange zu folgen, bis sich vielleicht irgendwann mal eine gute Gelegenheit bieten würde.

»Wie lange willst du denen eigentlich hinterhergurken?«, maulte er rum und machte keinen Hehl daraus, dass er die Angelegenheit möglichst schnell hinter sich bringen wollte.

»Und hast du eine Idee? Du kannst sie doch nicht einfach von der Straße drängen und in aller Öffentlichkeit entführen? Lass mich mal kurz nachdenken.«

Walter starrte auf die Fahrräder vor sich, die mit einer durchsichtigen Plane feinsäuberlich abgedeckt waren und hinten am Wohnmobil munter bei jeder Bodenwelle mitwippten. Dabei suchte er nach einer Antwort, wie man am besten vorgehen könnte. Einen Moment lang dauerte es noch, dann fing er an zu stutzen.

»Das sind sie nicht«, sagte er plötzlich, guckte aber vorsichtshalber noch mal auf den kleinen Monitor und den roten Punkt, der genau vor ihnen war, »die haben nur den Sender. Fahr mal dran vorbei.«

Murphy schaute ihn ungläubig von der Seite an.

»Na, mach schon!«

Bei nächster Gelegenheit überholte Murphy und sie konnten erkennen, dass die, die da im Cockpit saßen, auf jeden Fall nicht Hub und Zeck waren.

»Stopp sie!«

Murphy schaltete die Warnblinkanlage ein, trat immer wieder kurz aufs Bremspedal und gab mit dem Arm aus dem Fenster heraus Zeichen. Als sie standen, sprang Walter aus dem Wagen, beruhigte kurz das ängstlich dreinschauende Ehepaar; lief zum Heck, fand den Peilsender, hielt ihn in die Luft und sagte: »Der gehört uns«, schenkte den Leuten noch ein freundliches Lächeln, stieg wieder ein und ließ Murphy wenden, dann fuhren sie zurück in den Ort.

Es brauchte etwas, bis er den Hof mit der Werkstatt und den Autos, wo er die Frau mit dem Roller im Vorbeifahren hatte stehen sehen, wiedergefunden hatte. Der Roller war immer noch da und der Typ schaute auf, als er den brandneuen *Touareg* auf seinen Hof fahren sah, wischte sich die Hände an einem ölverschmierten Lappen ab und trat in die Vormittagssonne.

Er war nicht auf den Kopf gefallen, konnte eins und eins zusammenzählen, tat aber so, als wäre er als Kind etliche Male draufgeknallt, als Walter sich nach Zoe erkundigte. Der Mechaniker behauptete steif und fest, die Frau nie zu vor in seinem Leben gesehen zu haben und Walter musste erst handgreiflich werden, ihn mit auf den Rücken gedrehtem Arm zurück in die Werkstatt drängen und ihm die schallgedämmte *Glock* unters Kinn halten, bis er mit allem rausrückte, was er wusste, was aber auch nicht viel war: Zoe – seine Cousine – verriet er also gezwungenermaßen, war die Freundin von Zeck; einem Typen, der im Frühjahr hier mit einem Haufen Dope angekommen war, das sie im Sommer umgesetzt hatten. Wozu sie jetzt den Van brauchte? Er hatte sie nicht gefragt und sie hatte auch nichts gesagt, das schwor er. Zähneknirschend gab er dann noch preis, wo sie Zoe finden konnten.

Sie hatten wenig Hoffnung, Hub, Zeck und Bernardo bei Zoe

noch anzutreffen, wollten aber doch mal hören, was die Dame so zu berichten hatte.

»Mit einem *Chevy Van* auf der Flucht«, sagte Murphy auf der Fahrt dorthin plötzlich in die Stille hinein, wo jeder seinen Gedanken nachhing, lächelte und schüttelte den Kopf, »wie dämlich kann man eigentlich sein?«

»Warum? Ich sag' dir, die meisten Menschen beachten Typen in so auffälligen Karren gar nicht«, argumentierte Walter ähnlich wie auch schon Zoes Cousin. »Die schreien doch geradezu nach Aufmerksamkeit und werden bestraft damit, dass sie keine kriegen.«

»Aber die Karre hat jeder erst mal gesehen, oder?«

Das musste Walter zugeben, erwiderte aber nichts darauf.

Sie fanden den Hof verriegelt und verrammelt vor. Von Zoe keine Spur, allem Anschein nach hatte sie sich der Bande angeschlossen, auf deren Flucht nach wer weiß wohin. Hubs Wohnmobil vermuteten sie in der Scheune und fanden die Bestätigung, nachdem sie das Tor aufgebrochen hatten. Frust machte sich breit. Wo zum Henker sollten sie jetzt anfangen zu suchen?

Murphy schlich um das Wohnmobil herum, da lag ein Feuerzeug neben dem Vorderreifen, er bückte sich und bemerkte ein paar Buchstaben, die in den Spritzdreck am Radkasten gezeichnet waren.

»Was zum Teufel …?«

Er zündete die Flamme, sah die Buchstaben jetzt deutlicher, konnte aber nichts mit ihnen anfangen und rief Walter.

»DCMC, was zum Henker soll das bedeuten?«, fragte er ihn.

Walter verstand darunter genauso wenig, zuckte ratlos mit den Schultern und machte ein langes Gesicht. War das etwa ein Hinweis? Er rief Edmundo an, erzählte ihm kurz, wie es gelaufen war und was sie entdeckt hatten. Edmundo sagte, er würde gleich zurückrufen und legte auf.

Als er wieder anrief, hatte er mit Santos aus der Zentrale gesprochen und für den war klar, dass es sich nur um die Lieferung der DCs bei *McDonald's* handeln konnte.

»Hör zu«, hörte Walter Edmundos erregte Stimme am Handy, »es sieht so aus, als wollten sie sich an die Lieferung der DCs ran machen, bei der Übergabe in Luxemburg. Bernardo muss gequatscht haben.«

»Kann sein, aber allem Anschein nach hat er uns auch einen Hinweis hinterlassen, hätte ich ihm gar nicht zugetraut.«

»Egal, die Übergabe findet morgen um 9 Uhr auf dem Parkplatz von *McDonald's* an der E 29 bei Echternach statt. Ihr solltet locker vor ihnen da sein und dann setzt dem verfluchten Spuk ein Ende. Sichert die Ladung, schnappt euch die Hurensöhne und bringt sie Carlos.

»Alles klar, Boss, kannst dich auf uns verlassen.«

»Und denkt dran, Carlos will sie lebend.«

DER ÜBERFALL

53

Bis zum Treffpunkt für die Übergabe an der luxemburgischen Grenze nach Deutschland waren es rund 1.200 Kilometer. Die sollten sie eigentlich auch ohne Autobahnbenutzung bis zum nächsten Morgen lässig schaffen. Sie konnten sich nicht sicher sein, ob Carlos in Frankreich Zugriff auf die Videoüberwachung der Mautstellen hatte, in Spanien war es ihm laut Bernardo zum Teil möglich.

Hub fuhr, er saß auf einem sesselähnlichen, plüschigen Fahrersitz, hatte den Getränkehalter in Griffnähe und genoss die Vorzüge einer Automatik, die bei den ganzen Kreisverkehren und den vielen Ortschaften ihren Vorteil hatte. Zeck hatte den Platz neben ihm eingenommen, die beiden Frauen auf Einzelsitzen hinter ihnen und Bernardo lümmelte auf der Rückbank. Der *Chevy* kam bei allen gut an, war saubequem, bot viel Platz und hinter den abgedunkelten Scheiben kam man sich vor wie ein Rockstar, der nicht erkannt werden wollte. Dazu das tiefe, kraftvolle Blubbern der 6-Liter-Maschine, das bei jedem Tritt aufs Gaspedal die Köpfe der umstehenden Leute herumfahren ließ. In der Tat war er ein absoluter Hingucker, doch so lange ihre Verfolger keinen blassen Schimmer hatten, wonach sie Ausschau halten sollten, gab es auch keinen Grund, dritter Klasse zu reisen, da waren sie sich einig.

Zoe hatte eine Vorliebe für Amphetamine, die sie nun mit Rowenta teilen konnte. Beide hatten sie *Captagon* eingeworfen, dazu tranken sie leichte Mischungen Gin-Tonic, was zum Ergebnis hatte, dass sie ununterbrochen am Quasseln waren, wenn sie nicht gerade wegen irgendeinem Scheiß albern rumgackerten. Insgesamt glich die Stimmung an Bord eher einer heiteren Vergnügungsfahrt als einer Tour, an deren Ende eine heikle Mission mit ungewissem Ausgang auf sie wartete. Sie waren sich sicher, dass sie ihre Verfolger dank Zoe erst einmal abgehangen hatten und vorerst keine unmittelbare Gefahr für sie bestand.

Zeck reichte Hub einen Sticky, trank noch einen Schluck und knautschte seine Jacke zu einem Kopfkissen zusammen.

»Ich mach' mal ein Nickerchen«, sagte er, schob sich alles zurecht und verstummte.

»Ja, klar, mach das.«

Hub war's recht. Merkwürdigerweise verspürte er noch immer keine Müdigkeit, obwohl er die letzte Nacht kein Auge zugetan hatte. Da spukte etwas in seinem Kopf herum, was nicht so einfach zu fassen war, was ihn beschäftigte und auf Trab hielt und das war nicht nur die Sorge um seinen Schwanz.

Er schwenkte den Rückspiegel, suchte Bernardo und sah ihn zusammengerollt auf der Rückbank pennen. Dann trafen sich Rowentas und seine Blicke. Sie schauten sich einen Moment lang an, dabei schenkte sie ihm ein Lächeln und eine Kusshand, ohne das Gespräch mit Zoe zu unterbrechen.

Hub drehte den Spiegel zurück und die Musik etwas lauter. Zog sich zurück in eine Art Kokon, wo er allein war und seinen Gedanken ungestört freien Lauf lassen konnte, hin zu Julie. Es war unglaublich. Trotz der bizarren und lebensbedrohlichen Umstände, unter denen sie sich gestern wiedergesehen hatten, war sofort die alte Magie wieder spürbar gewesen. Dieser unbeschreibliche Zauber, der sie jedes Mal umgab, wenn sie sich begegneten; das hätte er nicht gedacht. Er hatte angenommen, davon wäre nicht mehr viel übriggeblieben. Dazu kam jetzt auch noch die Angst um ihr Leben, was ihm arg zusetzte. Denn wenn er nicht aufpasste und seine Gefühle wilde Sau spielen ließ, trieb es ihm den kalten Schweiß auf die Stirn und sein Herz krampfte sich schmerzhaft zusammen. Klar, die Chance, dass sie heil aus der Nummer rauskamen, war durchaus gegeben, aber was dann? Vielleicht hörte diese Anziehungskraft, die von Julie ausging und der er anscheinend komplett erlegen war, nie auf. Womöglich war er für den Rest seines Lebens von ihr infiziert und er wusste weder, was dagegen zutun war, noch hatte er eine Vorstellung davon, wo das alles hinführen sollte. Es gab nicht viele

Momente in seinem Leben, wo er tatsächlich Schiss hatte, aber diese Gefühlsturbulenzen, die Julie jedes Mal in ihm hervorrief – diese Ohnmacht, der er dann ausgeliefert war –, machte ihm echt Angst und ließ seine Eier auf Walnussgröße schrumpfen.

Das plötzliche Aufleuchten der Bremslichter und das abrupte Bremsen des Lieferwagens vor ihm schreckten ihn aus seinen Gedanken.

»Scheiße«, dachte er, während er sich ein wenig aufrichtete und wieder Abstand zum Vordermann nahm.

Er griff nach seinem Bier, trank einen Schluck und schielte zu Zeck rüber, der mit geöffnetem Mund leise vor sich hin röchelte, was Hub auf eine unbestimmte Weise beruhigte. Wenn Zeck ihm bei seinem Gefühlsdilemma mit Julie auch nicht direkt helfen konnte, so war es doch ein gutes Gefühl, ihn an seiner Seite zu haben: nämlich für das, was vordergründig anstand. Schließlich ging es hier schlicht um Leben und Tod, brachte er sich wieder in Erinnerung, schob Julie in den Hintergrund und schaute sich noch einmal an, wie ihr Plan aussah.

Im Groben hatten sie besprochen, dass sie sich den Lieferwagen mit den Pillen schnappen und ihn nach Berlin schaffen würden, wo Hub mit der Unterstützung seiner Kumpels rechnen konnte. Pillen im Wert von zwanzig Millionen Euro, plus Bernardo gegen Julie. Die Frage war nur, ob Carlos überhaupt auf das Angebot eingehen würde, wo er doch von dem Zeug so viel produzieren konnte, wie er wollte. Doch Zeck war der Meinung, dass – wenn man ihm androhte, andernfalls den Markt mit der Lieferung zu überschwemmen –, er schon zustimmen würde. Alles andere würde für ihn in einem unkalkulierbarem Chaos enden und seine Geschäfte wären auf unbestimmte Zeit massiv gestört. Bernardo wirkte einigermaßen irritiert, als er hörte, dass es nach Berlin gehen sollte; erzählte von ganz üblen Gestalten, die Carlos dort vor Ort hätte, und dass jeder andere Ort in Deutschland der bessere für einen Austausch wäre. Auch wenn Bernardo keine Gelegenheit ausließ, zu demonstrieren, auf wessen Seite er jetzt stand, blieb er dennoch Bernardo: eine hinterhältige Bazille der besonderen Güte, der man besser nicht jedes Wort glaubte. Auch wenn sie sich darüber einig waren, dass er den Peilsender, der ihnen am Arsch klebte, nicht hätte erwähnen müssen – was ihnen wahrscheinlich den selbigen dann gerettet hatte.

Aber egal. Bevor es nach Berlin ging, mussten sie sich erst mal die Lieferung krallen und wie das im Einzelnen gehen sollte, war so unklar wie nur irgendwas. Laut Bernardo war da der Deutschlandfahrer noch das kleinste Problem. Der war nicht involviert; glaubte, nur Wein auszuliefern, und würde einen Teufel tun, sein Leben für die Lieferung aufs Spiel zu setzen. Allerdings war er verpflichtet, kleinste Abweichungen vom Terminplan unverzüglich in der Zentrale zu melden, damit gegebenenfalls sofort reagiert werden konnte, also konnten sie ihn nicht einfach wieder nach Hause schicken. Sie mussten es irgendwie hinkriegen, den Buchhalter davon zu überzeugen, dass es für sein Leib- und Seelenheil – und dem des Deutschlandfahrers – das Beste wäre, wenn er in der Zentrale anriefe, um zu berichten, dass sich die Tour um einen Tag verschieben würde; wegen Motorschaden, Herzinfarkt oder sonst was. Dann müssten sie nur noch das GPS-System lahmlegen und sie hätten einen Tag Zeit, die Ladung unbehelligt nach Berlin zu bringen. Wahrscheinlich war, dass sie die beiden – den Buchhalter und den Deutschlandfahrer – gefesselt und geknebelt mitnehmen müssten, um sie dann kurz vor dem Ziel irgendwo in den öden und einsamen Weiten der märkischen Landschaft auszusetzen. So weit, so gut. Doch wie das gehen sollte, warf Fragen in der Größe eines Wolkenkratzers auf; zumal Bernardo meinte, dass der Buchhalter auch gut noch einen zweiten Mann bei sich haben könnte, der dann mit Sicherheit mehr als nur ein harmloser Begleiter wäre. Fest stand, das sich alles in einem öffentlichen Raum abspielen würde – bei *McDonald's* – wo es galt, Aufmerksamkeit zu vermeiden, was wiederum von Vorteil sein konnte. Ihr eigentlicher Trumpf war das Überraschungsmoment. Der Buchhalter konnte nicht mit einem Überfall rechnen, ging von einer routinemäßigen Übergabe aus, so wie jeden letzten Freitag im Monat. Sie selbst waren zu viert, wobei sie Bernardo im Van wegsperren würden, und hatten dank

Walters *Glock* – die Zeck ihm abgenommen hatte – plus Rowentas *38er* noch ein paar schlagkräftige Argumente in der Hinterhand, sollte es drauf ankommen. Vielleicht konnten sich die Mädels auch im Vorfeld an die Typen ranmachen, was ausbaldowern, um der ganzen Angelegenheit den entscheidenden Kick zu geben, sodass alles reibungslos und unauffällig über die Bühne gehen konnte. Doch letztendlich hing es mal wieder davon ab, ob die Götter ihnen wohlgesonnen waren oder nicht.

»Ja, darauf wird es ankommen«, murmelte Hub vor sich hin und schöpfte augenblicklich ein wenig Hoffnung. Denn er musste zugeben, dass – wenn es wirklich zur Sache ging – sie bisher immer auf seiner Seite standen, auch wenn sie ansonsten jede Gelegenheit nutzten, ihm felsengroße Brocken in den Weg zu legen.

Die Nadel der Benzinanzeige bewegte sich stramm auf Reserve zu und seine Augenlider wurden unter der langsam aufsteigenden Müdigkeit immer schwerer. Bei nächster Gelegenheit würde er tanken und dann konnte wer anderes fahren, Zoe hatte sich schon angeboten. Den Stopp nutzten sie auch, um ihre Blasen zu leeren und Kaffee zu trinken, wobei mindestens einer immer ein Auge auf Bernardo hatte, niemanden hatte er bisher von seiner Loyalität vollends überzeugen können.

Als es dann weiterging, fuhr Zoe. Hub hatte sich die Lehne der Rückbank umgeklappt und es sich mit einer Decke bequem gemacht. Bernardo war in die Mitte gerückt und schien ganz angetan davon zu sein, neben Rowenta Zoes Platz einzunehmen. Doch diese zog es vor, sich zu Hub zu legen. Sie kroch zu ihm unter die Decke, legte sich in seinen Arm und schmiegte sich an ihn. Sie gab ihm einen Kuss und flüsterte fragend, ob alles in Ordnung sei.

»Alles bestens«, gab er Antwort und drückte sie an sich.

Dabei war er sich sicher, dass Rowenta genau spürte, dass dem eben nicht so war. Schon oft hatte er feststellen müssen, dass Frauen einen siebten Sinn für so etwas hatten. Sie wussten meist besser, was in einem vorging, als man selbst.

»Keine Sorge«, hauchte er ihr nichtsdestotrotz ins Ohr.

Danach schwiegen sie und fanden bald in einen unruhigen Schlaf.

Bernardo ärgerte sich, hätte er doch gerne Rowentas unmittelbare Nähe ein wenig ungestört genossen, mit all ihren Reizen, diesen unwiderstehlichen Augen und einem Blick, der alles bedeuten konnte. Er schnappte sich ihr Glas und machte sich eine Mischung. Was sie an Hub fand, war ihm ein endloses Rätsel. Wie Frauen überhaupt auf so einen stehen konnten, fragte er sich und fand keine Antwort. Für ihn war dieser Mistkerl wie ein Fluch. Ein Unheil, welches er zwar selbst heraufbeschworen hatte, nun aber nicht mehr loswurde. Und er hatte gedacht, wenn er ihn schon nicht mehr abschütteln konnte, ihn wenigstens ein wenig milde stimmen zu können. Doch so wie es aussah, scherte Hub sich einen Dreck darum, wie er – Bernardo – dabei wegkam; es war Hub egal, wie er am Ende dastehen würde. Zwar legten sie ihm keine Handfesseln an, ansonsten behandelten sie ihn aber wie einen Gefangenen oder eben als Geisel – die er ja auch war –, aber keineswegs wie einen Verbündeten. Deswegen fand er es auch absolut legitim, dass er sich ein zweites Eisen ins Feuer gelegt hatte.

Es war nicht unwahrscheinlich, dass ihre Verfolger den Standort des Wohnmobils ausfindig machten und seinen Hinweis entdeckten. Und dann würde sich zeigen, was Hub und Zeck zusammen mit ihren unberechenbaren Tussen tatsächlich draufhatten und was nicht. Zu vermuten war, dass Carlos Walter hinter ihnen hergeschickt hatte und dann war es nicht weit bis zu Murphy. Und sollten es die beiden sein, die Carlos auf ihre Fährte gehetzt hatte, war es nur noch eine Frage der Zeit, wann es zum großen Knall kam. Ihm konnte gleich sein, wie es ausging; so oder so konnte er es Carlos als gute Tat verkaufen, sollte er wieder bei ihm vor Gericht stehen. Wenn Walter und Murphy die Oberhand behielten, war er es, der Carlos Hub sozusagen frei Haus lieferte, und wenn nicht, war es wenigstens ein ehrenwerter Versuch gewesen, den Carlos ihm anrechnen müsste. Und sollte die Horde es tatsächlich schaffen, die Ladung an sich zu reißen, hätte sich seine Situation hier für ihn nicht sonderlich verändert. Niemand hatte ihn bemerkt, als er den Hinweis in der Scheune hinterlassen hatte, da war ihm nichts anzuhängen. Ein selbstzufriedenes Lächeln umspielte seine Lippen. Er konnte sich bequem nach hinten lehnen und die Show in aller Ruhe auf sich zukommen lassen. Das Einzige, was seine Gedärme rebellieren ließ, war die Tatsache, dass der Austausch in Berlin stattfinden sollte, wenn sie denn den Transporter in ihre Gewalt bekämen. In Berlin war Bojan und der war garantiert nicht gut auf ihn zu sprechen. Maja, diese kleine, dumme Pute hatte mehrmals versucht, ihn übers Handy zu erreichen, hatte tränenerstickte Nachrichten hinterlassen und schien – von quälendem Liebeskummer geplagt – in keiner guten Verfassung zu sein, was ihrem Bruder garantiert nicht entgangen sein dürfte. Wenn der ihn in die Finger kriegen sollte, würde nicht mehr viel von ihm übrigbleiben, woran Carlos sein Exempel statuieren könnte. Aber so weit war es Gott sei Dank noch lange nicht.

Hub saß wieder am Steuer, Zeck wie gewohnt neben ihm, als gegen acht Uhr das erste Hinweisschild auf *McDonald's* am Straßenrand auftauchte.

»Noch fünf Kilometer«, verkündete Hub laut und erhaschte im Rückspiegel die Blicke der Mädels.

»Yeah«, kam es einstimmig von ihnen, wobei Zoe ihr Glas erst in die Höhe hielt und dann siegesgewiss mit Rowenta anstieß.

Zoe zeigte noch immer keine Spur von Müdigkeit, war die ganze Fahrt über hellwach und allem Anschein nach noch immer in bester Stimmung. Sie hatte es raus, da gab es keinen Zweifel. Und jeder, der schon mal mit den verschiedensten Substanzen rumexperimentiert hatte, wusste, wie knifflig es war, die Dosierungen genau aufeinander abzustimmen, um nicht frühzeitig die Segel streichen zu müssen. Rowenta hatte sich nach der Ruhepause etwas zurückgehalten. Insgesamt machten beide den Eindruck, als könnten sie es nicht abwarten, dass es endlich losging, was Hub dazu veranlasste, Zeck einen vielsagenden Blick zuzuwerfen.

»Keine Sorge, wird schon schiefgehen«, sagte der lakonisch. »Wir checken erst mal die Lage. Dann wissen wir mehr und vielleicht auch, wie wir vorgehen werden. Auf die Mädels wird Verlass sein.«

»Worauf du deinen Arsch verwetten kannst«, kam es von hinten. Hub wünschte, seine Stimmung wäre genauso unbeschwert gewesen. »Was macht eigentlich unsere Geisel?«, fragte er.

»Pennt immer noch.«

Bernardo hatte sich beim letzten Wechsel auf das Lager der Rückbank verkrochen und schlief, er hatte sich eindeutig zu viele Drinks genehmigt.

Die ersten Häuser reihten sich an die E 29 und ein an einem Laternenpfahl angebrachtes Schild wies *McDonald's* in zweieinhalb Kilometern aus. Bald darauf erschien ihr Ziel auf der linken Seite. Der weitere Verlauf der Straße beschrieb einen Rechtsbogen und hinter *McDonald's* waren ein Baumarkt und andere Gewerbe zu erkennen.

Die heitere Stimmung wich plötzlich einer fast greifbaren Anspannung, die den gesamten Van ausfüllte. Nur das gleichmäßige Blubbern des schweren Motors war noch dasselbe.

Bei der ersten Unterbrechung der durchgezogenen Mittellinie gelangten sie zu einer Tankstelle, über die sie den anschließenden, weitläufigen Parkplatz von *McDonald's* erreichen konnten. Hub nahm die direkte Zufahrt. Entsprechend der noch frühen Stunde war der Parkplatz nur dürftig besetzt. Hauptsächlich sammelten sich die wenigen Autos in der Nähe des Eingangs zum Restaurant. Hub fuhr in gemächlichem Tempo an *McDonald's* vorbei. Dahinter schlossen sich weitere Parkplätze an, die von den Kunden des Baumarktes genutzt wurden und Stellflächen auch für größere Fahrzeuge boten. Auf einem dieser Parkflächen – etwas im Hintergrund – stand er: ein weißer *Sprinter* mit langem Radstand, Hochdach und einer schlichten Beschriftung, die auf einen Weinhandel hinwies. Jeder sah ihn und bei genauerer Betrachtung konnte man erkennen, dass er voll beladen war. Hub fuhr daran vorbei, parkte den Van einige Parkhäfen weiter hinter einem Pritschenwagen mit Plane und schaltete den Motor ab.

»Wo sind wir?«, quakte Bernardo von hinten und rieb sich die Augen.

Niemand gab Antwort. Jeder schien sich zu fragen, wie es jetzt weitergehen sollte.

»Da steht unsere Ware, wobei der Deutschlandfahrer offensichtlich noch nicht hier ist«, bemerkte Zeck, beugte sich etwas nach vorn und suchte die Umgebung ab.

Der *Sprinter* stand mit dem Heck zu einem Maschendrahtzaun, der den Parkplatz begrenzte. Hinter dem Zaun erstreckte sich eine übermannshohe Hecke.

»Und wenn wir das Ding aufbrechen und einfach die Kisten mit den Piccolos einkassieren?«, schlug Zoe vor. »Können doch nicht so viele sein.«

Bernardo hatte ihnen in allen Einzelheiten erzählt, wie die DCs verpackt und transportiert wurden.

»Das kommt dann einem Stich ins Wespennest gleich«, erwiderte Zeck, »alles ist aufgescheucht und die Jagd wäre eröffnet.«

»Ich muss mal pissen«, maulte Bernardo.

Hub drehte sich zu Rowenta und Zoe um.

»Ihr geht schon mal zu *McDonald's*; schaut, ob ihr den Buchhalter ausfindig machen könnt, versucht rauszukriegen, ob ein zweiter Mann dabei ist, was für einen Eindruck er macht und so weiter. Wir fahren noch mal nach vorne, tanken und kommen dann nach.«

»Jawohl, Boss«, sagte Zoe und hob grinsend die gestreckte Hand zu einem militärischen Gruß.

»Keinen Scheiß und keine Alleingänge«, ermahnte er sie noch, während die Seitentür bereits aufflog und die Mädels sich auf den Weg zurück zu *McDonald's* machten.

Die Tür fiel wieder ins Schloss. Hub zündete sich eine Zigarette an und verharrte einen Moment lang, wobei sich sein Blick irgendwo zwischen den parkenden Autos verlor.

»Alles in Ordnung bei dir?«, fragte Zeck und von hinten erinnerte

Bernardo daran, dass er immer noch zwingend seine Blase entleeren müsste.

»Kannst bei der Tanke pissen«, rief Hub nach hinten, schüttelte sich kurz und ließ den Motor an.

Er fuhr zur nächsten Ausfahrt, auf der Straße zurück zur Tankstelle, hielt vor einer Zapfsäule und ließ den Motor wieder verstummen.

»Komm bloß nicht auf komische Gedanken, wir haben dich im Blick«, riet er Bernardo, der schon anfing herumzappeln.

Alle stiegen aus, Bernardo eilte zur Toilette, die sich seitlich an der Tankstelle befand. Zeck behielt ihn im Auge und Hub zapfte Sprit.

»Irgendwie habe ich ein komisches Gefühl in der Magengegend«, sagte Hub.

»Du meinst, du hast das letzte Bier nicht vertragen?«

»Sehr witzig. Wenn es das wäre, müsste ich ja anfangen, mir ernsthafte Sorgen zu machen, nee, das ist es nicht.«

Aber was es war, konnte er auch nicht sagen. Letztendlich versuchte er sich damit zu beruhigen, dass ihm zwar die Geschichte mit Julie zu schaffen machte, er aber sonst wohl nur Gespenster sah.

Als Bernardo wieder im Auto saß und Zeck bezahlt hatte, fuhr Hub direkt wieder zurück, parkte den Van aber nicht in unmittelbarer Nähe des *Sprinters*, sondern ließ einen gebührenden Abstand und schaltete den Motor aus. Bernardo fesselten sie unter Protest die Hände zusammen, banden ihn an einem Haltegriff fest, stiegen aus und machten sich auf den Weg zum Restaurant, vorbei an einen brandneuen *Touareg* in Blau-metallic, mit spanischem Kennzeichen.

54

Die letzten vierhundert Kilometer hatte Murphy ihn ans Steuer gelassen. Sture Autobahnkilometer nach Mitternacht. Walter wusste kaum noch, wie er die Augen offenhalten sollte, während dieser mürrische Ire es sich auf der Rückbank bequem machte. Wieso hatte er bei Murphy immer wieder das Gefühl, dass er die Arschkarte bekam, wenn es darum ging, eine zu verteilen?

Er betätigte den Kippschalter auf der Rückseite vom Lenkrad und setzte den Sendersuchlauf des Radios in Bewegung, hoffte auf was Rockiges, das seine Sinne wachrüttelte, und fand »Kashmir«. Erst nach der Wende hatte er *Led Zeppelin* in vollem Umfang kennen und schätzen gelernt und diesen Song liebte er besonders. Walter drehte lauter und Murphy grummelte unverständliches Zeug von hinten, wechselte seine Liegeposition und verstummte.

Auch wenn ihm Murphys Eigensinn und Sturheit so manches Mal mächtig auf die Eier gingen, vergaß er nicht, dass er es ihm zu verdanken hatte, dass er bei Edmundo bleiben durfte, denn die Entscheidung darüber hing damals einzig und allein von Murphy ab, was er erst viel später erfuhr. Anfangs hatte Murphy es ihm nicht sonderlich leicht gemacht, sich willkommen zu fühlen; war missmutig und skeptisch ihm gegenüber gewesen – aber eben auch nicht unfair. Heute konnten sie sich keinen besseren Partner mehr vorstellen; wussten, dass sie sich zu einhundert Prozent auf den anderen verlassen konnten, auch wenn sie nicht immer einer Meinung waren.

Weit konnte es nicht mehr sein, er schaute auf die Uhr und rechnete sich aus, dass noch einige Stunden Schlaf drin sein müssten, bevor die Show beginnen würde. Die restlichen Kilometer schaffte er auch noch, ohne einzuschlafen und fuhr schließlich an der Tankstelle vorbei auf den schwach beleuchteten Parkplatz von *McDonald's*. Hielt an, wo es am dunkelsten war, schaltete den Motor aus und ließ seine Rückenlehne in Liegeposition gleiten.

»Was ist los?«, fragte Murphy schlaftrunken.

»Wir sind da, kannst weiterschlafen, was ich jetzt auch endlich mal tun werde.«

Geweckt wurden sie durch ein Klopfen an der Scheibe. Raffael, der Buchhalter, grinste sie durch das Seitenfenster an. Die Zentrale hatte

ihn über einen möglichen Überfall informiert und Verstärkung angekündigt und jetzt freute er sich, die beiden zu sehen. Er war ein
schmächtiger Mann Anfang vierzig, trug unauffällige Kleidung, ein
altmodisches Brillengestell und der angegraute Haarkranz um seine
kahle Kopfplatte sah aus wie die Tonsur eines Mönches. Beim heiteren Berufe-Raten wäre er leer ausgegangen: Man sah ihm seinen
Job auf Anhieb an. Murphy und Walter stiegen aus, streckten ihre
Muskeln und begrüßten ihn. Es war noch früh am Tag, *McDonald's*
hatte gerade erst seine Tore geöffnet.

»Rodriguez hat den Transporter mit der Ladung auf der anderen
Seite – drüben beim Baumarkt – geparkt, ihr solltet euch auch dort
hinstellen«, schlug Raffael vor, »dann frühstücken wir was; trinken
einen schönen, heißen Kaffee und ihr könnt uns in allen Einzelheiten berichten, was los ist, was wir zu erwarten haben und was
ich tun soll.«

Walter setzte den *Touareg* um und kurze Zeit später saßen sie
zusammen im Restaurant. Murphy und Walter hatten sich mit dem
Rücken zum Tresen platziert, so dass sie die gesamte Fensterfront
vor sich und alles, von der Tankstelle bis zum Baumarkt, im Blick
hatten. Außerdem sahen sie die vorbeifahrenden Fahrzeuge. Der
Buchhalter und Rodriguez saßen ihnen gegenüber.

»Was sind das für welche, die uns die Lieferung klauen wollen,
woher wissen die überhaupt Bescheid?«, fragte Raffael ungeduldig,
als der Kaffee vor ihnen auf dem Tisch dampfte und Rodriguez
seinen Burger in der Hand hielt.

»Das ist mit zwei, drei Worten nicht zu erklären«, sagte Walter,
riss zwei Portionspackungen Kaffeesahne auf, kippte sie zusammen
mit einer Ladung Zucker in seinen Kaffee und rührte um.

»So genau müsst ihr das auch gar nicht wissen«, mischte Murphy
sich ein, der seinen Kaffee schwarz trank und keinen Hehl daraus
machte, dass er von der ganzen Angelegenheit jetzt schon ziemlich genervt war und sie nur so schnell wie möglich erledigt haben
wollte. »Ab hier übernehmen wir. Nur so viel: Zwei Typen – die Bernardo in ihrer Gewalt haben –, beabsichtigen anscheinend, sich die
Ladung unter den Nagel zu reißen, was wir verhindern werden. So

wie es aussieht, sind es nicht gerade die hellsten Kerzen am Baum, wenn sie meinen, sich mit Carlos und uns anlegen zu können. Also, keine Sorge, sobald die hier auftauchen, schnappen wir sie uns. Ihr habt nichts weiter zu tun, als schön auf euren Ärschen sitzen zu bleiben, und wenn wir dann unsere Arbeit erledigt haben, geht alles seinen gewohnten Gang. Alles klar so weit?«

Rodriguez nickte kauend und Walter zog die Augenbrauen nach oben; war sich nicht sicher, ob Murphy den Buchhalter nur beruhigen wollte und deshalb Hub und Zeck als Trottel dastehen ließ oder ob er sie tatsächlich noch immer nicht ernst nahm. Raffael war anzumerken, dass er zwar verstanden, aber trotzdem noch die ein oder andere Frage hatte, welche er sich allerdings verkniff, da Murphy ganz offensichtlich auf ihn den Eindruck machte, als hätte er nicht gerade seinen besten Tag erwischt – ob es nun an der frühen Stunde lag oder ob er immer so mürrisch war, vermochte er nicht zu sagen.

»Verstanden«, sagte er nur und sah Murphy dabei flüchtig an.

Bis sie dann das tiefe Grollen einer Sechs-Liter-V8-Maschine hörten – lange bevor sie den *Chevy* hatten kommen sehen – war es bereits nach 8 Uhr, sie hatten den dritten Kaffee intus und waren abwechselnd auf der Toilette verschwunden, um sich ein wenig frisch zu machen und um sonstige Geschäfte zu erledigen.

»Das sind sie«, sagte Murphy und schüttelte den Kopf, »wie unauffällig.«

Der Buchhalter und Rodriguez drehten sich um und alle vier verfolgten den schwarzen Van mit seinen abgedunkelten Scheiben, wie er gemächlich über den Parkplatz rollte, an ihnen vorbei und auf dem Parkplatz zum Baumarkt hinter einem Pritschenwagen mit Plane verschwand, im nächsten Moment verstummte der dröhnende Motor.

»Und jetzt?«, fragte Raffael sichtlich nervös.

Walter zog unauffällig die *Glock* aus dem Holster unter seiner Achsel, die er sich aus dem Waffenarsenal von Carlos ausgesucht hatte. Sie lag zwar nicht so vertraut wie seine eigene – welche sich ja nun in Zecks Besitz befand – in der Hand, gab ihm aber trotzdem ein gutes Gefühl. Verdeckt unterm Tisch schraube er den Schalldämpfer drauf und steckte sie unauffällig zurück.

»Nichts ›und jetzt‹. Wie Murphy schon sagte, ihr bleibt schön artig auf euren Ärschen hier sitzen, bestellt euch noch was und wenn alles vorbei ist und der andere Lieferwagen eingetrudelt ist, macht ihr eure Arbeit.«

Murphy nickte zustimmend, schob seinen Stuhl zurück und stand auf.

»Dann wollen wir uns die beiden Superhelden mal vornehmen.«

Walter war auch aufgestanden, hielt ihn am Arm zurück.

»Murphy«, raunte er ihm eindringlich ins Ohr, »nimm die Mistkerle nicht auf die leichte Schulter, die hauen dir die Füße weg, wenn du am wenigsten damit rechnest. Hast du den Elektroschocker parat?«

»Ja, ja. Habe ich. Und du mach dir mal nicht gleich ins Hemd«, kam es mit gedämpfter Stimme zurück. »Wir sind doch schon mit ganz anderen Typen fertig geworden. Lass uns einfach die Angelegenheit über die Bühne bringen und dann geht's wieder ab nach Hause.«

Walter seufzte, wollte noch etwas erwidern, als sie hörten, wie der schwere, unverkennbare Motor des *Chevys* wieder gestartet wurde. Einen Moment lang starrten sie sich ungläubig an, dann schob Walter sich an Murphy vorbei und stürmte zur Tür hinaus, wo er um ein Haar mit einer großen, schlanken und blonden Schönheit zusammengerasselt wäre. Walter wirbelte herum, seine Jacke flog auf und fast wäre er gestürzt. Sie war in Begleitung einer zweiten Frau, die ihn zornig anfunkelte und fragte, ob er keine Augen im Kopf habe, worauf er eine Entschuldigung murmelte, seine Jacke vor der Brust zusammenzog und sich an den beiden vorbeischob, Murphy hinter ihm her.

»Verflucht!«, knirschte Walter, als sie eilenden Schrittes zu ihrem Auto liefen, »hoffentlich haben die meine Knarre nicht gesehen.«

Der Van rauschte gerade auf der Straße an ihnen vorbei, zurück in die Richtung, aus der er gekommen war.

»Und wenn schon«, sagte Murphy.

Sie wollten gerade in den SUV steigen und die Verfolgung aufnehmen, als sie sahen, dass der *Chevy* auf die Einfahrt zur Tankstelle abbog.

»Die wollen nur noch mal tanken«, stellte Murphy erleichtert fest.

»Sieht ganz so aus. Dann werden sie ja wohl gleich wieder hier auftauchen.«

Sie lehnten sich an den *Touareg* und Walter steckte sich eine Zigarette an. Kurz darauf gingen die beiden Frauen an ihnen vorüber Richtung Baumarkt und unwillkürlich fing Walters linkes Auge an zu zucken. Die blonde Schönheit schaute ihn aus verführerischen Augen direkt an, schenkte ihm ein aufreizendes Lächeln und zwinkerte tatsächlich zurück.

»Was sollte das denn?«, fragte Murphy empört, als die Frauen ein Stück weit weg waren, »musste das jetzt sein?«

Walter war einigermaßen verwirrt.

»Was kann ich denn dafür? War doch nicht meine Absicht«, sagte er und lächelte dabei süffisant.

Sie schauten den Weibsbildern noch eine Weile hinterher; sahen, wie die albern miteinander tuschelten. Kurz bevor sie im Baumarkt verschwanden, drehte sich die Kleinere noch einmal um, lachte kokett, hakte sich dann wieder bei ihrer Begleiterin ein und im nächsten Augenblick verschwanden sie aus ihrem Blickfeld.

»Sieht so aus, als hätten wir Chancen bei den beiden«, sagte Walter versonnen, »was meinst du? Die Kleinere könnte doch was für dich sein.«

»Nun halt mal die Luft an und vergiss nicht, weswegen wir hier sind.«

»Ist ja schon gut«, maulte Walter, »man wird ja wohl noch mal träumen dürfen.«

Murphy trat ein paar Schritte vor und beide blickten sie in Richtung Tankstelle; sahen, wie Bernardo gerade wieder einstieg und Zeck vom Bezahlen zurückkehrte. Kurz darauf hörten sie den Motor starten.

»Das war Zeck gewesen«, erklärte Walter.

»Gut«, erwiderte Murphy, »dann schnapp ich mir den anderen und du hältst Zeck in Schach. Bernardo wird ja wohl keine Schwierigkeiten machen. Und im Nu sind wir auch schon wieder auf dem Rückweg.«

Walter nickte, trat die Zigarette aus und sie duckten sich zwischen die parkenden Fahrzeuge. Der Van fuhr an ihnen vorbei, hielt nicht gleich, kurvte noch einen Moment rum und parkte dann in der hintersten Reihe – vier, fünf Parkflächen vom Transporter entfernt. Hub und Zeck stiegen aus. Aus ihrer Deckung heraus fixierte Murphy den untersetzten Typen, der Hub sein musste, während Walter sich auf Zeck konzentrierte, von Bernardo war nichts zu sehen. Murphy wartete, bis Hub an ihm vorbei kam, sprang auf, drückte ihm den Elektroschocker an den Hals und setzte ihn unter Strom. Augenblicklich sank Hub ihm zuckend und schwer wie ein nasser Sack in die Arme. Zeck sah es, griff nach hinten in seinen Hosenbund. Doch bevor er die *Glock* ziehen konnte, bohrte Walter ihm schon den Schalldämpfer am Lauf seiner *Glock* in den Rücken und nahm sie ihm ab.

»Das ist doch meine«, sagte Walter, »ganz ruhig, alter Freund, mach jetzt bloß keine Dummheiten, von dir wollen wir nichts«.

Zeck wehrte sich nicht, nahm die Hände hoch und sah, wie Murphy Hub zu dem SUV schleifte und ihn auf die Rückbank hievte.

»Dachtet ihr wirklich, ihr kämt damit durch?«, fragte Walter Zeck, »obwohl ich ja zugeben muss, dass die Nummer, die ihr da bei Carlos abgezogen habt, nicht die schlechteste war. Ehrlich, hat mir einigermaßen imponiert. Nun aber los, vorwärts, wollen doch mal sehen, wie es unserer kleinen Filzlaus Bernardo geht.«

Er schob Zeck Richtung Van zurück, immer darauf gefasst, dass der jeden Augenblick einen Versuch unternehmen könnte, ihn zu überrumpeln.

»Mach auf!«, forderte er von Zeck, als sie vor der Seitentür des *Chevys* standen.

Zeck öffnete sie und Walter riskierte einen Blick ins Innere, woraufhin Bernardo sofort losblökte.

»Na endlich!«, kreischte er. »Bind mich los!«

»Halt's Maul, bis du gefragt wirst«, blaffte Walter ihn an und Bernardo verstummte, »ihr werdet gleich die Plätze tauschen, Geduld. Doch vorher muss der Bastard hier mir noch was verraten.«

Zeck lehnte mit dem Rücken an der offenen Schiebetür, seine Hände hielt er auf Schulterhöhe. Unverwandt sah er Walter an, der ihm den Schaldämpfer, in den Leib presste und ihm munter zuzwinkerte.

»Bist du gerissener Sauhund wirklich so ein guter Schütze wie du behauptest oder warst du froh, überhaupt die Decke zu treffen?«

Zeck grinste ihn frech und breit an.

»Gib mir ›ne Knarre und lass es uns rauskriegen«

»Hah!«, machte Walter. »Das könnte dir so passen.«

Er zeigte ihm einen Vogel und wusste immer noch nicht, ob Zeck nun bluffte oder nicht.

»Nun mach schon!«, hörte er Murphy hinter sich rufen, der Hub bereits abfahrtbereit verstaut hatte. »Zieh dem Kerl eins über und schaff Bernardo her! Wir haben nicht ewig Zeit.«

Und dann – wie aus dem nichts – gab es einen heftigen Knall, verbunden mit einer lautstarken Verpuffung. Nicht in unmittelbarer Nähe, ein gutes Stück entfernt. Trotzdem zuckten sie merklich zusammen und im nächsten Moment sahen sie, wie aus der Fahrerkabine des *Sprinters* lodernde Flammen aufstiegen.

»Was zum Henker …?«

Walter brach mitten im Satz ab und starrte in Richtung des brennenden Lieferwagens mit der – nun im wahrsten Sinne des Wortes heißen – Ware. Dabei sah er im Augenwinkel, wie Murphy in sich zusammensackte. Er wirbelte herum, sah die kleinere der beiden Frauen von vorhin mit einem gehobeltem Stück Kantholz in der Hand neben Murphy stehen und wie sie im nächsten Augenblick seinem Kumpel mit dem Elektroschocker malträtierte.

Er war genau die eine Sekunde zu langsam, bis er realisiert hatte, was da gerade geschah.

»Na, mein Süßer«, zwitscherte die blonde Schönheit ihm ins Ohr und hielt ihm einen Revolver unters Kinn, »dumm gelaufen, was?«

Der Lieferwagen brannte nun auch am Heck, Flammen stiegen von den Hinterreifen auf und breiteten sich schnell aus, was die Aufmerksamkeit der wenigen Menschen ringsherum bereits auf sich zog. Zeck nahm Walter die beiden *Glocks* ab.

»Wir müssen hier weg«, war das, was Walter noch wahrnehmen konnte und das Letzte was er sah, war, wie die Kleine mit Murphys Elektroschocker in der Hand auf ihn zustürzte. Dann fuhr ein mächtiger Blitz in seine Halsschlagader und sämtliche Lichter um ihn herum verloschen.

55

Nur ganz langsam tauchte Hub auf der Rückbank des *Touaregs* aus den Niederungen der Bewusstlosigkeit wieder auf, nahm Licht und Geräusche wie durch eine Wand aus Nebel und Watte wahr. Spürte die Benommenheit, die zäh wie Kautschuk in jeder Faser seines Körpers hing und sich nur allmählich von dannen schlich. Er massierte seine Schläfen, kam hoch und schaute sich um.

»Verflucht«, murmelte er, »wo bin ich? Was um alles in der Welt ist passiert?«

Dann sah er Zeck, der in dieser luxuriösen Karre hinterm Lenkrad saß und konnte sich absolut keinen Reim darauf machen.

»Du hast dich mit 500.000 Volt angelegt, alter Knabe, ist alles nicht so gelaufen, wie wir es uns dachten.«

»Wo sind die Frauen?«

»Die sind im Van hinter uns.«

Hub drehte sich um und sah durch die Heckscheibe das schwarze Monster. Seine Lebensgeister kamen zurück, er zwängte sich nach vorne auf den Beifahrersitz.

»Erzähl!«, forderte er Zeck auf.

»Wir wurden erwartet, von unserem augenzwinkernden Freund Walter und noch einem, der dich mit einem Elektroschocker ausgeschaltet hat. Mich hat Walter auf dem falschen Fuß erwischt und wären unsere Frauen nicht gewesen, wärst du mit Bernardo bereits auf dem Weg zu Carlos.«

»Wie war das möglich?«, fragte Hub ungläubig, suchte nach einer Zigarette, fand aber keine. »Hast du Zigaretten?«

»Nee. Irgendwie muss Bernardo, diese elende Mistmade, uns verraten haben. Er schien nicht überrascht zu sein, schien auf sie gewartet zu haben. Na ja, und die Ladung Pillen können wir auch vergessen.«

»Klar, an die kommen wir jetzt nicht mehr ran.«

»Ich meine, die gibt's nicht mehr. Unsere Ladys haben es faustdick hinter den Ohren, haben sie abgefackelt, haben den ganzen Lieferwagen in Brand gesetzt, als Ablenkungsmanöver.«

Zeck grinste ihn von der Seite an und Hub blieb der Mund offenstehen.

»Dann haben sie Walter und den anderen Kerl mit deren eigenen Elektroschocker ausgeschaltet. Ich schätze den beiden geht es jetzt nicht viel besser als dir.«

»Was haben wir uns denn da bloß für Bräute angelacht?«, brachte Hub staunend hervor und schüttelte breit grinsend den Kopf.

»Du lagst dann schon zum Abtransport hier im Wagen bereit, die Aufmerksamkeit ringsum nahm zu und wir mussten zusehen, dass wir da wegkamen.«

»Und nun?«

»Keine Ahnung, wir sollten erst mal sehen, dass wir genügend Abstand schaffen und nach Deutschland rüberkommen. Da vorne ist ja auch schon die Grenze.«

Unbehelligt querten sie diese, bogen auf die 418 ab und fuhren an der Sauer entlang bis nach Minden. Bei einer Tankstelle hielten sie an und stiegen aus. Der Van parkte hinter ihnen. Zoe ließ den Motor verstummen und Rowenta sprang vom Beifahrersitz, schlang die Arme um Hubs Hals und war erleichtert, ihn wieder auf den Beinen zu sehen.

»Du verdammter Mistkerl jagst mir nie wieder so einen Schrecken ein, verstanden?«

»Danke«, sagte er nur.

Sie holten sich Kaffee, ein paar belegte Brötchen und setzten sich in den Van. Bernardos gefesselte Hände waren immer noch am Haltegriff gebunden.

»Will mich vielleicht mal jemand losmachen?«, pöbelte er und zerrte an dem Seil.

Zeck – der vor ihm saß – drehte sich zu ihm um, stopfte ihm einen Lappen, den er zwischen die Finger bekam, ins Maul und versprach ihm, dass sie gleich noch zu ihm kommen würden.

»Ich vermute, dass wir es ihm zu verdanken haben, dass sie uns beinahe erwischt hätten«, sagte er in die Runde.

»Scheiße, ohne die Pillen ist der doch keinen Pfifferling wert«, sprach Hub seine Gedanken aus, »was will Carlos denn mit so einer linken Bazille anfangen? Dafür rührt der doch keinen müden Finger mehr«, und im Stillen dachte er sich, dass es vielleicht zielführender wäre, Julie mit purer Gewalt und Feuerkraft aus Carlos' Fängen zu befreien, was natürlich dem reinsten Irrsinn gleichkäme. »Wir haben nichts mehr«, schloss er resigniert ab.

Die Niedergeschlagenheit, welche jeder spürte, war dabei, den ganzen Van zu erfassen. Sie tranken ihren Kaffee, rauchten und ließen die Brötchen links liegen. Niemand sagte etwas, bis Rowenta mit dem Vorschlag kam: »Dann fahren wir eben nach Erfurt und holen uns die Millionen. Die ganzen Bareinnahmen sollen dort doch heute noch eintrudeln, bevor sie morgen dann in die Schweiz gebracht werden.«

Die Köpfe hoben sich.

»Überlegt doch mal«, setzte sie nach, »unsere Situation hat sich doch sogar noch verbessert. Wir haben die Lieferung vernichtet, was Carlos an den Rand der Raserei bringen sollte, und wenn ihm jetzt noch die gesamte Kohle flöten geht, wird er schon einlenken und Julie freigeben müssen.«

Es herrschte ein Moment der angespannten Stille.

»Sie hat verdammt noch mal recht«, stimmte Zeck ihr dann im Brustton der vollen Überzeugung zu. »Na klar. Darauf muss Carlos reagieren. Da hat er ja schon gar keine andere Wahl mehr. Der Deal lautet dann ›zwanzig Millionen plus Bernardo‹ – egal, ob er ihn nun haben will oder nicht – gegen Julie. Ansonsten werden vier wild gewordene Desperados weiter seine Lieferungen vernichten und die Einnahmen stehlen.«

Zeck sah in die Runde und sah nur verschmitzte Gesichter.

»Das gefällt mir«, sagte Rowenta.

»Ich bin dabei«, kam es von Zoe.

»Bleibt nur noch die Frage, wie wir uns die Kohle unter den Nagel reißen wollen, ohne uns eine blutige Nase zu holen«, bemerkte Hub.

»Das ist die Frage«, bestätigte Zeck und im nächsten Augenblick waren alle Augen auf Bernardo gerichtet, »vielleicht hat er ja einen Tipp für uns.«

Zeck nahm ihm den Lappen aus dem Mund.

»Bitte«, fing Bernardo an zu jammern, »bindet mich los. Ich schwöre euch, ich habe euch nicht verraten, wie sollte ich das denn machen? He?«

Zeck löste ihn von seinen Fesseln und Bernardo rieb sich die Handgelenke.

»Dann verrate mir doch mal, wieso du Walter mit ›na endlich‹ begrüßt hast; so, als ob du ihn erwartest hättest.«

»Na, weil es doch irgendwie eh klar war, dass sie euch kriegen würden, war doch nur noch eine Frage der Zeit; ihr wisst anscheinend immer noch nicht, mit wem ihr es zu tun habt.«

»Und darauf, dass wir uns die Lieferung schnappen wollten, sind sie wie gekommen?«

»Woher soll ich denn das wissen?«

Jedem war klar, dass Bernardo Scheiße erzählte, was aber letztendlich auch keine Rolle mehr spielte.

»Du bist und bleibst nun mal ein verlogener Widerling«, stellte Hub fest, »und ich rate dir, uns nicht mehr für blöd zu verkaufen, wenn du hier halbwegs im Ganzen aus der Nummer rauskommen willst.«

»Ich bin doch auf eurer Seite, ich lüge nicht.«

»Das war doch schon wieder eine«, sagte Hub, griff sich die *Glock* mit dem Schalldämpfer und stieg nach hinten zu Bernardo, der augenblicklich anfing, hysterisch zu schreien. Hub packte eine Hand von ihm, drückte sie aufs Polster und setzte das Ende des Schalldämpfers auf einen seiner Finger an, drückte ab. Das Projektil rauschte zwischen seinen Fingern hindurch ins Polster bis zur Bodenplatte; Bernardo brüllte, was das Zeug hielt; glaubte, seinen Finger verloren zu haben; sah, dass noch alle dran waren, und fing an zu heulen.

»Ab jetzt wirst du jede weitere Unwahrheit tatsächlich mit einem Finger bezahlen, also überlege dir ganz genau, was du von dir gibst! Ist das klar?«

Bernardo schluchzte und nickte hektisch.

»Also. Siehst du eine Möglichkeit, wie wir an die Kohle rankommen können?«

Bernardo schüttelte den Kopf.

»Denk nach!«

Das tat er, was ihm anzusehen war, aber er brachte keinen klaren Gedanken zustande. Hub gab ihm eine Flasche Wasser und forderte ihn auf, etwas zu trinken, was er auch tat. Allmählich beruhigten sich seine Nerven.

»Kann ich eine Zigarette haben?«

Zoe zündete eine an und reichte sie zu ihm durch. Er inhalierte tief den ersten Zug.

»In dem Bahnhof befinden sich definitiv zu viele Leute, um sie zu überfallen«, sagte er dann, »außerdem habe ich keine Ahnung, wo sie das Geld aufbewahren, um es vielleicht unbemerkt zu klauen. Das könnte überall in dem Gebäude gebunkert sein.«

Er nahm zwei weitere schnelle Züge.

»Wenn überhaupt sollte man den Geldtransporter überfallen, gleich nachdem er den Bahnhof verlassen hat. Da müssen sie erst noch eine ganze Strecke durch den Wald. Habe aber keine Ahnung, wie das gehen soll. Schließlich ist der Lieferwagen extrem gesichert, der Laderaum nur von der Fahrerkabine aus zu öffnen und die beiden Security-Leute werden garantiert einen Scheiß tun, euch die Euros einfach so zu überlassen.

»Hört sich doch zumindest schon mal nach einem Anfang an«, lobte Hub ihn, »und wann bringen sie das Geld weg?«

»Immer so schnell wie möglich, gleich am nächsten Morgen. Also morgen früh.«

Hub schaute auf die Uhr im Cockpit, es war gerade mal 9 Uhr, sie hatten also noch genügend Zeit und keine Eile.

Mit dem neuen Plan kehrte auch die Zuversicht zurück und löste den Frust über die misslungene Aktion bei *McDonald's* ab. Die niedergeschlagene Stimmung wich einer unbeschwerten und allmählich machte sich auch Appetit bei ihnen breit. Sie aßen die Brötchen, tranken Kaffee und holten Nachschub. Beratschlagten, wie sie am besten vorgehen könnten. Bernardo war ungewohnt kleinlaut, hielt sich zurück und gab nur Kommentare, wenn er gefragt wurde. Sie kamen zu dem Schluss, dass sie mit beiden Wagen weiterfahren sollten. Stellten sich vor, dass sie die Typen an einer geeigneten Stelle mit dem Van von der Straße rammten, sich die Millionen schnappten und dann nur mit dem SUV nach Berlin abhauten. So kompliziert hörte sich das Ganze gar nicht mehr an. Bernardo gab nur zu bedenken, dass – wenn man die beiden Security-Typen nicht komplett ausschalten würde – innerhalb weniger Minuten eine ganze Armada hinter ihnen her wäre. Von daher war es in jedem Fall von Vorteil, in einer schnellen Karre unterwegs zu sein. Wenn sie dann erst mal in Berlin wären, würde Hubs Kumpel Curtis, alias Kurt Thissow, schon einen sicheren Unterschlupf für sie finden.

Die Frauen wollten am liebsten den Van weiterfahren, fanden ihn irgendwie cooler als die Luxuskarre. Auch mit Bernardo hinten drin sahen sie keine Probleme. Rowenta meinte, sie würden ihm einfach die Hosen ausziehen; war überzeugt davon, dass er nicht genug Schwanz hatte, um damit ungeniert rumzulaufen, dass er sich mit dem kümmerlichen Ding zwischen seinen Beinen eher verkriechen würde. Auch diese Kränkung ließ Bernardo stillschweigend über sich ergehen. Anscheinend hatte er seine Lektion tatsächlich gelernt. Er stieg dann aber doch in den SUV. Zoe packte sich nach hinten auf die Rückbank des Vans, jetzt war auch bei ihr die Luft raus. Sie gingen davon aus, dass sie am Nachmittag ankommen würden; noch genügend Zeit hätten, die Lage zu peilen, um zu schauen, wie ihr Plan funktionieren könnte und sie sich dann alle noch für ein paar Stunden aufs Ohr hauen konnten.

Am Nachmittag verließen sie die A4 bei Nohra und fuhren auf der 85 in südlicher Richtung. Bald darauf bogen sie auf eine Nebenstraße nach Westen ab. Nach etwa fünf Kilometern durch Waldgebiet gabelte linksseitig ein Weg von der Straße ab, der zum Bahnhof führte. Er war einspurig und mit riesigen Betonplatten ausgelegt, wie sie in der ehemaligen DDR vielerorts üblich waren. Südlich des Plattenweges verlief parallel die Bahntrasse, getrennt von einem etwa fünfzig Meter breiten Streifen mit Birken- und Ahornbewuchs. Sie bogen nicht ab, fuhren weiter und hielten ein paar hundert Meter später auf einem Parkplatz für Wanderer und Pilzsammler. Laut Bernardo war es zu riskant, direkt den Plattenweg auszukundschaften. Es bestand die Gefahr, dass sie einem der zahlreichen Besucher, der seine Einnahmen brachte, begegnen könnten.

Zeck breitete die Wanderkarte, welche sie im letzten Ort erstanden hatten, auf der Motorhaube des *Touareg* aus. Das Waldstück zwischen dem Plattenweg und der Nebenstraße, auf der sie sich befanden, erstreckte sich von der Gabelung in einem spitzen Winkel nach Westen hin. Vom Abzweig aus befand sich der Bahnhof in etwa dreieinhalb Kilometern Entfernung. Ziemlich genau auf gleicher Höhe gab es auf ihrer Straße einen Gasthof und das Waldstück, welches von etlichen Forstwegen durchkreuzt wurde, war an dieser Stelle bereits an die zwei Kilometer breit.

»Lasst uns zum Gasthof fahren«, schlug Zeck vor, »von dort aus können wir durch den Wald laufen und schauen, ob sich irgendwo auf dem Plattenweg eine geeignete Stelle finden lässt. Danach können wir was essen und uns ein gepflegtes Bier gönnen.«

»Gute Idee«, stimmte Zoe zu, »und wer nicht mitwill, kann gleich was trinken.«

Sie fuhren zu dem Gasthof, zischten alle gleich mal ein Bier und danach machten sich Hub, Zeck und Bernardo auf den Weg. Die Dämmerung war noch nicht in Sicht, als sie über Forstwege und querfeldein durch hügeliges Gelände den Plattenweg erreichten, von wo aus sie in westlicher Richtung auch den Bahnhof erkennen konnten. Sie vermieden es, das Bahnhofsgelände, auf dem bereits einige Autos parkten, genauer zu inspizieren – zu groß war die Gefahr, entdeckt zu werden. Parallel zum Plattenweg schlichen sie in östlicher Richtung durchs Unterholz. Zweimal hörten sie schon von Weitem Motorengeräusche jeweils aus der einen und der anderen Richtung auf sie zukommen; beide Male duckten sie sich weg und blieben unerkannt. Bernardo blieb dicht an ihrer Seite. Zeck hatte keine Zweifel bei ihm aufkommen lassen, dass er ihm eine Kugel ins Fell jagen würde, sollte er auf dumme Gedanken kommen.

Sie hielten Ausschau nach einer geeigneten Stelle für den Überfall; stellten sich einen Waldweg vor, der auf den Plattenweg führte und in dem sie den Van verbergen konnten. Der Geldtransporter müsste dann an der Stelle zum Anhalten gezwungen werden, damit Hub ihn vom Weg rammen konnte, in den gegenüberliegenden Birkenhain hinein, danach müsste man dann weitersehen, so jedenfalls sah jetzt der grobe Plan aus.

Nach gut eineinhalb Kilometern stießen sie auf solch einen Forstweg, der im rechten Winkel auf den Plattenweg traf. Das Gelände war hier leicht ansteigend, sodass die Einmündung des Forstweges verborgen in einer Senke lag.

»Das ist es«, sagte Hub, »hier könnte es gehen.«

Sie schauten sich die Umgebung noch etwas genauer an, fanden die Stelle auf der Wanderkarte und markierten sie. Nachdem sie sich noch ein wenig umgeschaut hatten, liefen sie den Forstweg entlang – in der vagen Hoffnung, dass der vielleicht eine direkte Verbindung zu der Straße hatte, an der der Gasthof lag, was aber nicht der Fall war. Noch auf dem Weg zurück zum Gasthof entstand nun der definitive Plan, wie sie vorgehen wollten: Anfahrt zwischen 3 und 4 Uhr, wenn die Ruhe am größten ist. Zeck als Vorposten, gibt Signal, sobald er den Lieferwagen kommen sieht. Rowenta wartet weiter vorn im SUV – verborgen in einer Ausweichstelle – und setzt zurück, nachdem es gerumst hat. Und Zoe würde den Lockvogel spielen, irgendwie verletzt und in einem jämmerlichen Zustand auf dem Plattenweg liegen, sodass der Lieferwagen genau da anhalten muss, wo Hub ihn dann von der Seite erwischen kann.

Als sie zurück waren, setzte bereits die Dämmerung ein. Sie aßen gemeinsam, hielten sich mit Alkohol zurück, besprachen gemeinsam ihr Vorhaben und die Einzelheiten. Für Zoes Aufmachung klaubten sie die Rote Beete vom Salatteller, packten sie in eine Hülle von Papiertaschentüchern und ließen eine Plastikflasche Ketchup mitgehen. Anders als vor dem Überfall bei *McDonald's* war die Stimmung angespannt und konzentriert. Sie wussten, dass sie ein Schweineglück gehabt hatten. Wäre Rowenta beim Betreten des Lokals nicht mit Walter zusammengerasselt und hätte dabei dessen Knarre gesehen, wodurch bei ihr sämtliche Alarmglocken schrillten, wäre Hub seinem Ende bereits ein gutes Stück näher gewesen. Diesmal wollten sie besser vorbereitet sein. Es stand eine Menge auf dem Spiel und ihnen war klar, dass sie nicht noch eine weitere Chance bekommen würden. Bald nach dem Essen und nachdem alles besprochen war, kroch die Müdigkeit in ihre Knochen und sie zogen sich in die Autos zurück, um noch ein paar Stunden Schlaf zu bekommen.

Es war stockfinster, als sie sich gegen 3.30 Uhr sammelten. Der Himmel war bewölkt und sollte der Mond, egal in welchem Umfang, da oben irgendwo stehen und sein Licht verteilen, war hier unten nichts davon zu erkennen. Sie fuhren los, zurück zu der Gabelung und dann den Plattenweg entlang bis zu dem Forstweg in der Schneise. Rowenta wendete den SUV und parkte ihn rund einhundert Meter davor in einer Ausbuchtung. Hub parkte den Van rückwärts auf dem Forstweg ein, der durch den leichten Anstieg noch für einen zusätzlichen Schwung sorgen würde. Danach präparierten sie Zoe, rissen ihr Jeans und T-Shirt auf und verteilten kunstvoll ein Gemisch aus Rote-Beete-Saft und Ketchup über sie. Sie sah echt gruselig aus.

Sie rechneten sich aus, wo Zoe sich auf den Plattenweg legen sollte, um den Lieferwagen genau an der richtigen Stelle zum Anhalten zu zwingen. Danach bezog Zeck – mit einem Handy bewaffnet – in rund dreihundert Metern Abstand bei einer leichten

Rechtskurve seinen Posten. Von dort aus konnte er den dann schnurgerade verlaufenden Plattenweg gut überblicken. Die anderen warteten im Van auf seinen Anruf, während Bernardo geknebelt und gefesselt im Heck des SUV saß.

Die Zeit verrann in Schneckentempo. Quälend langsam reihte sich eine Minute an die andere und die Dämmerung setzte bereits ein, als Zeck endlich anrief.

»Sie kommen«, sagte er nur und wie verabredet machte er sich gleich darauf durch das Unterholz auf den Weg zurück zum Ort des Geschehens. Zoe lief zur markierten Stelle, legte sich mit dem Rücken mitten auf die Betonplatte und stellte sich tot. Rowenta lief – sofort nachdem der Anruf gekommen war – zum SUV. Hubs Finger umklammerten den Zündschlüssel, sein rechter Fuß stand auf der Bremse; bereit, aufs Gaspedal zu wechseln, sobald der Motor lief und die Automatik auf D stand. Dann tauchten die Scheinwerfer des Lieferwagens hinter der leichten Rechtskurve auf und als sie Zoe erfassten, verlangsamte sich die Fahrt. Viel zu weit von ihr entfernt stoppte der Wagen mit der Catering-Beschriftung. Die Zeit hielt den Atem an, nichts bewegte sich, selbst die Vögel verstummten. Hub glaubte, dass sie die Falle durchschaut hatten; dass sie wieder einmal gewarnt wurden, und startete den Motor – wild entschlossen, sie frontal zu erwischen. Doch noch einen Moment bevor der V8 brüllend aufheulte, fuhr auch der Lieferwagen wieder an; beschleunigte und es sah aus, als wolle der Fahrer einfach über Zoe hinwegdonnern. Die Hinterreifen des Van wirbelten den Waldboden auf und mit Vollgas erwischte Hub den Lieferwagen genau da, wo er ihn haben wollte. Die Fahrertür war gut einen halben Meter eingedrückt, das Seitenfenster zersprungen, aus dem der blutüberströmte Kopf des Fahrers baumelte. Hub fuhr wieder an und schob den Lieferwagen mit grollendem Getöse von dem Plattenweg runter und quetschte ihn mit der Beifahrertür an eine stämmige Birke. Zoe rappelte sich auf, Rowenta kam rückwärts angerauscht, hielt mit quietschenden Reifen und Zeck, der die letzten Meter auf dem Weg gesprintet war, sprang auf die kurze, völlig eingedrückte Motorhaube des Vans, richtete die *Glock* über den bewegungslosen

Körper des Fahrers hinweg auf seinen Nebenmann und forderte ihn auf, die Hecktüren zu öffnen.

»Einen Teufel werde ich tun, du verdammtes Arschloch. Ihr seid des Todes und werdet in der Hölle schmoren. Ich weiß, wer ihr seid, ihr kommt keine fünf Meter weit. Carlos …«

Zeck hatte genug gehört, erwischte ihn am Oberschenkel. »Mach auf!«, schrie er ihn an.

Der Typ jaulte auf – ob nun vor Wut oder Schmerz, war nicht zu sagen. Widerwillig drückte er auf den Knopf, womit er die Hecktüren entriegelte, vor denen Hub schon bereitstand. Zeck wollte gerade von der Haube springen, um ihm bei der Beute zu helfen, als er gerade noch erkannte, wie der Typ eine Knarre unterm Sitz hervorzog. Im nächsten Augenblick zerfetzte auch schon ein zweiter Schuss die morgendliche Stille. Zeck, getroffen an der Schulter, wirbelte herum und wäre gestürzt, hätte Zoe ihn nicht aufgefangen. Danach fielen in schneller Abfolge weitere Schüsse.

Rowenta stand breitbeinig vor dem Lieferwagen. An ausgestreckten Armen, in beiden Händen den Revolver haltend, feuerte sie auf die Windschutzscheibe. Den ersten vier Projektilen widerstand die Scheibe noch, das fünfte riss dem Beifahrer das Ohr ab und das letzte schlug rechtsseitig in seinen Schädel ein. Zoe hatte Zeck zum SUV geführt und auf die Rückbank gesetzt. Hub schleifte vier Sporttaschen hinter sich her, wuchtete sie zu Bernardo ins Heck, überlegte einen Moment und entschloss sich den Van wieder zwei Meter zurückzusetzen. Damit kam kein anderes Fahrzeug mehr durch. Dann warf er die Schlüssel weg, sprang auf den Beifahrersitz zu Rowenta und im nächsten Augenblick donnerten sie davon.

Zeck stöhnte.

»Wo hat's ihn erwischt?«, wollte Hub wissen.

»Hinten an der Schulter«, gab Zoe Antwort.

»Schau nach, ob er vorne auch ein Loch hat«, forderte Rowenta sie auf und schlingerte mit hohem Tempo den Plattenweg entlang.

Zoe strich ihm die Jacke von der Schulter, schob sein T-Shirt nach oben und suchte seine Brust nach der Austrittswunde ab.

»Sieht nicht so aus«, sagte sie.

»Verflucht«, murmelte Rowenta, erreichte die Nebenstraße und beschleunigte, »die Kugel muss raus, sonst macht er es nicht mehr lange.«

»Wie lange?«, fragte Hub.

»Keine Ahnung. Fünf, vielleicht sechs Stunden, vielleicht auch weniger. Ewig auf jeden Fall nicht. Blutet er stark?«

Zoe kippte Zeck nach vorn.

»Ziemlich«, kam die Antwort.

»Dann müssen wir erst mal die Blutung stillen. Bernardo!«, rief sie. »Haben wir da hinten einen Verbandskasten?«

»Ich kann mich nicht bewegen.«

Klar, er war ja noch gefesselt.

»Lass uns die Plätze tauschen«, forderte Hub Rowenta auf.

Ohne viel Zeit zu verlieren, hielt sie an. Hub stieg auf den Fahrersitz und Rowenta nach hinten.

Sie wussten nicht, ob sie verfolgt wurden, aber allem Anschein nach hatten die Typen durchaus mit einem Überfall gerechnet. Also war es nur eine Frage der Zeit, wann sie die Verfolgung aufnehmen würden, dementsprechend trat Hub aufs Gas. Zu der Zeit war noch nicht viel los auf den Straßen. Im Nu waren sie auf der A4 und fuhren mit Höchstgeschwindigkeit nach Osten, Richtung Hermsdorfer Kreuz. Rowenta hatte Bernardo die Fesseln abgenommen und Zeck einen Druckverband angelegt, die Blutung war einigermaßen gestoppt. Sie saß jetzt wieder neben Hub auf dem Beifahrersitz und Zeck, blass wie ein Leichentuch, lag mit dem Kopf auf Zoes Oberschenkel, war aber bei Bewusstsein und hielt sich.

Hub hatte Curtis aus dem Bett geklingelt, er hatte ihn ewig weder gesehen noch gesprochen, daher war seinem Kumpel schnell klar, dass es sich nur um einen absolut ernstzunehmenden Notfall handeln konnte. Er fragte auch nicht lange nach, versprach, sich mit WinnieC in Verbindung zu setzen, und sobald der einen Arzt hatte, würde er sich wieder melden. Eine Stunde später erschien die Adresse per SMS auf Hubs Handy, zusammen mit der Aufforderung, sich unbedingt bei WinnieC zu melden, sollte er Hilfe brauchen, da fuhren sie bereits auf der A9 nach Norden.

Hub fuhr am Limit – immer so schnell, wie es die Verhältnisse gerade so zuließen. Wenn ihm Zeck auf der Rückbank verrecken würde, wüsste er nicht, wie er das verkraften sollte. Ein unvorstellbarer Gedanke, der zentnerschwer auf sein Gemüt drückte. Und als ob Zeck seine Gedanken lesen konnte, ermahnte er ihn mit schwacher Stimme, es nicht zu übertreiben. Niemandem würde es etwas nutzen, wenn sie obendrein noch einen Unfall bauten, er würde schon noch durchhalten und gar nicht daran denken, frühzeitig auszusteigen, schließlich würde er Julie auch noch mal gerne kennenlernen.

Bei Leipzig zog sich eine ewige Baustelle hin – Tempo achtzig, keine Möglichkeit, schneller voranzukommen, was an den Nerven zerrte –, und plötzlich durchfuhr Hub ein übler Verdacht. Was, wenn sie tatsächlich auf sie gewartet hatten und in den Taschen gar keine Millionen steckten?

»Bernardo,« brüllte er nach hinten, »schau nach, was in den Taschen ist!«

Bernardo, der immer noch zusammengepfercht im Kofferraum bei den Taschen saß, zerrte an den Reißverschlüssen.

»Euros«, rief er, »unendlich viele Euros.«

Nach der Baustelle hatten sie freie Fahrt bis nach Berlin. Am Kreuz Zehlendorf fuhr Hub auf die Potsdamer Chaussee Richtung Innenstadt ab. Die Adresse befand sich in Lichterfelde. Sie wurden bereits erwartet und fünfzehn Minuten später fiel das 9mm-Projektil klimpernd in eine Schale aus nicht-rostendem Stahl.

FREUNDE

56

Es war noch früh am Vormittag, als der Arzt – persischer Abstammung mit rundlicher Figur und angegrautem, wellendem Haar – zu ihnen ins Wartezimmer kam und Entwarnung gab. Der Patient sei ein kräftiger und gesunder Mann, sagte er; er würde es überleben, solle sich aber in den nächsten Tagen nicht zu viel vornehmen und unbedingt schonen.

Zeck kam hinter ihm mit verbundener Schulter und einem ruhiggestellten rechten Arm aus dem Behandlungsraum. Die Erleichterung bei allen war riesig. Zoe schlang die Arme um ihn, küsste ihn stumm und Hub hätte ihm beinahe anerkennend auf die Schulter geklopft. Selbst bei Bernardo huschte ein Lächeln übers Gesicht. Zeck sah über Zoes Kopf hinweg zu Rowenta, die mit übereinandergeschlagenen Beinen auf einem Stuhl saß. Er wusste, dass sie es war, die den Typen erschossen und erste Hilfe geleistet hatte.

»Danke.«

»Gern geschehen«, erwiderte sie und strahlte ihn freudig, voller Stolz und doch etwas verlegen an.

»Ich muss noch mal telefonieren«, meinte Hub dann und fragte den Arzt, ob sie noch einen Moment bleiben könnten.

»Kein Problem«, sagte der, »heute habe ich keine Sprechstunde, die Freunde von WinnieC sind auch meine; bleiben Sie so lange, bis Sie alles erledigt haben; ziehen Sie einfach die Tür hinter sich zu«, dann verließ er das Wartezimmer.

»Wer zum Henker ist WinnieC?«, wollte Rowenta wissen, »woher kennst du den?«

»Erzähle ich dir später, wir müssen erst noch einiges erledigen.«

Er wählte die Nummer von Curtis.

In der Zeit, als der Doc Zeck die Kugel aus dem Leib holte, waren sie die Situation auf dem Plattenweg noch einmal durchgegangen. Sie waren sich sicher, dass die Typen den Braten von Anfang an gerochen hatten. Nach dem misslungenen Überfall auf die Lieferung der Pillen mussten sie gewarnt worden sein und dementsprechend wusste man jetzt auch, dass sie mit dem *Touareg* von Walter auf der Flucht waren. Und ihnen war auch klar, dass sie nur aufgrund der Höchstgeschwindigkeit des Autos entwischt waren. Und dass ihr Ziel Berlin war, lag mehr oder weniger auch auf der Hand. Carlos wusste schließlich, dass Hub aus Berlin stammte, wo er sich auskannte und seine Chancen zu überleben hier noch am größten waren.

Curtis nahm ab.

»Hat alles geklappt?«, fragte er als Erstes.

»So weit ja, danke. Wir müssen jetzt schnellstmöglich die Karre von der Straße kriegen und brauchen einen Unterschlupf. Am besten auch ein anderes Auto.«

»Klingt, als würdest du einen Arschvoll Ärger hinter dir herziehen, kann das sein?«

»Na ja, wie man's nimmt. Noch liegen wir eigentlich ganz gut im Rennen; aber ja, der Vorsprung schrumpft.«

»Also gut, ihr seid noch beim Doc?«

»Ja.«

»Wie viele seid ihr?«

»Vier, eine Geisel und schweres Handgepäck.«

»Wow.«

Für einen Moment herrschte Schweigen und Hub sah Curtis bildlich vor sich, wie er auf seiner Unterlippe kaute und nach Lösungen suchte. Wahrscheinlich fuhr er sich dabei noch mit gespreizten Fingern durch sein kurzes, schwarzes Haar.

»Wir machen es folgendermaßen«, äußerte er dann, »ihr fahrt zur Goerzallee, das ist das Nächste von euch aus – da, wo die Amis stationiert waren, Tor 3. Ich rufe den Wachposten bei der Einfahrt an und sage ihm Bescheid, dann lässt er euch auf das Gelände und sagt euch, wo ihr die Karre abstellen könnt. Ihr lasst den Schlüssel einfach stecken, den Rest übernehmen andere. Ich schick' euch einen Wagen, der euch abholt und nach Eichwalde bringt, da ist gerade was frei geworden, wird euch gefallen. Um ein Auto können wir uns immer noch kümmern, das wird kein Problem sein. Okay?«

»Alles klar, danke«, gab Hub zurück.

»Wir sehen uns später. Bin gespannt, was für eine Story du im Gepäck hast.«

Zehn Minuten später standen sie vor dem geschlossenem Tor 3 der ehemaligen Kaserne der Amerikaner, daneben ein Wachhäuschen, aus dem ein Mann herauskam und zu Hub ans Seitenfenster trat.

»Herr Thissow schickt uns; meinte, Sie wüssten Bescheid.«

Der Wachhabende nickte.

»Fahren Sie zum Block C, dahinter können Sie rechter Hand das Auto abstellen«, er lächelte freundlich, ging zurück zum Wachhäuschen und ließ das schwere Tor zur Seite gleiten.

Hub folgte der Anweisung, parkte den SUV und sie stiegen aus. Zeck blieb auf der Rückbank bei offener Tür sitzen. Er hatte wieder Farbe im Gesicht, machte aber einen ziemlich schlappen Eindruck. Hub stellte sich zu ihm, hatte einen Sticky gedreht und schob ihn zwischen seine Lippen.

»Kopf hoch, ein bisschen Ruhe und in ein paar Tagen bist du schon wieder ganz der Alte, wirste sehen«, versuchte er ihn aufzumuntern.

Zeck lächelte gequält und sagte: »Ja klar, trotzdem, das hätte nicht sein brauchen«, nahm einen Zug und gab Zoe den Sticky.

Sie rauchten, aßen die letzten Schokoriegel und tranken Wasser, während sie warteten.

»Was ist denn nun mit diesem WinnieC?«, drängelte Rowenta.

Sie standen im Kreis um die offene Tür herum.

»Da muss ich ein bisschen weiter ausholen. Also, Curtis, WinnieC und ich waren seit der 6. Klasse in der Oberstufe zusammen und haben gemeinsam das Abitur gemacht. Dazu kam noch Zippo, den wir unter unsere Fittiche genommen hatten, weil er ständig von anderen gehänselt wurde. Wir waren gut unterwegs und auf den Partys gern gesehene Gäste. Nach dem Abi ging dann jeder

erst mal seine eigenen Wege, trotzdem hingen wir die Wochen-
enden meist zusammen ab oder unternahmen was. Curtis hatte
eine Bankkaufmannslehre angefangen, brach sie aber irgendwann
ab und wechselte in die Immobilienbranche. Der Schweinehund
hatte beizeiten den Bogen raus, immer den richtigen Riecher und
ist heute so etwas wie ein Immobilienmogul. Zippo ließ sich zum
Versicherungskaufmann ausbilden und WinnieC studierte Jura.«
Hub schaute in die Runde und sah in aller Augen die Frage leuchten: Und du?

»Ich habe mich vermehrt dem Handel mit psychoaktiven Substanzen gewidmet, einer musste ja die Jungs bei Laune halten.«
Ein Grinsen zog über die Gesichter seiner Zuhörer.

»Zippo hat sein Ding jedenfalls auch durchgezogen; leitet heute
eine Versicherungsagentur, die ausschließlich Großkunden be-
treut, und WinnieC – mit bürgerlichem Namen Winfried von
Casterhofen – ist nach seinem Studium in die Kanzlei seines Vaters Burkhard eingestiegen, die er später dann übernommen hat.
Es war kein Geheimnis, dass sein Alter ein äußerst durchtriebener
Anwalt gewesen war, hatte sich im Nachkriegsdeutschland in der
kriminellen Unterwelt Berlins einen echten Namen gemacht. Na,
und sein Sprössling ist vom gleichen Schlag, nur noch einen Zahn
schärfer, gerissen und skrupellos, was eine gefährliche Mischung
ergibt. Ihr könnt euch nicht vorstellen, wie die drei nach der Wende
in den neuen Bundesländern gewildert haben. Curtis hatte schnell
eine Verbindung zur Treuhand hinbekommen – aufgekauft und
geschachert, was das Zeug hielt. Für WinnieC gab es einen un-
erschöpflichen Fundus an ehemaligen SED-Funktionären und
Stasi-Mitarbeitern, die ihre Biografien bereinigt haben wollten, und
Zippo versicherte sämtliche Neugründungen von Unternehmen,
die Curtis anleierte, nachdem WinnieC sie notariell abgesegnet
hatte.«

Fast unbemerkt war Bernardo bei der Erwähnung des Namens
»von Casterhofen« ein wenig in sich zusammengesackt, mit starrem
Blick zog er an seiner Zigarette.

»Was ist los mit dir?«, fragte Zoe, die ihm gegenüberstand.

Jetzt waren alle Augen auf ihn gerichtet und jeder erkannte die Veränderung in seinem Gesichtsausdruck.

»Nichts«, stammelte er, »was soll schon sein?«

»Geht das schon wieder los?«, fragte ihn Hub, »hatten wir das nicht ein für alle Mal geklärt?«

Bernardo trat die Kippe aus, Blick nach unten, wollte gar nicht mehr aufhören, den Stummel zu malträtieren.

»Ich weiß nicht«, sagte er dann, »ich glaube, ich habe den Namen schon mal gehört.«

»Welchen?«

»Von Casterhofen.«

»Ach ja, wo denn?«

»Einer von Carlos' Leuten hatte ihn mal erwähnt, muss sich aber noch um den Vater gehandelt haben.«

»Wundern würde es mich nicht«, sprach Hub mehr zu sich selbst; kam aber nicht weiter, seine Gedanken zu formulieren, denn in dem Moment bog ein blankpolierter, schwarzer *Mercedes Vito* um die Ecke und hielt hinter dem *Touareg.*

Der Fahrer – grauer Anzug, weißes Hemd, schwarze Krawatte und Sonnenbrille – stieg aus, begrüßte sie förmlich und öffnete die Türen, half beim Umladen der schweren Taschen.

»Ich bringe Sie zu Ihrer Unterkunft«, sagte er steif.

Sie stiegen ein und er fuhr los. Ecke Hildburghauser Straße hielt er vor einer roten Ampel.

»Ich steige hier aus«, sagte Hub plötzlich einer Eingebung folgend, »nehme mir ein Taxi und fahr zu WinnieC, komme dann später nach.«

Im nächsten Augenblick war er draußen und die Schiebetür flog wieder zu. Der *Vito* fuhr an und Hub lief rüber zum Taxistand. Ihm war schlagartig etwas klar geworden: Wenn es überhaupt jemanden gab, der ihm jetzt weiterhelfen konnte, dann war es WinnieC. Mit ihm – wie auch mit Curtis und Zippo – verband ihn eine tiefe Freundschaft; zusammengeschweißt aus unzähligen gemeinsamen Erlebnissen, die zum Teil verbunden waren mit ein paar unschönen Erinnerungen, die besser nie wieder Erwähnung finden sollten.

»Zum Bayerischen Platz bitte«, forderte er den Chauffeur auf.

Von unterwegs meldete er sich bei WinnieC an und eine halbe Stunde später stieg er die mit rotem Sisal belegten Stufen der Eingangshalle des aus der Gründerzeit stammenden, gepflegten Altbaus nach oben in den ersten Stock. Eine adrette Rothaarige öffnete ihm und führte ihn direkt in WinnieCs Büro.

Der war ein großer, kräftiger Kerl von einhundertzwanzig Kilo. Seine blonden, vollen Haare waren nach hinten frisiert, endeten auf dem Hemdkragen, der offen stand und den Blick auf eine schwere Goldkette freigab. Die Ärmel des hellblauen Hemdes waren aufgeschlagen – keine Uhr, am rechten Ringfinger der Siegelring seines Vaters. Dazu eine bequeme, dunkelblaue Bundfaltenhose, Gürtel mit Goldschnalle und seine strumpflosen Füße steckten in ein Paar leichten Slippern.

Er war sofort aufgesprungen, als Hub das Büro betrat, breitete seine kräftigen Arme aus und drückte ihn so fest an seine Brust, dass Hub die Luft wegblieb.

»Willst du mich umbringen?«, stöhnte er.

WinnieC gab ihn frei.

»Haben das nicht schon andere vor?«, fragte er lachend und schaute ihn mit strahlend blauen Augen an.

Das große Zimmer mit den deckenhohen, vollgestopften Bücherregalen, dem riesenhaften Schreibtisch, einigen Schränken, zwei kleineren Tischen inklusive Stühlen und Sesseln und dem prachtvollen Alt-Berliner Buffet aus dunklem Eichenholz war noch immer so möbliert wie zu Burkhard von Casterhofens Lebzeiten. In der Mitte des Raumes ein Perserteppich auf Eichenparkett. An der Decke Stuck und ein imposanter Kronleuchter. Bis auf ein paar Renovierungsarbeiten hatte WinnieC nach dem Tod seines Vaters nichts an dem Büro verändert.

»Was kann ich für dich tun?«, fragte WinnieC. »Möchtest du was trinken?«

Hub schaute auf die Uhr.

»Gott, ja, ich könnte glatt schon ein Bier vertragen.«

»Warum auch nicht, wir haben uns schließlich lange nicht gesehen.«

WinnieC öffnete die Tür, rief Charleen zu, sie möge seinem Gast ein kühles Bier bringen, ging dann ans Buffet, goss sich einen Whisky ein und setzte sich in einen der beiden Sessel, die vor dem Fenster standen. Hub setzte sich in den anderen und Charleen brachte das Bier.

»So, dann lass mal hören, in was für Schwierigkeiten du dich reingeritten hast.«

»Ist eine längere Geschichte. Eine Frage vorweg: Kennst du einen gewissen Carlos? Don Carlos? Vertreibt MDMA im großen Stil.«

WinnieC schaute ihn mit prüfenden, wachsamen Augen von der Seite an, als ob gerade irgendwo im Raum eine rote Warnlampe aufgeleuchtet wäre.

»Mit dem hast du dich aber nicht angelegt, oder?«

»Na ja, irgendwie schon.«

»Hub, du verrückter Hund, was hast du angestellt? Hast du seine Alte gevögelt?«

Es war von WinnieC als Scherz gemeint, er musste aber in Hubs niedergeschlagenem, auf den Perser gerichteten Blick erkennen, dass er voll ins Schwarze getroffen hatte. Er starrte Hub ungläubig an, stand auf und tigerte auf dem Teppich hin und her.

»Das kann nicht dein Ernst sein, Hub, das ist eine Freifahrt direkt in die Hölle; da könntest du gleich selbst deine Eier abschneiden und sie dir um den Hals hängen.«

Er blieb vor ihm stehen, wartete auf eine Reaktion.

»Das konnte ich doch alles nicht wissen. Julie sah nun weiß Gott nicht aus wie die Braut eines Drogenbarons. Begann ja auch alles ganz harmlos und dann, na ja … dann fing es allerdings an, aus dem Ruder zu laufen. Du kennst solche Geschichten, die nehmen plötzlich eine Dynamik an, auf die du keinen Einfluss mehr hast. Aber, ich habe einige Trümpfe in der Hand und gute Chancen, das Blatt zu gewinnen, ich muss es nur richtig zu Ende spielen.«

»Mann, Hub, so gut können deine Karten gar nicht sein, um gegen diesen Mann zu bestehen.«

WinnieC holte einmal tief Luft und setzte sich wieder.

»Ich kenne Carlos nicht persönlich, habe aber schon so manches über ihn gehört. Habe auch bereits seine Interessen vor Gericht vertreten – genauso wie schon mein Vater – ich weiß, wie er seine Geschäfte führt und wozu er fähig ist. Aber egal, erzähle mir alles, von Anfang an.«

Hub fing an zu berichten, beim zweiten Bier war er da, wo sie Carlos mit Bernardo im Schlepptau gerade so entkommen waren, er erzählte weiter und endete mit:»Und jetzt bin ich hier.« WinnieC hatte ihm aufmerksam zugehört.

»Du hast Don Carlos Hörner aufgesetzt, ihn dumm dastehen lassen, eine ganze Ladung seiner Pillen vernichtet und ihm mindestens zwanzig Millionen geklaut«, resümierte er,»und jetzt willst du dir auch noch seine Gattin unter den Nagel reißen? Himmel, Hub, geht's nicht auch ›ne Nummer kleiner? Das wird Carlos niemals auf sich sitzen lassen.«

»Wird er wohl müssen.«

WinnieC schmunzelte, kannte er seinen Kumpel doch bereits eine halbe Ewigkeit und wusste: Sollte einer die Fähigkeit haben, sich in eine extrem heikle Situation zu manövrieren, dann war es Hub. Zwar hatte sich jeder von ihnen schon mal hier und da Ärger eingehandelt, bei dem er auf die Hilfe der anderen angewiesen war, doch Hub hatte eine besondere Begabung dafür, Scherereien auf sich zu ziehen. Allerdings musste WinnieC auch zugeben, dass die Götter – wie Hub es gerne ausdrückte – diesen letztendlich nicht im Stich ließen. Wenn es darauf ankam, hatten sie ihn bislang noch immer vor den ganz großen Katastrophen bewahrt. Doch hierbei stand schlichtweg sein Leben auf dem Spiel und das war eine ganz andere Hausnummer.

»Lass mich kurz überlegen.«

»Klar.«

Hub holte seinen Tabak hervor und drehte sich eine Zigarette, rauchte und schaute WinnieC zu, wie er nachdachte. Schweigend ging der große Kerl zum Buffet und goss sich Whisky nach.

»Du willst also, dass er Julie im Tausch für Bernardo und der Beute aus dem Überfall freigibt?«

Hub nickte.

»Du hast vielleicht Nerven, aber gut, ich werde ihn anrufen und versuchen, einen Deal einzufädeln.«

Hub grinste. WinnieC nahm den Hörer ab, stellte auf Lautsprecher und wählte.

Edmundo ging ran, meldete sich mit einem knappen Ja.

»Hier spricht Winfried von Casterhofen. Anwalt aus Berlin. Sie wissen, wer ich bin?«

Kurzes Schweigen, darauf wiederum eine lapidare Zustimmung.

»Dann richten Sie Don Carlos bitte aus, dass mir sein Problem, mit dem er sich zurzeit rumplagen muss, gegenübersitzt und ich ihm eine schnelle Lösung anbieten kann. Allerdings drängt die Zeit.«

»Ja, gut«, klang Edmundo schon wesentlich engagierter, »einen kleinen Augenblick, ich versuche, Don Carlos ans Telefon zu bekommen.«

Hub hob den Daumen und es dauerte nicht lange, da hörten sie Carlos' Stimme.

»Hier ist Don Carlos, Sie haben etwas für mich?«

»Und ob, hören Sie. Ich weiß nicht, wie diese beiden Bastarde auf mich gekommen sind. Aber jetzt sitzen sie hier in meiner Kanzlei, ein Glatzkopf namens Hub und sein Kumpel Zeck, der mir eine schallgedämpfte Pistole an den Kopf hält. Sie kennen die beiden? Sind ihnen schon mal begegnet?«

Es kam keine Antwort, brauchte es auch nicht. Fast konnten sie hören, wie Carlos mit den Zähnen knirschte.

»Gut, die beiden tischen mir hier eine wilde Geschichte auf, von der ich annehmen muss, dass sie der Wahrheit entspricht. Sie fordern mich auf, Ihnen Folgendes mitzuteilen: Sie wollen, dass Sie Ihre Gattin Julie freigeben, sie lebt doch noch, oder?«

»Selbstverständlich, aber…«

»Im Gegenzug würden sie Ihnen die gestohlenen Millionen zurückgeben, samt Bernardo.«

»Was bilden sich diese verdammten Hurensöhne ein?«

Carlos schnaubte vor Wut.

»Don Carlos, ganz ruhig, ich bin auf Ihrer Seite und kann Ihren

Ärger verstehen. Wir kennen uns nicht persönlich; Sie wissen aber, dass ich als Anwalt Ihre Interessen schon mehrfach vor Gericht vertreten habe und bereits mein Vater für Sie beziehungsweise für Hans Georg tätig war. Im Moment sehe ich für Sie keine andere Möglichkeit, möglichst geräuschlos aus der Sache rauszukommen, als auf die Forderung von diesem Hub und seinem Spießgesellen einzugehen. Denken Sie bitte an ihre Geschäfte, die bei allem Ärger doch im Vordergrund stehen sollten. Hub behauptet, sie hätten neben Ihren Einnahmen in Höhe von mehreren Millionen Euro, die sich jetzt in ihrem Besitz befinden, bereits eine komplette Lieferungen Ihrer Ware vernichtet. Trifft das zu?«

Wieder Schweigen, nur das Knistern der Leitung.

»Sie drohen damit, dass sie immer so weiter machen und nicht eher damit aufhören würden, bis Sie Ihre Gattin frei geben. Ich weiß nicht, verrückt genug sehen die beiden jedenfalls aus, ich traue es ihnen durchaus zu; zumal es den Anschein hat, dass Ihr Sohn ...«

»Er ist nicht mein Sohn«, dröhnte Carlos' energischer Einwand aus dem Hörer.

»...Bernardo ihnen einige Insider-Tipps gegeben hat und es auch weiterhin tun könnte.«

Wütendes Knurren, dann ein Moment des Nachdenkens.

»Also gut, ich bin bereit. Vereinbaren Sie Treffpunkt und Zeit für die Übergabe – unter einer Bedingung: Sie werden als Schirmherr fungieren, bei der Übergabe dabei sein und garantieren, dass der Austausch reibungslos und ohne weitere Überraschungen über die Bühne geht.«

WinnieC erkannte schnell, welche Vorteile sich für Hub daraus ergaben, antwortet aber trotzdem nicht gleich, ließ eine Pause entstehen in der Carlos spüren musste, dass ihm das nicht im Geringsten recht war. Sagte dann bewusst zögerlich: »Okay, wenn Sie es wünschen? Es muss aber heute noch über die Bühne gehen.«

»Wie stellen Sie sich das vor?«

»Soweit ich weiß, verfügen Sie über einen Privatjet, also sollte es kein Problem darstellen. Je eher wir die Angelegenheit hinter uns bringen, desto besser.«

Carlos schnaubte wie ein Stier.

»Ich sehe zu, was ich tun kann, melde mich wieder.«

Dann wurde die Leitung unterbrochen und WinnieC schaute mit verschmitzter Miene zu Hub.

»Somit hätten wir wenigstens eine halbe Garantie, dass du nicht gleich bei der Übergabe gekillt wirst, aber glaub' deswegen ja nicht, dass du damit auf Dauer durchkommst. Carlos wird sich das nicht gefallen lassen, du bist nach wie vor so gut wie geliefert, mein lieber Freund.«

»Du kannst einem wirklich Mut machen.«

»Wie willst du jetzt weiter vorgehen? Wo soll der Austausch stattfinden und stellst du dir trotz allem irgendeine Art von Absicherung vor?«

Hub nahm einen letzten Zug, drückte die Kippe im Aschenbecher aus, trank von seinem Bier und überlegte noch einen Moment, bevor er sich aus dem Sessel hochdrückte und auf seine Beine kam; dabei merkte er, wie geschlaucht er eigentlich war.

»Ich werde das auf eigene Faust durchziehen. Zeck ist erst mal aus dem Spiel, vielleicht kann er zusammen mit den Frauen in einem zweiten Wagen irgendwo in der Nähe sein. Keine Ahnung, so für alle Fälle.«

»Rowenta willst du auch nicht dabeihaben? So, wie du sie mir geschildert hast, schätze ich, wird sie einen Teufel tun, dich da alleine hingehen zu lassen.«

»Da magst du recht haben«, musste Hub ihm zustimmen, obwohl es ihm leichte Schauer über den Rücken jagte, wenn er an den Moment dachte, wo die beiden Frauen aufeinandertreffen würden. Aber das war erstmal nebensächlich. Erstmal galt es, Julie zu befreien und dafür war es natürlich gut, nicht ohne Schützenhilfe aufzukreuzen und dass Rowenta eiskalt sein konnte, nicht so schnell die Nerven verlor, stand außer Frage.

»Okay,« sagte er, »dann kann die andere Seite auch zu zweit auftauchen, plus Julie. Der Übergabeort sollte frei und übersichtlich sein, ohne viel Publikum und gut erreichbar.« Er hielt kurz inne. »Wie weit ist Curtis eigentlich mit seiner Waldsiedlung an dem alten Betonwerk gekommen?«

»Das Projekt hat sich vorerst zerschlagen, das Gelände liegt immer noch brach, das würde gehen.«

»Gut. Aber du hast natürlich recht, wer kann schon sagen, was nach dem Austausch passiert; wenn sie erst mal haben, was sie wollen. Dass sie uns aus ihrem Visier nehmen und uns einfach ziehen lassen, ist eher unwahrscheinlich. Eine vorbeugende Maßnahme, welche die Angelegenheit wenigstens in einem Patt enden lässt, wäre nicht schlecht. Hast du dazu eine Idee?«

WinnieC schlug ihm auf die Schulter.

»Ich denke schon,« erwiderte er augenzwinkernd.

In dem Moment klopfte es an der Tür und kurz darauf betrat Curtis das Büro, ging freudestrahlend auf Hub zu und breitete seine Arme aus.

»Was hast du da bloß wieder angestellt?«, wollte er wissen und drückte ihn an sich.

»Eigentlich nichts Besonderes«, antwortete Hub, nachdem Curtis ihn wieder freigegeben hatte, und schenkte ihm ein gequältes Lächeln, »da kam einfach eins zum anderen.«

»Ja, ja, ich kann es mir schon denken. Bestimmt kannst du überhaupt nichts dafür. Und sicherlich waren es mal wieder die Götter, die dir übel zugespielt haben, ohne dass du auch nur den geringsten Einfluss darauf hattest, stimmt's?«

Bevor Hub etwas entgegnen konnte, ergriff WinnieC wieder das Wort.

»Das kann er dir alles unterwegs erzählen. Jetzt müssen wir erstmal zusehen, dass Don Carlos am Ende nicht doch noch sein bestes Stück durch den Fleischwolf dreht. Ich werde gleich mal telefonieren und ihr macht euch auf den Weg zu Radenkowicz.«

Bei der Erwähnung von Don Carlos machte Curtis große Augen, bei der von Radenkowicz trat sein Lausbubengesicht wieder hervor, das ihm seit seiner Kindheit erhalten geblieben war.

»Da haben wir es ja wohl mit den ganz bösen Jungs zu tun«, stellte Curtis fest, schaute WinnieC an und wartete auf dessen Bestätigung.

Der nickte.

»Davon kannst du getrost ausgehen, aber halbe Sachen waren ja noch nie unser Ding.«

Hub beschlich plötzlich ein unsagbares Gefühl der Dankbarkeit. War es der Schlafmangel, der ihn fast zum Heulen brachte? Die spontane Erkenntnis, dass ohne Freunde und womöglich auch ohne Liebe sein Leben keinen Wert hätte? Oder was sonst hatte ihn gerade derart tief in seinem Inneren berührt, dass er nicht anders konnte, als den massigen Körper seines Freundes fest zu umarmen und ihn nicht mehr loslassen zu wollen.

WinnieC schien ähnlich perplex über seine Reaktion zu sein wie Hub selbst, schlang ebenfalls seine Arme um ihn und gab ihm aus lauter Verlegenheit ein Küsschen auf die Glatze.

»Nun werd' mal nicht sentimental, alter Knabe«, sagte er barsch, gab ihm noch einen Schmatzer und schob ihn von sich weg, »wir werden das Kind schon schaukeln und nun macht, dass ihr wegkommt.«

57

Edmundo stand neben Carlos, während der telefonierte; spürte, wie das Spannungsfeld um Carlos herum, das spätestens seit der Begegnung mit Hub deutlich spürbar war, weiter zunahm – es knisterte geradezu. Carlos war wütend. Klar war er das, hatte er doch die ganze Angelegenheit von Anfang an falsch eingeschätzt. Selbst als er die beiden Bastarde zusammen mit Bernardo ziehen lassen musste, glaubte er noch, es intern lösen zu können; wollte vermeiden, dass es an die große Glocke kam und dachte, es sei völlig ausreichend, wenn er Walter und Murphy auf sie ansetzte. Nur damit es ja nicht die Runde machte, dass Julie, die er auf Händen trug, seine Liebe verraten und ihn mit einem dahergelaufenen Kiffer betrogen hatte – und das vor aller Augen auf der Hochzeit seines Sohnes. Diese Schmach wollte er sich ersparen. Doch nun wuchs sie auch noch und schien kein Ende zu nehmen. Nicht nur, dass dieser verdammte Hurensohn immer noch auf freiem Fuß war, jetzt war auch noch eine komplette Ladung DCs vernichtet; ein Mann tot, einer schwer verletzt und die Einnahmen im Wert von fünfundzwanzig Millionen befanden sich offensichtlich in deren Besitz. Und am demütigsten war die Tatsache, dass Hub jetzt die Spielregeln bestimmte.

Nachdem er die Verbindung unterbrochen hatte, stellte Carlos sich mit versteinerter Miene ans Fenster und starrte in die Ferne, dabei hielt er das Handy fest umklammert in seiner Faust, als wolle er es zerquetschen oder im nächsten Augenblick an die Wand pfeffern. Edmundo hielt Abstand, wartete darauf, dass die Anspannung bei Carlos nachließ und er seine Anweisungen bekam. Nach einer gefühlten Ewigkeit drehte sich Carlos zu ihm um, reichte ihm das Handy und offenbarte:»Lass den Jet klarmachen, du bringst Julie nach Berlin, wir werden sie gegen die Einnahmen und deinen Bruder eintauschen. Bojan wird euch am Tempelhofer Flughafen in Empfang nehmen und ab da alles Weitere übernehmen. Der Anwalt wird euch mitteilen, wann und wo der Austausch stattfindet. Bevor ihr losfahrt, kommst du noch mal zu mir, ich muss dir noch etwas für Bojan mitgeben sowie Julies Medikamente.«

Carlos wartete keine Bestätigung seiner Anweisung ab und verließ mit energischem Schritt und grimmiger Miene den Raum.

Edmundo rief als Erstes am Flughafen an; erkundigte sich, wie lange es dauere, bis die Maschine einsatzbereit sei, und wann sie eine Starterlaubnis bekämen. Ging danach zu Amado; sagte, er solle sich für eine Fahrt nach Bilbao bereithalten und dann zu Julie.

Würde Carlos sie wirklich freigeben? Es war schwer vorstellbar, aber immerhin möglich. Edmundo konnte es nicht sagen; er wusste schon seit geraumer Zeit nicht mehr, was in Carlos' Kopf vor sich ging. Hätte Carlos angemessen und rational reagiert – wie es normalerweise seine Art war – und sich nicht von seinen Emotionen leiten lassen, hätte er die ganze Geschichte im Keim ersticken und zu einem geraden Abschluss bringen können. Aber er hatte seine Gefühle nicht mehr unter Kontrolle und die Kränkungen und

Demütigungen, die er erfuhr und die mit jeder neuen Nachricht zunahmen, brannten sich tiefer in sein Herz, als er zugeben wollte. Wie bei einem waidwunden Tier war jetzt alles möglich.

Edmundo schloss die Tür auf und trat in Julies Zimmer. Sie saß in einem Sessel vor dem Fenster – wie immer, wenn sie nicht im Bett lag – und schaute abwesend Richtung Garten. Ihre Haut war aschfahl, das Gesicht eingefallen, sodass ihre hohen Wangenknochen noch stärker hervortraten. Die Augen in dunkel umrandeten Höhlen. Die Pupillen groß wie Tennisbälle. Sie sah erbärmlich aus, weit entrückt und nicht mehr von dieser Welt.

»Hi Julie«, begrüßte er sie, woraufhin sie sich langsam zu ihm wandte und ihn teilnahmslos ansah, »wir fliegen nach Berlin; möglich, dass du bald deinen Hub wiedersiehst.«

Bei der Erwähnung von Hubs Namen veränderte sich ihr Blick: Er hellte auf. Ihre Augen wurden größer. Sie schienen zu leuchten und sie lächelte. Schwach. Aber sie lächelte.

»Ich schicke Lucita zu dir, sie wird dir behilflich sein.«

Julie lächelte immer noch, als er sich in der Tür noch einmal zu ihr umdrehte, bevor er raustrat und sie wieder verschloss.

Julies Anblick wirkte verstörend auf ihn. Er erinnerte sich an sie, als Carlos sie ihm als seine zukünftige Braut vorstellte. Eine lebensfrohe, bildschöne und temperamentvolle Frau. Er hatte den Glanz ihrer Augen in Erinnerung; die Verliebtheit darin, wenn sie Carlos anschaute. Und jetzt meinte er, verschleierte Teile dessen gesehen zu haben, als er nur Hubs Namen erwähnte.

Es fiel ihm schwer, sich einen Reim darauf zu machen. Was, wenn es nicht nur ein lustvoller und triebhafter Akt von Unbeherrschtheit gewesen war – ein Seitensprung, für den man sich ohrfeigen könnte und ihn am liebsten rückgängig machen würde? Was, wenn es eine Begegnung zweier Menschen von fast göttlicher Fügung war; ein unausweichlicher Akt, der zwei verbrannte Seelen hinterlassen hätte, wäre er nicht geschehen? Etwas, wogegen man sich nicht wehren konnte, auch wenn jegliche Vernunft dagegensprach?

Edmundo schüttelte den Kopf; versuchte die Gedanken zu vertreiben; dachte an Florentina und war sich sicher, dass auch er ihr den Hals umdrehen würde – egal, aus welchem Grund sie den Schwanz eines anderen in sich aufgenommen hätte.

Er ging zu Lucita; bat sie, Julie bei den Vorbereitungen für die Reise zu helfen; gab Amado Bescheid, dass sie in einer Viertelstunde losmüssten und ging dann zu Carlos. Er klopfte an seine Tür.

»Komm rein. Hast du alles in die Wege geleitet?«, fragte Carlos, als Edmundo vor ihm stand.

»In fünfzehn Minuten geht's los.«

»Gut, hier die Medikamente für Julie«, Edmundo nahm das Glasröhrchen und steckte es ein,»und das gibst du Bojan; er weiß, was zu tun ist,«

Carlos überreichte ihm einen verschlossenen Koffer aus Hartplastik – halb so groß wie ein Aktenkoffer – mit Metallverschlüssen und einem Zahlenschloss.

»Und jetzt geh.«

Ohne ein weiteres Wort verließ Edmundo Carlos' Arbeitszimmer und kurz darauf fuhr Amado ihn und Julie zum Flughafen direkt zu dem startbereiten Jet. Keine vier Stunden später landeten sie auf dem Flugfeld in Berlin-Tempelhof.

58

Als der Verdacht sich bestätigt hatte, schnürte sich Bojans Magen so zusammen, dass er hätte schreien können. Maja hatte sich Hans Georg anvertraut; ihm erzählt, was im Badezimmer – am Tag von Bernardos Abreise – geschehen war, dass sie sich so unendlich schäme und nicht wisse, wie sie es ihrem Bruder sagen solle, obwohl der es doch bestimmt schon ahne.

Als es dann raus war, war Bojan nur noch von einem Gedanken beseelt: Rache. Er schwor sich, wenn er Bernardo je in seine Finger bekäme, würde er ihn derart bearbeiten, dass ihn hinterher kein Mädchen auch nur noch von der Seite ansehen würde und seinen

Schwanz könnte dieses Dreckschwein dann gerade noch zum Pissen gebrauchen. Es war nur die Frage, wie er an ihn rankommen sollte.

Und dann rief Carlos an, klärte Bojan über die Hintergründe der Überfälle auf, wer und was da im Einzelnen hinter stecke und was jetzt zu tun sei.

»Hör zu«, sagte Carlos am Telefon, »du wirst dafür sorgen, dass alles glatt über die Bühne geht. Edmundo wird dir einen Koffer geben, darin findest du weitere Anweisungen, befolge sie sorgfältig. 3941 ist die Nummer fürs Zahlenschloss. Und: Ich will mein Geld und Bernardo.«

»Du sollst beides bekommen«, dachte sich Bojan, nachdem er aufgelegt und eine diebische Freude seinen gesamten Körper erfasst hatte. In welchem Zustand Carlos Bernardo zurückhaben wollte, hatte er nicht erwähnt und es war ihm auch völlig egal, was Carlos dazu sagen würde, wenn er ihm nur noch die Reste dieses verschissenen Schleimbeutels zurückschickte.

Während sie vor der imposanten Empfangshalle des Zentralflughafens Berlin-Tempelhof in Hassans Taxi auf die Ankunft des Jets warteten, klärte Bojan Hassan schon mal über die Hintergründe ihres bevorstehenden Einsatzes auf. Und als Bojan dann Edmundo und Julie aus dem Gebäude kommen sah, erschrak er. Er war Julie zwar nur zweimal in seinem Leben begegnet; hatte sie aber als starke, lebensbejahende Frau in Erinnerung; doch was da jetzt auf ihn zukam, glich eher einem Junkie, dem nicht mehr allzu viel Zeit blieb.

»Was ist denn mit Julie passiert?«, fragte er entsetzt, als sie eingestiegen waren und Hassan bereits anfuhr.

»Carlos hat sie unter Drogen gesetzt; hier ihre Medizin, wie er es nennt«, antwortete Edmundo und übergab Bojan das Glasröhrchen mit den Pillen, »doch ich habe ihr schon nichts mehr gegeben und du wirst es nicht glauben, aber sie sah vorher noch schlimmer aus. Langsam klärt sich ihr Blick und sie nimmt allmählich wieder was von ihrer Umwelt wahr.«

Auf Bojan machte sie nicht den Eindruck, als würde sie irgendetwas mitbekommen.

»Okay«, sagte er, »das ist nicht unsere Sache. So wie sie aussieht, wird sie uns schon keinen Ärger machen und wenn alles nach Plan läuft, sind wir sie heute noch los, dann kann's uns sowieso egal sein.« Sie fuhren nach Charlottenburg, gingen nach oben in die Wohnung und sperrten Julie ins Zimmer von Bernardo. Dann ließ sich Bojan von Edmundo den Koffer geben, mit dem er sich zurückzog, während Hassan und Edmundo auf weitere Anweisungen warteten. Bojan las sich das Begleitschreiben von Carlos sorgfältig durch, dachte einen Moment lang nach, prüfte den weiteren Inhalt des Koffers und wusste kurz darauf, was zu tun war. Er schaute auf seine Armbanduhr, die 16.27 Uhr anzeigte, dann rief er den Anwalt an.

»Mein Name ist Bojan«, stellte er sich vor, nachdem WinnieC sich gemeldet hatte, »Carlos hat mich mit dem Austausch von Julie gegen Bernardo und einer gewissen Menge an Bargeld beauftragt. Julie wird demnächst hier eintreffen«, sagte er, um noch ein wenig Zeit zu schinden, die er unbedingt brauchte.

»Gut, dann werde ich veranlassen, dass der Austausch um 20 Uhr stattfinden kann, bis dahin sollte sie ja wohlbehalten angekommen sein.«

Wohlbehalten, dachte Bojan, *sieht aber anders aus.*

»Und wo?«, fragte er.

»Wir treffen uns etwas außerhalb. Südöstlich von Berlin gibt es ein stillgelegtes Betonwerk, ich schicke Ihnen die genaue Wegbeschreibung auf Ihr Handy. Don Carlos hat Sie darüber informiert, dass der Austausch unter meiner Regie stattfinden wird?«

»Hat er.«

»Und dass er einen glatten Verlauf der Aktion wünscht, ohne weitere Überraschungen?«

»Ja.«

»Gut. Sie, genauso wie Hub, werden jeweils mit einer Begleitperson sowie den Geiseln dort erscheinen. Ich werde als Vermittler ebenfalls mit einer weiteren Person vor Ort sein. Keine Waffen. Keine Spielchen. Sonst ist der Deal geplatzt, bevor er angefangen hat. Sind wir uns einig?«

Bojan nickte:»Sind wir«, sagte er, legte auf, schnappte sich den

Koffer und ging zurück ins Wohnzimmer, wo sich in der Zwischenzeit auch Hans Georg eingefunden hatte.

»Wir werden dann los«, verkündete er der Runde, »Hassan und ich müssen noch einige Vorbereitungen treffen. Wenn wir damit fertig sind, komme ich zurück und dann machen wir uns beide«, sagte er an Hans Georg gerichtet, »zusammen mit Julie auf den Weg. So lange passt ihr schön auf sie auf. Edmundo wird dich schon mal über alles in Kenntnis setzen.«

Kurz darauf saß Bojan wieder in Hassans Taxi.

»Wir brauchen einen Wagen«, erklärte er ihm, »er muss nicht mehr viel hermachen, muss einfach nur noch fahren.«

»Davon haben wir einige, kein Problem. Was hast du vor?«

»Erkläre ich dir später, fahr jetzt erst mal zu eurer Werkstatt, wir haben noch einiges zu erledigen, bis dann um 20 Uhr der Austausch stattfindet.«

Bojan holte das Handy hervor und betrachtete die bereits eingegangene SMS mit der Wegbeschreibung.

»Hast du eine Karte vom Süd-Osten Berlins?«

»Im Handschuhfach oder in der Seitenablage der Tür.«

Bojan fand sie, auch die Stelle und markierte sie. *Gut gewählt*, musste er anerkennend zugeben. Eine breite Zufahrtsstraße führte zu einer großen, freien Fläche vor dem ehemaligen Betonwerk, was der Treffpunkt sein dürfte; und wie es aussah, führte noch ein Schleichweg aus der anderen Richtung direkt durch den Wald dorthin. Das Gelände des stillgelegten Betonwerks selbst lag an einem Fluss, der das Areal zum Süden hin abgrenzte. Nördlich befand sich ein langgezogener Forst. Es schien ihm ein guter Treffpunkt zu sein. Auch ging er nicht davon aus, dass sie mit Schwierigkeiten zu rechnen hätten. Worum es diesem Hub ging, war doch einzig und allein, Julie zu retten, da würde er doch so kurz vorm Ziel einen Teufel tun, noch unnötige Risiken einzugehen.

Bis zur Werkstatt in Treptow dauerte es noch und Bojan nutzte die Zeit, Hassan darüber aufzuklären, was sie vorhatten. Der pfiff leise durch die Zähne, als Bojan geendet hatte; sah aber kein Problem darin, es umzusetzen.

Die Vorkehrungen zogen sich hin, die Zeit wurde knapp; deshalb veranlasste Bojan, dass Hans Georg zusammen mit Julie nach Treptow kam. Von hier aus war die östliche Stadtgrenze über die A96 schneller zu erreichen als aus Charlottenburg, und er sparte sich die Zeit, sie erst noch abzuholen. Julies Blick hatte sich in der Zwischenzeit weiter geklärt, sie schien aber immer noch in einer anderen Welt zu sein, wirkte kraft- und emotionslos und zeigte nicht den geringsten Widerstand. Allerdings sagte sie mit überraschend fester Stimme zu Bojan, dass sie glaube, ihn zu kennen, und fragte ihn, wo sie sei. Bojan antwortete nicht und Julie fragte nicht noch einmal nach, schaute sich nur um und versuchte sich offensichtlich selbst eine Erklärung zu liefern. Als die letzten Handgriffe erledigt und die Mechaniker sich sicher waren, dass alles einwandfrei funktioniert, nahm Bojan hinter dem Lenkrad der schon ausrangierten und durchgerosteten Karre mit geklauten Nummernschildern Platz und setzte rückwärts aus der Halle. Julie saß hinten, Hans Georg neben ihm. Der hielt die Karte mit der markierten Stelle auf seinem Schoß und sagte, wo es langging.

59

»Es ist doch noch nicht einmal ein Jahr her, als du mit Ach und Krach am Knast vorbei geschrammt bist, oder? Du wolltest dir endlich ein gemütliches Leben machen, dir die Welt anschauen und die Zeit an dir vorüberziehen lassen, ohne viel Stress. War es nicht so?«

»Ja, schon«, gab Hub kleinlaut zu.

Curtis steuerte die schwarze *Mercedes* Limousine durch den dichten Verkehr von Wilmersdorf Richtung Oberschöneweide, schüttelte ungläubig den Kopf und sah Hub amüsiert von der Seite an.

»Und jetzt bist du zurück und ziehst einen Rattenschwanz an

Ärger hinter dir her, der ja wohl kaum noch zu toppen ist. Mann, Hub, was hast du bloß in deinem vorangegangenen Leben alles angestellt, dass du mit so einem Karma geschlagen bist?«

»Das ist reine Willkür, das hat mit Karma nichts zu tun. Die Ereignisse prasseln doch permanent nur so auf einen ein, ohne dass man dagegen auch nur das Geringste tun könnte. Türmen sich dann immer weiter auf, bis alles wieder zusammenbricht. Was einem letztendlich übrigbleibt, ist, zuzusehen, dass man nicht darunter begraben wird, mehr kann man doch gar nicht tun. Da hat man doch überhaupt keinen Einfluss drauf. Das bestimmen doch ganz andere Mächte, wo einen der Weg hinführt.«

»Ach ja? Und du glaubst nicht, dass du hin und wieder schlichtweg die falschen Entscheidungen triffst?«

»Ach komm, erzähl mir nichts von falsch und richtig. Entscheidungen müssen nun mal getroffen werden und die fällt jeder Einzelne auf der ganzen Welt genau so, wie er sie für angemessen hält. Allerdings, da gebe ich dir recht, stellt sich im Nachhinein manchmal heraus, dass es nicht die Glücklichste waren. Aber eben erst hinterher.«

»Immer noch der Alte, was? Erwachsen wirst du in deinem Leben wohl auch nicht mehr, wenn du überhaupt noch genug Leben vor dir hast.«

Früher hatten sie das Thema endlos am Wickel gehabt. Ob man sein Leben selbst in der Hand hat, Herr seines Schicksals ist oder ob es einfach seinen unaufhaltsamen Lauf nimmt, ohne dass man allzu großen Einfluss darauf hat. Curtis war immer der Ansicht gewesen, dass er ja wohl das beste Beispiel sei, wie man – wenn man nur wollte – sich aus einfachen Verhältnissen bis ganz nach oben arbeiten konnte. »Und warum bleibt dann die Mehrheit der Menschen im Dreck sitzen?«, war daraufhin Hubs Frage, der er dann auch gleich seine Antwort hinterherschob: »Weil eben nicht jeder so ein feines Näschen für Geschäfte hat wie du.« Was Curtis wiederum als faule Ausreden abtat und behauptete, dass es nur eine Sache des Willens sei. Da kamen sie einfach nicht zusammen, was ihrer Freundschaft aber nicht im Geringsten im Wege stand.

»Wofür soll ich erwachsen werden, wenn ich Freunde habe, die auf mich aufpassen? Kannst du mir das mal erklären? Du solltest lieber mal zusehen, dass du vorwärtskommst, fährst ja wie ›ne lahme Ente, oder gibt die dicke Karre hier nicht mehr her?«

Curtis hatte schon immer viel Wert auf schnelle und PS-starke Autos gelegt und diese Provokation konnte er nicht auf sich sitzen lassen, was Hub ein breites Grinsen ins Gesicht trieb und ihn tiefer in den Sitz gleiten ließ. Curtis wechselte auf die Busspur und gab dem *AMG* die Sporen; am Ende der Busspur fädelte er sich unter Protest der anderen Verkehrsteilnehmer wieder ein, wechselte ständig die Spur, nahm an Kreuzungen dunkelgelb in Kauf und ging so ziemlich jedem auf den Sack. Am Ende des Höllenritts driftete er in die Einfahrt eines Schrottplatzes am Spreeufer, wirbelte Dreck auf und kam mit quietschenden Reifen zum Stehen.

»Du wirst aber auch nicht mehr erwachsen, oder?«, zwinkerte Hub ihm zu.

»Sonst noch was?«

Curtis sah Hub schelmisch von der Seite an.

»Wenn die Sache hier vorbei ist und dein Arsch in trockenen Tüchern steckt, sollten wir uns mal wieder einen ganz gepflegten Herrenabend gönnen. Was meinst du?«

»Das sollten wir.«

Auf dem Schrottplatz stapelten sich in mehreren Reihen Autowracks. In der Mitte stand eine riesige Presse, die ein Typ auf einem Gabelstapler mit ausgeschlachteten Fahrzeugen fütterte. Raus kamen Rechtecke von der Größe eines Heuballens, die er auf einem anderen Haufen stapelte. Hub konnte sich gut vorstellen, dass – wie in einem Gangsterfilm – hier hin und wieder nicht nur alte Autos entsorgt wurden. In der Nähe der Spree befand sich eine riesige Lagerhalle; daneben eine offene Werkstatt, in der zwei Männer zu erkennen waren, die an einem Lieferwagen bastelten. Hub und Curtis gingen auf den danebenstehenden Container zu, auf dem »Büro« gesprüht war. Ein bärtiger, korpulenter Typ in ölverschmierter Arbeitskleidung und einer Wollmütze auf dem Kopf kam heraus und begrüßte sie.

»Die Jungs sind gleich fertig, dauert noch einen Moment«, sagte er, »keine Ahnung, in was für einen Krieg du da ziehen willst«, sagte er zu Hub, »an uns liegt es jedenfalls nicht, solltest du ihn verlieren. Wir haben getan, was WinnieC wollte, ›n Bier?«

»Klar.«

Sie setzten sich in den Container, hatten gerade ausgetrunken, als ein Lieferwagen vorfuhr, ein Kerl reinkam und verkündete, dass alles fertig sei. Alle gingen nach draußen, Hub bekam die Schlüssel in die Hand gedrückt und noch ein paar Anweisungen.

»Dann bestellt WinnieC mal einen schönen Gruß und sagt ihm: Immer wieder gern. Und dir, mein Freund, wünsche ich viel Glück.«

Das konnte Hub zweifelsohne gut gebrauchen.

»Wir sehen uns dann heute Abend am alten Betonwerk,« sagte Curtis, bevor er zu seinem Wagen ging, »ach so, hätte ich beinahe vergessen, ihr braucht ja noch einen zweiten Wagen. In der Garage, neben dem Haus in Eberswalde steht ein *Passat*, der Schlüssel dazu sollte am Brett im Flur hängen. Wenn nicht, ruf mich an.« Dann schlug er Hub kameradschaftlich auf die Schulter, stieg in seinen Wagen und rief ihm aus dem offenen Fenster zu: »Wird schon alles klappen!«, wobei er ihm ein aufmunterndes Lächeln schenkte.

Am frühen Nachmittag öffnete Hub das Gartentor und fuhr den dunkelblauen *FIAT Ducato* Transporter einer insolventen Installationsfirma für Gas, Wasser, Heizung mit einer Restbeschriftung an den Seitenflächen auf das Grundstück in Eberswalde. Aus dem hinteren Teil des Fahrzeuges waren nur die Maschinen, ein paar Kupferrohre und alles, was sonst noch schnell zu Geld machen war, verschwunden. Ein Haufen Krempel in den festmontierten Regalen war übriggeblieben. Flansche, Schrauben, Muttern, diverse Klein- und Ersatzteile, olles Werkzeug, kleine Rohrteile und eine große, festmontierte und abschließbare Werkzeugkiste aus Aluminiumprofil, in der sie später die Millionen verstauen würden.

Und Bernardo würde gut – auf der Kiste sitzend – an einem der Regale zu fixieren sein.

Die Eingangstür zum Haus war nicht abgeschlossen und Rowenta kam ihm entgegen, als sie ihn reinkommen hörte.

»Da bist du ja«, sagte sie und schlang ihre Arme um seinen Hals, küsste seine Wange.

Hub drückte sie an sich.

»Wo sind die anderen? Wie geht es Zeck?«, fragte er.

»Dem geht es gut so weit, hat sich zusammen mit Zoe hingelegt und Bernardo haben wir in den Keller verfrachtet, da ist er sicher. Wie ist es bei dir gelaufen?«

»Ist Bier im Haus?«, fragte er, ohne auf ihre Frage einzugehen und hoffte auf ein Ja.

»Na klar, wir waren noch einkaufen, komm.«

Sie führte ihn ins Wohnzimmer.

»Setz dich!«, forderte sie ihn auf, holte ihm aus der angrenzenden Küche eine Flasche Bier und gesellte sich zu ihm.

»Ich bin echt geschlaucht«, gestand er ihr, nachdem er einen ordentlichen Schluck getrunken hatte, und berichtete dann so ausführlich wie nötig über das Treffen mit WinnieC, was dabei rausgekommen sei, wie der Plan aussehe und dass alle Vorbereitungen abgeschlossen seien. Wobei er nicht durchklingen ließ, dass er davon ausging, sie an seiner Seite zu haben. Er wollte ihr die Chance lassen, noch rechtzeitig auszusteigen.

»Hör zu, Rowenta,« begann er«, bisher waren die Götter uns immer noch wohlgesonnen und haben uns mit einer Menge Glück bedacht. Es gibt aber nicht die geringste Garantie dafür, dass es dabei bleibt, und ich weiß nicht, was ich getan hätte, wäre Zeck bei der letzten Aktion draufgegangen; gut möglich, dass ich mich auf der Autobahn mit einem Brückenpfeiler angelegt hätte. Was ich sagen will, ist …«

»Träum weiter«, unterbrach sie ihn, »kommt überhaupt nicht in Frage, ich bin dabei. Basta!«, stellte sie unmissverständlich klar und funkelte ihn aus blassblauen Augen an.

Er fühlte sich auf so eine merkwürdige Weise kalt erwischt;

wusste, dass es darauf nichts zu erwidern gab, brachte ein gequältes Lächeln zustande und sagte nur, dass er sich jetzt verdammt gerne noch für ein paar Stunden hinhauen würde.

»Ich auch, oben ist noch ein Zimmer frei.« Sie stand auf, nahm seine Hand und zog ihn hinter sich her in den ersten Stock.

Sie streiften sich gerade mal die Schuhe ab, bevor sie sich aufs Bett fallen ließen. Er auf dem Rücken, sie auf der Seite in seinen Arm gekuschelt, ein Bein hatte sie über seine gelegt und spielte mit ihren Fingern auf seiner Brust. Bei jeder anderen Gelegenheit hätte es nicht lange gedauert und Rowenta hätte angefangen, sich an seinem Oberschenkel zu reiben. Begierde wäre in ihnen hochgekocht und sie hätten sich über kurz oder lang die Kleider vom Leib gezerrt und bis zur Erschöpfung gevögelt. Jetzt lag sie in völliger Vertrautheit still an seiner Seite und er spürte die Zerbrechlichkeit zwischen ihnen, die Zärtlichkeit füreinander, welche sie nie zugelassen hatten. Er nahm sie in beide Arme, drückte sie fester an sich und seinen Kopf an den ihren. Es beschlich ihn ein Gefühl, als hätte er Rowenta bisher schlichtweg verleugnet; sie verraten, weil er in ihr nur das gesehen hatte, was er sehen wollte. Er hatte ihr nie eine Chance gelassen, auch sich selbst nicht. Er hob ihren Kopf, küsste ihre Lippen und schaute sie mit feucht glitzernden Augen an.

»Was ist los mit dir?«, fragte sie.

Er wusste es selbst nicht, küsste sie erneut und war kurz davor, sich zu verlieren. Rowenta stützte sich auf einen Ellenbogen, betrachtete ihn lächelnd, küsste seine Augen trocken und ihr Liebesspiel begann so voller Zärtlichkeit und Hingabe, als ahnten sie, dass es ihr letztes sein könnte.

Als sie mit ein paar Stunden Schlaf in den Knochen wieder ins Wohnzimmer kamen, saßen Zeck und Zoe am Tisch, hatten was zu essen vorbereitet und tranken Bier. Bernardo hatten sie auch aus dem Keller geholt, er rauchte und sah nicht besonders glücklich aus. Zeck klebte gerade einen Sticky zusammen; war kurz davor, ihn anzuzünden.

»Na, wenn das schon wieder geht, kann's dir ja nicht mehr so schlecht gehen«, witzelte Hub ausgeruht und bei bester Laune.

In gewohnter Geselligkeit saßen sie um den Tisch herum und Hub erzählte Zeck und Zoe noch einmal das, was er Rowenta auch schon berichtet hatte. Zeck murrte nicht großartig darüber, dass er und Zoe eher im Hintergrund bleiben sollten und sich mit dem *Passat* irgendwo auf dem Schleichweg – in sicherem Abstand – für was auch immer bereithielten.

»Wenn alles glatt läuft« sagte Hub, »werden wir mit Julie im Gepäck den Ort des Geschehens durch den Wald in eure Richtung verlassen und dann wisst ihr, dass es vorbei ist.«

Einen Moment lang trat Schweigen ein, jeder sehnte diesen Augenblick herbei; hoffte, dass es genauso kommen möge – und keiner mochte sich vorstellen, was wäre, wenn nicht.

Bernardo hatte die ganze Zeit über keinen Ton von sich gegeben, polterte jetzt aber mit einem Mal los: »Ihr wollt mich also tatsächlich meinem Schicksal überlassen und mich ausliefern – nach allem, was ich für euch getan habe?«

Anscheinend hatte er bis zuletzt gehofft, dass der Kelch noch an ihm vorübergehen würde; dass sie Mitleid mit ihm zeigen würden. Schließlich wären sie ohne seine Mithilfe gar nicht so weit gekommen – wobei er allerdings völlig außer Acht ließ, dass er und Pirro es waren, die mit ihrem Erpressungsversuch den Stein überhaupt erst ins Rollen gebracht hatten. Hubs Affäre mit Julie wäre doch sonst niemals aufgeflogen.

»Hör zu, Bernardo«, begann Hub, »ausnahmslos jeder ist für sein Handeln selbst verantwortlich und muss bereit sein, die daraus entstandenen Konsequenzen zu tragen. Da machst du keine Ausnahme. Du hast dich damals dazu entschlossen, mich zu erpressen; warst bereit, mich über die Klinge springen zu lassen, das ist dabei rausgekommen. Ich stehe neben dir, weil ich mich auf eine Affäre mit einer verheirateten Frau eingelassen habe, damit waren die Karten verteilt. Am Ende bleibt immer nur die Frage, wer sein Spiel nach Hause bringt und wer nicht.«

»Und wer der Götter Liebling ist«, schob Zeck kichernd hinterher.

»Scheiße, Mann«, murmelte Bernardo.

»Da musst du jetzt durch, nutzt alles nichts. Kopf hoch, sie werden ihn dir schon nicht abreißen«, versuchte er Bernardo Mut zu machen.

Hub mochte nicht sagen, dass ihm Bernardo in den letzten Tagen irgendwie sympathischer geworden wäre; doch er sah in ihm auch den Kerl, der er hätte sein können, wenn in seinem Leben ein paar Dinge anders gelaufen wären; wenn Bernardo jemanden gehabt hätte, der ihm zur rechten Zeit mal gesagt hätte, wo es langging; ihm sein großes Maul gestopft und die Federn gestutzt hätte. Aber egal, jetzt lagen die Fakten auf dem Tisch und bevor es gleich losging, musste er Zeck den Weg auf der Karte zeigen und außerdem waren noch die Millionen aus den Taschen in die Werkzeugkiste umzuladen.

Der *Passat* war anstandslos angesprungen. Bernardo saß hinten im Transporter – angebunden an dem Regal – auf den Millionen und Rowenta neben Hub auf dem Beifahrersitz. Wenn alles glatt lief, würden sie sich alle in ein paar Stunden hier wiedersehen, Außer mit Bernardo. Dafür mit Julie.

60

Als Hub auf die Zufahrtsstraße zum ehemaligem Betonwerk abbog, war die Dämmerung kurz davor, in die Nacht überzugehen. Der Himmel war sternenklar und hinter den Wipfeln der Kiefern konnte jeden Moment der volle Mond zum Vorschein kommen, dessen heller Hof ihn bereits ankündigte. Es war noch keine 20 Uhr, doch Curtis' schwere Limousine stand schon da; quer zur Fahrtrichtung mit eingeschalteten Scheinwerfern, die den Platz beleuchteten. Davor im rechten Winkel ein alter Mercedes mit der typischen Lackierung eines Taxis und nur einem leuchtenden Rücklicht. Hub kurvte einmal um die Limousine herum, hielt dann in entgegengesetzter Fahrtrichtung parallel zu dem Taxi an und schaltete den Motor aus. Alles war ruhig und niemand zu sehen. Das Taxi, welches ganz offensichtlich seine besten Tage hinter sich hatte, stand etwa vier Meter entfernt neben ihm. Durch das Abblendlicht von Curtis' Limousine konnte Hub Julie auf der Rückbank erkennen; sie schaute genauso in seine Richtung wie der Typ auf dem Beifahrersitz, der die Visage eines Preisboxers hatte. Julie konnte Hub aber offensichtlich nicht erkennen, denn sie zeigte keine Reaktion. Curtis blendete zweimal kurz die Scheinwerfer auf, woraufhin sich Türen öffneten und einer nach dem anderen – bis auf die Geiseln – ausstieg. In respektvollem Abstand versammelten sie sich vor dem Taxi, deren diffuses Abblendlicht einen schwachen Lichtkegel auf den sandigen Boden warf. Einen Moment lang waren sämtliche Blicke auf Rowenta gerichtet, die lässig neben Hub stand und ihr hübschestes Lächeln verteilte. Unter anderen Umständen – da war Hub sich sicher – hätte WinnieC, der alte Charmeur, sie mit einem Handkuss begrüßt, so nickte er ihr nur galant zu, und auch die anderen bedachte er mit einem freundlichen Blick.

»Ich hoffe in unserer aller Interesse«, verkündete er mit fester Stimme »dass sich jeder hier an die vereinbarte Abmachung hält und wir das schnell über die Bühne bringen können.«

»Ich will Julie sehen«, sagte Hub und wollte sich an dem Typen mit der demolierten Visage vorbeischieben, der sich ihm aber in den Weg stellte und ihn auf Abstand hielt.

»Nicht so hastig!«, wehrte der ihn ab, »das hast du doch schon, von Bernardo und den Millionen haben wir allerdings noch gar nichts gesehen.«

»Zeigt ihm Bernardo und das Geld«, forderte WinnieC Hub und Rowenta auf.

Hub rührte sich nicht vom Fleck, blieb auf Armeslänge vor dem massigen Kerl stehen; schaute ihn grimmig an und versuchte, dem gelassenen Blick des Mannes, der ihm an Kraft und Kampferfahrung mit Sicherheit weit überlegen war, standzuhalten – bereit, an ihm vorbei zu Julie zu gelangen. Rowenta, gefolgt von Bojan – der gut einen halben Kopf kleiner war als sie, aber etliche Kilos mehr auf die Waage brachte und einen durchtrainierten Eindruck machte – ging zum Heck des Lieferwagens und öffnete beide Flügeltüren.

Bernardo sah aus, als würde er sich gleich in die Hosen scheißen, als Bojan neben Rowenta auftauchte.

»Das Geld ist in der Kiste unter seinem Arsch«, sagte Rowenta.

Bojan nickte nur, sagte kein Wort und ließ Bernardo nicht aus den Augen; dabei lächelte er ihn auf eine merkwürdige – fast unheimliche – Art an, stieg in den Wagen und befreite Bernardo von seinen Fesseln sowie dem Regal. Bojan öffnete die Kiste, wollte sie zu der geöffneten Hecktür ziehen und hob die Augenbrauen, als er merkte, dass sie mit dem Fahrzeugboden festverschraubt war.

»Wie sollen wir die hier wegkriegen? Und ist die Kohle überhaupt vollständig?«, fragte er Rowenta.

»Ist Julie gesund und vollständig?«, fragte Hub zurück und drängte sich an dem Typen vorbei, der jetzt ein wenig zur Seite trat.

Hub öffnete ihre Tür, sie blickte zu ihm auf und augenblicklich fingen ihre trüben Augen an zu leuchten, füllten sich mit schwachem Glanz. Ein Lächeln, ihr Lächeln, ließ zaghaft ihr Gesicht erstrahlen. Sie blieb sitzen, rührte sich nicht, schaute ihn nur an – aus Augen, die allmählich anfingen, etwas zu erkennen, und die sagen wollten: »Da bist du ja endlich.« Hub spürte, wie seine Knie drohten, weich zu werden; riss sich zusammen und schlug die Tür wieder zu.

»Soweit alles klar«, sagte er, »wir sollten einfach die Autos tauschen und von hier verschwinden.«

Bojan hatte sich davon überzeugt, dass in der Kiste ausschließlich Geldscheine steckten und schätzte, dass die Summe stimmen könnte; meinte, dass aus seiner Sicht nichts dagegensprach.

»Na dann, meine Dame, meine Herren, ist meine Mission hiermit beendet«, verkündete WinnieC; stieg in die Limousine zu Curtis, der im Bogen zurücksetzte und bereit war, auf die Zufahrtsstraße einzubiegen.

Hub setzte sich hinters Lenkrad des Taxis, Rowenta neben ihn, noch ein kurzer Blickkontakt mit Curtis; ein Grinsen, ein Augenzwinkern und sie verließen den Platz in unterschiedliche

Richtungen. Im Rückspiegel sah er, dass die anderen keine Anstalten machten loszufahren. Der kompakte Kerl unterhielt sich noch mit Bernardo.

»Mann, Bojan«, verfiel Bernardo in sein altes Rollenspiel, »was bin ich froh, dich wiederzusehen. Du glaubst ja nicht, was ich für ein Martyrium hinter mir habe.«

Bojan stand mit dem Rücken vor den offenen Hecktüren des Lieferwagens, Bernardo mit ängstlichem Blick vor ihm.

»Ich bin auch froh, dich wiederzusehen. Und wie, dass kannst du dir gar nicht vorstellen.«

In einer blitzschnellen Bewegung krachte Bojans Faust ohne jegliche Vorwarnung mit der Wucht einer Dampframme in Bernardos linke Gesichtshälfte. Der flog nach hinten, landete fast ohnmächtig auf dem staubigen Boden und musste gespürt haben, dass sein Jochbein mehrfach gebrochen war.

»Was hast du elendes Dreckschwein meiner Schwester angetan?«, brüllte Bojan ihn an und wartete eine eventuelle Antwort nicht ab. Trat ihm mit seinem Stiefelabsatz gezielt in die Weichteile, was Bernardo aufstöhnen und sich auf die Seite krümmen ließ.

»Das wird ja noch ›ne Weile dauern«, sagte Hans Georg lakonisch, »ich geh mal pissen.«

»Mach das, drück aber vorher den Auslöser.«

Im Taxi herrschte ein angespanntes Schweigen. Einerseits wollte noch keiner dem Frieden so recht Glauben schenken und andererseits schienen sich die beiden Frauen zu belauern. Auch wenn Julie weit davon entfernt war bei klarem Verstand zu sein, witterte sie wohl doch ihre Kontrahentin.

»Was für eine Schrottkarre«, war Hubs erbärmlicher Versuch, an der Stimmung etwas zu ändern.

Kein weiteres Wort. Doch dann drehte Rowenta sich zu Julie um, schaute sie sich etwas genauer an; sah, wie mitgenommen sie aussah, brachte ein Lächeln zustande, legte ihr die Hand auf den Oberschenkel und sagte: »Ich bin Rowenta, wie geht es dir, Schätzchen?«

Hub konnte im Rückspiegel erkennen, wie Julie große Augen machte; wie sie versuchte, etwas zu sagen; dann gab es ein Geräusch, als würde die Zentralverriegelung sämtliche Türen verschließen und im nächsten Augenblick strömte weißer Qualm aus dem Gebläse – Gas, das sich schnell im Wageninneren ausbreitete. Einen winzigen Augenblick brauchte Hub, bis er es realisierte; hielt die Luft an, fingerte nach dem Handy, drückte die Kurzwahltaste und dann kollabierten auch schon seine Sinne; alles stand Kopf, entschwand der Wirklichkeit, ließ Dämonen in wildem Galopp durch seinen Kopf reiten. Hektisch schaute er sich um. Hinter den Fensterscheiben tauchten plötzlich grüne Fratzen auf; schwebten vorbei, wurden lila, zogen blaue Schleier hinter sich her und rissen ihre blutenden Mäuler auf. Farbige Lichtfluten bestimmten die unruhige Fahrt; drückten nach links, hoben ab, durchbohrten das Erdreich und abertausende Krabbeltiere füllten alles um ihn herum, erstickten Schreie. Seine Augen sprangen aus ihren Höhlen, mischten sich unter die weißen Krebse. Wellen unendlichen Lichts wirbelten alles durcheinander, überschlugen sich und versuchten ihn zu zerreißen, fraßen sich in die Eingeweide, ließen Löcher übrig; rammten Schwertspitzen hinein und in seinem Hals loderte das Feuer – die Luft wurde knapp. Implodierende Lungenflügel in leuchtend gelben Kaskaden. Schwarz-gelb getigerte Blutegel saugten unaufhörlich an seinen Lebensadern, zogen blutrote Schlieren hinter sich her, ließen Nervenbahnen kreischen, sie zerreißen, schleuderten pechschwarze Blitze in alle Richtungen, zeigten den Weg in die Hölle. Alles lief in einer Endlosschleife. Plötzlich stieg Quecksilber von unten herauf, brachte Kühle und Klarheit mit, verscheuchte Krebse und trieb frische Luft in seine Lungen; er sah Wasser um sich herum aufsteigen; dann Rowenta neben sich, die mit dem Rücken auf der Sitzfläche lag, den Kopf unter Wasser hielt, ihre Füße gegen das Plexiglas des Dachausschnitts stemmte, das kurz darauf heraussprang. Er blickte nach hinten, Julie hielt ihren Kopf noch über der Wasserlinie, die schnell anstieg. Er zog sie nach vorne und schob sie durch die Dachöffnung, danach entschwand Rowenta, die keine Zeit mehr hatte, noch einmal Luft zu holen. Er drückte sie nach oben, zog sich dann selbst durch die Öffnung hinauf zur Wasseroberfläche, wo er auftauchte wie ein Ball, den man unter Wasser gehalten hatte. Er sah die Köpfe der beiden Frauen, wie sie auf das nahe Ufer zuhielten, wo zwei zur Salzsäule erstarrte Männer neben einem flackernden Lagerfeuer standen und ihnen ungläubig entgegenstarrten.

Den Kopf in den Nacken gelegt schaute Hub hinauf zu einem von Sternen überfluteten, klarem Nachthimmel und über den Wipfeln der Kiefern stand der volle Mond in seinem blassen Licht.

EPILOG

In der Berliner und auch in der Brandenburger Tagespresse wurde am nächsten Tag von zwei ungewöhnlichen Ereignissen berichtet, die möglicherweise in einem Zusammenhang standen, aber etliche Fragen offenlassen.

Zum einen berichteten zwei Angler, dass am Vorabend gegen 20.30 Uhr ein PKW das Brückengeländer oberhalb ihres Angelplatzes durchbrochen habe, dort für geraume Zeit festhing, bevor er dann in den Fluss stürzte. Sie wollten hinter den Scheiben des Fahrzeugs eine dichte Nebelwand gesehen haben und mindestens drei Personen, die zwar wild gestikulierten, aber augenscheinlich nicht versuchten, das Fahrzeug zu verlassen. Weiter berichteten sie, dass, nachdem das Fahrzeug innerhalb kürzester Zeit gesunken war, zwei Frauen und ein Mann aus dem Fluss auftauchten und auf ihrer Seite des Ufers angeschwommen kamen. Die drei hätten verwirrt gewirkt, seien dann aber rasch in dem angrenzenden Wald verschwunden. Die Polizei fand am Lagerplatz der beiden Angler etliches Leergut, das darauf schließen lässt, dass die beiden zu dem Zeitpunkt stark alkoholisiert waren.

Noch in der Nacht wurde das Fahrzeug von der Feuerwehr geborgen. Es handelt sich dabei um ein ehemaliges Taxi mit gestohlenen Kennzeichen und stark durchgerosteter Karosserie, besonders im Bereich der Bodenbleche und Türschwellen, was erklären würde, weshalb es so schnell gesunken war. Die Türen und Fenster waren verriegelt und ließen sich durch die Feuerwehr nur gewaltsam öffnen. Offensichtlich konnten sich die Insassen durch das aufgebrochene Schiebedach retten. Allerdings fehlt von ihnen noch jegliche Spur. Die beiden Angler wollten kurz nach dem Vorfall ein Auto in unmittelbarer Nähe gehört haben, das sich schnell in Richtung Osten entfernte.

Einen besonderen Fund machte die Polizei im Motorraum, vor dem Gebläse des Fahrzeuges: eine Kartusche, in der Reste eines

Wirkstoffes nachgewiesen werden konnten, der dem LKA als Party-droge bekannt ist. Dabei handelt es sich um einen Wirkstoff in Gas-form, der starke Halluzinationen hervorruft, ähnlich wie bei LSD. Allerdings führt diese Substanz – im Gegensatz zu LSD – in über-höhter Dosierung unmittelbar zum Tod, neutralisiert sich aber wie-derum in Verbindung mit gewöhnlichem Wasser vollständig, was den Insassen das Leben gerettet haben dürfte. Der Behälter, welcher die Größe einer Campinggaskartusche hat, ist für weitere Unter-suchungen an das Bundeskriminalamt übergeben worden. Regulär sei – dem LKA zufolge – der Wirkstoff bisher nur in der Größe einer Tintenpatrone im Umlauf, was darauf schließen lässt, dass es sich um einen Tötungsversuch an den Insassen gehandelt haben dürfte. Was wiederum die Vermutung nahelegt, dass dieser Vorfall in unmittelbarem Zusammenhang mit dem zweiten zu sehen ist, der sich fast zeitgleich in nicht allzu großer Entfernung ereignete.

Soweit die Polizei mitteilt, gab es eine Explosion in einem *FIAT Ducato* einer Installationsfirma. Dabei starb ein Mann und ein weiterer wurde schwer verletzt. Der Mann, welcher ums Leben kam, habe zum Zeitpunkt der Explosion wohl direkt hinter den geöffneten Hecktüren des Transporters gestanden und sei buch-stäblich zerfetzt worden, was eine Identifizierung bisher unmöglich macht. Der Überlebende muss aller Wahrscheinlichkeit nach bereits am Boden gelegen haben, so dass die Druckwelle sowie umher-fliegende Kleinteile zum größten Teil über ihn hinweggefegt waren. Er soll bis zuletzt ohne Bewusstsein gewesen sein und konnte daher noch nicht vernommen werden. Auffällig ist die Art seiner Ver-letzungen, welche nicht nur durch die Explosion verursacht sein können, sondern auch auf brutale Misshandlungen zurückzuführen seien. Zeugen berichteten später von einer weiteren verdächtigen Person unweit des Tatortes. Wie es zu der Detonation kam, ist bis-her noch völlig unklar.

Was Bewohner aus der Umgebung berichteten – die Polizei aber offiziell nicht bestätigen will –, war, dass im Zusammenhang mit der Explosion eine große Menge an Bargeld freigesetzt worden sein soll – internen Quellen zufolge mehrere Millionen Euro, die zum größten Teil durch die Explosion vernichtet worden seien. Ein nicht unerheblicher Teil des Geldes soll sich allerdings in der Gegend verteilt haben, was einen Massenansturm der Bevölkerung ausgelöst habe.

Beide Vorfälle sind an die Staatsanwaltschaft übergeben worden. Sie ermittelt mit Unterstützung des Landeskriminalamtes im Bereich des organisierten Verbrechens.

Ich bedanke mich bei meiner Lektorin Susi Purol für ihre Arbeit, ihre Unterstützung und die vielen Anregungen.